御製

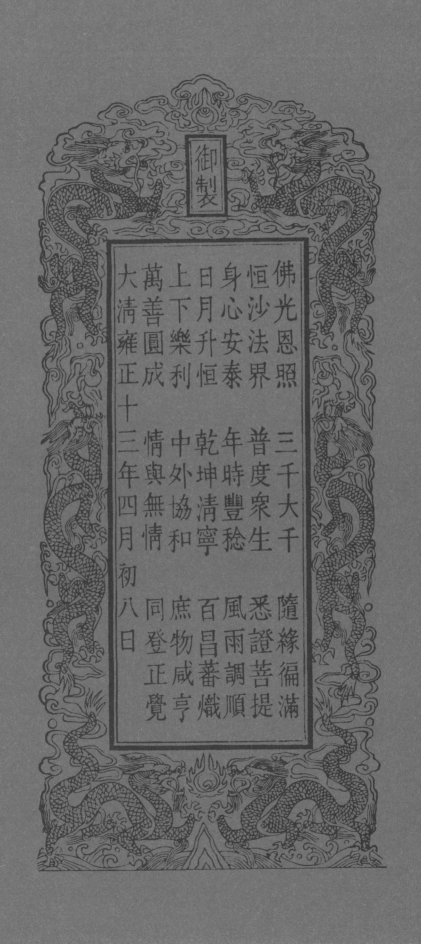

佛光恩照　三千大千　隨緣徧滿
恒沙法界　普度衆生　悉證菩提
身心安泰　年時豐稔　風雨調順
日月升恒　乾坤清寧　百昌蕃熾
上下樂利　中外協和　庶物咸亨
萬善圓成　情與無情　同登正覺
大清雍正十三年四月初八日

第七三册　小乘律（七）

曇無德部四分律刪補隨機羯磨

唐京兆崇義寺沙門道宣撰

清刻龍藏佛說法變相圖

曇無德部四分律刪補隨機羯磨序

唐京兆崇義寺沙門道宣撰

原夫大雄御寓豈惟拯拔一人大教膺期總歸爲顯一理但由羣生著欲欲本所謂我心故能隨其所懷開示止心之法然則心爲生欲之本滅欲必止心元止心由乎明慧慧起假於定發發定之功非戒不弘是故特須尊重於戒故經云戒爲無上菩提本應當一心持淨戒持戒之心要唯二轍止持則戒本最爲標首作持則羯磨結其大科後進前修妙宗斯法故律云若不誦戒羯磨盡形不離依止自慧月西隱法水東流時兼像正人通淳薄初則二部五部之殊中則十八五百之別末則衆鋒互舉各競先驅人或從緣法無傾墜然則道由信發弘之在人人幾顚危法寧

澄正所以羯磨聖教綿歷古今世漸增繁徒盈卷軸考其實録多約前聞覈其宗緒略無本據師心制法者不少披而行誦者極多輕侮聖言動紲形網皆務異同之見競執是非之迷不思返隅更增昏結致使正法與時潛地矣故佛言若作羯磨不如白法作白不如羯磨法作羯磨如是漸令正法疾滅當隨順文句勿令增減違法毗尼當如是學慈語若此妄指實難昔已在諸關輔撰行事鈔其羅種類雜相畢陳但爲機務相訓卒尋難了故略舉羯磨一色别標銓題若科擇出納興廢是非者彼鈔明之此但約法被事援引證據者在卷行用然律藏殘缺義有遺補故統關諸部撮略正文必彼俱無則理通決例並至篇具顯便異古藏迹夫羯磨雖多要分爲八始從心念終乎白四各有成濟之功故律通標一號敢就其時用顯要者類聚編之文列十篇義通七衆豈今傳諸學司將以自明恒務也

曇無德部四分律刪補隨機羯磨卷第一

唐京兆崇義寺沙門道宣撰

集法緣成篇第一

事法兼通大小齊降故前舉綱領未振毛目又緣通成壞教相須張並如後例義無紊亂也

僧法羯磨略有一百三十四

佛言有三羯磨攝一切羯磨謂單白羯磨白二羯磨白四羯磨

單白羯磨三十九法

三十中二十七　受懺悔　行鉢法　餘語法　觸惱法　與剃髮法　與出家法　差教授法　喚入衆法　對衆問難法　說戒和法　僧發露法　非時和合法　諍滅說戒法　自恣和合法　難事略自恣法　修道增自恣法　諍事增自恣法　第二諍增自恣法　受功德衣和法　捨功德衣法　第一增說戒法　第二增說戒法　簡集智人法　斷事遣不誦戒毗尼者出二法　遣捨正義者出二法　草覆地法　差往王城結集法　迦葉論法毗尼法　問優波離法毗尼法　優波離答法　問阿難法毗尼法　阿難答法　七百中論法白　差比丘論法白　正論法毗尼法　問一切法上座白　上座答白　行舍羅應有白

白二羯磨五十七法
作小房法　作大房法　差分卧具法　差説麤罪法　二十七還衣法　離衣法　減六年卧具法　護鉢法　差教授尼師法　制不往學家法并解　畜衆法　尼差求教授法　尼差自恣人往大僧中法　與外道住法　結受戒小界法并解　結説戒堂法并解　結大界法并解　結戒場法　結不失衣界法并解　結説戒小界法并解　結二同界法　結一同界法　結食同法上三並有解　與狂癡法并解　受日法　差受自恣人法　結自恣中界法并解　分四方僧物法　賞看病人法　分亡人輕物法　結庫藏法　差人守藏法　結淨地法并解　差人守功德衣法　付功德衣法　差人懺白衣法　差人行籌法　遣信受戒差使法　尼與僧作不禮法并解　差比丘料理房法　持故房與道俗經營二法　與覆鉢法　差使告覆鉢家法　解覆鉢法　杖絡囊法
律文具出如上應有差分粥分小食分佉闍尼差請敷卧具分浴衣分衣可取與差比丘沙彌使

白四羯磨三十八法
諫破僧法　諫助破僧法　諫擯謗法　諫惡性法　諫惡邪法　諫擯惡邪沙彌二法　諫隨舉比丘尼法　諫習近法　諫勸習近住法　諫嗔捨三寶法　諫發諍法　諫習近居士子法　式叉學戒法　受具戒法　學悔法　呵責法并解　擯出法并解

依止法并解　遮不至白衣家法并解　不見舉法并解　不懺法并解　不捨法并解　與覆藏法　本日治法　摩那埵法　出罪法　憶念法　不癡法　罪處所法

對首羯磨略有三十三

佛言三語受戒已名善作羯磨說戒法中亦爾十誦律云對首心念分衣已名作羯磨後來比丘不與分義分二別一但對首法二衆法對首法文通諸部並如下列

但對首法二十八

受三衣法并捨　受鉢法并捨　受尼師壇法并捨　受百一衣物法并捨　捨請法　捨戒法　受請依止法　衣說淨法　鉢說淨法　藥說淨法　受三藥法　受七日法　安居法　與欲法　懺波逸提法　懺提

舍尼法　懺偷蘭遮法　懺重突吉羅法　旨露六聚法　露地重罪法　捨僧殘行法　白行人法　白僧殘諸行法　白入聚法　尼白入僧寺法　尼請教授法　作餘食法

衆法對首有五

捨墮法　說戒法　自恣法　受僧得施法　受亡五衆物法

心念羯磨略有十四

義分三別一但心念法　二對首心念法　三衆法心念法

並通諸部至文自須准僧法羯磨獨四分一律

但心念法有三

懺輕突吉羅法　六念法　說戒座中發露

諸罪法
對首心念法有七
安居法　說淨法　受藥法　受七日藥法
受持三衣法　捨三衣法　受持鉢法
衆法心念法有四
說戒法　自恣法　受僧得施法　受亡五
衆衣物法

已前略明緣集已後辯緣成壞

前明僧法

律中佛言有四種僧一者四人僧除受戒自恣出罪餘一切羯磨應作二者五人僧除中國受戒出罪三者十人僧除出罪四者二十人僧一切羯磨應作況復過二十若少一人非法非毗尼不成

一稱量前事

毗尼母論云事謂人法也律云稱量比丘及白衣稱量羯磨及犯事也然所爲之緣不出三種謂人法事也如受戒懺悔差使治擯等爲人故作如說戒自恣等爲法故作如結界攝衣淨地庫藏等爲事故作或具或單時離時合並先須量據使成應法之緣示也

二法起託處

僧祇律云非羯磨地不得受欲行僧事律中若作羯磨必先結界然託處有二種若自然界中唯結界羯磨一法自餘僧法並作法界中若對首心念二法則通二界

三集僧方法

律云佛言當敷座打揵椎盡共集一處五分律云隨有木瓦銅鐵鳴者令淨人沙彌打之無沙彌者比丘亦得不得過三通付法藏傳

中令有長打之法三千威儀中具明杵下之數薩婆多論云夫集僧揵椎必有常准不得互易

四僧集約界

夫界有二若作法界則准三種謂大界戒場小界若論小界無外可集若戒場大界並須盡唱制限集之若自然界則分四别謂聚落蘭若道行水界初言聚落則有二種若聚落界分不可分别者准僧祇七樹之量通計六閒六十三步共無異衆得戒羯磨若可分别聚落者准十誦律盡聚落集之二言蘭若亦有二種若無難者諸部多云一俱盧舍案雜寶藏云五里是也相傳以此爲定若難事蘭若如善見論云七槃陀之量相去五十八步四尺八寸得作羯磨三明道行界准薩婆多十誦律縱廣六百步四明水界如五分律船上衆中有力人以水若砂四面擲所及處此之六相皆謂身面所向方隅齊限之内集僧無人方可應法也

五應法和合

律云應來者來應與欲者與欲來現前得呵人不呵是名和合反上三成别衆者爾

六簡衆是非

律云未受具戒者出等又云有四滿數一者有人得滿數不應呵若爲作呵責擯出依止遮不至白衣家羯磨如是四人者是也二者有人不得滿數應呵謂若欲受大戒人三者不得滿數不得呵者若爲比丘作羯磨以比丘尼式叉摩那沙彌沙彌尼足數若言犯邊罪等十三難人若被三舉若滅擯若應滅擯

若別住若戒場上若神足在空隱沒離見聞處若所爲作羯磨人如是等二十八種不足數又云行覆藏本日治摩那埵出罪人十誦云行覆藏竟本日治竟六夜竟此上七人佛言不相足數十誦又云睡眠人亂語人憒鬧人入定人瘂人聾人瘂聾人狂人亂心人病壞心人樹上比丘白衣如是等十二人不成受戒足數摩德勒伽論云重病人邊地人癡鈍人如是等三人不成滿衆僧祇律云若與欲人若隔障若半覆露中間隔障若半覆露申手不相及若一切露地坐申手不相及又云若衆僧行作羯磨坐則非法乃至住坐卧互作亦爾四分云我往說戒處不坐爲作別衆佛言非法五分云病人皆羯磨說戒佛言別衆義如醉人等或自語前人不解心境不相稱等並名非法故律中受戒捨戒法內云若眠醉狂恚不相領解如前緣者並不成故又須知別衆不足數等四句差別臨機明練成壞兩緣四者有人得滿數亦得呵若善比丘同一界住不離見聞處乃至語傍人如是等人具兼二法

七說欲清淨

律云諸比丘不來者說欲及清淨於中有三謂與欲受欲說欲等法若有佛法僧事病人看病事者並聽與欲唯除結界一法有五種與欲若言與汝欲若言我說欲若言爲我說欲若現身相若廣說欲成與欲若不現身相不口說者不成應更與餘者欲又云欲與清淨一時俱說不得單說若欲廣說者應具修威儀至可傳欲者所如是言大德一心念某

甲比丘如法僧事與欲清淨一說便止佛言若能憶性相名類者隨意多少受之若不能記者但云衆多比丘爲欲清淨亦得

二明受欲法

佛言若受欲者受欲已便命過若出界外去若罷道入外道衆別部衆至戒場上若明相出等七緣若自言犯邊罪等十二難人三舉二滅擯在空隱没離見聞處如是等通前二十八緣並不成受欲若至中道若在僧中亦爾應更與餘者欲僧祇云五種失欲如不足數中說又云在界外受欲持欲者出界外與欲人出界與欲已自至僧中還出衆第五持欲在僧中因難驚起無一人住者如是等並名失欲十誦云與覆藏等三人失欲五分云與尼等四人狂等三人或倒出衆人皆不成欲十誦云取欲清淨人若取時若取竟自言非比丘者不成清淨欲律云持欲比丘自有事起不及詣僧聽轉授與餘比丘應作如是言

大德一心念我某甲比丘與衆多比丘受欲清淨彼及我身如法僧事與欲清淨

三明說欲法

僧祇云不得趣爾與人欲應與堪能持欲僧中說者若有說者羯磨人如上問已彼持欲者應答是也

大德僧聽某甲比丘我受彼欲清淨彼如法僧事與欲清淨

若自恣時應言與欲自恣餘詞同上佛言若受欲人若睡眠共入定若忘若不故作並成若故不說得突吉羅若病重者應舉至僧中

恐病增動者僧就病者所或出界作不合別衆故若中道逢難界外持欲來得成

八正陳本意

謂僧私兩緣僧中或剏立法處則竪標唱相或常所集用則行籌告白等私事亦二若違情治罰則作舉乞罪若順情請許多須乞詞並至文具顯

九問事端緒

律云僧今和合何所作爲事合通別臨時准一通問

十答所成法

律云應答作其羯磨然事有先後法緣通別說戒自恣應在後作受戒捨墮義兼通別若結界捨界理無雙答並先須詳委然後答問

中明衆多人法

若作但對首法如持衣說淨等通二界人唯是別若作衆法對首法如捨墮說戒等二界盡集人非別衆法則兩異並前須明識義無雜亂

後明一人法

若但心念法事通二界人唯獨秉若對首心念及衆法心念界通三處有人不得並如前集法中列三相應然不容臨機致有乖殊法式不成

已前略辯成法具緣後明非法之相

僧法羯磨具七非佛言有七羯磨非法不應作之

一者非法非毗尼羯磨

謂一人舉一人乃至僧舉僧一白衆多白一

羯磨衆多羯磨單白白二白四羯磨交絡互作若有病無藥有藥無病有事有法施不相當毗尼母云若說羯磨言不明了如是等人法事相並非所攝也

二者非法別衆羯磨

謂白此事爲彼事作羯磨名爲非法應來者不來應與欲者不與欲來現前得呵人呵者是名別衆

三者非法和合衆羯磨非法同前和合反上

四者如法別衆羯磨

如法及非法別衆同前

五者法相似別衆羯磨

謂先作羯磨後作白名法相似別衆同前

六者法相似和合衆羯磨

法相似如上和合同前

七者呵不止羯磨

謂如法羯磨須僧同秉今得呵人呵若住應法違呵不止即名非法義立七非謂律據事隨事分七今巳義求收非斯盡謂單白羯磨三十九種各有非相義同過別白二白四類亦同之若不別明成非莫顯今且就單白說戒具解七非餘之三種例之可曉

一者人非

謂識過不懺疑罪不露界内別衆人非應法等

二者法非

謂三人以下單白說戒顛倒錯脱有呵不止說不明了等

三者事非

謂時非正教廣略無緣衆具有闕界非聖制

四者人法非
謂具二非唯事依法
五者人事非
法雖應教人事乖越
六者法事非
人雖應律二乖名壞
七者人法事非
三相並非如前類取理須條貫諸緣明曉成敗故佛在世一事五處作之並成非法況今像末烏可輕哉義無怠慢
對首羯磨亦具七非就中分二若但對首法唯取持衣一法以顯非相餘說淨等法類解於緣有異
一人非
謂受對之人犯重遮難有呵者呵或對僧俗而作作
二法非
謂持法錯脫說非明曉
三事非
謂犯捨異財不合聖教或五大上色受持不成
四者人法非五人事非六事法非七具三非並如上例知交絡識相若衆法對首亦具七非今摘取捨墮一法條然具解餘者例同有異也
一人非
謂界內別衆人非應法呵人設呵置止即非
二法非
捨懺還財諸法乖正
三事非

犯過衣財如律所斷必非聖制理無懺捨並
識相而加法非有疑而過分有違加無知罪
亦爾
四者人法非乃至第七具三非
顯相如上
心念羯磨亦具七非就中有三初但心念法
唯取懺輕突吉羅罪具解餘異例同
一人非
謂對人懺悔體非佛教也
二法非
謂但心念而口不言雖言而非明了或增減
錯妄
三事非
由事緣故悞犯則輕重或境通衆多未了前
相

四人法非乃至第七具三非
若對首心念及衆法心念各具七非人通別
衆界緣兩處並須准例隨事曉知之

諸界結解篇第二

界別有三攝僧界攝人以同處令無別衆罪
攝衣界攝衣以屬人令無離宿罪攝食界攝
食以障僧令無宿煮罪宗意如此

僧界結解法第一

有三種僧界一者大界二者戒場三者小界
今就大界內又有二種謂人法二同法食二
同法同食別初准本制後隨緣別開
結初大界法
時四方僧集會疲極佛言聽隨所住處結界
應盡集不得受欲是中舊住比丘應唱大界
四方相若有山樹林池城塹村舍隨有稱之

應須義設方法如前僧法中具七緣已一比丘告僧云

大德僧聽我舊住比丘爲僧唱四方大界相從東南角某處標至西南角某處標從此至西北角某處標從此至東北角某處標從此還至東南角某處標此是大界外相一周訖必有屈曲隨事稱之並須別指分齊尺寸處所由不知制限結既不成羯磨虛設受戒等法俱是空作故須如上分明唱相三遍已佛言衆中應差羯磨人若上座若次座若誦律堪能作羯磨者問答已如是白

大德僧聽此住處比丘唱四方大界相若僧時到僧忍聽僧今於此四方相內結大界同一住處同一說戒白如是大德僧聽此住處比丘唱四方大界相僧今於此四方相內結大界同一住處同一說戒誰諸長老忍僧今於此四方相內結大界同一住處同一說戒者默然誰不忍者說僧已忍於此四方相內同一住處同一說戒結大界竟僧忍默然故是事如是持

解大界法

時諸比丘意欲廣作者狹作者佛言欲改作者先解前界然後廣狹作從意當如是解

大德僧聽此住處比丘同一住處同一說戒若僧時到僧忍聽解界白如是

大德僧聽此住處比丘同一住處同一說戒今解界誰諸長老忍僧同一住處同一說戒解界者默然誰不忍者說僧已忍聽同一住處同一說戒解界竟僧忍默然故是事如是持此一羯磨通解有戒場大界者由文無偏局故得

結同法利界法

爾時有二住處別說戒別利養欲得共說戒同利養佛言聽各自解界應盡集一處不得受欲當唱方相結之結文與前略同唯有僧於此彼二處結大界同說戒利養異

結同法別利界法

爾時有二住處別說戒別利養欲同說戒別利養佛言當各解通結文略同前又有二住處欲別說戒同利養爲守護住處故佛言聽之此四方僧物和合

結戒場法

時諸比丘有須四人衆羯磨事起五比丘衆十人衆二十人衆羯磨事起是中大衆集會疲極佛言聽結戒場稱四方界相若安橛若石若標畔作齊限已毗尼母云必以大界圍繞五分等律須在大界前結若欲作者先安三重標相內裏一重名戒場外相中間一重名大界內相最外一重名大界外相立三相已盡自然界內僧集在戒場標內先令一比丘唱戒場外相應作如是言

大德僧聽我此住處比丘爲僧稱四方小界相從此住處東南角某標至西南角某標從此北迴至西北角某標從此東迴至東北角某標從此南迴還至東南角某標此是戒場外相一周訖三說已若有曲斜隨事稱之羯磨者如上應知已白言

大德僧聽此住處比丘稱四方小界相若僧時到僧忍聽僧今於此四方小界相內結作戒場白如是

大德僧聽此住處比丘稱四方小界相僧今於此四方小界相內結戒場誰諸長老忍僧於此四方相內結戒場者默然誰不忍者說

僧已忍於此四方相内結戒場竟僧忍默然故是事如是

結已牓示顯處令後來者知諸界分齊餘條准此也

解戒場法

律無正文准諸解界翻結即得今亦例出理通文順應作是言

大德僧聽僧今集此住處解戒場若僧時到僧忍聽解戒場白如是

大德僧聽今集此住處解戒場誰諸長老忍僧集此住處解戒場者默然誰不忍者說僧已忍僧集解戒場竟僧忍默然故是事如是

持結有戒場大界法

佛言不得合河水結除常有船橋梁又不得二界相接應留中間五分云不唱方相結界不成律文少略應如是唱相也

大德僧聽我比丘爲僧唱四方大界内外相先唱内相從戒場外相東南角標外二尺許某標者（此約當時有者言之不必誦文）此是大界内相東南角某標從此西迴至西南角某標從此北迴至西北角某標從此東迴至東北角某標從此南迴還至東南角某標次唱外相從此住處東南角某處標西迴至西南角某標從此北迴至西北角某標從此東迴至東北角某標從此南迴還至東南角某標彼爲内相此爲外相此是大界内外相一周訖（三唱已若欲唱相應將四五比丘出戒場外盡標相内集僧然後唱二重標相已僧中方加羯磨其文如初結大界法無異故不出之）

結三小界法

此三小界並爲難事故與律云不同意者未

出界聽在界外疾一處集結小界受戒又言若布薩日於無村曠野中行衆僧不得和合者隨同師善友下道各集一處結小界說戒又言若自恣日於非村阿蘭若道路行若不得和合者隨同師親友移異處結小界自恣故知非難無緣輙結類諸難開若違制犯又皆無外相即身所坐處以爲界體故受戒中云此僧一處集結小界說戒中云今爾許比丘集結小界自恣中云諸比丘坐處已滿齊如是比丘坐處僧於中結小界等故知俱無外相爲遮呵人即小界受戒法云界外呵不成呵也此文釋成無外相明矣今有立界相房院於中結者羯磨不成以大界立相不唱非法小界無相若立非法故大界別人唱相羯磨文中牒之小界既無唱法羯磨自顯標相故重委明示庶無疑濫脱隨而結則成多犯一非是開緣二輙立相三處留久固文云不應不解而去等四妄通餘法即非制而制其羯磨文如常云

結解衣界法第二

有三種僧伽藍若大界共伽藍等或界小於伽藍並不須結若界大於伽藍者依法結之則隨界攝衣也然有羯磨立無村結者若唯律文先結衣界村内攝衣後因事起方乃除村今通立一法不問有村無村法爾須除薩婆多論正立此義以有村來五意故除若先無村作法結已淨人住處外村來入隨所及處皆非衣界若本村還出衣界仍攝若先有村在非攝村去空地衣界還滿由村來去非結解故五分律中咸有斯意

結攝衣界法

時有猒離比丘見阿蘭若處有一好窟自念言我若得離衣宿者可即依此窟住佛言聽結不失衣除駛流水白云

大德僧聽此處同一住處同一說戒若僧時到僧忍聽結不失衣界除村村外界白如是

大德僧聽此處同一住處同一說戒今僧結不失衣界除村村外界誰諸長老忍僧於此處同一住處同一說戒結不失衣界除村村外界者黙然誰不忍者說僧已忍此處同一住處同一說戒結不失衣界除村村外界竟僧忍黙然故是事如是持

結已准上牓示顯處

解攝衣界法

佛言應先解不失衣界却解大界應作如是解

大德僧聽此住處同一住處同一說戒若僧時到僧忍聽僧今解不失衣界白如是

大德僧聽此住處同一住處同一說戒僧今解不失衣界誰諸長老忍僧同一住處同一說戒解不失衣界者黙然誰不忍者說僧已忍同一住處同一說戒解不失衣界竟僧忍黙然故是事如是持

結解食界法第三

佛言有四種淨地一者檀越淨若爲僧作伽藍未施與僧二者院相不周淨若僧住處半有籬障多無籬障都無籬障若垣若墻若塹若栅亦如是三者處分淨初作僧伽藍時檀越若經營人分處如是言某處爲僧作淨地四者作白二羯磨疑結若疑先有淨地應解

已更結

結攝食界法

時有吐下病比丘未及得粥便死佛言聽在伽藍內邊房靜處結淨廚應唱房若温室若經行堂處若出家五衆房得作除去比丘五分云若於一房一角半房半角或中庭或通結僧坊內作淨地並得律令唱相令結法時僧在院外遥唱遥結應唱相言

大德僧聽我比丘爲僧唱淨地處所此僧伽藍內東廂廚院中若諸果樹下並作淨地是如

三唱若更唱餘處隨時撡量隨事通局羯磨處作是白言

大德僧聽若僧時到僧忍聽僧今結東廂廚院中若諸果樹下作淨地白如是

大德僧聽僧今結東廂廚院中及諸果樹下作淨地誰諸長老忍僧結東廂廚院中及諸果樹下作淨地者默然誰不忍者說僧已忍結東廂廚院及果樹下作淨地竟僧忍默然故是事如是持

解淨地法

律云若有緣者解已便結不出解文例准解法應言

大德僧聽若僧時到僧忍聽僧今解某處淨地白如是

大德僧聽僧今解某處淨地誰諸長老忍僧解某處淨地者默然誰不忍者說僧已忍解某處淨地竟僧忍默然故是事如是持

曇無德部四分律删補隨機羯磨卷第一

音釋

拯（之肯切 救也）
覈（下革切 考實也）
緒（象呂切 統系也）
絓（正作絓 古賣切 罥也）
撰（雛縮切 撰述也）
撮（麤括切 取也）
紊（文運切 亂也）
犍槌（梵語也 此云鐘 又云磬 又隨有瓦木銅鐵鳴者皆曰揵槌 揵巨寒切 槌音椎）
憒閙（憒古對切 心亂也 閙奴教切 不靜也）
壍（七豔切 遶成水也）
橛（其月切 栈也）

曇無德部四分律删補隨機羯磨卷第二

唐崇義寺沙門道宣撰

諸戒受法篇第三

戒法理通義該道俗以五戒有犯則具戒成難故須條貫始終體相明練七衆所受次如下列

受三歸法

薩婆多論云以三寶爲所歸欲令救護不得侵陵故也歸依佛者歸於法身謂一切智無學功德五分所成歸依法者歸於自他盡處謂斷欲無欲滅諦涅槃歸依僧者歸於第一義僧謂良祐福田聲聞學無學功德也善見論云並須師授言音相順若言不出或不具足不稱名不解故不成應云

我某甲盡形壽歸依佛歸依法歸依僧如是三說得屬法已

我某甲盡形壽歸依佛竟歸依法竟歸依僧竟三結已律無受法諸論文具出此但受歸法無有戒法故論云三歸已下有所加得歸及戒若無加者有歸無戒也

受五戒法

經云有善男女布施滿四天下衆生四事供養盡於百年不如一日一夜持戒功德以戒法類通情非情境故也論云由戒故施得清淨也當於受戒前具問遮難故善生經云汝不盜現前僧物不於六親所比丘比丘尼所行不淨行不父母師長有病棄去不殺發菩提心衆生不如是等具問已若無者應語言此戒甚難能爲聲聞菩薩戒而作根本善男子戒有五種始從不殺乃至不飲酒若受一戒是名一分優婆塞具持五戒名爲滿分優婆塞汝今欲受何分之戒當隨意受爾時智者應隨語爲受阿含等經云於受前懺罪已然後受法應如是授言

我某甲歸依佛歸依法歸依僧一日一夜盡形壽爲五戒滿分一戒一分優婆塞如來至眞等正覺是我世尊三授已告云向授三歸正是戒體今又三結示戒所歸也

我某甲已歸依佛竟歸依法竟歸依僧竟一日一夜盡形壽爲一戒一分五戒滿分優婆塞如來至眞等正覺是我世尊三結已告言今當示汝戒相汝諦聽受之

盡形壽不殺生是優婆塞戒能持不答言能持

盡形壽不盜是優婆塞戒能持不答言能持

盡形壽不邪婬是優婆塞戒能持不答言能持

若妄語若飲酒並准上具問答已餘有六重二十八輕諸雜行相廣如善生經及行事鈔中說發願同行八戒

受八戒法善生經增一阿含云佛告優婆塞當於八日十四日十五日往詣長老比丘所一一受八戒一一受之勿令失次論中令五衆授之成實云若無人時但心念口言乃至我持八戒亦得成受俱舍論云若先作意於齋日受者雖食竟亦得前受戒者下心合掌隨施戒人語勿前勿俱若違不成論云若受八戒應言一日一夜莫使與終身戒相亂成實云五戒八戒隨日月長短或一年一月乃至半日半夜重受減受並得應如是授言

我某甲歸依佛歸依法歸依僧一日一夜一年一月

爲淨行優婆塞如是三授之也

我某甲歸依佛竟歸依法竟歸依僧竟一日一夜一年一月

爲淨行優婆塞竟三結已次授戒相言

如諸佛盡壽不殺生某甲一日一夜不殺生能持不答言能持

如諸佛盡壽不盜某甲一日一夜不盜能持不答言能持

如諸佛盡壽不婬某甲一日一夜不婬能持不答云能持

如諸佛盡壽不妄語某甲一日一夜不妄語能持不答言能持

如諸佛盡壽不飲酒某甲一日一夜不飲酒能持不答言能持

如諸佛盡壽離華香瓔珞香油塗身某甲一日一夜離華香瓔珞香油塗身能持不答言能持

如諸佛盡壽離高勝牀上坐及作倡伎樂故往觀聽某甲一日一夜離高勝牀上坐及作倡伎樂故往觀聽能持不答言能持

如諸佛盡壽離非時食某甲一日一夜離非時食能持不答言能持阿含經云如上次第授已當教發願言

我今以此八關齋功德不墮惡趣八難邊地持此功德攝取一切衆生之惡所有功德惠施彼人使成無上正眞之道亦使將來彌勒佛世三會得度生老病死經云設有善男子善女人不發此願而持八齋者得少許福田引古證云

出家授受戒法七分明之一明出家功由菩薩二明有益超世三明障出大損四明既出家巳行於罪行五明既出家行凡福行六明出家修道要業七明大小正行三學爲本廣如鈔中

乞度人法時諸比丘輙便度人不知教授巳愚癡故彼不被教授不案威儀著衣不齊整乞食不如法處處受不淨鉢食於大食小食上高聲大喚如婆羅門聚會法諸比丘以此事白佛佛言聽僧與授具足戒者白二羯磨彼欲度人者當往衆中偏露右肩脫革屣禮僧足右膝著地合掌應作如是乞言

大德僧聽我某甲比丘求衆僧乞度人授具足戒願僧聽我某甲比丘度人授具足戒慈愍故三乞律中准羯磨文爲授具足戒者須乞畜衆法若案受戒揵度中前具列和上德巳總結文云如是畜依止畜沙彌亦爾故知並須以無德不合故也

與度人法佛言當觀察此人若不堪教授復不以二事攝取一者法二者衣食當語言大德止勿度人若有智慧堪能教授又以二事攝者應與羯磨作是白言

大德僧聽此某甲比丘今從衆僧乞度人授具足戒若僧時到僧忍聽僧今與某甲比丘度人授具足戒白如是

大德僧聽此某甲比丘今從衆僧乞度人授具足戒僧今與某甲比丘度人授具足戒誰諸長老忍僧與某甲比丘度人授具足戒者黙然誰不忍者說僧巳忍與某甲比丘度人授具足戒竟僧忍黙然故是事如是持

度沙彌法律中度羅睺羅爲最初僧祇云若年七歲解知好惡與出家過七十臥起須人不得度若能修習諸業聽出家若初欲出家者爲說苦事一食一住一眠多學問答能作者度

與剃髮法時諸比丘輙度人故衆僧不知佛言汝若欲僧伽藍中剃髮當白一

切僧若不得和合房房語令知已與剃髮若和合作白已剃髮作是白言
大德僧聽彼某甲欲求某甲比丘剃髮若僧
時到僧忍聽與某甲剃髮白如是作白已喚入衆中與
剃髮度人法式廣如鈔中五分云先與受五戒已後受十戒
授十戒法佛言若在僧伽藍中度令出家者當白一切僧已聽與出家應作如
是白
大德僧聽此某甲從某甲比丘求出家若僧
時到僧忍聽與某甲出家如是白
受戒體法善見云阿闍黎告言汝隨我語教汝受三歸答言爾又應問其遮難
發戒緣起准如經律例須具問方乃授云
我某甲歸依佛歸依法歸依僧我今隨佛出
家某甲爲和尚如來至眞等正覺是我世尊
三授已便得戒
我某甲歸依佛竟歸依法竟歸依僧竟我今
隨佛出家已某甲爲和尚如來至眞等正覺

是我世尊三結已與戒相
盡形壽不殺生是沙彌戒能持不答言能持
盡形壽不偷盜是沙彌戒能持不答言能持
盡形壽不婬是沙彌戒能持不答言能持
盡形壽不妄語是沙彌戒能持不答言能持
盡形壽不飲酒是沙彌戒能持不答言能持
盡形壽不著華鬘香油塗身是沙彌戒能持
不答言能持
盡形壽不得歌儛倡伎及故往觀聽是沙彌
戒能持不答言能持
盡形壽不得高大牀上坐是沙彌戒能持不
答言能持
盡形壽不非時食是沙彌戒能持不答言能持
盡形壽不得捉生像金銀錢寶是沙彌戒能
持不答言能持

此是沙彌十戒盡形壽不得犯

如請僧福田經沙彌應知五德一者發心出家懷佩道故二者毀其形好應法服故三者求割親愛無適莫故四者委棄身命遵崇道故五者志求大乘爲度人故依如僧祇律應爲說十數一者一切衆生皆依飲食二者名色三者痒痛想四者四諦五者五陰六者六入七者七覺意八者八正道九者九衆生居十者十一切入其列數釋相對治顯正並廣如行事鈔說

比丘受戒法

佛言善來比丘破結使比丘三語比丘邊地持律五人受戒比丘第五中國十人受戒比丘上列五受並正律文善來三語唯局佛在餘三通於滅後也

授比丘戒緣

戒是生死舟航正法根本必須緣集相應有違雖授不得今解二種羯磨具足五緣方成一能受之人有五種一是人道故律云天子阿脩羅非人畜生不得戒故論云三歸五戒唯人有餘道所無二諸根具足律云若狂若聾若瘂身相不具百遮等人一切能汙辱衆僧者皆不得故三身器清淨薩婆多云先受五戒八戒曾破重者更受十戒不得故律云先受戒破於重戒還來受者名邊罪難又白衣沙彌造諸重業並十三難攝故四出家相具律云應剃髮著袈裟與出家人同若著俗服外道服衆莊嚴具裸形等不名受具故五得少分法律云不與沙彌戒而受具戒衆僧得罪故第二所對有七一結界成就以結不成羯磨無所依故二有能秉法僧以白四聖教非法衆者不合秉故三僧數滿足非謂頭數滿十毗尼母云和尚二阿闍黎並須如法七僧爲證皆清淨明曉故律云若無和尚若

十衆不滿如不滿數中所明皆不成就故四界内盡集和合律云更無方便得別衆羯磨故五有白四教法毗尼毋云羯磨如法故六資縁具足律云若無衣鉢若借他衣鉢並非法故七佛法時中毗曇論云若至法滅一切結界受戒皆失没故第三發心乞戒律云若受戒人不自稱名不稱和尚名教乞而不乞若眠醉嗔恚若無心受皆不得戒故第四心境相應或心不當境或境不稱心或心境倶不相應並非法故第五事成究竟始從請師終于受竟前後無違得名辦事正授戒體前具八法初明請師法律云弟子無師教授故造作非法佛言當立和尚弟子看和尚當如父母想敬重相瞻視又病比丘無人看故便置命終佛言當立弟子應共相敬重瞻視便得正法久住增益廣大和尚看弟子當如兒想善見云以初不請故後便違教佛制令請也若依本律請法不在僧中令依十誦僧祇令受戒人先入僧中教使次第一一頭面禮僧足然後請之當偏袒右肩脱革屣右膝著地合掌教如是請言

大德一心念我某甲請大德爲和尚願大德爲我作和尚我依大德故得受具足戒慈愍故三請已僧祇云衆中請已和尚應語發彼喜心律本言可爾教授汝清淨莫放逸依佛阿毗曇中二阿闍黎亦有請法師即准上文餘師義例

二安受者所在佛言受戒之人不得在空隱没離見聞處若在界外其和尚及足數人亦不得在空乃至界外佛言當立受戒者眼見耳不聞處立也

三差人問縁時有欲受戒者將至界外脱衣看稽留受戒事佛言不應爾自今已去聽於先問十三難事然後受戒師當云衆中誰能與某甲作教授師若有者答言我某甲能戒師應和僧索欲已白言

大德僧聽彼某甲從和尚某甲求受具足戒若僧時到僧忍聽某甲爲教授師白如是

四出衆問法五分云應安慰言汝莫恐懼須臾持汝著高勝處等已取某衣鉢示語之言此是安陀會此是鬱多羅僧此是僧伽梨薩婆多云此三衣名九十六種外道所無准佛法中有今故示汝也此是鉢多羅十誦云鉢是恒沙諸佛標誌也此衣鉢是

汝有不答言是諸部中亦即加受法者也應語言

善男子諦聽今是至誠時實語時我今當問汝汝隨我問應答若不實者當言不實若實言實汝不犯邊罪耶答言無者應語言汝應不識此罪名謂曾受佛戒已犯於四重即是佛法海外人故名邊罪汝不有邪義決云凡問難有無意在相解故中邊不相領解尚不成犯戒捨戒今雖問而不識者與不問無別律云不成受戒故以下類此可知之

汝不汙比丘尼耶僧祇律云謂白衣時汙淨戒尼梵行

汝非賊住耶謂白衣沙彌時盜聽說戒羯磨同僧法事

汝不破內外道耶謂曾作外道來受具戒後復入外道今又重來受具足戒者

汝非黃門耶謂非生犍妒變半月自截等六種者

汝非殺父耶汝非殺母耶汝非殺阿羅漢耶

汝非破僧耶汝非惡心出佛身血耶僧祇云此二難佛滅後無佛久涅槃依舊文問

汝非是非人耶謂諸天鬼神等變爲人形而受戒者

汝非畜生耶謂有龍畜能變形爲人而來受戒者

汝非二形耶謂此身中具男女根正乖道器汝今無不應一一具解問已若答無者

汝今字誰和尚字誰年歲滿不此三事及十三難並須一一問答以不具故不得戒衣鉢具足不父母聽汝不汝非負人債不汝非奴不汝非官人不汝是丈夫不

律本云年滿二十者能耐寒熱風雨飢渴持戒一食忍惡言及毒蟲十事是丈夫相僧祇云二十已上七十已下有所堪能是丈夫位得與受戒若過若減縱有所堪及是應法而無所堪者並不得與受戒

丈夫有如是病癩癰疽白癩乾痟癲狂汝無如此諸病不並依有無具答

如我今問汝僧中亦當如是問如汝向者答

我僧中亦當如是答

教授師應正理威儀已便告言待至僧中召命當來

五白召入衆法佛言彼教授師問已還來衆中如常威儀相去舒手相及處立當作如是白言

大德僧聽彼某甲從和尚某甲求受具足戒若僧時到僧忍聽我某甲已問竟聽將來白如是作此白已應喚言汝來來已當爲捉衣鉢在戒師前右膝著地合掌當教乞

六明乞戒法彼教授師如前教已應語言計乞戒法汝應自陳但以不解故我教汝應言

大德僧聽我某甲從和尚某甲求受具足戒我某甲今從衆僧乞受具足戒某甲爲和尚願僧慈愍故拔濟我三乞已教師復坐

七戒師和尚問法應作白言

大德僧聽此某甲從和尚某甲求受具足戒此某甲今從衆僧乞受具足戒某甲爲和尚若僧時到僧忍聽我問諸難事白如是

八正問法應言此安陀會鬱多羅僧僧伽梨鉢多羅此衣鉢是汝有不彼答言是又語言

善男子諦聽今是至誠時實語時今隨所問汝當隨實答僧祇云汝若不實答便欺誑諸天魔梵沙門婆羅門諸天世人亦欺誑如來及以衆僧自得大罪也

汝不犯邊罪耶汝不犯比丘尼耶汝非賊心受戒耶汝非破内外道耶汝非黄門耶汝非殺父耶汝非殺母耶汝非殺阿羅漢耶汝非破僧耶汝非惡心出佛身血耶汝非非人耶汝非畜生耶汝非二形耶若隨答言無者

汝字何等和尚字誰年滿二十未衣鉢具足不父母聽汝不汝不負人債不汝非奴不汝

非官人不汝是丈夫不丈夫有如是病癩癰疽乾痟癲狂病汝今有如是病無耶（並依問已有無具答詞義相領同前教授）

二正授戒體法（薩婆多論云凡欲受戒先與說法引導開解令於一切境上起慈悲心便得增上戒應語彼言六道衆生多是戒障唯人得受猶含遮難不必並堪汝無遮難定得受戒汝當依論文發增上心所謂救攝一切衆生以法度彼又戒是諸善根本能作三乘正因又戒是佛法中寶餘道所無又能護持佛正法久住又羯磨威勢衆僧大力能舉法界勝法置汝身心中汝當一心諦受應作白）

大德僧聽此某甲從和尚某甲求受具足戒此某甲今從衆僧乞受具足戒某甲爲和尚某甲自說清淨無諸難事年滿二十三衣鉢具若僧時到僧忍聽僧授某甲具足戒某甲爲和尚白如是（僧祇云作白已問僧成就不乃至羯磨第一第二第三亦如是十誦云羯磨受戒時當一心聽莫餘覺餘思惟應敬重當正思惟心心相憶念應分別之違者突吉羅罪）

大德僧聽此某甲從和尚某甲求受具足戒此某甲今從衆僧乞受具足戒某甲爲和尚某甲自說清淨無諸難事年滿二十三衣鉢具僧今授某甲具足戒某甲爲和尚誰諸長老忍僧與某甲授具足戒某甲爲和尚者默然誰不忍者說是初羯磨（第二第三亦如上次第問答無違者得）

僧已忍與某甲授具足戒竟某甲爲和尚僧忍默然故是事如是持（善見論中及律並云受具足已和尚阿闍黎等爲當記春夏冬時某月某日乃至量影等時受具足戒）

次說隨相（時有比丘受具足已衆僧捨去既不識犯便造重罪佛言自今已去作羯磨已當先與說四波羅夷法）

善男子聽如來至眞等正覺說四波羅夷法若比丘犯一一法非沙門非釋子汝一切不得犯婬作不淨行若比丘犯不淨行受婬欲

法乃至共畜生非沙門非釋子爾時世尊與說譬喻猶如有人截其頭終不能還活比丘亦如是犯波羅夷法已不能還成比丘行汝是中盡形壽不得作能持不答言能持

一切不得盜下至草葉若比丘盜人五錢若過五錢若自取教人取若自破教人破若自斫教人斫若自燒教人燒若埋若壞色者彼非沙門非釋子譬如斷多羅樹心終不復更生長比丘犯波羅夷法亦如是終不更成比丘行汝是中盡形壽不得作能持不答言能持

一切不得故斷衆生命下至蟻子若比丘故自手斷人命持刀授與人教死歎死與人非藥若墮胎若猒禱殺自作方便若教人作非沙門非釋子譬喻者說言猶如鍼鼻缺不堪復用比丘亦如是犯波羅夷法不復成比丘行汝是中盡形壽不得作能持不答言能持

一切不得妄語乃至戲笑若比丘非眞實非已有自說言我得上人法得禪得解脱得定得四空定得須陀洹果斯陀含果阿那含果阿羅漢果天龍來鬼神來供養我彼非沙門非釋子譬喻者說譬如大石破爲二分終不可還合比丘如是犯此波羅夷法不可還成比丘行汝是中盡形壽不得作能持不答言能持

授四依法時世飢儉乞求難得有外道輒自出家受戒後僧無食便即休道佛言先與四依然後受戒復有外道求僧出家先說四依彼即報言我堪二依若納衣腐藥不堪此二便即休道佛言此外道大有所失自今已去後授四依應如是授言

善男子聽如來至眞等正覺說四依法比丘依此得出家受具足戒成比丘法比丘依糞掃衣依此得出家受具足戒成比丘法是中

盡形壽能持不答言能持

若得長利檀越施衣割壞衣得受

比丘依乞食比丘依是得出家受具足戒成比丘法是中盡形壽能持不答言能持

若得長利若僧差食檀越若送食月八日食十五日食月初日食若僧常食檀越請食得受依樹下坐比丘依此得出家受具足戒成比丘法是中盡形壽能持不答言能持

若得長利若別房尖頭屋小房石室兩房一戶得受

依腐爛藥比丘依此得出家受具足戒成比丘法是中盡形壽能持不答言能持

若得長利酥油生酥蜜石蜜得受

汝已受戒已白四羯磨如法成就得處所和尚如法阿闍黎如法衆僧具足滿汝當善受教法應當勸化作福治塔供養衆僧和尚阿闍黎若一切如法教不得違逆應學問誦經勤求方便於佛法中得須陀洹果斯陀含果阿那含果阿羅漢果汝始發心出家功不唐捐果報不絕餘所未知當問和尚阿闍黎佛言當令受具戒者在前而去弟子當日三時問訊和尚朝中日暮當爲和尚執作二事勞若不得辭說一一者修理房舍二者補浣衣服和尚一一切如法教盡當奉行違者如法治也

請依止師法時有比丘和尚命終若休道若決意出界外以無人教授故種種破戒作非威儀佛言聽有阿闍黎當共相奉敬瞻視如和尚法當具修威儀如是請云

大德一心念我某甲今求大德爲依止願大德與我作依止我依大德住三說已其阿闍黎亦須乞畜衆法如和尚法不異彼受請已應報言

可爾與汝依止汝莫放逸弟子當爲執作二事不得辭設請經問義有所解至滿五歲得離依止若無所知誦戒不利盡形依止阿闍黎須具五德知犯

知不犯知輕知重滿十歲方得攝他若無此德不依無過和尚之德類此

尼衆授戒法 善見云尼者女也摩者母也重尼故稱之智度論云尼得無量律儀故應次比丘後佛以儀式不便故在沙彌後愛道經云女人但或色畜衆知須臾事故制依大僧也

受沙彌尼戒法 其畜衆羯磨剃髮法出家法具如上僧中唯加尼字為異

授式叉摩那尼法 律本諸尼輙度人出家受戒以不知戒相故造作非法佛言應與戒羯磨十誦中輙度妊身女人過起佛言與二歲羯磨可知有無然六法淨心二歲淨身

乞學戒法 佛言聽十歲曾嫁及十八童女欲二歲學戒者當詣僧中偏露右肩脫革屣禮尼僧足兩膝著地合掌教作乞言云

大姊僧聽我某甲沙彌尼今從僧乞二歲學戒某甲尼為和尚願僧與我二歲學戒慈愍故 三乞已沙彌尼應往離聞處著見處立

與學戒法 彼尼衆中作羯磨者應言

大姊僧聽彼某甲沙彌尼今從僧乞二歲學戒某甲尼為和尚若僧時到僧忍聽與某甲沙彌尼二歲學戒某甲尼為和尚白如是

大姊僧聽彼某甲沙彌尼從僧乞二歲學戒某甲尼為和尚僧今與某甲沙彌尼二歲學戒某甲尼為和尚誰諸大姊忍僧與彼某甲沙彌尼二歲學戒某甲尼為和尚者默然誰不忍者說是初羯磨 如是三說

僧已忍與某甲沙彌尼二歲學戒某甲尼為和尚竟僧忍默然故是事如是持

次說戒相法 佛言應與入衆與說六法名字

某甲諦聽如來無所著等正覺說六法不得犯不淨行行婬欲法若式叉摩那行婬欲法非式叉摩那非釋種女若與染汙心男子身相觸缺戒應更與戒是中盡形壽不得犯能持不 答言能持

不得偷盜乃至草葉若式叉摩那取人五錢若過五錢若自取教人取若自斫教人斫若燒若埋若壞色非式叉摩那非釋種女若取減五錢缺戒應更與戒是中盡形壽不得犯能持不答言能持

不得故斷衆生命乃至蟻子若式叉摩那故自手斷人命持刀授與人教死讃死若與非藥若墮胎若厭禱祝術自作教人作者非式叉摩那非釋種女若斷畜生命不能變化者命缺戒應更與戒是中盡形壽不得犯能持不答言能持

不得妄語乃至戲笑若式叉摩那不眞實非已有自稱得上人法得禪得解脫三昧正受得須陀洹果斯陀含果阿那含果阿羅漢果天來龍來鬼神來供養我此非式叉摩那非釋種女若於衆中故作妄語缺戒應更與戒是中盡形壽不得犯能持不答言能持

不得非時食若式叉摩那非時食缺戒應更與戒是中盡形壽不得犯能持不答言能持

不得飲酒若式叉摩那飲酒缺戒應更與戒是中盡形壽不得犯能持不答言能持佛言式叉尼一切大尼戒應學除自手取食授食與他此學法女具學三法一學根本即四重是二學六法謂染心相觸盜減五錢斷畜生命小妄語非時食飲酒也三學行法謂大尼諸戒及威儀並制學之若犯根本戒法者應滅擯若缺學法若更與二年羯磨若違行法直犯佛教即須懺悔不壞本所學六法

授比丘尼戒法佛言有八敬比丘尼善來比丘尼破結使比丘尼羯磨受中有遣信比丘尼十歲曾嫁比丘尼十八童女二歲學戒二十衆比丘尼邊方義立十衆比丘尼前二唯局佛世後五通於像末

乞畜衆法佛言尼滿十二歲欲度人者應具修威儀禮諸尼僧足如大僧法二乞已文同故不出其度沙彌尼式叉尼大戒尼並須别乞以年年度弟子犯罪故或捨畜

衆法等故

與畜衆法佛言尼僧當觀此人堪能教授二歲學戒二事攝取者當與羯磨文亦如上若不堪教授攝取者羯磨非法也

正授戒前具八緣一明請和尚佛言若十歲曾嫁二歲學戒年滿十二若十八童女二歲學戒年滿二十者應與受戒具修威儀教言

大姊一心念我某甲求阿姨爲和尚願阿姨爲我作和尚我依阿姨故得受大戒慈愍故三請已答言可爾乃至請二闍黎七證戒人亦爾也

二佛言當安受戒人離聞處著見處立三差教師法是中戒師應問言誰能與集甲作教授師有者答言我某甲能應作白差如是言也

大姊僧聽彼某甲從和尚尼某甲求受大戒若僧時到僧忍聽某甲爲教授師白如是

四教師出衆問法當起禮尼僧足已往受戒者所語言

妹此是安陀會此鬱多羅僧此僧伽梨此僧祇支此覆肩衣此鉢多羅此衣鉢是汝有不答言是

妹聽今是眞誠時實語時我今問汝實當言實不實當言不實汝不犯邊罪不謂曾受五戒八戒十戒犯四重已及受大戒犯八重已還俗詭今重來者名邊罪人應答云不犯下難遮並准上問以彼此不解者非問答故

汝犯淨行比丘不汝非賊心受戒不汝不破内外道不汝非黃門不汝非殺父不汝非殺母不汝非殺阿羅漢不汝非破僧不汝非惡心出佛身血不汝非非人不汝非畜生不汝非二根不並答言非

汝字何等答言某甲和尚字誰答言某甲年歲滿不答言滿衣鉢具不答言具父母夫主聽不隨當時有者言之不得兩牒若無言無汝不負債不答言無汝非婢不答言非

汝是女人不答言是

女人有如是諸病癩癰疽白癩乾痟顛狂二形二道合道小常漏大小便涕唾常流出汝有如此病不並答言無者又應告言如我向問汝事僧中亦當如是問如汝向者答我衆僧中亦當如是答

五喚入衆法佛言彼教授師問已來至衆中舒手相及處立已應作白召言

大姊僧聽彼某甲從和尚尼某甲求受大戒若僧時到僧忍聽我已教授竟聽使來白如是師遥語言汝來來已爲捉衣鉢令入僧中也

六明乞戒法當禮僧足在戒師前兩膝著地合掌教師教乞言

大姊僧聽我某甲從和尚尼某甲求受大戒我某甲今從衆僧乞受大戒和尚尼某甲願僧濟度我慈愍故如是三乞

七戒師白和尚法彼戒師應白言

大姊僧聽此某甲從和尚尼某甲求受大戒此某甲今從衆僧乞受大戒和尚尼某甲若僧時到僧忍聽我問諸難事白如是

八對衆問法彼戒師應問言

汝諦聽今是眞誠時我今問汝有當言有無當言無汝不犯邊罪耶汝不犯比丘耶汝不賊心受戒耶汝不破内外道耶汝非黄門耶汝不殺父耶汝不殺母耶汝不殺阿羅漢耶汝不破僧耶汝不惡心出佛身血耶汝非非人耶汝非畜生耶汝非二形耶並答言無汝字何等和尚字誰年歲滿不衣鉢具不父母夫主聽汝不汝不負人債不汝非婢不汝是女人不女人有如是諸病癩癰疽白癩乾痟顛狂二根二道合道小大小便常漏汝有如是諸病不並隨有無具須答已

正授本法羯磨文彼戒師當隨機示導令發增上心便具本法已應白

言

大姊僧聽此某甲從和尚尼某甲求受大戒此某甲今從衆僧乞受大戒和尚尼某甲某甲自說清淨無諸難事年歲已滿衣鉢具足若僧時到僧忍聽今與某甲受大戒和尚尼某甲白如是

大姊僧聽此某甲從和尚尼某甲求受大戒此某甲今從僧乞受大戒和尚尼某甲某甲自說清淨無諸難事年歲已滿衣鉢具足僧今爲某甲受大戒和尚尼某甲誰諸大姊忍僧今爲某甲受大戒和尚尼某甲者默然誰不忍者說是初羯磨第二第三亦如是

僧已忍與某甲受大戒竟和尚尼某甲僧忍默然故是事如是持

本法尼往大僧中受戒法五分律云彼和尚阿闍黎復集十比丘尼僧往比丘僧中在羯磨師前小遠兩膝著地乞受戒等義准尼僧自結大界護別衆過等

請羯磨師法律無正文准前具有應教言

大德一心念我某甲今請大德爲羯磨阿闍黎願大德爲我作羯磨阿闍黎我依大德故得受大戒慈愍故三請已彼應如上答

可爾乞受戒法佛言彼受戒者禮僧足兩膝著地合掌教乞言

大德僧聽我某甲從和尚尼某甲求受大戒我某甲今從僧乞受大戒和尚尼某甲願僧拔濟我慈愍故三說已尼教授師當復本座

戒師和尚問法此中戒師應索欲問答訖應如是白言

大德僧聽此某甲從和尚尼某甲求受大戒此某甲今從僧乞受大戒和尚尼某甲若僧時到僧忍聽我問諸難事白如是

正問難遮法應安慰法如上已便語言

汝諦聽今是眞誠時我今問汝有當言有無當言無汝不犯邊罪耶汝不犯比丘耶汝非賊心爲道耶汝非壞二道耶汝非黄門耶汝非殺父耶汝非殺母耶汝非殺阿羅漢耶汝非破僧耶汝不惡心出佛身血耶汝非非人耶汝非畜生耶汝非二根耶並令識相分明顯答以不解故無由得戒也汝字何等和尚字誰年歲滿未衣鉢具足不父母夫主聽汝不負人債不汝非婢不汝是女人不女人有如是諸病癩癰疽白癩乾痟狂顛二根二道合道小大小便涕唾常出汝無如是諸病不並隨前事有無具答汝學戒未即應答言已學戒復應問言清淨不復重答言清淨復應問餘尼言某甲已學戒未餘尼答言已學戒重問言清淨不餘尼重答清淨

正授戒體法戒師應略說發戒方便如大僧受戒中所說以得戒在大僧理

須知正法羯磨云

大德僧聽此某甲從和尚尼某甲求受大戒此某甲今從僧乞受大戒和尚尼某甲某甲所說清淨無諸難事年歲已滿衣鉢具足已學戒清淨若僧時到僧忍聽僧今爲某甲受大戒和尚尼某甲白如是

大德僧聽此某甲從和尚尼某甲求受大戒此某甲今從僧乞受大戒和尚尼某甲某甲所說清淨無諸難事年歲已滿衣鉢具足已學戒清淨僧今爲某甲受大戒和尚尼某甲誰諸長老忍僧與某甲受大戒和尚尼某甲者默然誰不忍者說是初羯磨三說如上問成就已應言僧已忍爲某甲受大戒竟和尚尼某甲僧忍默然故是事如是持受已亦如上爲說記春夏冬時節示語云

次授戒相應語言

族姓女聽此是如來無所著等正覺說八波羅夷法犯者非比丘尼非釋種女不得作不淨行行婬欲法若比丘尼意樂作不淨行行婬欲法乃至共畜生此非比丘尼非釋種女汝是中盡形壽不得犯能持不（答言能持）

不得盜乃至草葉若比丘尼偷人五錢若過五錢若自取教人取若自斷教人斷若自破教人破若燒若埋若壞色彼非比丘尼非釋種女汝是中盡形壽不得犯能持不（答言能持）

不得故斷衆生命乃至蟻子若比丘尼故自手斷人命若持刀與人教死讚死若與非藥若復墮人胎厭禱祝詛殺若自作教人作彼非比丘尼非釋種女汝是中盡形壽不得犯能持不（答言能持）

不得妄語乃至戲笑若比丘尼非眞實非已有自稱言我得上人法我得禪得解脫三昧正受須陀洹果斯陀含果阿那含果阿羅漢果天來龍來鬼神來供養我此非比丘尼非釋種女汝是中盡形壽不得犯能持不（答言能持）

不得身相觸乃至共畜生若比丘尼有染汙心與染汙心男子身相觸從腋以下膝以上若捺若摩若牽若推若逆摩順摩若舉若下若捉若急捺此非比丘尼非釋種女汝是中盡形壽不得犯能持不（答言能持）

不得犯八事乃至共畜生若比丘尼受染汙心男子捉手捉衣入屏處共立共語共行身相近共期犯此八事彼非比丘尼非釋種女犯八事故汝是中盡形壽不得犯能持不（答言能持）

不得覆藏他罪乃至突吉羅惡說若比丘尼

知他比丘尼犯波羅夷罪若不自舉不白僧若衆多人後於異時此比丘尼若罷道若滅擯若遮不共僧事若入外道後便作是說我先知有如是如是事彼非比丘尼非釋種女覆藏重罪故是中盡形壽不得犯能持不答言能持

不得隨舉比丘乃至守園人及沙彌若比丘尼知比丘爲僧所舉如法如律如佛所教不隨順不懺悔僧未與作共住而隨順是比丘尼諫是比丘尼言汝妹知不令僧舉此比丘如法如律如佛所教不隨順不懺悔僧未與作共住汝莫隨順是比丘尼諫是比丘尼時堅持不捨是比丘尼當三諫捨此事故乃至三諫捨者善不捨者彼非比丘尼非釋種女由隨舉故汝是中盡形壽不得犯能持不答言能持五分云說八重已總說四譬應如是告言

族姓女聽如來無所著已說八波羅夷又說四種譬喻若犯八重如斷人頭已不可復起又如截多羅樹心不更生長又如針鼻缺不堪復用又如析大石分爲二分不可還合若比丘尼犯八重已不得還成比丘尼行汝是中盡形壽不得犯

次說四依法又應告言

族姓女聽如來無所著等正覺說四依法比丘尼依此得出家受大戒成比丘尼依糞掃衣得出家受大戒成比丘尼汝是中盡形壽能持不答言能持

若得長利檀越施衣割壞衣得受

依乞食得出家受具足戒成比丘尼法汝是中盡形壽能持不答言能持

若得長利若僧差食檀越送食月八日食十四日食十五日食若月初日食若衆僧常食若檀越請食應受

依樹下坐得出家受大戒成比丘尼法汝是中盡形壽能持不（答言能持）

若得長利別房尖頭屋小房石室兩房一戶得受

依腐爛藥得出家受大戒成比丘尼法汝是中盡形壽能持不（答言能持）

若得長利酥油生酥蜜石蜜應受

汝已受大戒竟白四羯磨如法成就得處所和尚如法阿闍黎如法二部僧具足滿汝當善受教法應勸化作福治塔供養衆僧若和尚阿闍黎一切如法教授不得違逆應學問誦經勤求方便於佛法中得須陀洹果斯陀含果阿那含果阿羅漢果汝始發心出家功不唐捐果報不絕餘所未知當問和尚阿闍黎（應令受戒人在前餘尼在後而去也）

曇無德部四分律刪補隨機羯磨卷第二

音釋

揵度（梵語也此云法聚揵渠焉切）　犍妒（揵居言切以刀勢也妒都故切謂因見他婬方有妒心婬起也）　耐（奴代切忍也）

曇無德部四分律刪補隨機羯磨卷第三　存九

唐崇義寺沙門道宣撰

衣藥受淨篇第四

受衣法

時諸比丘多畜衣服佛言當來善男子不忍寒若畜三衣足不得過僧祇云三衣是沙門賢聖幖幟故薩婆多云爲五意故障寒熱除無慚愧入聚落在道行生善威儀清淨故方制二衣律本云不得以犯捨墮物及邪命得衣作不成受若以錦衣五大上色不得受應涤作袈裟色聽以長二肘廣四肘衣作安陀會長三肘廣五肘作鬱多羅僧僧伽梨亦爾五分云肘量長短不定佛令隨身分量律云度身而衣故也若作新衣一重作安陀會鬱多羅僧二重作僧伽梨若故衣者三重作安陀會鬱多羅僧四重作僧伽梨若糞掃衣隨意多作應五條不應六條乃至應十九條不應二十若過是條數亦應畜應法稻田畦畔齊整聽以刀截成沙門衣不爲怨賊所剃故薩婆多云從九條至十三條下品大衣二長一短從十五條至十九條三長一短從二十一條至二十五條四長一短名如法作若互增減成受持著用得罪律云應法四周有緣五條十隔應自浣涤舒張搌治裁縫大衣中衣要割截若少褋葉作五納衣亦爾若下衣得攝葉十誦云若少如量作若縵作僧祇云葉極應廣四指極狹減穳麥律本云應知此長條此短條此是葉此是

第一縫第二縫此中縫葉兩向聽葉作鳥足縫十誦云要須却剃前去緣四指施鉤後八指施紐薩婆多云三衣破但緣不斷不失受持三千威儀云令帖四角律本令褋障垢膩處若衣壞隨孔大小方圓補及如二指大十誦云護三衣如自皮著大衣者不得揵土石草木雜使若不持三衣入聚落犯罪僧祇云當敬如塔想不著者擗褺舉之入俗人處不著紐者家家得罪五分云若衣下壞亦令倒著上下安鉤紐律中聚落外令反著衣比丘所作之處衣鉢恒隨猶如飛鳥餘如鈔明

受安陀會法

佛言三未應受持若疑捨已更受若有衣不受持突吉羅而不出受法今准十誦加持若以青黃赤白黑五大色及上色涤律論並不成受若如法衣應云

大德一心念我比丘某甲此安陀會五條衣受一長一短割截衣持三說

下衣有四種謂割截襵葉褋葉縵作就中有正從二品先明正有三種從有二十二種若作襵葉褋葉二種衣者加授文時餘詞同上但改下襵葉衣持若從衣受持者應如是加云

大德一心念我某甲比丘此安陀會二十五條衣受四長一短割截衣持如是三說乃至九條七條類此

取解其鬱多羅僧僧伽棃各有正從加受差互准上可知若加縵安陀會餘文如上應言

此縵安陀會受持三說若擬作鬱多羅僧僧伽棃者並准安陀會法唯約衣上下增減為異

受鬱多羅僧法此衣正有二謂割截襍葉七條也從有二十二若受割截衣餘文准上下文加法云

此鬱多羅僧七條衣受兩長一短割截衣持三說若襍葉衣若從衣並准改

受僧伽棃法此衣正有十八種謂割截襍葉各有九品從有六種若受割截衣餘詞如上准改下云是僧伽棃若干條衣受若干長若干短割截襍葉衣持三說乃至九條准上例受若有從衣可例如前矣

受縵衣法律本云下三衆若離衣宿得突吉羅薩婆多云應持上下二衣一當安陀會二當鬱多羅僧若得如法衣應言

大德一心念我沙彌某甲此縵安陀會受持律雖不出受法今准十誦五分律中如法三說

捨衣法律本云有疑當捨已更受不出捨文僧祇云有緣須捨者具修威儀加云

大德一心念我比丘某甲此僧伽棃是我三衣數先受持今捨一說便止下二衣乃至尼五衣等須捨亦爾

尼受餘二衣法時比丘尼露胷髆行為世人譏慢故白佛佛言當畜僧祇支覆肩衣今准僧祇加云

大姊一心念我比丘尼某甲此僧祇支如法作我受持三說若准作祇支廣四肘長二肘是祇支本制今則改變止可義准其覆肩衣廣長亦如祇支法今取所著者或減量作不必依文應准改加法

大姊一心念我比丘尼某甲此覆肩衣如法作我受持三說若有換易須捨者亦准上文其式叉尼沙彌尼受四衣亦准同前

心念受捨衣法五分云獨住比丘三衣中須有換易者具修威儀手執衣心生口言加法云

我比丘某甲此僧伽棃若干條今捨三說已然後受

我比丘某甲此僧伽棃若干條受三說餘二衣等受捨所長之衣如前威儀如法亦爾所捨長衣如後心念淨施法餘四衆受捨並准此也

受尼師壇法

佛言為身為衣為卧具故制畜之長周四尺廣三尺更增半磔手者律本善見云今於縷際外增之十誦云新者二重故者四重僧祇云不得趣爾持故物作及屈頭縮量水瀝量若乾大者犯墮受用犯小罪此是隨坐衣不得淨菸及取新草盛物雜用應中牒左肩上而行至坐處取坐處取坐之若置本處當中掩之欲坐徐舒先手桼後乃坐十誦云不應受單者離宿突吉羅五分云須摽四角不摽則已摩得勒伽云若離宿不須捨律論制受闕文應義加云

大德一心念我比丘某甲此尼師壇應量作

今受持三說必有餘緣准上捨衣法

受鉢多羅法

僧祇云鉢是出家人器少欲少事非俗人所宜五分云佛自作鉢坏以為後式律中不得畜雜寶銅鑯木石鉢大要有二種泥鐵是也應薰作黑赤二色世中時有捃油漆素練紵等鉢並非佛制不成受持諸部唯有薰鉢一色十誦律及論云上鉢受秦升三升呲尼毋云不滿升半若過三升破不成受持善見云若穿破失受持律云鉢破食入但淨洗食不出者無犯應謹護不得乃至足令破呲尼妬云當用細澡豆洗律本云若葉若汁取令除膩應作囊若襆盛之繫口外向帶絡肩上挾鉢腋下五分云瓦鉢應近地洗若非法洗得罪呲尼十誦云鉢是諸佛摽誌不得惡用及洗手敬之如目律中若破以白鑞鉛錫補律無受法准十誦云云也

大德一心念我比丘某甲此鉢多羅應量受

常用故三說善見云若無人時獨受持鉢即准上文其尼等四衆亦准此若捨故受漸並准前上

受藥法

佛言有四種藥時藥非時藥七日藥盡形壽藥應手受之薩婆多云受食有五義律本無口受法准十誦及論制令口受時藥手口互受餘三藥具兼二受

受時藥法

佛言蒲闍尼有五種謂飯麨乾飯魚肉佉闍尼有五種謂枝葉華果細末食名為時藥謂從旦至中也若欲受者先知藥體後知授受餘藥並准此

藥無七過

一非內宿二非內煮三非自煮四非惡觸五非殘宿六非販賣得七非犯竟殘藥等

授有三種

一分別知是食非食二有施心三者如法授與

自受三法

一別知食體與淨人所授之食者心境相當非錯彼此二有心自食非為餘事三如律手受具二五法無非威儀事者

正食五觀

初計功多少量藥來處二自知行德全缺應供三防心離過貪等為宗四正事良藥為療形苦五為成道業故並律論正文非准抑度廣相如鈔

受非時藥法

佛言聽以棃棗蕤蕉等汁作漿若不酢人應非時飲亦不應今

日受漿留至明日若飲如法治僧祇五分律開受蜜漿若諸果汁澄如水色以水渧淨已義加受法云

大德一心念我比丘某甲今爲渴病因縁此是蜜漿爲欲經非時服故今於大德邊受三説餘漿准此若無渴病犯罪

受七日藥法佛言有酥油生酥蜜石蜜世人所識有病因縁聽時非時服僧祇云諸脂亦七日服應義加云

大德一心念我比丘某甲今爲熱病因縁此酥七日藥爲欲經宿服故今於大德邊受三説律本云風病服油及五種脂僧祇律具有對病設藥法云之矣

受盡形藥法佛言一切鹹苦酢辛不任食者有病因縁聽盡形服乃至灰土大小便等亦手受加口法云

大德一心念我比丘某甲今爲病因縁此薑椒盡形壽藥爲欲共宿長服故今於大德邊受三説若有餘藥或白术散丸湯膏煎等但不任爲食者牒名加法薩婆多云如五石九隨牒一名餘藥通攝

衣説淨法佛言長衣長如來八指廣四指不應淨施不者犯墮除波利迦羅衣不現前等薩婆多云不應量者過十日捨作突吉羅悔乃至錢寶穀米等亦爾佛指四面廣二寸也

請施主法佛言有二種淨法眞實淨展轉淨法薩婆多云應求持戒多聞者而作施主亦無請文義加請法

大德一心念我比丘某甲今請大德爲衣藥鉢展轉淨施主願大德爲我作衣藥鉢展轉淨施主慈愍故三説其眞實淨主及錢寶穀米等俗人爲主並准請之

正説淨法善見云若衣物衆多衣段段説之欲總説者並縛相著加重法云矣

大德一心念此是我某甲長衣未作淨今爲淨故施與大德爲展轉淨故彼受者言長老一心念汝有是長衣未作淨爲淨故施與我我今受之汝施與誰彼當言施與某甲受淨者言長老一心念汝有是長衣未作淨爲淨故與我我已

受之汝與某甲是衣某甲已有汝爲某甲故善護持著用隨因緣長鉢殘藥文並同准

心念說淨法五分云應偏袒右肩胡跪手捉衣心生口言

我比丘某甲此長衣淨施與某甲於五衆中隨意與之

隨彼取用得至十一日復如前威儀言我某甲此長衣從某甲取還得至十日復如初言我某甲此長衣淨施與某甲隨彼取用如是捨故新十日一易受

金粟淨法薩婆多云錢寶穀米並同長衣十日說淨律本云當持至可信優婆塞所若守園人所如是告言此是我所不應汝當知之論云除錢及寶等一切長財並五衆爲長主若說淨錢寶希得衣物施不須施僧祇云施主若死等不得過十日更覓施主說淨毗尼母云若衣物未說淨點淨縫衣著已淨者則名衣和合淨若色非法縫著如法者是名色衣和合淨更不須別淨

諸說戒法篇第五

摩得勒伽論云云何布薩捨諸惡不善法證得白法究竟梵行半月自觀犯與不犯清淨身口也善見云何得知正法久住毗尼母清淨者名布薩義

僧說戒法若四人已上當白已說戒於十四十五十六日說戒聽上座於布薩日白僧言

大德僧聽今白月十五日布薩白衆僧集某處說戒如是白已上座應教年少比丘具淨水燈火舍羅聽作時若打揵椎及餘時法若告言諸大德布薩說戒時到僧集已比座共相檢校知來者不來者其諸莊嚴說戒衆具廣如鈔中

僧同犯識罪懺白法佛言若僧集說戒犯罪不得說戒不得聞戒不得向犯者懺悔犯者不得受他懺悔彼比丘白已當懺悔應作如是白言

大德僧聽此一切衆僧犯罪若僧時到僧忍聽此一切僧懺悔白如是如是白已然後說戒律本更不悔本罪

僧同犯疑罪發露白法佛言若說戒時一切僧於罪有疑者應作白言

大德僧聽此一切僧於罪有疑若僧時到僧忍聽此衆僧自說罪白如是然後說戒此但露罪得聞說戒

本罪仍說已懺

尼差人請教授法 於說戒日集僧索欲問緣答云差人請教授羯磨文言

大姊僧聽若僧時到僧忍聽僧差比丘尼某甲爲比丘尼僧故半月往比丘僧中求教授白如是大姊僧聽僧忍差比丘尼某甲爲比丘尼僧故半月往比丘僧中求教授誰諸大姊忍僧差比丘尼某甲爲比丘尼僧故半月往比丘僧中求教授者默然誰不忍者說僧已忍差比丘尼某甲爲比尼尼僧故半月往比丘僧中求教授竟僧忍默然故是事如是持 律本云應白二差一人已彼獨行無護更差二三人爲伴往僧寺中至所囑比丘所義准應差人承受彼囑授尼應具陳所請已至十六日更往僧寺中求可不時若得略教授已還至寺鳴槌集尼衆不來者說欲已然後使尼如僧中所告者在尼衆中具宣僧勑訖諸尼合掌頂戴受律無文准僧祇律文義如此若僧尼兩衆欲滿五人已上方行此法

故律本云若衆不滿若不和合者至時禮拜問訊

教誡尼法 佛言於僧說戒時上座問言比丘尼衆遣何人來耶今但取當時說戒者問之受囑授者即起具修威儀爲白僧言

大德僧聽某處比丘尼僧和合僧差比丘尼某甲半月半月頂禮比丘僧足求請教授尼人 三說已義加云彼應至上座所云大德慈愍能教授比丘尼不若答言不堪者乃至二十夏已來一一具問若無有者還其上座所白言遍問衆僧無有堪者上座即應略教戒法告囑授人云此衆無堪教誡師明日尼來請可不時應報言昨夜爲尼遍請無有堪者雖然上座有勑勑諸尼衆精勤行道謹慎莫放逸

告清淨法 佛言說戒日客來若少者當告舊比丘清淨應如是告言

大德僧聽我比丘某甲清淨 若說戒序竟方陳此言必有犯者舉過告僧已餘者次第聽

識罪發露法 佛言當至一清淨比丘具威儀說所犯名種白言

大德憶念我某甲犯某罪生疑今向大德發露後如法懺悔 三說說戒時憶者須用此法若餘時中依法懺悔十誦云

發露比丘不須更發

疑罪發露法 律本比丘犯罪有疑復逼說戒佛言應發露已得聞戒義准云

大德憶念我比丘某甲於某處犯生疑今向大德發露須後無疑時如法懺悔 三說

說戒座上憶罪露法 律本爲在座上忽憶本罪向此座說之舉衆鬧亂佛令發露心念應義准云

我某甲犯某罪爲逼說戒恐鬧亂衆故待竟當懺 三說疑罪准此

略說戒法 佛言若王賊水火病人非人惡蟲及有餘緣者若床座少露濕天雨布薩多夜已久或鬪諍說法等久者略說戒五分僧祇並爲多緣開聽略說說前方便一如廣法隨緩急廣說之律中則有三五略說隨緣遠近文非明了今依毗尼母論云若序說說問清淨訖應告言之

諸大德是四波羅夷法僧常聞 十三僧伽婆尸沙乃至衆學並云 諸大德是衆學法僧常聞諸大德是七滅諍法半月半月說戒經中來 已上依文廣說若難卒至應隨到處云已說至某處餘者僧常問若難緣逼近不得說序者僧祇云

諸大德今十五日布薩時各正身口意莫放逸 便各各隨意去律本至布薩日不得不說若無者應說法誦經亦得也

對首說戒法 佛言若一比丘住處於說戒日當詣說戒堂掃洒令淨敷坐具辦澡水瓶然燈火具舍羅若客比丘來若四人以上應白說若有四人應集白說戒若有三人不得受欲應各三語說戒如是言

二大德憶念今僧十五日說戒我某甲清淨 餘二人亦如是三說若二人共住亦准此若犯罪者向清淨者發露若懺悔已方得加法若有罪不發露者不應清淨法也

心念說戒法 佛言一比丘於說戒日如前辦衆具待客比丘若無應言

今僧十五日說戒我某甲清淨 三說五百問事云如上加法已有罪者向四方僧懺悔已獨坐誦戒至竟

比丘尼式叉摩那沙彌沙彌尼 爲別餘詞同上

諸衆安居法篇第六

時諸比丘一切時遊行蹋殺生草木斷衆生命根世人譏訶蟲鳥爲盡佛言不應一切時

遊行聽三月夏安居有通訶別制出在尼律也

安居法如佛言有三種安居前安居中安居後安居前安居者住前三月後安居者住後三月十誦律佛制五衆並令安居律云尼不安居波逸提僧等四衆突吉羅明了論云無五過處得在中安居一太遠聚落求須難得二太近城市妨修行道三多蚊蟻自他兩損四無可依人人具五德一未聞令聞二已聞令清淨三能決疑網四通達無滯五止見五無施主供給藥食並不可安居律本云安居有四種一對首二心念三忘成四及界並有據緣如下具列

對首安居法律本云應白所依人言我於此處安居已口言

大德一心念我比丘某甲今依某伽藍某聚落前三月夏安居房舍破修治故三說五分十誦云彼人告所白者言知莫放逸答言受持律本云夏中當依第五律師廣誦二部律者若違得波逸提春冬依四種律師違者突吉羅理准律意應問彼言依誰持律者答言依某甲律師律師告言有疑當往問五分云佛言當於持律者安居若處所近聞者應七日得往返處心念遥依若檀越村野林樹山巖房舍等安居者並同上文唯改伽藍爲異若修治破壞之語局僧住處隨事量度其四衆作法唯改言比丘尼式叉摩那沙彌沙彌尼爲別餘詞同上也

後安居法律中有比丘四月十六日欲前安居不至所在十七日乃到佛言後安居應准上文言後三月夏安居餘文並如上如是乃至五月十六日後安居法並准前

心念安居法佛言若無所依人可白應心念安居文言

我某甲比丘依某僧伽藍前三月夏安居餘詞同上

忘結便成法時諸比丘來至所住處安居忘不結佛言若安居故來便成安居律中爲客比丘本有要期外來託處有忘開結必有住人不在通限若本有方便通客主也

及界與園成安居法時有比丘往餘處安居一脚入園及界便明相出如是兩脚入園及界便明相出如是兩脚入園及界便經明相佛言並成安居若准人解後二種法應在前後十六日若在中安居隨日得結

受日法時有佛僧塔事及父毋檀越召請受戒懺悔等緣弁瞻病求藥問疑請法如是諸事不知云何佛言不及即日還聽受七日去不及七日還聽受十五日去不及十五日還聽受一月日及一月日應還其三種受日並不過夜不同他律又所爲之緣但是

破戒非法事並非正緣不成受日及破安居十誦云應五衆安居五衆受日若往赴在道事盡即須返界以無法故明了論中有重受七日法僧祇律云比丘尼無羯磨受日法若有緣開七日

事訖羯磨受日法僧祇律第四十卷云路遠緣長爲塔事僧事應作求聽羯磨事訖應還有人加僧忍聽此妄增聖教彼羯磨例同之也

大德僧聽某甲比丘於此處兩安居若僧時到僧某甲比丘於此處兩安居爲塔事僧事出界行還此處住諸大德僧聽某甲比丘爲塔事僧事出界行還此處安居僧忍默然故是事如是持

羯磨受日法佛法東流數本羯磨乞受日法全缺不同皆自意言未尋正教今學所宗但依律本既無乞不可妄加又括諸部並無加乞應告情已羯磨者如是言

大德僧聽若僧時到僧忍聽比丘某甲受過七日法十五日一月日出界外爲某事故還來此中安居白如是

大德僧聽比丘某甲受過七日法十五日一月日出界外爲某事故還來此中安居誰諸長老忍僧聽比丘某甲受過七日法十五日一月日出界外爲某事故還來此中安居者默然誰不忍者說僧已忍聽比丘某甲受過七日法十五日一月日出界外爲某事故還來此中安居竟僧忍默然故是事如是持

對首受日法律論但聽受七日並無正法傳羯磨白中義亦無失十誦云若無比丘當從四衆受應告言

長老一心念我比丘某甲今受七日法出界外爲某事故還來此中安居白長老知三說十誦律云開獨住比丘心念受日應准上文唯除所對之言爲别

命梵二難出界法律中若安居中本二大童女婬女伏藏欲來誘調比丘又有惡鬼怨賊毒蟲惡獸不得如意醫藥使人我若此住必爲我淨行及命作留難佛言聽法准毗尼母論云移夏不破安居諸部無文開

受日出界逢難法律中比丘受七日出界爲父母兄姊等至意留過日或水陸道斷遂即過限佛言不失歲僧祇云若受日在道不得迂迴當日若了即還本處也

諸衆自恣法篇第七

時諸比丘共住受持瘂法佛種種呵責言此是白羊外道法自今已去聽共相檢校知有罪無罪有十利故便得正法久住應安居竟自恣

僧自恣法

佛言應十四日十五日十六日自恣餘辦具如說戒中比丘不知何時佛言聽小食大食上下座應唱令白云之也

大德僧聽今白月十四日餘日准此衆僧集某處

自恣差受自恣人法

佛言聽作時若打揵搥若告言諸大德自恣時到僧集已應先差人應具兩種五德一自恣五德不愛不恚不怖不癡知自恣未自恣二具舉罪五德知時如實利益柔輭慈心也十誦云五分並差二人以上若衆止五人前後單差若有六人一時雙牒而作羯磨應和問答已白言

大德僧聽若僧時到僧忍聽僧差比丘某甲某甲作受自恣人白如是

大德僧聽僧差比丘某甲某甲作受自恣人誰諸長老忍僧差比丘某甲某甲作受自恣人者默然誰不忍者說僧已忍差比丘某甲某甲作受自恣人竟僧忍默然故是事如是持作此法已兩五德者方從座起至上座前禮僧足已然後互跪和白

白僧自恣法

佛言自恣時應知比丘有來不來者聽先白已然後自恣作是言也

大德僧聽今日衆僧自恣若僧時到僧忍聽僧和合自恣白如是佛言比丘應十四日自恣比丘尼應十五日自恣此謂二衆相依住法若無緣者三日俱得自恣

正自恣法

佛言應偏袒右肩脫革屣互跪合掌應一一從上座作次第應離坐自恣五分云取草布地令在上自恣老病者隨本座應對前五德者言

大德衆僧今日自恣我比丘某甲亦自恣若有見聞疑罪願大德長老哀愍故語我我若見罪當如法懺悔三說律本云若說錯忘一一授之共二五德准僧祇

云各至本座處自恣不得待僧竟其衆僧自恣已五德至上座前告云僧一心自恣竟便如常禮退出十誦律

略自恣法佛言若有八難及餘緣如說戒中事者略說自恣但對首有二略單白已有三略如鈔所明若難事可得廣說便廣說若再說若一說若不者應如法治

四人以下對首法佛言若有四人不得受第五人欲更互自恣應盡集自恣若有四人應更互自恣如是白言

三大德一心念今日衆僧自恣我某甲比丘清淨三說已若有三人二人亦准此法唯改對首入數為異又不得別衆及以有犯並不應此法

一人心念法佛言若自恣日往說戒堂掃灑敷坐具盛水器洗腳器然燈火具舍羅為待客比丘若無來者應心生口言

今日衆僧自恣我比丘某甲清淨三說

尼差人自恣法佛言比丘尼夏安居竟聽差一比丘尼為尼僧故往大僧中說自恣若僧尼二衆各不滿五至自恣日比丘尼往至比丘所禮拜問訊若衆滿者應索欲問緣答云差人自恣羯磨應云

大姊僧聽若僧時到僧忍聽僧差比丘尼某甲為比丘尼僧故往大僧中說三事自恣見聞疑白如是

大姊僧聽僧差比丘尼某甲為比丘尼僧故往大僧中說三事自恣見聞疑誰諸大姊忍僧差比丘尼某甲為比丘尼僧故往大僧中說三事自恣見聞疑者默然誰不忍者說僧已忍差比丘尼某甲為比丘尼僧故往大德僧中說三事自恣見聞疑竟僧忍默然故是事如是持佛言彼獨行無護者應差二三人為伴往大僧中禮僧足已曲身低頭合掌作如是語

比丘尼僧夏安居竟比丘僧夏安居竟比丘尼僧說三事自恣見聞疑罪大德僧慈愍故語我我若見罪當如法懺悔三說已良久僧上座告言徒衆上下各並默然者實由尼等内懃三業外無三事故不見犯雖然上座有勅勅諸尼衆如法自恣謹慎莫放逸使尼禮僧足辭退至本寺已集尼衆等傳僧教

勑如說戒法所明也此自恣說戒略教授法律本文缺義明前後而臨事必須理不容默故且略標一句以表常式得時行用未必依文也

諸分衣法篇第八

於中得施有二初謂七衆所施爲僧得二謂道俗所施爲現前若約緣就時不出六種

一二部僧得施法

時有住處二部僧多得可分衣物時比丘僧多比丘尼少佛言分作二分無比丘尼純式叉摩那亦分作二分若純沙彌尼亦分作二分若無二衆比丘僧應分若比丘尼多僧少若無應分作二分若僧乃至無沙彌者比丘尼應分得物巳至當部中皆須作羯磨分所以名僧得者以施主心普均一化物遍通十方但有僧尼皆沾其分故名僧得還須僧法羯磨遮約十方來者既作法已現前自分羯磨如後

二二部現前得施法

爾時世尊三月靜坐唯除一供養人時有六十頭陀比丘徃至佛所爲佛所讚諸非頭陀比丘捨衣成大積佛言應布施僧衆若與一人聽與比丘尼非衣若行波利婆沙摩那埵比丘應分與分七羯磨人應置地與若使人與若沙彌應等與若與半若三分與一守僧伽藍人應等與若至四分與一分若不與不應分若分應如法治

三時現前得施法

時有比丘在異處結夏安居巳復於異處住不知何處取物分佛言聽住日多處取若二處俱等聽各取半若大得可分應隨數人分或壍籌分乃至一人直擯取不作心念法

四非時現前得施法

時現前僧大得可分衣物佛言聽數人多少若十人爲十分乃至百人爲百分若好惡相叅應使不得者擲籌分之不合羯磨也

五時僧得施法

時有比丘未分衣夏衣便去後分衣而不得來又忘不出行者分不知成分不佛言成分衣應相待亦應出彼分羯磨分之如非時僧得施法佛言若一比丘安居大德僧夏安居衣應心念口受言

此是我物

三說巳若受不受更有餘比丘來不應與分也

六非時僧得施法

得施有二若道俗作檀越欲以施物者並通十方皆與施福故律云時有異住處現前僧大得可分衣物分衣時有客比丘數數來分衣疲極佛言應差一人令分白二羯磨與其正法如後分亡人輕物中說二者若亡五衆所有衣物佛言應一切屬僧然僧四方現前不同故物則重輕兩別又約輕重物中分處非唯一軼具如後十段

初明五衆死物之所屬

十誦有比丘死衣物衆多王家親屬欲並取物佛言王親不合僧應得之乃至今時雖依三寶出家財法必緣僧得佛法非分故入

二僧廣如鈔中說之

二分法十種一老糞掃取如五分律水漂死者二者現前取如十誦學悔人擯人守戒人共住互死者三同見取如律此彼二部互死者四功能取如律云三舉人死同羯磨舉僧五二部僧取如律無住處死薩婆多二界中間死六面所向取如論二界中死七入同羯磨和尚僧祇云沙彌死衣物令和尚知入八所親白衣薩婆多云滅擯人物九隨所在得如十誦寄人不寄處等十在衆中死羯磨取廣亦如鈔說

三同活共財法律無正斷若取分別共財則除隨身之物已外中分入僧同活則任在者籌量出處多少但取實情生死同志則無負犯若涉私懷具招兩過

四負債法佛言應問言誰負病者物病人負誰物知已應索取若負他者聽持長衣償若無賣三衣償有餘與瞻病人僧祇云當深察前人可信可證明者與之反此不得

五明囑授佛言僧問瞻病人言病人有囑授不若云病人臨終時言此物與佛與法與僧與塔與人若我終後與者佛言應索取現前僧分五分若生時與人未持去者僧應白二羯磨與之

六分物時僧祇言若病者死不可信應持戶鉤付僧知事人然後供養舍利毗尼母云先將亡者去藏殯已送喪僧還來至寺取亡人物著僧前然後依法集僧分之也

七斷輕重物十誦病人死無看病者取衣物浣洗曝卷擗除擔入衆中律云彼持亡者衣物來在衆中當作是言

大德僧聽某甲比丘彼此住處命過所有衣物此住處現前僧應分如是三捨毗尼母云並取衣物在僧前著已遣一人處分物可分物不可分物各別一處也

正明處分佛言若比丘死若多知識若無知識一切屬僧若有園田果樹別房及屬別房物銅瓶銅瓮斧鑿燈臺繩牀坐蓐臥蓐钁鑁車輿守僧伽藍人水瓶澡灌錫杖扇鐵作器木作器陶作器皮作器竹作器及諸種種重物並不應分屬四方僧钁鑁長三肘廣五肘毛長三指剃刀衣鉢坐具針筒俱夜羅器現前僧應分之律文正斷如此餘有不出者當於諸部律論聯類斷判當觀律本判意不容緩急自欺必欲廣知具如量處重輕物儀中

八量德賞物佛言五法成就應與病人衣物故知不具則不得賞一知病人可食不可食可食應與二不惡賤病人人小便唾吐三有慈愍心不為衣食四能經理湯藥乃至差若死五能為病者說法已身於善法增益僧祇律有四種暫作若僧差作自樂福作邪命作並不合賞若為饒益病者欲令遠差下至然一燈遇命終者便得此物五分

云多人看病與究竟者律云當與受持衣若不知者當極與看病與上三衣隨看中下與衣亦爾十誦云若不信者與不好不惡六物與五分十誦云比丘病二衆合得比丘尼病三三衆得摩得勒伽云白衣看病應與少許尼三衆同之十誦云看病人爲病者出外乞食衣藥者留待還付之五分外界看病者依法賞之也

正明賞法佛言應與瞻病者六物謂衣鉢坐具針筒盛衣貯器應如是與

大德僧聽某甲比丘命過所有三衣鉢坐具針筒盛衣貯具器隨當時有者牒入此現前僧應分若僧時到僧忍聽僧令與某甲看病比丘白如是

大德僧聽某甲比丘命過所有三衣鉢坐具針筒盛衣貯器此現前僧應分僧令與某甲看病比丘誰諸長老忍僧與某甲看病比丘三衣鉢坐具貯器者默然誰不忍者說僧已忍與某甲看病比丘衣物竟僧忍默然故是事如是持律本具明有德合賞若無德者理非僥倖必知事勞無有法益者可入輕物作法然後和僧准論隨功賞贈

九分輕物法毗尼母云五人共住一人死不得作展轉分律中出法少人不具足令准非時僧得施羯磨具有展轉之言則五人已上須用此法律文當差一人令分白二羯磨如是與之有人存三番作法此思文未了亦有存二番法者今准羯磨文中具合付分二法餘無故不出准律羯磨云

大德僧聽某甲比丘命過所有衣物現前僧應分若僧時到僧忍聽僧令持是衣物與比丘某甲某甲當還與僧白如是

大德僧聽比丘某甲命過所有衣物現前僧應分僧令持是衣物與比丘某甲某甲當還與僧誰諸長老忍某甲比丘命過所有諸衣物現前僧應分僧令持與比丘某甲某甲當還與僧者默然誰不忍者說僧已忍持此衣物與比丘某甲某甲當還與僧竟僧忍默然故是事如是持作此法已隨人多少取其衣物依數與之不宜別施更招濫涂非佛制故五分云若不遍者和僧與一無衣比丘善見云若一衣極好不須割破衆

並有者從上行之須者直付之衣付言

四人分法毗尼母云若但四人應作直分羯磨其賞看病物義唯三人口和以

諸大德憶念今持亡比丘某甲衣鉢坐具等隨有言之與其甲看病比丘三說自餘輕物應准作直分羯磨云

大德僧聽若僧時到僧忍聽某甲比丘命過所有衣物現前僧應分白如是

大德僧聽比丘某甲命過所有衣物現前僧應分誰諸長老忍僧今分是衣物者默然誰不忍者說僧已忍分是衣物竟僧忍默然故是事如是持若捨衣若分衣若客來並准上

衆多人分法毗尼母云四人共住一人死應展轉分捨衣已賞勞法任二人口和付言

大德僧聽我等持是亡某甲比丘衣鉢坐具針筒盛衣貯器與其甲看病比丘三說已其輕物者准本律云應彼此三語受共分應言

二大德僧聽此亡比丘某甲衣物應屬我等三說餘人亦爾有二人亦須准上其賞勞直付三語雖了分物未入手客來須一與分

一人心念法毗尼母云一相應法者二人共住一人死在者取衣口言此其甲亡比丘物應屬我作此三說已手執物故後來不得

十得受衣法僧祇云若為病人求醫藥衣食及為塔事僧事雖當時不在並應與分善見云若界外比丘入亦須與分謂在羯磨時律中有比丘無想別衆不成分衣又現前施中得與沙彌淨人分等或半如前分別十誦云比丘有衣鉢寄尼者若死比丘索取先見者分之若在白衣家死輕物隨五衆現前分重物任意遠近有僧法寺付之若無五衆者律令信樂檀越應守掌若無五衆來者應送與近處僧伽藍僧餘如鈔中也

曇無德部四分律刪補隨機羯磨卷第三

音釋

幖幟幖卑遥切幟昌志切幖幟猶表識也𧝏質涉切猶摺也穬古猛切変ㄙ紐女久切系結也褋達協切摙力展切擔運物也擗褺擗正作襞必益切摺疊衣也褺達協切重衣也坏鋪杯切坏素也[illegible]如佳切感疑樂名蔗之夜切甘蔗也軼弋質切過也綊紵綊徽頻切紵展呂切

曇無德部四分律删補隨機羯磨卷第四存十

唐崇義寺沙門道宣撰

懺六聚法篇第九

懺悔法

律云有二種人一者愚癡謂不見犯雖見犯不能如法懺悔二者智人即返上句未曾有經云前心作惡如雲覆日後心起善如炬消暗故經律俱明懺悔然懺法多種若作事懺但能伏業易奪若作理懺則能燋業滅業先論利根依理斷業

如涅槃經云若有修習身戒心慧能觀諸法由如虛空設作惡業思惟觀察能轉地獄重報現世輕受若於小罪不能自出心初無懺不能習善覆藏瑕疵雖有善業爲罪垢汙現世輕報轉爲地獄極重惡果是爲愚癡若犯四重五逆謗法名爲破戒有因緣故則可拔濟若拔法服常懷慙愧生護法心建立正法我說是人不名破戒成實論云有我心者則業煩惱集若無我者則諸業不能得報以不具故未曾有經云夫人修福須近明師修習智慧悔重惡業華嚴經云譬如幻師能幻人目諸業如是知是名清淨眞實悔過二者鈍根依事懺者若依大乘則佛名方等具列行儀依法懺悔要須相現准教驗心若依律宗必須識於罪名種相隨有牒懺若疑不識不合加法唯除不學者隨犯結根本此但滅犯戒罪也故智論云戒律中雖復微細懺則清淨犯十善戒雖懺三惡道罪不除如比丘犯諸性戒等

懺波羅夷法佛言若比丘比丘尼若犯波羅夷已都無覆藏心當如法懺悔

與學戒羯磨奪三十五事盡形行之若衆僧說戒羯磨時來與不來無犯若更犯重應滅擯

僧祇云犯重已啼泣不欲離袈裟者又深樂佛法應與學戒比丘不淨食彼亦不淨彼不淨食比丘亦不淨得與比丘過食除火淨五生種及金銀自從沙彌受食十誦云佛所結戒一切受行在大比丘下坐不得與大僧過三夜自不得與未受具過二夜得與僧作自恣布薩二種羯磨不得足數餘衆法不得作得受歲律云不得衆中誦律無者聽之毗尼毋云與學悔法已名清淨持戒但此一身不得超生離死障不入地獄

懺僧伽婆尸沙法佛言若犯僧殘已覆藏若隨覆藏者隨覆藏日與波利婆沙行波利婆沙已與六夜摩那埵行摩那埵已當二十僧中出罪若犯罪不覆藏僧應與六夜摩那埵行此法已便二十僧中與出罪羯磨若二種行法中間重犯隨所犯者與本日治行此法已然後出罪若行波利婆沙者得羯磨已奪三十五事在僧下行八事失夜白僧發露供給衆僧盡覆日行之其摩那埵法與別住法並同唯在僧中宿爲異

懺偷蘭遮法罪緣兩種初明獨頭偷蘭有三差別如破法輪僧盜四錢盜僧食等名上品若破羯磨僧盜三錢以下互有衣相觸等名中品若惡心罵僧盜一錢用人髮食生肉血裸身著外道衣等名下品二明從生者十誦云從初篇生重應一切僧中悔若初篇生輕二篇生重應界外四比丘衆中悔若僧殘生輕一比丘前悔薩婆多云懺法與波逸提同前獨頭偷蘭懺法亦准從生上中下懺應知

已前三懺罪事非輕悔法繁密理須精練自可持律行用是常餘者博尋終成虚托必欲清薄即是智人觀緣執法固

無有失縱舒撰次非學不知徒費時功
未辨前務故闕而不載必臨機秉御大
鈔詳委
懺波逸提法悔通僧別故前列三十唯據對首後列九十由貪慢財事輕重
二心故分二位懺捨兩據也前懺捨墮佛言犯捨墮衣不得遣與人作
三衣作波利迦羅衣若數數著用衣若淨施
應捨已然後作淨此尼薩耆衣當捨與僧若
衆多人若一人不得別衆捨若捨不成捨得
突吉羅故知三種懺捨又犯通僧別界分二
所並委詳思
僧中懺法要須五人以上爲受懺者僧中捨墮有於三人別初明捨財謂離罪緣
中明捨心謂離罪因後明捨罪除生死業此之三捨懺法宗途義類通贍
初明捨財三十捨中乞綿作衣畜貨三寶此之三戒不對於僧餘者皆並通三
境今摘取數犯者以爲摽首捨法有三初五長之物二離受衣餘雜捨等辨定三說將往
僧中佛言捨與僧時持往僧中偏袒右肩脫革屣向上座禮互跪合掌應作如是捨言

大德僧聽我某甲比丘故畜一三五八事長衣犯
捨墮故離僧伽梨宿犯捨墮自買得一事衣犯捨墮我今捨與僧一說
若知數者隨多少言之若衣財衆多乃云不憶數也唯除三衣一種以必有數若衣財多
處並隨處捨已然後懺罪由通染犯故也乃至罪名多少具明牒准律如此不可疑作
中明捨心薩婆多云衣已捨罪已懺悔畜心不斷當日明日得本異財並犯由
心染故三者依捨罪未悔畜心斷者若即日得本財異財犯吉羅今案諸律論捨墮還財
或由僧量不自專已或永棄捨或永入僧或還本道俗或通施七衆如律本斬壞入庫之
例等是也故捨心決曾無顧緣若還本財事同新得如法說淨淨應本白法今此律宗言
非虛設既捨與僧心亦無繫故律本云若不還衣若著用破壞受作三衣但犯吉羅止是
失法之罪
捨罪法佛言彼捨衣竟即於僧中懺悔
乞懺悔法准律本後文出當作是乞
大德僧聽我某甲比丘故畜衆多若干長衣犯捨
墮是衣已捨與僧今有衆多若干波逸提罪從僧
乞懺悔願僧聽我某甲比丘懺悔慈愍故三說

請懺悔主法佛言若一住處一切僧並犯罪者不得向犯者懺悔有犯者不得與他解罪若有客比丘來清淨無犯者當一一往彼所懺悔若無來者當詣比近清淨眾中懺此比丘當還本住處餘比丘向此比丘說犯名懺悔如是者名清淨五分律云若有命難因緣佛開同犯不同犯並得受懺若無緣者不得故律云有二種癡謂不見犯從犯者懺悔律闕請法今准義應須言

大德一心念我比丘某甲今請大德為波逸提懺悔主願大德為我作波逸提懺悔主慈愍故三請未得答其可不

和白法應索欲問和已答云受波逸提懺悔羯磨

大德僧聽某甲比丘故畜眾多若干長衣犯捨墮此衣已捨與僧是中有眾多若干波逸提罪今從眾僧乞懺悔若僧時到僧忍聽我比丘某甲受某甲比丘懺悔白如是作是白已告知言可爾

正捨罪法其常途謹誦多有繁濫檢過則無不可妄指藏罪著用隨犯方言希故削除有則如後應言

大德一心念我比丘某甲故畜眾多若干長衣犯捨墮此衣已捨與僧有眾多若干波逸提罪今向大德發露懺悔不敢覆藏懺悔則安樂不懺悔不安樂憶念犯發露知而不敢覆藏願大德憶我清淨戒身具足清淨布薩三說已應說言自責汝心生猒離答言爾

還衣法佛言彼捨墮衣應還比丘若不還者犯罪還法有三謂五長等有緣者展轉還非五長者即應即座還若無緣五長者明日還明了論中今一宿間故義須分識

初即座轉付法佛言若眾僧多難集此比丘有因緣事欲遠行者應問言汝此衣物與誰隨彼說便與是中有一月衣急施衣過後畜長鉢殘藥長衣此五長戒依此法還之作如是言

大德僧聽某甲比丘故畜眾多若干長衣犯捨墮此衣已捨與僧若僧時到僧忍聽僧今持是衣與某甲比丘某甲比丘當還此比丘白如是

大德僧聽此某甲比丘故畜衆多若干長衣犯捨墮此衣已捨與僧僧今持此衣與某甲比丘某甲比丘當還此比丘誰諸長老忍僧持此衣與某甲比丘某甲比丘當還此比丘者默然誰不忍者說僧已忍持此衣與某甲比丘某甲比丘當還某甲比丘竟僧忍默然故是事如是持僧秖云知識比丘僧中得此衣已屏處分付後明即座直付法若非五長並依此法若是五長曾經宿者准此文

大德僧聽某甲比丘故離僧伽梨宿餘二衣乃至迴僧物並准著犯捨墮此衣已捨與僧若僧時到僧忍聽僧今持此衣還某甲比丘白如是

大德僧聽某甲比丘故離僧伽梨宿犯捨墮此衣已捨與僧僧今持此衣還某甲比丘誰諸長老忍僧持此衣還某甲比丘者默然誰不忍者說僧已忍還某甲比丘衣竟僧忍默然故是事如是持

對四人已下對首法若向四人懺者捨財文同於上懺罪須口和三人不得用單白還財得作直付羯磨如上佛言若欲在三比丘前懺悔者應至三清淨比丘所如前懺法具修威儀作如是捨言

諸大德聽我某甲比丘故畜衆多長衣犯捨墮我今捨與諸大德作如是捨已應懺本罪先請懺悔主其請文如上僧中無異是中懺主應問餘二比丘言二長老若長老聽我受某甲比丘懺悔者我當受彼二比丘答言可爾方告懺罪者言可還衣對二人亦爾

對一人捨墮法佛言若在一比丘前悔者至一清淨比丘所應如法懺今時行事對首懺多故須明立定式使披尋者易爲照練捨衣法應將一比丘至自然界中或在戒場並須盡集將所犯財並束一處已具修威儀如是捨言

大德一心念我某甲比丘故畜衆多長衣故離僧伽梨宿犯捨墮今捨與大德一說

請懺悔主法其文如上所說懺悔主應爲分
別罪名及種與相也名爲六聚差別種謂畜
長離衣三十事異相謂一多不同故律云一
名多種住別異佛言若犯僧殘罪乃至突吉
羅知覆藏應先教作突吉羅懺後如法懺故
知前須委問然後教悔明懺罪法若案捨墮具足八品
突吉羅二品根本從生如後所列覆藏合有六品初二品覆本墮生中二覆著用不淨衣生後二僧說戒默然生並經初夜二夜以去爲率
先懺從生罪其八品小小罪應總請一懺悔主文同波逸提唯以突吉羅懺悔主爲異次正
懺悔覆藏罪
大德一心念我某甲故畜衆多長衣犯衆多
波逸提罪經夜覆藏隨夜展轉覆藏并著用犯捨衣突吉羅罪經夜覆藏隨夜展轉覆藏經僧說戒默妄語犯突吉羅罪經夜覆藏隨夜展轉覆藏並據有言之
並犯突吉羅罪不憶數今向大德
發露懺悔更不敢作願大德憶我一說餘治罪立誓並

如上
懺悔二根本小罪法善見云犯捨墮衣不捨而著隨著得突吉羅律云僧說戒時乃至三問憶念罪而不發露者突吉羅
大德一心念我某甲比丘犯著用不淨衣及
經僧說戒默妄語並犯突吉羅罪各不憶數
今向大德發露懺悔更不敢作願大德憶我一說餘詞同上此並據有犯者言之上來從生根本律令前後兩懺不出正文今義准諸懺理例可解故立正儀想無疑濫之也
懺根本罪法應對前懺主言
大德一心念我比丘某甲故畜長衣不說淨
犯捨墮此衣已捨與大德有衆多波逸提罪
今向大德發露懺悔不敢覆藏餘文如上僧中乃至呵治立誓還衣諸法並准前條其犯捨財已用壞盡必委種相及九十事並同懺悔
懺後墮法大同三十中唯無財捨爲異若懺前品從生八種或有或無如新衣過量著用並犯理須准懺如妄語掘地無因而犯亦不必並通宜隨犯多少稱實前懺不

得在根本後以佛制在前若懺根本別衆得開不同三十其請懺悔主文如上說若心正懺悔本罪文少有別應言

大德一心念我某甲比丘犯故妄語波逸提罪餘有隨稱不憶數但犯單墮多不憶數自有者隨有言之實而非謬今向大德發露懺悔不敢覆藏餘詞如上乃至呵責立誓亦爾

懺波羅提提舍尼法謂在村巷中從非親尼自手受食或食尼指授食等諸律令請一人爲主說罪名種一說便止其詞曰

大德一心念我某甲比丘食比丘尼指授食犯波羅提提舍尼罪不憶數大德我犯可呵法所不應爲今向大德悔過僧祇云前人應問言汝見罪不答言見應呵責言愼莫更作答言頂戴持

懺突吉羅法佛言若故作者犯應懺突吉羅又犯非威儀突吉羅若不故作罪但犯突吉羅律本具明故悞二心昌言兩條別諸師不披律部但以五懺爲宗遂即雷同一槩輕重共同懺蕩且五懺明義止是別時偷蘭及墮有無多少立法非一理須顯明凡語難依聖言易信故毗尼母云若故作者對一八說懺悞作者責心懺此則與律扶同何得故執如律訶責捷度及明了論薩婆多等各有明據非唯抑度義須謹依餘有從生根本九品不同並如上唯酌例取

正明懺儀律並無文准用前法理通除滅前明故作者先請懺主云

大德一心念我某甲比丘請大德爲突吉羅懺悔主願大德爲我作突吉羅懺悔主慈愍故請三

捨罪法從生根本明須兩識種相多少並委審詳應對前人作是言

大德一心念我某甲比丘故不齊整著僧伽梨餘有唯著犯一突吉羅罪今向大德發露懺悔更不敢作願大德憶我一說呵責立誓如前

悞作懺法具修威儀心生慙愧口言

我某甲比丘悞不齊整著僧伽梨犯突吉羅罪我今自責心悔過一說

雜法住持篇第十

六念法律中並有其事而文意散落正本出在僧祇而彼言略意廣又當世盛行

故須義加文云

第一念日月數僧祇云念知月一日乃至十四十五日月大月小悉應知之五分云諸比丘應知半月數知布薩日懺過清淨律云念知黑月白月兩種數法若入聚落先須知之此則具含道俗兩法應作念言今朝黑月小一日乃至十四日言之若大言大也其白月者以純大故但言今朝白月一日乃至十五日

第二念知食處僧祇云清旦當作施食念等今以諸部會通隨實作念言我常乞食若言我常自食已食若言我常食僧食若不常定者應作是念言我無請處今乞食若食已食若檀越及僧常食等例知若言今有請處今依背緣佛言若迦提月中若施衣若病等並開背請若言我有請處今捨與人佛言若一日受眾多請自受一請餘者施與人言長老我應往彼今布施汝僧祇云我今得食施與某甲比丘乃至沙彌尼若言某甲比丘今朝檀越施與正食迴施比丘某甲檀越於我不繫我當食三說十誦云此念法唯五種人得作謂阿蘭若獨住遠行長病飢時依親里住人如此得行心念

第三念知受戒時夏數僧祇云日日憶若干臘諸部律論皆爾應言我於某年某月某日某時影若干受具戒今無夏後若有夏隨多少稱

第四念知衣鉢受淨僧祇云當憶受持三衣及不受持作淨施者我今三衣鉢具並受持長財並說淨後有不受持不說者隨有念持念說念多少等

第五念念食同別僧祇云念別眾食又應念言我不別眾食若准佛言別眾食有八緣開者應白入若無別緣者應白出若有者白言我有別眾緣作此白已得食

第六念身強羸僧祇云念若病不病應言我今不病堪行道若有病者應言我有病念須療治

白同利食前後入聚法爾時羅閱城中眾僧大有請處皆畏慎不敢入城受請佛言聽諸比丘相囑授入城應告同請比丘如是言也

大德一心念我某甲比丘先受某甲請今有其緣事欲入某處聚落至某家白大德知佛言

若囑授已欲至村而中道還或詣不至所囑家或囑至白衣家乃更至庫藏處尼寺中若即白衣家還出如是等皆失前囑授若欲往者當更囑授除施衣時者謂迦提一月五月除此已餘時中勸化作食幷施衣者若迦提時通開

白非時入聚法佛言若入聚落當囑同住比丘而不出囑法前條亦爾僧祇云食雖早竟若入即名非時既無正文應義設言長老我非時入聚落十誦律云至某城邑聚落某甲舍前人答言可爾

作餘食法佛言若比丘食有二種一若不正食謂食枝葉華果食油胡麻黑石蜜磨細末若粥出釜持草畫之無處非食非請非足食二者正食謂飯麨乾飯魚肉等是請是食是足若於正食中若食飽足已捨威儀不作餘食法得而食之咽咽波逸提若依僧祇但前食堪足能食咽咽已捨威儀者若更食即名犯足又依律本諸比丘受不作餘食法者見上座來告云我受不作餘食法便不須起而得食竟故知前境是足若起須作餘食法又尼敬僧戒中亦爾故知尼亦有餘食法若犯足者持食至未足者前白言大德我已足食汝知是看是彼取少食已還與彼若不食者亦得與言長老我已食已止汝貪心彼便取食之律云一足食毗尼作法已通一切足食者同食也

呵責弟子法爾時諸弟子不順弟子法不承事和尚阿闍黎無慚無愧不受教授作非威儀行不恭敬難與語與惡人為友好往婬女家婦女家大童女家黃門家比丘尼精舍式叉摩那精舍沙彌尼精舍好往看龜鼈佛言和尚阿闍黎應作呵責有三種一者喚弟子現前二者出過令伏三量過設呵又自量喜怒非分暢志並反欺負呵詞五種應言我今呵責汝汝去若言汝莫入我房汝莫為我作使若言汝莫至我所若言不與汝語是謂和尚呵責弟子法阿闍黎呵責詞亦同唯改第四呵詞言汝莫依止我弟子被呵責已應日三時朝中日暮向和尚阿闍黎懺悔當如是懺悔偏袒右肩脫革屣右膝著地合掌作是懺言大德和尚我某甲今懺悔更不敢作若聽者善不聽當更日三時如上懺悔猶不許者當下意隨順求方便脫其所犯若下意隨順而師不受其懺者如法治亦令餘比丘為將順故令共至和尚阿闍黎所調和令早受懺悔彼和尚若盡形壽呵責竟安居呵責又呵責病者不出過不現前並名非法反治其師若弟子被治罰未相懺悔而受供給及以依止者非法須治其師若弟子被輕呵責而不為和尚阿闍黎及餘比丘執事勞役者佛言得罪應如法治之也

弟子辭和尚白謝法佛言若弟子見和尚五種非法應懺謝而去白

和尚言我如法和尚不知若言我不如法和尚不知若言我犯戒和尚捨不教訶若弟子犯過和上捨者得令據合呵而癡故不責不開若有犯亦不知若言若犯而懺者亦不知僧祇云應輭語諫師若不受者和尚應捨遠去依止師者持衣鉢出界宿明日當還更依止比丘十誦云有四種和尚若法食俱與名樂住若與法不與食者餘處覓食名爲苦住若與食不與法懺謝而去若不與法食不問晝夜即應捨去由出家本意志存道業俗壞圍繞翻結生死故成實言染著眷屬愛樂住處故墮迦淩伽等餓鬼中生餘廣如鈔

諫作犯法時有比丘欲犯波羅夷乃至惡說佛言諸比丘應如法諫作如是言大德莫作是不應爾大德所作非法非律非佛所教若此比丘言我今始知是法是戒經半月說戒經中來者餘比丘復應如是諫長老汝曾經二三說戒中坐何況多汝今無利不善得何以故汝說戒時不用心念不一心攝耳聽法故然此比丘自知所作是謂他所諫非故作犯根本不從語突吉羅若自知所作非謂他諫者是故作犯根本不從語波逸提比丘無知無解隨所犯罪如法治重增無知罪波逸提若爲無知人諫應反語言也汝可問汝師和尚阿闍黎更學問誦經知諫法已然後訶諫薩婆多云若前所諫者有六種人一心有愛憎二鈍根無智三若少聞見四爲利養名聞五爲現法樂但欲自攝六若新出家愛戀妻子如是六人諫則有損若發教諫出言無補應反語但自觀身善不善行亦不觀他作以不作若反上六者則應展轉相諫也

諫止犯法時有比丘不學戒不讚嘆戒佛言餘比丘應如法諫彼作是言大德當學戒讚嘆戒不自破壞不犯罪不爲智者呵責受福無量長夜安樂若彼比丘言長老何用此雜碎戒爲我今不學此戒當難問餘智慧持律比丘餘比丘復應重諫言大德欲滅法故作是語耶大德既不學戒不讚戒法故亦不自破壞多犯衆罪爲智者訶責長夜受苦不得安樂若彼諫比丘癡不解者此所不諫比丘應報彼言汝還問汝和尚餘文如上如法諫已諫若爲知學者應當難問佛言五種持律若誦戒序乃至三十是初持

律若誦戒序乃至九十事是第二持律若廣誦戒毗尼是第三持律若廣誦二部戒毗尼是第四持律若廣誦毗尼是第五持律是中春冬依止四持律若違突吉羅夏安居應依第五若違波逸提

佛言持律人得五功德一者戒品牢固二者善勝諸怨三者於衆決斷無畏四者有疑悔開解五者善持毗尼令正法久住佛言有四種斷事人若寡聞無慚無愧若多聞無慚者在僧中言說斷事僧應種種苦切呵責令無慚者不復更作若有慚者多聞若無慚者寡聞衆中言說斷事僧應種種佐助開示若隨彼所說讚言善哉

佛言有五種疾滅正法有比丘不諦受誦律喜忘文句復教他人文既不具其義有闕二爲僧中勝人上座而多不持戒但修不善後生傚習放捨戒行三爲有比丘持法持律持摩夷不教道俗即便命終令法斷滅四有比丘難可教授不受善言餘善比丘便即捨置五互相罵詈互求長短疾滅正法

佛言若上座既不學戒亦不讚歎戒若有餘比丘樂學戒歎戒者亦復不能以時勸勉讚歎我不讚歎如是上座何以故若我讚歎者令諸比丘親近習學其法長夜受苦我見如是上座過失是故不讚歎戒若中座下座亦如上作句次有上中下座能讚歎如此上座作句反上即是

佛言毗尼有五答一序答二制答三重制答四者修多羅答五者隨順修多羅答僧祇律言欲得五事利當應持律一建立佛法二令正法久住三不欲有疑悔請問他人四僧尼犯罪恐怖者爲作依怙五欲遊化諸方而無

有闕是爲篤信持律者五利
十誦律諸比丘廢學毗尼多便讀修多羅阿
毗曇世尊種種訶責已讚歎毗尼比丘就優
波離學律佛告比丘有十種法住世令正法
疾滅有比丘無欲鈍根雖誦句義不能正受
又不解了不能令受者有恭敬威儀乃至不
樂阿練若法又不隨法教不敬上座無威儀
者令後生不學毗尼致令放逸失諸善法好
作文頌莊嚴章句樂世法故正法疾滅甚可
怖畏諸比丘應如是知善見毗婆沙云佛語
阿難我滅度後有五種法令法久住一毗尼
者是汝大師二下至五人持律在世三若有
中國十人邊地五人如法受戒四乃至二十
人出罪五以律師持律故佛法住世五千年
薩婆多論云毗尼有四義餘經所無一是佛
法平地萬善由之生長二一切佛弟子皆依
戒住一切衆生由戒而有三趣涅槃之初門
四是佛法瓔珞能莊嚴佛法具斯四義功强
於彼
佛言有四種廣說若比丘如是語諸長老我
於某村城親從佛聞受持此是法是毗尼是
佛所教若聞彼比丘所說不應生嫌疑亦不
應呵
應審定文句已應尋究修多羅毗尼檢校法
律若聽彼比丘所說修多羅毗尼法律相應
違背於法應語彼比丘汝所說者非佛所說
或是長老不審得佛語何以故我尋究修多
羅毗尼法律不與相應違背於法長老不復
須誦習亦莫教餘比丘今應捨棄若聞彼比
丘所說尋究修多羅若毗尼法律與共相應

者應語言長老所說是佛所說審得佛語何以故我尋究修多羅毗尼法律與共相應而不違背長老應善持誦習教餘比丘勿令忘失此是初廣說第二句從和合僧上座前聞第三句從知法毗尼持摩夷三比丘前聞第四句從一知法毗尼摩夷比丘所聞作句違順受捨亦如是是謂四廣說是故諸比丘汝等當隨順文句勿令增減違法毗尼當如是學佛說如是諸比丘聞歡喜信樂受持

老病比丘畜杖絡囊乞羯磨文

大德僧聽我比丘某甲老病不能無杖絡囊而行今從僧乞畜杖絡囊願聽我比丘某甲畜杖絡囊慈愍故如是三說

僧與老病比丘畜杖絡囊羯磨法

大德僧聽比丘某甲老病不能無杖絡囊而行今從僧乞畜杖絡囊若僧時到僧忍聽比丘某甲畜杖絡囊白如是

大德僧聽比丘某甲老不能無杖絡囊而行今從僧乞畜杖絡囊僧今聽此比丘畜杖絡囊誰諸長老忍僧聽比丘某甲畜杖絡囊者默然誰不忍者說僧已忍聽比丘某甲畜杖絡囊竟僧忍默然故是事如是持

右道宣比丘以唐貞觀中遊諸律肆博求異訣但見誦文信語部秩成宗及至討論赴要曾未機正乃顧命筆畧依宗本撰次雖不窮源究未庶得決事行用願以塵露山海照于萬代志之所及乃爲遠矣

十誦律受三十九夜羯磨文

大德僧聽某甲諸比丘受三十九夜僧事故出界是處安居自恣若僧時到僧忍聽某甲其甲諸比丘受三十九夜僧事故出界是處

安居自恣白如是

大德僧聽某甲某甲諸比丘受三十九夜僧事故出界是處安居自恣誰諸長老忍某甲某甲諸比丘受三十九夜僧事故出界是處安居自恣者默然誰不忍者說僧已忍聽某甲某甲諸比丘受三十九夜僧事故出界是處安居自恣竟僧忍默然故是事如是持

十誦律受殘夜法若比丘受七夜未盡而還事未竟佛言聽受殘夜法

我受七夜法若干夜在受彼出說一

僧祇律二十七事訖羯磨文若為塔事僧事應作求聽羯磨

大德僧聽某甲比丘於此處兩安居若僧時到僧某甲比丘於此處兩安居為塔事僧事出界行還此處住諸大德聽某甲比丘為塔事僧事出界行還此處安居僧忍默然故是事如是持如是去者要有所得如是訖夜還

凡諸部律受日又各不同後來諸師用事者各執一部不用餘部此亦是一家今詳此諸部律文及以前互用皆得所以然者如其定知前事須一夜即用十誦受一夜法乃至七夜亦如是或須三十九夜亦用十誦羯磨受法若須七日十五日一月日即用四分律文受日法若不定如前事幾日當了即用僧祇律文受日法後有人不解即誦四分羯磨文為他受僧祇事了十誦三十九夜此皆非法不成何以知羯磨文中牒事各各不同故知不成也今畏諸人謬用總抄諸部律正羯磨文呈簡諸賢任見作法隨事所用也

大德僧聽若僧時到僧忍聽爾許比丘集結小界白如是

大德僧聽爾許比丘集結小界誰諸長老忍

爾許比丘集結小界者默然誰不忍者說僧已忍爾許比丘集結小界竟僧忍默然故是事如是持

若解只段結字作解字喚諸文如前小界自恣圍座

大德僧聽齊如是比丘坐處僧於中結小界誰諸長老忍齊如是比丘坐處結小界者默然誰不忍者說僧已忍齊如是比丘坐處結小界竟僧忍默然故是事如是持

曇無德部四分律刪補隨機羯磨卷第四

音釋

瑕疵（瑕何加切過也　疵才支切病也）　閡（牛代切阻也）　長衣（長直亮切剩也）　異訣（訣古穴切方術要法也）

根本說一切有部毗柰耶雜事

唐三藏法師義淨奉制譯

清刻龍藏佛說法變相圖

根本說一切有部毗柰耶雜事卷第一

唐三藏法師　義淨奉　制譯

此雜事四十卷中總有八門以大門一頌攝盡宏綱一一門中各有別門總攝乃有八頌就別門中各有十頌合九十頌并內攝頌向有千行若能讀誦憶持者即可總閑其義大門總攝頌曰

甎石及牛毛　三衣并上座　舍利猛獸筋
笈多尼除塔

別門第一總攝頌曰

甎揩翦爪鉢　鏡生支蹈衣　水羅生豆殊
洗足裙應結

第一門第一子攝頌曰

甎揩石白土　牛黃香益眼　打拄等諸線
瓔珞印應知

爾時薄伽梵在廣嚴城獼猴池側高閣堂中。時六衆苾芻於日初分執持衣鉢欲入廣嚴城次第乞食去城不遠有栗姑毗子園其處清閑華果茂盛流泉交帶好鳥和鳴如天帝釋歡喜園内中有種種解勞之具復有奇絶音樂器等并有勳香澡浴雜物是時六衆共相謂曰難陀鄔波難陀比聞此園可愛世尊常讚如三十三天我等試觀有何形勝六衆議已共入園中便見種種長短木杵麤細諸椎及大小石此等皆擬擎持戲弄令身運動散滯蠲痾能銷飲食又見奇絶箜篌琴瑟諸鼓音樂之具復有勳香洗浴之物浮瓠澡豆芬馥餘甘（餘甘子出廣州堪沐髮西方名菴摩洛迦果也）持用指身并將塗髮能令髮白更黑六衆見已共相謂曰此諸樂具足暢憂情我等今於用力勞宣歌舞洗浴先作何事一人告曰我等多時不爲澡浴宜可先洗作是議已俱共入池即取浮瓠用指身體此六苾芻並多奇巧所有技藝無不善知若洗浴時以瓠指體便出種種五樂音聲如彼妓人吹彈擊拊時有衆人從此時過疑其奏樂側耳俱聽各相謂曰栗姑毗園盛陳歌舞我等宜可暫往觀瞻衆皆言爾即便相與競入園中衆人入時六衆便出問言聖者作音樂人今在何處答曰汝等愚人有耳聽聲心迷好惡豈有樂人能作如是奇妙音聲問言聖者向所聞聲是誰所作答言賢首汝所聞者即是我等洗浴之時以瓠指身出斯音曲答言聖者仁等沙門亦有五欲惱身心耶報言癡人我等不惱餘人自受欲樂無廢修道斯有何過汝豈我師作斯譏

恥宜應黙爾勿招禍患彼聞生怖緘口而行入廣嚴城於四衢道各生諠議互共譏嫌時諸苾芻聞已白佛佛作是念苾芻洗浴以甎揩身有斯過失由是苾芻不應以甎揩身爲洗浴事若揩身者得越法罪佛既不許以甎揩身時諸苾芻脚有塵垢並生皴裂入乞食時諸人見已作如是語聖者脚生皴裂復多塵垢何不揩淨作醜形儀答言賢首世尊不許彼言仁等身有垢穢豈清淨耶苾芻黙然既得食已還歸住處以緣白佛佛告諸苾芻前是剏制今乃隨開我今聽諸苾芻以甎揩足非餘身分若揩餘處者得越法罪是時六衆見不許甎便用浮石佛言此亦得越法罪

緣起同前諸苾芻日初分時執持衣鉢入城乞食見諸婆羅門以白三指點取白土或以白灰抹其額上以爲三畫所有乞求多獲美好六衆見已共相謂曰是善方便我等宜作遂於他日額爲三畫入城乞食不信之人見而笑曰我今跪拜六衆報曰汝等愚人不閑禮式誰合跪拜誰當敬禮彼人答曰我等但知見老婆羅門即云跪拜若見苾芻便云敬禮若如是者見我苾芻何不敬禮而云跪拜答言聖者我見仁等面有三畫謂婆羅門非苾芻也我等無知幸當容恕六衆黙然爾時諸苾芻聞已白佛佛作是念若有苾芻面作三畫有如斯失是故苾芻作三畫者得越法罪佛言苾芻不應以白土作三畫者苾芻有患醫師處方白土塗身苾芻不敢以緣白佛佛言前是剏制此是隨開醫人處方遣塗身者可隨醫教作之無犯

佛在室羅伐城六衆苾芻於日初分執持衣鉢入城乞食見諸婆羅門以牛黄點額所有乞求多獲美味見是事已共相謂曰是好方便我等宜作遂於他日以牛黄點額入城乞食不信之人見其點額輕笑而言我今跪拜我今跪拜諸有問答並如上説我見仁等面有牛黄以自莊飾謂婆羅門非苾芻也我等無知幸當容恕六衆默然時苾芻聞以緣白佛佛作是念若有苾芻牛黄點額以自莊飾有斯過失由是苾芻不應牛黄點額若有作者得越法罪佛遮牛黄點額時有苾芻額有惡瘡往問醫言賢首爲我處方醫人答曰聖者於瘡四邊以牛黄塗之即當得差苾芻報言世尊制戒不許牛黄塗額醫人答曰聖者汝師大慈有病必許以緣白佛佛告諸苾芻前是剏制今更隨開除爲病緣及以醫教得用牛黄若輒作者得越法罪

緣處同前六衆苾芻身著塗香入年少衆中告言年少汝等可齅我香何如諸人答言豈可上座身著塗香報言我著彼云上座塗香俗飾豈合著耶答曰從合不合我今已作彼咸輕賤皆共譏嫌時諸苾芻以緣白佛佛作是念苾芻身著塗香有斯過失由是苾芻不應身著塗香若有著者得越法罪如佛所説不著塗香時有苾芻身嬰患苦往醫人處問言賢首爲我準病而作方藥報言聖者可著塗香當得平復答言賢首豈令我今受欲樂耶報言聖者此是病藥非餘能差苾芻白佛佛言我今開許醫人處方塗香非犯時病苾芻身著塗香入衆中坐與婆羅門居士等説

法或往俗舍人見譏嫌時諸苾芻以緣白佛佛言塗香苾芻所有行法我今當制若諸苾芻身著塗香不應入衆坐亦不爲婆羅門居士等說法亦不往俗家若苾芻病差方可洗身隨意入衆亦得爲他諸人說法此之行法不依行者得越法罪時有信心婆羅門居士等將塗香來施諸苾芻苾芻不受諸居士等言聖者佛未出時我等諸人悉以外道爲修福處今佛出世我以仁等爲大福田所持供養如何不受豈令我等棄善資粮趣於後世願降慈悲受我微施苾芻報曰待我問佛時諸苾芻以緣白佛佛言當受苾芻受已對此人前棄之於地施主報言聖者我等貴價買來如何棄擲時諸苾芻以緣白佛佛言不應受得對施主輕棄可於如來制底之前塗地供養如佛所說當於制底前塗地供養者時諸苾芻受斯香已於髮爪塔前手塗供養施主見已作如是語聖者我豈不知有塔供養意施仁等其佛塔前我先奉訖苾芻白佛佛言受得香已塗在房中彼便用塗住房門扇時彼諸人謂是佛殿即便禮拜佛言不應爾遂塗門傍還同前過佛言當塗頭邊壁版之上時鼻齅但是香物齅時令人眼明勿致疑惑爾時世尊在室收摩羅山住恐畏林鹿園之所時菩提王子造鳥鳴樓初成就已爲申慶讚請佛及僧就舍設食世尊至宅於其樓下與諸大衆就座而食時鄔波難陀正於食時便以自手打其樓柱令樓震動時供養人報言聖者菩提王子新造此樓用百一種彩畫雕飾何意仁者欲爲損破鄔波難陀答曰

貧寠人菩提於此起愛著心命終之後當墮何處汝復於此更生愛著命終之後落大癭鬼中彼人聞已極致譏嫌時諸苾芻以緣白佛佛作是念苾芻打柱有斯過失由是苾芻不應以手打柱違者得越法罪佛言不應以手打柱六衆即便以拳肩背脚并諸甎石打令搖動復生譏議招過同前佛言隨是何物皆不應打是時六衆復打牆打地佛言設是餘物皆不應打違者得越法罪

緣處同前六衆苾芻日初分時執持衣鉢入城乞食見諸婆羅門身著梵線乞食之時多得美味共相謂曰難陀鄔波難陀我今得好方便身安梵線乃於他日便著梵線入城乞食有不信人見其梵線遂生輕賤作如是語我今跪拜問答同前乃至時諸苾芻白佛佛作是念苾芻著梵線有斯過失由是苾芻不應著線若有著者得越法罪

緣處同前六衆乞食見諸婆羅門以妙香華莊嚴形體將五色線繫之於臂得諸飯食既飽食已形貌充溢從舍而出六衆相謂難陀鄔波難陀是好方便我等可爲便於他日以五色線繫於臂上入城乞食諸婆羅門等見生輕賤云我今跪拜六衆譏弄廣説同前乃至諸苾芻白佛佛作是念若諸苾芻以五色線繫臂有斯過失由是苾芻不應以五色線繫臂若有繫者得越法罪佛既不許繫臂線者時有苾芻身嬰患苦詣醫人處問言賢首我身有疾幸爲處方答言聖者取五色線呪之繫臂必得除愈報曰世尊不聽彼言仁之大師慈悲爲本病緣開許理所不疑時諸苾

芻白佛佛言我今聽諸苾芻爲病因縁醫人教者繫線無犯佛許以線繫臂苾芻安在右臂肘前還有譏過佛言不應爾遂安肘後佛言不應復繫左手肘前佛言不應當繫左手肘後苾芻由此遂便病愈以所繫線隨處棄擲非人見之皆起嫌賤報言聖者由其線結繫我名字縁此呪故令得病除令生輕慢苾芻白佛佛言不應隨處棄擲若其身病未得可者繫之衣角如若平復可於牆柱隙中隨意安置

縁處同前六衆乞食見諸俗人有莊嚴具瓔珞之屬時彼苾芻取諸瓔珞手足之釧莊飾其身共相謂曰莊嚴好不時諸俗旅調言聖者頭上剃髮腋下毛長何處得有莊嚴妙好豈非仁等爲欲染所纏六衆黙爾苾芻白佛佛作是念苾芻身著瓔珞有斯過失由是苾芻不應著諸瓔珞莊嚴手足若故著者得越法罪

縁處同前時有賊來盜僧庫藏并及私物爲無記驗苾芻不知何時失物佛言苾芻可畜其印是時六衆便以金銀瑠璃水精玉石而作其印於指環上以寶莊飾見諸俗人即便捨手呈示指環願言仁等無病長壽諸俗問言指上何物答言賢首此是指印佛所開許俗人譏笑作如是語沙門釋子爲憍慢事衆寶嚴飾爲指環印非眞沙門非婆羅門諸苾芻聞已白佛佛言苾芻不應著指環及寶莊飾應用五種物爲印所謂鍮石赤銅白銅牙角六衆印上刻作男女行非法像諸俗見譏仁等沙門尚有染欲心耶苾芻白佛佛言凡

印有二種一是大衆二是私物若大衆印可刻轉法輪像兩邊安鹿伏跪而住其下應書元本造寺施主名字若私印者刻作骨鎖像或作髑髏形欲令見時生猒離故

第一門第二子攝頌曰

翦爪髮揩光　春時飡小果　渴聽五種藥
廣說大生緣

緣處同前時給孤獨長者爲佛及僧造逝多林住處施大衆已告剃髮人曰汝今可往逝多林園爲諸聖衆剃除鬚髮彼人受教即往園中是時六衆遥在寺門看望不絶時鄔波難陀在寺門前經行來去遥見剃髮人來告言善來善來賢首猶如初月一何希現彼言聖者長者遣來爲衆剃髮問言汝解翦爪甲不答言聖者此是我業報曰汝來試看工巧其人即翦尊者舒手工人曰聖者欲如何翦賢首如稻穀形彼即如言又云應作人頭形或如剃刀勢或如斧刃或如半月隨尊者敎彼悉爲作後便告曰汝愚癡人詐言巧妙一無所知宜可平截放爾急去乃至日暮方始言歸曛黄之後至長者處長者問曰汝與幾人剃除鬚髮答曰何暇得與大衆除髮官長苾芻鄔波難陀令我除甲作種種形勢廣說如前乃至日暮纔蒙放出更欲何爲長者聞已遂起嫌心雖於善說法律出家而心不寂靜苾芻聞已白佛佛作是念苾芻翦甲有如是過由是苾芻不應翦爪若有違者得越法罪佛既不許翦爪時諸苾芻指甲皆長俗人見之問言何故爪長如是答曰世尊不許報曰長留爪甲豈爲淨耶以緣白佛佛言前是

剏制令更隨開翦爪之法有其二種一如剃刀形二如斧刃勢

緣處同前給孤長者令剃髮人入寺爲衆剃髮廣說如前乃至問言汝解磨指爪甲不答言聖者此是我業報曰汝來試看先作黃色次作赤色又作白色更作金色隨所教者悉皆爲作彼便告曰汝愚癡人詐言巧妙一無所解宜可平磨放爾急去至長者處乃至更欲何爲長者聞已更起嫌心廣說如上苾芻聞已白佛佛作是念苾芻磨爪有如是過由是苾芻不應磨爪若有違者得越法罪佛旣不許苾芻磨爪苾芻染衣或復黑鉢爪有垢生形色醜惡持鉢乞食俗人見時作如是語聖者何故指爪不淨彼以事答報言聖者何不除刮答言世尊不許報曰爪上持垢豈是清淨以緣白佛佛言若除垢時應可磨甲不應爲好揩使光生

佛在王舍城其影勝王發如是念每至春秋節變新穀初果必先奉佛及諸聖衆後方自食時彼大臣以新熟菴沒羅果此果大如桃而生熟難知有四種差別不同菴摩洛迦大如酸棗唯堪爲藥奉上大王王曰可持此果先奉佛僧臣便微笑王曰卿何故笑對曰大王謂臣未奉佛衆已先奉訖王曰恐卿不知由是因緣我今奉施聖衆千樹果林對曰此誠妙事臣實隨喜卽便以千樹果林奉施四方一切聖衆并設大會慶讚福田此林昔時結果極繁假使摩竭陀國所有人衆大聚會時共食斯果亦皆充足及以此林施僧伽已時諸苾芻見果小時氣味香美悉皆噉食遂

令都盡有餘國王要須此果便令使者詣影勝王處求菴沒羅彼告使曰我有果林已施僧衆汝今可往隨衆乞求使者往竹林園是時六衆常在寺門遞看無闕時鄔波難陀門所經行使者既至禮尊者足白言聖者我是某國王使王遣我來求菴沒羅果仁若有者幸見分張鄔波難陀報使者曰汝今可往詣果園所隨欲多少任意將去使至林所周遍觀察唯覩空條竟無一果遂便還白空林無果鄔波難陀即將使者共詣林中遍觀察已報曰汝可昇此高樹使者即上既不見果又告曰汝向東枝南西北枝悉皆令上彼遍昇上竟無所得遂便下樹問言聖者豈此樹林今歲無果報言賢首猶如往年結子今歲亦然若如是者今年風雨令子落耶答言不爾問曰何無答曰此果小時我等食盡時彼使人還至王所以事具白王曰善哉我本期心令聖衆食彼使悒然辭歸本國時摩竭陀國因有大會衆人聚集問苾芻曰聖者何故今年千樹果林咸不結子答言賢首非不結實乃至我等食盡報言聖者比來此果成熟之時摩竭陀境所有人衆食皆充足只由仁等從小食盡遂令無果斯非善事答曰此之果林王不與汝國內諸人但奉僧衆由是共食斯何過焉時諸人衆聞是語已共生嫌恥沙門釋子尚不知足況我俗流苾芻白佛佛作是念由其食果有斯過失故諸苾芻不應食果若食者得越法罪如佛所言不應食果時有信心長者將小菴沒羅香果來施苾芻苾芻報曰佛不聽食諸長者言佛未出時我等

諸人悉以外道而爲福田廣說如上乃至慈悲受我微施諸苾芻白佛佛言至核鞕時食之無犯復有信心長者以熟菴没羅果來施苾芻廣說如前乃至受我微施時諸苾芻不敢受食以緣白佛佛言核鞕已後乃至於熟悉皆應食勿起疑心緣在室羅伐城時有苾芻身嬰患苦到醫人所報言我有如是病苦幸爲處方醫人報曰宜可服酥令身潤膩已當施與瀉痢之藥彼便服酥復患於渴醫來問曰聖者好不答言賢首我更患渴醫曰持餘甘子苾芻手把醫見問曰渴得除未答言未除醫曰聖者豈可不持餘甘子耶答曰現在手中報言可著口中即便置口他日醫復來問渴得可未答曰今猶未可醫曰豈不口中持餘甘子答已在口中應可嚼之報曰世尊不許醫曰世尊大悲必應垂許苾芻白佛佛言應嚼嚼已外棄不敢咽下渴猶不除醫曰何不咽汁報言非時食者世尊不許以緣白佛佛言我今聽許有五種果若病無病時與非時食之無犯如佛所言有五種果若病無病時與非時食無犯者苾芻不知云何爲五佛言所謂餘甘子（梵云菴摩洛迦此云餘甘子有與上菴没羅全別爲聲相濫惑之故爲注出是掌中觀者）訶梨勒毗醯勒畢鉢梨胡椒此之五藥有病無病時與非時隨意皆食勿致疑惑

根本說一切有部毗柰耶雜事卷第一

音釋

軌（職緣切）筋（擧欣切骨絡也）笈（極曄切）栗姑毗（梵語也此云仙族王姑音帖）椎（直追切）蠲病（鐲古玄切病烏何切鐲病猶除病也）擊拊（擊古歷切扣也拊芳武切拍也）緘（古咸切封也）皴裂（皴七倫切皮細起也裂良傑切破也）刱（楚亮切始也）齅（許救切以鼻攬氣也）癭（於郢切瘤也）肘（陟柳切臂節也）隙（綺戟切孔也）釧（尺絹切臂環也）鍮（託侯切）髑髏（髑徒谷切髏落侯切）曛（許云切黄昏時也）刮（古滑切削也）噉（徒感切食也）悒（於汲切憂也）核鞕（核下没切果中實也鞕魚孟切堅也）嚼（在爵切齧也）

根本説一切有部毗柰耶雜事卷第二

唐三藏法師　義淨奉　制譯

第一門第二子攝頌之餘説火生長者因緣

佛在王舍城竹林園時此城中有一長者名曰善賢多有資財受用豐足於露形外道深生信敬娶妻未久即便有娠爾時世尊於日初分執持衣鉢入王舍城次第乞食至善賢長者宅時彼長者遥見世尊遂將其婦詣世尊處請世尊曰薄伽梵我婦有娠爲男爲女佛言長者必當是男光隆家族諸天妙相皆具足有於我法中出家修行斷盡諸惑得阿羅漢果長者聞記即以清淨上妙飲食成滿其鉢持奉世尊佛言願爾無病從舍而出去此不遠有露形外道遥見世尊便作是念我唯有此常施食家亦被沙門喬答摩之所誘攝我今試往問彼因緣何所授記既至門所問言長者沙門喬答摩曾來此不答言已來何所説耶聖者我婦懷妊問其所誕彼記生男光隆家族諸天妙相皆具足有於我法中出家修行斷盡諸惑得阿羅漢果時彼外道善明曆數即便觀察計筭陰陽如佛所言更無有異便作是念我若隨順讚實事者長者於彼倍生尊敬我今宜可掩實説虚作是念已即便返掌翻嘴其面長者見已問言聖者返掌爲面何所爲耶報言長者沙門所説半實半虚長者問曰云何虚實答言生男是實光隆家族此亦不虚言光隆者是火之異名此無福子纔生之後焚燒家族言諸天妙相皆具足有此是妄語長者汝頗曾見生在人中天相具足於我法中出家修行此亦是實

生後貧寒無衣乏食自然歸向沙門法中斷盡諸惑得阿羅漢果者此亦是妄沙門喬答摩尚不能斷一切煩惑得阿羅漢況餘弟子善賢長者聞斯説已便生憂惱報言聖者我欲如何外道言長者我是出家愛持禁戒不妄陳説虚實之事後自當知遂捨而去善賢念曰彼腹中者可殺棄之即便授與墮胎之藥然而此子是最後生雖知服毒返成良藥長者遂便蹂婦左脅胎向右邊蹂右脅時轉移左畔最後生人諸漏未亡必無容有中間命斷既經多月時彼女人被挼腹痛即便大呌時彼隣人聞其呌聲急來相問何因汝婦出大呌聲長者答曰我婦腹痛今欲産生隣人遂歸長者念曰我今不能害腹中物宜可將去往空林中無人之處斷其毋命即便共

去設惡方便令彼命終還竊持來至其本宅遂告親屬及以隣人我婦遭難今忽身死時諸親屬咸共盡哀以五色氎圍彼屍骸送往寒林焚燒之所外道聞已皆大歡喜不勝踊躍遂建幢旛入王城内遍諸坊曲街衢之所高聲唱令作如是言汝等諸人咸須共委沙門喬答摩記善賢長者其婦生男光隆家族諸天妙相皆具足有於我法中出家修行斷盡諸惑得阿羅漢果者婦今身死屍送寒林猶如大樹無有根栽枝葉華果事將安附世尊法爾於一切時觀察衆生無不聞見無不知者恒起大悲饒益一切於救護中最爲第一最爲雄猛無有二言依定慧住顯發三明善修三學善調三業渡四瀑流安四神足於長夜中修四攝行捨除五蓋遠離五支超越

五道六根具足六度圓滿七財普施開七覺華離於八難修八正道永斷九結妙開九定滿足十力名聞十方於諸自在最為殊勝得法無畏降伏魔怨震大雷音作師子吼晝夜六時常以佛眼觀諸世間於善根處誰增誰減誰遭苦厄誰向惡趣誰陷欲泥誰能受化作何方便拔濟令出無聖財者令得聖財以智安膳那破無明膜無善根者令種善根有善根者令得增長置人天路安隱無礙趣涅槃城如有頌言

假使大海潮　或失於期限　佛於所化者
濟度不過時　佛於諸有情　慈悲不捨離
思濟其苦難　如母牛隨犢

爾時世尊所經行所遂便微笑口出五色微妙光明或時下照或復上昇其光下者至無間獄并餘地獄現受炎熱普得清涼若處寒冰便獲溫暖彼諸有情各得安樂皆作是念我與汝等為從地獄死生餘處耶爾時世尊令彼有情生信心已復現餘相彼見相已皆作是念我等不於此死而生餘處然我定由無上大聖威德力故令我身心現受安樂既生敬信能滅諸苦於人天趣受勝妙身當為法器見真諦理其上昇者至色究竟天光中演說苦空無常無我等法并說二伽陀曰

汝當求出離　於佛教勤修　降伏生死軍
如象摧草舍　於此法律中　常為不放逸
能竭煩惱海　當盡苦邊際

時彼光明遍照三千大千世界還至佛所若佛世尊說過去事光從背入若說未來事光從胷入若說地獄事光從足下入若說傍生

事光從足跟入若說餓鬼事光從足指入若說人事光從膝入若說力輪王事光從左手掌入若說轉輪王事光從右手掌入若說天事光從臍入若說聲聞事光從口入若說獨覺事光從眉間入若說阿耨多羅三藐三菩提事光從頂入是時光明遶佛三帀從口而入時具壽阿難陀合掌恭敬而白佛言世尊如來應正等覺熙怡微笑非無因緣即說伽陀請佛曰

口出種種妙光明　流滿大千非一相
周遍十方諸刹土　如日光照盡虛空
佛是衆生最勝因　能除憍慢及憂慼
無緣不啓於金口　微笑當必演希奇
安詳審諦牟尼尊　樂欲聞者能爲說
如師子王震大吼　願爲我等決疑心
如大海內妙山王　若無因緣不搖動
自在慈悲現微笑　爲渴仰者說因緣

爾時世尊告阿難陀曰如是如是阿難陀非無因緣如來應正等覺輒現微笑汝今應可告諸苾芻如來今欲往屍林處若諸具壽樂隨從者當可持衣時阿難陀承佛敎已告諸苾芻若諸具壽樂欲從佛往屍林者當可持衣時諸苾芻咸至佛所爾時大師自調伏故調伏圍遶自寂靜故寂靜圍遶解脱解脱圍遶安隱安隱圍遶善順善順圍遶阿羅漢阿羅漢圍遶離欲離欲圍遶端嚴端嚴圍遶如栴檀林栴檀圍遶猶如象王衆象圍遶如師子王師子圍遶如大牛王諸牛圍遶猶如鵝王諸鵝圍遶如妙翅鳥諸鳥圍遶如婆羅門學徒圍遶猶如大醫病者圍遶如大將軍兵

衆圍遶如大導師行旅圍遶如大國王諸臣圍遶如轉輪王千子圍遶猶如明月衆星圍遶猶如日輪千光圍遶如持國天王乾闥婆衆圍遶如增長天王鳩槃茶衆圍遶如廣目天王龍衆圍遶如多聞天王藥叉衆圍遶如淨妙王阿蘇羅衆圍遶猶如帝釋三十三天圍遶如大梵天王梵衆圍遶猶如大海湛然安靜猶如大雲靉靆垂布猶如象王屏息狂醉調伏諸根威儀寂靜三十二相而爲莊飾八十種好以自嚴身圓光一尋朗踰千日安步徐進如移寶山十力四無畏大悲三念住無邊福知普薰修無量功德皆圓滿復有尊者阿愼若憍陳如尊者馬勝尊者婆澀波尊者大名尊者無滅尊者舍利子尊者大目連尊者迦攝波尊者阿難陀尊者頡離伐底如是等諸大聲聞及諸苾芻并無量億人天大衆恭敬圍遶欲往屍林然隨佛遊行有十八種殊勝利益一無王怖二無賊怖三無水怖四無火怖五無敵國怖六無師子虎狼惡獸等怖七無關塞怖八無津税怖九無關防援怖十無人怖十一無非人怖十二於時時得見諸天十三得聞天聲十四見大光明十五聞授記音十六共受妙法十七共受飲食十八身無病苦是時人天大衆隨從世尊至屍林所於其四面有清涼風時王舍城中有二童子一是刹帝利種一是婆羅門種俱出遊戲刹帝利童子素有信心婆羅門童子則不信敬時婆羅門童子報刹帝利童子曰仁今知不汝師如來與善賢長者婦授記生男光隆家族諸天妙相皆具足有於我法中出家

修行斷盡諸惑得阿羅漢果彼婦身死送往屍林豈非世尊所言虛妄時刹帝利童子說伽陀曰

假使星月皆墮落　地山林樹上空中
海水洪波一時盡　大仙所說無虛妄

婆羅門童子曰若如是者共往寒林焚屍之處驗其虛實答曰共行時刹帝童子遥見世尊說伽陀曰

牟尼除斷諸調戲　人天大衆皆雲集
當爲最勝師子吼　降伏他論理無疑
大師今往屍林中　涼風周遍吹塞野
無量衆生共瞻仰　喜觀調伏運神通

時影勝王聞如是事世尊記彼善賢之妻當生男子光隆家族諸天妙相皆具足有於我法中出家修行斷盡諸惑得阿羅漢果彼婦今死轝至屍林如來大師及諸聲聞遠近大衆咸赴喪所復作是念非無因緣世尊輒向寒林之處必是爲彼善賢妻故因斯調伏有緣衆生我今宜往共觀其事即令促整軍儀及勑太子後宫妃后并諸扈從共出城闉時彼刹帝童子遥見影勝王說伽陀曰

今觀國主出王城　并諸軍衆咸侍從
我今思忖諸大衆　必定咸蒙勝饒益

時諸大衆既見世尊即開前路世尊微笑入大衆中露形之儔各生是念今喬答摩微笑入衆豈非此子命不終耶告長者曰此是薄福衆生形命未盡報言聖者今遭此禍其欲如何答言長者我出家人奉持禁戒但知念善後自當知時彼長者移婦屍骸置於薪上以火焚燎猛燄既發身分咸燒唯近腹邊一

無傷損時彼毋腹遂便坼裂出青蓮華中有孩兒儀貌端正儼然獨坐人所樂觀于時大衆見是事已極生希有彼諸外道並失威光俱降我慢爾時大師告善賢長者曰汝可抱取火中孩子長者猶尚觀外道面露形報曰仁令入火形命俱失彼聞生怖不敢取兒世尊復命侍縛迦汝可火中抱取孩子侍縛迦便生念曰世尊不應非處非時使我爲也我今宜可取此孩兒以無畏心便於火内抱出孩子是時諸天説伽陀曰

佛教令彼入火中　抱取孩兒無所畏
由佛威神自在力　能令猛燄變清池

爾時世尊告侍縛迦曰汝向入火身無傷損生瘡疱耶白言世尊我於王宫生王宫養曾以牛頭栴檀香摩觸身體未如今日身受清涼佛告善賢長者汝今可取孩子將歸是時長者惡見壞心仍不起信還復迴身觀外道面邪黨諸人同時報曰長者此兒極是薄福禀性兇暴火能食一切此不燒者明知定是可惡堅鞕罪苦衆生目驗共觀更無勞説若將至舍必見災危汝之性命定當殞歿人間愛重無過已身問有災殃遂不收採爾時世尊告影勝王曰王今宜可取此孩兒王遂驚忙舒手承取周迴顧眄請世尊曰此兒當與作何名字佛告大王此兒從火中得可號火生佛觀大衆隨根意樂稱機説法時彼衆中有無量萬億衆生得殊勝行或得預流果一來不還或復出家即斷諸惑得阿羅漢果或得煖頂忍善根或發聲聞菩提心或發獨覺菩提心或發無上菩提心或歸依三寶或受

禁戒深起信心時影勝大王即以孩子令八養母而供給之廣如餘説時火生童子大舅先將財物貿易他方聞妹有娠心生歡喜世尊與記當必生男光隆家族廣説如上乃至得果遂即易已財貨更收餘物歸王舍城聞妹已死便作是念世尊授記生男得果豈虛妄耶顧問隣人我妹懷胎蒙佛授記宿懷歡喜今聞身死乖本希望寧容世尊言非是實隣人報曰然佛大師言無虛妄但由彼壻用外道言枉殺令死所生孩子有大威神處炎火中身無傷損今時長養現在王宮舅聞是語往善賢長者處相問訊已報言長者汝爲非理答曰我何所作汝用外道惡見人言我妹有娠枉殺令死所生孩子有大威神處炎火中身無燒損今時長養現在王宮此事既爾且不須説若將兒來我當容恕若不爾者我當總集所有鄉親擯斥於汝以籌置地數汝無知於街衢處唱汝惡響我妹無過善賢枉殺害女人者不應共語於法官處以罪相刑長者聞已生大憂苦便作是念如説苦詞必不相放便詣影勝王所禮足白言大王具説前事乃至以罪相刑唯願垂恩放出童子王曰我不從汝得童子來是佛世尊親授於我汝若須者可往問佛長者即便往詣佛所禮雙足已白言世尊我有親屬苦相責及廣説其語乃至以罪相刑願佛慈悲與我童子世尊念曰若此長者不得兒者便歐熱血以取命終遂告具壽阿難陀曰汝今可往影勝王處并將長者汝傳我語願王無病報言大王可還長者火生童子若彼長者不得童子

必歐熱血以取命終是時尊者阿難陀具傳佛教詣王白知王言尊者爲我睥睇世尊足下如佛所教我當奉行時阿難陀願王無病辭之而去王告長者曰我承佛教養此童子情甚憐愛共作要期然後放出日别三時來見我者隨意將去長者答曰不敢違命時王即便令著上衣具服瓔珞載以香象送至其家人間常事若父在者子名不彰後長者死火生童子自知家務於三寶所深起敬心便於其父害母之地造立僧房受用資具無不充足施與四方一切僧衆名曰蹊腹林是故經云佛在王舍城住蹊腹林時善賢長者曾遣商人他方興易彼聞長者今已身亡火生童子代知家業於三寶所敬心彌著商人多獲牛頭栴檀上妙之鉢便持一鉢盛滿珍寶遣使送與火生彼既得已置高幢上宣令普告若有諸人不用梯隥而取此鉢或是沙門婆羅門有大威力神通自在而取得者我以此鉢施與其人時諸外道晨朝起已出行澡浴見高幢已告長者曰此是何物長者即便具告其事外道答曰長者此來敬釋迦子彼當取耶言訖辭去時有衆多耆宿苾芻入城乞食見彼高幢咸問長者此是何物彼便具答苾芻報曰我豈爲鉢自顯已能如佛所言覆善彰惡是出家行捨之而去時具壽十力迦攝波從此而過亦問長者此是何物彼還具答于時尊者便作是念我從無始生死已來所有長養煩惱怨家我已變吐悉皆棄捨我今宜可受彼長者普請因緣滿其所願即便舒手如香象鼻至彼幢標取栴檀鉢持還

住處苾芻見問尊者何處得此牛頭栴檀殊勝鉢來彼便具以其事告諸苾芻諸苾芻答曰尊者豈可爲斯木鉢現神通耶報言具壽合與不合我已作訖今欲如何諸苾芻以緣白佛佛言苾芻不應於俗人前現其神力若顯現者得越法罪然鉢有四種金銀瑠璃玻瓈所成復有四鉢所謂鍮石赤銅白銅諸木前之四鉢若先無者不應輒受若先有者應須捨棄後之四種若先無者即不應畜若先有者應作藥盂隨時受用合守持鉢有其二種謂鐵及瓦如是應知後於異時火生童子諸天妙相悉皆出現從占波城乃至王舍於此中間有輸稅處稅官身死生藥叉中遂於夜夢告其子曰我身死後生藥叉中可於其處稅物之所爲我營葺藥叉神堂於其門前

懸一鈴鐸若有諸人持物過時不輸稅者鈴便震響即喚令迴取直放去其子他日於諸親族說其夜夢共觀要處安置神堂外懸鈴鐸時占波城有婆羅門妻遂作是念此婆羅門隨處經紀所獲財物我常食用端拱而坐不事生業是所不應遂往市中買取劫貝撚成細縷於織師處令其好織直千金錢既得一雙氎已報其夫曰此之白氎直千金錢可往市中賣取其價若有買者善若無人問報曰市上無人更向餘處其夫持去市中賣之言索千錢竟無酬價便即唱言市無人物即以其氎内於傘柄竹筩孔中共諸商旅詣王舍城漸至神堂藥叉稅處與諸人衆同輸稅已既欲登途懸鈴響發稅官聞已共相告曰鈴既發響稅物未周宜更審觀無令脫漏更

迴商旅子細搜求遍察資財無不税者遂放商人鈴還發響復更觀察詳審再三商人怪之各生嫌恨報税官曰汝欲劫我方便擁留是時税官分彼商人以爲兩處於一朋中無婆羅門者無聲放去彼一朋去鈴還作聲復分二朋如是去留商人皆盡唯婆羅門一人獨住税官執捉不許前行婆羅門曰察我縁身有物隨取彼遍搜已無物放行鈴更發聲復還捉住報言婆羅門汝縱有財我不取分應爲實語勿誑靈祇我欲表知神明是聖婆羅門曰言不虚者我當實報於傘柄中抽出雙氎税官見已驚歎希奇善哉大神記不虚妄時彼税官取其一氎開與神披婆羅門曰君等明言不取税直今看形勢總欲奪將報言勿怖我不取物欲表大神言無虚妄暫將一氎用報神恩即還汝去彼既受已内傘箭中隨路而去漸至王舍城向大市中舒張其氎索千金錢竟無一人來共酬直便於市中唱言無市時火生童子從王宫出乘大象入市中欲歸本宅聞唱令聲問其何故唱言無市喚來我問婆羅門至問言何故云城無市婆羅門言我有雙氎價直千錢竟無一人共相酬酢報言將來試爲觀察彼便呈現火生報曰一氎是新一氎曾著曾著者酬二百五十其未著者酬五百錢氎主報曰何意如此並未曾用火生曰令汝自觀驗知虚實將未用者開擲空中如蓋而住徐徐向下次擲用者即速墮地氎主見已心生希有報言長者仁有大智神叡超群火生童子復更報曰其未用者置棘刺上不入而過其曾用者被針

羂住如言有實時婆羅門更生希有報言長者聰明智識實未曾有隨所酬直取氎將歸火生報曰仁是客行聊申供養無勞減價總取千錢婆羅門取已歡喜而去是時長者將曾用氎與家人著其未用者自充浴衣後於異時其影勝王與諸大臣昇高閣上火生長者洗浴之服曬在樓隅忽被風吹墮在王處王曰此衣乃是天所著衣從何而至大臣報曰曾聞古王名曼陀多七日之中天雨金寶王今衣墮不久金來王曰我聞火生長者佛與授記有諸天妙相此妙天衣從空而墮待彼來至我當與著火生既來王言童子世尊記汝有諸天妙相此妙天衣從空而墮爾可著之即便舒手受取王衣得已審觀乃是已物遂便微笑白言大王王曾觸不報言已觸

白言既捉鄙衣宜可洗手此非天服是臣浴衣王曰何以得知答曰餘有一衣與家人著與此相似王可驗知王見是已極生希異報言童子汝今豈可人天妙相皆出現耶答言已出若如是者何不請我暫往舍中大王若許令便奉請王言可去備辦飲食白言大王若有人天妙相而出現者彼則自然無勞營作即宜整駕共至家庭王即就宅見彼外門驅使婦女王便低目長者白言何故低目王言我避汝婦報言是外使者非是臣婦王言希有次見內人王便低目長者復問王如前答報言此亦使者非是我婦王聞是已轉生奇異次至中門見瑠璃地湛若清池於其門上置機關魚影便現內王既見已謂是水池即便脫屣火生白言王何脫屣王曰今將入

水恐有霑濡火生曰此非是水是瑠璃地王曰何因魚動答曰非魚是機關影王心不信便脫指環擲之于地指環震響轉向一邊王更嗟甚异師子座時彼內人皆來拜謁未起之頃女皆泣淚王問火生曰何因內人見我流淚答曰非是啼泣由王衣服栴檀沉水香煙所熏煙氣損睛致使流淚時影勝王受天妙樂殊勝難思耽欲無猒不還宮內國之機務悉皆棄捨時諸大臣啓未生怨太子曰國主大王入火生長者所居之宅耽著欲樂不肯還宮唯願太子往白其事時未生怨即至王所白言大王何爲住此不顧萬機王語太子曰汝豈不能於一日中知當國事太子曰大天言謂唯一日耶自從出宮以經七日王聞語已觀火生面作如是語實已七日答曰實爾王曰若爾如何得知晝夜之別火生白言大天若見華開合實珠光不光鳥有鳴不鳴知其晝夜別王曰我仍未知答言有華夜開晝合自有夜合晝開有珠夜闇晝明自有夜明晝闇有鳥夜便發響自有晝日方鳴王聞是已深生奇異報言童子大師世尊言無虛妄如所記事汝悉受之

根本說一切有部毗柰耶雜事卷第二

音釋

娠失人切孕也　妊汝禁切懷孕也　翻噅翻孚袁切噅許爲切　蹂而由切踐也　歔脅虛業切脇下也　挼奴禾切兩手相切靡也　氎徒協切毛布也　屍骸屍書之切骸戶皆切　瀑蒲報切　陷乎鑑切沒入也　膳時戰切　膜末各切翳膜也　熈怡熈許羈切怡弋支切熈怡和樂也　翅式利切鳥

翼也靉靆靉烏代切靆徒耐切靉靆雲盛貌屏息屏必郢切屏息猶除
止也頡胡結切轝羊諸切兩手對舉也扈後五切謂後從曰扈闉伊眞
切城內門也忖倉本切度也燎力照切燒也坼裂坼丑厄切裂良
傑切瘡疱瘡初良切疱匹貌切殞殁殞于敏切殁莫勃切盼普患切目
流視也貿莫候切交易也壻蘇計切夫曰壻擯斥擯必刃切擯斥
驅逐也歐烏后切吐也畔睇眫薄半切睇特計切梯隥梯土雞切
木階也隥都鄧切登陟之道也撚乃殄切以手撚物也縷力主切綫也內
與納同筩徒紅切截竹也酬酢酬市流切酢疾各切叡以芮切深明遠
達也棘刺棘紀力切刺七自切羂古泫切猶掛也曬所戒切曝也屣
所爾切履也

根本說一切有部毗柰耶雜事卷第三 以三

唐三藏法師 義淨奉 制譯

第一門第二子攝頌火生長者之餘

爾時未生怨入火生長者宅見好寶珠遂便竊取與其從入至本宅已報從者曰向付珠寶汝可將來從者開拳唯見空手報言不知寶珠何去太子遂瞋打火生曰從者何辜輒見瞋打答曰我是小賊此是大賊我於汝舍竊得寶珠今此小人轉更行盜火生報曰非太子盜亦非此偷太子取後尋還本處白言太子我宅中財是太子物隨所須者任情將去因何竊取太子默然便作是念我父歿後當總取之時未生怨由提婆達多惡友教故其父明王遂加逆害便自稱爲灌頂大王作摩竭陀國主告火生曰汝是我弟可共分財火生念曰其父明王殺而自立豈於我所能容忍乎今此惡王欲奪我宅先與爲允念已告言大王我先有意宅及財寶悉以持奉更何所分惟願大王來我宅內我向王宮幸當聽許王言善哉隨意所作王便移去火生入宮宅中相好悉移宮內如是來去經乎七返好逐火生惡隨王後時未生怨作如是念我今不能得火生寶更爲餘術方便取之告竊偷者曰汝今宜往火生舍內偷取寶珠其人聞語便作鐵鉤昇墻欲入內人見已遂即高聲唱言賊入賊入火生聞已意不令去遂云汝住其賊即便膠著墻頭不能向下比至天曉人皆共觀問彼賊曰何故至斯答曰大王遣我來偷火生寶衆人皆怒此是惡人法王無辜橫加殺戮今復令賊枉奪人財此過尤

深如何可恕王聞是已遂令使者詣火生處作如是語宜當放捨勿加苦害是時火生意欲放去唱言賊去遂便得脫火生念曰尚能殺父不害我者無有是處豈爲財寶自殞命耶然則我奉世尊昔所授記於我法中出家修行斷盡諸惑得阿羅漢果我今宜可捨俗出家於其宅中所有財寶悉皆分給孤獨乞人貧乏之類咸令豐足時火生長者遂與諸親朋友知識共辭別已往詣佛所禮佛雙足退坐一面合掌恭敬白言世尊惟願許我於善說法律而爲出家并受近圓成苾芻性淨修梵行奉事世尊佛既見已告言善來苾芻可修梵行聞是語已鬚髮自落如曾𩯭剃已經七日法衣着身瓶鉢在手威儀整肅如百歲苾芻頌曰

世尊命善來　髮除衣着體　即得諸根寂
隨佛意皆成

爾時世尊隨機教授彼便策勵方便勤修觀知五趣生死輪迴動搖不息有爲諸行皆悉敗壞可厭惡法常爲他損樂在暫時受苦長夜雖有天報終歸散滅深察知已便斷諸惑得阿羅漢果三明六通具八解脫得如實知我生已盡梵行已立所作已辦不受後有心無障礙如手撝空刀割香塗愛憎不起觀金與土等無有異於諸名利無不棄捨釋梵諸天悉皆恭敬時諸苾芻咸起疑念唯佛世尊能除疑網我今共問即詣佛所白言世尊火生長者先作何業彼業之報生大富家受用無乏復作何業與母一時同燒火聚復由何業生在人中受天妙相復由何業於佛法中

出家修行斷諸煩惱證阿羅漢世尊告曰汝等苾芻皆當善聽火生童子先所造業還須自受廣如上説汝等應聽過去世時九十一劫有佛出世號毗鉢尸如來應正等覺十號具足與大苾芻衆六萬二千人次第遊行漸至一城名曰親慧王名有親去斯不遠有親慧林佛及苾芻於此而住其王有大福德國界安寧人民熾盛無諸鬬諍爲大法王廣如上説於此城中有一長者名曰天分大富多財受用豐足與毗沙門王比其富盛長者念曰我雖數數請毗鉢尸佛及諸聖衆設美飲食然未曾爲三月安居四事供養我今宜可請佛及僧於三月中一切資生盡捨供給作是念已即往佛所頂禮雙足退坐一面佛以方便爲説法要示教利喜既説法已默然而住是時長者即從坐起合掌向佛白言世尊唯願慈悲哀愍受我三月中請飲食衣服卧具醫藥佛見請已默然爲受時彼長者見佛受已禮足而去時國王有親聞毗鉢尸如來與諸大衆來至其國住在林中便自念曰我雖頻頻請佛及僧就舍而食然未三月四事供養我今欲請佛僧三月供養即往佛所禮雙足已退坐一面時佛爲王説微妙法示教利喜默然而住王起合掌致敬白佛我雖頻頻請佛僧衆就舍而食然未三月四事供養唯願世尊及諸大衆哀愍見受三月供養四事無闕佛言大王我已受彼天分長者三月中請王言佛若爲受天分不見許者我共籌議彼必相許佛言彼若許者我當爲受王聞佛語禮足而去至宫中已即令使者往命天

分長者至已王言長者汝今知不我欲先請佛僧以申供養汝次後設事亦非遲答言大王我已最先請佛僧訖既有此念伏願無違王言長者雖復如此然汝是我國内之人以理斟量我當先設白言大王雖是王人理盡先請若王苦抑於義有違王言長者不由情欲即得遂心然我與汝隔日設供若食好者即隨其請長者言爾時彼長者即於其夜備辦種種上妙珍奇殊勝飲食既至天明於設食處以大瓮器多貯淨水遣使往白飲食已辦願佛知時時毗鉢尸佛於日初分執持衣鉢僧衆隨從至天分長者家設食之處就座而坐長者既見佛僧坐已即便自手持諸供養奉施佛僧如是慇懃知衆飽足嚼齒木澡漱訖安置鉢已爲聽法故取小座席於佛前坐爾時世尊爲彼長者說微妙法示教利喜稱機法已從座而去時彼國王次當設供便即營辦種種供養廣如前說乃至從座而去如是更番設妙供養竟無優劣時彼國王見是事已以手支頰懷憂而住時諸大臣見王憂色白言提婆何故憂慼答言今我寧得不憂於我國内寄住之客設供佛僧我不能勝故懷憂耳大臣白言天分長者家内無樵買而作食販柴人等皆勿聽賣蒸薪既乏辦食無緣王便宣令我國中人勿賣柴草若有犯者當出我國時彼長者至設食日求柴不得便用家内栴檀香木以將炊爨復以香油塗其氎布用煮飯食由是香氣遍滿城中王怪問曰何故今日香氣氤氳異於常日從何而至諸人以事具白於王王言我今可無此事

大臣諫曰王今何故作如斯事長者家中更無子息身死之後物並入官得作如斯隨情費用王今宜可還令賣薪即便許賣長者聞王許賣薪草生忿怒心出惡語曰隨我家中現有香木令王并毋一處焚燒次於他日王故懷憂諸臣重問王同前答臣曰願勿懷憂我作方便令彼設供不及大王王設供日諸臣即便於其城内除去瓦礫掃拭街衢遍灑香湯燒香普馥幢旛繒蓋處處皆懸散以名華無不充布莊嚴可愛如歡喜園次造食堂宏壯雅麗復安食座衆寶嚴儀於其座上覆以繒綵塗香末香在處塗拭上饌細軟如天甘露種種滋味超世珍羞敬奉佛僧盡心供養時諸大臣共白王曰我等隨力共作如是嚴飾城隍辦斯盛饌王今宜可發起歡心王自親觀極生希有即命使者詣世尊處白言食辦願佛知時佛及大衆各持衣鉢至彼王宮詣設食處就座而坐其王遂令灌頂大象持百千傘蓋佛世尊自餘諸象各持一蓋以蓋苾芻國大夫人親持寶扇爲佛招涼自餘内人扇苾芻衆王及大臣親持供養奉佛及僧廣如上説時天分長者遂告家人曰汝今可詣王設供處竊觀飲食麤細如何使者既至觀其盛饌遂乃忘歸第二第三使皆不返是時長者親自往觀見彼盛設深歎希有便作是念此諸妙供力辦可成象及宫人我何能得作是念已便還本居告守門人曰汝若見有乞人來至須者皆與勿令輒入長者入室懷憂而住時天帝釋常以天眼觀察世間見天分長者室内懷憂察知彼心便作是念

世間福田佛爲第一作大施主天分爲先我今宜應共彼相助即自化作婆羅門像至長者門告守門人曰汝今宜往白大長者有憍尸迦種大婆羅門今在門外須欲相見門人告曰長者令我禁守其門見有乞人須者皆與勿令輙入必有須者隨意將去何勞要見長者之身彼人報曰我無所求然有要緣須見長者使者遂入白言外有憍尸迦種大婆羅門云無所求須見長者長者報曰可語彼人若有所求隨意將去何須強欲見我身耶白言大家如所敎言我已報訖彼云我有要緣須見長者告門人曰若如是者可使入來門人引入時婆羅門既見長者懐憂而住問言長者何緣以手支頰似帶憂容長者聞已說伽陀曰

若人能解憂　斯人可共語　如其憂不解
共語欲何爲

時天帝釋問言長者有何憂事我有方便能爲解除長者即便具說前事時天帝釋即復本形告言長者我令上巧妙天來相借助作是語已隱形而去時天帝釋既至天宫告巧妙天曰汝今可往贍部洲中與天分長者共相借助答曰善哉時巧妙天即於明日至彼城中隨情變化莊嚴衢路奇巧超絶種種莊飾倍勝於王食堂坐具妙成天巧所有飲食並是天廚令大象王持百支傘蓋毗鉢尸佛其餘諸象持蓋苾芻舍支天女手執金扇爲佛招涼自餘天女扇苾芻衆時彼國王遣一使者竊往觀察看長者供養其狀如何其使往觀見其奇異遂便忘返復遣大臣還同前

往後令太子亦復不來王怪其事即便自往至彼門所爾時世尊遥見王已告長者曰此是國王已見眞諦汝於彼所出麤惡言今在門外汝往求謝長者遂出求謝於王白言大王今請暫入自手供養王即入見上妙天廚極生希有告長者曰仁今宜可於日日中供佛僧衆非我所望時彼長者既作如是奇妙盛饌供佛僧已頂禮佛足而發願言我今供養最上福田願此勝因我於來世常得生在大富貴家珍寶豐足受天妙相獲殊勝法出離蓋纏如是大師我當承事心無有猒汝等苾芻勿生異念往時天分長者即火生是由於彼王出麤惡語以栴檀火毋子同燒由彼業力於五百生中與毋同處被火所燒乃至今時同燒一處由於毗鉢尸佛作上供養又復發願由彼業力常得生在大富貴家財寶豐盈天諸妙相自然而出於我法中出家修行斷盡諸惑得阿羅漢果汝等苾芻我與毗鉢尸佛神通道力悉皆平等若於我所供養承事生殷重心必獲勝果如是應知若純黑業得純黑報等廣如上説時諸苾芻聞佛所説信受奉行

第一門第三子攝頌曰

綴鉢畜資具　刀子及針筩　幷衣楨有三

是大仙開許

佛在室羅伐城時有苾芻其鉢有穴即便持去詣鍛師所報言賢首我鉢有穴幸能爲綴彼作是念諸釋迦子皆是閑人不與價直虛相驅使我若爲作餘者續來頻頻料理廢我生務未有竟期我今宜可且延時節報言聖

者我未有暇明當可來明日便至報云後日或早或晚日日如是矯誑延時苾芻勞倦有知識苾芻見而問曰具壽日日常見來向此家豈可是汝門徒親識耶報言大德此家非我門徒亦非親識我有破鉢令其料理彼調誑我爲此常來答言具壽汝可不聞工師巧兒難得實語然我解作若佛許者我爲汝綴以緣白佛佛言若有苾芻解巧作者應在屏處而綴其鉢設有見者譏醜不生時彼苾芻既聞佛許即便往彼巧苾芻處報言大德世尊開許得自綴鉢當爲我作彼言具壽豈用我指而綴於鉢須得作具方可爲綴以緣白佛佛言由是我今開許僧伽畜鐵作具若有須者可借取用事了送還

緣在室羅伐城時諸苾芻欲裁三衣便以手裂衣財損壞以緣白佛佛言不應手裂可刀子裁世尊許已時有苾芻欲割截衣往俗人處告言居士我須刀子欲割截衣答曰將去既裁衣已送還彼人居士報曰此即相施答言世尊不許以緣白佛佛言我許苾芻受畜刀子見佛許已時諸六衆便以金銀瑠璃玻瓈諸寶幷餘雜色種種奇珍莊飾其弝時諸俗旅見而問曰聖者此是何物答言世尊聽畜刀子彼言仁等尚有欲事纏繞心耶時諸苾芻以緣白佛佛言苾芻不應畜用金銀瑠璃玻瓈諸寶幷餘雜色種種奇珍莊飾刀弝若須刀子純用鐵作彼便太長俗人復問此是何物答言此是刀子世尊聽畜彼言聖者此是大刀不是刀子以緣白佛佛言苾芻不畜長刀彼極小作不堪割物佛言汝等應知

有三種刀子謂大中小大者可長六指小者四指二內名中其狀有二一如烏羽曲二似雞翎不應尖直

緣在室羅伐城時諸苾芻刺三衣時便以竹籤或用鳥翮衣遂損壞佛言應可用針是時六衆便以金銀瑠璃玻瓈諸寶而作其針俗人見問此是何物答曰佛許畜針彼言沙門釋子欲事纏心以緣白佛佛言苾芻不應以金等物而作其針然針有四種銅鐵鍮石及以赤銅苾芻畜針隨處安置遂便生澀佛言應用針筩苾芻不解如何作筩佛言有二種針筩一是抽管二以竹筩此許用管彼二刀子恐生鐵垢着此管中亦得

緣在室羅伐城佛許苾芻作僧伽胝時諸苾芻便於地上敷置其氎多被蟲食有塵垢汙以緣白佛佛言不應安地可作衣楨苾芻不解以緣白佛佛言有二種楨或木或竹布衣於上牽挽來去被竹損衣佛言先須鑽孔次可以線繚令相着就上刺之如佛所說有三種衣謂上中下上衣宜安上楨中下二衣即不相稱佛言應作三楨大小隨衣

第一門第四子攝頌曰

照鏡并鑒水　不應用梳刷　頂上留長髮
浴室栗姑毗

緣在室羅伐城時六衆苾芻於日初分執持衣鉢入城乞食時諸俗人於箱篋中開諸莊具六衆見已便持彼鏡照面觀形難陀鄔波難陀互相告曰我甚端正俗旅見譏作如是語聖者頭上無髮腋下毛長何處得有容儀端正彼便默然苾芻白佛佛言苾芻不應照

鏡若照面者得越法罪如佛所説不應照鏡即便照水同前譏笑佛言亦復不應臨水照面苾芻觀蟲水時自見其面便生悔心佛言觀水見面此非是犯勿起疑心若爲觀瘡或窺昔時老少形狀者覽鏡無咎

緣處同前六衆乞食見他俗家有莊飾具便用彼梳整理頭髮相語好不俗人見時同前譏笑彼便默然以緣白佛佛言苾芻不應梳頭若作得越法罪苾芻復更用刷還同前過佛言用得越法罪苾芻梳刷一時俱用佛言得罪同前

緣處同前時給孤獨長者側布黄金買逝多林奉佛僧已令剃髮人往入寺中爲衆剃髮其人既至六衆問曰汝能翦剃留頂髻不答曰是我工巧即令翦剃語言大作又云更除一分如是更除二三四五乃至八分報云癡人汝元不解可總淨剃放汝歸家日暮言歸長者見問汝剃幾人髮來報言無暇多剃鄔波難陀令作頂髻廣説乃至日暮言歸長者聞已情起譏嫌苾芻白佛佛言苾芻不應頂上持髻若有持者得越法罪

緣處同前時具壽牛卧在憍閃毗國住水林山出光王園内猪坎窟中後於異時其出光王於春陽月林木皆茂鵝鴈鴛鴦鸚鵡舍利孔雀諸鳥在處哀鳴遍諸林苑時出光王命掌園人曰汝今可於水林山處周遍芳園皆可修治除衆瓦礫多安淨水置守衛人我欲暫往園中遊戲彼人敬諾一依王敎既修營已還白王知如所敎勑我皆營訖唯願知時彼王即便將諸内官以爲侍從往詣芳園遊

戲既疲偃卧而睡時彼内人性愛華果於芳園裏隨處追求時牛卧苾芻鬚髮皆長上衣破碎下裙垢惡於一樹下跏趺而坐宫人遥見各並驚惶唱言大王有鬼有鬼苾芻即徃入坎窟中王聞聲已即便睡覺拔劒走趂問宫人曰鬼在何處答曰走入猪坎窟中時王聞已行至窟所執劒而問汝是何物答言大王我是沙門王曰是何沙門答曰釋迦子問言汝得阿羅漢果耶答言不得汝得不還一來預流果耶答言不得且置斯事汝得初定乃至四定答並不得王聞是已轉更瞋怒告大臣曰此是凡人犯我宫女可將大蟻塡滿窟内螫蟄其身時有舊住天神近窟邊者聞斯語已便作是念此善沙門來依附我實無所犯少欲自居非法惡王横加傷害我今宜可作救濟緣即自變身爲一大猪從窟走出王見猪已告大臣曰可將馬來幷持弓箭臣即授與其猪遂走急出苑園王隨後逐時彼宫女告苾芻曰聖者可去王極暴惡或容相害時彼苾芻急持衣鉢疾行而去漸至室羅伐城時彼苾芻見已告言善來具壽久不相見從何處來答曰從憍閃毗彼所住止得安樂不答曰有何安樂幾被國王斷我形命問言何故即具説其事時諸苾芻以緣白佛佛告一苾芻汝今可徃牛卧苾芻所作如是言世尊喚汝既受佛教至牛卧所敬宣聖旨彼聞教已即詣佛所如常致敬在一面立世尊告言苾芻汝豈作如是非法惡形狀耶實爾大德汝是癡人於彼窟所貪心戀著深生愛樂因告諸苾芻曰留長髮者有如是過是故

汝等不應長髮故不剃者得越法罪如佛所教苾芻不應留長髮者蘭若苾芻無剃髮者遂即棄彼卧具等物來近聚落而爲住止佛知故問阿難陀曰何故蘭若苾芻棄彼住處來近聚落而爲居止阿難陀白佛言如佛所制苾芻髮不應長佛言我今開許蘭若苾芻頭髮極長可齊二指居聚落人量應減此

緣處同前時有苾芻身嬰疾病行詣醫所告言賢首我身有疾幸爲處方報言聖者應作浴室澡浴身形可得平復報言賢首我豈同俗受欲樂耶報言聖者唯此是藥餘不能蠲時諸苾芻以緣白佛佛言若是醫人云須浴室能除其病非餘藥者是故我令聽入浴室如佛所言作浴室者苾芻還往告醫人曰浴室除病其狀如何醫人報曰我曾讀誦輪王醫方彼説浴室能除其病然我不識其狀云何然汝大師具一切智仁可就問彼當教作苾芻白佛佛言應作浴室彼便内迮外寛作其浴室佛言不應如是浴室之法内寛外迮形如苽瓶於中黑闇煙不能出佛言應可作牕令煙出外彼近下作煙猶不出佛言不應在下彼便高作尚少光明佛言不應太高太下應處中作烏鳥鳩鴿便入室中佛言應作隔子牕櫺風雨來時水滴傍入可安門扇風吹開者當須置居若難開閉作羊甲杖而開閉之室無門扇佛言著扇并横居鏁鈕於浴室中瓨水置地冷不堪用佛言應在室内兩邊安塖瓨置於上不應太高不應太下應與膝齊在地然火燒損於地佛言不應在地應以甎石藉之火正炎熾苾芻入時遂便悶絶

佛言火若燄猛不應即入待煙燄消隨意當入彼散著火遂便速滅佛言應聚一處不知以何物聚火佛言應用鐵杴苾芻中火悶絶之時應以少許蔓菁子油和麨置於火中得令醒悟便有惡氣佛言應可燒香眼中淚出佛言用麨團拭淚猶未除應以餘甘子屑溲作小團用揜其淚室無板坐彼自持來被油汙損佛言應將草替足蹈地時被塵土汙佛言應可布草彼用乾草便被火燒佛言應數青者青者難求佛言應將水濕時諸苾芻以油塗摩遍身皆癢用甎瓦石爪揩便皮破佛言身癢不應爪搔應用浮石彼便利作招過同前佛言磨却利處然後方用彼既用了隨處棄擲因此失落佛言不應隨處棄失應以繩繫掛象牙杙上浮石油膩數數水洗佛言不應數數水洗可置火中多人出入其室遂冷佛言入時應閉出者亦然應令苾芻防守門戶時諸苾芻於浴室內漫爲言話佛言不應漫話然洗浴時有二儀式一者法語二聖默然於此室中苾芻洗浴遂便泥濕佛言不應於此室內以水洗浴應作別室於中洗浴此還有泥此是西方浴室制度以複甎疊成形如轂積上尖下寬中高一丈許下闢七八尺一畔開一門須扇掩灰泥表裏勿令薄漏可於後面安一小龕龕置石像或是供銅像先浴像已擎向餘處餘人後入要心供養發願常爲所費不多獲無窮福室中安地爐深一尺許至洗浴時於此燒炭或可然柴看其冷暖以適時節室內明燈通窻煙出西方浴法皆食前不同此方飢沐飽浴若欲洗時着洗裙入室已可在一邊踞枯而坐片時遍汗以油塗身令人揩拭遂得沉痾冷脾風癢煩勞衆病皆除不須餘藥豈同湯洗去垢而已然後移向別室適其時候以藥湯浴身此是帝釋浴法佛教苾芻事異未知恐覽者不悟聊因注出若無病遂省者任隨時量事然中天熱地作者亦稀北方寒國在處皆有以表來爾

佛言應以物砌苾芻不知以何物砌佛言應用甎砌或可布沙水便漫溢佛言作竇決水令出入澆水時澆人居下浴人在上令水汙衣佛言不應如是可令浴人在下澆人在上洗浴之時須用齒木及澡豆牛糞土屑向餘處取佛言於浴室處預置此物勿令遠取旣洗浴已身體虛羸佛言任飡小食手有油膩難卒洗除若更延停洗時恐過佛言應用匙食或得熱粥亦可用匙食時須鹽無葉請受佛言應畜承鹽盤子佛令作浴室不知遣何人作佛言應使弟子門人共作若有施主亦可憑求洗浴之時指摩身體更互而作佛言入時應將弟子令指摩身承鹽盤子者西方食法先須行鹽幷下薑片此是聖教與此方不同盤子本擬安鹽或將觀水元不欲著衆生食律云食了無問僧私須留一大抄許以施衆生方有濟飢之益此並蓋是傳者之謬矣

根本說一切有部毗柰耶雜事卷第三

音釋

剹力竹切刑也　撝許爲切以手指麾也　瓮烏貢切瞿也　貯直呂切積也　澡漱澡子皓切洗手也漱蘇奏切蕩口也　頰古協切面旁也　爨七亂切炊也　綴陟衛切聯也　楨陟盈切製衣之具也　鍛丁貫切冶也　弝必罵切弓弝中手執處　尖子廉切銳也　翮下華切勁羽也　僧伽胝梵語也此云覆脥衣胝張尼切　鑽祖官切穿也　繚力小切纏也　刷所劣切掠器也　篋詰叶切箱屬　閃失冉切　坎窞苦感切陷也窞苦骨切穴也　趂丑刃切逐也　蜇螫蜇陟列切螫施隻切蜇螫竝蟲毒也　迮側華切迫也　苽古胡切與瓠同　櫺郎丁切窻牖也　扂徒點切戶牡也　鏍鈕鏍胡關切鈕女久切　瓨戶江切長頸甖也　杴虛嚴切鍫屬　蔓菁蔓毋官切菁咨盈切蔓菁菜名　麨尺沼切乾粮也　溲踈有切調合也　替他計切代也　癢以兩切膚欲搔也　搔蘇遭切手爬也　杙與職切橛也

根本說一切有部毗柰耶雜事卷第四

唐三藏法師　義淨奉　制譯

第一門第四子攝頌之餘

爾時佛在廣嚴城於此城中有栗姑毗子名曰善賢性無諂諂質直爲行每於日日敬禮世尊後於異時欲詣佛所實力子苾芻與友地苾芻於世世中常爲怨對時友地二苾芻人間遊歷至廣嚴城忽於路次逢見善賢問言善賢汝向何處報言聖者欲往禮佛彼二報曰至世尊所語爲奉獻汝今頗有勝妙語言奉世尊不答曰我無報言善賢汝至佛所作如是語苾芻實力子無有羞恥所行非法身與我妻共行婬欲作不淨行犯波羅市迦世尊聞已必大歡喜善賢聞已往世尊所禮佛足已在一面立白言世尊實力子苾芻無有羞恥所行非法身與我妻共行婬欲作不淨行犯波羅市迦作是語已辭佛而去佛告諸苾芻彼栗姑毗子妄爲謗毁應可爲作覆鉢羯磨若更有餘如此流類亦應同與敷座席鳴揵椎先言告已次衆皆集令一苾芻作白已次作羯磨

大德僧伽聽彼栗姑毗子善賢以無根波羅市迦法謗實力子清淨苾芻若僧伽時至聽者僧伽應許僧伽今與善賢作覆鉢羯磨白如是羯磨準白應作若僧伽爲作覆鉢羯磨已苾芻不往其家設往不應就座不受飲食不爲說法佛告阿難陀汝今可往善賢住處報言僧伽與汝已作覆鉢羯磨時阿難陀敬受佛教詣善賢所于時善賢有緣出外阿難陀問其婦曰善賢何在答言聖者有緣須出

問曰因何事故須見善賢答言應知僧伽已爲汝家作覆鉢羯磨問言大德云何名爲覆鉢羯磨答曰若有人家僧伽爲作覆鉢羯磨者諸苾芻衆不往其家設往不應就座不受飲食不爲説法女人言大德唯此即是聖衆爲我隨籌立制作不往還事我有何過爲作覆鉢答言汝夫善賢曾詣佛所作如是言苾芻實力子無有羞恥所作非法身與我妻共行婬欲作不淨行犯波羅市迦其婦聞已即便入室尊者出去于時善賢事了還家妻曰君不知不聖衆爲君作覆鉢羯磨答曰善哉覆鉢極好覆鉢妻曰君頗解此覆鉢義不答言不解妻曰若被聖衆爲作覆鉢者諸苾芻衆不往其家設往不應就座不受飲食不爲説法君頗曾見實力子苾芻與我獨在屏處行非法耶答言不見爾今宜往禮謝大師若大慈尊見恕者善如不容捨勿入宅中善賢聞已心生慚怖尋詣佛所禮佛足已合掌叩地白言世尊我有常願旦澡漱已行禮大師我於中路見友地二苾芻彼問我言汝向何處我便報曰欲往佛所親爲禮敬彼言汝往佛所頗有善語奉獻佛不我答言無彼教我言至佛所已當作是言世尊實力子苾芻無有羞恥所行非法身與我妻共行婬欲作不淨行犯波羅市迦彼二所教爲傳其語我有何過爾時世尊告諸苾芻善賢謗毀元非自心應與善賢作仰鉢羯磨更有餘類如是應作敷座席鳴揵椎言白已周大衆皆集令彼善賢於上座前蹲踞合掌作如是言大德僧伽聽我善賢由惡知識所誑惑故以不實法

謗實力子由是因緣僧伽與我作覆鉢羯磨我今從衆乞作仰鉢唯願大德僧伽與我仰鉢慈愍故如是三說即遣善賢向見處不聞處合掌而立令一苾芻作單白羯磨

大德僧伽聽彼栗姑毗子善賢由惡知識所誑惑故以不實法謗具壽實力子僧伽爲彼作覆鉢彼善賢今從僧伽乞作仰鉢若僧伽時至聽者僧伽應許僧伽今與善賢作仰鉢羯磨白如是若僧伽爲作仰鉢羯磨已時諸苾芻應往其舍就座而坐受其飲食并爲說法

第一門第五子攝頌曰

生支當護面　不爲歌舞樂　許作歌詠聲
用鉢有四種

緣在室羅伐城時有苾芻專修寂定加趺而坐生支遂起復於異時次行乞食食事既了收衣鉢洗足已於一樹下端居靜思作意現前生支復起既被欲惱倍發瞋心即出其根安在石上更以石打遂便損壞生大苦惱不能堪忍作如是念我遭大苦痛逼燒心世尊大慈寧不垂愍爾時遍覺遙鑒憂懷尋至彼邊問言苾芻汝作何事即便具白佛言汝豈不聞我教苾芻染欲生時作不淨觀屏息婬情何故汝今愚癡之人應合打此翻更打餘苾芻聞已慚恥而默佛因此事告諸苾芻豈我先時不爲汝說若染欲心起時應修不淨觀若瞋恚心起時應修慈悲觀若愚癡心起應修十二因緣觀若應修不修應打不打而更打餘者得越法罪

於此城中有一長者娶妻未久誕生一息顏

貌端正人所樂覩養育隨情漸至成立於佛法律而爲出家遇有他緣辭逝多林人間遊歷未久之頃面上生癰就不善醫師以爲救療彼以針刺其口便喎遊歷事周還歸給苑故時知友皆不祗承不爲安慰問言大德豈不識我耶報言具壽我忘相識汝是何人彼便具報往日之事我名某甲主人怪曰汝昔面首端正以何緣故今見喎衺即便具答苾芻以緣白佛佛言凡人護面如護明鏡不應輒使無識醫人而行針刺若使作者得越法罪如佛所言不令無識醫人爲救療者時有苾芻頭面熱悶欲於額上刺去熱血無上醫可求佛言必無上醫可使中醫刺去其血於此城中有二朋黨一是興易人二是婆羅門其興易人於歌舞事勝婆羅門其婆羅門於

鬪戰事勝興易者後於異時婆羅門朋共相謂曰彼興易人歌舞勝我我以鬪戰常勝彼朋作何方便我以歌舞亦勝於彼有人議曰若欲勝者我等宜應習歌舞事復有議曰此成好事令我於誰學其歌舞復有議曰聖者六衆善閑音樂至於歌舞尤勝餘人我等可就親受其業然彼多貪性愛財貨有所須者我等供養作此議已即便共往六衆之處敬禮足已請言大德願降慈悲教我歌舞六衆報曰若有餅果之直相供給者我當教汝彼聞其告常奉餅直遂教歌舞既善學已於聚會時便以戰法勝興易人復作歌舞亦還得勝彼便告曰昔來我等歌舞勝君君於我等鬪戰爲勝如何今日兩事俱強此有何故答曰我於歌舞用功習學問曰誰復相教答曰

聖者六衆慈悲教我諸婆羅門聞是説已共生嫌賤沙門釋子作掉舉法歌舞戲具教諸俗人苾芻以緣白佛佛言因作歌舞有如是過苾芻不應習學歌舞作者得越法罪世尊不許習歌舞事時婆羅門忘其歌舞詣六衆處求重温習時彼報言世尊制戒不許歌舞婆羅門曰若如是者可去屏除六衆報曰我爲屏除即便詣彼攝除所有歌舞之具後時集會婆羅門歌舞之事不如彼朋諸婆羅門咸生譏毀沙門釋子深相損辱令我不如苾芻以緣白佛佛言苾芻不應攝除他人歌舞之具若攝除者得越法罪時婆羅門復詣六衆報言教我戲樂六衆不許報言聖者若不能教但願暫去於彼現身我當得勝六衆即去既往現身彼與易人見便羞恥不能作樂便生譏議沙門釋子於歌舞處來現其身佛言苾芻不應往彼歌舞之處故現其身若苾芻身作歌舞及以諷詠或復教人或自收攝或復現身皆越法罪（下是尊者善和因緣）

爾時憍閃毗有一長者名曰大善禀性柔和其婦懷妊尊者舍利子知彼腹胎終將受化獲勝上果因至其宅時彼長者素有信心求受歸戒從是已後數至其宅曾於一時尊者獨行更無侍從至長者處問曰大德何因獨無侍從答言賢首豈當令我於草叢內得侍者乎於仁等處方可獲得將爲侍者答言聖者若如是者我婦妊娠若生男子當與大德以爲侍從報言賢首願兒無病便捨而去其長者婦經八九月誕一男兒形貌羸瘦其聲和雅滿三七日已召集宗親爲設歡會其父

抱子從衆乞字衆人議曰此兒形貌羸瘦音聲和雅復是長者大善之息應與此子名曰善和後漸長大以至童年時尊者舍利子於小食時著衣持鉢入憍閃毗城次第乞食至大善家長者見已遂唱善來合掌禮足便取其鉢盛滿勝上餅果飲食持以奉上善和童子觀聖者面尊者現相令長者憶長者即便告其子曰汝在母腹未誕之辰我已將汝施與尊者而爲弟子汝今宜可隨尊者去童子乃是最後生人易爲捨俗即隨尊者至其住處尊者便與出家後受圓具如法開解遂即策勤苦行無倦斷諸煩惱得阿羅漢果是時善和苾芻作吟諷聲讚誦經法其音清亮上徹梵天時有無數衆生聞其聲者悉皆種植解脱分善根乃至傍生禀識之類聞彼聲者無不攝耳聽其妙音爾時世尊因大衆集普告之曰汝等苾芻於我法中所有聲聞弟子音聲美妙善和苾芻最爲第一由其演暢音韻和雅能令聞者發歡喜心未離欲苾芻咸廢己業於日日中聽其讚誦後於異時憍薩羅勝光大王乘白蓮華象與諸從者於後夜時有事出城須詣餘處善和苾芻於逝多林内高聲誦經于時象王聞音愛樂屬耳而聽不肯前行御者即便推鈎振足象終不動王告御者曰可令象行答言大王盡力驅前不肯移足未知此象意欲何之王曰放隨意去彼即縱鈎便之給苑於寺門外攝耳聽聲善和苾芻誦經既了便説四頌而發願言

天阿蘇羅藥叉等　來聽法者應至心
擁護佛法使長存　各各勤行世尊教

諸有聽徒來至此　或在地上或居空
常於人世起慈心　晝夜自身依法住
願諸世界常安隱　無邊福智益羣生
所有罪業並銷除　遠離衆苦歸圓寂
恒用戒香塗瑩體　常持定服以資身
菩提妙華遍莊嚴　隨所住處常安樂
時彼象王聞斯頌已知其經畢即便摇耳舉足而行任彼驅馳隨鈎而去王問御者曰何故此象令隨意行御人答曰未知寺内是何聖者美妙音聲諷誦經典象聞生愛遂不肯行王曰若如是者宜可迴象就訪彼尊我願親將上衣奉施可於明日當詣彼城御者即便奉命迴象來至舊居時勝鬘夫人恠王來速請問所由王以上縁具答其事報言夫人可與上氎我欲親往奉彼經師勝鬘夫人便作是念豈非聖者善和以美妙音聲諷誦經典然彼尊者容儀醜陋令我大王性愛瓌偉如其見者不滿王心若起慢情悔前敬重可設方便勿令親往白言大王可往彼城我當持氎奉施尊者答言夫人任將餘氎豈由此物憍薩羅城遂便貧乏夫人默爾王乃持上妙氎詣逝多林時具壽阿難陀於寺門前經行遊履王既見已即便下象禮尊者足問言大德是何尊者今日晨朝諷誦經法答言大王何故須問大德我欲持衣躬親奉施尊者念曰具壽善和音聲美妙諷誦經法雅韻超羣然其容儀非常醜陋今者大王性愛姸雅若其見者當生鄙賤起不敬心可設方便莫令親往白言大王衣可與我我爲奉施答言大德世尊讃歎自手持施最爲第一是故我

今欲自持與時具壽善和在晝日遊處於一樹下加趺而坐時阿難陀引王至彼白言大王樹下坐人即妙聲尊者王進低揖見其貌醜便生輕鄙息敬信心迴首低眉擲衣而去具壽善和見王如是即說頌曰

若以色見我　以音聲求我　愛染亂彼心
不能當見我　若人但知內　而不見於外
於內而求果　此爲聲所迷　若人但知外
而不見於內　於外而求果　此亦聲所迷
若人不知內　亦復不見外　凡夫皆被障
此亦聲所迷　若人善知內　復善見於外
智者當出離　此不爲聲迷

時諸苾芻咸皆有疑請世尊曰以何因緣善和苾芻其形醜陋言音和雅於佛法中出家修行斷盡諸漏得阿羅漢果世尊告曰善和苾芻曾所作業還須自受廣說乃至頌曰

假令經百劫　所作業不亡　因緣會遇時
果報還自受

爾時世尊告諸苾芻汝等應聽乃往古昔此賢劫中人壽四萬歲時有拘留孫佛出現世間十號具足時彼世尊所有佛事悉皆圓滿入無餘依妙涅槃界時彼國主名曰無憂供養世尊遺餘舍利造窣堵波周圓一踰繕那高半踰繕那令人守當漸次修造其人信心意樂賢善慇懃營作不生勞倦時有作人見窣堵波其量高大遂生嫌慢作如是語告同伴曰王今造此大窣堵波多費人功何日成就守人報曰汝不能作隨意當去因何輒出嫌慢之言彼默無對其守當人欲驅令出彼便收謝還作舊作塔猶未了復生嫌慢守人

與杖驅之令出更還懺謝遣復本功乃至塔成觀者忘倦百千衆生悉皆歡喜嫌者見已便自悔恨我於往時所爲不善見塔高大作輕慢言我今宜可辦其供養即以比來所得雇直造妙金鈴懸在塔上汝等應知彼傭力人即善和是由於塔處生嫌慢心今獲人身其形醜陋由奉金鈴言音和雅能令聽者無不歡悅時諸苾芻猶有疑念重白佛言大德善和苾芻先作何業由彼業力諷誦經法聲徹梵天世尊告曰汝等苾芻應聽其事於往昔時人壽二萬歲有迦葉波佛出現世間十號具足在婆羅痆斯國仙人墮處施鹿林中城林中間有香果樹能鳴之鳥託此而居時迦葉波佛執持衣鉢於小食時入城乞食在樹邊過是時彼鳥見佛世尊容儀端正儼若金山遂即嚶嚶出妙音響遶佛三帀還隱林中如是日日見佛行過遶佛哀鳴還向林間歡喜而住忽於他日被鷹所搏命終之後生大婆羅門家從是以來更不託生下惡之類乃至今日所生之處感得好聲響徹梵天令人愛樂汝等苾芻如是應知彼能鳴鳥即是善和時諸苾芻更復有疑請世尊曰大德善和苾芻曾作何業由彼業力於佛弟子音聲美妙最爲第一世尊告曰善和苾芻由發願力感得斯報作何發願於迦葉波佛時善和出家其本師主於迦葉波佛諸弟子中唱導諷誦稱爲第一然其善和始自出家終至年邁雖修梵行無所證獲臨命終時作如是願我於迦葉波佛聖教之中出家修行竟無所獲願我以此勝因於迦葉波佛所授記者於

未來世人壽百歲有佛出現號釋迦牟尼應正等覺我於彼教而得出家斷除煩惑得阿羅漢果如我親敎師於佛法中讃誦弟子説爲第一我亦如是逢彼出家唱導人中稱爲第一由彼願力於我法中出家修行於弟子中唱導之師説爲第一汝等苾芻應知往業若純黑者得純黑報若純白者得純白報若雜業者得雜業報汝等應可棄純黑雜業修純白業如餘廣説

緣處同前時諸苾芻誦經之時不閑聲韻隨句而説猶如寫槖置之異器彼諸外道諷誦經典作吟詠聲給孤獨長者日日常往禮覲世尊於其路側聞諸外道誦經之聲作如是念此諸外道於惡法律而爲出家諷誦經典作吟詠聲音詞可愛我諸聖者不閑聲韻遂句隨文猶如寫槖置之異器此是我事當白大師旣至佛所禮雙足已退坐一面白言世尊彼諸外道於惡法律而爲出家諷誦經典作吟詠聲音詞可愛我諸聖者不閑聲韻遂句隨文猶如寫槖置之異器若佛世尊慈悲許者聽諸聖衆作吟詠聲而誦經典如尊意許默然無説長者見佛默然許已禮佛而去佛告諸苾芻從今已往我聽汝等作吟詠聲而誦經法佛聽許已諸苾芻衆作吟詠聲而誦經法及以讀經請教白事亦皆如是給孤長者因入寺中見合寺僧音聲喧雜白言聖者今此伽藍先爲法宇今日變作乾闥婆城時諸苾芻以緣白佛佛言苾芻不應作吟詠聲誦諸經法及以讀經請教白事皆不應作然有二事作吟詠聲一謂讃大師德二謂誦

三啓經餘皆不合佛許二事作吟詠聲諸佛德誦三啓有一少年苾芻作二事時不解吟詠但知直說如寫棗聲諸苾芻白佛許二事作吟詠聲如何不作答曰我先不解苾芻白佛佛言應學佛遺學時苾芻隨在房中廊下門屋堂殿悉皆學習吟詠之聲長者入見同上譏嫌白言聖者乾闥婆城未能捨棄復往白佛佛言應在屏處學吟詠聲勿居顯露違者得越法罪

緣處同前有一苾芻於鉢袋中立抽出鉢苾芻告曰具壽勿立抽鉢答言何過報曰墮地損壞豈非過耶彼便黙然以緣白佛佛言苾芻不應立取其鉢若内袋中若洗若曝皆不應立違者得越法罪

第一門第六子攝頌

蹈衣并諸袋　褥及於坐具　有緣離三衣六種心念法

佛在江猪山恐畏之處施鹿林中菩提王子請佛及僧於妙華樓盛設供養於此樓上處處皆敷朝霞上氎于時世尊既至彼已見其衣覆不以足躡時諸苾芻亦不敢躡菩提王子白言世尊唯願世尊慈悲蹈過佛不爲履王子見已即攝斂衣佛方前進外道聞已作如是語沙門喬答摩未堪供養王子斂氎不敢履之佛知是已告諸苾芻若有信心婆羅門長者居士於道路處敷上妙衣請苾芻曰願降慈悲爲踐蹈者欲伏外道我慢心故作諸行無常想而爲履蹈勿生疑慮

緣處同前時有苾芻手擎鉢去在路脚跌鉢墮遂破因斯闕事以緣白佛佛言苾芻不應

手擎其鉢便以衣角裹鉢而去廢闕同前佛言應作鉢袋盛去苾芻手携招過如上佛言不應手持而去應可作襻掛膊持行若異此者得越法罪

緣處同前時有苾芻以商旅爲伴人間遊行於行伴中有婆羅門忽染時患詣醫人所我有如是病仁爲處方答言此病可服訶棃勒必當得差報言涉路無處可求醫曰沙門釋子善開諸藥從彼求覓必當見惠時彼即便詣苾芻所問言聖者有訶棃勒不答言我有用此何爲報言我身有病醫遣服之有時見惠苾芻對彼開鉢袋中覓訶棃勒先出錐刀次抽皮片并諸雜藥淨穢交雜時婆羅門見其雜惡報言聖者仁等苾芻能作如是不清潔事我寧身死不服斯藥苾芻以緣白佛佛言苾芻應畜三種袋一者鉢袋二者藥袋三者雜袋時諸苾芻齊安三襻置之腋下即便傍出衣下外現不信俗人見已譏笑報言聖者豈可腋下挾鼓而行苾芻以緣白佛佛言三襻不應齊著應次第安長短相稱便安細襻令身有損佛言應須闊作於內安氎以線絡之勿令卷縮若異此者得越法罪

根本說一切有部毗柰耶雜事卷第四

音釋

羯磨梵語也此云作法羯俱謁切　揵椎梵語也此云鐘又云磬凡法器皆曰揵椎揵巨言切椎音槌　蹲踞蹲徂尊切踞居御切　療力嶠切治也　喎口淮切口不正也　衺徐嗟切與邪同　鬘莫還切　瓌公回切偉也　窣堵波梵語也此云方墳窣蘇骨切　踰繕那梵語也此云限量繕

市戰切

婆羅痆斯梵語也此云鹿苑痆女黠切

襻普患切衣系也

膊伯各切肩膊也

根本說一切有部毗柰耶雜事卷第五

唐三藏法師 義淨奉 制譯

第一門第六子攝頌之餘

緣在室羅伐城時有苾芻多得氈褥便作是念如世尊說應持割截衣即持褥并刀向一樹下欲爲割截世尊因至其所問曰汝何所作即白佛言如世尊說苾芻應著割截三衣我既多有氈褥今欲截割將作三衣爾時世尊讚歎持戒毀破戒者告諸苾芻有五種物不應割截一切被帔及長毛毯短毛毯并諸氈褥破碎之物若割截者得越法罪

緣處同前有客苾芻緣須暫出不持坐具來入寺中日將欲暮其知事人告言具壽可取卧具彼便答曰我無坐具以何替褥若如是者可取單牀遂取其牀時屬寒夜徹明被凍因斯病發苾芻以緣白佛佛言苾芻不應無坐具輒出外行違者得越法罪如佛所言苾芻不應無尼師但那而出者時諸苾芻欲暫往同城村坊之所或諸餘寺或出經行當日擬來亦持坐具又諸苾芻老病身羸去時無力能持坐具疲苦勞心作如是語告諸苾芻我有緣出即擬還來不將敷具大師不許事欲如何苾芻以緣白佛佛言苾芻若向晝日遊處或暫向餘寺或寺內經行若詣隨近村坊即擬還者此皆不須將尼師但那去又復苾芻有緣暫出尋擬還來不將坐具既至彼已遇有他緣遂便日暮以無坐具侵夜言歸遂被蟲狼及盜賊等之所傷害苾芻以緣白佛佛言若其本意即擬還來遇有他緣不及歸者當於彼宿不應夜行可於同梵行者借

替充事若得者善如其無者取七條衣疊爲四重將替席褥少睡多覺以至天明又有苾芻從他借物以襯卧具有不淨汙便將此服還彼苾芻彼不肯取苾芻以緣白佛佛言淨洗方還苾芻洗還彼仍不受白佛佛言準價應還或作謝言勿令嫌恨應知文言坐具者即是量長於身元擬將爲襯卧之具不令皴地禮拜深乖本儀矣如佛所言苾芻不應離三衣而去者時諸苾芻欲暫往同城村坊之所或詣餘寺内或出經行當日擬至皆持三衣又諸苾芻老病羸瘦去時無力能持三衣困苦勞心作如是語有緣暫出即擬還來不將三衣大師不許苾芻以緣白佛佛言苾芻若向晝日遊處或暫向餘寺或寺内經行或詣隨近村坊即擬還者任不將去復有苾芻暫出擬還不持衣去至彼日暮恐離衣宿即侵夜歸被蟲賊所害苾芻以緣白佛佛言若其本意即擬還來有緣不及歸者當於彼宿不應夜行可於同梵行邊借餘三衣守持充事苾芻不解云何當持佛言先守持衣應心念捨後守持新然諸苾芻應知有六心念之法一者長淨二者隨意三者持衣四者捨三衣五者分别長衣六者捨别請苾芻得衣無暇割截浣染佛言若縫刺浣染緣未具者直爾白氎及生絹布計財量足持作三衣乃至俗人衣物從彼借用守持無犯勿致疑惑有諸苾芻不將尼師但那向餘處宿謂犯離衣苾芻以緣白佛佛言我制苾芻不應輒離三衣而宿非尼師但那然諸苾芻不應故心而不持去忘念者無犯

第一門第七子攝頌曰

水羅有五種　器共一處食　露形噉飲食
洗浴事應知
緣在室羅伐城于時南方有二苾芻欲往室羅伐城禮世尊足俱無水羅於其中路無水可得熱渴逼身到一池所一人報言具壽可疾觀水欲飲除渴即便鑒察見水有蟲如是再三隨處皆有二人議曰水既有蟲飲便害命今遭渴逼事欲如何時小苾芻即說頌曰
百千俱胝劫　世尊難可遇　我今宜飲水
冀禮大師足
時大苾芻亦說頌曰
如來大悲愍含識　三有愛染皆除苦
於此教中受禁戒　我寧捨命不傷生
爾時小者不能忍渴即飲蟲水隨路而去大者護蟲要心不飲即自策勵詣一樹陰端身而坐乃至氣力未衰已來計心善事及其力盡遂致命終由此福力得生三十三天勝妙之處凡生天者若男若女即起三念我於何處死今於何處生由作何業便憶前身於人趣死今生三十三天由於佛教極生尊重時彼天子便作是念我若不往禮世尊者是不恭敬是所非宜于時天子作是念已即莊嚴身著天瓔珞光明殊勝便以衣襟盛諸妙華嗢鉢羅華鉢頭摩華拘物頭華分陀利迦華曼陀羅華過初夜分來詣佛所便布天華申供養已禮佛雙足在一面坐聽受妙法彼天光明甚大赫弈周遍照耀逝多園林爾時世尊隨彼天子意樂根性爲其說法令彼得悟四聖諦理是時天子以金剛智杵破二十種薩迦耶見山得預流果既見諦已三白佛言

大德由佛世尊令我證得解脫之果此非父母人王天衆沙門婆羅門親友眷屬之所能作我遇世尊善知識故於地獄傍生餓鬼趣中拔濟令出安置人天勝妙之處當盡生死而得涅槃超越骨山乾竭血海無始積集薩迦耶見以金剛智杵而摧碎之得預流果我今歸依佛法僧寶受五學處始從今日乃至命終不殺生乃至不飲酒唯願世尊證知我是鄔波索迦即於佛前合掌恭敬而說頌曰

我由佛力故　永閉三惡道　得生勝妙天
長歸涅槃界　我依世尊故　今得清淨眼
證見眞諦理　當盡苦海際　佛超於人天
離生老死患　有海中難遇　我逢今得果
我以莊嚴身　淨心禮佛足　右遶除怨者
今往赴天宮

時彼天子旣稱所願猶如商主多獲財利亦如農夫廣收田實如勇健者降伏彼怨如重病人除去衆疾時彼天子辭佛而去便往天宮時小苾芻漸次行至室羅伐城入逝多林置衣鉢洗足已詣世尊所禮佛雙足在一面住世尊常法若見客苾芻來即便安慰問言善來苾芻從何處來今夏安居在何城國爾時世尊問彼苾芻曰汝從何處來白言世尊我從南方來又問今夏何處安居答言亦在南方佛言汝尋遠路曾有伴不白言有佛言彼何處去即具說其事爾時世尊說伽陀曰

若輕慢我戒　亦何勞見我　假令見我者
非見非供養　彼苾芻見我　由能持淨戒
汝無智愚人　不能眞見我

爾時世尊便開上衣露胷令見復說伽陀曰

汝可觀我身　父母所生體　譬如眞金色
由先業力故　若不敬法身　彼不見諸佛
若了法身者　得見大牟尼　第一我法身
第二是色體　智者能知見　當善護尸羅
迦葉波佛時　苾芻犯學處　由損毉羅葉
現墮於龍中

爾時世尊便作是念由諸苾芻不持水羅有如是過告諸苾芻應畜水羅如世尊說令畜水羅者苾芻不知羅有幾種佛言羅有五種一者方羅若是常用須絹三尺或二尺一尺僧家用者或以兩幅隨時大小其作羅者皆絹須細密蟲不過者方得若是踈薄元不堪用有人用惡絹及踈紗紵布之流本無護蟲意矣二者法瓶陰陽瓶是三者君持以絹繫口細繩繫項沉放水中擡口出半若全沉口水則不入待滿引出仍須察蟲非直君持但是綽口瓶坈無問大小以絹縵口將細繩急繫隨時取水極是省事更不須放生語罘爲要四酌水羅斯之様式東夏元無或如有處即小團羅子雖意況大同然非本式五衣角羅取密絹方一搩許或繫瓶口沒水充用或置梡口濾濟時須非是袈裟角也此密而且膩寧堪濾用但爲迷方日久誰當指南然此等諸羅皆是西方見用大師悲愍爲濟含生食肉尚斷大慈殺生豈當成佛假令暫出寺外即可持羅并將細繩及放生鑵若不將者非直見輕佛教亦何以導訓門徒行者思之特宜存護爲自他益也

緣在室羅伐城有二苾芻先有嫌隙共爲伴侶人間遊行一有水羅一無水羅其有羅者濾水而飲其無羅者便告彼言具壽可借我羅彼便不與事有廢闕苾芻以緣白佛佛言有嫌隙者不應爲伴人間遊行設遇斯緣應相愧謝方可同行

緣在室羅伐城有二苾芻人間遊行一有水羅一無水羅無者問彼具壽有水羅不彼答言有更不問言相借用不彼有羅者濾水而飲其無羅者從彼借用彼便不與因此生嫌告言汝問有無不言借用令云借羅不敬之

甚故我不與彼便闘事苾芻以縁白佛佛言若諸苾芻凡欲行時自無水羅應問同伴汝有羅不若言有者應更問言共我用不若言共用即可同行云不與者即不應去

縁在室羅伐城有二苾芻人間遊行一有水羅一無水羅無者問言汝有羅不答言我有與我用不答曰共用遂即同行於其路中遇逢商旅彼有羅者縁須覆歸無者告曰汝先許羅今可相與報言許共濾水不擬令留住者無羅遂便闘事苾芻以縁白佛佛言苾芻無羅問彼有者汝有羅不若言我有應可覆問汝若迴還與我羅不若言與者善若不與者即不應行具壽鄔波離請世尊曰大德若無水羅得向餘村及餘寺不佛言不合若知彼處有羅可求事無闘者無犯大德二人一羅得遊行不若事無闘者得大德若多人一羅及以僧衆得遊行不無闘者得大德若無水羅於河岸邊得行去不鄔波離若水流急無別河入者五里一觀若有別水入者隨用隨觀若河不急流亦隨處觀察大德隨觀水時齊幾應用佛言圓齊一尋大德若水不觀不濾頗得用不佛言不得用便獲罪大德若水濾訖不觀得用不佛言不得大德若水不濾觀得用不佛言觀察無蟲隨意當用大德若水濾觀便得用不佛言無蟲任用佛告鄔波離有五種淨水一者僧伽淨二者別人淨三者濾羅淨四者涌泉淨五者井水淨此中僧伽淨者謂是大衆差一苾芻令觀濾水彼便如法觀察若餘苾芻來以衆淨故飲用無犯別人淨者知彼苾芻戒見儀命皆清淨者

彼所有水用之無犯濾羅淨者每用此羅曾無蟲過不觀無犯涌泉淨者初出無蟲者是井水淨者且取水觀清淨無蟲至明相出來皆隨意用苾芻觀水目察多時遂令眼光覩物昏亂佛言不應久觀應如六牛竹車迴頃又齊心淨已來觀察無犯

緣在室羅伐城時有淨信居士婆羅門等以諸食器奉施苾芻時諸苾芻皆不爲受彼皆白言聖者若佛世尊未出於世我以外道爲勝福田佛出世間我以仁等爲上所有奉施仁不爲受豈令我等不持資糧而往後世苾芻以緣白佛佛言爲大衆故器物應受佛言爲衆受器物者苾芻受已置於庫中每至食時用鉢而食時彼施主見而問曰我將器物以奉聖者因何不見答言賢首置在庫中報言聖者豈我家内無庫藏耶本意施時冀令受用欲令我等獲受用福仁等得已置在庫中遂令我等但獲施福無受用福苾芻以緣白佛佛言他所施物應爲受用依佛教已即便受用後於異時有別施主心愛廣博以大銅盤施有老苾芻分得此盤躬自磨拭遂生勞苦佛言應差掌盤器人監知洗拭苾芻即便不爲簡擇差知器人致令損壞佛言不具五法者未差不應差已差不令作云何爲五謂是有愛有恚有怖有癡行與未行不能記憶若具五法未差應差已差令作云何爲五謂是無愛無恚無怖無癡行與未行善能記憶如是應差敷座席鳴揵椎言白復周衆皆同集應先問言汝某甲能與僧伽行盤器不自知能者答言我能次一苾芻作白羯磨大

德僧伽聽此苾芻某甲樂與僧伽行其器物若僧伽時至聽者僧伽應許僧伽今差苾芻某甲作行器物人當爲僧伽行其器物白如是（羯磨準白應作）時諸苾芻受得器物既食噉已持不淨器付行器人佛言不淨之器應與弟子門人令其洗拭時有苾芻更無弟子便自洗拭佛言此人以器付行器人任其洗拭若弟子門人不解洗者此亦應可付行器人

緣在室羅伐城是時六衆於一鉢中六人共食同時內手舉手之時鉢便隨上共相謂曰觀此黑鉢能現神通六皆斂手鉢便墮破一時大笑苾芻見已報言具壽共作如是醜惡之事應合羞恥翻爲大笑答曰我作何事爲當飲酒爲噉葱蒜苾芻報曰此事不久亦當見作六衆曰我雖鉢破豈陶師亦亡泥土皆盡我當更作有何過耶時諸苾芻恥而無對以緣白佛佛便念曰由諸苾芻一處噉食有如是過作是事者得越法罪如世尊說苾芻不應同一器食時諸苾芻隨商旅行于時商人在一處食苾芻亦食然少器物不敢同處待竟方食致延時節不及伴徒在後而行便被賊奪苾芻以緣白佛佛言若在道路無器可求雖復多人一器應食一舉手時次一應下不得同時上下佛許同食有諸求寂不敢共苾芻同食過生如上佛言苾芻應先受取以手執器共一處食共淨人行事同求寂佛言把飯作團擲與而食時有苾芻至生緣處諸親命曰久別索居今得聚會可來同處一盤而食答言汝是俗人我出家者共盤而食是所不應彼遂懷憂泣淚而住苾芻以緣白

佛佛言知彼慇懃喚同食者當於屏處勿招譏議先受其食以手執盤同食無過

緣在室羅伐城六衆苾芻但著一裙而食俗人見已共相謂曰食者何人一人答曰此是沙門釋子彼皆嫌恥作如是語彼之教主極懷愧恥因何弟子作此無慚苾芻以緣白佛佛作是念一裙而食有如是過苾芻不得一裙而食作者得越法罪佛言不應一裙食者時有老病羸瘦無力不能更披餘衣而食佛言應著輭滑僧脚崎衣食時無犯復有病者此僧脚崎衣亦不能著佛言若病重者應在屏處勿外人見但著一裙隨意當食

緣在室羅伐城六衆苾芻在阿侍羅河露形而浴俗旅見時問言此是何人有人報曰是露形外道河中洗浴復有説言是釋迦子彼皆嫌賤作如是説彼之教主極懷愧恥因何弟子若此無慚乃至佛生是念諸苾芻露形洗浴有如是過故諸苾芻不露形浴作者得越法罪然諸苾芻應畜洗浴裙佛言聽畜洗浴衣者苾芻即便兩重而作佛言恐有蟲入此不應持若唯有複無單裙者應觀其水無蟲方浴時有但三衣者恐成違法不著此衣佛言守持應畜復有餘人貧無此物佛言必若無者以繩繫葉前後遮障於隱屏處不令他見浴時無犯苾芻浴訖恐衣有蟲不挨去水佛言一重之衣必無蟲著然出水時方便擡擧勿令蟲住

第一門第八子攝頌曰

豆生不淨地　吐食指授索　銅器不應爲

盛鹽等隨畜

緣在室羅伐城時有具壽頡離跋底苾芻隨於何處多生疑惑是故時人喚爲多疑頡離跋底彼於異時曾於廁中見豆生葉便起斯念我損生種後於異時僧家多作菉豆餅飯彼不敢食弟子報言鄔波馱耶僧家多有菉豆餅飯因何不食報言我今豈可損生種耶弟子曰此事云何彼如所見以事告之弟子于時亦不敢食其餘知識亦復問言汝何不食彼即如師所陳盡皆向說時頡離跋底多有門徒展轉傳言乃至大衆盡皆不食苾芻以緣白佛佛言於諸豆中有不熟種縱多時煑食已還生此既被煑食時無過

緣在室羅伐城具壽鄔波離請世尊曰於不淨地有果樹生果落不淨地爲得食不佛言不應食若不淨地有果樹生果落淨地爲可食不佛言應食若於淨地有果樹生果落不淨地爲得食不佛言若不經夜應食大德淨地樹生果落淨地應可食不佛言應食

緣在室羅伐城有婆羅門是敎導之首獲一特牛後得牸牛復得特牛如是展轉牛遂成羣時婆羅門於初特牛以爲祥瑞即便放捨作長生牛更不拘繫後於異時老朽無力既被渴逼就河飲水遂遭沉陷不能自出時舍利子在傍而過見彼沉溺遂便觀察有善根不乃見其牛有繫屬已緣即便舉出除去其泥以水淨洗飲飼水草說三句法告言賢首諸行無常諸法無我寂滅爲樂當於我所發起淨信於傍生趣深起猒心說是語已捨之而去於此夜中被野干所食牛作是念若阿遮利耶在我邊者必定不遭如是等苦於舍

利子所繫心尊重尋即命過生大婆羅門家舍利子便作是念我今暫往看彼老牛作意觀察知其命過何處受生見往婆羅門家時舍利子爲化緣故便往婆羅門家頻頻到彼夫婦皆來請受三歸五戒後於異時尊者獨行至彼家内長者問曰尊者何故獨無侍者廣如上説經八九月誕一男子面相似牛滿月之時宗親聚會抱持兒子請共立名衆人議曰此兒相貌有似牛王應與作名號爲牛主廣説同彼善和因緣出家近圓獲阿羅漢果由先業力咽有二喉一乃吐生二便咽熟若佛未制非時食噉便於屏處吐而復食制戒之後吐而外棄既無食力身形羸損世尊見已知而故問具壽阿難陀曰何故苾芻牛主身形羸瘦顦顇異常時阿難陀以緣具白佛言若宿業報生二喉者食出之時應可再三棄之於外次淨漱口隨意咽之此成無犯有諸苾芻既飽食已喉中却出便生疑念我將不犯非時食耶佛言若有斯類應淨漱口此成無犯時牛主苾芻既出家已多諸俗旅共生嫌賤作如是語沙門釋子共行非法令牛主等可惡形相而爲出家時諸苾芻以緣白佛佛作是念我之聖弟子德若妙高山遂令衆人共生嫌賤由是緣故牛主苾芻不於中國而爲安處爾時世尊告牛主曰汝從今已往勿住中國應在邊方聞佛勑已白佛言如是世尊即出逝多林便往世利汝宮安隱而住佛告諸苾芻我弟子中住邊方者牛主爲最時諸苾芻咸皆有疑請世尊曰具壽牛主曾作何業由彼業力雖處人中作牛形狀

於佛法中出家修行得阿羅漢果佛告諸苾芻牛主苾芻先所作業增長成熟還須自受廣如上説汝等應聽乃往古昔此賢劫中人壽二萬歲時有迦葉波佛出現於世十號具足牛主曾於彼佛法中出家修道其親教師是阿羅漢爲衆上首年既朽老其形羸瘠不能自食于時牛主常與其師收斂鉢器既淨洗已共餘苾芻一處習誦後於異時由師食緩洗鉢稍遲彼同誦人問言何故今來傷晚答曰具壽我鄔波馱耶久方食了更於他日弟子食了自洗器訖至本師處見食未了便起瞋心告其師曰何故遲食猶如老牛師作是念此既盛瞋我若言者更令忿發候其瞋定方可告知彼瞋息已告言具壽汝作何語答曰我道師食遲緩猶若老牛報言具壽汝頗知我云何人耶答曰我知師是迦葉波佛教法之中而爲出家我亦於此而作出家告言子此事是實然出家人中所爲之事我已作訖我離諸纏汝便具縛汝於我所出麤惡言應可慇懃至心悔罪如是惡業方得滅除時彼聞已至心悔責汝等知不由彼往時於阿羅漢生麤惡言所造之業於五百世常受牛身乃至今日殘業未盡尚作牛形由彼勤作習誦之事於我法中出家修行斷諸煩惑證阿羅漢時諸苾芻復請佛言牛主苾芻復作何業今蒙世尊令住邊方稱爲第一佛言由發願力曾作何願即於彼佛出家修業至盡形壽於勝妙門竟無所獲然其師主迦葉波佛於弟子中住在邊方受用衣食稱爲第一彼見此已發如是願我於佛所出家修道

至盡形壽於勝妙門竟無所獲願我以此勤修之業佛所授記摩納婆汝未來世人壽百歲有釋迦牟尼佛出現於世我於彼教當得出家斷諸煩惑證阿羅漢如我師佛弟子中住在邊方受用衣食説爲第一我於彼佛弟子之中受邊方衣食亦復如是由彼願力令受斯報汝等當知由純黑業等廣説如上

緣在室羅伐城六衆苾芻指授索食與我此物與我彼物令行食人失其次緒苾芻以緣白佛佛言苾芻不應指授索食若故作者得越法罪若無火力索熟物非犯若火力強者取生無過

緣處同前具壽鄔波難陀往銅作家問言賢首頗能爲作銅鉢不答言此是我業何不能爲未知其鉢所須大小答言大作問言聖者如斯大鉢仁何所用答言癡人汝豈不取價直與我作耶彼作是念隨其大作於我何傷即造大鉢彼見鉢已報言更作小者置大鉢中如是重重乃至於七既作得已即使弟子俱洗令淨以五色線結爲鉢絡次第重疊置鉢絡中即令求寂頂戴而去但有請處每即前行到施主家坐已開張當前布列時有居士婆羅門等見而問曰仁豈今者開銅器鋪耶報言癡人汝何所識一將盛飯二擬貯麨三用安餅四著美團五受羹菜六置乳酪七請助味俗人告曰若如是者更須多畜或容飲食倍多於此聞是識已默爾無對苾芻以緣白佛佛作是念由諸苾芻畜銅器故有如是過告諸苾芻勿畜銅器畜者得越法罪若畜銅匙盛鹽盤子飲水銅椀並皆無犯若是

他物用亦非過

根本說一切有部毗柰耶雜事卷第五

音釋

氈褥　氈諸延切毛席也褥如欲切裀褥也　帔　披義切　毯　他感切毛席也

襯　初覲切近身衣也　嗢鉢羅　梵語也此云青蓮花嗢烏骨切　赫奕

赫呼格切奕夷益切赫奕光明盛大也　濾　良倨切漉去滓也　捩　良傑切紾

也　菉　龍王切　餻　居勞切　羸瘠　羸力追切弱也瘠秦昔切瘦也

根本說一切有部毗柰耶雜事卷第六

唐三藏法師　義淨奉　制譯

第一門第九子攝頌曰

應為洗足處　及以濯足盆　熱時須扇聽
蚊蟲開五拂

緣處同前時諸苾芻隨在何地即便濯足遂使諸蠅在處撩亂時有長者婆羅門等來入寺內見洗足處問言聖者何故此處蟲蠅亂飛答曰此是我等洗足之處彼聞嫌賤沙門釋子皆不清淨隨在何處而濯其足苾芻以緣白佛佛言苾芻不應隨處洗足然洗足處應在寺東南角如佛所言安洗足處者苾芻不知云何應作佛言如龜背形時諸苾芻作已太滑不堪揩足佛言應可澀作此洗足處亦堪洗浴西方諸寺及在處皆有大小無定露地而作或大如牀小可半席四畔疊塼高一尺許中間甎砌作龜背形以礓石灰泥水洗不去傍通一穴令水外流濯足洗身最是要用有老苾芻身體羸弱不能往彼洗足之處佛言應畜執事人令其洗足應作洗足瓮是時六衆聞佛聽許便以金銀瑠璃作洗足器俗人見問此是何物答言世尊許我作洗足器此即是也彼言聖者仁雖剃髮貪染不除答曰脚蹋汝項我畜何過汝非我師何事相責俗生嫌賤苾芻白佛佛言洗足之器不合用寶應以瓦作苾芻便作如駱駝形佛言不合應如象足蹋地其中稍高合得支足或可於中作蓮臺形當須澀鞕苾芻用洗足已隨處而安佛言不應如是若是衆物應可覆在隱屏之處若是私物安門扇後

緣處同前時屬春陽苾芻患熱身體黃瘦羸劣無堪俗旅見時問言聖者何故身體黃瘦

羸劣無力答言時屬春陽我苦於熱彼言聖者何不持扇答言賢者世尊不許答曰仁之大師性懷慈愍若知苦熱許扇無疑苾芻白佛佛言我今聽許苾芻持扇六衆苾芻聞佛聽許便以金銀瑠璃或紫礦揩拭及種種粧彩而爲扇柄俗旅來見便生譏恥六衆傲慢廣說如前乃至佛言不用寶等而作扇柄應知扇有兩種一以竹作二用葉成時有衆多敬信俗旅便持種種粧彩之扇來施苾芻苾芻不受佛言若爲僧伽受取無犯

緣在廣嚴城獼猴池側高閣堂中時諸苾芻爲蚊蟲所食身體患痒把搔不息俗人見時問言聖者何故如是以事具答彼言聖者何故不持拂蚊子物答言世尊不許廣說如前乃至以緣白佛佛言我今聽諸苾芻畜拂蚊子物是時六衆聞佛許已便以衆寶作柄用犛牛尾而爲其拂俗人旣見廣說如前乃至佛言有其五種袪蚊子物一者撚羊毛作二用麻作三細裂氎布四用故破物五用樹枝梢若用寶物得惡作罪

第一門第十子攝頌曰

結下裙不高　不持於重擔　若病許杖絡服蒜等隨聽

緣處同前如佛所言苾芻應助營作者有一苾芻須緣梯上時諸上人從下仰觀見彼形露告言聖者我今始知聖者是男由男根具彼在梯上羞愧默然苾芻白佛佛便思念苾芻昇梯由不結下裙有如是過告諸苾芻若有營作須昇梯者應結下裙方可昇上又諸苾芻於營作時高結下裙不信俗流見而譏

笑問言聖者欲相撲耶答曰我有作務彼聞默然苾芻白佛佛言若緣梯上當結下裙平地作時不應如是（言結下裙者謂捉裙後邊下緣向前腰間急撮）緣處同前六衆苾芻自擎重擔不信者見作如是語我爲父母妻子恐不能活是以身擎重擔仁何所爲躬自勞苦報言賢首我有多緣一爲供養世尊二爲僧伽食事三爲病者供給所須由是因緣身持重擔彼默無對苾芻白佛佛言苾芻不應身擎重擔作者得越法罪

佛在王舍城鷲峯山中有老苾芻登山上下脚跌倒地佛言應畜拄杖聞佛許已六衆即便以金銀等并雜彩物雕飾其杖俗旅見已共生嫌賤苾芻白佛佛言苾芻有二種緣應畜拄杖一謂老瘦無力二謂病苦嬰身時有苾芻佯作老病而拄其杖時諸苾芻以緣白佛佛言若實老病應從僧伽乞畜杖羯磨若僧伽與時應畜如是應乞敷座席鳴揵椎言白既周衆應盡集時老病苾芻於上座前蹲踞合掌作如是白大德僧伽聽我苾芻某甲老瘦羸弱或病苦嬰身今從僧伽乞畜杖羯磨願僧伽與我老瘦羸弱或病苦嬰身苾芻某甲畜杖羯磨是能愍者願慈愍故如是三說次一苾芻作白羯磨

大德僧伽聽此苾芻某甲老瘦羸弱或病苦嬰身今從僧伽乞畜杖羯磨若僧伽時至聽者僧伽應許僧伽今與苾芻某甲老瘦羸弱或病苦嬰身作畜杖羯磨白如是（羯磨准白應作）若僧伽與作畜杖羯磨已拄杖者無犯

緣在王舍城時諭苾芻老瘦無力加以風疾

於鷲峯山或時上下脚跌倒地澡鑵君持悉皆破碎苾芻白佛佛言苾芻應持網絡六衆聞已以五色線而爲網絡俗旅譏嫌問答因緣廣如畜杖如若杖絡二皆須者合作羯磨此亦無過旣得法已任持非犯

緣在室羅伐城時有苾芻食噉蒜已來詣佛所禮佛雙足在一面立佛言苾芻可坐一心聽我說法時彼苾芻聞佛勅已重禮世尊一邊而坐佛爲說法彼聽法時數便迴面恐有惡氣輕觸尊儀如是再三佛言苾芻汝當一心聽我所說苾芻亦復再三向外迴面便禮佛足奉辭而去爾時世尊知而故問阿難陀何故彼苾芻聽我法時數數迴面阿難陀言由彼噉蒜恐觸尊儀故數迴面佛告阿難陀諸苾芻輩有食蒜耶阿難陀言有佛言由彼食蒜障入聖道向不食蒜者聽我說法以金剛智杵摧壞二十身見大山得預流果是故阿難陀從今以往制諸苾芻不應食蒜及葱韮類食者得越法罪于時舍利子在衆中坐便作是念今此苾芻不得見諦明當見不卽便觀察明亦無緣能見諦理卽更深入第四靜慮觀其後際亦不見彼證聖之日卽從定起而說頌曰

由於少時間　散念不專注　令彼未來世

不見眞諦理

爾時世尊知舍利子心所念已告言舍利子汝今不應於佛境界而輒思量此乃超過一切聲聞獨覺境界然於未來有佛出世名一切尊此人於彼佛法之中出家修行斷盡諸漏得阿羅漢果佛作是念由彼苾芻食噉蒜

故障見眞理是故苾芻不應噉蒜食者得越法罪時有苾芻身嬰疾病詣醫人所告言賢首我有如是病幸爲處方告言聖者應可服蒜患得銷除報言賢首佛不聽食醫曰此是病藥非餘能差苾芻白佛佛言醫云此藥非餘差者服之無犯苾芻聞已便於寺中爲病食蒜受用房舍牀榻氈席大小行處及以衆中出入往來或遶制底或禮香臺經過俗人爲其說法或時受請詣施主家或至園林天廟之處衆人聚集輒往其中所到之處諸人咸聞蒜臭共生嫌賤作如是語沙門釋子雖復出家而還噉蒜臭氣相薰與我何別苾芻白佛佛言苾芻有病欲食蒜者所有行法我今當說諸病苾芻若食蒜者應住寺側邊房不得用僧卧具及大小行室不得入衆亦不爲俗人說法不遶制底不禮香臺不往俗家園林天廟衆人聚處皆不應往可於屛處而噉服之設人見時不生譏恥若服了時於七日内仍住於此服葱可停三日若韭一日後方洗浴并可洗衣香薰無氣後方入寺如上所制不依行者得越法罪雜事法中第一門竟

第二門總攝頌曰

牛毛并傘蓋　披縧勝鬘緣　出家藥湯瓶
門扇鎚斤釜

第二門第一子攝頌曰

牛毛及隱處　同牀不獨披　若得白色衣
染覆方應用

緣處同前時給孤獨長者以逝多林施四方僧訖令剃髮者往詣寺中剃除鬚髮廣說如

前鄔波難陀問剃髮人曰汝頗解作牛毛剪不答言是我巧工寧容不解便以鉸刀作牛毛剪髮可留二分此名牛毛剪鄔波難陀曰更剪一分如是乃至末後報言汝之癡人未解剪髮宜可淨剃放汝歸家廣說如前乃至佛言苾芻不應作牛毛剪髮作者得越法罪如世尊說不許苾芻作牛毛剪髮苾芻頭上忽有瘡生以刀剃時便受苦痛苾芻白佛佛言可於瘡處以鉸刀剪之餘如常剃

緣處同前長者令人爲衆剃髮廣如上說鄔波難陀見而報曰頗能與我除隱處毛不答言此是我工即令剪剃如前驅使至暮放歸時俗嫌賤佛言苾芻不應剃三處毛剃者得越法罪時有苾芻隱處生瘡或時蟲出痛痒難忍癈修善事佛言有病緣者應告老宿苾芻然後更互瘡處剃除勿至疑惑

緣處同前六衆苾芻同一牀卧共相推倚掉舉呵笑苾芻白佛佛作是念共一牀眠有如是過同牀卧者得越法罪時有衆多苾芻人間遊行至一村落從他借牀主人與一報言更須主人報曰我家多人同一牀卧如何苾芻各別從索多人共卧理復何傷苾芻答曰世尊不許苾芻白佛佛言若諸苾芻性懷慚恥具修戒行敷襯身物正念在心中以衣帒或以鉢帒隔而方卧牀既如是自餘褥席準此應知

緣處同前衆多苾芻人間遊行至一村落從長者家求得卧處時屬寒冷復覓卧物時家中人於苾芻處心生哀愍以已卧物借與苾芻先入手者獨披而卧其不得者忍凍終宵

以緣白佛佛言不應先得獨卧應可共用隨老者覆後於一時鄔波難陀隨老得物便披卧被獨起經行餘者受寒夜遭辛苦小者報曰我受寒苦仁乃經行鄔波難陀曰誰遮汝等不起經行彼諸苾芻忍寒經夜苾芻白佛佛言衆人得被卧時通覆必欲經行可披私物若披衆物得惡作罪

緣處同前時當冬月苾芻苦寒居在一邊側身而卧時給孤長者來入寺中見諸苾芻一邊而卧問言聖者大師教法務在精勤何故仁等委脅而卧虚度日時不修善品苾芻答曰心有喜樂善品可修我現受寒何能策勵我今被凍誰復能知長者辭出還至宅中以五百張厚白氎帔送與衆僧時諸苾芻即便披出寺外遊行不信俗流見生嫌恥問言聖者豈可仁等並還俗耶答曰汝等不應作如是語我爲寒故披此俗衣苾芻白佛佛言不合被俗人衣必有他緣於彼衣上將染色物覆已方披若僧祇衣帔由以物替外將物覆然後方披異斯招罪

第二門第二子攝頌曰

傘蓋無後世　歌聲不放火　遊行覓依止
毛緂不飜披

緣處同前於此城中有一居士常收衣物賣以自活後於異時多獲利物便作是念有何方便得修福業復多獲利此之居士素有信心作如是念我今宜可請佛及僧座敷妙衣設諸飲食衣食供養是大福田緣此施因我多獲利作是念已往詣佛所禮雙足已在一面立白佛言世尊願佛及僧明當就舍受我

微供唯願慈悲無違所請爾時世尊默然而受長者知已禮佛而去還至舍中備辦種種上妙飲食盛設妙座敷以上衣即令使者馳往白佛飲食已辦願佛知時于時大衆皆赴彼宅唯佛世尊及知事人留在寺内諸佛世尊有五因緣留知事人爲佛取食云何爲五一者爲欲簡靜離諸諠鬧二者欲爲諸天宣說法要三者爲欲觀察病人四者爲欲觀察卧具五者爲欲與諸弟子制其學處令者世尊爲制學處諸苾芻衆赴彼請時遂於中途遭天大雨衣服皆濕至彼家中就座而坐隨其坐處衣皆被染居士見已極起嫌心作是思惟我諸衣物並皆失利我今宜可還持此物施與苾芻作是念已告言聖者所坐之物我皆奉施咸可持將苾芻答曰待白世尊未知許不苾芻以緣白佛佛言汝等應知非彼居士本心持施爲有譏嫌故不應受時諸苾芻奉佛教已令使往報居士應知佛作是語非彼居士本心持施爲有譏嫌故不應受時彼居士聞是語已深起敬心便作是念我此衣物若欲賣者不得半價若諸聖者染令壞色披著受用正是所宜即便持衣詣寺告聖衆曰我本無心欲捨此物今時有意持以奉僧願爲我受染以披著唯願仁等當持傘蓋勿令衣濕答言居士待我問佛以緣白佛佛言居士先時無心欲施今時決意持奉衆僧汝等可受染已披著爲利前人勿致疑惑是故我今令諸苾芻應持傘蓋若不持者得越法罪六衆苾芻聞許傘蓋便以金等四寶而爲其柄及餘種種紫鑛畫飾以孔雀尾而作

上覆時諸居士婆羅門等見生嫌賤問答同前乃至苾芻白佛佛言苾芻不應持如是傘蓋然有二種蓋一竹二葉六衆苾芻聞佛許蓋遂便長作傘柄在大城中擎之而過俗旅見時作如是語彼持蓋者是何商主大富長者從外方來諸人即便就彼看問既見苾芻共生嫌恥乃至苾芻白佛佛言不應長作傘柄長齊二肘或與蓋等又入聚落時不應持蓋時有苾芻隨逐商旅人間遊行至一聚落道在村內苾芻持蓋不敢入村於村外行遂失商旅獨行在後便被賊劫苾芻白佛佛言若道在村中不得正擎若偏持去者無犯時有苾芻入村乞食以傘柄曾觸不敢持行被雨霑衣苾芻白佛佛言乞食之人淨洗傘柄應可持去必其雨定隨處寄舉欲出村時方可持去

緣處同前時有南方遊行外道是盧迦耶黨撥無後世名鄔陀夷漸次周旋至室羅伐欲解勞乏入逝多林先往尊者憍陳如處告言苾芻我就師門少學文字欲與仁者略爲談說尊者答曰婆羅門激論之事非我所爲隨汝別求無宜住此彼即往詣馬勝跋陀羅大名婆澀波名稱晡律拏牛主毗摩羅善臂羅怙羅既至彼已一一告言苾芻我就師門少學文字欲與仁者略爲談說時諸尊者答曰婆羅門激論之事非我所爲隨汝別求無宜住此次復往至尊者舍利子所還如上問時舍利子即便入定觀察外道有善根不觀見知有繫屬于誰見屬於我更有餘人由聞論議受調伏不觀知更有何時當集於七日內

如是知已報言汝求論敵斯爲善事可於其處作論議場即於初日尊者舍利子自昇高座建立宗門共彼談覈每至下時常留餘義如是二三乃至七日於諸方國名稱普聞共知南方有一外道是盧迦耶黨撥無後世名鄔陀夷聰明大智漸次遊行至室羅伐與舍利子共立論端經令七日未有勝負無量百千有緣衆生悉皆雲集或發歡喜心或先善根熟尊者舍利子便作是念於我有緣因聽論議而受化者此時皆集是時尊者盡其言義總爲衆説時彼外道信解心開合掌起立作如是語大德我於善説法律求欲出家願降慈悲拔濟於我在世尊所勤修梵行時舍利子知其心至即與出家并受近圓如法教授彼便策勵發勇猛心斷盡諸漏得阿羅漢果時彼會中一切大衆見是事已皆生希有咸言尊者舍利子如是聰明高心外道以法摧伏令使出家是時尊者觀彼大衆根機差别樂欲不同順彼宿緣爲説法要令其聽者億萬衆生得别證悟或得預流果一來不還或復出家得阿羅漢果或受三歸并五學處所餘大衆皆於三寶深起敬心合掌慇懃奉辭而散時此苾芻以縁白佛佛告諸苾芻非一切處有舍利子其相似者亦不可求是故我今聽諸苾芻學盧迦耶等諸外俗論時諸苾芻聞佛世尊許學書論遂無簡别愚昧之類亦學外書佛言不應愚癡少慧不分明者令學外書自知明慧多聞强記能摧外道者方可學習諸明慧者鎮學外典善品不修佛言不應如是常習外典佛言當作三時每於

兩時讀佛經一時習外典苾芻遂於年月分作三時以緣白佛佛言人命迅速刹那無定不應年月分作三時可於一日分爲三分苾芻朝習外典暮讀佛經佛言於日初分及以中後可讀佛經待至晚時應披外典苾芻即便暫時尋讀不誦其文尋還廢忘佛言應誦彼皆不知何時應誦佛言如晝三節夜亦三時

緣處同前時尊者舍利子與二婆羅門子而爲出家一名牛授二號牛生二人悉教讀誦經教後時此二共遊人間至一聚落多獲利養便住此村時彼二人先學婆羅門歌詠聲法由串習故今時讀誦作本音辭時彼一人遇病忽然身死其現存者既溺憂心經多廢忘即便還詣室羅伐城入逝多林既停息已便詣尊者憍陳如所禮敬事畢白言尊者可共温經答言善哉我爲汝誦既誦少多報言尊者所誦經典文皆謬誤聲韻不長致有所闕答言子我從先來如是習讀即便辭禮更別往詣馬勝跋陁羅大名婆澀波名稱晡律拏牛主毗摩羅善臂羅怙羅既至彼已白言尊者共我温經答曰善哉我爲汝誦既誦少多廣如前説乃至辭禮遂詣尊者舍利子所既禮敬已白言鄔波馱耶可共温經答曰善哉我爲汝誦同誦之時長引聲韻其舍利子聲更倍長白言大師自餘尊老誦習皆謬唯獨親教音句無差報言汝愚癡人自爲謬誤謗餘智者不善誦經彼諸大德咸非謬誤既被挫折默爾無言時諸苾芻以緣白佛佛作是念苾芻誦經長牽音韻作歌詠聲有如是

過由是苾芻不應歌詠引聲而誦經法若苾芻作闡陀聲誦經典者得越法罪若方國言音須引聲者作時無犯言闡陀者謂是婆羅門讀誦之法長引其聲以手指點空而爲節段博士先唱諸人隨後

根本説一切有部毗柰耶雜事卷第六

音釋

蹋徒合切踐也 澀所立切不滑也 紫礦礦古猛切甄叔迦樹汁也 痒以兩切欲搔也 膚斄莫裹切髦牛也 長擫益涉切指按也 跌徒結切足失也 據鑵古玩切水器也 韮舉有切辛菜名 緂吐敢切染帛也 鎚直追切 釜扶雨切鍑屬 鉸古巧切剪刀也 帒徒耐切囊也 晡博胡切 覈下革切考也 串古患切習熟也

根本說一切有部毗柰耶雜事卷第七

唐三藏法師 義淨奉 制譯

第二門第二子攝頌之餘

緣在室羅伐城六衆苾芻雖復年邁常爲掉舉諸苾芻告曰仁今年暮掉舉未休聞已默然遂告難陀鄔波難陀曰諸黑鉢者極爲多事輒行誠勗我等宜可作恥辱事令其羞赧從是作心伺求其便時有衆多耆宿苾芻往野林中樹下宴坐于時六衆亦往林中見彼寂定遂於三面上風放火遠在一邊遥看而住時彼老宿見火欲至即皆驚起隨煙走出六衆見時作如是語仁今年老掉舉未休何故奔馳乖失庠序報言具壽汝可不見猛火燒林何怪趨走六衆報曰世尊豈可於平居時制其戒法危險之際便遣犯耶答曰豈非汝等縱此火災六衆大笑我等故欲恥辱於汝苾芻以緣白佛佛言苾芻不應焚燒林野若故作者得窣吐羅底也罪

緣在室羅伐城有二苾芻老少相隨人間遊履老者多有衣資少者三衣而已老語少曰具壽汝可爲我擎持衣袋我今疲極暫欲息肩少者報曰欲致片言願不瞋責答言任說誰復相瞋少言老宿豈可不見佛法僧寶隨得奉施何假多畜愚癡物耶告言賢首汝不爲持誰復強逼然我問汝汝豈是我阿遮利耶鄔波馱耶輒於我處而行誡勗少者默爾老作是念我今宜可料理小人至日欲暮共寄寺中寺內衆僧舊立條制乃至一宿無依止者不得輒住其知事人告二客曰仁既新來可請卧具老者取已語言汝可請取少者

報曰我未依止待得師已方請卧具即便往詣衆首上座既禮敬已白言上座與我依止報言賢首汝共誰來答曰苾芻某甲賢首汝可就彼請爲依止勿令彼人作如是語衆首上座破我門徒彼聞語已更就餘人如是展轉乃至合寺隨所至處悉皆不受後還房所扣門喚曰敬禮上座問汝是誰答云某甲願汝無病白言上座知不此合寺中大衆立制若無依止一宿不停可與我依止報言賢首實是好制衆不作者我當爲立汝先語我云豈不見三尊多畜愚癡物今言敬禮上座一何翻覆之甚如是逋慢誰能爲作隨汝別覓依止之師彼遂默然不爲開戶通宵坐地受苦至明苾芻以縁白佛佛言不應無依止師人間行李又諸苾芻不同師子懷堅鞕心有恨不捨然諸僧伽不應輒作如是惡制令他苾芻橫受苦惱若苾芻無依止師人間遊行作惱他心立非法制皆得越法罪

佛在摩竭陀國人間遊行於莫俱山薄俱羅藥叉住殿而爲安處苾芻龍護而爲侍者爾時世尊於闇夜分天復微雨掣電流光於空地中經行遊步諸佛常法乃至世尊未卧已來侍者不應在前而卧時天帝釋便以天眼徧觀下界見佛世尊在薄俱羅藥叉所住之殿於闇夜分天復微雨掣電流光於空地中經行遊步我今宜可禮覲世尊即便變作妙瑠璃殿隨身而往上覆世尊隨大師後而爲遊步摩竭陀國時俗諸人若見孩兒夜啼泣者告言勿啼薄俱羅藥叉欲來食汝于時龍護見佛世尊夜深不卧久作經行我今宜可

道薄俱羅藥叉而爲恐怖作是念已即披長毛大毯於經行處告言沙門薄俱羅藥叉現身來至佛告龍護汝愚癡人以薄俱羅藥叉怖於善逝如來世尊應正等覺久離怖畏毛竪心驚亦皆除遣時天帝釋見彼龍護作非法事心生嫌怪白言世尊於佛法中亦有如是等人佛告帝釋汝今應知喬答摩家極甚寬廣於中品類乃有多途勿輕此人亦於來世獲清淨法時天帝釋禮佛足已便往天宫佛作是念由諸苾芻以毛向外而披大毯有斯過失我今制諸苾芻如是披者得越法罪時諸苾芻聞是制已隨逐商旅人間遊行至牧牛人處時屬寒夜得長毛毯毯有臭氣兼多蟣虱意欲將毛向外而覆彼懼犯戒不敢翻披苾芻以緣白佛佛言毛向外披但得端坐不合經行違者得越法罪

第二門第三子攝頌曰

披毯聽不聽　惡地不置鉢　衣開三種紐　應知條亦三

緣在室羅伐城佛告諸苾芻若得劫貝卧帔或得長毛毯或得高䌲婆如是等物我今聽許若僧伽若别人皆隨意受用若是勝上高䌲婆毯僧伽聽畜不許别人

緣在室羅伐城時有乞食苾芻於日初分執持衣鉢入城乞食上衣墮落即便疾疾置鉢于地整理上衣時居士婆羅門見已生嫌作如是語沙門釋子多不潔淨隨穢惡地而置其鉢苾芻以緣白佛佛言不應隨地而置其鉢得越法罪然爲護衣應安帢紐苾芻便以棘針綴衣致令衣損佛言不應爾復以線繫

佛言此亦不應可於肩上安帢胷前綴紐苾芻不知云何作紐佛言紐有三種一如蘡薁子二如葵子三如棠梨子彼於肩上緣邊安帢能令速斷應於緣後四指安帢即於衣上綴帢令衣疾破佛言應重作帖以錐鑽穴帢出其內繫作雙帢其紐可在胷前緣邊綴之疊衣三褶是安帢紐處若違制者得越法罪緣在室羅伐城同前乞食苾芻乞食之時下衣墮地置鉢于地整理下裙俗人見嫌作如是語沙門釋子不簡淨穢隨在何地而置其鉢苾芻以緣白佛佛言應繫下裙方入聚落彼以繩繫令衣速破佛言勿以繩繫應用腰絛苾芻不知其絛如何當作佛言絛有三種一匾二方三圓若異此者得越法罪

第二門第四子攝頌曰

勝鬘惡生事　次制諸瓔珞　金絛及彩物斯皆畜不應

佛在劫比羅城多根樹園爾時釋子大名有一聚落其知營務人忽然命過時彼衆人來白大名曰知事之人今已身死可遣餘人來知村務時有一摩納婆在傍而立大名告曰摩納婆汝今且往檢校村事我當續更遣知事人彼便即去往至村中依法檢察所得地利送上大名倍勝於前人無恨色大名問曰汝今多送租稅倍勝常時不於衆人生逼迫不白言大家我並依理而稅不苦於人于時大名問村人曰此摩納婆不於村邑生逼迫耶諸人答曰人無恨心于時大名遂立爲主其人平均依理徵稅不爲抑奪爲知事官統領村邑時摩納婆於大婆羅門族娶女爲妻

未久之間便誕一息復經年月又生一女名爲明月如法長養漸至成人智慧聰明儀容超絶於諸村邑無不歎美後於異時其父得病雖加藥餌竟不瘳損於此邑中所收年税咸充藥直無有殘餘更向外村轉貸而用其病日篤遂致命終時村邑人詣大名所白言大家彼知事官今已身死大名告曰於彼村邑有年税不答曰於此年中多獲封税由彼遭病咸充藥直仍不能足更貸餘村大名告曰所有殘餘可爲還債諸人答曰更無餘物唯有一婦及男女二人女名明月智識聰明儀容超絶於諸村邑無不歎美大名告曰毋及於兒任其自活其女明月可喚將來時彼邑人放其母子遂將明月至大名所時彼宅中有一老母常爲二事一煮餅食二採衆華

于時老母白大名曰我今年邁不堪二業此之小女與我爲伴彼言隨意老母即報明月汝今可往林内採華我在家中營事餅食彼採華已繒結好鬘奉上大名大名見喜告曰勝妙華鬘可置而去喚老母來問言何意先時華少今者倍多白言先時大家有近親人來從我乞我即分布今時不與又我目暗觀察不審今小女眼明採華審諦是故華多大名曰若爾此女留在園中每於日日常採多華結作勝鬘持來與我因號此女名曰勝鬘女於後時取已食分詣彼園所遇佛世尊入城乞食勝鬘於路見佛色相深起敬心瞻視尊顔渴仰而住便作是念由我昔來於眞福田未曾供養是故我今獲斯貧賤若佛世尊受我食者我此飯食持將奉施爾時世尊知

彼女心即便舒鉢告言善女如汝所念欲施食者可置鉢中于時勝鬘將已飯食以恭敬心置佛鉢內頂禮佛足作如是言願我此福得捨婢身永離貧苦獲大富貴作是願已禮佛而去在路忽逢父之朋友彼人善相旣見勝鬘身有異相問曰汝欲何之勝鬘啼泣又問何苦憂懷若斯答言阿父我被大名將充婢使告言小女可舒手來我與汝相彼便展手老人見已即說頌曰

若人於手中　有鬘鉤輪相　雖生下賤室
當作大王妃　若人於手中　有城樓閣相
雖生下賤室　當作大王妃　若人口如池
聲作鵝王響　雖生下賤室　當作大王妃
汝今勿憂愁　定離於婢使　必受上富貴
當作大王妃

于時勝鬘拜辭老父行詣園中乃於後時彼勝光王嚴駕四兵出行遊獵其所乘馬忽爾奔馳控制不禁遂至劫比羅國入大名園內勝鬘見已便作是言善來大王王問勝鬘此是誰園答曰是大名園王乃下馬女將繫樹王言取水我欲洗足女作是念可求暖水爲王洗足遂即往取日照之水盛以蓮葉將至王所與王洗足王復告言更可取水我須洗面女又作念溫暖之水洗目非宜以手攪水令冷暖相得送至王所王洗面已復語女言更取水來我欲須飲女還作念要得冷水可能止渴即詣池所深撥取水奉上於王王旣飲已即問女言於此園中有三種水耶答言園無三水本是一處王復問言若是一水汝向如何得三種別如前所作具白於王王聞

此語便即思惟此女方便善解時機作是念已乃告女言我欲眠卧須汝握脚王旣卧已女爲握足王便得睡女復念言諸王貴勝怨恨者多相憂者少王今眠睡恐有惡人來相侵害若不爲王關閉門戶忽有傷損我及曹主必招罪責事須防守即關門户于時四兵尋覓大王到其園所問言王在此耶女聞語已不爲開門軍聲外震王乃驚覺即問女言此是何響女曰有諸人來問王所在欲得開門王乃問女誰閉其門答言我閉何故閉耶女曰我自思念諸王貴勝怨恨者多相憂者少王今睡眠恐有惡人來相侵害若不爲王關閉門戶忽有傷損我及曹主俱招罪責因即關閉王聞此說讚言好女甚有奇計王曰園主大名是汝何親答言我是大名驅使之人王語女言汝非在下是大名女何不實說女乃默然時王語女可往城中報大名曰勝光大王在汝園內女即速去具報大名大名聞已辦諸美饍及以香華與多人衆詣其園所見勝光王唱言善來大王共相慰問令王洗浴次奉上衣塗飾香鬘具薦芳饌食罷言議問大名曰此之少女是汝何親答曰是驅使人王曰非驅使人是君之女宜當與我大名曰更有奇妙釋種之女勝斯數倍何不取之王曰此女是我所須不求餘者大名曰若如是者我當莊嚴備禮奉送王曰善哉大名即便嚴飾城隍掃灑衢路其勝鬘女具諸瓔珞載于大象於康莊處搖鈴遍告劫比羅城所有人衆或有諸方來集會者應知釋種大名之女號曰勝鬘今欲送與憍薩羅國勝光

大王爲第一夫人擧城人衆咸皆送出時勝光王廣備軍儀禮迎歸國是時王母聞說取婢以作夫人便懷忿心作如是念此非善子徒煩我腹生長成立終爲婢夫作是念已懷憂而住及迎至城王告勝鬘曰汝今可去拜謁大家勝鬘即便往大家所手執雙足低頭而拜其手細輭觸彼母時身心泰然即便睡著須臾覺已作如是語觀斯婢女身形美觸必當喪我憍薩羅城時勝光王有二大夫人一名行雨二曰勝鬘若王每與勝鬘歡會聚時即讚行雨作如是言勝鬘當知行雨夫人容儀超絕勝鬘白王我於何時可得相見王言不久即應相見若與行雨聚集之時即讚勝鬘作如是言行雨當知勝鬘夫人肌膚細滑擧世希奇行雨白王我於何時可得相見

王言不久令汝得見王於彼二更相稱讚令生愛重樂欲相見後於異時三春届節百卉敷榮茂林清池華鳥交映孔雀鸚鵡鵝鴈鴛鴦雜類哀鳴羣飛合響王於一時將諸婇女於芳園所隨處周旋歡娛嬉戲王息眠睡宫人縱逸貪諸華果恣意遊行其時行雨身體勞倦攀無憂樹枝暫時佇立勝鬘因過到其傍邊既見行雨作如是念此是樹神即禮其足勝鬘觸著行雨便睡王既睡覺遥見勝鬘在行雨處王即喚諸婇女還入宫中後於異時王對行雨讚勝鬘時行雨白言我於何時得見勝鬘王言汝已見竟行雨答言未曾省見王言我令汝憶曾相見時汝自思念往於園中手攀無憂樹枝暫時立住時勝鬘來見手觸汝足行雨白言彼是勝鬘耶王言是行

雨白言知王於我深有愛念能棄如此細輭容儀曲親於我王復詰彼勝鬘之處讚歎行雨勝鬘曰我於何時得見行雨王言汝已曾見勝鬘言我不曾見王言我令汝憶汝於無憂樹下禮行雨足勝鬘白王彼是行雨耶王言是即白王曰知王於我深有愛念能棄如此顏容色相曲親於我舉國人衆普皆知聞勝光大王有二夫人一是勝鬘一是行雨勝鬘輭滑超絕諸人行雨容儀難可比類時諸苾芻咸皆有疑請世尊曰大德勝鬘行雨各作何業由其業力一則身形細輭二乃容貌超倫世尊告曰此二皆由自業所感增長成熟廣說如餘汝等苾芻過去世時於大城中有婆羅門娶妻未久便誕一息不經多年復生一女俱漸長大父母遇病皆悉身亡時彼

童子既遭憂感念往山林即攜其妹共至林所採拾華果以自支持汝等苾芻如大黑蛇有五過患云何爲五一者多瞋二者多恨三者作惡四者無恩五者利毒應知女人亦有五過一者多瞋二者多恨三者作惡四者無恩五者利毒云何名爲女人利毒凡諸女人多懷猛利染欲之心是時童女既至成人欲心漸盛告其兄曰我今不能常飡華果以自存命可往人間求諸飲食時兄將妹共出山林往婆羅門家而行乞食兩聲齊喚主人出看見而告曰隱居之人亦畜妻室兄曰此非我妻是親妹也即問兄曰曾娉人未報言未若如是者何不與我答曰此已遠離世間惡法女心欲盛報其兄曰豈我林中食諸華果不能活耶然我不堪煩惱所逼共辭林野遠

至人間今可以我與婆羅門兄曰我實不能嫁娶於汝此是惡法非我所爲汝有俗心任情所作時婆羅門知女心已延入家中大會宗親納以爲婦報其兄曰今可與我同宅而居別爲一室兄曰我不求欲當樂出家妹曰共立要契方可隨情兄曰是何言要妹曰若其證得殊勝果者可來相見兄曰善哉如汝所願即便辭去至隱士所而爲出家由彼宿世善根力故遂於三十七品菩提分法無師自悟證獨覺果便作是念我先與妹共立要契今可往看便至其所上昇虛空身現神變上出火光下流清水奇相非一縱身而下諸凡夫人見神變時心疾迴轉猶如大樹崩倒於地頂禮尊足白言大兄今得如是殊妙勝德答言我證白言兄爲資身須得飲食我爲求福願與供養可住於此答曰汝無自在可入報夫白夫言仁今知不我兄出家成就禁戒得上妙果世間第一我欲供養不敢自專若見許者於三月中飲食資給答言賢首彼不出家我雖不欲終須供濟況已出家獲殊勝道今隨汝意供養三月其夫更有一婦見施飲食便作是念家財共有彼既求福我何不爲告曰汝兄亦是我尊我欲隔日而申供養答言隨意其獨覺妹護彼情故妙食置內麤食覆上持告舊妻我此飲食供養於兄願當隨喜其時舊妻至設食曰亦護彼情麤食置內精者覆上持告新妻我此妙食奉施尊兄願當隨喜汝等苾芻當知勝鬘是獨覺妹以精妙食供養兄故由斯福力五百生中身常細軟其第二妻以外妙食施獨覺者今行

雨是由斯業故五百生中容儀端正乃至今
生儀貌超絕汝等苾芻當知黑業得黑報白
業得白報雜業得雜報汝等應捨黑雜二業
修行白業廣說如上汝等苾芻當知是學復
於後時勝鬘夫人遂便懷妊同於此夜大臣
婆羅門婦亦即有娠由有娠故極受辛苦勝
鬘夫人至九月滿便誕一男容貌端嚴人所
樂見經三七日聚會宗親欲爲其兒施立名
字王曰可抱此兒將現國太夫人請立何字
羣臣如勅抱現夫人時太夫人謂諸臣曰我
豈先時不作是語觀斯婢女身形美觸必當
喪我憍薩羅城大臣白言誠有斯語此子未
生國太夫人先已爲作不祥之記應與此兒
名爲惡生初生之日大臣之婦亦誕一男生
旣滿月如上廣說乃至總集諸親與兒立字
衆人議曰初懷此子母受艱辛及至生時還
遭極苦宜與此兒名爲苦母惡生太子以八
養母而爲供侍廣如餘說其苦母孩兒亦八
養母而爲供給乃至長大其婆羅門種種業
藝無不學盡後於異時惡生太子與苦母等
出城遊獵太子乘馬忽爾奔馳遂至劫比羅
城到釋迦園所其守園人遂告園主惡生太
子今至園中釋子聞已互相議曰我等速出
欲殺惡生今正是時諸人各各嚴整兵甲即
欲出城耆老見之共相問曰汝等持兵欲向
何處答曰惡生太子來在釋園耆老曰彼是
客人創來至此未相觸悞今且容忍諸人聞
已皆退入城於後四兵尋覓太子還到園中
於其園內周遊而住其守園人復報城人惡
生四兵來入園內破散非分諸人聞已倍增

瞋怒更加威武咸共出城意欲殺戮耆老復問汝等更向何處答曰惡生太子乃領四兵破損我園今欲殺戮耆老曰且當容忍于時惡生知釋氏兵欲來相害遂即引兵速歸本國唯留一人告言住此私聽釋子有何議論于時釋兵既至園所追覓不得見彼一人問曰婢子惡生今在何處答曰尋即逃迸時諸釋子作此議論我等若獲惡生身者先須割手或言截脚或言剜心今既私逃更何所作遂令手力掘却惡生行住之地深至于膝別以餘土填滿其坑所倚牆壁亦皆削去別更泥塗水乳香湯及諸華彩灑散園內作是事時彼所留人皆悉具見遂往憍薩羅城至惡生處稽首作禮在一面立惡生問曰釋子於我有何議論白言太子儻言毒害我不敢說惡生曰彼出惡言令其自受汝所聞見今可實說我欲知彼所爲之事彼人即爲廣說如上惡生聞已便懷忿恨告左右曰汝等懷持父王歿後我紹位時汝等當說斯事令我憶知是我先怨必誅釋種苦毋曰善哉太子快出此語願自堅心紹位之時我當爲說

根本說一切有部毗柰耶雜事卷第七

音釋

赧 乃板切面慚而赤也　絛 吐刀切編絲繩也　怐紐 怐口候切紐女九切　嬰薁 嬰伊盈切薁於六切嬰薁草名　錐 朱惟切鑽也　餌 仍吏切食也　瘳 丑鳩切病瘉也　貸 他代切借也　卉 詡鬼切草之揔名　佇 直呂切立也　攜 户圭切提也　娉 匹正切娉問也　迸 比諍切　剜 烏丸切剜削也

根本説一切有部毗奈耶雜事卷第八

唐三藏法師義淨奉　制譯

第二門第四子攝頌之餘說勝光王信佛因緣及惡生誅釋種等事

後於異時惡生太子與逆害心遂與諸臣竊爲謀構王有大臣五百咸共隨從唯一大臣名曰長行王所愛重不順其計於後惡生謂長行曰汝豈不欲我登王位耶答言太子何故作此非法之語父王年老不久將崩太子自當合受王位何爲坐圖逆害以陷惡名臣雖愚鈍竊爲不可惡生曰我試汝心故作斯語汝當禁口莫使人聞長行曰不敢違命後時勝光王共長行大臣不將侍從遊諸聚落既到彼已王乃見有好蘭若處曠望清閑無諸雜穢堪得修定養神進業便告長行曰如是勝處世尊大師可住於此云何降屈親近供養未審調御今何所在對曰臣聞世尊在吉祥聚落釋種住處王曰去斯遠近對曰去此有三拘盧舍王曰我今欲往親奉世尊長行曰敬隨王意便即迴駕詣吉祥園既至于彼下車進步欲申禮謁爾時如來在彼堂中閉戶入定有苾芻衆於外經行王見苾芻即前敬問佛何所在答曰佛在堂中閉戶靜慮大王若欲見世尊者宜可就堂徐徐扣戶佛自知時王有五種勝妙嚴飾之具一者寶冠二者寶傘三者寶劍四者寶拂五者寶履時王意欲去此盛飾奉覲世尊遂命長行付前五物顧視其面長行念曰王付諸物令我執持顧視我面意欲省緣安心見佛我宜住此王乃就堂徐徐扣戶佛即爲開便就大師嗚

足頂禮作如是言不覩如來淹積時序今幸於此親奉尊顔不勝欣喜佛言大王何故於我頓能降伏屈已慇懃王言我於世尊法起深信心由敬信故令我如是發殷重心然佛世尊應正等覺善説法律令聲聞衆皆悉奉行無違逆者佛言大王於何法處起信敬心王白佛言世尊我昔曾見諸餘沙門婆羅門等有少智慧自恃貢高爲難於他造作書論人皆謂是能善分析所有見解衆並隨順别竪宗量構立問端作是事已便自思惟我今可往沙門喬答摩處共爲談論若不能答我便辱彼若有解釋言如是者我復難云此釋非理是不相應作是邪念來至佛所纔見大師威神之力猶尚不敢正視如來況能敵對中其談論是故我今於世尊所起深信心由敬信故令我如是發殷重心又佛世尊應正等覺善説法律令聲聞衆皆悉奉行復次世尊我昔曾見諸餘沙門婆羅門有少智慧自恃貢高如上説自造論端欲來難佛瞻仰世尊不敢發問難言大師法王人天第一所有知見通達無餘拔彼邪根令遵正道是故我今於世尊所起深信心由敬信故令我如是發殷重心又佛世尊應正等覺善説法律令聲聞衆皆悉奉行復次世尊我昔曾見諸餘沙門婆羅門有少智慧自恃貢高如上説自造論端欲來難佛既至佛所瞻仰世尊作不圓滿問佛即爲彼圓滿而答彼等聞已咸生慶悦發大信心歸依三寶受持學處是故我今於世尊處起深信心由敬信故令我如是發殷重心復次世尊我昔曾見諸餘沙

門婆羅門少有智慧自恃貢高廣如上説欲來難佛既至佛所瞻仰世尊作圓滿問佛即隨機作極圓滿答聞佛妙義深生慶喜委棄異道遵崇正法即請出家便受具戒勤修梵行未久之間塵累俱盡獲阿羅漢受解脱樂而作是念幾虚喪我爲自欺誑昔非沙門謂是沙門非婆羅門謂婆羅門非阿羅漢謂阿羅漢我於今者是眞沙門婆羅門眞阿羅漢世尊我由此故起深信心廣如上説復次世尊我昔曾見諸餘沙門婆羅門面色黄瘦形貌羸弱諸根鈌減覩者生厭我見是事便即思惟豈非彼人不樂梵行或復長病致斯羸弱或於屏處作罪惡業而心覆藏爲此形容人不樂覩我便往問仁等何縁頓無顔色形容顦顇人不樂觀彼答我言大王我由欲縛致此形儀我聞説已作如是念不斷欲人有如是過多行欲者愛樂欲故應得增長色力端嚴然無此事何以故我是國王五欲備具自在無礙應得色相殊勝超絶既不如是故知不由親近諸欲色力增長然愚癡人悉皆愛樂我見世尊聲聞弟子愛樂梵行諸根明淨面貌光澤適悦而住常懷兢懼如鹿依林乃至盡形純一無雜圓滿清白梵行具足是故令我起深信心廣如上説復次世尊我念曾於正殿中坐理國事時見有多人皆爲五欲來至我所或於父母男女兄弟姊妹知識朋友共相言訟諍論好惡何況餘人又我曾見有二苾芻共諸苾芻有所爭競遂便捨戒然二苾芻於佛法僧寶不能説其少許過失但知自責是極惡人是無福德不能修習清

淨梵行依世尊教盡壽而住心無虧犯我由此故起深信心廣如上說復次世尊我昔曾見一類沙門婆羅門要心自靜受持梵行八九月已被欲所牽便捨律儀作染汙事纒綿五欲以自歡娛我見世尊諸聲聞衆修習梵行清淨圓滿乃至盡形依世尊教心無虧犯我由此故起深信心廣如上說復次世尊我是國主號爲勝光於此國中統領自在人不應死我能斷命有合死者我能釋除率土之内莫不遵仰然大臣宰相皆是豪族大婆羅門刹帝利長者或爲平章國政黜陟羣臣啓奏之時猶懷奢慢禮容不足有紊朝儀我見世尊在於無量百千大衆之中圍遶說法諸天人衆各各攝心瞻仰尊顏咸共諦聽無有散亂座下寂然乃至不聞謦欬嚔噴之聲況復更有諸餘諠雜于時在會時有一人謦欬發聲比坐之人告言仁者願少默住勿爲諠擾汝豈不聞世尊說法美妙當機猶如上蜜說斯語已彼即默然于時我聞斯語即作是念世尊眞實有大威力難可思議不以刀杖嚴刑而能調伏衆類一切遵奉我由此故起深信心廣如上說復次世尊我有二臣一名仙授一名故舊彼人所有封邑賞賜富貴名稱皆由於我從生以來常受安樂彼等於我雖復念思然猶不及於世尊處敬心濃厚我又一時嚴飾軍馬出行討擊意欲試彼二臣於我及佛其心誰重共至客處而問彼言卿等眠時於我及佛首足何向時彼二臣歎佛功德并說正法僧寶福田緣此事故以頭向佛以足向王我聞此已敬重世尊有大威力

不可思議彼等皆由我之寵禄得大名稱富貴安樂然彼於我所起恭敬不如敬佛我由此故起深信心廣如上說復次世尊我是憍薩羅王佛亦住憍薩羅我生刹帝利種佛亦刹帝利種我已年事高邁壽過八十世尊亦爾壽過八十我是灌頂刹帝利王世尊亦是無上法王我力比佛非喻能測由斯義故起深信心廣說乃至皆悉奉行是時勝光王於世尊前廣說如是諸見聞事奇妙法已頂禮雙足奉辭而去王去未久佛告諸苾芻汝等應當記憶王之所說奇妙法聚受持讀誦何以故文義具足故正法相應故成就梵行故能得遍智等覺圓明涅槃果故是故汝等應勤修學爾時世尊說此語已諸苾芻等咸皆歡喜信受奉行

攝前頌曰

論人有四種　念欲身形瘦　二臣恭敬殊
尊王不如佛

爾時長行大臣知王見佛便作是念王有大臣五百皆歸惡生唯我一人而不隨許彼等如何能成大事我今還國當策惡生紹繼王位其勝鬘行雨二夫人等驅令出宮作是念已棄所執守昇車而去至室羅伐城啓惡生言太子今欲登位不惡生曰是我所欲于時長行便與諸臣共策爲王勑二夫人向老王處於是勝鬘行雨問長行曰王今何在答曰王在釋迦妙光園內時二夫人徒步而去尋覓老王爾時勝光大王既至門外不見長行問諸苾芻曰大德見我大臣今往何處苾芻答曰王入不久長行尋即乘車而去王既聞

已徒步漸行佛亦此時向王舍城王於中路逢行雨等王便問曰汝等何故徒步遠來答言大王長行大臣策立惡生驅出我等步涉而來尋覓大王王聞此語告勝鬘曰汝已先受大王寵祿今且歸還受兒王俸料我將行雨從此却迴於是勝鬘遂還室羅伐城掩淚行啼隨路而返王與行雨趣王舍城漸漸而進遂到城所見一園林便即停住語行雨言我且留此汝向城中報未生怨王云憍薩羅國勝光大王今在外園思欲相見行雨即去見未生怨具如上說其未生怨王聞此語已便大驚愕即語行雨曰憍薩羅國勝光王者有大威力四兵強盛云何忽至我等不知行雨答曰王今何有兵衆之盛太子謀逆奪父稱王唯我從王而來至此未生怨曰若有此事我當策彼爲此國王我自退身而爲太子即召羣臣而勑之曰勝光王者是大國主剎帝利種灌頂之王今忽至此應須敬待卿等即可淨治城路嚴整四兵領百千衆我欲親往迎王來入時諸臣等既奉王勑擊鼓吹貝宣告衆人嚴事城郭掃治衢路倍加清淨猶如天帝歡喜之園其勝光王久不得食怪使來遲即出園林欲求飲食慞惶顧眄至蘿菔園于時園子謂是凡人遂與蘿菔五顆王既飢虚根葉俱食食已患渴即往水邊過量而飲因成霍亂身體羸弱思憶勝鬘涉路前行轍中倒地口銜末土因即命終是時未生怨王嚴從四兵詣園不見便令馬使四面傍求時有一騎至蘿菔園問園子曰汝見如是人不答曰我見一人暫來至此求索蘿菔便向

水邊彼即往尋正見王屍路隅僵仆使者即以上事告未生怨王旣聞已唱言禍哉我於今者重受惡聲我從先來已有害父奪位之名今者又云殺父知識即與無量營從往赴屍所勑羣臣曰此勝光王者是刹帝利灌頂大王今遭困苦於此命過宜依盛禮焚葬其身時彼諸臣如王所勑備飾靈轝送至寒林焚燒事畢王詣佛所頂禮雙足退坐一面而白佛言大德世尊不審勝光大王先作何業因食蘿菔困苦命終爾時世尊告言大王彼勝光王自作其業今受此報廣如上說大王乃往過去於聚落中有婆羅門娶妻未久便誕一息年漸長大乞食自資得蘿菔五顆送與其母即白母曰今暫洗浴留待我還以供所食大王若時無佛有獨覺者出現世間憐愍孤弱樂靜安居爲世福田于時有一獨覺遊行人間於晨朝時著衣持鉢入村乞食遂到彼家婆羅門妻見此獨覺身相端嚴六根調靜即持蘿菔奉施於彼爾時獨覺受其所施踊身虛空爲作神變凡夫之人見神通時心便調伏即遥禮拜情甚歡喜時婆羅門子浴已還家便白其母索向蘿菔母曰適有辟支來乞我已將施子聞此語爲飢所逼遂發瞋心起於惡念願彼食蘿菔霍亂而終大王汝今當知彼小兒者豈異人乎即勝光王是由往昔於獨覺處發此惡心因斯業力於無量百千歲墮在地獄受諸苦惱復餘業報因緣力故已經六返遭霍亂病而取命終至今七生餘殘業力食此蘿菔霍亂而死大王當知勝光業報從此永畢更不復受大王當知

白業白報黑業黑報雜業雜報是故應捨黑雜二業當修白業勿爲惡口時未生怨王聞佛所說喜遍身心頂禮佛足信受而去是時惡生太子旣得紹位後於異時與諸大臣大殿朝會苦毋白言大王頗念於往日時在大衆前作師子吼我若登位先當誅伐諸釋種子報我初怨王問苦毋曰凡我出言皆應作不苦毋對曰王今創臨寶位宜念昔言討罰釋種時至不爲便成妄語請下明勑卜日出軍象馬車步四兵俱發奮耀戈甲椎鐘鳴鼓出室羅伐城往劫比羅國誅滅釋種時惡生王納苦毋諫即便下勑命將持兵往伐彼國世尊大師無不知見知諸釋子必定喪亡於兩國界大路之側在小樹下無多枝葉端身而坐時惡生王遙見世尊即詣其所白言大德有多園林蔭映滋茂何故捨彼而住於斯此樹少葉少蔭云何可住佛言大王親族陰涼樹何足顧爾時惡生聞世尊言便作是念劫比羅國諸釋枝條是佛親眷如來愍念不可違情作此思惟退還本國苦毋再三諫請誅滅其後惡生與諸臣佐於朝會時告羣臣曰劫比羅國諸釋種子恒云我是婢兒罵辱旣深此不可忘然彼是如來種族世尊憐念每自抑忍不敢行誅云何能得報此怨罵苦毋對曰我聞沙門喬答摩自云離欲離欲之者無眷念心若有眷念即非離欲道俗各異王宜自決又言今日正是誅釋種時於是惡生欲整四兵出行討罰未去之頃佛作是念城中釋種未見諦者若與惡生共相戰鬪便非見諦之器即往劫比羅國到已住在多根

樹園時諸釋種聞世尊來至於此大衆集會詣如來處頂禮雙足退坐一面爾時世尊知諸釋種根性本緣爲說妙法時彼衆中有無量百千諸有情輩得大利益或得預流果一來果不還果阿羅漢果或有作獨覺因或作成佛因緣復有無量衆生歸依三寶受諸學處奉行佛教是時劫比羅釋種獲此法利頂禮世尊奉辭而去是時惡生親領四兵於劫比羅城不遠而住具壽大目連詣世尊所頂禮佛足退坐一面白佛言世尊我聞癡人惡生嚴集四兵來誅釋種我有神力能擲兵衆遠置他方唯願世尊賜垂哀許復以神力變城爲鐵以大鐵網遍覆其上令彼惡生尚不能見劫比羅城況加誅害佛言我亦知汝有神通力所作皆辦然由釋種前生業累今應受報業若成熟如瀑水流不可禁制要須自受廣如上說爾時世尊說此頌曰

假令經百劫　所作業不亡　因緣會遇時

果報還自受

佛告大目連故知世間皆由業力而受其報由業力生由業力住一切衆生皆隨業力善惡須受于時目連不果所願禮佛而去

是時劫比羅諸釋種子聞惡生王將大兵衆欲來誅滅即勑四兵嚴整器仗出城拒敵彼未防備衝惡生軍是諸釋種並證見諦不行殺害唯用鞭杖左揮右拂而打撲之或復以箭射彼弓弦象馬腹帶射皆令斷或射頭牟甲綴使落於地或射耳邊及鞍轡條帶但令遺落不傷身首不損其命于時惡生兵衆尋自敗散諸釋種子戰便得勝師衆俱入閑門

上城而作制令我等不應傷害惡生及其兵衆若有犯者則非釋種爾時惡生見此釋種咸有仁慈具大勇力告苦母曰我等今者宜可收軍且還本國苦毋對曰大王勿憂劫比羅釋種並是見諦乃至不傷蚊蟻之類況害於人王若不信令則可驗向者大陣無一損傷彼復作制不應傷害惡生之身及諸兵衆若有犯者則非釋種惡生聞已默然而住有一釋種名曰閃婆住于外邑檢校農作聞彼惡生親領四兵至劫比羅欲誅釋種不聞諸釋所作制令又未見諦乃嚴兵衆來襲惡生倉卒橫擊即便大敗惡生之軍殺傷幾盡是時惡生告苦毋曰汝向者言釋種見諦不傷蚊蟻況害於人今閃婆一人將兵來戰殺害彌多況劫比羅諸餘釋種委兵來集敵對難當若得且歸猶勝全沒苦毋對曰大王彼閃婆者從外而來元未得入劫比羅城不知唱制致此卒暴起戰鬭心內外不通願王勿慮于時閃婆釋子心欲入城至於門首喚言爲開時守門者問言是誰答曰我是閃婆汝宜可往報諸釋種城中即便令使報曰汝從今後非釋迦種當隨意去何以故緣汝毀犯城中制令所以不得入此城門閃婆即問衆有何制說我毀犯答曰我等作制不擬傷害惡生兵衆若有犯者即非釋種報曰我實不聞願見容納如是苦請衆皆不許乃告衆曰既不容入請還家口衆出與之得眷屬已詣世尊處頂禮雙足退坐一面而白佛言劫比羅城諸釋種子擯我令出願佛慈悲賜我記念常爲供養敬奉如來佛以慈悲持自髮爪授

與閃婆爾時閃婆以殷重心受如來髮爪徃婆具荼國彼諸人聞豪健釋子名曰閃婆今來至此欲爲我主我等共議可隨彼不國人皆來於一山下籌量此事時閃婆釋子屏諸從者置在一處自身詐作送書使人腋挾利刀詣衆集處作如是語諸君當知閃婆釋子有大勢力勇健難當令我賫書遺及仁等問言何爲答曰彼欲爲王統領仁等應當就坐共讀其書諸人答曰此無坐物何以安居彼即拔刀斬諸磐石片片爲座與衆令坐衆人見已咸歎甚奇問言丈夫如汝之類彼有幾人答曰我是持書使者何足在言更有餘人倍勝於我衆聞此語皆大驚怖共相謂曰使者尚爾何況閃婆我等不如立彼爲主共披封已裁書却報仍語使言善來大王我等欽風早希臨降閃婆旣別徃舊停處嚴飾徒侶整肅侍衛入婆具荼國老少歡喜辦設所須咸共盡心選擇吉日筞立爲主諸國遠聞婆具荼國中有釋迦種名曰閃婆共立爲主號爲閃婆國閃婆立後遂乃敬造大窣堵波安置如來髮爪以申供養即號其塔爲閃婆窣堵波其妃先不信佛下令國中遣立祠廟依俗祭祀迄至于今

根本説一切有部毗奈耶雜事卷第八

音釋

構 居候切合集也　析 先擊切分剖也　兢 居陵切自安也　黜陟 黜尺律切貶斥也陟竹力切升進也　紊 文運切亂也　謦欬 謦棄挺切欬口溉切謦欬逆氣聲也小曰謦大曰欬　嚏噴 嚏丁計切噴普悶切　愕 五各切驚恐也　霍 忽郭切　僵仆 僵居良切仆芳遇切　迄 許訖切至也

根本說一切有部毗奈耶雜事卷第九

唐三藏法師義淨奉　制譯

第二門第四子攝頌之餘

爾時惡生告苦母言劫比羅國諸釋種子勇健難當今閉城門上城防護我等何能得爲殺害今且歸還苦母答曰大王諸有大城以巧方便皆當破滅我昔曾聞古仙所言有其五事決勝於他云何爲五頌云

和好行財賄　矯詐爲毒術　後當以兵力

是智人所爲

準斯道理應設方便先爲矯詐遣使詣彼持王教命而告之曰今我於仁有愛戀心實無惡意緣有少事要欲入城幸爲開門暫見容納即還速出不敢停留依計至彼傳如上說城內諸人共集議論爲當放入爲不許耶或言放入或言不可或言總集一處可共行籌若籌多者應隨其語衆然其說即共行籌是時罪惡魔王作如是念我常隨逐沙門喬答摩覓其瑕隙不能得便我今宜可害彼眷屬正是其時即便變身作老釋子居其上坐先受取籌以次諸人見彼受籌咸云老宿既受我何不取于時衆內多人受籌既見籌多遂即開門令王軍入王曰我已棄捨劫比羅城諸釋迦子任情誅殺衆聞教已便縱四兵旗鼓震天囂聲聒地隨處誅戮無悲愍心時釋種大名見此事已於諸眷屬起極悲憐頭髮蓬亂即疾往詣惡生之所白言大王當與我願王曰欲須何願白言於諸釋種幸施無畏王曰諸餘釋種我不能捨汝之家屬隨意當出答曰我今入池自沉水底乃至我身未出

已來眷屬皆放王聞是語目視諸臣諸臣白王此大名者是先王親友允其所願王言若爾少時令出是時大名既蒙許已悲愍眷屬憂惱纏心疾往赴池自沉水底即以頭髮繫著樹根因玆而死時諸釋種於過去時不同業者出城而去或往末羅國或往泥波羅或往其餘聚落城邑若於昔時同惡業者雖出東門南門還入南門出西門入西門出北門入北門出東門入諸臣見已而白王曰今時釋種皆自燒煮以何得知諸門出者悉皆還入王曰速看大名入水何久遣使觀之見其已死還白王知彼已命過王加瞋怒即告臣曰可設高座我昇其上躬自瞻望若我不見人血橫流騰波街巷者我終不能身離此座即登座遙望諸勇健人被殺之時法爾血少

諸臣議曰仁等應知今此惡生作大罪業自爲要契望血橫流何處得有如斯之事宜取紫鑛煮令色赤盛滿千瓨當街傾瀉觀其流去與血不殊如計便作報言血至惡生遙見謂其是血便作是念我今望足宜可歸還時惡生愚人枉殺釋種七萬七千此諸人內多是見聖諦者殺戮如是諸賢善已遂將釋種五百童男及五百童女行至一園是外道住處苦毋白言此等千人皆是怨家何不總殺王曰云何當殺答曰令羣象腳踏是時五百釋子有大勇力撲象令倒手擎棄之苦毋見已白惡生曰大王見此勇健人不王曰我見答曰若捨此徒當與大王作無利益王言有實若爲殺之答曰掘地作坑埋令頭出上以鐵楸磨之令碎時有二童子走至佛所爾時

世尊欲令知業感報不虚即以神力化鉢令大合二童子即於鉢下爛熟而終殺釋種時佛極頭痛即告阿難陀曰盛水滿鉢持來我所時阿難陀即授鉢水是時世尊以額上汗兩三滴許置鉢水中即便煙出震吒作聲如以熱鐵投之於水是時惡生告一人曰汝當住此佛若於我有所記者可速來報即將五百釋女還歸本國時諸苾芻見此事已咸有疑心請世尊曰大德因何業故令佛頭痛劫比羅城諸釋種等復作何業由彼爲緣實無罪犯被愚癡惡生輒見誅戮世尊告阿難陀曰汝今可去告諸苾芻咸應集在外道園中我當爲説愚癡惡生殺諸釋種先業因緣尊者受教即往白衆爾時世尊與諸苾芻行詣彼園時有婆羅門於其中路遥見世尊作如是語喬答摩愚癡惡生多造惡業釋種無罪枉見殺害佛告婆羅門如是如是愚癡惡生造作無量尤重惡業釋種無罪枉爲屠害佛至園中見彼被磨童男童女尚有殘命彼見佛時悉皆號泣世尊即便在其一面於所敷座就之而坐告諸苾芻曰劫比羅城諸釋種子已經三度被他屠殺出大叫聲昔爲漁人殺諸魚類復於聚落傷害諸人今於此時被惡生所殺尚有殘命出大叫聲與昔無異汝等苾芻頗曾聞見諸有獵師屠膾之類以其自業活命之事能得象馬車步威嚴熾盛不諸苾芻言未曾聞見如此之事佛言善哉苾芻我亦未曾聞見斯事獵射之徒得如是熾盛兵衆何以故由彼屠人有罪惡心伺求物命緣斯惡業不能獲得象馬車步熾盛威嚴

多有財貨何以故由彼羊等禽獸之類被殺之時以其惡心視彼人故由斯不獲象馬車步及諸財物汝等苾芻彼畜生趣所有衆生惡眼看時尚能令彼不得四兵及諸財寶何况惡生愚癡垢重殺彼學人具大威德持淨戒者而能增盛象馬車步及諸財物得安樂住不遭損減無有是處汝等當知憍薩羅城譬如毒龍所顧視處悉當滅壞此城亦爾七日之後愚癡惡生及與苦毋被火所燒揚聲號叫墮於無間大地獄中受極苦惱是故汝等應如是知於諸枯木尚息惡心豈况其餘含識之類時諸苾芻見是事已咸皆有疑請世尊曰此五百釋子曾作何業由彼業力現無愆犯被愚人惡生枉見誅戮又因何業誅戮之時令佛頭痛佛告諸苾芻彼諸釋子及我前生所作之業汝等善聽彼所作業因緣合會成熟之時如暴流水不能止遏無代受者廣如上說乃至果報還自受之汝等苾芻乃往古昔於一河邊有五百漁人依止而住時有二大魚從海入河泝流而上彼見二魚情生喜悦共張大網捕得其魚見其極大共相議曰今欲如何魚既極大若頓殺者肉便壞爛何所用爲或云且殺一魚一繫在水或云二魚皆大若殺一者其肉亦壞可繫於柱安在水中勿令命斷須肉之時生取而食咸言可爾即共分割魚受楚苦發大叫聲是時漁人之中有一童子見如斯事生歡喜心時二大魚而作是念我實無辜橫加劇苦當來之世此等生處我亦生彼雖無罪犯我苦殺之汝等苾芻勿生異念彼二魚者即惡生苦

毋是五百漁人者即五百釋子是由彼五百漁人令其二魚受劇苦故令被惡生苦毋掘地埋身杙以鐵栿令諸釋子受大苦惱諸餘釋種皆是當時隨喜之類其漁人中一童子者即我身是由見殺魚心生歡喜遂成其業由彼業故我雖證得無上菩提然猶受此頭痛之苦我若不獲如此福聚無邊功德者亦同彼等受其誅戮復次汝等苾芻應更諦聽劫比羅城諸釋種子過去世時所作之業有五百羣賊至一村中劫奪財物有二長者閣上而住賊喚令下長者不下賊又語云若不下者令汝總失長者報言我寧受死終不能下賊便積柴放火燒閣熾火上騰受焚燒苦長者作念我無愆犯令我受苦於未來世隨汝生處我亦同生報汝斯苦汝等苾芻勿生異念彼二長者即惡生苦毋是五百賊者即五百釋子是由彼賊徒殺二長者令此二人亦還殺彼是故苾芻作黑業得黑報白業得白報雜業得雜報是故汝等應捨黑雜二業勤修白業當如是學時惡生王殺釋子已往室羅伐城欲入城時逝多太子於高樓上與諸婇女奏妙音聲受五欲樂惡生聞已問曰是誰諸臣答曰逝多太子王曰喚來即承命至責曰我討怨家非常疲苦汝何於此受欲樂耶太子答曰不審大王誰是怨家王曰劫比羅釋子即是我怨太子曰若釋子是怨者誰為善友王聞是語便大瞋怒告諸臣曰此亦與諸釋子為黨急可誅戮諸臣即殺命終之後得生三十三天人間勝報尚猶未盡天中妙樂隣次受之爾時世尊欲宣此義而說

頌曰
今生若喜來世喜　由其作福二俱喜
自知此喜由先業　更復轉生於善趣
今生若樂來世樂　由其作福二俱樂
自知此樂由先業　更復受樂於餘趣
爾時具壽阿難陀聞佛説已白佛言大德我今不解如斯頌義佛言阿難陀其逝多太子無有僣犯被愚人惡生枉見誅戮人間勝報尚猶未盡天中妙樂隣次受之我緣此事故説斯頌時阿難陀默然信受後於異時愚人惡生與諸婇女在宮殿中便自誇讚如我大力勇健難當所爲究竟於此世間有相似不于時惡生所將五百釋女聞其語共説頌曰
彼是佛家子　爲戒所拘束　汝今盡誅戮
自讚欲何爲

王聞釋迦女説是頌已發大瞋怒亦即以頌告諸臣曰
誅龍留龍女　於我生瞋毒　速宜截手足
急遣隨親去
時諸臣等即將五百釋女於波吒羅池邊截其手足因此號爲截手足池諸經首云佛在室羅伐城截手足池邊此是其事是時五百釋女被截手足受大痛苦不能裁忍便作是念我等今時諸苦逼身痛切難堪世尊大慈寧不垂愍諸佛常法無有一事而不覺了于時世尊起大悲心遂到其處見諸釋女露形而坐世尊見已起世間智諸佛常法若起世俗心乃至蜫蟻皆知佛意若起出世心乃至聲聞獨覺不知佛意况餘含識而能得知佛作是念善哉若得舍支天女持衣及水來至

此者極爲要事佛作念已舍支天女即知佛意作如是念何故如來起世間念我知世尊欲爲五百釋女宣説妙法須衣及水即持五百天衣往無熱池處以瓶取水來至佛所頂禮佛足而白佛言大德五百天衣及妙香水今並持來佛言汝往慰問諸釋迦女與洗身體皆令著衣于時舍支如佛所敎次第皆作爾時如來以神通力令彼五百釋女苦痛皆除告言汝等善女人自作斯業今時成熟必當自受無人肯代爾時世尊説此語已捨之而去彼諸釋女於世尊處發淨信心即便命過生四天王宮若男若女生天上者即起三念我於何處死今在何處生由作何業便憶前身於人趣死今生四天王宮於世尊處極生尊重發淨信心時彼五百釋女便作是念我若不往禮世尊者是不恭敬是非所宜于時五百天女作斯念已即各嚴身具諸瓔珞光明姝妙便以天衣盛妙天華所謂嗢鉢羅華鉢頭摩華拘物頭華分陀利華曼陀羅華過初夜分來詣佛所天華供養禮雙足已在一面坐聽受妙法時諸天女光明赫弈周遍照耀逝多園林爾時世尊隨諸天女意樂根性爲説妙法令彼得悟四聖諦理時諸天女以金剛智杵摧破二十薩迦耶見山得預流果既見諦已三白世尊言大德由佛世尊令我證得解脱之果此非父母人王天衆沙門婆羅門親友眷屬之所能作我遇世尊善知識故於地獄傍生餓鬼趣中拔濟令出安置人天勝妙之處當盡生死得涅槃路乾竭血海超越骨山無始積集薩迦耶見以金剛智

杵而摧碎之得預流果我今歸依佛法僧寶受五學處始從今日乃至命終不殺生乃至不飲酒唯願世尊證知我是鄔波斯迦即於佛前合掌恭敬而說頌曰

我由佛力故　永閉三惡道　得生勝妙天
長歸涅槃路　我依世尊故　今得清淨眼
證見眞諦理　當盡苦海際　超出於人天
離生老死患　有海中難遇　我逢今得越
我以莊嚴身　淨心禮佛足　右遶除怨者
今往赴天宮

時彼五百天女旣稱所願猶如商主多獲財利亦如農夫廣收田實如勇健者降伏諸怨如重患人除去衆病生大歡喜辭佛而去俱往天宮時諸苾芻聞是語已咸皆有疑請世尊曰此五百釋女曾作何業由彼業力於此生中無有愆犯愚人惡生枉截手足又因何業得生天上聞佛正法證眞諦理佛告諸苾芻彼諸釋女所作之業成熟之時因緣合會廣如上說所有果報各還自受汝等苾芻乃往過去此賢劫中人壽二萬歲時有佛世尊名迦葉波如來應供等正覺明行足善逝世間解無上士調御丈夫天人師佛世尊出現於世此五百釋女於彼佛法中出家爲苾芻尼常於學無學苾芻尼邊作截手截足之言而爲罵詈由此業力於無量歲中墮在地獄受燒然苦復此餘業五百生中常截手足乃至今生亦受此苦由於我所起淨信故得生天上復由昔日作苾芻尼受持讀誦正法教故值我聞法證見諦理汝等苾芻此皆由業廣如上說是時惡生所留之人聽佛記已

還惡生處彼便問曰世尊於我有何言記彼言大王如來説言憍薩羅國悉當破滅更經七日惡生苦毋被猛火燒身墮在無間大地獄中是時惡生聞彼所説極懷憂惱掌頰而住苦毋見已問言大王何故懷憂王言苦毋我今云何得不憂惱世尊有言記我及汝於七日後猛火燒焚墮在無間大地獄中苦毋對曰大王如乞索婆羅門入舍乞求不得物時欲令其家生百千種不吉祥事何況沙門喬答摩所有親族被王誅盡寧無深重怨恨之言隨其惡心而爲呪咀王若懼者於後園中池水之内造一柱樓王應詣彼七日居住日滿之後方可入城王言如是即令造樓將諸宫人及苦毋等昇樓而住過一夜已苦毋白言大王一夜已過餘六夜在當共入城如是二三乃至七日苦毋言今日安隱共入城中于時四面忽然雲起女人常事樂觀瓔珞諸宫人等共相謂曰莊嚴結束可往城中即整衣服時有一女以日光珠置偃枕上而自嚴飾雲去天晴日光忽現照觸寶珠便即火出燒其偃枕猛燄上騰即焚樓閣諸宫人等四散馳走惡生苦毋皆被火燒便欲走出時有非人關閉其戸不能得出于時惡生被火燒害極苦纏心告苦毋曰禍哉我今已受燒害之苦苦毋曰大王我亦同此大火燒然身皆爛熟俱大號叫便墮無間大地獄中受諸極苦爾時世尊即説頌曰

今生若燒來世燒　由其作罪二俱燒
自知此燒由惡業　更復轉生於惡趣
今生若苦來生苦　由其作罪二俱苦

自知此苦由惡業　更復受苦於餘趣
爾時具壽阿難陀聞佛說已白言大德我今不解如斯頌義佛言阿難陀愚人惡生及以苦毋被火焚燒墮阿毗止大地獄中我因斯事容說此頌廣如上說時惡生王既誅釋種於彼城中有餘瓔珞環釧嚴身之具諸釋女等見即啼泣心懷憂惱即自念云彼諸人等生存之日敬重衆僧宜將此物爲彼追福奉施衆僧即持布施時六衆苾芻得此物已便自嚴身入劫比羅城次行乞食釋女見之如前啼泣白言聖者我等不欲覩見斯物故施仁等望息憂心今還令我起昔追念六衆默然是諸苾芻以緣白佛佛作是念由諸苾芻身著瓔珞及諸環釧并金線帶有如是過自今已後制諸苾芻但是嚴飾雜彩之具悉不應著若有著者得越法罪

第二門第五子攝頌曰

出家有五利　不捉錢授學　大衆說伽陀煙筩唻聽許

緣在室羅伐城於聚落中有一長者娶妻未久歡懷而住後於異時長者親族及以財物悉皆喪盡便作是念我今年老不能求覓錢財受用加以親族死亡略盡我今宜可捨俗出家作是念已告其妻曰賢首我已年老不能求覓錢財產業親族喪盡今欲出家妻答言善然可時時看問於我夫報言爾即往逝多園中諸苾芻所禮雙足已白言聖者我求出家報言賢首斯爲善事隨汝意作如世尊說諸有智者見五利故當樂出家云何爲五一者我得自利不共他有是故智者應求出

家二者自知我是卑賤之人被他驅使既出家後受人恭敬讃揚禮拜是故智者應求出家三者當得安隱無上涅槃是故智者應求出家四者從此命終當生天上是故智者應求出家五者常爲諸佛及聲聞衆諸勝人類之所讃歎是故智者於善法律應求出家汝今發心斯爲善事時彼苾芻即與出家并受圓具經二三日教法式已告言賢首鹿不養鹿室羅伐城處所寛廣是佛境界應行乞食以自活命彼於晨朝執持衣鉢入室羅伐城乞食逢一女人形似其妻見已作念我先共妻作是要契得出家後時往看問今既出家宜存言信勿令憂惱乞得食已還逝多林未久時間白鄔波馱耶言我先與故二作是要契得出家後時往看問願垂聽許師曰隨汝意去自善護心答言可爾奉辭而去漸漸遊行至舊村處其妻遥見迎前疾至唱言善來善來聖子即欲捉衣提鉢苾芻曰賢首欲何所爲答曰欲捉取衣鉢苾芻曰勿觸衣鉢問曰何故答曰我奉鄔波馱耶所誡令善護心彼言聖子汝自防心我豈相障即捉衣鉢敷座令坐將洗足水問曰欲何所爲妻曰欲爲洗足答曰勿觸我足問曰何故報曰我奉師誡令善護心彼同前答便與洗足後將油來欲爲塗足苾芻見問答言塗足苾芻曰汝勿爲塗問答同前鄔波馱耶誡我護心彼問聖子汝自防心又將食來欲同盤食問曰何爲答曰離別多時不同處食意欲共食苾芻不許問答同前即敷氈褥白言聖子遠來疲困願少眠息苾芻既洗足已即便卧息時彼即

來欲同處卧苾芻曰汝欲何爲答言聖子不同卧來時節淹久意欲同卧問答同前苾芻不許即來抱觸女是觸毒被摩觸時心便動亂發諸惡念即共交會多日共住報其妻曰我欲還寺妻作是念此乃共我私交外人不見我今可使衆人知之諸苾芻等定當擯逐還來我處作是念已白言聖子不可空去可將多少粮直貝齒隨行苾芻曰我不合捉金貝等物如何持去妻曰我今設計使不觸著即便以物繫錫杖上報言將去苾芻即持錫而去至室羅伐城六衆苾芻常法守門不令空過時鄔波難陀門首經行遥見彼苾芻來頭似鵄梟眉長垂下見已便念是何尊者而來於此應可相迎即逆前行唱言善來善來尊者時苾芻報曰敬禮阿遮利耶時鄔波難陀便作是念此必定是摩訶羅苾芻不知鄔波馱耶不識阿遮利耶我今問彼從何所來即前問曰老叟從何所來答曰阿遮利耶我看故二來鄔波難陀曰汝是善人情存恩惠念昔恩者人皆共讚世尊亦説汝等苾芻常學報恩少恩尚報何況多耶汝存宿恩得見妻不答言我見又問得安隱耶報云幸承覆護甚得平安汝錫杖上是何等物答曰妻爲道糧與我貝齒鄔波難陀曰老叟汝甚福德往見妻已得此利來復作是念看此舉容應有别事我念應以輭語問之其摩訶羅性懷愚直所作之事具向説之鄔波難陀曰汝所作者更可具向鄔波馱耶處説彼聞歡喜彼至師邊一一具説師聞此語告諸苾芻是諸苾芻以緣白佛佛告諸苾芻彼摩訶羅不知

輕重無故心犯若未曾爲説四波羅市迦者彼便不犯汝等苾芻由此緣故受近圓已即應爲説四波羅市迦法若不説者得越法罪

根本説一切有部毗奈耶雜事卷第九

音釋

囂虛驕切喧聲也　吒陟駕切叱怒也　遏烏割切止也　泝蘇故切逆流而上曰泝　劇奇逆切甚也　杚古愛切槩同　蜫蟻蜫古渾切蟲之總名蟻魚豈切　姝昌朱切美好也　嗽色角切含吸也

根本說一切有部毗奈耶雜事卷第十

唐三藏法師義淨奉　制譯

第二門第五子攝頌之餘

緣在室羅伐城有一苾芻名曰歡喜住居蘭若寂靜之處常樂坐禪由習定故時人稱爲住定歡喜將欲入定魔女來請共行欲事歡喜不受後於異時復欲入定魔女還來坐其膝上如是當知女人之境是爲大毒觸即害人染心既生便共行欲于時歡喜共行婬已如毒箭入胷心懷憂念云我愚癡毀清淨行作婬染事即可還俗復作是念我實無有覆藏之心宜往佛所具說斯事若有軌式仍得出家者當如法行若其不然後當還俗即以右手持法衣左手遮形醜流淚悲泣往詣佛所爾時世尊與無量百千苾芻大衆演說正法遥見彼來便作是念我若不先告彼苾芻言善來善來者彼歐熱血便即命終作是念已告歡喜言善來善來何故悲泣答言大德世尊我先是歡喜今非歡喜佛言汝有何過作此說耶答言世尊我不捨學處毀清淨行作婬欲事雖造此過乃至無有少覆藏心佛言歡喜汝能終身受學處不答言大德我能受持爾時世尊告諸苾芻曰汝等當知歡喜苾芻雖犯淨戒無覆藏心非波羅市迦汝等應與歡喜終身學處更有此類亦當授與應如是與敷座席鳴揵椎言白復周衆既集已令歡喜苾芻遍禮僧已於上坐前蹲踞合掌應如是乞

大德僧伽聽我歡喜苾芻不捨學處毀清淨行作婬欲事乃至無有少覆藏心我歡喜苾

芻令從僧伽乞終身學處願大德僧伽與我歡喜苾芻終身學處哀愍故第二第三亦如是乞僧伽可令歡喜在眼見耳不聞處住差一苾芻爲作羯磨

大德僧伽聽此歡喜苾芻不捨學處毀清淨行作婬欲事乃至無有少覆藏心今從僧伽乞終身學處若僧伽時至聽者僧伽應與歡喜苾芻終身學處白如是次作羯磨

大德僧伽聽此歡喜苾芻不捨學處毀清淨行作婬欲事乃至無有少覆藏心此歡喜苾芻今從僧伽乞終身學處僧伽與歡喜苾芻終身學處者默然若不許者說第二第三亦如是說僧伽已與歡喜苾芻終身學處竟由其默然故我今如是持佛告諸苾芻受學之人所有行法我今當說受學苾芻不應受住本性善苾芻恭敬禮拜逢迎合掌不同一座凡坐之時應在卑座不同經行設有同行應退一步若向長者婆羅門家不應將住本性苾芻爲伴設同去者令彼前行不同室宿不與他出家并受近圓不受他依止不畜求寂不作單白白二白四羯磨不應差作秉羯磨人亦不差教誡苾芻尼設差不應去見他苾芻破戒破見破威儀非正命皆不應舉亦復不得作諸制令不同長淨及隨意事每至晨朝常須早起開諸門戶收舉燈臺灑掃房院以新牛糞隨處塗拭可於廁上亦塗令淨鹹可安置水土及葉勿令闕事所須之水可適寒溫於水竇處洗令淨潔鳴揵椎敷坐席可備衆華燒香供養若自能者隨時說頌讚歎佛德若不能者可請餘人若是夏月應須持

扇扇諸苾芻凡欲坐時於大苾芻下在求寂上每受食時令心安靜食若了時爲収氈席所有食器置於本處掃灑食處恒於衆中告知日數作如是白

大德僧伽聽今是月一日大衆人人咸可用心爲造寺施主及護寺天神國王大臣師僧父母十方施主應説經中福施妙頌若自不能請餘人作餘日準知時諸苾芻共分房舍不與受學人佛言應與不與利養佛言應與其受學苾芻不修善品佛言應修此之行法乃至斷盡煩惱以來常應順行不行得罪于時苾芻如佛所勑次第作已歡喜苾芻至念慇懃策勵無倦便斷五趣繫縛煩惱證阿羅漢果三明六通具八解脱得如實智我生已盡梵行已立所作已辦不受後有心無障礙如手撝空刀割香塗愛憎不起觀金與土等無有異於諸名利無不棄捨釋梵諸天悉皆恭敬是時歡喜證得果已仍依前制所有行法不敢虧違佛言不應更行應隨大小次第而坐與住本性人而爲共住

緣在王城時具壽畢隣陀婆蹉從出家後常嬰疾病有同梵行者來問言大德起居輕利安樂行不答言具壽我常病苦寧有安樂問言何苦答言患嗽問比服何藥答曾吸藥煙得蒙瘳損大德今何不服答曰佛未聽服時諸苾芻以緣白佛佛言有病者聽吸煙治病苾芻不解安藥火上直爾吸煙煙不入口佛言可以兩椀相合底上穿孔於中著火置藥吸之仍猶未好佛言應可作筩彼以竹作此還有過佛言不應用竹可將鐵作彼作太短

佛言勿令太短彼作太長佛言不應太長可長十二指勿令尖利亦勿麤惡置梡孔上以口吸煙彼既用了隨處棄擲佛言不應輒棄可作小袋盛舉彼置於地佛言不應置地令壞應挂象牙杙上或羌竿上鐵便生垢佛言應以酥油塗拭後於用時洗拭辛苦佛言不應水洗應置火中燒以取淨

第二門第六子攝頌曰

藥湯應洗浴　灌鼻開銅盞　乘轝老病聽
須知便利事

緣在室羅伐城有一苾芻身遭疾苦詣醫人處告言賢首我身有病幸爲處方答言聖者作藥湯洗方可平復答曰佛未聽許醫言聖者世尊大悲此必聽許時諸苾芻以緣白佛佛言醫人若遣作湯洗者隨意應作佛既聽許用藥湯洗諸苾芻不知何藥爲湯還白醫言佛已許我作藥湯浴不知當用何藥醫曰聖者我亦不知何藥然曾讀輪王方中見此湯名仁等大師是一切智問當爲說時諸苾芻以緣白佛佛言但是治風根莖華果及皮木等共煮爲湯洗身除疾諸苾芻以湯洗時皮膚無色佛言以膏油摩彼便多塗膩汙衣服佛言以澡豆揩之復無顏色佛言洗將了時於其湯內置一兩滴油令身潤澤又具壽畢隣陀婆蹉有病乃至苾芻問言何苦答言我患鼻中洟出醫問比服何藥答曰曾爲灌鼻大德今何不灌答曰佛未聽許時諸苾芻以緣白佛佛言若有病者我今聽以酥油灌鼻苾芻直爾傾置鼻中膩汙身體佛言不應如是苾芻復用葉盛而灌仍猶未好佛言不

應用藥又於小布中灌有過同前佛言不應以小布灌可用銅鐵及錫作灌鼻筩苾芻便爲一筩佛言應作兩筩彼作尖利及以麤惡佛言勿令尖利麤惡苾芻不淨洗手灌鼻佛言應淨洗手受取藥已方灌鼻中又復畢隣陀婆蹉患渴苾芻來問仁有何疾答言患渴無物飲水白佛佛言畜飲水銅盞又復畢隣陀婆蹉有諸親族來就聽法聽已言歸告其妻曰聖者畢隣陀婆蹉說美妙法我已聽受妻曰佛出世間仁獲利益夫曰何故汝等而不聽法妻曰我是女人出外羞恥若其聖者畢隣陀婆蹉得來至此爲我說者當聽受之夫便爲請答言賢首我身有病不能詣彼答曰聖者我取轝來報曰佛未聽許苾芻乘轝時諸苾芻以緣白佛佛言由是緣故聽諸苾芻有病乘轝佛既聽已時畢隣陀婆蹉即便乘轝將諸弟子詣彼請處時六衆苾芻在路遇見問諸弟子言乘轝者誰答曰是我鄔波馱耶六衆曰世尊聽諸苾芻乘轝耶答曰聽許六衆曰世尊大慈知諸釋子身形柔軟不能徒步所以聽乘時六衆苾芻互相謂曰我等亦可莊嚴好轝至第二日以妙纓毛及諸鈴鐸莊飾之具繫垂轝上乘向街衢諸長者婆羅門見已問曰聖者此是何物六衆報曰世尊聽我乘轝報曰豈汝沙門尚受欲樂乎六衆默然時諸苾芻以緣白佛佛言無病苾芻若乘轝者得越法罪有二因緣方得乘轝一者年老衰羸二者帶病無力

緣在室羅伐城有一長者心懷正信共無信婆羅門詣逝多林隨處觀看至一樹下見便

利處婆羅門曰長者沙門釋子極不淨潔華果樹下而遺不淨長者曰諸聖者等皆是大德豈自便轉耶應是白衣作無儀事言談之際忽見一摩訶羅苾芻以衣覆頭樹下便利無信婆羅門見已報長者曰仁言白衣作此不淨看此苾芻以衣覆頭樹下便轉豈白衣乎于時長者極懷羞恥默然無對時諸苾芻以緣白佛佛言苾芻不應於諸樹林下大小便利若故犯者得越法罪佛既制已諸苾芻等在路而行至大林所便利來逼以護戒故抑不便轉更招餘疾時諸苾芻以緣白佛佛言苾芻道行若至大林處隨意便轉佛既聽許道行林處而作便轉時有苾芻在聚落中於樹林下不敢便轉遂於日中被炙辛苦時諸苾芻以緣白佛佛言但是荆棘林下隨意便轉其鄔波難陀復以大便汙他菜園佛制苾芻不得生草上大小便利時諸苾芻往無草處便轉糞穢狼藉時諸長者婆羅門見已共譏笑曰沙門釋子大好儀式共集一食亦一處便轉時諸苾芻以緣白佛佛言由是緣故我今聽諸苾芻作廁彼便寺外作夜出怖畏虎狼師子及諸賊等以緣白佛佛言寺内應作諸苾芻不知何處應作佛言應在寺後西北隅作復不知云何而作佛言有二種廁一者直舍二者傍出言直舍者如方丈屋廁在其中言傍出者於房後簷架木傍出周以板障令廁在中於外可置洗手足處及著瓶處廁安門扇并須横扂外置木履入時應著時一苾芻入廁復有苾芻重入佛言不應如是凡入廁時須彈指謦欬其在廁者亦應如

是厠極臭氣佛言應爲直次洗拭令淨置葉土等勿損飛蟲諸苾芻以手洗厠心懷嫌惡佛言但直瀉水以掃箒揩不應用手時諸苾芻厠内洗手足久待不出佛言外安洗手足處彼便遠置佛言近著由是我今聽諸苾芻若作厠時所須雜物皆可作之佛聽作厠時諸苾芻有小便者亦在厠中有大便者不得疾入久待招病佛言應可別作小便之處諸苾芻不知何處佛言近厠應作通水令出別安門扇法皆如厠

第二門第七子攝頌曰

水瓶知淨觸　願世尊長壽　因斯尼涅槃
嗽嚼俱開五

緣在室羅伐城時當暑熱有婆羅門爲渴所逼欲須水飲行入寺中至苾芻處告言我渴仁可與水苾芻持觸瓶水令飲婆羅門見已問言聖者此瓶爲淨爲是觸耶答曰是觸若爾何緣持此授我報曰瓶在一處我遂將來報言聖者淨觸兩瓶不應渾雜別處安置若有沙門婆羅門來求水者濟其渴乏豈非福耶婆羅門嫌水不飲捨之而去苾芻以緣白佛佛言大衆應可置淨水瓶供渴乏者佛言大衆置淨水者時有長者聞佛許已多以瓶瓨施於寺内其所須者即便持去或守園人及諸俗旅隨意將去苾芻見時不爲遮止未久之間瓶器皆盡時諸苾芻告彼施主曰仁所捨器今皆破盡宜更持來答言聖者我施多器因何速盡苾芻以緣具報施主彼言聖者諸凡俗人我元不與何不遮止令其損費時諸苾芻以緣白佛佛言不應如是捨而不

問衆應差遣掌器物人佛聽許已時諸苾芻不爲簡擇隨意便差佛言有五事即不應差云何爲五若有愛恚怖癡亦復不知所有器物藏與不藏復有五事應差云何爲五若無愛恚怖癡善知器物藏與不藏應如是差集衆同前對衆應問汝苾芻某甲能爲大衆作掌器人不彼言能者令一苾芻作白二羯磨大德僧伽聽此苾芻某甲樂與僧伽作掌器物人若僧伽時至聽者僧伽應許此苾芻某甲爲衆作掌器物人白如是次作羯磨大德僧伽聽此苾芻某甲樂與僧伽作掌器物人若僧伽許苾芻某甲爲掌器物人者默然若不許説僧伽已許苾芻某甲作掌器物人竟由其默然故我今如是持時有人來爲渴須水苾芻新瓶盛水授與俗人將舊瓶水授與苾芻佛言不應如是應將新器供諸苾芻舊器與俗苾芻用訖即便收舉白衣用了隨處輕棄佛言皆須收取苾芻不善防護致有損失佛言應爲庫貯苾芻依教而作時有商主從北方來請佛及僧於三月内爲辦供養便作是念我今供養不欲從他求諸器具我當自辦即以白銅赤銅作多食器於三月中以上妙飲食供養如來及聲聞衆期限滿已將諸器具施與衆僧苾芻便將此器内瓦器庫中互相棖觸致有損壞佛言銅瓦之器應别安置時有渴乏婆羅門來入逝多林到苾芻處告言聖者願與我水苾芻即持水罐及繩與婆羅門彼問聖者此何所爲答曰我無舊水自可汲用婆羅門曰仁等憐愍一切衆生若能預辦少多飲水極爲善事苾芻報

曰佛未聽許時諸苾芻以緣白佛佛言大衆宜應預安淨水苾芻聞已隨處安置或在中庭或居房内簷前門側令水不淨佛言不應如是應作貯水堂苾芻聞已不知何處安置佛言可於入寺門東邊作停水處室中闇黑佛言應安窻牖地上有泥應以塼砌并洩水令出應安門扇并安鈕居貯水瓶瓨不應置地安木牀上若無木牀應以塼築瓨以物支勿令傾側水瓶不淨時時應洗不知以何物洗佛言應以梳箒并諸雜葉雖頻洗涮仍有臭氣佛言應畜多器更互盛水一分安水一分曬乾遂於日中曝曬佛言陰處令乾便不蓋口土入瓨中佛言應須蓋覆勿以不淨手觸應淨洗手彼觸瓨時頻頻洗手致有勞倦佛言若是淨銅瓦器指不觸水取亦無犯或以乾牛糞屑揩手去膩亦得佛既聽許預置其水不知使誰應作佛言當使弟子門人其安置水處所須之物皆應預辦

佛在劫比羅城多根樹園時大世主苾芻尼喬答彌與眷屬苾芻尼有五百人來詣佛所頂禮雙足退坐一面佛爲説法于時世尊忽然嚏噴時大世主喬答彌而白佛言唯願世尊壽命長遠住過劫數其五百苾芻尼聞大世主説此語時咸即同聲如世主所願有地上藥叉鬼神聞五百苾芻尼説此語時皆共同聲咸説斯願虛空藥叉神聞聲亦説斯願如是四天王宮及三十三天夜摩天覩史多天化樂天他化自在天乃至梵天互相聞聲咸説斯語唯願世尊壽命長遠住過劫數爾時世尊告大世主喬答彌苾芻尼曰汝今與

一切衆生作大障礙由汝斯語五百苾芻尼及地上空中乃至梵天聞汝此說佛處不應如是恭敬如是恭敬者不名爲善大世主曰大德世尊云何於如來處申其恭敬得名爲善佛言喬答彌於如來處應作是語願佛及僧久住於世常爲和合猶如水乳於大師教令得光顯喬答彌若作如是恭敬無上正等覺者是名善禮時一苾芻即說頌曰

世主喬答彌　致敬如來足　願牟尼延壽
劫住化衆生　佛重殷重心　發言申禮敬
不應於佛所　作如是願辭

時大世主喬答彌便作是念佛於衆中讃歎和合乃至大師現住於世苾芻僧衆復未乖離我今宜可入於涅槃便詣佛所禮雙足已白言世尊我今意欲疾入涅槃作是語已世尊默然如是再三佛皆默爾時大世主復白言世尊我今意欲疾入涅槃佛言喬答彌汝爲涅槃作此語耶答曰爲涅槃故說如是語佛言旣爲涅槃說是語者我更何言諸行無常悉皆如是時五百苾芻尼又白言世尊我等意欲疾入涅槃佛告諸苾芻尼汝等爲涅槃故作此語耶答言如是佛言汝等旣爲涅槃說如是語我更何言諸行無常悉皆如是時大世主及諸苾芻尼等聞佛說已心大歡喜頂禮佛足詣難陀處白言聖者我今意欲疾入涅槃難陀曰爲涅槃故說此語耶同佛所說如是復往具壽阿尼盧陀羅怙羅阿難陀乃至諸上座所頂禮白言聖者我等意欲疾入涅槃難陀苾芻及諸上座等問曰爲涅槃故作此語耶答言如是報言汝等旣爲涅

槃説此語者我等何言諸行無常悉皆如是于時大世主與五百苾芻尼頂禮諸上座等辤還住處到本寺中於七日内爲諸三衆演説妙法既聞法已令無量衆生證得廣大殊勝利益諸苾芻尼各各出寺就空閑處隨其次第半加端坐乃至五百悉皆如是時大世主喬答彌即入三昧以勝定力隨念所爲隱身不現即於東方上昇虚空現四威儀行住坐卧入火光定即於身内放種種光青黄赤白及以紅光一時俱現身下出火上流清水身下出水上發火光東方既爾南西北方亦復如是五百苾芻尼與大世主喬答彌現相無異時大世主復入初定從初定起入第二定從第二定起入第三定從第三定起入第四定從第四定起入於空處從空處起入識處從識處起入無所有處從無所有處起入非想非非想處從非想非非想處起次第逆入至初靜慮而般涅槃五百苾芻尼皆同大世主喬答彌次第順逆入諸禪已亦般涅槃爾時大地悉皆震動四維上下朗然明照於虚空中諸天叫聲猶如擊鼓是時諸有苾芻或在妙高山或餘山中乃至城邑聚落蘭若林間寂靜之處覩此相已斂念觀察見大世主喬答彌與五百苾芻尼皆般涅槃時諸苾芻復作是念世尊慈母既般涅槃我等宜往相助供養舍利作是念已各各隨力持諸香木詣大世主喬答彌等般涅槃處爾時世尊與憍陳如婆澀波大名阿尼盧陀舍利弗大目連等及餘聲聞大衆爲供養大世主喬答彌等舍利故皆來集會時勝光大王與太子

諸臣及諸眷屬亦爲供養舍利故來至其處給孤長者仙授長者故舊長者及鹿子母等與眷屬俱亦至其處復有諸國大王與其眷屬無量百千皆來集會時勝光王將種種寶衣嚴飾之具褁五百寶轝復持種種香華幢旛寶蓋及諸音樂時具壽難陀阿尼盧陀阿難陀羅怙羅等四苾芻舁大世主靈轝世尊亦以右手擎轝自餘苾芻各舁諸苾芻尼靈轝以殷重心廣設嚴飾送置寬平空閑之處爾時世尊即舉大世主喬答彌及五百苾芻尼所蓋上衣告諸苾芻曰汝等看此大世主喬答彌等壽百二十歲身無老相如十六歲童女爾時勝光王等及諸大衆各持種種香木焚燎其身世尊爲衆演說無常法已還至寺中洗足就座而坐告諸苾芻汝等當知如是之事皆由見他嚏噴之時願言長壽是故苾芻若他嚏時不應言長壽若故言者得越法罪時諸苾芻見是事已咸皆有疑白佛言世尊是大世主喬答彌及五百苾芻尼等曾作何業由彼業力年百二十身無老相如十六歲童女佛告諸苾芻其大世　王喬答彌五百苾芻尼等所作之業汝等善聽彼由自業乃至果報還自受之汝等苾芻乃往古昔此賢劫中人壽二萬歲時有佛世尊名曰迦葉波如來應正等覺十號具足出現於世在婆羅痆斯仙人墮處施鹿林中時彼世尊化緣已盡入無餘涅槃如薪盡火滅時有國王名吉利枳爲供養彼如來舍利起四寶塔縱廣一踰繕那高半踰繕那王有大妃及五百婇女年既朽邁王便棄捨自相謂曰何故大王

今於我等捨而不問衆共議曰由年衰老是故不問時有婇女作如是語諸姊妹修行何業得不衰邁能令願滿王妃答曰若供養迦葉波佛舍利塔者所願皆遂咸言極善啓王允許即持種種末香塗香華鬘瓔珞幢旛寶蓋諸妙香饌詣於塔所廣設供養殷重讃歎五輪敬禮右遶行道長跪合掌發如是願以此供養無上福田所有善根願我生生乃至壽終身無老相汝等苾芻其王大妃及五百婇女者今大世主喬荅彌及五百苾芻尼是由此福力乃至今生百二十歳無有老相猶如十六童女汝等苾芻當知皆是由自業力廣説如前如是應學

縁在室羅伐城爾時世尊制諸苾芻見他嚏時不云長壽者於此城中有一長者雖復娶妻竟無男女年既衰邁錢財喪盡告其妻曰我今年老更無子息意欲出家妻云任意即詣逝多林於苾芻處而爲出家并受圓具後於異時佛爲大衆宣説法要時老苾芻在衆外坐舊妻忽來聞夫嚏噴諸苾芻等無有一人願言長壽其妻見已心生不忍便以左手握土遶苾芻頭向外而棄呪願長壽時諸苾芻共觀其事妻前捉臂惡口駡詈告言聖子仁今何故於怨讎内而爲出家此逝多林常有五百青衣藥叉由我呪願令汝長壽若不爾者定被藥叉吸其精氣不應住此宜可歸家即牽共去時諸苾芻告言摩訶羅住此莫去彼不肯住苾芻便捉一臂曳之時摩訶羅唱言我痛我痛苾芻白佛佛言可問摩訶羅何邊臂痛爲是苾芻捉者痛爲是妻捉者痛

若言苾芻捉痛彼心樂去隨意放行若言妻捉者痛彼心樂住不應放去時諸苾芻如歸即問答言仁等所捉臂痛遂放令去即便歸舍因與出家近圓爲大障礙佛言年老苾芻皆樂長壽如此之類見嚏噴時應云長壽若不言者得越法罪

緣處同前有一長者心懷正信共一無信婆羅門詣逝多林時有信長者忽然嚏噴諸苾芻不言長壽其不信者願言長壽告云仁今乃於怨家之内生敬信心此逝多林常有五百青衣藥叉由我願言令仁長壽若不爾者定被藥叉吸爾精氣不應久住宜可早出時諸苾芻以緣白佛佛言俗人之類皆樂長壽若見嚏時應云長壽若諸苾芻見老者嚏小者應起一禮口云畔睇若小者嚏噴大者應言無病若不作者俱得越法罪

佛在婆羅痆斯仙人墮處施鹿林中佛令五苾芻住正定位於善説法律旣出家已於受飲食噉嚼之類進止威儀皆未能解俱往白佛其事云何佛言汝等苾芻有五種可嚼食一根二莖三葉四華五果五種可噉食一麨二飯三麥豆飯四魚肉五餅彼復不知以何助味佛言應共乳酪酥蜜魚肉乾脯雜菜之類此若無者可和水食凡潤濕滋味充人色力得修善品

第二門第八子攝頌曰

安門扇鈕孔　皮替處中憲　内闊網扇樞
開店須羊甲

緣在室羅伐城時諸苾芻造作房舍不知安門佛言安門復不安扇廢修寂定佛言安扇

不安門鈕開閉時難佛言應安門鈕及鑰匙孔開時作聲佛言聲處可安皮替房中黑闇佛言應安窻牖近下安置遭諸賊難佛言不應近下彼便極高同前室闇佛言不應太高太下應須處中苾芻作時外寬内狹佛言應令内闊外狹有鳥雀入佛言張網既著網已復不安扇夜有蛇蠍等來入室中佛言宜安窻扇被風吹開佛言應著轉樞上復安居開閉時難佛言應用羊甲杖而開閉之（小作鐵叉子形）（如羊足甲）

第二門第九子攝頌曰

鐵鎚及鎗子　鐵鉡并木杴　釜床竈五百

斧鑿衆皆許

緣在王舍城時具壽畢隣陀婆蹉有病諸苾芻來問尊者何疾答曰我患風疹大德比服何藥答曰我先病時以熱鐵鎚置瓮水内用此湯水揩洗身時便得瘳損若如是者今何不爲報言世尊未許時諸苾芻以緣白佛佛言我今開許風病苾芻以鐵鎚煖水洗沐身形聞佛許已苾芻燒鎚熱不能舉佛言應以鐵鎖繫之待熱牽出苾芻以鎖俱棄火中熱不堪捉佛言鎖留在外勿置火中可近鐵鎚以泥團裹之捉冷處牽出置盆水中隨意用時諸苾芻以澡豆牛糞淨洗其鎚佛言不應更洗置火便淨時諸苾芻先煖觸水後煖淨水佛言先煖淨水後煖觸水若不爾者得越法罪

緣處同前苾芻來問畢隣陀婆蹉尊者何疾答言我有如是病大德何不醫療報言具壽我先曾畜小温藥鎗子今時闕事是以病增

問言令何不畜答曰佛未聽許時諸苾芻以緣白佛佛言有病苾芻聽畜温鑵

緣在室羅伐城有一長者願爲僧伽造立浴室於中火炭隨處縱横佛言聚令一處苾芻不知用何物聚佛言以鐵作鍤佛既聽已諸蘭若苾芻不能得鐵佛言以木作杴火便燒壞佛言以牛糞和土作泥塗之方用

緣處同前時一苾芻身有疾苦詣醫人所問言賢首我有如是病幸爲處方醫言聖者應如是治療其苾芻爲煎藥故須釜從長者借用已却送長者曰我今便施聖者苾芻曰佛未聽許長者曰若爾置地而去時諸苾芻以緣白佛佛言聽取于時毗舍佉鹿子母聞佛聽諸苾芻畜釜遂送五百口鐵釜時諸苾芻不知云何佛言次第行與苾芻佛既遣行諸年少者不得佛言應與瓦釜

緣處同前有一苾芻於冷地卧食飲不消諸長者處從借床席用充卧具病即得除用已却送長者曰我今便施聖者苾芻曰佛未聽許時諸苾芻以緣白佛佛言應可受取時毗舍佉鹿子母聞佛聽諸苾芻受床即送五百張床時諸苾芻不知云何佛言次第行與苾芻

緣處同前時有苾芻須竈從長者借用已却送長者曰施與聖者苾芻報曰佛未聽許時諸苾芻以緣白佛佛言受取時毗舍佉鹿子母同前送五百竈乃至次第行與苾芻

緣處同前一苾芻爲染衣服要須斧用從長者借了已却送彼曰施與聖者苾芻報曰佛未聽許時諸苾芻以緣白佛佛言爲大衆故

應受其斧

緣處同前時有苾芻床横忽折從長者借鑿用已却送彼曰便與聖者報曰佛未聽許時諸苾芻以緣白佛佛言爲大衆故應受其鑿

第二門第十子攝頌曰

許斤斧三梯　竹木繩隨事　下灌造寺法
說難陀因緣

緣處同前時一苾芻床脚忽折爲須斵斤從長者借用已還主廣如上說乃至爲衆應受

緣處同前佛在鹿子母舊園中許諸苾芻營造寺宇及以制底苾芻造既高大不知以何登上佛言作梯苾芻不知以何物作佛言用三種物謂竹木及繩隨意應作

緣在室羅伐城時有苾芻身嬰疾苦行之醫所問言賢者我有如是病苦著身幸賜方藥醫言聖者應爲下灌必得除損答曰世尊未許醫曰大師慈愍聽許無疑時諸苾芻以緣白佛佛言若有病緣開聽下灌

緣處同前如佛所說造苾芻寺僧房應作五層佛殿應作七層門樓七層若造尼寺房應三層佛殿五層門樓五層苾芻不知云何昇上佛言可於門側角頭作曲道而上有三種道謂石木土苾芻不解下層以木中間用土上層安石上重下危遂令隤毁佛言下層安石中層用土上層以木

根本說一切有部毗奈耶雜事卷第十

音釋

笎笮笎合浪切 洟他計切鼻液也 觜即委切喙也 篻陟柳切箨也

棖直庚切撞突也 洩先結切漏洩也 涮所患切洗也 曝蒲木切日乾也

舁羊諸切對舉也 枳諸氏切 樞昌朱切 蠍許竭切毒蟲也 鍤楚洽切也

鋻疹止忍切癮疹也 瓫蒲奔切盆也 斵竹角切斫也 隤徒回切墜也

根本說一切有部毗柰耶雜事卷第十一

唐三藏法師義淨奉　制譯

第二門第十子攝頌之餘難陀因緣

緣在劫比羅城多根樹園世尊有弟名曰難陀身如金色具三十相短佛四指妻名孫陀羅儀容端正世間罕有光華超絕人所樂見難陀於彼纏綿戀著無暫捨離染愛情重畢命爲期世尊觀知受化時至即於晨朝著衣持鉢將具壽阿難陀爲侍者入城乞食次至難陀門首而立以大悲力放金色光其光普照難陀宅中皆如金色于時難陀便作是念光明忽照定是如來令使出看乃見佛至即便速返白難陀曰世尊在門聞此語已即欲速出迎禮世尊時孫陀羅便作是念我若放去世尊必定與其出家遂捉衣牽不令出去難陀曰今可暫放禮世尊已我即却回孫陀羅曰共作要期方隨意去以莊濕額而告之曰此點未乾即宜却至若遲違者罰金錢五百難陀曰可爾即至門首頂禮佛足取如來鉢却入宅中盛滿美食持至門首世尊遂去即與阿難陀世尊現相不令取鉢如來大師威嚴尊重不敢喚住復更授與阿難陀阿難陀問曰汝向誰邊取得此鉢答曰於佛邊取阿難陀曰宜授與佛答曰我今不敢輕觸大師默然隨去世尊至寺洗手足已就座而坐難陀持鉢以奉世尊食已告曰難陀汝食我殘不答言我食佛即授與難陀食已世尊告曰汝能出家不答言出家然佛世尊昔行菩薩道時於父母師長及餘尊者所有教令曾無違逆故得今時言無違者即告阿難陀曰

汝與難陀剃除鬚髮答曰如世尊教即命剃髮人爲其落髮難陀見已告彼人曰汝今知不我當不久作力輪王汝若輒爾剃我髮者當截汝腕彼便大怖裹收刀具即欲辭出時阿難陀便往白佛佛便自去詣難陀處問言難陀汝不出家答言出家是時世尊自持瓶水灌其頂上淨人即剃便作是念我今敬奉世尊旦爲出家暮當歸舍既至日晚尋路而行爾時世尊於其行路化作大坑見已便念孫陀羅斯成遠矣無緣得去我今相憶或容致死如其命在至曉方行憶孫陀羅愁苦逼夜爾時世尊知彼意已告阿難陀曰汝今宜去告彼難陀令作知事人即便往報世尊令爾作知事人問曰云何名爲知事人欲作何事答曰可於寺中檢校衆事問曰如何應作答言具壽凡知事者若諸苾芻出乞食時應可灑掃寺中田地取新牛糞次第淨塗作意防守勿令失落有平章事當爲白僧若有香花應行與衆夜閉門戶至曉當開大小行處常須洗拭若於寺中有損壞處即應修補聞是教已答言大德如佛所言我皆當作時諸苾芻於小食時執持衣鉢入劫比羅城爲行乞食于時難陀見寺無人便作是念我掃地了即可還家遂便掃地世尊觀知以神通力令掃淨處糞穢還滿復作是念我除糞穢方可言歸放箒收持糞穢無盡復作是念閉戶而去世尊即令閉一房竟更開餘戶彼戶便開遂生憂惱復作是念縱賊損寺此亦何傷我當爲王更作百千好寺倍過於是我宜歸舍若行大路恐見世尊作是思量即趣小徑

佛知其念從小道來旣遥見佛不欲相遇路傍有樹枝蔭低垂即於其下隱身而住佛令其樹舉枝高上其身露現佛問難陀汝何處來可隨我去情生羞恥從佛而行佛作是念此於其婦深生戀著宜令捨離爲引接故出劫比羅城詣室羅伐旣至彼已住毗舍佉鹿子母園爾時毗舍佉鹿子母聞佛有弟號曰難陀身如金色具三十相短佛四指與佛俱來我暫往禮或容得見是時難陀於小食時執持衣鉢入城乞食次第巡至鹿子母家時毗舍佉見彼容儀相好光飾與餘不等即作是念此豈不是佛之弟耶便起淨信禮其雙足將手觸著彼身柔輭女是觸毒近便損害難陀稟性多欲便起染心遂即流精墮毗舍佉頭上世尊知已化彼不淨令作酥合香油手觸齅之作如是念何因此處得有如是微妙香油是佛神通變斯香物遂生希有歡躍之心讚言善哉佛陀善哉達摩善哉僧伽善說法律不可思議能令如此難陀之類耽欲男子投佛法中專修梵行時彼難陀起追悔心豈非我犯衆教罪耶白諸苾芻苾芻白佛佛言難陀無犯若有如是多欲之人應以皮帒子盛芻致疑惑佛言多欲畜皮帒子者苾芻不知以何皮作佛言應用三種羊鹿鼠皮即便生用遂有臭氣佛言熟之當用洗已曬乾曬時見女生欲染意遂乃精洩穢汙下裙佛言應爲兩枚一曬一著時有精多其皮濕壞應將物襯可安沙土時有苾芻著而噉食及繞制底佛言解安屏處淨洗手已噉食禮敬後於一時難陀在石上坐憶孫陀羅即於

石上畫作其像時大迦葉波因過其所見彼畫石問言難陀汝何所爲答言大德我畫孫陀羅形報言具壽佛遣苾芻作二種事一者習定二者讀誦汝今棄此自畫婦形聞已默然迦葉波白佛佛作是念苾芻作畫有此過生佛告苾芻難陀癡人憶孫陀羅畫其形像是故苾芻不應爲畫作者得越法罪時諸苾芻聞佛制畫於制底處不敢塗香佛問阿難陀何故如來髮爪窣覩波所不著塗香及香泥塗地時阿難陀以緣白佛佛言應以香泥隨意塗拭不得畫作衆生形像作者得越法罪若畫死屍或作髑髏像者無犯

佛念難陀愚癡染惑尚憶其妻愛情不捨應作方便令心止息即告之曰汝先曾見香醉山不答言未見若如是者捉我衣角即就捉衣于時世尊猶如鵝王上身虛空至香醉山將引難陀左右顧眄於果樹下見雌獼猴又無一目即便舉面直視世尊佛告難陀曰汝見此瞎獼猴不白佛言見佛言於汝意云何此瞎獼猴比孫陀羅誰爲殊勝答言彼孫陀羅是釋迦種猶如天女儀容第一舉世無雙獼猴比之千萬億分寧及其一佛言汝見天宮不答言未見可更捉衣角即便執衣還若鵝王上虛空界至三十三天告難陀曰汝可觀望天宮勝處難陀即往歡喜園綵身園麤身園交合園圓生樹善法堂如是等處諸天苑園花菓浴池遊戲之處殊勝歡娛悉皆過察次入善見城中復見種種鼓樂絲竹微妙音聲廊宇疎通牀帷映設處處皆有天妙婇女共相娛樂難陀遍觀見一處所唯有天女

而無天子便問天女曰何因餘處男女雜居受諸快樂汝等何故唯有女人不見男子天女答曰世尊有弟名曰難陀投佛出家專修梵行命終之後當生此間我等於此相待難陀聞已踊躍歡欣速還佛所世尊問言汝見諸天勝妙事不答言已見佛言汝見何事彼所知見具白世尊佛告難陀見天女不答言已見此諸天女比孫陀羅誰爲殊妙白言世尊以孫陀羅比此天女還如香醉山内以瞎獼猴比孫陀羅百千萬倍不及其一佛告難陀修淨行者有斯勝利汝今宜可堅修梵行當得生天受斯快樂聞已歡喜默然而住爾時世尊便與難陀即於天沒至逝多林是時難陀思慕天宮而修梵行佛知其意告阿難陀曰汝今可去告諸苾芻不得一人與難陀同座而坐不得同處經行不得一竿置衣不得一處安鉢及著水瓶不得同處讀誦經典阿難陀傳佛言教告諸苾芻苾芻奉行皆如聖旨是時難陀既見諸人不共同聚極生羞愧後於一時阿難陀與諸苾芻在供侍堂中縫補衣服難陀見已便作是念此諸苾芻咸棄於我不同一處此阿難陀既是我弟豈可相嫌即去同坐時阿難陀速即起避彼言阿難陀諸餘苾芻事容見棄汝是我弟何乃亦嫌阿難陀曰誠有斯理然仁行別道我遵異路是故相避答曰何謂我道云何爾路答曰仁樂生天而修梵行我求圓寂而除欲染聞是語已倍加憂感

爾時世尊知其心念告難陀曰汝頗曾見捺洛迦不答言未見佛言汝可捉我衣角即便

就執佛便將去往地獄中爾時世尊在一邊立告難陀曰汝今可去觀諸地獄難陀即去先見灰河次至劒樹糞屎火河入彼觀察遂見衆生受種種苦或見以鉗拔舌挟齒抉目或時以鋸刻解其身或復以斧斫截手足或以手鑹鑱身或以棒打矟刺或以鐵鎚粉碎或以鎔銅灌口或上刀山劒樹碓擣石磨銅柱鐵牀受諸極苦或見鐵鑊猛火沸騰熱焰洪流煑有情類見如是等受苦之事復有一大鐵鑊然湯涌沸中無有情覩此憂惶問獄卒曰何因緣故自餘鐵鑊皆煑有情唯此鑊中空然沸涌彼便報曰佛弟難陀唯願生天專修梵行得生天上暫受快樂彼命終後入此鑊中是故我今然鑊相待難陀聞已生大恐怖身毛皆竪白汗流出作如是念此若知我是難陀者生乂鑊中即便急走詣世尊處佛言汝見地獄不難陀悲泣雨淚哽咽而言出微細聲白言已見佛言汝見何物即如所見具白世尊佛告難陀或願人間或求天上勤修梵行有如是過是故汝今當求涅槃以修梵行勿樂生天而致勤苦難陀聞已情懷愧恥默無所對爾時世尊知其意已從地獄出至逝多林即告難陀及諸苾芻曰内有三垢謂是婬欲瞋恚愚癡是可棄捨是應遠離汝當修學

爾時世尊住逝多林未經多日爲欲隨緣化衆生故與諸徒衆往占波國住揭伽池邊時彼難陀與五百苾芻亦隨佛至往世尊所皆禮佛足在一面坐時佛世尊見衆坐定告難陀曰我有法要初中後善文義巧妙純一圓

滿清白梵行所謂入母胎經汝當諦聽至極作意善思念之我今爲說難陀言唯然世尊願樂欲聞佛告難陀雖有母胎有入不入云何受生入母胎中若父母染心共爲婬愛其母腹淨月期時至中蘊現前當知爾時名入母胎此中蘊形有其二種一者形色端正二者容貌醜陋地獄中有容貌醜陋如燒杌木傍生中有其色如烟餓鬼中有其色如水人天中有形如金色色界中有形色鮮白無色界天元無中有以無色故中蘊有情或有二手二足或四足多足或復無足隨其先業應託生處所感中有即如彼形若天中有頭便向上人傍生鬼横行而去地獄中有頭直向下凡諸中有皆具神通乘空而去猶如天眼遠觀生處言月期至者謂納胎時難陀有諸女人或經三日或經五日半月一月或有待緣經久期水方至若有女人身無威勢多受辛苦形容醜陋無好飲食月期雖來速當止息猶如乾地灑水之時即便易燥若有女人身有威勢常受安樂儀容端正得好飲食所有月期不速止息猶如潤地水灑之時即便難燥云何不入若父精出時母精不出母精出時父精不出若俱不出皆不入胎若母不淨父淨若父不淨母淨若俱不淨亦不受胎若母根門爲風病所持或有黃病痰癊或有血氣胎結或爲肉增或爲服藥或麥腹病蟻腰病或產門如駝口或中如多根樹或如犂頭或如車轅或如藤條或如樹葉或如麥芒或腹下深或有上深或非胎器或恒血出或復水流或如鵶口常開不合或上下四邊闊

狹不等或高下凹凸或内有蟲食爛壞不淨若母有此過者並不受胎或父母尊貴中有卑賤或中有尊貴父母卑賤如此等類亦不成胎若父母及中有俱是尊貴若業不和合亦不成胎若其中有於前境處無男女二愛亦不受生難陀云何中有得入母胎若母腹淨中有現前見爲欲事無如上說衆多過患父母及子有相感業方入母胎又彼中有欲入胎時心即顛倒若是男者於母生愛於父生憎若是女者於父生愛於母生憎於過去生所造諸業而起妄想作邪解心生寒冷想大風大雨及雲霧想或聞大衆鬧聲作此想已隨業優劣復起十種虛妄之想云何爲十我今入宅我欲登樓我昇臺殿我昇牀座我入草菴我入葉舍我入草叢我入林内我入牆孔我入籬間難陀其時中有作此念已即入母胎應知受胎名羯羅藍父精母血非是餘物由父母精血和合因縁爲識所縁依止而住譬如依酪瓶鑽人功動轉不已得有酥出異此不生當知父母不淨精血羯羅藍身亦復如是復次難陀有四譬喻汝當善聽如依青草蟲乃得生草非是蟲蟲非離草然依於草因縁和合蟲乃得生身作青色難陀當知父精母血羯羅藍身亦復如是因縁和合大種根生如依牛糞生蟲糞非是蟲蟲非離糞然依於糞因縁和合蟲乃得生身作黄色難陀當知父精母血羯羅藍身亦復如是因縁和合大種根生如依棗生蟲棗非是蟲蟲非離棗然依於棗因縁和合蟲乃得生身作赤色難陀當知父精母血羯羅藍身亦復如

是因緣和合大種根生如依酪生蟲身作白色廣說乃至因緣和合大種根生復次難陀依父母不淨羯羅藍故地界現前堅鞕爲性水界現前濕潤爲性火界現前溫煖爲性風界現前輕動爲性難陀若父母不淨羯羅藍身但有地界無水界者便即乾燥悉皆分散譬如手握乾麨灰等若但水界無地界者即便離散如油滴水由水界故地界不散由地界故水界不流難陀羯羅藍身有地水界無火界者而便爛壞譬如夏月陰處肉團難陀羯羅藍身但有地水火界無風界者即便不能增長廣大此等皆由先業爲因更互爲緣共相招感識乃得生地界能持水界能攝火界能熟風界能長難陀又如有人若彼弟子熟調沙糖即以氣吹令其增廣於內空虛猶如藕根內身大種地水火風業力增長亦復如是難陀非父母不淨有羯羅藍體亦非母腹亦非是業非因非緣但由此等衆緣和會方始有胎如新種子不被風日之所損壞堅實無穴藏舉合宜下於良田并有潤澤因緣和合方有芽莖枝葉花果次第增長難陀此之種子非離緣合芽等得生如是應知非唯父母非但有業及以餘緣而胎得生要由父母精血因緣和合方有胎耳難陀如明眼人爲求火故將日光珠置於日中以乾牛糞而置其上方有火生如是應知依父母精血因緣合故方有胎生父母不淨成羯羅藍號之爲色受想行識即是其名說爲名色此之蘊聚可惡名色託生諸有乃至少分剎那我不讚歎何以故生諸有中是爲大苦譬如糞穢

少亦是臭如是應知生諸有中少亦名苦此五取蘊色受想行識皆有生住增長及以衰壞生即是苦住即是病增長衰壞即是老死是故難陀誰於有海而生愛味臥母胎中受斯劇苦

復次難陀如是應知凡入胎者大數言之有三十八七日初七日時胎居母腹如榍如癰臥在糞穢如處鍋中身根及識同居一處壯熱煎熬極受辛苦名羯羅藍狀如粥汁或如酪漿於七日中內熱煎煑地界堅性水界濕性火界煖性風界動性方始現前

難陀第二七日胎居母腹臥在糞穢如處鍋中身根及識同居一處壯熱煎熬極受辛苦於母腹中有風自起名爲遍觸從先業生觸彼胎時名頞部陀狀如稠酪或如凝酥於七日中內熱煎煑四界現前

難陀第三七日廣說如前於母腹中有風名刀鞘口從先業生觸彼胎時名曰閉尸狀如鐵箸或如蚯蚓於七日中四界現前

難陀第四七日廣說如前於母腹中有風名爲內門從先業生吹擊胎箭名爲健南狀如鞋楥或如溫石於七日中四界現前

難陀第五七日廣說如前於母腹中有風名曰攝持此風觸胎有五相現所謂兩臂兩䏶及頭譬如春時天降甘雨樹林鬱茂增長枝條此亦如是五相顯現

難陀第六七日於母腹中有風名曰廣大此風觸胎有四相現謂兩肘兩膝如春降兩䒵草生枝此亦如是四相顯現

難陀第七七日於母腹中有風名爲旋轉此

風觸胎有四相現謂兩手兩脚猶如聚沫或如水苔有此四相

難陀第八七日於母腹中有風名曰翻轉此風觸胎有二十相現謂手足十指從此初出猶如新雨樹根始生

難陀第九七日於母腹中有風名曰分散此風觸胎有九種相現謂二眼二耳二鼻并口及下二穴

難陀第十七日於母腹中有風名曰堅鞕令胎堅實即此七日於母胎中有風名曰普門此風吹脹胎藏猶如浮囊以氣吹滿

難陀第十一七日於母胎中有風名曰踈通此風觸胎令胎通徹有九孔現若母行立坐卧作事業時彼風旋轉虛通漸令孔大若風向上上孔便開若向下時即通下穴譬如鍛師及彼弟子以橐扇時上下通氣風作事已即便隱滅

難陀第十二七日於母腹中有風名曰曲口此風吹胎於左右邊作大小腸猶如藕絲如是依身交絡而住即此七日復有風名曰穿髮於彼胎內作一百三十節無有增減復由風力作百一禁處

難陀第十三七日於母腹中以前風力知有飢渴母飲食時所有滋味從臍而入藉以資身

難陀第十四七日於母腹中有風名曰線口其風令胎生一千筋身前有二百五十身後有二百五十右邊二百五十左邊二百五十

難陀第十五七日於毋腹中有風名曰蓮花能與胎子作二十種脉吸諸滋味身前有五

身後有五右邊有五左邊有五其脉有種種名及種種色或名伴或名力或名勢色有青黄赤白豆酥油酪等色更有多色共相和雜難陁其二十脉脉别各有四十脉以爲眷屬合有八百吸氣之脉於身前後左右各有二百難陁此八百脉各有一百道脉眷屬相連合有八萬前有二萬後有二萬右有二萬左有二萬難陁此八萬脉復有衆多孔穴或一孔二孔乃至七孔一一各與毛孔相連猶如藕根有多孔隙

難陁第十六七日於母腹中有風名曰甘露行此風能爲方便安置胎子二眼處所如是兩耳兩鼻口咽胷臆令食入時得停貯處能令通過出入氣息譬如陶師及彼弟子取好泥團安在輪上隨其器物形勢安布令無差殊此由業風能作如是於眼等處隨勢安布乃至能令通過出入氣息亦無差失

難陁第十七七日於母腹中有風名曰毛拂口此風能於胎子眼耳鼻口咽喉胷臆食入之處令其滑澤通出入氣息安置處所譬如巧匠若彼男女取塵翳鏡以油及灰或以細土揩拭令淨此由業風能作如是安布處所無有障礙

難陁第十八七日於母腹中有風名曰無垢能令胎子六處清淨如日月輪大雲覆蔽猛風忽起吹雲四散光輪清淨難陁此業風力令其胎子六根清淨亦復如是

難陁第十九七日於母腹内令其胎子成就四根眼耳鼻舌入母腹時先得三根謂身命意

難陀第二十七日於母腹中有風名曰堅固此風依胎左脚生指節二十骨右脚生二十骨足跟四骨髆有二骨膝有二骨髀有二骨腰髁有三骨脊有十八骨肋有二十四骨復依左手生指節二十骨復依右手亦生二十腕有二骨臂有四骨胷有七骨肩有七骨項有四骨頷有二骨齒有三十二骨髑髏兩骨難陀譬如塐師或彼弟子先用鞕木作其相狀次以繩纏後安諸泥以成形像此業風力安布諸骨亦復如是此中大骨數有二百除餘小骨

難陀第二十一七日於母腹中有風名曰生起能令胎子身上生肉譬如泥師先好調泥泥於牆壁此風生肉亦復如是

難陀第二十二七日於母腹中有風名曰浮流此風能令胎子生血

難陀第二十三七日於母腹内有風名曰淨持此風能令胎子生皮

難陀第二十四七日於母腹中有風名曰滋漫此風能令胎子皮膚光悦

難陀第二十五七日於母腹中有風名曰持城此風能令胎子血肉滋潤

難陀第二十六七日於母腹中有風名曰生成能令胎子身生髮毛爪甲此皆一一共脉相連

難陀第二十七七日於母腹中有風名曰曲業此風能令胎子髮毛爪甲悉皆成就難陀由其胎子先造惡業慳澀悋惜於諸財物堅固執著不肯惠施不受父母師長言教以身語意造不善業日夜增長當受斯報若生人

間所得果報皆不稱意若諸世人以長爲好彼即短若以短爲好彼即長以麤爲好彼即細若以細爲好彼即麤若肢節相近爲好彼即相離若相離爲好彼即相近若多爲好彼即少若少爲好彼即多愛肥便瘦愛瘦便肥愛怯便勇愛勇便怯愛白便黑愛黑便白難陀又由惡業感得惡報聾盲瘖瘂愚鈍醜陋所出音響人不樂聞手足攣躄形如餓鬼親屬皆憎不欲相見況復餘人所有三業向人説時他不信受不將在意何以故由彼先世造諸惡業獲如是報難陀由其胎子先修福業好施不慳悋愍貧乏於諸財物無悋著心所造善業日夜增長當受勝報若生人間所受果報悉皆稱意若諸世人以長爲好則長若以短爲好則短麤細合度肢節應宜多少肥瘦勇怯顔色無不愛者六根具足端正超倫辭辯分明音聲和雅人相皆具見者歡喜所有三業向人説時他皆信受敬念在心何以故由彼先世造諸善業獲如是報難陀胎若是男在母右脇蹲居而坐兩手掩面向母脊住若是女者在母左脇蹲居而坐兩手掩面向母腹住在生臟下熟臟上生物下鎮熟物上剌如縛五處插在尖標若母多食或時少食皆受苦惱如是若食極膩或食乾燥極冷極熱鹹淡苦醋或太甘辛食此等時皆受苦痛若母行欲或急行走或時危坐久坐久臥跳躑之時悉皆受苦難陀當知處母胎中有如是等種種諸苦逼迫其身不可具説於人趣中受如此苦何況惡趣地獄之中苦難比喻是故難陀誰有智者樂居生死無邊苦

海受斯厄難
難陀第二十八七日於母腹中胎子便生八種顛倒之想云何爲八所謂屋想乘想園想樓閣想樹林想牀座想河想池想而實無此妄生分别
難陀第二十九七日於母腹中有風名曰花條此風能吹胎子令其形色鮮白淨潔或由業力令色黧黑或復青色更有種種雜類顔色或令乾燥無有滋潤白光黒光隨色而出
難陀第三十七日於母腹中有風名曰鐵口此風能吹胎子髮毛爪甲令得生長白黒諸光皆隨業現如上所説
難陀第三十一七日於母腹中胎子漸大如是三十二七三十三七三十四七日已來增長廣大
難陀第三十五七日子於母腹肢體具足
難陀第三十六七日其子不樂住母腹中
難陀第三十七七日於母腹中胎子便生三種不顛倒想所謂不淨想臭穢想黒闇想依一分説
難陀第三十八七日於母腹中有風名曰藍花此風能令胎子轉身向下長舒兩臂趣向産門次復有風名曰趣下由業力故風吹胎子令頭向下雙脚向上將出産門難陀若彼胎子於前身中造衆惡業并墮人胎由此因緣將欲出時手足横亂不能轉側便於母腹以取命終時有智慧女人或善醫者以煖酥油或榆皮汁及餘滑物塗其手上即以中指夾薄刀子利若鋒芒内如糞廁黒闇臭穢可惡坑中有無量千蟲恒所居止臭汁常流精

血腐爛深可猒患薄皮覆蓋惡業身瘡如斯穢處推手令入以利刀子臠割兒身片片抽出其母由斯受不稱意極痛辛苦因此命終設復得存與死無異難陀若彼胎子善業所感假令顛倒不損其母安隱生出不受辛苦難陀若是尋常無此厄者至三十八七日將欲產時母受大苦性命幾死方得出胎難陀汝可審觀當求出離

根本説一切有部毗柰耶雜事卷第十一

音釋

腕烏貫切手臂也　箒之九切篲也　曬所賣切日乾也　洩先結切漏也　櫬初覲切　窣覩波梵語也此云高顯窣蘇骨切　髑髏髑徒谷切髏盧侯切　眄彌珍切邪視也　捩力結切拗也　抉於決切挑也　㓟攀糜疋美二切剥也　矟色角切矛屬　鑹鑱鑹七亂切鑱初銜切　凹凸凹於交切不平也凸徒結切高起也　榍先結切　頞阿葛切　箸遲據切　楥吁願切靴楥模範也　髀部禮切股也　肘陟柳切臂節也　荑杜兮切卉木初生貌　鞕魚孟切與硬同　鍛都玩切冶金也　橐他各切　齌前西切與臍同　臆乙力切胷臆也　跟膊跟古痕切足踵也膊伯各切肩膊也　肋歷得切胷骨也　頷戶感切口下曰頷　塐蘇故切捏土像物曰塐　攣躄攣閭緣切手拘攣也躄必益切足不能行也　跳躑跳他弔切跳躍也躑直隻切躑躅也

根本說一切有部毗柰耶雜事卷第十二

唐三藏法師義淨奉　制譯

第二門第十子攝頌難陀因緣之餘

佛告難陀凡胎生者是極苦惱初生之時或男或女墮人手内或以衣裹安在日中或在陰處或置摇車或居牀席懷抱之内由是因縁皆受酸辛楚毒極苦難陀如牛剥皮近牆而住被牆蟲所食若近樹草樹草蟲食若居空處諸蟲唼食皆受苦惱初生亦爾以煖水洗受大苦惱如癩病人皮膚潰爛膿血横流加之杖捶極受楚切生身之後飲母血垢而得長大言血垢者於聖法律中即乳汁是難陀既有如是無邊極苦無一可樂誰有智者於斯苦海而生愛戀常爲流轉無有休息生七日已身内即有八萬戸蟲縱横噉食難陀有一戸蟲名曰食髮依髮根住常食其髮有二戸蟲一名杖藏二名麤頭依頭而住常食其頭有一戸蟲名曰繞眼依眼而住常食於眼有四戸蟲一名驅逐二名奔走三名屋宅四名圓滿依腦而住常食於腦有一戸蟲名曰稻葉依耳食耳有一戸蟲名曰藏口依鼻食鼻有二戸蟲一名遥擲二名遍擲依脣食脣有一戸蟲名曰蜜葉依齒食齒有一戸蟲名曰木口依齒根食齒根有一戸蟲名曰針口依舌食舌有一戸蟲名曰利口依舌根食舌根有一戸蟲名曰手圓依腭食腭復有二戸蟲一名手綱二名半屈依手掌食手掌有二戸蟲一名短懸二名長懸依腕食腕有二戸蟲一名遠臂二名近臂依臂食臂有二戸蟲一名欲呑二名已呑依喉食喉有二戸蟲

一名有慾二名大慾依胃食胃有二戶蟲一名螺貝二名螺口依肉食肉有二戶蟲一名有色二名有力依血食血有二戶蟲一名勇健二名香口依筋食筋有二戶蟲一名不高二名下口依脊食脊有二戶蟲俱名脂色依脂食脂有一戶蟲名曰黃色依黃食黃有一戶蟲名曰眞珠依腎食腎有一戶蟲名曰大眞珠依腰食腰有一戶蟲名曰未至依脾食脾有四戶蟲一名水命二名大水命三名針口四名刀口依腸食腸有五戶蟲一名月滿二名月面三名暉耀四名暉面五名別住依右脇食其脇復有五蟲名同於上依左脇食其脇復有四蟲一名穿前二名穿後三名穿堅四名穿住依骨食骨有四戶蟲一名大白二名小白三名重雲四名臭氣依脉食脉有四戶蟲一名師子二名備力三名急箭四名蓮花依生臟食生臟有二戶蟲一名安志二名近志依熟臟食熟臟有四戶蟲一名鹽口二名蘊口三名網口四名雀口依小便道食尿而住有四戶蟲一名應作二名大作三名小形四名小束依大便道食糞而住有二戶蟲一名黑口二名大口依脞食脞有二戶蟲一名癩二名小癩依膝食膝有一戶蟲名曰愚根依脛食脛有一戶蟲名曰黑項依脚食脚難陀如此之身甚可猒患如斯色類常有八萬戶蟲日夜噉食由此令身熱惱羸瘦疲困飢渴又復心有種種苦惱憂愁悶絶衆病現前無有良醫能爲除療

難陀於大有海生死之中有如是苦云何於此而生愛樂復爲諸神諸病之所執持所謂

天神龍神八部所持及諸鬼神乃至羯吒布單那及餘禽獸諸魅所持或爲日月星辰所厄此等鬼神作諸病患逼惱身心難可具說佛告難陀誰於生死樂入母胎受極辛苦如是生成如是增長飲母乳血妄生美想及諸飲食漸至長成假令身得安樂無病衣食恣情壽滿百歲於此生中睡眠減半初爲嬰兒次爲童子漸至成長憂悲患難衆病所逼無量百苦觸惱其身難可說盡身內諸苦難忍受時不願存生意便求死如是之身苦多樂少雖復暫住必當謝滅難陀生者皆死無有常存假使藥食資養壽命得延年歲終歸不免死王所殺送往空田是故當知生無可樂來世資粮應勤積集勿作放逸策修梵行莫爲懶惰於諸利行法行功德行純善行常樂修習恒觀自身善惡二業繫在於心勿令後時生大追悔一切所有愛樂之事皆悉別離隨善惡業趣於後世難陀壽命百年有其十位初謂嬰兒位卧於襁褓二謂童子樂爲兒戲三謂少年受諸欲樂四謂少壯勇健多力五謂盛年有智談論六謂成就能善思量巧爲計策七謂漸衰善知法式八謂朽邁衆事衰弱九謂極老無所能爲十謂百年是當死位難陀梗槩大位略說如是計准四月以爲一時百年之中有三百時於春夏冬各有其百一年十二月總有一千二百月若半月爲數總有二千四百半月於三時中各有八百半月總有三萬六千晝夜一日再食總有七萬二千度食雖有緣不食亦在其數不食緣者所謂瞋恨不食遭苦不食或求索不得睡

眠持齋掉戲不食事務不食食與不食而共合集數有爾許并飲母乳人命百年我已具說年月晝夜及飲食數汝應生猒難陀如是生成長大身有衆病所謂頭目耳鼻舌齒咽喉胷腹手足疥癩癲狂水腫咳嗽風黃熱癊衆多瘡病肢節痛苦難陀人身有如是病苦復有百一風病百一黃病百一痰癊病百一總集病總有四百四病從內而生難陀身如癰箭衆病所成無暫時停念念不住體是無常苦空無我恒近於死敗壞之法不可保愛難陀凡諸衆生復有如是生受苦痛謂截手足眼耳鼻舌頭及支分復受獄囚枷鎖杻械鞭打拷楚飢渴困苦寒熱雨雪蚊虻蟻子風塵猛獸及諸惡觸種種諸惱無量無邊難可具說有情之類常在如是堅鞕苦中愛樂沉沒諸有所欲苦爲根本不知棄捨更復追求日夜煎迫身心被惱內起燒然無有休息如是生苦老苦病苦死苦愛別離苦怨憎會苦求不得苦五取陰苦四威儀中行立坐卧亦皆是苦若常行時不立坐卧即受苦無樂若常立時不行坐卧若坐不行立卧若卧不行立坐皆受極苦而無安樂難陀此等皆是捨苦求苦唯是苦生唯是苦滅諸行因緣相續而起如來了知故說有情生死之法諸行無常非眞究竟是變壞法不可保守當求知足深生猒患勤求解脫難陀於善趣中有情之類生處不淨苦劇如是種種虛誑說不可盡何況具說於三惡趣餓鬼傍生地獄有情所受楚毒難忍之苦

復次難陀有其四種入於母胎云何爲四一

者有情正念入正念住正念出二者正念入正念住不正念出三者正念入不正念住出四者三皆不正念誰是正念入住出如有一類凡夫有情性愛持戒數習善品樂爲勝事作諸福行極善防護恒思質直不爲放逸有大智慧臨終無悔即更受生或是七生預流或是家家或是一來或是一間此人由先修善行故臨命過時雖苦來逼受諸痛惱心不散亂正念而終復還正念入母胎内了知諸法由業而生皆從因緣而得生起常與諸病作居止處難陀應知此身恒是一切不淨窟宅體非常住是愚癡物誘誑迷人此身以骨而作機關筋脉相連通諸孔穴脂肉骨髓共相纏縛以皮覆上不見其過於熱窟中不淨充滿髮毛爪齒分位差別執我我所故恒被拘牽不得自在常出涕唾穢汙流汗黄水痰癊爛壞脂膩腎膽肝肺大腸小腸屎尿可惡及諸蟲類周遍充滿上下諸孔常流臭穢生熟二臟蓋以薄皮是謂行廁汝應觀察凡食噉時牙齒咀嚼濕以涎唾咽入喉中髓腦相和流津腹内如犬齩枯骨妄生美想食至臍間嘔逆覆上還復却咽難陀此身元從羯羅藍頞部陀閉尸健南鉢羅奢佉不淨穢物而得生長嬰兒流轉乃至老死輪迴繫縛如黒闇坑如臭壞井常以鹹淡苦辛酸等食味而爲資養又母腹火燒煮身根不淨糞鍋常嬰熱苦母若行立坐卧之時如被五縛亦如火炙難可堪忍無能爲喻難陀彼胎雖在如是糞穢坑中衆多苦切由利根故心不散亂復有一類薄福有情在母腹内或横或倒由其

先業因緣力故或由母食冷熱鹹酸甘辛苦味不善調故或飲漿水過量或多行婬欲或饒疾病或懷愁惱或時倒地或被打拍由是等緣母身壯熱由身熱故胎亦燒然由燒然故受諸苦惱由有苦故便即動轉由動轉故或身橫覆不能得出有善解女人以酥油塗手內穢孔中緩緩觸胎令安本處手觸著時胎子即便受大苦惱難陀譬如幼小男女人以利刀削破皮肉散灰於上由斯便有大苦惱生胎子楚毒亦復如是雖受此痛由利根故正念不散難陀此胎如是住母腹中受如斯苦又欲產時辛苦而出由彼業風令手交合支節拳縮受大劇苦欲出母胎身體青瘀猶如初腫難可觸著飢渴逼迫心懸熱惱由業因緣被風推出既出胎已被外風觸如割塗灰手衣觸時皆受極苦雖受此苦由上利根故正念不亂於母腹中知入住出悉皆是苦難陀誰當樂入如是胎中

難陀誰是於母腹正念入住不正念出難陀如有一類凡夫有情性樂持戒修習善品常爲勝事作諸福行其心質直不爲放逸少有智慧臨終無悔或是七生預流或是家家或是一來或是一間此人先修善行臨命終時雖苦來逼受諸痛惱心不散亂復還正念入母胎中了知諸法由業而生皆從因緣而得生起廣說如上乃至出胎雖受如是諸極苦楚由是中利根故入住正念不正念出廣說如上乃至誰當樂入如是胎中

難陀誰是正念入胎不正住出難陀如有一類凡夫有情性樂持戒修習善品常爲勝事

作諸福行廣説如上乃至臨終無悔或是七生預流等臨命終時衆苦來逼雖受痛惱心不散亂復還正念入毋胎中由是下利根故入胎時知住出不知廣説如上乃至誰當樂入如是胎中

難陀誰是入住出俱不正念如有一類凡夫有情樂毁淨戒不修善品常爲惡事作諸惡行心不質直多行放逸無有智慧貪財慳悋手常拳縮不能舒展濟惠於人恒有希望心不調順見行顛倒臨終悔恨諸不善業皆悉現前當死之時猛利楚毒痛惱逼切其心散亂由諸苦惱不自憶識我是何人從何而來今何處去難陀是謂三時皆無正念廣説如上難陀此諸有情生在人中雖有如是無量苦惱然是勝處於無量百千俱胝劫中人身難得若生天上常畏墜墮有愛别離苦命欲終時餘天告言願汝當生世間善趣云何世間善趣謂是人天人趣難得遠離難處更復是難云何惡趣謂三惡道地獄趣者常受苦切極不如意猛利楚毒難可譬喻餓鬼趣者性多瞋恚無柔軟心諂誑殺害以血塗手無有慈悲形容醜陋見者恐怖設近於人受飢渴苦恒被障礙傍生趣者無量無邊作無義行無福行無法行無善行無淳質行互相食噉强者陵弱有諸傍生若生若長若死皆在闇中不淨糞屎垢穢之處或時暫明所謂蜂蝶蚊蟻蚤虱蛆蟲之類自餘復有無量無邊生長常闇由彼先世是愚癡人不聽經法恣身語意貪著五欲造衆惡事生此類中受愚迷苦難陀復有無量無邊傍生有情生長及

死皆在水中所謂魚鱉黿鼉鱓蛭蚌蛤蝦蟇之類由先世業身語意惡如上廣說難陀復有無量無邊傍生有情聞屎尿香速往其處以爲食飲所謂猪羊雞犬狐狢鵰鷲烏鴟蟯蜋禽獸之類皆由先世惡業所招受如是報難陀復有無量無邊傍生之類常以草木及諸不淨充其飲食所謂象馬駝牛驢騾之屬乃至命終由先惡業受如是報

復次難陀生死有海苦哉痛哉猛焰燒然極大炎熱無一衆生不被燒煮斯等皆由眼耳鼻舌身意熾盛猛火貪求前境色聲香味觸法難陀云何名爲熾盛猛火謂是貪瞋癡火生老病死火憂悲苦惱毒害之火常自燒然無一得免難陀懈怠之人多受衆苦煩惱纓纏作不善法輪迴不息生死無終勤策之人多受安樂發勇猛心斷除煩惱修習善法不捨善軛無休息時是故汝今應觀此身皮肉筋骨血脉及髓不久散壞常當一心勿爲懈怠未證得者勤求證悟如是應學難陀我不共世間作諸諍論然而世間於我强爲諍論所以者何諸知法者不與他諍離我我所共誰爲諍由無見解起妄執故我證正覺作如是語我於諸法無不了知難陀我所言說有差異不難陀言不也世尊如來說者無有差異佛言善哉善哉難陀如來所說必無差異如來是眞語者實語者如語者不異語者不誑語者欲令世間長夜安樂獲大勝利是知道者是識道者是說道者是開道者是大道師如來應正等覺明行足善逝世間解無上士調御丈夫天人師佛世尊世間之人無知

無信常與諸根而爲奴僕唯見掌中不觀大利易事不修難者恒作難陀且止如斯智慧境界汝今應以肉眼所見而觀察之知所見者皆是虚妄即名解脱難陀汝莫信我莫隨我欲莫依我語莫觀我相莫隨沙門所有見解莫於沙門而生恭敬莫作是語沙門喬答摩是我大師然而但可於我自證所得之法獨在靜處思量觀察常多修習隨於用心所觀之法即於彼法觀想成就正念而住自爲洲渚洲爲歸處法爲洲渚法爲歸處無别洲渚無别歸處難陀云何苾芻自爲洲渚自爲歸處法爲洲渚法爲歸處無别洲渚無别歸處如是難陀若有苾芻於自内身隨觀而住勤勇繫念得正解了於諸世間所有恚惱常思調伏是謂隨觀内身是苦若觀外身及内外身亦復如是難陀次於集法觀身而住觀滅而住復於集滅二法觀身而住即於此身能爲正念或但有智或但有見或但有念無依而住於此世間知無可取如是難陀是謂苾芻於自内身隨觀而住外身内外身爲觀亦爾次觀内受外受及内外受而住觀内心外心及内外心而住觀内法外法及内外法而住勤勇繫念得正解了於諸世間所有恚惱常思調伏觀集法住觀滅法住復於集滅二法觀法而住即於此身能爲正念或但有智或但有見或但有念於此世間知無可取如是難陀是謂苾芻自爲洲渚自爲歸處法爲洲渚法爲歸處無别洲渚無别歸處難陀若有丈夫稟性質直遠離諸誑於晨朝時來至我所我以善法隨機教示彼至暮時自陳

所得暮以法教旦陳所得難陀我之善法現
得證悟能除熱惱善應時機易爲方便是自
覺法善爲覆護親對我前聞所説法順於寂
靜能趣菩提是我所知是故汝今見有自利
見有他利及二俱利如是等法應常修學於
出家法謹愼行之勿令空過當獲勝果無爲
安樂受他供給衣食卧具病藥等物令其施
主獲大福利得勝果報尊貴廣大如是難陀
應當修學
復次難陀未有一色是可愛樂能於後時不
變壞者無有是處不起憂悲不生煩惱者亦
無是處難陀於汝意云何此色是常爲是無
常大德體是無常難陀體既無常爲是苦不
大德是苦若無常苦即變壞法我諸多聞聖
弟子衆計色是我我有諸色色屬於我我在
色中不白言不也世尊於汝意云何受想行
識是常無常大德皆是無常難陀體既無常
爲是苦不大德是苦若無常苦即變壞法我
諸多聞聖弟子衆計受等是我我有受等受
等屬我我在受等中不不也世尊是故應知
凡是諸色若過去若未來若現在若内若外
若麤若細若勝若劣若遠若近所有諸色皆
非是我我不有色色不屬我我不在色中如
是應以正念正慧而審觀察受想行識若過
去若未來若現在若内若外若麤若細若勝
若劣若遠若近此等亦非是我我亦非有此
等我亦非在此中如是應以正念正慧而審
觀察若我多聞聖弟子衆如是觀察於色猒
患復於受想行識亦生猒患若猒患已即不
染著既無染著即得解脱既解脱已自知解

脱作如是言我生已盡梵行已立所作已辦不受後有爾時世尊説此法已時具壽難陀遠塵離垢得法眼淨五百苾芻於諸有漏心得解脱爾時世尊重説伽陀告難陀曰

若人無定心　即無清淨智　不能斷諸漏
是故汝勤修　汝常修妙觀　知諸蘊生滅
清淨若圓滿　諸天悉欣慶　親友共交歡
往來相愛念　貪名著利養　難陀汝應捨
勿親近在家　及於出家者　念超生死海
窮盡苦邊際　初從羯羅藍　次生於肉疱
肉疱生閉尸　閉尸生健南　健南漸轉變
生頭及四肢　衆骨聚成身　皆從業因有
頂骨合九片　頷車兩骨連　齒有三十二
其根亦如是　耳根及頸骨　腭骨并鼻梁
胷臆與咽喉　總有十二骨　眼眶有四骨
肩髃亦兩雙　兩臂及指頭　總有五十骨
項後有八骨　脊梁三十二　此各有根本
其數亦四八　右脇邊肋骨　相連有十三
左脇相連生　亦有十三骨　此等諸骨鎖
三三相續連　二二相鉤牽　其餘不相續
左右兩腿足　合有五十骨　總三百十六
支柱於身内　骨節相鉤綴　合成衆生體
實語者記説　正覺之所知　從足至於頂
雜穢不堅牢　由此共成身　脆危如葦舍
無榍唯骨立　血肉遍塗治　同機關木人
亦如幻化像　應觀於此身　筋脉更纏繞
濕皮相裹覆　九處有瘡門　周遍常流溢
屎尿諸不淨　譬如倉與篅　盛諸穀麥等
此身亦如是　雜穢滿其中　運動骨機關
危脆非堅實　愚夫常愛樂　智者無染著

洟唾汗常流　膿血恒充滿　黄脂雜乳汁
腦滿髑髏中　胷鬲痰癊流　内有生熟臟
肪膏與皮膜　五藏諸腸胃　如是臭爛等
諸不淨居同　罪身深可畏　此即是怨家
無識躭欲人　愚癡常保護　如是臭穢身
猶如朽城郭　日夜煩惱逼　遷流無暫停
身城骨牆壁　血肉作塗泥　畫綵貪瞋癡
隨處而莊飾　可惡骨身城　血肉相連合
常被惡知識　内外苦相煎　難陀汝當知
如我之所説　晝夜常繫念　勿思於欲境
若欲遠離者　常作如是觀　勤求解脱處
速超生死海

爾時世尊説是入胎經已具壽難陀及五百苾芻皆大歡喜信受奉行

難陀苾芻越生死海險難之處能至安隱究竟涅槃獲阿羅漢果説自慶頌曰

敬心奉澡浴　淨水及塗香　并修諸福因
獲斯殊勝報

時諸苾芻聞是説已咸皆有疑爲斷疑故請大師曰大德難陀苾芻先作何業由彼報得金色身具三十相以自嚴飾望世尊身但少四指於婬欲境極生愛著大師哀愍於生死海强拔令出方便安置究竟涅槃唯願爲説

佛告諸苾芻難陀苾芻先所作業果報成熟皆悉現前廣説如上即説頌曰

假令經百劫　所作業不亡　因緣會遇時
果報還自受

汝等諸苾芻過去世時九十一劫人壽八萬歲有毗鉢尸佛如來應供正等覺明行足善逝世間解無上士調御丈夫天人師佛世尊

出現於世與六萬二千苾芻遊行人間至親慧城王所都處往親慧林即於此住時彼世尊有異母弟於婬欲境極生愛著其毗鉢尸如來應正等覺於生死海勸令出家方便安置究竟涅槃時彼國主名曰有親以法化世人民熾盛豐樂安隱無諸詐僞賊盜疾疫牛羊稻蔗在處充滿王異母弟極躭婬染王聞佛衆住親慧林將諸王子親侍大臣及内宮女人民翊從往詣佛所頂禮佛足退坐一面爾時世尊爲彼王衆宣揚妙法示教利喜得殊勝解其弟躭欲不肯出門時大臣子及餘知友撫塵之類詣而告曰善友知不王及王子并諸内宮大臣人衆往毗鉢尸佛所躬行禮敬聽受妙法獲殊勝解人身難得汝已得之如何今時躭著婬欲不肯出門彼聞責已心生愧恥俛仰相隨同行而去時佛弟苾芻見諸徒侶共行而去問曰何故君等將此一人共伴而去時彼同伴具以事白苾芻曰我是佛弟昔在家時於諸欲境極生躭著幸蒙大師強牽令出安隱將趣究竟涅槃更有如是愚癡之輩與我相似仁等慈悲強共將去誠爲大善今可往詣無上大師得至佛所必生深信時彼同伴共至佛所佛觀彼類稱根欲性而爲説法既得聞已深起信心從座而起偏袒右肩合掌向佛白言世尊唯願大師及諸聖衆明至我家入温室澡浴佛默然受彼知受已禮佛雙足奉辭而去遂至王所申恭敬已白言大王我詣佛所聞法生信於婬欲境起猒離心奉請佛僧明至我家入温室浴如來大師慈悲爲受佛是人天所應供養

王今宜可灑掃街衢嚴飾城郭王作是念佛來入城我當嚴飾然我之弟躭欲難諫佛今調伏實誠希有答言甚善汝今可去營辦澡浴所須之物我當隨力嚴飾城隍弟生大喜辭王而去王告諸臣曰當可唱令普告諸人明日世尊將入城內諸舊住者及遠方來汝等諸人咸當隨力嚴飾城郭灑掃街衢持諸香華迎大師入臣奉王教普告令知具宣王勑時諸人衆於彼城中除去瓦礫遍灑香水燒諸妙香懸衆旛蓋散花供養如天帝釋歡喜之園時彼王弟辦諸香湯及香油等莊嚴浴室敷置牀座毗鉢尸佛漸欲至城王及諸臣太子后妃宮人婇女及諸人衆咸出奉迎遙禮佛足隨從入城時彼王弟引佛世尊入温室內授香水等以充澡浴見佛世尊身如金色三十二相八十種好周遍莊嚴見已歡喜生深信心洗浴既竟著衣服已即便頂禮世尊雙足發是願言我今幸遇最上福田微申供養願此善因於未來世身得金色與佛無異如世尊弟於欲境中深生躭著强拔令出得趣安隱究竟涅槃願我當來得為佛弟獲金色身亦復如是我於欲境生躭著時强牽令出愛染深河得趣涅槃安隱之處汝等苾芻勿生異念彼親慧王躭欲之弟即難陀苾芻是由於昔時請毗鉢尸佛入浴室中香湯澡浴淨心發願彼之善因今為佛弟身作金色我於躭著婬欲之境强拔令出捨俗出家究竟涅槃至安隱處時諸苾芻更復有疑請世尊曰大德難陀苾芻曾作何業今身感得三十大丈夫相佛告諸苾芻彼所作業廣

說如前乃往過去於聚落中有一長者大富多財資生無乏有一苑園花果茂盛流泉浴池林木森竦堪出家人棲隱之處時有獨覺出現於世哀愍衆生樂處閑靜世間無佛唯此福田于時有一獨覺尊者遊行人間至斯聚落周旋觀察届彼園中其守園人既見尊者告言善來爲解勞倦尊者住此即於中夜入火光定園人見已作如是念此之大德成斯勝行即便夜起往就家尊告言大家宜於今者生慶喜心於苑園中有一大德來投我宿成就妙行具足神通放大光明遍照園內長者聞已疾往園中禮雙足已作如是言聖者仁爲求食我爲福因幸住此園我常施食彼見慇懃即便爲受住此園內入勝妙定解脫之樂復作是念我此臭身輪迴生死所應

作者並已獲得宜入圓寂永證無生作是念已即昇虛空入火光定現諸神變於大光明上燭紅輝下流清水捨此身已神識不生永證無餘妙涅槃界時彼長者取其屍骸焚以香木復持乳汁而滅其火收餘身骨置新瓶中造窣堵波懸諸旛蓋深生敬信灑三十種衆妙香水并發大願求諸相好汝等苾芻勿生異念往時長者即難陀是由以勝妙供養敬信業故今受果報感得三十殊妙勝相時諸苾芻更有疑念重請世尊大德難陀苾芻曾作何業若不出家棄塵俗者必當紹繼力輪王位佛告諸苾芻難陀先世所造之業果報熟時必當自受廣如上說過去世時此賢劫中人壽二萬歲有迦攝波佛出現世間十號具足在婆羅痆斯仙人墮處施鹿林中依

止而住時彼城中王名訖栗枳以法化世爲大法王廣如上説王有三子謂大中小彼迦攝波佛施化事畢猶如火盡入大涅槃其王信敬取佛餘身以諸香木栴檀沉水海岸牛頭天末香等焚燒既訖滅以香乳收其舍利置金寶瓶造大窣堵波皆用四寶縱廣正等一踰繕那高半踰繕那安相輪時王之中子親上中蓋汝等苾芻勿生異念時王中子者即難陀是由於昔時敬心供養安置中蓋斯之善業於二千五百生中常爲力輪王化一洲内今此生中若不出家者還作力輪王得大自在時諸苾芻更復有疑請問世尊大德難陀苾芻曾作何業於佛弟子善護根門最爲第一佛言此由願力難陀苾芻於迦攝波佛時捨俗出家其親教師彼佛法中善護根門稱爲第一盡其形壽梵行自持然於現身竟無證悟於命終時便發誓願我於佛所盡斯形壽梵行自持然於現身竟無所證願我以此修行善根此佛世尊記未來世有摩納婆當成正覺號釋迦牟尼我於彼佛教法之中出家離俗斷諸煩惱獲阿羅漢如親教師於斯佛所善護根門最爲第一我亦如是於彼教中守護根門最爲第一由彼願力今於我所諸弟子中善護根門最爲第一如是苾芻若純黑業得純黑報若純白業得純白報若雜業者當受雜報是故汝等離純黑雜業修純白業如是應修

根本説一切有部毗柰耶雜事卷第十二

音釋

唼子合切入口也
潰爛潰胡對切自壞也爛郎肝切腐也
捶之累切擊也
腭五各切與齶同齒根肉也
腎時引切水藏也
脾頻彌切土藏也
脛胡定切脚脛也
襁褓襁居兩切褓博抱切襁褓負小兒衣也
梗槩梗古杏切槩古代切梗槩大畧也
齩五巧切齧也
拳縮拳巨負切收也縮所六切斂也
瘀依倨切血壅也
黿鼉黿魚袁切鼉徒何切
鱓蛭鱓常演切魚名蛭職日切水蛭也
蝦蟇蝦胡加切蟇莫加切
狐狢狢下各切似狐
蟯蜋蟯去羊切蜋呂張切蟯蜋食糞蟲也
眶去正切目匡也
篅市緣切竹囷也
竦息拱切高起也
踰繕那梵語也此云限量繕時戰切

根本説一切有部毗柰耶雜事卷第十三

唐三藏法師義淨奉　制譯

第三門別門總攝頌曰

三衣及衣架　河邊造寺簷　拭面拭身巾

寺座刀應畜

第三門第一子攝頌曰

三衣條葉量　牀脚拂遊塵　行處著氍毹

扞石須聽畜

緣在室羅伐城如佛所説苾芻應畜割截支伐羅時諸苾芻即便割截長條短條不能相似以緣白佛佛言長條短條不應參差割截應須齊割彼復不知云何齊割佛言長條短條應隨其量可取竹片量截長短方定

緣處同前時諸苾芻作支伐羅葉不相似便不端正以緣白佛佛言若作衣時葉應相似苾芻不知云何相似佛言可取竹片量葉寬狹然後裁之佛言應量葉者時諸苾芻作葉極大佛言不應大作然葉相有三謂大中小大寬四指或如烏張足小寬二指或如母指面此内名中諸苾芻於不淨地縫剌其衣遂便垢汙佛言應以牛糞淨拭其地作曼荼羅待乾淨已於上作衣佛言作曼荼羅者然牛糞難得佛言應以水灑其地淨掃置衣

緣處同前時諸苾芻作尖牀脚遂便損地佛言不應尖利應可平作然猶致損佛言應作糠帒置牀脚下或破帛纏裹

緣處同前有婆羅門因出城外行遊疲極食時既至入逝多林見其食處敷妙褥座置妙飲食見生希有發信敬心即脱上帔敷上座坐處出門而去後於異時衣便垢膩其知事

人敷之下座彼婆羅門後因他事來至寺中行詣食處於上座所不見其衣巡次遍觀見敷下座彼作是念我衣新物又是貴價因何今日穢汙若斯且待片時察其何故乃見知事安置座已捉衣拂地彼見如是知其汙緣告知事曰此之小事仁不解耶先當灑水次掃令淨然後敷座由不解故致損我衣起嫌恥心捨之而去苾芻以緣白佛佛言每於食處應先灑水次掃令淨然後敷座方成應法時知事人於塵土座上敷其坐褥遂多垢汙招過同前佛言先可拂拭牀座次敷氈褥苾芻不知以何拂拭佛言應以一衣用拂牀座時彼知事拂以好衣佛言應用故衣其知事者拂以故衣不久破碎即皆棄擲佛言不應即棄裂爲細片繫在杖頭用拂牀座經久無堪遂還棄擲佛言雖不堪用不應棄擲應對和泥及和牛糞用填柱孔或塗牆隙欲令施主福利久增

緣處同前時有年少苾芻隨於一處而作經行彼經行時令地損壞時有長者入寺遍觀至經行處便作是念地尚如此聖者之足其狀若何作是念已問言聖者誰令此地有損壞耶苾芻報曰此即是我經行之處長者報曰地既如此足如之何幸當舉足我試觀足即便舉示其皮並穿長者見已起悲念心報言聖者我有氍毹欲爲敷設在上經行於足無損答言長者佛未聽許彼言聖者仁之大師性懷慈念此定應許苾芻以緣白佛佛言我今聽彼精勤警策經行苾芻應畜氍毹隨意無犯還告長者彼即爲敷苾芻便受多時

足蹋遂爲兩段各在一邊長者後來見其狼籍問言聖者因何氍毹零落至此若見破處何不縫治苾芻以緣白佛佛言長者所說斯實善哉見有破處即可縫治或以物補若其碎破不堪修理應可和泥或和牛糞於經行處而爲塗拭能令施主增長福田

緣處同前有苾芻病往醫人處報言賢首我有如是病爲處方藥彼言聖者服如是藥當得平復即爲處方還歸住處料理藥時須得衦石便詣餘家暫借充用彼人便與磨藥既了以石相還答言聖者此即相遺隨意將歸答曰佛未聽畜若如是者可置地去苾芻以緣白佛佛言我今聽畜衦石并軸他若施時隨意應受

第三門第二子攝頌曰

衣架及燈籠　勿使蟲傷損　熱開三面舍
可記難陀身

緣在室羅伐城苾芻隨處而安衣服便多垢膩被蟲蟻穿苾芻以緣白佛佛言不應隨處而置衣服當作衣架苾芻即便穿壁安衣令壁損壞佛言不得穿壁初造寺時應出木坎上置衣竿時諸苾芻房內置竿簷前不作佛言簷前亦作勿令闕事

緣處同前佛言應作衣架者蘭若苾芻求竹無處佛言應將葛蔓橫繫置衣或葛亦無佛言以繩爲笐

緣處同前如世尊言夜闇誦經者彼誦經時有蛇來至少年見已驚忙大喚唱言長脊長脊凡夫苾芻悉皆驚怖遂令聽者因斯廢闕以緣白佛佛言當可然燈以誦經典苾芻夏

月然燈損蟲佛言應作燈籠苾芻不知云何應作佛言應以竹片爲籠薄氎遮障此若難求用雲母片此更難得應作百目苾芻不解如何當作佛言令瓦師作如燈籠形傍邊多穿小孔瓦師難求佛言應用瓶瓨打去其底傍穿百目置燈盞已向下而合若孔有蟲入應以紙絹及薄物而掩蓋之

緣處同前時當盛暑苾芻苦熱身體萎黃病瘦無力爾時世尊知而故問具壽阿難陀曰何故諸苾芻身體萎黃病瘦無力時阿難陀具以事白佛言應作招涼舍苾芻不知如何當作佛言應近寺外爲三面舍三邊築牆架作偏敞踈徹來風不同於寺四面有壁苾芻即便於內安牆外置行柱佛言中安行柱復不開窻還遭熱悶佛言置窻彼著窻時或太高下佛言應與牀齊有諸鳥雀來入房中佛言應置窻櫺勿令得入風雨飄灑應安窻扇苾芻食時閉門室闇佛言食時開門苾芻熱時於自房內但著下裙及僧脚崎隨情讀誦幷爲說法作衣服等於四威儀悉皆無犯

緣處同前爾時世尊既與難陀剃髮出家幷受近圓已將詣香山及三十三天至捺洛迦周旋觀察還逝多林諸客苾芻未識難陀見彼身作金色具三十相周帀莊嚴有老苾芻見時謂是如來便起迎接既識知已方生悔心苾芻以緣白佛佛言於難陀衣應爲記驗若更有此人亦爲記識此是正覺此是餘人

第三門第三子攝頌曰

河邊制齒木　羅怙遣出門　合訶不合訶

二行應與服

緣在室羅伐城時勝慧河邊諸苾芻輩以善方便策勵勤修斷盡諸惑證阿羅漢果時諸苾芻威儀庠序所爲審諦能使衆人敬信深重爾時世尊告諸苾芻勝慧河邊苾芻住處近彼村坊所有人衆獲大善利時具壽阿難陀聞世尊語即解其義由近大師久爲侍者或聽其言或時覩相皆即解了若世尊欲得見者說讚美言尊者了已便寄信報河邊苾芻諸具壽世尊讚歎意欲相見仁等可來彼既聞已更相告語佛於我等爲讚歎言事須相見當欲如何一人報云更何所作我等當去遂不觀察所應作事若不觀者雖阿羅漢不能預知復共議云去爲善事即告諸苾芻曰仁等當知世尊大師讚歎我等意欲相見今者可去諸苾芻曰若如是者我等同行即共相隨涉路而去漸漸遊行至室羅伐舊住諸苾芻出迎慰問便於寺外有大喧聲世尊聞已知而故問阿難陀曰寺外何故有大喧聲阿難陀曰勝慧河邊諸苾芻衆皆共來至停在寺外寺內諸人咸出迎接更相問訊致此喧聲于時世尊告阿難陀曰汝今宜往告勝慧河邊諸苾芻衆皆可還去勿住於此于時尊者承佛教已詣苾芻所告言具壽當知世尊有教仁等還去勿住於此時彼聞已執持衣鉢遊適人間佛告諸苾芻曰諸有村坊所居之處若有勝慧河邊苾芻住者近彼村坊所有人衆獲大善利阿難陀聞復還寄信苾芻重來如是至三諸苾芻執持衣鉢復往人間爾時世尊復告諸苾芻曰勝慧河邊苾芻住處人皆獲利時阿難陀聞佛頻讚復令

信報彼諸苾芻共相謂曰具壽何故世尊讚歎我輩欲得相見頻往佛所令我還來應由我等普告多人致令遣去我今宜可不告諸人默然而去時諸苾芻容持衣鉢詣世尊所禮佛雙足退坐一面佛告具壽阿難陀曰汝今可覓閑房靜處為我及彼勝慧河邊諸苾芻輩敷置座褥尊者奉教安置既了還至佛所白言大德我於一處敷設已了唯佛知時是時世尊往勝慧河邊苾芻住處即於門外洗雙足已於一房中就座而坐加趺端身住現前念時諸苾芻亦各洗足入房而坐住現前念爾時世尊便入初定河邊諸苾芻亦入初定世尊從初定出入第二定第三第四定次入空處識處無所有處次入非想非非想處定其河邊苾芻亦復如是隨佛世尊出入諸定世尊從非想非非想定出入無所有定諸苾芻亦從非想非非想定出入無所有定乃至入至初定諸苾芻亦復如是入至初定世尊念曰我入初定諸苾芻亦入初定我乃至入非想非非想定諸苾芻亦入此定我復從非想非非想定出入乃至初定諸苾芻亦皆同我我今應可作餘相狀而入初定便非獨覺聲聞所行之境作是念已即入其定時諸苾芻共相謂曰仁等當知大師世尊住於自定我等亦可自定而住便入自定爾時世尊至天明已即從定出大衆皆集佛於衆中就座而坐時具壽阿難陀從座而起整衣服露右肩禮雙足右膝著地合掌恭敬而白佛言大德世尊頻頻讚歎勝慧河邊諸苾芻等意欲相見彼諸苾芻皆來至此不蒙問及佛

言阿難陀我已共彼諸人語訖依聖語聖法律共相安慰阿難陀白佛言未審云何名爲聖語法律共相慰問阿難陀如我共諸苾芻皆於門外洗雙足已隨次入房就座而坐各並端身住現前念我入初定河邊諸苾芻等亦入初定我從初定出入第二定第三第四定次入空處識處無所有處次入非想非非想處定河邊諸苾芻等亦復如是隨我出入諸定我從非想非非想定出入無所有處定我復乃至入初定是諸苾芻亦復如是入至初定阿難陀我作是念我今應可作餘相狀而入初定便非獨覺聲聞所行之境作是念已即入其定時河邊苾芻自相謂曰大師世尊住於自定我等亦可自定而住阿難陀此謂聖語聖法律共相安慰我作如是相安慰已阿難陀白佛言善哉大德聖語聖法律共相安慰極善世尊聖語聖法律共相安慰世尊既與河邊諸苾芻以聖法律共安慰已其聲普遍四遠諸人共相謂曰佛共河邊諸苾芻輩以聖語聖法律而相安慰既聞此事諸長者婆羅門皆來禮拜河邊苾芻此諸苾芻即爲長者婆羅門宣說法要口出臭氣時彼諸人左右顧眄共相謂曰此之臭氣從何而來諸苾芻曰此之臭氣從我口出白言聖者豈可日日不嚼齒木耶答曰不嚼彼白何故諸苾芻白佛未聽許答言聖者若不嚼齒木得清淨耶時諸苾芻默然無對以緣白佛佛言彼婆羅門長者所作譏恥正合其儀我於餘處已教苾芻嚼其齒木而汝不知是故我今制諸苾芻應嚼齒木何以故嚼齒木者有

五勝利云何爲五一者能除黄熱二者能去痰癊三者口無臭氣四者能餐飲食五者眼目明淨佛制苾芻每嚼齒木時一年少苾芻於顯露處而嚼短條世尊至彼苾芻見佛深生羞恥云我不應對世尊前吐出齒木即便呑咽遂鯁喉中諸佛常法無忘失念爾時世尊便舒無量百千功德所生左手旋環萬字能除怖畏善施安隱捉少年頭屈右手指内彼口中鉤其齒木與血俱出世尊告曰汝何所爲苾芻以事白佛佛作是念在顯露處嚼齒木者有如是過告諸苾芻曰有一少年於顯露處嚼短齒木有是過生故諸苾芻於顯露處不嚼齒木亦非短條苾芻違者得越法罪如佛所言苾芻不應於顯露坐嚼齒木者時有少年苾芻於老者前坐嚼齒木佛言不應爾有三種事可於屏隱處謂大小便及嚼齒木佛言不將短條充齒木者時諸六衆便用長條以充齒木諸苾芻見共生嫌恥報言具壽汝等豈可執杖戲耶答曰佛教洗口云何是戲汝豈不見嚼短齒木幾將命終蒙佛救護得存餘壽豈可汝等於我衣鉢有希願耶令我早亡共爲羯磨然長齒木有利益處一得然釜煮飯二得鞭打小師彼聞皆默以緣白佛佛言苾芻不應長條將充齒木嚼長條者得越法罪苾芻不知齒木長短佛言此有三種謂長中短長者十二指短者八指二内名中佛言應在屏處嚼齒木者時有老病羸弱不能行就隱屏之處佛言病人應可畜洗口盆苾芻便用隨宜瓦盆安在房内脚觸便傾水流汙地佛言洗口之盆形如象跡時

有苾芻求盆無處佛言應就水竇邊嚼齒木苾芻遠嚼不近竇口佛言應可近邊方一肘地佛教嚼齒木時苾芻不知刮舌其口仍臭佛言嚼齒木已當須刮舌苾芻不知用何刮舌佛言應畜刮舌篦佛聽畜篦六衆苾芻便以金銀瑠璃玻瓈寶作諸婆羅門長者見已問言聖者此是何物答曰賢首世尊令我用刮舌篦彼言豈汝沙門釋子貪欲樂耶六衆默然時諸苾芻以緣白佛佛言有四種刮舌篦苾芻應畜云何爲四謂是銅鐵鍮石赤銅時諸苾芻便即利作刮舌傷損佛言不應利作然此四種難求佛言應劈齒木屈以刮舌苾芻劈破便用刮舌作瘡佛言劈齒木已兩片相揩去上籤刺然可用之苾芻嚼齒木已不知作聲默爾而棄遂便墮在護寺天神頭上彼生嫌恥佛言不得默棄應可作聲若不聲者得越法罪苾芻唯於齒木一事作聲而棄大小行時涕唾吐利及吐水等所有棄擲皆不作聲佛言凡有如是所棄之事皆須作聲大師既制恒嚼齒木苾芻道行卒求難得遂不敢食佛言不應斷食若無齒木應用澡豆土屑及乾牛糞以水三遍淨漱隨意餐食勿復生疑

緣處同前時具壽舍利子有二求寂一是准陀二羅怙羅後於異時尊者舍利子欲往人間告二弟子曰我欲人間隨意遊適汝等二人爲住爲去准陀白言鄔波馱耶我願隨逐羅怙羅白鄔波馱耶我住於此舍利子言若如是者以汝付誰答言以我付囑尊者鄔陀夷我依彼住報言羅怙羅彼是惡人恐行非

法答曰鄔波馱耶我事如父彼何爲惡即便付與行趣人間纔去之後鄔陀夷告羅怙羅曰汝來作如是如是事答言不作鄔陀夷瞋言癡物此尚不作餘何肯爲羅怙羅言仁豈是我親教師及軌範師耶鄔陀夷轉更瞋盛遂扼其項推出寺門便於門外啼泣而住時大世主苾芻尼與五百門人來禮佛足見其啼泣問言聖者羅怙羅何故啼泣報言喬答彌大德鄔陀夷手扼我項推令出寺彼作是念我今不應棄佛之子而向餘處即共門徒圍繞而立次有憍薩羅主勝光大王擬入園中敬禮佛足見羅怙羅同前問答王作是念我今不應棄佛之子及以佛毋而向餘處即圍繞而立次有給孤長者亦入園中敬禮佛足見羅怙羅同前問答長者作念我今不應棄佛之子及以佛母國主大王而向餘處即圍繞而住是時門外大衆雲集致有諠聲世尊大師知而故問具壽阿難陀曰何故門外多人聚集有大喧聲尊者阿難陀具以上事敬白世尊佛告阿難陀實有苾芻驅他苾芻令出寺耶答言大德實有此事佛告阿難陀苾芻但於已房可得爲主非於寺内不應驅他苾芻令出寺外違者得越法罪世尊既制不驅苾芻令出寺外時諸苾芻於弟子門人皆不敢訶責遂慢法式不肯奉行佛言應須訶責苾芻不知云何訶責佛言有五種訶法一者不共語二者不教授三者不同受用四者遮其善事五者不與依止言不共語者謂不共言語所有問答言不教授者於利害事皆不教詔言不同受用者所有供承皆不應

受衣食及法亦不交通言遮善事者所有修行善品勝事皆不令作言不與依止者謂絶師徒相依止事不共同房如佛所言應訶責者苾芻於事不爲簡擇即便訶責佛言不應隨事即爲訶責若有五法方合訶之云何爲五一者不信二者懈怠三者惡口四者情無羞恥五者近惡知識時諸苾芻具此五法方始訶責若不具五即不訶責佛言五法之中隨有一時即須訶責訶弟子時諸餘苾芻遂相攝受佛言若被親教師軌範師訶責之時餘人攝受作離間意是破僧方便得窣吐羅罪佛言不應攝受時諸苾芻皆不容許因此難調更不恭敬或有出國或有還俗佛言應令苾芻教其改悔生恭敬心彼即令其不善巧者至彼人邊告言具壽汝親教師喚乞歡喜彼更高慢佛言應令善巧苾芻教令改悔深起敬心時彼本師見來收謝便不簡別即相容捨彼於善品不能增進復有少年因斯歸俗佛言具五種法應作懺摩一者有信心二者發精進三者生恭敬四者口出美言五者近善知識佛言於此五中隨有多少亦可懺摩然諸苾芻不合訶責而訶責者得越法罪應合訶責而不訶責亦越法罪不合容捨而容捨者得越法罪應合容捨而不容捨亦越法罪若有於前黑品五法隨一現行心無恭敬應可驅出若知彼懷有慈順者應可恕之若具五黑法者即可驅出若不驅者得越法罪佛言驅出即露體驅出佛言不應露體令去若是求寂應與水羅軍持及上下二衣然後令去若是近圓或擬近圓者應與六物

驅其出寺皆不得露體令去六物者三衣坐具水羅軍持軍持有二謂是淨觸

第三門第四子攝頌曰

造寺安簷網　廣陳掃地處　求法說二童
熱時應造舍

緣在室羅伐城如佛所言樹下卧具者清淨易得苾芻依此而爲出家并受近圓成苾芻性若得長利別房樓閣悉皆得受苾芻造寺不安基階及以前簷佛言先安基階可與膝齊上置厚版立柱於上枓栱梁棟准次而安上布平版版上布甎於上復以碎甎和泥極須鞕築上安鹽石灰泥一重既爾餘皆類如前安欄楯橫牽釘柱勿令墮落時諸苾芻或於此食有鳥雀來共相惱亂應安羅網不知以何爲網佛言有五種網謂麻紵芒茅及楮皮等雖作得網不解安置佛言於網四角安小鐵鐶方便挂舉勿令雨爛後於此食鳥尚入者以物遮掩食了還開苾芻食時犬來前住希覓殘食苾芻不與望斷命終苾芻白佛佛言凡噉食時爲施畜生留一抄食時蘭若苾芻所出飲食唯與野干遮餘烏鳥烏便瞋恨作烏音聲告賊師曰林中苾芻多有金寶賊解烏語至苾芻所從其索金報言我無即便打罵苾芻曰咄哉丈夫何因打我答言汝多有金何不相與苾芻曰我居林野何處得金願勿枉打賊曰汝定有金若不見與定斷汝命苾芻曰有瞋我者妄作此言定是我怨幸當實報賊曰烏向我道苾芻曰由彼懷恨問曰何故苾芻具說上事賊師言聖者若不具言我定枉殺知已便放苾芻白佛佛言苾

苾芻局心行施有此過生由此應知留食之時普施羣生勿拘一類可於飯上以水澆濕餅須細擘散之於地隨意當食不應遮止若遮止者得越法罪苾芻造房天雨之時傍入簷下水流漫損佛言應作懸障苾芻不知云何作障佛言用版彼便遍遮遂令處暗佛言不應遍遮可留明處版求難得佛言籧篨席等權用遮障既遭雨濕蟲蟻便生佛言夏雨時安餘時應去

根本說一切有部毗柰耶雜事卷第十三

音釋

氍毹氍强魚切毹山芻切氍毹毛席也　衦古旱切展衣也　摩㑵徒耐切與袋同　帔普義切裹衣也　笐胡浪切與桁同衣桁也　氎徒協切細毛布也　瓨下江切長頸甖也　萎於爲切枯悴也　敞昌兩切與廠同　檔丁郎切窻陽也　僧脚崎梵語也此云掩腋崎去奇切　鯁古杏切刺也　篦邊迷切竹器　鍮他侯切銅似金者　劈普擊切破也　漱蘇奏切盪口也　扼於革切握也　囂許驕切喧也　枓枅枓當口切栱枓也枅結奚切欂櫨也　甎職緣切甓也　擘傳陌切釽也　籧篨籧强魚切篨直魚切籧篨竹席也

根本説一切有部毗柰耶雜事卷第十四

唐三藏法師義淨奉　制譯

第三門第四子攝頌之餘

縁處同前時給孤獨長者每於晨朝往逝多林禮世尊足禮已掃寺内地後於一時長者他縁不遑入寺世尊經行見地不淨起世俗心作如是念如何令彼帝釋天主從香醉山持篲來至諸佛常法起世俗心乃至蟻子咸知佛意若起出世心聲聞獨覺尚不了知況餘能測時天帝釋既觀知已便作是念大師何故起世俗心乃見世尊躬欲掃除逝多林地既知佛念便詣香醉山中取五百上妙掃篲輕輭如綿至佛前住爾時世尊意欲令彼樂福衆生於勝田中植淨業故即自執篲欲掃林中時舍利子大目乾連大迦葉波阿難陀等諸大聲聞見是事已悉皆執篲共掃園林時佛世尊及聖弟子遍掃除已入食堂中就座而坐佛告諸苾芻凡掃地者有五勝利云何爲五一者自心清淨二者令他心淨三者諸天歡喜四者植端正業五者命終之後當生天上後時給孤長者來入林中聞佛世尊及大弟子躬自執篲遍掃林中便作是念如來大師及諸聖衆躬自執篲掃逝多林我等云何敢以足蹈時彼長者情懷愧悚立不敢前佛知故問諸苾芻曰立者是誰苾芻白言大德彼是給孤長者聞佛世尊及大弟子各親執篲掃逝多林情懷愧悚當處而立不敢前行佛告長者口誦經法當可前行由佛世尊敬重法故諸阿羅漢皆尊敬法長者即誦伽他行詣佛所禮雙足已退坐一面爾時

世尊爲説妙法開示勸導讚勵慶喜是時長者聞法踊躍奉辭而去時諸苾芻咸皆有疑請世尊曰希有大德自於正法生尊重心讚歎恭敬佛言今者如來離染瞋癡遠生老死無憂悲苦具一切智於一切境皆得自在於法尊重讚歎正法未爲希有汝等當知我於往昔具染瞋癡未離生老病死現有憂悲苦惱爲法因縁捨自身命汝今善聽我當爲説乃往古昔婆羅痆斯城中王名梵授以法化世人民熾盛安隱豐樂應説如餘時梵授王深信正法禀性賢善自利利他憐愍一切常行惠施有大慈悲離染著心曽無悋惜後於異時王大夫人忽然有娠便生異念求聞妙法夫人白王王命相師問其所以彼白王言由大夫人所孕聖胎遂生是念爾時大王即爲求法便勑大臣盛金滿箱周遍國界奉金求法竟未遂心月滿生子顔容超絶衆相具足廣説如餘王作是念此兒端正人所樂觀未生之時已希妙法宗親共集與作何名大臣白言王子未生已希妙法應與立字名求妙法王令八毋乳養供承廣如餘説乃至如蓮出水年漸長大常求妙法竟未遂心王崩之後自紹王位告諸羣臣卿當爲我求於妙法羣臣受勑即持金箱遍贍部内處處求訪無法可得臣白王言在處遍求無法可得時求法王不滿所願常懷憂惱時天帝釋觀知王心爲求法故而懷憂惱即作是念王雖如此眞僞未知我應往試遂即變身爲大藥叉舉手張目形容可畏至王前立便説頌曰

常修於善法　不作諸惡行　此世及後生

寤寐常安樂
王聞此頌心大歡喜告藥叉曰仁者當重爲我說此伽他時彼藥叉即報王曰王用我語我當爲說王曰唯然願爲宣說隨意無違時藥叉曰大王若實樂法者可作火坑七日七夜燒炭猛焰投身入中我爲重說王聞斯語倍增欣躍報藥叉曰此不敢違王即宣令遍告國中我爲樂聞妙法七日之後當入火坑一切有緣樂希有者可來觀我既宣勑已舉國皆知無量衆生至期咸赴由王重法至誠所感於虛空中復有無量百千諸天鼓樂絃歌香花供養慶希有事重王至誠悉皆來集時彼藥叉七日既滿便昇虛空告菩薩曰所期已至可入火坑爾時大王遂立太子紹繼王位普召羣臣咸乞歡喜共爲辭別漸近火坑臨岸而立即說伽他曰

如是炎熾大火坑　紅焰如日令人怖
我今歡喜投身入　爲法曾無悔懼心
令我雖處火坑中　決定當求希有事
願此福利資含識　猛火變作妙蓮池

爾時大王說伽他已便自投身入火坑內放身纔下時大火坑變作蓮池清涼可愛是時菩薩身無虧損時天帝釋見其希有人天歸敬復帝釋身即爲彼王重說前頌

常修於善法　不作諸惡行　此世及後生
寤寐常安樂

爾時菩薩受斯頌已即出池中書之金葉遍贍部洲城邑聚落咸悉告知普令修學汝等苾芻勿生異念往時求法王者即我身是爲求法故委棄身命何況今時於勝妙法不生

尊重是故汝等應當修學我於妙法恭敬供養尊重讚歎如是誠心依法而住自利利人法皆具足苾芻聞已歡喜奉行

如世尊說若掃地時有五勝利時有老宿苾芻棄禪誦業入逝多林皆親掃地佛言我於知事人作如是說非諸耆宿苾芻修行業者然於我所依善法律而出家者有二種業一者習定二者讀誦苾芻聞佛為知事人容作是說其知事人不能遍掃逝多林地佛言隨要當掃若月八日或十五日應鳴揵椎總集衆僧共為灑掃時諸苾芻既奉佛教於掃地時談話俗事遂使護寺天神及非人類并餘衆聞說戲論生嫌賤心佛言不應爾應說法語或聖默然時諸苾芻既掃地已塵土坌身不信敬人見生嫌賤佛言既掃地了除去糞穢應可洗身若不洗者以水濕手拭去塵坌洗手濯足如常所為佛言每至八日十五日觀察牀敷苾芻總作佛言不應爾可令弟子詳審觀察恐有蚤虱及以汙穢如佛所言見淨掃地誦經而蹈者苾芻灑地然後淨掃作曼荼羅餘人見時不敢足蹈佛言應誦伽他蹈過無犯勿生疑惑如是應知諸香臺殿旛竿制底如來形影皆誦伽他然後足蹈若不爾者得越法罪

爾時北方有一國王送二童子與勝光王以為國信一名馱索迦一名波洛迦其馱索迦能作飲食波洛迦解敷牀座凡邊國人性多饕餮每因遊行便入市中取他魚飯隨意而食爾時食主即便苦打時二童子還至王所白言大王我向廛中少取魚飯時彼家人苦

打於我極困幾死王聞語已勑告市人汝等當知所有飲食自須掌護我此二童不應輙打後於異時王罷朝已暫爲偃息時二童子各在一邊爲王按摩揺動王足見王不語一云王睡二云如是王聞起念豈非此二有私語耶遂便佯睡伺其所説時馱索迦告波洛迦有後世耶答言何有後世時波洛迦告馱索迦曰世間頗有阿羅漢不馱索迦曰世間無有阿羅漢果時王聞彼二童語已便作是念此二童子倶起惡見一是斷見一是邪見王告大臣大臣轉語遂令國内遠近咸知王二童子是邪惡見人時給孤長者於大衆中分明告示震師子吼作如是言若於我舍而命終者必得生天王聞語已作如是念長者若來此二童子我當付囑後於異時給孤長者來至王所自將小童持其坐物既置座已爾時童子即便出外與餘童子共爲戲樂小童去後王作是念今正是時以二童子用相分付即便竊告守門人曰長者童子匆使入來門人奉教不令其入長者坐久心念還家從座而起顧盻使童王言長者何所顧耶白言大王我覓使童王言長者我有二童今付長者可領將去彼觀王意俛仰而取復作是念何因大王付我二童後思此二先是惡見王今試我令遣將去是時長者即共還家既至家已命掌庫人曰此二童子所須之物悉皆給與又復告彼市肆諸人若二童子有所須者君可與之明書價直我倍酬還時二童子至掌庫所求索所須皆隨意得告掌庫者曰我所求覓君皆與耶答言盡與童子復問

誰遣如是答是長者二童相謂長者於我父毋無異我所求者皆悉無違復於異時相隨及市諸人遥見皆喚二童汝來我處隨意所食二童報曰昔時遥見各掩食盤今日遠觀悉皆喚我非無所以幸爲説之諸人答曰汝昔强飡一無酬直今時長者倍還其價我等緣斯故相命食二童聞已復相謂曰長者慈悲深見憐愛還白長者若有作業幸當見付報言且住後當令作後時長者將彼二童入逝多林俱持箒帚令掃僧地長者有緣須還本宅告二童曰我緣須出汝等且留淨掃寺中屏除糞穢作是事已方可還家地既淨已欲除糞掃佛神力故令糞無盡時此二童孝敬於主竭誠用力除糞不停爾時佛告阿難陀曰爲此二童應留殘食時阿難陀留殘命食二童作念要除糞了我當還家而不食此聖者殘食佛以神力除東畔時西畔還在除西畔時東畔還在如是艱辛至日將暮佛告阿難陀令此二童當近汝宿汝復遍告諸苾芻等我先所説善事當隱惡事顯露欲令二童捨惡見故宜現其善汝等苾芻有得定者如定而住至於初夜時阿難陀宣佛教已時諸苾芻即於初夜或放光明或現奇相二童見已告阿難陀曰此是何物阿難陀曰彼是阿羅漢現諸神變時二童子白言聖者於世界中有阿羅漢耶阿難陀曰豈汝二人不自親見何所致疑然此二人先起邪見謂無應供今見神通邪見便息心生正見佛於中夜起世俗心如何令彼釋梵諸天咸來至此廣説如上時諸天衆觀知佛心咸來佛所由彼

威力有大光明二童見已問阿難陀此是何光答曰此是梵釋及餘天衆來詣佛所現此光明問言聖者有他世耶答曰汝既親見何所致疑彼二童子先時邪見謂無後世今見天衆即於此時生正見心深自慶幸俱詣佛所頂禮雙足退坐一面爾時世尊稱其根性說四諦法示教利喜令得開悟以金剛智杵斷二十種有身邪見山證預流果既得果已重禮佛足白言世尊我今願於如來善說法律出家近圓成苾芻性勤修梵行世尊即便命言善來馱索迦波洛迦汝修梵行時彼二人於佛言下鬚髮自落瓶鉢在手如初剃髮經七日來進止威儀同百歲者頌曰

世尊命善來　髮除衣著體　威儀如百歲
隨佛意皆成

爾時世尊親教授彼二苾芻精勤無倦未久時間得羅漢果廣說如餘乃至梵釋諸天所共敬重爾時世尊度馱索迦及波洛迦令出家已勝光大王既聞是事情生嫌恥如何世尊度此邪見令其出家斯非善事由彼邪見人所共知世尊聞已作如是念於我衆中聲聞弟子諸惑斷盡功德尊重同妙高山如何國王生輕慢想斯成大失我今宜可彰彼二人有殊勝德時給孤獨長者來禮佛足在一面坐聽佛說法示教利喜于時世尊默然而住長者即便從座而起合掌恭敬白言世尊唯願大師及諸聖衆明就我家爲受微供佛默然受長者知已禮佛而去爾時佛告阿難陀曰汝今宜去告馱索迦波洛迦曰汝等二人明日宜應至長者家爲衆行水于時尊者

奉佛教巳至二人所具陳佛教時彼二人奉佛勑巳報言尊者如世尊教我當奉行便作是念何故世尊捨諸耆宿及以中年於我二人曲爲顧命令我行水豈非世尊欲於我所彰其勝德我等宜應滿世尊願爾時長者即於其夜具辦種種淨妙飲食所謂五噉食五嚼食即於晨朝敷設牀座及盛水器莊嚴巳訖遣使白佛飲食巳辦唯願知時爾時世尊著衣持鉢與苾芻衆詣長者家至其食處就所設座及諸大衆悉皆坐巳是時長者復遣使人白勝光王曰我於今日在自家中請佛及僧微設供養唯願大王暫來隨喜時王聞巳便與太子及内宫人扈從相隨至長者宅共申隨喜既至佛所禮足而坐爾時具壽馱索迦於上座前立手執瓶水神力加持令所注水從上至下次第洗手爾時具壽波洛迦於下座前立執淨瓶水神力加持亦令其水從下至上次第嗽口時勝光王見是事巳便作是念斯何耆宿大德苾芻親於佛前敢現神力即起尋水至下座邊見波洛迦手持瓶水後更尋水至上座邊見馱索迦持瓶而立極生希有長舒右手出讃歎言希有佛陀希有達摩善哉正法能於現世令馱索迦波洛迦等捨罪惡見證獲如是殊勝之德時彼長者既見大衆悉坐定巳便以自手行諸飲食大衆飽巳洗手嗽口嚼齒木巳屏除鉢器即取小席親於佛前長跪聽法爾時世尊爲勝光王及大長者隨機説法示教利喜從座而去時諸苾芻至住處巳咸皆有疑請世尊曰大德此馱索迦波洛迦曾作何業生在邊地

一是斷見一是邪見又作何業於佛法中而爲出家斷盡諸惑得阿羅漢佛告諸苾芻此之二人自所作業果報成熟廣説如前乃至果報還自受之汝等諦聽乃往古昔此賢劫中人壽二萬歲時有迦葉波佛出現於世時此二人投彼佛法而爲出家二人爲伴往詣邊國無教授師自修禪定實無所證作證解心臨命終時誹謗聖法生邪見心作如是語迦葉波佛誑惑世間斷盡煩惱得阿羅漢我於諸惑不能斷盡何有餘人得阿羅漢汝等苾芻勿生異念往時二人無師習定者即馱索迦波洛迦是由謗聖法生邪見故經歷多時墮於惡趣復於多生常處邊地起邪見心乃至今身還生邊地起邪見心由彼二人讀誦受持蘊界處緣生道理及處非處悉皆善巧由斯業力於我法中出家修行斷盡諸惑得阿羅漢無師習定有如是過是故汝等不應無師輙自習定若輙學者得越法罪

緣在室羅伐城有一長者於蘭若處造一小室時有苾芻於此而住時屬春陽爲熱所逼形色萎黃瘦損無力欲移住處往白長者仁當守護我欲他行長者問曰有何闕少而欲他行苾芻答曰我無闕乏然爲時熱室小難居長者答曰若畏熱者爲造地窟答言長者佛未見聽苾芻以緣白佛佛言須地窟者隨意應作長者爲作至夏月時復多濕氣便不堪住後白長者我欲他行同前問答然爲地濕瘀瘡病增不堪居住長者答曰若如是者爲造大舍苾芻告曰世尊未許苾芻以緣白佛佛言任爲大舍長者便造以無簷故柱危

欲破以緣白佛佛言安簷若恐摧者應安邪
柱以釘釘之
第三門第五子攝頌曰
石鹽安角内　藥器用氍毹　安替誦經時
以物承其足
緣在王舍城竹林園中時具壽畢隣陀跋蹉
從出家後身常抱疾有同梵行者來相問訊
言上座四大安隱不答言我患寧有安隱復
問上座比來曾服何藥答曰曾服石鹽若爾
令何不服答言賢首佛未聽許苾芻以緣白
佛佛言我今聽諸苾芻應畜先陀婆鹽苾芻
隨處安置遂令銷滅佛言不應如是隨宜安
置應可畜筩便安竹筩亦還銷失佛言應用
角筩安鹽於内遂用新角更令臭穢佛言應
用牛糞水煑洗乾無損佛言石鹽應安角中
者不解安蓋塵土便入佛言著蓋苾芻不解
佛言還應用角時畢隣陀跋蹉因患問答同
前須畜藥椀佛言應畜
緣在室羅伐城時有長者娶妻未久便生一
息年漸長大遂於善説法律而爲出家但卧
空牀未有氈席長者後時入寺遊觀便見其
子但卧單牀更無氈席告言聖子自餘苾芻
皆有氈席汝何故無答曰諸人多是宿舊出
家先來貯畜我新捨俗由斯未有答言若爾
我舍有好氍毹可用敷卧答言佛未聽許以
緣白佛佛言聽用氍毹苾芻即便不以物襯
赤體而卧遂多垢膩長者入寺見其垢惡便
不識認問其子曰更得褥耶答言舊物父言
因何垢汙以至於此答曰爲無襯替致令汙
染父曰此貴價物令其損壞汝今宜可安替

而用苾芻以緣白佛佛言雖是私物亦應安
襯若不著者得越法罪
緣處同前佛言應誦經者可昇高座其人坐
師子座下垂雙足致有勞倦佛言應作承足
牀苾芻不解佛言若座不移動應以甎作若
移轉者可用版爲雖以版作移舉時難可於
四角各安鐵鐶隨意擎去時有求福苾芻及
信心俗族於足趺上塗以香泥時誦經師不
敢足蹋佛言以草及葉替而方蹋勿致疑心
緣處同前佛言作承足牀林中苾芻此物難
得垂足勞倦以緣白佛佛言以石支足
第三門第六子攝頌曰
拭面巾踈薄　唾盆并襯體　鐵槽砌基地
日光珠浣衣
緣在王舍城畢隣陀跋蹉身常抱疾頭面垢
膩問答同前乃至上座先持何物答曰持拭
面巾令何不持答言佛未聽許以緣白佛佛
言有病無病應持面巾
緣處同前畢隣陀跋蹉苦熱身黄問答同前
乃至上座先持何物答曰持踈薄衣令何不
持答言佛未聽許以緣白佛佛言熱時應著
踈薄之衣
緣在室羅伐城時有苾芻苦患痰癊於牀兩
邊棄其涎洟令不淨潔天將欲曉門人入房
禮問安否洟唾汙額苾芻見問即以事答苾
芻曰我試觀之便入房中見其洟唾牀邊狼
藉告諸苾芻共生嫌恥云何苾芻於僧房中
洟唾不淨以緣白佛佛言非是合棄洟唾之
處不應輒棄若在闇中不頭扣地而爲禮拜
須致敬者口云畔睇但有請白咸應如是若

患傷寒涎洟流出應以器承著器物時致有傾側更多穢汙佛言可安支物彼置圓繩然猶傾側佛言其承唾盆及洗口器形如象跡底凸向内置地安隱棄唾水時即便却出佛言盆内安物苾芻不解佛言應截草置中或安沙土等有多蠅附佛言應扇去之盆有臭氣佛言時時應洗洗已不曬致有蟲生佛言曬乾復有苾芻涎唾不止待器乾時事便廢闕佛言應畜二盆更互而用苾芻簷下讀誦經行若洟唾時隨處棄擲佛言不應爾棄者得越法罪然於寺中四角柱下各安唾盆若有唾者可棄於此

緣在室羅伐城時有苾芻名曰毛血昔於五百世若生若死常處地獄後生人趣處在居家常好嚴身戲樂無猒不思地獄後於異時在佛法中出家修行見佛説法於三藏教説地獄苦傍生餓鬼人天差别聞地獄時極苦現前身諸毛孔並血流出衣裳點汙常有臭氣苾芻以緣白佛佛言如此苾芻應畜襯身衣苾芻即便披在衣外遂生譏醜佛言應在内披其身瘡癢將此衣揩佛言不應如是若有膿血當以樹葉作湯徐徐洗除其襯身衣時時浣染曬曝令乾

緣在王舍城具壽畢隣陀跋蹉身常抱疾同梵行者問答同前乃至上座先持何物答曰曾持鐵槽安藥湯浸若爾何不持用答言佛未聽許以緣白佛佛言病者當畜鐵槽

緣在室羅伐城時諸苾芻於夏雨時旋繞制底有泥汙足佛言應可布甎上以碎甎和泥打之復安礓石灰泥塔大甎遍佛言應齊一

尋此亦難辨佛言安版復更難求佛言步步安甎苾芻寺門及寺內地多有泥陷佛言如上所作准事應爲

緣處同前有一長者於靜林中造一小舍苾芻寄住時當寒節苾芻觸冷身形羸瘦來告長者曰我欲他行答言聖者有所闕耶答言無乏但爲苦寒長者曰仁住於此我與日光珠令常得火答言長者佛未聽許答曰佛大慈悲必聽受用苾芻以緣白佛佛言若須日光珠者聽畜隨時出火長者便與苾芻受用時有王百羣賊欲打小城過苾芻處告言須火報曰現無賊曰何方得火答曰賢首有日光珠能出於火便示其處賊去破城迴至於此欲奪其珠問珠何處苾芻示珠賊取而去苾芻患寒至長者所報言我寒具如上說長者曰珠在何處答曰有賊將去長者曰此貴價物不密舉掌令賊將去深成可惜苾芻以緣白佛佛言此之貴珠不應示賊應與其火如火光珠月光亦爾

緣處同前六衆苾芻令浣衣人洗濯衣服時浣衣者多得他衣洗浣未了時鄔波難陀至日晡後便持故衣詣洗衣處報言爲洗答曰現有多衣明當爲洗便生忿怒彼言勿瞋可留而去我今爲洗即便留衣與衆多衣一處同浸遂令赤色染壞他衣彼見愁惱掌頰而住多人來見皆共譏嫌苾芻以緣白佛佛作是念由浣衣故生衆譏嫌告諸苾芻曰鄔波難陀以赤色衣汙他衣物是故苾芻不應以赤色衣令他洗浣作者得越法罪六衆聞已便將白衣令彼洗浣彼便撥打令衣損破佛

言苾芻衣皆不應令浣衣人洗
緣處同前六衆聞佛不許令他洗浣衣物即便持衣至浣衣處以物纏頭於池水邊自洗衣服衆人見譏苾芻以緣白佛佛言苾芻不應至浣衣處自洗衣服作者得越法罪
緣處同前苾芻便於大版木上撥打浣衣令衣破壞佛言不應爾應在盆中以煖水浸徐徐自手洗濯令淨佛令手洗苾芻不能佛言用脚時有手足皆悉不能佛言令他爲洗應可自看

根本說一切有部毗柰耶雜事卷第十四

音釋

篲徐醉切竹掃帚也　輭而兗切與軟同　悚息拱切懼也　疕女黠切　坌蒲悶切塵坌也　濯直角切浣也　蚤虱蚤子皓切虱音瑟　饕餮饕土刀切貪財也餮他結切貪食也　廛直連切市邸舍也　扈從扈侯古切後從曰扈從疾用切隨行也　筩徒紅切竹筩也　襯初覲切近身衣也　瘙先到切小痒瘡也　礓居良切　撒桑葛切側手擊也

根本說一切有部毗柰耶雜事卷第十五

唐三藏法師義淨奉　制譯

第三門第七子攝頌曰

拭身覆蛇咽　石器生疑惑　染衣有多種
隨意畫伽藍

緣在室羅伐城苾芻洗已濕體披衣色壞兼臭苾芻以緣白佛佛言應畜拭身巾時有苾芻無巾可得佛言洗已片時蹲地以洗裙拭體然後披衣苾芻革屣上有塵土即便撥打令綱系斷佛言不應爾復用水洗轉加爛壞佛言不應爾可將濕帛拭是故苾芻應持拭鞋履物（言洗裙者可用絹布一幅半長六尺許橫繞腎髁擻勿令脫更不安帶是西國法也）

佛在占波國揭伽池側時有龍女信心純善其子不信不依法律其母遂便勸令聽法子今宜去於聖者邊聽聞正法令汝獲福其子不變本形而去至誦經處少年苾芻見之驚怖便唱長腰長腰其餘苾芻未離欲者皆生恐怖即以毛繩繫其龍項擲於寺外其子歸家母見問言汝向聖者處聽正法不答言阿母不須說此無慈愛人母曰彼於汝處作何非法即便具說毛繩損項母曰由此因緣名為聖者若是餘類殺汝無疑子便默爾時彼朋友皆共譏笑唱言破項見調弄時身體黃瘦氣力衰弱母見告曰何故汝身萎黃若是答言阿母常有知識調言破項我負羞恥致斯羸瘦母曰由汝不變本形遂招此過若變形去不被毛繩令可變形往聽妙法隨所聞見皆稱汝心若依本形藏身而聽彼之信心不隨母語默然而住母作是念聖者毛繩繫

龍子項欲聽法者與作難緣我令爲此當往白佛過初夜分身放光明來至佛所禮佛雙足在一面坐由彼龍女身光明故令揭伽池周遍照耀龍女白佛言大德我子不信勸令聽法至誦經處聖者既見便以毛繩急繫其項棄之寺外項便傷損彼諸朋友見而調弄唱言破項由被戲弄身體萎黄氣力羸損唯願世尊於諸聖衆略爲遮制勿以毛繩繫諸龍子慈愍故世尊知已默然受請是時龍女禮佛而去爾時世尊至天曉已於僧衆前就座而坐告諸苾芻曰昨日龍女來至我所禮雙足已退坐一面由彼威光遍照池側悉皆明朗而白我言大德我子不信勸令聽法至誦經處聖者既見便以毛繩急繫其項棄之寺外項便傷損彼諸朋友見而調弄唱言破項由被戲弄身體萎黄氣力羸損唯願世尊於聖衆略爲遮制勿以毛繩繫諸龍子慈愍故告諸苾芻曰汝等何因作非法事令彼龍神心生輕慢能使正法遂至銷亡故諸苾芻勿以毛繩繫龍蛇項若見來時即可彈指告言賢首向不見處隨言去者善若不去者以羊角杖緩杈其頭置甕坑中傍邊穿孔口以物塞擘之出外此杖無者以輭條等繫項牽出此亦無者應以杖徐按繩索繫項擧置堀中如前棄外放草叢中蛇縱瞋火焚燒此草蛇亦命終佛言不應棄草叢內後棄露地不久觀察便有諸蟲來相唼食佛言棄已不應即去可於露地棄之待入穴已然後可去

緣在王舍城城中有一長者善閑石作造諸石器隨時貨賣多獲利物便作是念作何方

便獲多福業能於現世得利無窮我今宜可請佛及僧就舍供養於石器中而噉飲食獲多福業得利無窮即詣佛所廣説如上乃至佛衆皆來就家坐定長者便將新器行與上坐舊器授與下行苾芻生疑不肯爲受佛言出處淨故應爲受之勿致疑惑長者供養皆令飽滿佛爲説法從座而去

緣在室羅伐城苾芻須染世尊聽許苾芻煑濕染木令染色壞佛言曬乾然後煑用於日中曬令染不好佛言不應日中曬曝於陰處曬致令醭出佛言非在烈日復非極陰隨時曬曝又復以衣與染木同煑令衣損壞佛言别煎染汁一度煑已即便棄擲佛言三煑方棄苾芻三度煑汁皆一處安佛言三皆别安不能記知何者初中後佛言書字記其次第苾芻以汁澆在衣上佛言不應先於盆中置染汁已然後投衣便多著汁曬時流下佛言不應多著或時染少令衣斑駮佛言不得極多極少應處中斟酌在地曬衣塵土便汙佛言不應爾復於草束上曬汁向一邊佛言可於繩上或在竿上便搭繩上中無染色佛言可於繩上搭衣一邊以竹來夾定若恐損衣以物替夾苾芻不數翻轉汁向一邊佛言應數翻轉時有苾芻作重大衣染安繩上重不能勝佛言敷草上曬數須翻轉有以新汁而染舊衣有以新衣投以舊汁佛言新衣新汁舊衣舊汁不應異此有以新衣曝於陰處便以故服曬在日中佛言新在日中故於陰處染衣之時以第三汁先用染衣次中後初佛言先初次中及後染衣既竟不以水挼衣色

斑駮佛言應以水挼苾芻染了當日水挼佛言應待明日正染衣時風雨來至苾芻慞惶不知何處欲曬衣服佛言應置簷前即於簷前染衣令染汁汙地俗旅見問聖者何因此處得有流血答言非血是我染處遂生譏醜苾芻以緣白佛佛言染衣之處或以牛糞或用土塗拭

緣處同前給孤長者創造此寺施佛僧已所有牆壁未爲彩畫便作是念我今請佛欲畫僧寺至禮佛足退居一面白言大德寺牆未畫我今欲畫佛言隨意長者不解來白苾芻苾芻不知用何彩色便往白佛佛言善哉長者不知汝今復問應用四色青黃赤白及雜彩色以充圖畫

第三門第八子攝頌曰

造寺所須物　穿牀禮敬儀　別畜剃髮衣
花鬘掛眠處

緣處同前於此城中有一長者施食苾芻數至其舍遂令長者住歸戒中後於異時因說七種有事福業報言聖者我欲隨一福業發意修營苾芻答曰善哉應作問言聖者我作何事答曰可爲衆僧修營住處聖者我今現有造寺之直然無善伴助我修營答言長者仁當辦物我助修營善哉聖者即授錢物苾芻念曰此物即是屬四方僧如何費用造器具耶我於餘處別更求覓長者錢物貯於庫中後時長者作如是念聖者好心爲我造寺試往觀察其狀如何往觀其處一無營造問苾芻曰許爲造寺何意空無答曰既無作具用何營造報言施物何不營爲答曰物在庫

中長者曰宜用此物造諸器具答曰此物屬四方僧我不敢用長者言造寺元屬四方衆僧費用何過答言長者我往白佛有教當行長者言隨意往白便告諸苾芻苾芻白佛佛言此物用造器具修營寺宇時彼苾芻營造寺時巡家乞食長者見恠爲我造寺因何行乞寺中錢物可充食用如其少者我更持來答曰豈我一人食四方物長者言我意相通此有何過苾芻曰我問世尊苾芻白佛佛言營作之人應食寺物雖聞許食尚噉麤食佛言不應麤食彼作上食佛言不應絶上應觀餘寺體例爲食

縁處同前時有苾芻忽患腹痛數去迴轉致有疲困苾芻白佛佛言於牀穿孔隨時轉易即於好牀穿破作孔佛言應取故牀若藤織者應割爲孔若傜編者擘開爲穴若病差後隨事料理由數迴轉下部瘡痛佛言於牀孔邊可安輭物不淨墮地以瓦盆承勿令高舉糞臭外棄更覓餘盆如是展轉無器可得佛言不應總棄可畜二盆洗而曬乾無第二盆應安樹葉其盆雖洗臭氣不除應用油塗如佛所教應看病人時有老少苾芻咸來問疾少至便禮病人老來病人致敬縁此祗接病苦轉增佛言彼身不淨不應敬禮自身汙染不合禮他設他禮時亦不應受若有違者俱得越法罪具壽鄔波離請世尊曰如世尊説若不清淨不應受禮亦不禮他者大德不知總有幾種不淨汙染佛告鄔波離有二種不淨一噉嚼不淨二穢汙不淨言噉嚼不淨者謂嚼齒木噉諸飲食根果餅菜之類若食噉

時及以食了未淨漱來皆名不淨穢汙不淨者謂大小便及以料理不淨處并剃髮時乃至未淨洗濯漱口已來皆名不淨有如是等不淨觸時受禮禮他咸招惡作金口明文此方不用致令軌則並悉淪沉

緣處同前具壽鄔波離請世尊曰大德如世尊說妙花婆羅門作如是語白言喬答摩我乘車時或控馬轡或舉鞭大喝當爾之時願表知我婆羅門妙花頂禮佛足并問訊起居又言喬答摩若復見我涉路行時或脫革屣或時避道或時舒臂當爾之時如前表知我申敬問又言喬答摩或時見我在自衆中共人談說若移坐處或去上衣或除頂帽當爾之時如前表知我申敬問世尊未審如來聖教之中亦同如是禮敬法耶佛告鄔波離不應如是而行禮敬凡是口云我今敬禮但是口業申敬若時曲躬口云畔睇此雖是禮而未具足然鄔波離於我法律有二種敬禮云何爲二一者五輪著地二者兩手捉腨而皆口云我今敬禮彼云無病若不爾者俱得越法罪

緣處同前時諸苾芻隨著何衣剃除鬚髮還披此服而爲食噉及禮大師不信之人見生嫌恥沙門釋子實不清淨用剃髮衣便將噉食還披此服敬禮大師我等云何於此生敬苾芻白佛佛言不於三衣隨披其一而剃鬚髮然應別畜剃髮之衣即縵條是應披此衣而除鬚髮時有貧人此衣難得佛言應用僧脚欹遮身而剃除髮了時苾芻不洗諸俗人見皆共譏嫌沙門釋子剃鬚髮已不知洗浴可惡

之甚苾芻白佛佛言剃髮了時宜應洗浴時有老病氣力衰微或復有時求水難得佛言如此之類應洗五肢謂頭及手足

緣處同前時有敬信婆羅門及居士等以妙花鬘來施苾芻皆不敢受俗人報曰聖者廣說如上乃至我今豈可捨諸善品往後世耶幸當爲受苾芻白佛佛言見施花鬘宜應爲受彼受得已隨處棄擲彼見嫌曰我以貴價買得此花供養仁等何因漫棄佛言不應輙棄苾芻便用於髮爪窣覩波懸以供養彼言聖者豈我不見髮爪塔耶我於先時已供養塔今故持來奉上仁等苾芻得已挂房門上俗人見時謂是佛殿即便敬禮佛言勿安門外應置房中彼露處安同前招過佛言應安屏處時復齅香但是香物能益眼根苾芻不知云何屏處佛言可於卧處挂在頭邊

第三門第九子攝頌曰

好座并牀施　香泥及鉢籠　油器法語行
衣袋持三索

緣在室羅伐城佛告諸苾芻若得妙好牀座僧伽應受別人不許得大倚牀此亦是僧非別人也

緣處同前信敬俗人以上香泥來施苾芻皆不敢受俗旅報曰聖者我今以仁爲福田廣說如上乃至我今豈可捨諸善品往後世耶幸當爲受苾芻白佛佛言應受既受得已對面棄地彼起機嫌我以貴價買得此香仁今棄擲苾芻白佛佛言不應棄擲便將塗拭髮爪佛塔廣說如前乃至受已應置頭邊塗於壁上時時鼻齅凡諸香物能令眼明時有信

心長者請苾芻衆就舍而食以上香泥塗苾芻足皆不敢受報言聖者諸有信敬婆羅門他施香泥彼得塗頭或摩身體我敬仁等以香塗足因何不受苾芻白佛佛言爲受塗足香泥受已棄擲諸俗人見廣說如前善哉仁等當爲我受將至寺中隨情所作苾芻白佛佛言如前不應對面棄擲

緣處同前時諸苾芻隨處安鉢令其損壞苾芻白佛佛言不應隨處安鉢應爲鉢龕時諸苾芻穿牆而作佛言不應如是初造寺時於諸房中作安鉢處佛言應作鉢龕者蘭若苾芻無作龕處佛言應用葛蔓或以草索編籠塗以牛糞或將泥拭置鉢於中有塵土入佛言還如是作蓋合之不應置地還可施系挂在樹枝苾芻出行隨身將去不信者見共起譏嫌問言聖者所持之物爲是雞籠及安獮猴耶佛告若出行時不應持去可留舊處

緣處同前時有苾芻人間遊行至一聚落求停止處主人既許即便洗足復從乞油其家有女將油來施苾芻無器展手欲受女人報言聖者雖解乞油不知持器報言小妹佛未聽許女人默然苾芻白佛佛言應持油器聞佛聽許時鄔波難陀將二弟子各持油器相隨乞油有一婦人將油來施見器極大椎胷告曰聖者誰能施滿此大油瓶苾芻曰奇哉慳惜隨汝意施更有信心婆羅門等自當添滿女人默然苾芻白佛佛言不應持大油器從人乞覓佛制大已便持小器將以乞油所用不足佛言不應持極小器然器有三種大者二抄小者一抄二内名中應如是畜

緣處同前有二苾芻一老一少隨路而行說非法語時有不信心藥叉聞其所說而作是念此釋迦子談說非法隨路而行我今宜可吸其精氣即隨後而去復作是念前事已去此不可追更作邪言當吸精氣相隨去時復遇藥叉是敬信者彼便問曰汝欲何之以事具答彼便報曰此二行人必論法語汝宜且待勿逐苾芻我今共汝且申談論答言知識我於此二必不相放時二藥叉即隨後去彼二苾芻說非法語至歧路邊一詣給孤獨園一向鹿子母舍時彼小者禮上座足唱言好去上座答言具壽願汝無病勿爲放逸時二苾芻各隨路去彼不信藥叉奮迅形儀欲吸精氣後來藥叉報言汝今不應輒爲造次彼二苾芻已說妙法汝自不解漫生瞋恚彼復問云何者是法汝豈不聞大云無病勿爲放逸得無病者佛言大利勿放逸者衆善之本如世尊說

若不放逸者　能得不死處　若作放逸人
終歸於死路

彼聞法已心生歡喜隨路而歸時後藥叉便作是念此即是我所爲之事我今宜去白世尊知既至佛所禮雙足已在一面坐白言大德有諸藥叉是非人主於佛法中情懷信敬復有藥叉專懷不信凡藥叉衆於佛法中多不敬信諸有苾芻隨路行時作非法語恐藥叉聞作無利事唯願世尊制諸苾芻應存正念隨路行時莫非法語願慈悲故世尊知已默然而受時彼藥叉知佛許已禮足而去爾時世尊藥叉去後於大衆中就座而坐告諸

苾芻曰我聞樂叉作如是説苾芻在道作非法言隨路而去無信藥叉伺求其便爾所爲非諸出家者隨路行時作非法語是故我今制諸苾芻隨路行時所有行法苾芻涉路行時有二種事一作法語二聖默然於止息處説聖伽陁

世間五欲樂　或復諸天樂　若比愛盡樂
千分不及一　由集能生苦　因苦復生集
八聖道能超　至妙涅槃處　所爲布施者
必獲其義利　若爲樂故施　後必得安樂

緣處同前苾芻作三衣竟置在肩上隨路而行遂被汙霑幷塵土汙佛言應以袋盛置肩而去苾芻不知如何作袋佛言可長三肘闊一肘半其一肘半中疊縫之一頭開口形如象鼻佛言不應如是可當中開口不安鉤紐塵土猶入佛言應安鉤紐苾芻以常用衣置之於下非常用者安在於上取時翻攪令衣雜亂佛言常用者在上非常用者在下

緣處同前時有羣賊於路劫人遂入村中諸人競出趂賊敗散隨處依投時賊求水無綆及鑵賊帥令人上樹遥望若有來者可隨借用見有苾芻隨路而來遂相告曰有釋子來彼多著事必有鑵索若有者善彼若無者當破其腹取血飲之作是議已遥望而住苾芻來至問言聖者頗有井索及水鑵不答言我無時賊聞已即便鬧亂各持刀仗左右觀瞻衆中上首是阿羅漢即便觀察何故諸人各持刀仗觀見彼賊欲殺苾芻告諸賊曰何故仁等情生鬧亂彼具報知上座告曰仁等勿憂我皆爲辦必得清水恣意飲足即取苾芻

所有腰絛共相連接復取其鉢繫使堅牢放下井中隨意取水觀察無蟲飽足令飲諸人慶悅報言聖者如其無水我於仁等相害不疑善哉聖者當持并索苾芻報曰當順爾言賊便禮足隨路而去時諸苾芻亦皆飲水盛滿軍持并添澡鑵（軍持著觜澡鑵口開）俱尋前路漸至給孤園苾芻見已慰問善來善來仁等尋途得安隱不即便具告苾芻白佛佛言由是我今聽諸苾芻須持井索苾芻聞已持極長繩佛言不應爾便持極短佛言不應爾然繩有三種謂長中短長者一百五十肘短者十肘二內名中有處足水尚持長繩佛言可量地勢長短隨時

第三門第十子攝頌曰

須剃刀應畜　及翦甲等物　支牀并偃枕

香土用隨情

緣處同前時有苾芻頭髮既長詣剃髮人處報言賢首爲我剃髮彼作是念沙門釋子强力使人虛費功勞竟無酬直即取刀且揩拭延時作如是念我速剃者更有人來如是連延廢我家業報言且去午後方來隨言而來復言晡後晡時既至復道明朝常作誑言竟不爲剃有知識苾芻問言具壽何因數數頻來此家爲是宗親爲是知識答言不是但爲髮長欲求除剃彼人誑我爲此頻來知識報曰汝不聞乎工巧之人難得實語我解剃髮佛未見聽苾芻白佛佛言若有苾芻解剃髮者宜於屏處更互剃髮勿使俗流致生譏笑時彼苾芻聞是教已至知識所報言具壽世尊聽許仁今可來爲我剃髮答言善哉雖佛

聽許豈以指頭爲仁剃髮須刀磨石并須鉗子及翦甲刀子苾芻以縁白佛佛言我今聽許爲僧伽故畜剃髮刀并雜所須物

佛在劫比羅城多根樹園佛令釋子家別一人得出家已牀無承足卧不安寧然彼先時肢體柔輭所卧之物悉皆華麗今時牀下身卧不安無多火力便詣醫所問言賢首我無火力當爲處方醫人報曰可相隨去觀所住房於所卧牀如何安置見其卧牀頭邊低下報言聖者由所卧牀頭邊低下致令四大火力衰微可於牀脚下安支足物答曰佛未聽許佛大慈悲必應聽許苾芻白佛佛言於所卧牀應安支足彼依言作病仍不除復問醫人與我方藥醫曰若眠卧時當安偃枕答曰佛未聽許廣説如上佛言卧時當安偃枕苾芻不解云何當作佛言作枕之法用物長四肘闊二肘其四肘疊作兩重縫以爲袋內貯綿絮可用支頭

縁在王舍城畢隣陀跋蹉性常抱疾廣説如上乃至問言先持何物答言我於先時用香熏土報曰今何不持報言佛未聽許以縁白佛佛言爲病因縁任持香土雜法第三門了

第四門總攝頌曰

上座及牆柵　縁破并養病　旃荼猪蔗等
鉢依栽樹法

第四門第一子攝頌曰

上座番次説　或可共至終　濾作非時漿
處不爲限齊

如世尊説半月半月應爲長淨苾芻不知遣誰説戒佛言應令上座於説戒時上座常誦

有一住處上座不能諸人報曰說戒將至何不温尋答言具壽我自無力知欲如何苾芻白佛佛言上座不能第二應說復有住處第二不能廣說如上第二不能令第三作復有住處第三不能廣說如上佛言苾芻應作番次說戒時諸苾芻番次說時或有能者或復不能能者爲說其不能者不知如何佛言其不能者求能爲說復有住處說戒番次至不能者轉覓餘人彼不肯與不知如何佛言其能說者常可豫請如世尊言令上座說戒上座不能可令第二第二不能令第三作此若不能令番次作此復不能應求能者或常請作有一住處無有一人總誦得戒然其上座誦得四波羅市迦餘皆不誦時諸苾芻便不說戒佛言不應總停說戒隨所誦者即可爲說上座應可誦四他勝次座可誦僧殘次座誦二不定其次二十其次九十其次四對說法其次衆學其次七滅應作如是誦過戒經不應不誦

緣在室羅伐城具壽鄔波離請世尊曰如佛所說時非時漿者云何爲時云何非時佛言其不濾者爲時其淨濾者爲非時仍以水滴滴之爲淨

緣處同前是時六衆常多惡欲慳垢所纏向餘住處非理受用或一切時或房分齊時或日分時或親友時云何一切此即是我春時住處此是夏處此是冬處名一切時云何分齊此是我房此是他房云何日分時此是旦時住處此是晡時住處云何親友時此是我軌範師處此是親教師處此是弟子處此是

門人處此是知識住處由如是故多人來往惱諸苾芻以緣白佛佛言苾芻不應於住處自作如是限齊受用者得越法罪

根本說一切有部毗柰耶雜事卷第十五

音釋

髁苦瓦切兩股間也　擫於葉切指按也　杈初牙切猶叉也　甖⿰土尾甖烏莖切瓦器也⿰土瓦徒古切餅也　絛土刀切編絲繩也　醭足木切白醭也　挼奴禾切挼挱也斑駮駁北角切斑駮色不純也　控枯洞切勒也　腨市兗切腓腸也　歆丘歆切　攪古巧切以手動也　濾良倨切漉去滓也

根本說一切有部毗柰耶雜事卷第十六

唐三藏法師義淨奉　制譯

第四門第二子攝頌曰

牆柵尼剃具　不著打光衣　得少亦平分

洗淨儀應識

緣在室羅伐城其給孤長者施寺之後道俗諸人來往者衆長者念曰今者寺園便成大路我今宜可遍築高牆即往佛所白言世尊令此寺園便成大路欲安園牆不知得不佛言長者隨意應作長者即於四面悉以牆圍至夏雨時其水不出致令淹漬長者後時來禮佛足見其水滿作如是念我先築牆不通水竇致令水滿佛若許者爲竇通出白佛佛言隨意通水時諸牛犢揩損其牆或以角觸長者見已作如是念我雖築牆未爲木柵廣說如上佛言應爲木柵時有惡人盜木將去長者來見柵被賊偷隨處零落長者以事白佛柵外安塹佛言隨作長者即於柵外周帀安塹

緣處同前時有苾芻尼名曰底灑頭髮極長詣剃髮人處求彼剃髮彼作是念諸釋迦女强使我作廣說如前苾芻所請許尼僧伽得畜剃髮具等宜於屏處更相剃髮

緣處同前世尊既許難陀出家時孫陀羅作好法衣打治光淨以牙揩拭寄與難陀難陀得已披此好衣手擎上鉢對諸大衆馳騁而行苾芻白佛佛作是念由著好衣有如是過告諸苾芻此是非法所不應爲難陀癡人著此衣服手擎好鉢馳騁衆前是爲非法若有苾芻著熟打衣得越法罪世尊既制著熟打

衣有信心婆羅門居士將熟打衣施與苾芻苾芻不受廣如上說豈令我等無善資糧趣於後世願當受取苾芻以緣白佛佛言隨意受取既受得已除去衣光任情受用苾芻以手挼衣光仍不去佛言置於露地待潤挼之亦不能除佛言以水浸去亦不總除佛言若水浸已隨意受用勿生疑惑若有信心婆羅門居士等施與大衆熟打好衣准上應用

緣處同前時此城中婆羅門居士等在於要處衆集堂中共爲言話告言汝等知不沙門喬答摩及聲聞弟子所得利養不共均分不如外道時衆會中有一婆羅門先無淨信告諸人曰明日宜共君等親觀喬答摩等是均平不諸人曰善時婆羅門遂將白氎一雙入逝多林即以其氎於上座前施四方僧白言聖者我以此氎施與衆僧隨意受用上座報曰大婆羅門願無病長壽汝此布施是心莊嚴是心資助善扶勝定得妙菩提天上人中受勝衣服時婆羅門聞是語已詐現恭敬禮辭而去爾時世尊告具壽阿難陀曰汝可告諸苾芻彼婆羅門故來入寺欲求瑕隙施此氎衣汝諸苾芻應可均平各取少分或用補衣或爲帞紐或方手許隨用資身時阿難陀受佛教已告諸苾芻世尊有教彼婆羅門來求瑕隙所施氎布汝等可應平等共分各取少分或用補衣或爲帞紐或方手許隨用資身苾芻聞已報尊者曰如世尊教我等奉行苾芻得已便即平分如前受用於明日旦彼婆羅門在城門立時諸苾芻執持衣鉢入城乞食既至門所彼婆羅門言聖者我施衆氎

仁等作何受用有一苾芻報大婆羅門曰衆僧得已平等共分我所分得便補破衣一人報曰我所得者用爲帞紐一人報言我所得者方如手許隨身爲用時婆羅門旣聞斯語便作是念我等所説並是虛言漫相謗説沙門釋子所得利養不共均分我今親驗知諸苾芻是具德者實是均平心無偏黨可於此中而爲出家時婆羅門起信心已往詣佛所頂禮雙足而白佛言唯願世尊慈悲許我於善説法律而爲出家并受近圓成苾芻性於世尊所勤修梵行佛告婆羅門善哉善哉汝能發此勝上之心而求出家智者了知諸出家者有五勝利廣如下説乃至世尊及聖智者悉皆讃歎當求出家世尊即命婆羅門曰善來苾芻便是出家即成圓具策勤正念勇猛不息摧破五趣生死之輪如前廣説斷諸煩惱獲阿羅漢果乃至釋梵諸天悉皆恭敬佛告諸苾芻濟及餘人知量而受獲如是利是故苾芻若得餅食乃至極小猶如樹葉衆共分張若得衣物乃至極少堪作燈炷衆亦共分

緣處同前時此城中有一婆羅門常樂清淨希願出家便作是念頗有洗淨愜我心者當依彼法而爲出家其婆羅門遊方求覓巡歷外道及婆羅門修行之處見便利了有不洗淨有入池中以百土塊而洗淨者見斯穢惡或事繁多皆不稱心無歸依處時婆羅門復作是念我皆遍看無遂意者唯有沙門釋子未往觀察即詣逝多林乃見具壽舍利子攜軍持瓶水可受三升向便利處見已生念此

是沙門喬答摩上首弟子我且觀察如何洗淨即隨後去若阿羅漢不入定時不能觀察他人意趣舍利子既見彼人隨從而行遂便斂念觀此婆羅門何故隨我乃知此人心求潔淨欲於我所伺其善惡復觀其人有善根不與誰相屬遂見彼人先有善根繫屬於我作是觀已即於上風安置法服唯著僧脚欹及下裙而已次於一邊甎石之上置末土七聚以爲一行各如半桃復於此邊更行七聚又於一畔别安一聚持一籌片并三塊土入廁室中不閉其門方便令彼遠處遥見便利既了籌用拭身便以左手取其一土向下洗淨復取一土洗小便處既清淨已次將一土偏洗左手右手持瓶至其土處瓶安左髀令水邪出若有三叉木者置上極要先以七聚一一用洗左手又取七土一一兩手俱淨洗拭兩臂亦令淨潔又取一土用洗澡瓶事了徐去威儀寂靜被著法衣後更以水而洗雙足次至房中取淨瓶水再三漱口方始任情隨所作務彼婆羅門見是事已深起信心便作是念善哉要法餘莫能加外道設用百土洗淨不如釋子但須二七作是念已頂禮舍利子雙足白言聖者我今願於尊者之處善説法律而爲出家并受近圓成苾芻性勤修梵行作不放逸舍利子報言善哉善哉婆羅門汝能發此殊勝之心斯爲善事如佛所説諸智慧者見五利故當樂出家云何爲五一者出家功德是我自利不共他有是故智者應求出家二者自知我是卑下之人被他驅使既出家後受人供養禮拜稱讃是故智者應求出家三

者從此命終當生天上離三惡道是故智者應求出家四者由捨俗故出離生死當得安隱無上涅槃是故智者應求出家五者常爲諸佛及聲聞衆諸勝上人之所讃歎是故智者應求出家汝今應可觀斯利益以殷重心捨諸俗網求大功德説是語已便與出家并十學處次受圓具如法教誡策勵勤修斷諸結惑證無生法得阿羅漢果離三界染觀金與土平等不殊刀割香塗了無二想如手撝空心無罣礙能以大智破無明㲉三明六通四無礙辯悉皆具足於三有中隨處愛著利養恭敬無不棄捨帝釋諸天所共讃歎舍利子將羅漢弟子親詣佛所俱禮雙足具陳上事佛告舍利子汝能如是以善方便引導衆生於我法中因斯制戒爲清淨事福利無邊驗斯聖教金口親言事合奉行理難違逆但爲昔諸律部文有闕遺雖復少傳未盡其致令學者無所準憑遂使七百年中斯法未備或以筒槽充事復用帛拂拭身或於石上揩手元無用土之處此則咸非本法求淨翻成汙染令旣皎鏡灼然行否任其恭慢

時諸苾芻咸皆有疑請世尊曰由何縁業具壽舍利子以清淨事調伏引攝彼婆羅門能令出家到圓寂處佛告諸苾芻非但今日調伏彼人令得安樂於往昔時以清淨事已曾調攝令捨賊徒歸依三寶受持五戒汝等當聽乃往古昔於一聚落有婆羅門妻誕一女儀貌端正年旣長大處女在家有五百羣賊夜劫其村時彼賊帥渴逼須水入婆羅門舍見彼少女告言女子我今渴逼有水將來女言且待即急然燈取水觀察賊帥問曰何所觀耶答言觀水問曰有何可觀答言恐有草髮飲時致患報曰我是狂賊欲害汝村準斯

非理應與毒藥何憂草髪爲我患乎女聞語已説伽陁曰

凡賊所爲者　枉奪他財物　隨君作不作

我常依法行

知水淨已即便授與是時賊帥飲水旣訖情生歡喜報言少女汝是我妹勿起異心女曰我實不須如此賊人以爲兄弟常於他物作刼奪心物主見時射以毒箭遭此命過苦痛難言我聞兄亡倍生憂感仁今若能歸依三寳持五戒者我爲仁妹賊便美語告其女曰汝言甚善我當作之女即爲説三歸五戒令起信心羣賊奉持共尋歸路汝諸苾芻勿生異念往時賊帥即婆羅門是彼之少女即舍利子是昔時觀水爲清淨故令賊受戒捨惡歸依今復以其洗淨之法令生希有拔出愛河登涅槃岸長辭苦海永證無生佛告諸苾芻汝等當知此是常行恒須在意如是洗淨有大利益令身清潔諸天敬奉是故汝等從今已去若苾芻苾芻尼學戒女求寂男求寂女鄔波索迦鄔波斯迦歸依於我以我爲師者咸應洗淨如舍利子若人不作如是洗淨者不應繞塔行道不合禮佛讀經自不禮他亦不受禮不應噉食不坐僧牀亦不入衆由身不淨不如法故能令諸天見不生喜所持呪法皆無効驗若有犯者得惡作罪若作齋供書經造像不洗淨者由輕慢故得福寡薄若晨朝午後不嚼齒木即不合食亦不成齋同前得罪汝等皆應依我言教無得自欺作不淨法懈怠放逸爲下品行當墮惡道時諸苾芻聞佛教誨皆大歡喜如法奉行

第四門第三子攝頌曰

緣破須隨替　明月聞便領　依止知差別

三人共坐聽

緣在室羅伐城給孤獨園時諸苾芻著故舊衣無心愛惜時衣邊畔皆悉破落苾芻白佛佛言隨所損處以線絡之雖復橫絡線復下垂更著竪線絡令牢固佛言當觀僧伽胝服猶若身皮時諸苾芻更無餘衣常披大衣於其腋下流汗霑汙臭氣不淨令衣疾破苾芻白佛佛言可於腋邊別安貼緣苾芻不知如何安貼佛言用物一肘半闊一張手而爲其貼佛言不應用白物貼應以壞色彼用袈裟色佛言不應（此乾陀色恐染餘衣）赤石赤土染之苾芻縫著佛言應可麤䌌遂於一邊安帖佛言兩畔緣邊俱可安帖顛倒任披若有臭氣時時拆洗

緣處同前有婆羅門娶妻未久便生一女名爲明月年漸長大時大世主便度出家與授近圓時大世主將五百苾芻尼往詣佛所禮雙足已退坐一面佛爲說法乃至默然而住時大世主既聞法已從座而起整衣一肩合掌恭敬白言世尊已爲苾芻說毗柰耶唯願慈悲亦爲尼說佛言無有是處如來大師親對於尼說毗柰耶法然於苾芻尼衆有聞一遍即能持者我當爲說時明月苾芻尼在衆中坐即起合掌白言世尊唯願爲說望受尊言一聞領悟佛爲彼說一領無遺佛告諸苾芻於我法中聲聞尼衆一聞便領者明月苾芻尼斯爲第一佛作是念非一切處有明月可求及相似者亦不可得是故苾芻亦應受

持苾芻尼毗柰耶爲苾芻尼說復應教詔有問爲答如是念已告諸苾芻如所念事乃至有問爲答如世尊說由依戒故由住戒故修習於法若定若慧如理相應此明月尼隨順於我由依戒故由住戒故定慧相應發起勇猛正勤策勵廣說如前得阿羅漢果壞五趣輪出生死海廣說乃至釋梵諸天皆爲供養時諸苾芻咸皆有疑請世尊曰此明月苾芻尼曾作何業彼業異熟得大聰慧有大辯才聞持之中說爲第一於佛教中出家修行斷諸煩惱證阿羅漢佛告諸苾芻此明月尼曾所作業果報成熟廣說如餘汝等苾芻乃往古昔九十一劫人壽八萬歲有佛出世名毗鉢尸十號具足與六萬二千苾芻往親慧城住勝慧林中時彼城中有一長者娶妻未久便生一女年漸長大其父信敬至隨意時遂便將女往苾芻尼寺以刀子及針行與尼衆作隨意施時彼女子見斯善事心生歡喜白其父曰我亦隨情與諸尼衆作隨意事父曰善哉隨汝意作其女即取刀子及針金銀珍寶種種異物奉施尼衆爲隨意事即於衆首合掌禮拜而發誓言願我以此於尼衆中敬心福施所有善根於未來世令我獲得大慧大辯具足聞持汝等苾芻勿生異念往時女者即明月是由彼昔日於尼衆中行刀子等所有善根復發弘願願我未來得大辯才聞持具足由彼業緣今受斯報又於迦攝波佛時出家修行爲苾芻尼乃至盡形持戒無缺竟無所證時親教尼於彼佛法中聞持第一時彼弟子發如是願我親教師於此法中總

持第一如佛授記於未來世人壽百年有佛出世名釋迦牟尼於彼法中我當出家佛亦記我於尼衆中總持第一由昔願力令受斯報汝等應知若純黑業得純黑報廣説如前是故汝等應當修學

緣處同前有少年苾芻共老苾芻人間遊行至室羅伐時老苾芻向鹿子毋舍少者詣給孤獨園於一苾芻請爲依止住少多時白其師曰阿遮利耶我於彼寺安置衣鉢暫往取來報言子隨去速來答言彼無他事尋即旋歸禮足而去既至彼已衆先有制若於一宿無依止師即不應住便詣苾芻而爲依止既至天明情欲歸去到師房所扣門而進白言敬禮阿遮利耶四大安不師曰不安彼便念曰師今有疾我即棄去是所不應世尊由斯制須依止互相瞻視我今宜住待差當行即便供給病遂瘳損白言觀察卧具我今欲去報言子汝無闕乏不答言我無闕乏然我本心不擬住此但爲暫來取自衣鉢此衆有制假令一宿亦須依止我懼衆法請作依止見師有病我作是念師有疾病我今棄去是所非宜具陳其意師曰善哉善哉具壽共住門人於親教師及軌範師共相瞻侍應如是作若有諸餘共住門人於二師處亦應如是增長善法如蓮花出水斯爲善事汝當好去常爲謹慎勿作放逸遂禮師足奉辭而去漸至給園到其師處合掌禮敬師言善來具壽何故遲遲彼便以事具悉白知師曰善哉具壽汝能如是於其師處敬重相看能令善根日夜增長如蓮處水師作是念爲前依止爲更

授耶苾芻白佛佛言有緣暫去即擬還來宜依舊師無勞更授

緣處同前有一苾芻專修靜慮有小苾芻請作依止即便爲作生如是念如佛所說寧作屠兒不與他出家及受近圓而不教誡共住既爾門人亦然我修禪寂無緣教授宜付餘人令教讀誦詣一苾芻報言具壽教此讀經答曰共立要期我當教讀若有乏少能供承者我不相違答言若有闕少我自供給即便教讀後於異時彼便染患其依止師如法供給遂便瘳差其依止師復自染患彼不迴顧瞻察其師如是至三竟不看侍報言汝去別求依止答曰蒙作依止是事流恩一無闕乏今何驅遣報曰汝無闕乏我有闕乏汝之病苦我自供承我病至三不曾迴顧汝作如是不恭敬事若有與汝作依止者可於彼住彼聞默然不能致答苾芻白佛佛言於依止師可爲供侍當觀師主與父母無異違者得越法罪時有教讀阿遮利耶身嬰疾病受法弟子不爲瞻侍及其病差還來問經師曰汝去我身病苦曾不相看誰復更能教爾習讀可覓餘人共相指示復便無對苾芻白佛佛言於依止師應爲供侍於教讀師亦爲供給者後於異時依止教讀二俱染患不知於誰而爲供給苾芻白佛佛言若其能者二俱看侍若無力者可供依止若無教讀隨處得住若無依止不合停居

緣處同前時有苾芻與他出家并受圓具即便棄擲人間遊行彼弟子不以衣食及法而相攝養此便於餘而求依止其師即以衣食

法共相資助如世尊說有四攝事布施愛語利行同事時彼門人於其師處倍生敬重情無捨離後於異時其親教師遊行事周還來給苑少年苾芻皆起迎接其年老者咸唱善來彼舊弟子見不起座諸苾芻告曰見尊者來少皆迎接老唱善來因何汝今見本師來身不移座豈成合理答曰豈彼於我出家近圓能以衣食及法共相資助令我憶念見而迎接苾芻報曰勿作是語如佛所說若復有人依託師主於佛法中剃除鬚髮而披法服以淨信心出家修行彼人於師乃至盡壽四事供養未能報恩汝作是言非爲應理彼便默爾苾芻白佛佛言弟子門人纔見師時即須起立若見親教依止即捨如佛所言見親教師即捨依止者諸苾芻不知云何如下具說

緣處同前時有苾芻與一少年而爲依止經半月已至長淨時來到師處白言阿遮利耶我今敬禮有所請白欲守持長淨師言賢首何因我得是汝之師彼云我以阿遮利耶而作依止師曰如汝憍慢不相敬重誰與依止隨汝意去別覓餘師彼便默然苾芻白佛佛作是念由諸苾芻日不三時禮敬師主有如是過是故應知弟子門人每日三時須就二師而申禮敬即告諸苾芻曰是故汝等弟子門人每日三時應就二師而申禮敬

緣處同前時有苾芻與一少年而爲依止恩養供給愛念如子時彼弟子遇有他緣須向餘處白其師曰阿遮利耶請爲觀察房舍卧具我今欲向人間遊行師言子無闕乏不答

言阿遮利耶我無闕乏然欲人間隨處遊歷不久還來報言子去若於中路生追悔者即可迴來白言甚善奉教當還至中路已便生追悔作如是念我依止師有所須者悉皆供給我棄他行不爲應理令可迴歸遂却還住處師見問曰汝令覆來有所遺忘答言我無遺忘然我路中作如是念我依止師有所須者悉皆供給更求何事在外遊行爲此還來師言甚善師復生念即舊依止爲更與耶苾芻白佛佛言若依止師有心顧戀門人無顧戀心是則名爲不捨依止若依止師無顧戀心門人有顧戀心此亦名爲不捨依止若二人俱有戀心亦不名捨若二人俱捨名失依止

緣處同前有一苾芻爲衆導首有多少年來從習讀師於異時忽染時患諸習讀人曾不看侍如是至三皆不顧問後時病差弟子皆來請其師曰教我自讀或云教誦師言具壽我三染患汝等無人迴顧看我若有見汝如此傲慢能相教者可就於彼而爲讀誦苾芻白佛佛言教讀誦師亦應瞻侍彼悉皆作便廢善品佛言應爲番次是時有一老瘦苾芻先就依止餘人報曰老人明日當番答言何故於師作直供給汝等安隱我常侍養諸人報曰斯爲善事如佛所說若看病人即是看我汝善丈夫隨意當作彼便供給因斯病差來請師曰教我讀經報言且住未至汝番後請師曰教我闇誦答曰未至汝番答其師曰看承供給是我當番請誦授經餘人巡次宜當好住我出他行師言且住有所須者我皆

爲作彼便默爾苾芻白佛佛言常供侍者不得同餘勿令有廢次及餘人時有二人一聰一蒙授聰者時以其文長蒙便事闕佛言應更次授

緣處同前六衆苾芻向門徒舍出牀令坐六人同坐其牀遂破一時大笑餘苾芻見告言具壽作斯非法不知慚恥仍更大笑彼共答曰我豈飲酒噉葱蒜耶報曰此亦不久必當見作問曰我何非法答曰豈可不見牀重破耶答曰豈可木盡巧匠身亡彼便默爾苾芻白佛佛言不應一牀六人同坐彼遂五人還同前過四人亦爾佛言不應四人若於一牀三人得坐若大木枯兩人同坐小者唯一違者得越法罪

第四門第四子攝頌曰

養病除性罪　將圓不昇樹　王臣不受戒
斬手不應爲

緣處同前具壽鄔波離請世尊曰如佛所說若見病人應供給者用何等物而爲供侍佛言鄔波離但除性罪餘清淨物隨意供給

緣處同前時具壽鄔波難陀有一求寂欲受近圓師即爲喚作羯磨師及屏教者并餘七人遂將求寂并持座物先至壇中灑掃田地敷其座席諸人未來鄔波難陀左右顧眄見樹開花即命求寂汝可取花行與僧衆彼便昇樹墮地傷手廢闕近圓苾芻白佛佛言汝等應知如轉輪王第一太子將受灌頂次當王位於此時中倍加守護欲近圓人亦復如是善加愛護是故不應令將近圓人輒昇高樹令昇樹者得越法罪

緣處同前有一長者名曰廣大是勝光王之所委寄曾於一時因有過失被王訶責長者便作是念凡是國王難久祗承宜應遠避我今可去求作出家如是念已詣逝多林六衆苾芻恒令一人在門邊住時鄔波難陀住在門首見廣大來即以美語告言善來何故難覩猶如初月答言大德豈可不聞世人有語希逢致敬數見便輕問言廣大何緣得來答言聖者凡是國王難久承事今雖得意終致滅身我欲出家頗能濟度報言賢首能發此心極爲善事凡出家者有王勝利廣如上說諸佛聲聞及諸智者共所稱讚今正是時即便引去與出家受圓具時勝光王問諸羣臣不見廣大爲遇病耶答言彼無患疾大王訶責因斯即去詣逝多林而爲出家王曰誰作斯事答言聖者鄔波難陀王聞此語心懷瞋恨令使往報聖者我所訶者即度出家今可度我及惡生太子勝鬘行雨皆與出家可自稱王統領城邑使者至寺具說王言鄔波難陀聞王此語報使者曰汝持我語報汝國王可來至寺并將惡生勝鬘行雨悉與出家我當作王此亦何損豈我就宅該誘廣大令其出家彼自來求我便濟度隨時利益獲福無邊王聞此語更起譏嫌時諸苾芻以緣白佛佛作是念度王大臣有如是過是故不應輒度此等告諸苾芻曰汝等當知鄔波難陀是愚癡人度大臣廣大令王起嫌是故苾芻不應度大臣出家見來求請應須詰問汝非王臣不若不詰問與出家者得越法罪佛既制已時有外國人來無人委識又本國王元未

聽許至苾芻所求請出家皆生疑慮不與出家佛言若有此輩外國之人應與出家勿生疑惑

緣處同前具壽阿難陀曾於一時新剃鬚髮於晨朝時著衣持鉢入城乞食行至街衢有一婆羅門是大學士於好顯敞高堂之處教授五百婆羅門子讀四明論時彼博士憍慢自高不存禮節情懷毒害輕懱於人見尊者阿難陀已命弟子曰汝能以手攉此禿沙門頭不答言我能時彼弟子承其師命即便以拳攉尊者頭時阿難陀四望顧視婆羅門更加瞋惱復令弟子更打其頭尊者念曰我何顧瞻宜可黙去既至逝多林飯食訖洗鉢已告諸苾芻具壽不應往某街巷處問曰有何過患答曰彼有婆羅門禀性毒害不閑禮節教諸弟子讀誦明論令一弟子拳攉我頭苾芻問曰汝何愆犯致彼瞋恨答曰我是無過亦是有過問曰其事云何答曰我元無過彼令攉頭由我顧瞻重更來打先是無過後是有過時鄔波難陀聞已問言尊者作何言説答曰有片許事鄔波難陀曰我向略聞願更重説即爲具説時鄔波難陀即三點頭口中唱話作如是念我今自解治彼小人使剃頭人逆順淨剃揩摩以油於晨朝時著衣持鉢入室羅伐城漸次至彼婆羅門教學之處彼有餘事未覩苾芻時鄔波難陀即在其前經行來去婆羅門見命一弟子曰汝去攉彼禿頂沙門鄔波難陀聞是語已告婆羅門曰汝無知物何用遣他不自來打婆羅門發大瞋心即便自去拳打其頭鄔波難陀即捉其臂

報言癡物阿難陀被汝所打我今將汝共至王邊便捉其臂牽曳前行婆羅門發聲大喚弟子俱來復捉一臂共相牽挽餘人續來並皆曳去鄔波難陀有大氣力牽婆羅門及五百弟子皆至王門六衆法爾若懷忿怒至王門時王殿遂動王覩相已報左右曰出門觀察豈有聖者六衆來耶即便出觀見鄔波難陀將五百婆羅門子俱到門所還入白王聖者鄔波難陀今在門外王言喚入彼便面見問言大王向使聖者阿難陀不出家者合受何位王言聖者當作力輪王王作何人答言我爲從者又曰王先有制觀諸苾芻猶如太子觀苾芻尼事等妃后是事放免不並餘人王於我等俱生愛念然有婆羅門違王教勑輒以拳打聖者阿難陀頭彼復懷瞋亦打我頂其事合不王聞大怒告近臣曰卿今可去斬婆羅門手大臣即將婆羅門到街巷處告衆人知時彼父母并餘親族及諸知友悉皆來至悲啼雨淚發聲號哭作如是語苦哉我子苦哉我子皆共前行白法官曰善哉大臣我子有愆王令斬手既犯國憲非是枉刑然婆羅門以右手活命若斬左手斯誠曲恩大臣聞之即斬左手後於異時婆羅門手瘡漸差遂掩左手舉右臂點節誦書鄔波難陀遥見舉手倍生忿怒還至王所白言大王爲王之法勑令無違斯成快樂王雖知國無如是事報言聖者我有何事答言前時出勑斬婆羅門手彼手現全王喚臣來問言婆羅門何不斬手答言斬訖若爾聖者鄔波難陀見爲諸人舉手教讀大臣白言見彼父母悲啼相

勸諸婆羅門右手爲活幸當截左爲此即便截其左手王言爲彼父母截其左畔令由我勑更截右邊即便往斬時婆羅門既無兩手垂臂而住後時鄔波難陀在傍而過問言何故垂手不同昔日來打我頭彼聞懊惱默無所對時諸婆羅門長者居士并諸人衆皆生譏恥作如是言沙門釋子無有慈悲遣行刑戮作苦切事截他人手苾芻白佛佛作是念苾芻斬他手時有如是過是故苾芻不應斬截他人手足告諸苾芻曰鄔波難陀愚癡之人作非沙門法所不應爲於我法中出家捨俗作斯惡業若有苾芻斬人手足者得吐羅底也罪是諸苾芻咸皆有疑請世尊曰大德以何緣故具壽阿難陀護彼婆羅門鄔波難陀意存酬報佛言非但今日阿難陀起擁護心鄔波難陀行酬報事斬截其手汝等當聽乃往古昔於一園中花果浴池在處充滿時有隱人依止而住唯食根果飲水自活但著皮衣更無所顧於果樹下跏趺而坐思量法義上有獼猴攀果令落打破彼頭爾時隱人說伽陀曰

我終不起念　令汝苦身亡　由汝自作愆　當招斷命報

時彼隱人先共獵師以爲知友獵師因出至彼林中到果樹下隱人有事棄此而去見彼不在遂於樹下暫時停憩時彼獼猴便將大果打獵師頭時彼獵師先無髮其果纔落頭遂血流苦痛纏心舉頭觀樹遂見獼猴跳擲枝上便即援弓射以毒箭從樹而墮因此命終汝等苾芻勿生異念昔時隱士即阿難陀

是往日獼猴即婆羅門是其獵師者即鄔波難陀是彼時爲阿難陀之所擁護鄔波難陀之所酬報乃至今時亦復如是一護一棄由此應知先業因緣終不亡失廣說如餘

根本說一切有部毗柰耶雜事卷第十六

音釋

壍 七艷切坑也 馳騁 馳直離切騁丑郢切馳騁奔走也 瑕隙 瑕胡加切過也隙綺戟切釁也 撝 吁爲切指也 觳 苦角切 絣 補蚩切布也 瘳差 瘳丑鳩切病去也差楚懈切與瘥同 詃誘 詃姑犬切詐也誘以九切引也 懱 莫結切輕易也 攉 苦嶽切與搉同擊也 憩 去例切息也 援 于原切扳也 怐 口候切 柵 測戟切

根本說一切有部毗柰耶雜事卷第十七

唐三藏法師義淨奉　制譯

第四門第五子攝頌曰

旃茶蘇陀夷　大衣暫時用　師謨婆蘇達
取鉢己物想　阿市多護月　賊想取自衣

此頌與廣釋盜戒不異故更不出尋彼可知

第四門第六子攝頌曰

猪蔗多羅果　毛毯黒喜還　安置刀子針
不用瑠璃器

緣處同前時當儉歲有竊盜者偷得他猪往闇林中殺而噉食骨及頭蹄棄擲而去六衆常法晨朝起已昇寺閣上四方瞻顧若遥見有烟羣烏亂下即便相命若往觀看既見闇林烟揚烏下遂相告曰難陀鄔波難陀彼處定有可噉之物我等宜往或有所得至彼便見猪骨頭足共相謂曰糞掃之物斯爲足矣可煑而食即便自煑是時猪主尋蹤遂至見其煑肉報言聖者著大仙服作此非宜報言賢首若我得作殺生事者豈可不能取好麞鹿上妙之肉而充食耶何容取此猪骨頭足自煑而食有人盜得好肉已餐餘骨頭蹄是他所棄充糞掃物於我何辜彼言聖者然出家人不應作此可惡之事苾芻白佛佛言不應如是取糞掃物作者得越法罪

緣處同前時有盜者取他甘蔗中間食訖根梢棄去六衆行見遂相告曰尊者多有糞掃物可共收將即便收取時甘蔗主尋蹤來至見彼六衆共收殘蔗報言聖者著大仙服爲非法事答言賢首若我得爲偷盜事者豈可不能取好甘蔗隨意噉食而復取他所棄之

物然此甘蔗有人盜來食好棄惡我等收取斯有何過彼言聖者此譏嫌事非出家人之所應作苾芻白佛佛言不應如是取糞掃物作者得越法罪

緣處同前時有盜者取多羅果往闇林中好者選食惡者棄去六衆因行見此遺物事同甘蔗乃至被俗訶責苾芻白佛佛言取者得越法罪

緣處同前時此城中市賣香童子有好毛毯極生愛樂不同餘物後因染患雖加醫療無効將終遂集諸親告言我亡之後勿以火焚將此毛毯纏裹我身棄於林野現在諸親共安慰曰汝不須怖豈遭病者並悉身亡不久之間自當平復然命盡難留奄然氣斷由於毛毯生重愛故捨命之後生大癭鬼中時彼親族以五色彩粧飾喪輿毛毯纏屍送至林處苾芻見已告屍林苾芻黑喜曰具壽有賣香人因病身死以好毛毯用裹屍骸棄在林內是糞掃物可往取之彼便疾往詣屍林所取其毛毯時彼非人即便起屍堅捉其毯作如是語聖者黑喜勿取我毯凡屍林人多有冒膽便報鬼曰癡人汝由愛毯生餓鬼中今更欲往捺洛迦耶汝今宜放黑喜愛著共鬼相爭以脚踏之強牽而去往逝多林時彼屍鬼更增瞋恚隨逐不放報言聖者還我毯來彼不採錄便入寺中然逝多林多有天龍藥叉諸大神祇之所守護此鬼薄福不敢前行於寺門前啼叫而住佛知故問阿難陀曰何意門前非人啼泣即白佛言有黑喜苾芻取彼毛毯佛作是念看此非人深生愛著若不

得毯必嘔熱血因即命終告阿難陀曰汝即宜去報彼黒喜還非人毯若不與者嘔血而死既與毯已令使前行到彼林中報言汝卧後以毯蓋時阿難陀宣教語彼黒喜苾芻廣如上説乃至後以毯蓋黒喜聞已告阿難陀曰如佛所教不敢違越即報鬼曰愛毛毯者可在前行至林道卧隨言即卧以毯蓋上時彼非人便以脚蹹黒喜苾芻喜有大力僅得免死苾芻白佛佛言苾芻不應隨宜輒取屍林處衣亦復不應作如是與若取衣時從足向頭若與衣時從頭向足苾芻當知屍林處衣有五過失云何爲五一惡彩色二臭氣三無力四多虱五藥叉所持若其死屍身無瘡處不應取衣聞佛制已六衆即便將狗而去不信見識問言聖者行將犬去向彼空林豈

殺畜耶苾芻白佛佛言不應將狗隨去便以刀傷損而取其衣佛言不應如是若有蟲蟻損傷身者後當取衣彼得衣已隨便即披佛言不得即披可七八日置叢林中待風日吹曬已然後浣染方可披著即披入寺旋禮制底苾芻白佛佛言屍林苾芻所有行法我今應制屍林苾芻披死人衣不得入寺不禮制底若樂禮者離一尋外不受用僧房及牀敷等不入衆坐不爲俗人宣説法義不往俗家若有縁須至者應立門外主命入者答曰我住屍林若言我今獲大福利幸蒙聖者勝杜多人來過我舍聞如是語即應入舍不坐牀座若喚坐者答曰我住屍林若説難遭即應爲坐勿致疑惑屍林苾芻不依教者得越法罪

緣處同前時諸苾芻所有刀針隨處安置被垢所損苾芻白佛佛言不應隨處安置應安針氈苾芻不解如何當作佛言應用氈片或於布帛炙黃蠟拭方裹刀針即不生垢

緣處同前時吐羅難陀苾芻尼彼先停貯假瑠璃器有尼渴逼欲求水飲詣彼尼所問言聖者我爲渴逼與瑠璃器欲將飲水報言此即是器汝可持用用時墮地便破後於異時吐羅難陀憶所借器即從彼索還我器來彼言聖者手執不牢墮地打破别造當還答言與我舊物如是多時故相煩擾告諸苾芻苾芻白佛佛作是念尼於瑠璃器飲水有如是過故尼不應於此器中飲水噉食若受用者得越法罪

第四門第七子攝頌曰

寺中應遍畫　然火并洗浴　鉢水不蹈葉
連鞋食不應

緣處同前給孤長者施園之後作如是念若不彩畫便不端嚴佛若許者我欲莊飾即往白佛佛言隨意當畫聞佛聽已集諸彩色并喚畫工報言此是彩色可畫寺中答曰從何處作欲畫何物報言我亦未知當往問佛佛言長者於門兩頰應作執杖藥叉次傍一面作大神通變又於一面畫作五趣生死之輪簷下畫本生事佛殿門傍畫持鬘藥叉於講堂處畫老宿苾芻宣揚法要於食堂處畫持餅藥叉於庫門傍畫執寶藥叉安水堂處龍持水瓶著妙瓔珞浴室火堂依天使經法式畫之并畫少多地獄變於瞻病堂畫如來像躬自看病大小行處畫作死屍形容可畏若

於房内應畫白骨髑髏是時長者從佛聞已禮足而去依教畫飾既並畫已時有不作意苾芻隨處然火烟熏損畫苾芻白佛佛言我聽苾芻作然火堂若有須者於此然火非於餘處作者得越法罪時有病人要須然火於房簷下不敢輒然佛言可寺外或寺中庭然待烟盡方持火入

緣處同前苾芻於簷下洗浴濕損壁畫佛言不應爾可於寺内近一角頭面向佛像而爲澡浴或可别作洗浴之室室中有泥佛言安甎應爲水竇若有不淨時時洗決或近水渠爲澡浴事

緣處同前於此城中有婆羅門其子遇患至醫人所問言我子有如是病幸爲處方其人信敬報言仁可向聖衆處乞取鉢水用洗身形必當得差時婆羅門聞已便去往給園中六衆在門鄔波難陀見婆羅門報言善來何現遲遲猶如初月彼言眸睇聖者我實希來今幸相見若數來者仁生賤心問曰仁何故來答言聖者我子病重往問醫人彼言可乞聖衆鉢水洗得病除我故來乞幸願施與鄔波難陀報言且住我爲取水即便入寺食已洗鉢取殘飯麨菜餅果雜葉以水和攪持出寺外報婆羅門曰此是鉢水汝可取用彼言聖者我兒寧死豈能將此不淨之物用洗身耶鄔波難陀曰如汝信心堅固成就其子亦應得病瘳損時婆羅門深生輕賤苾芻白佛佛作是念由將惡物置在鉢中有如是過是故我今告諸苾芻不以惡物置於鉢内若有作者得越法罪然諸苾芻授他鉢水所有行

法我今當制先可三遍淨洗其鉢盛水滿中
以佛經頌呪之數遍然後授與若不依者得
越法罪
緣處同前時諸苾芻每食噉時替鉢之葉便
以脚蹈俗旅見譏沙門釋子實不清淨安鉢
之葉脚蹈而食苾芻白佛佛言苾芻不應蹈
葉而食作者得越法罪
佛在廣嚴城時有苾芻著華屣食俗旅譏云
沙門釋子食不清淨佛言不應如是著華屣
食作者得越法罪時諸病人脱去華屣食便
增病佛言若病人可脱華屣踏上而食
第四門第八子攝頌曰
無鉢度大賊　安居無依止　五年同利養
負重不應爲
緣在室羅伐城鄔波難陀度一弟子無鉢可
與衆人食時各自洗鉢置於淨處出行禮塔
新出家者見鉢便念此有閑鉢我今將去食
後當還即便欲取上座阿若憍陳如鉢餘人
報言具壽此是尊者鉢汝不應將復更取餘
尊者馬勝賢善等鉢苾芻問曰汝無鉢耶答
言我無誰先無鉢度汝出家答曰鄔波馱耶
鄔波難陀與我出家苾芻譏恥除彼惡行誰
不與鉢令他出家苾芻白佛佛言不應無鉢
與他出家作者得越法罪凡欲與他爲出家
者先當與辦所須六物三衣敷具鉢及水羅
具壽鄔波離請世尊曰知其無鉢與受近圓
成近圓不佛言成受衆得越法罪時有苾芻
以其小鉢或絶大鉢或以白鉢與受近圓成
近圓不佛言成受衆得越法罪
緣處同前時有大賊偷他物時主既覺已棄

物逃走往逝多林道行既困止一樹下掌頰而住時鄔波難陀於日初分執持衣鉢入城乞食於路見賊問汝何人答曰我是貧人問言若爾何不出家答曰說我情事方論出家我是大賊誰當攝受答曰世尊教法慈念爲先誰不悲憐共相引接汝須發意我與出家善哉聖者我今出俗鄔波難陀即與出家并受圓具報言賢首豈見於鹿能養鹿耶室羅伐城處所寬廣即是祖父所行之處宜當乞食以自供身聞是語已於日初分執持衣鉢入城乞食巡歷之時彼諸俗人咸皆憶識遂相告曰此是大賊今得出家復共譏曰善哉沙門釋子知是大賊亦與出家白日巡家諳知處所夜便作賊竊取他財苾芻白佛佛作是念度賊出家有如是過告諸苾芻曰若是大賊勿與出家度者得越法罪時有苾芻不知是賊而不與出家遂作難緣乖出離道佛言若知是賊不與出家若不知者隨意當與若有人來求出家者應先問言汝非大賊不不問出家得越法罪

緣處同前時有住處有一苾芻多有門人而來依止此師命過無依止人共相謂曰我既無依欲何所作苾芻白佛佛言彼諸門人應更求覓有德之人供給好房放免知事侍人卧具咸令無闕若得者善必其無者時諸苾芻不應於此處經第二褒灑陀違者得越法罪復有苾芻於一住處欲爲依止其依止師忽然命過諸人議曰我欲如何白佛佛言此等亦可求依止師同前供給若得者善若其無者苾芻於此不應爲夏違者得越法罪復

有苾芻於一住處作前安居有一依止師遇患身死諸人議曰我欲如何白佛佛言應可求覓依止師同前供給若得者善若其無者時諸苾芻應向餘處求依止師而爲後夏違者得越法罪復有苾芻依止一師作後安居師遂身亡佛言可於兩月共相檢察謹慎而住過兩月已有依止人同前供給若其無者不得更過第二長淨可向餘處求依止師違者得越法罪復有苾芻於一住處出家圓具本師身死不知如何佛言所有事業皆悉同前依止師作如有違者得越法罪

緣處同前於一聚落有大長者造一住處衆事具足捨與四方僧伽後於異時被官拘執苾芻聞已棄寺他行有三寶物被賊偷去長者得脫苾芻知已還來相問長者先知棄寺而去失受用物長者白言何因聖者棄寺他行答曰我聞長者爲王所執心生惶懼遂即逃奔答曰我雖被禁餘有宗親豈皆拘執彼能供給何事忽遽彼聞默爾苾芻白佛佛言不應逃走應問寺主所有宗親寺主被拘仁等頗能相供濟不若能者善若不能者五歲以來隨緣乞食守護而住寺主脫者善若不脫者於隨近寺五年之中同一利養別爲長淨應作羯磨敷座席鳴揵椎言白告已大衆皆集令一苾芻作白羯磨應如是作

大德僧伽聽今某住處造寺施主若爲王若爲賊之所拘執若僧伽時至聽者僧伽應許僧伽今此住處與某住處於五年中作同利養別長淨白如是次作羯磨大德僧伽聽今某住處造寺施主若爲王若爲賊之所拘執

僧伽今此住處與其住處於五年中作同利養别長淨若諸具壽聽此處彼處於五年中作同利養别長淨者默然若不許者説僧伽已於此處彼處於五年中作同利養别長淨竟僧伽已聽許由其默然故我今如是持若滿五年主來者善若不來者乃至十年如是應作同利養别長淨主來者善若不來者所有卧具及諸雜物寄隨近寺牢閉寺門隨意當去若主來時所寄之物悉當還彼若還者善不還者苾芻得越法罪

緣處同前六衆苾芻身擎重擔俗旅見時便生譏笑我等俗人有父母妻子王官人事共相養育自身負擔正是其宜仁今爲誰作斯勞苦彼聞默爾苾芻白佛佛言苾芻不應身持重擔作者得越法罪是時六衆聞此制已即於頭背腰髁而擎重擔還招譏醜不應如是擎持重擔作者得越法罪

第四門第九子攝頌曰

四依求六物　賊盜苾芻衣　委寄五種殊　須知染方法

緣處同前時有婆羅門欲求出家往逝多林既入寺已見諸苾芻執錫持鉢欲行乞食彼見苾芻作如是念我今問彼何處行耶問言聖者欲何處去答曰我行乞食問曰豈諸苾芻皆乞食耶答曰諸有大德衆所知者多諸施主持食來施無知識者自行乞食彼作是念我若出家還同乞食有何殊異來投釋子不免劬勞復作是念我今更可問餘苾芻雖依乞食而作出家爲更有餘事即詣餘人所彼既見已問言何故仁今得來答言聖者有

事須來今欲請問仁等何依而爲出家答言善問且當安坐吾爲汝説其人心欲希求出家禮已而坐苾芻報言於佛法中爲出家者有四依事出家近圓成苾芻性云何爲四佛告苾芻著糞掃衣清淨易得乞食活命在樹下居用陳棄藥清淨易得依此出家成苾芻性時婆羅門聞是語已報言聖者誰能依此而爲活命我之本意求覓出家見此難行我今辭去遂與出家近圓爲大障礙苾芻白佛佛作是念未出家人先告四依有如是過由此苾芻見未出家未近圓者不應爲彼説四依法若近圓後方可爲説預先説者得越法罪

緣處同前有一長者娶妻未久便誕一男年漸長大其父瞋責便作是念父難承事宜可出家便往逝多林時鄔波難陀見而問曰何故得來答曰我欲出家報言斯爲善事如佛所説夫出家者有五勝利廣説如前佛所讃歎然出家者須得六物問言何者爲六答曰三衣鉢盂水羅敷具報言我無鄔波難陀曰汝今且去我爲方求所須六物彼辭而去知父已棄不歸本舍往親眷家親屬知是長者之子欲求出家便不放去即爲娶妻具壽鄔波難陀求得六物後於異時入城乞食見彼童子報言賢首我得六物汝今可來當爲出家答言聖者我亦求得所須六物問曰如何六物答曰所謂眼耳鼻舌身意鄔波難陀問曰此是何物彼即答曰我諸眷屬爲我娶婦具足六根由是我今不能出家以此因緣遂與出家近圓爲大障礙苾芻白佛佛言從今

已後若貧人來欲出家近圓者應可爲借所須六物何以故於善法律出家近圓成苾芻性實難遭遇既近圓已後自經求還他本物

縁處同前時有衆多苾芻人間遊行中路遭賊劫奪苾芻所有衣物往逝多林賣所盜物被奪苾芻亦至林所見自衣鉢悉皆識認即皆大聲告諸人曰捉賊捉賊我等衣鉢是此劫來顯聲遠聞賊便走散苾芻各各自取衣鉢隨處而住作如是念此等諸物更合取不苾芻白佛佛言不應驚彼其所劫者即是彼物如佛所言其所劫者即是彼物者復有苾芻人間遊行賊奪其物賊手觸著苾芻衣鉢苾芻便棄遂於衣鉢廢闕受用佛言苾芻失物不應造次即作捨心乃至其賊心未安隱作屬已心來見時應取復有苾芻同前遭賊賊詣給園賣其衣物苾芻見衣悉皆憶識執捉其賊將付王家即便枷棒打拷楚毒受衆苦惱苾芻白佛佛言不應將賊付彼官人可爲說法從其乞物若不與者應還半價若仍不與應全與直何以故成就衣鉢卒難可得

縁處同前時諸苾芻用牛糞土及以齒木并雜染汁行出外時無顧戀心棄擲而去時諸苾芻雖見棄去有疑惑心皆不敢用遂便爛壞時諸苾芻以縁白佛佛言作親友想用凡是親友可委寄人有其五種一者心相愛愍二者近爲得意三者是所尊重四者久故通懷五者聞用已財心生歡喜此五人物雖不問主用時無咎又復觀知他所棄物作無主想用亦無過

縁處同前佛許染衣便於寺外露地及經行

處而爲染作被塵土汙及風雨濕苾芻白佛佛言可於寺内而爲染作寺内染時染汁墮地猶如血色俗人見時作如是語聖者此處殺牛羊耶答曰非殺衆生是染汁墮地報言聖者染汁墮地何不掃除佛言可於染處牛糞及泥塗拭令淨彼遂重塗損石灰地佛言石灰地處可以水洗餘處應塗若違者得越法罪

第四門第十子攝頌曰

須知栽樹法　賊毯作神通　若得上帔衣
不應割去緣

緣在王舍城竹林園中爾時世尊於勝身山令天帝釋得見諦已其影勝王即於此處建大法會盡摩揭陀所有人衆悉皆雲集山無樹木人衆聚時爲熱所困報苾芻曰善哉仁等可於此處栽植樹陰答曰世尊未許報言賢首有何違處苾芻默然佛言我聽種樹苾芻種樹便棄而去其樹便死時諸人衆至第二年還來集會同前熱逼問言聖者先栽樹耶答曰已種今何故無報言種了棄去不爲防守致使摧殘復多枯死俗人曰仁等初生父母若不將養必當損壞樹須將護待大方行苾芻白佛佛言不應種樹即棄他行苾芻不知云何養護冬月恐損應以草蓋野火便燒佛言當於四邊壘墼遮護復爲熱傷佛言應通窻穴夏雨如篇停水爛壞佛言夏時可除園壁應通水穴其樹未大棄去同前致損苾芻白佛佛言種樹行法我今當制若是花樹花發隨行若是果樹著子方去時有苾芻有要緣務事必須行不知云何佛言應委守

園人及親友者隨意而去
緣處同前時北方健陀羅王附上毛毯與影
勝王王既得已將奉尊者畢隣陀婆蹉尊者
便披向阿蘭若賊聞此事王得毛毯與尊者
披在阿蘭若共相議曰此是好物我等如何
一人報曰可行奪取餘更何云即便夜至阿
蘭若處杖扣其門尊者問曰汝是何人答言
聖者我是賊徒問曰欲何所覓答曰欲取上
毯若如是者窻中舒臂賊便展手是時尊者
作念加持勿令此毯被截被燒出莫令盡其
賊遂即抽出一邊拔之不已便成大聚不知
窮盡遂以刀割刀不能傷復以火燒火不能
著告言聖者畢隣陀婆蹉何因惱我答言癡
人汝不惱我我何惱汝盡汝勇健努力拔取
我終不放賊相謂曰尊者有大神通我非彼
敵宜當逃竄勿被王收便棄毛毯滅影而去
苾芻白佛佛作是念由披上毯住蘭若中有
如是過告諸苾芻曰畢隣陀婆蹉所作非理
披此上毯住蘭若中是故苾芻不應披此上
價之毯住曠野中若有作者得越法罪若有
蘭若苾芻得斯好毯應著村中令人守護復
有蘭若苾芻得他好毯寄在俗舍身往林中
遂被蟲食佛言不應如是於其衣內安苦蔘
葉或安阿魏或苦楝葉此等若無應安架上
時時曬曝

緣在室羅伐城給孤長者常來禮佛及諸尊
者時屬寒天見諸苾芻躍脊而卧長者既見
不修善品隨處而眠問言聖者世尊之教一
向專修何故聖者棄其善品隨處而卧答言
長者我忍寒苦何暇專修長者聞已禮而辭

去既至宅中以五百張白氎衣帔時來寺内奉施僧伽苾芻得已截其縷纏染以赤石隨意而披長者後來於諸房門觀其帔氎悉皆不見問言聖者我施帔物今何不見苾芻以事具答報言聖者我以如是勝妙上帔因何割壞唯願留纏受用苾芻白佛佛言僧祇之物不應割纏直爾而用割者得越法罪

根本説一切有部毗柰耶雜事卷第十七

音釋

辜古胡切罪也　癭於郢切頸瘤也　諳烏含切悉也　繢求位切織餘也　壘墼壘力軌切猶壘也墼古力切未燒磚也　竄七亂切匿也　躍脊躍巨負切曲脊也脊資昔切背呂也

根本説一切有部毗柰耶雜事卷第十八

唐三藏法師義淨奉　制譯

第五門總攝頌曰

焚屍誦三轉　捨隨我身亡　界苾芻不應
不合五皮用

第五門第一子攝頌曰

焚屍誦三啓　目連因打亡　不應廣大作
多獲諸珍寶

緣在室羅伐城逝多林時此城中有一長者娶妻未久便誕一息年漸長大於佛法中而為出家遇病身死時諸苾芻即以死屍并其衣鉢棄於路側有俗人見作如是語沙門釋子身亡棄去有云我試觀之見已便識報諸人曰是長者子各共生嫌於釋子中為出家者無有依怙向若在俗諸親必與如法焚燒苾芻白佛佛言苾芻身死應爲供養苾芻不知云何供養佛言應可焚燒具壽鄔波離請世尊曰如佛所説於此身中有八萬戸蟲如何得燒佛言此諸蟲類人生隨生若死隨死此無有過身有瘡者觀察無蟲方可燒殯欲燒殯時無柴可得佛言可棄河中若無河者穿地埋之夏中地濕多有蟲蟻佛言於叢薄深處令其北首右脇而卧以草稕支頭若草若葉覆其身上送喪苾芻可令能者誦三啓無常經并説伽陀爲其呪願事了歸寺便不洗浴隨處而散俗人見譏或言釋子極不淨潔身近死屍身不洗浴佛言不應爾應可洗身彼即俱洗佛言若觸屍者連衣俱洗其不觸者但洗手足彼還寺中不禮制底佛言應禮制底

緣在王舍城具壽舍利子及大目連於時時中往觀地獄餓鬼傍生人天五趣巡行觀察至無間獄時舍利子語大目連曰具壽宜當爲此無間有情息猛焰苦時大目連聞是語已即昇虛空於大獄上降注洪雨滴如車軸獄中猛焰令空中雨隨處銷亡時舍利子見是事已報目連曰具壽且止我滅其火荅言隨意時舍利子入勝解三摩地降注大雨令無間獄地並成泥咸得清涼皆蒙息苦遂見外道晡刺拏由昔爲他說惡邪教報受大身於其舌上有五百鐵犁耕墾流血見二尊者報言大德仁等若往贍部洲中傳我所說報我門徒曰由我生時口說邪法欺誑他故彼惡業力墮無間中於我舌上有五百鐵犁耕墾流血受極苦惱然汝供養我本塔時我身苦痛倍更增劇從此已後勿爲供養時二尊者聞彼語已默然而受從地獄沒至王舍城二人相隨共入城內便於中路逢諸外道並是執杖椎髻之流外道議曰我欲打彼沙門釋子一人報曰今正是時然有過方打不損物聽我且先問稱我意者善若不遂心打之未晚舍利子在前而至問言苾芻正命衆中有沙門不舍利子作是思惟何心見問觀知欲打即說頌言（露形外道自方正命）

正命衆中無沙門　釋迦衆內沙門有
若阿羅漢有貪愛　即無凡小愚癡人

時彼外道不閑頌義報尊者曰汝讚歎我當隨意去尊者即便順路而行尊者目連前業將熟緩步而來外道既見問言苾芻正命衆中有沙門不若不豫觀雖阿羅漢智亦不行

答言汝等衆内寧有沙門如佛所說此是初沙門此是第二沙門此是第三沙門此是第四沙門除此已外更無沙門婆羅門但有空名說是沙門婆羅門而無其實如是我於人天之中及聲聞衆說無誑言作師子吼又復汝師晡剌拏由在人中說邪惡法誑惑人故生無間獄受廣大身於其舌上有五百鐵犂耕墾流血受極苦惱彼寄我言我由人中說惡邪法誑惑衆生令墮惡趣受耕舌苦總報徒衆汝等更勿供養我塔每供養時我身苦痛倍更增劇從此已後憶我言教諸人聞已便生忿怒作如是語諸人當知此禿頭沙門非但於我強論過失并我大師亦被誹謗今欲如何一人報曰直須熟打餘更何言豈不平章有過方打今既謗我大師斯爲巨過打便合理衆即以杖打尊者身遍體爛熟由如搥葦即便四散時舍利子怪其在後遲晚不來遂即往看見其形體碎如搥葦而布于地問言具壽何意如此答言舍利子此是業熟知欲如何舍利子言具壽豈非大師聲聞衆中稱說神通最爲第一何乃至斯答曰業力持故我於神字尚不能憶况發通耶時舍利子以七條衣裹襆其身猶若嬰兒抱持至寺諸人驚集問舍利子尊者何緣身至如此答曰執杖外道打令爛熟遂緩下衣徐置于地時諸苾芻問舍利子曰豈非天師聲聞衆中說尊者目連神通第一答言實說仁等當知業力最大然大目連有大氣力以足右指蹴天帝釋戰勝之宫能令摇動幾欲崩倒於聲聞中如來讚說有大威力神通第一然由前

世業力所持於神字尚不能憶況發於通是時目連作如是念我以不淨無用之身親於佛邊而爲給侍奉行教命隨力隨能無有違犯於佛教主少酬恩惠誰於德海盡能報謝我於此身不能荷負無邊苦器深生猒離當求寂靜無宜久停即留命行捨其壽行時有苾芻未得聖道者見是事已極生憂惱起出離心即往林中阿蘭若處受下卧具少欲自居屏棄人間專修寂靜于時王舍城中并餘住處人皆普聞執杖外道共打聖者大目乾連遍身肢節悉皆爛熟碎如搥葦時舍利子自以衣裹猶若瓔兒持至竹園僅有殘命極受苦痛不久將死時有百千大衆總萃竹園諸臣白王執杖外道共打聖者大目乾連遍身肢節碎如搥葦時舍利子自以衣裹猶若瓔兒持至園中僅有殘命極受苦痛不久將死王既聞已深生痛惜便與内宫太子宰相城内諸人悉皆雲集詣竹園中諸人見王即便開路至尊者所涕淚横流猶如大樹崩倒于地執足號啼悲哽言曰聖者何因忽至於此答言大王此是前身自作業熟知欲如何王極瞋怒告大臣曰卿等即宜奔馳四散覓彼外道若捉獲者置於空室以火焚燒尊者報曰大王不應作如是事我先作業猶如瀑流注在於身非餘代受王報臣曰若如是者上命難違若捉得時應令出國王又白言我之所有皆奉聖者隨意受用王言聖者豈非大師聲聞衆中稱説尊者神通第一何不飛騰遭斯苦痛答言大王是大師説然業力持我於神字尚不能憶況發通耶如來大師不

爲二語親說伽陀曰

假令經百劫　所作業不亡　因緣會遇時
果報還自受

我今受報知更何言時未生怨王以衣掩淚命諸醫曰於七日中不令聖者遍身肢節平復如故者我當奪汝現在封祿復令大臣躬爲瞻養慇懃致敬禮尊者足奉辭而去時大目連告舍利子曰具壽當知願垂恩恕願垂恩恕我當涅槃舍利子聞而告曰我等二人俱求善法同時出家同證甘露同歸圓寂舍利子言當如是作尊者馬勝聞大目連身遭苦楚來至其所而申慰問告言具壽當知

非山非海中　無有地方所　亦不在空裏
能避於先業　如影隨人去　無有安住者
善惡業不亡　無上尊所說

時大目連及舍利子即禮尊者馬勝足已右繞三帀白言阿遮利耶

所作我已辦　今是最後辭　當入無餘依
清涼涅槃界

是時尊者馬勝告舍利子曰

汝所作事已成辦　能隨善逝轉法輪
今者樂欲入涅槃　世間法將燈明滅

彼醫人等既奉王命共相議曰王出嚴勑我欲如何一人告曰知何所爲聖者年尊被杖熟打猶如搥葦如何可治然此尊者有大悲力我等歸命彼自垂恩諸人曰斯爲善計即便共去詣尊者所禮足而白大王有教總命醫人於七日中不令聖者遍身肢節平復如故者我當奪汝現在封祿然聖者年尊加斯苦害難可平復唯願慈悲賜方便力令我封

祿不至削除時尊者報醫人曰若如是者汝去白王聖者目連滿七日已入王舍城次行乞食諸人喜辭共詣王所而白王曰聖者目連滿七日已入王舍城次行乞食王聞歡喜若實如是斯曰善哉滿七日已以神通力息除苦痛入王舍城次行乞食至大王宮門門人見已入報王曰尊者大目連今在門首欲見大王王聞語已不勝喜躍疾起敷座出至門首見尊者五輪著地慇懃禮已請尊者入就座而坐白言聖者尊體起居得平和不尊者答曰大王應聽

我今何用膿血身　荷負衆苦無休息
今已除盡蚖蛇毒　安隱當趣涅槃城
涅槃城中絕諸患　緣生衆苦悉皆無
佛及聖衆在中居　輪轉愚夫不能入

大王當知是我宿業必須受報身如趄葦無可療治假使古大醫王不能痊復所有醫人願皆釋放王曰皆放醫人王聞是已涕淚交流起禮尊者足尊者告曰王勿放逸略說法已即辭而去時舍利子入定觀察以何意故具壽目連雖遭此苦入城乞食乃見將欲入於涅槃尊者舍利子從見目連被打之後心生悲戀遂嬰疾苦作如是念具壽目連若涅槃者我住何爲我今宜可先入圓寂作是念已至具壽阿難陀所辭別廣如經說次往世尊所頂禮佛足在一面坐白世尊言

佛教我已持　隨力爲他說　聖衆已供侍
於身無愛心　勉勵自事終　已修涅槃行
身語意三業　依正道無差　我於生不愛
於死亦無憂　是故我涅槃　更無過此樂

作是語已佛告舍利子汝於如是殊勝法中於後而來最初而去有何意耶爾時舍利子合掌恭敬說伽陀曰

不忍見佛入涅槃　殊勝目連亦如是
如來法將今事了　故我於先證圓寂
今啓大聖人中尊　我今欲往本生處
爲諸親族說法要　當捨輪迴五蘊身

佛告舍利子汝欲涅槃白佛言世尊我欲涅槃又問汝欲涅槃白佛言善逝我欲涅槃又告舍利子若汝欲得入涅槃者諸行無常是生滅法隨汝所欲我更何言時舍利子最後禮佛合掌恭敬右繞三帀奉辭而去

次至大目連處白言具壽我有重病仁頗知不我今欲往那羅陀聚落於親族所爲其說法當趣涅槃答言具壽隨意應作我亦如是往林園聚落爲諸親眷說法要已當入涅槃

次至難陀阿難陀阿尼盧陀頡離伐多跋地迦羅怙羅等諸大聲聞咸與辭別云欲涅槃時彼尊宿告言謹慎舍利子侍者準陀與苾芻衆詣那羅陀村（在那爛陀寺東南二十餘里許）具壽羅怙羅亦與苾芻衆隨後而行時舍利子便以愛語告羅怙羅曰

若有志求於解脫　當知一切悉無常
世間無有可愛事　決定應觀莫放逸
形命無常無有樂　猶如畫水不暫停
了知一切皆如夢　危生同聚亦如是
敬佛敬法供養僧　佛正法藏爲依止
汝羅怙羅如我囑　於耆宿者應親近
三藏教中有疑處　除我更無能答者
若有宜應問世尊　爲汝解疑宣實義

具壽羅怙羅答曰

我觀是次第　佛亦不久滅　如樹燒四枝

其身寧久住

時羅怙羅禮舍利子足右繞三帀了知諸行皆悉無常即便迴去尊者舍利子將求寂準陀以為侍者於摩竭陀國人間遊行漸至那羅陀村北升攝波林依止而住為諸親屬演說法要令住三歸受五學處聞舍利子將欲涅槃時有無量百千衆生悉皆雲集尊者觀察如是人衆堪應受化順其根性方便說法開示勸導讚勵慶喜令彼衆生或得煖法或得頂忍世間第一或得預流一來不還或復出家得應供果或植無上菩提種子或植獨覺聲聞種子是時尊者濟度親屬及諸大衆生淨信已於日初分上昇虛空放大光明現諸神變入無餘依妙涅槃界當圓寂時大地震動四方焰起流星墮落於虛空中天鼓發響諸苾芻衆或在北俱盧東西二洲或居妙高餘七山處雪香山等諸崖坎窟江河之側隨處禪思受解脫樂時彼諸人見地動已便作是念何意大地忽然震動斂念觀察見其親教已入涅槃皆作是念我今不應無親教師於贍部洲安隱而住作是念已尊者弟子有八萬阿羅漢同時皆悉入般涅槃爾時大目乾連於日初分執持衣鉢以神通力支持身體入王舍城次第乞食還至本處飯食訖收衣鉢洗足已詣世尊所禮雙足已白世尊言

此身皆是膿血聚　無堅危脆常動搖

猶如毒瓶我捨除　唯願大師哀愍恕

又説頌曰

我今無有債　意將爲滿足　生死海無邊
離怖昇彼岸　我伴舍利子　大智已圓寂
我今隨後去　唯願大雄知

佛告目連汝欲涅槃白佛言世尊我欲涅槃
又問汝欲涅槃白佛言善逝我欲涅槃又問
若汝欲得入涅槃者諸行無常是生滅法隨
汝所欲我更何言時大目連最後禮佛合掌
恭敬右繞三帀奉辭而去時大目連往林園
村爲諸親族説法要已廣如前説爲受歸戒
發心獲果者其數無量尊者遂於晡時入般
涅槃所有弟子七萬七千阿羅漢同時皆悉
入于涅槃時二聖者涅槃之後所有親屬婆
羅門居士等取其身骨造窣覩波營造諸人
皆作生天解脱勝妙之業時具壽阿難陀及

羅怙羅聞舍利子并大目連入涅槃已悲泣
盈目往詣佛所禮佛足已俱立一面具壽阿
難陀白佛言世尊

我聞身子目連滅　周遍身心皆動摇
目視諸方悉暗冥　假使聞法心迷亂

爾時世尊告彼二人曰

汝等勿生惱　恩愛皆離别　先爲汝等説
是故莫憂悲　生者不免死　世界無常定
輪迴五趣中　終無得存者

時求寂準陀爲鄔波馱耶焚燒供養已取遺
骨舍利并持衣鉢詣王舍城既至住處置衣
鉢洗足已至具壽阿難陀所頂禮足已在一
面坐白言大德知不我鄔波馱耶大德舍利
子已入涅槃此是遺身并三衣鉢時阿難陀
即將準陀往詣佛所頂禮佛足在一面坐白

世尊言

我聞身子滅　形體若癡人　不辨於方隅

聞法心無解

令求寂準陀來詣我所作如是言大德知不我鄔波駄耶大德舍利子已入涅槃我已焚燒供養取遺身舍利并持衣鉢並皆至此今欲如何佛告阿難陀舍利子苾芻將諸戒蘊入涅槃耶不爾世尊將諸定蘊慧蘊解脫蘊解脫知見蘊入涅槃耶不爾世尊又我自覺所說之法謂四念住四正勤四神足五根五力七覺分八聖道攜持此法入涅槃耶不爾世尊具壽舍利子不將如是無漏法蘊及三十七菩提分法入於涅槃然具壽舍利子具戒多聞少欲知足樂寂靜行常有勤勇正念現前有正智慧速疾慧出離慧趣入慧大利慧寬廣慧甚深慧無等慧寶慧具足開示勸導讚勵慶喜聞悉了達處衆宣揚情無怯弱然我與舍利子於佛法中同共受用今既涅槃由斯憶念令我憂愁悲啼不樂佛告阿難陀汝勿憂愁悲啼不樂無容得有如斯道理從緣生法欲令常住者無有是處既知諸法性常滅壞不應憂慼阿難陀我先曾於處處宣說一切恩愛歡樂之事悉皆無常終歸離別譬如大樹植根深固莖幹枝條花果繁實悉皆充滿枝聳出者必先摧折如大寶山峯高峻者必先墮落今亦如是解爲上首苾芻僧伽現住於世而舍利子先般涅槃又阿難陀若舍利子所去之處於彼方隅名稱充滿我無憂慮是故汝今勿生愛念世相如是終歸離別若我現在或復去世如是應知自爲

洲渚自爲救護法爲洲渚法爲救護無別洲渚無別歸依又阿難陀汝可自爲洲渚乃至無別歸依然於我法弟子之中能持戒者則爲第一云何苾芻自爲洲渚自爲救護法爲洲渚法爲救護無別洲渚無別歸依若有苾芻觀於內身勤行正念知諸世間瞋恚憂愁妄生煩惱或於外身或於內身或內外身如是廣說觀受心法勤行正念知諸世間瞋恚憂愁妄生煩惱如是名爲自爲洲渚乃至無別歸依時阿難陀聞佛說已頂禮佛足退辭而去時諸苾芻咸皆有疑請世尊曰聖者目連曾作何業被外道粉碎其身世尊告曰汝等苾芻大目乾連自所作業無人代受乃至廣說乃往古昔於一城處有一婆羅門妻誕一男年既長大爲其娶婦兒於婦處極生愛念毋瞋新婦兒懷忿心於其毋處不爲敬重毋責子曰汝愛其婦與我相違婦聞是語遂生惡念此之老毋年過容華於已壻邊未能暫離而更於我夫主强說過非從是已後常求毋過後於異時婦見姑嫜作私隱事遂告其夫共生瞋忿子告婦曰愚癡老耄尚不息心於我少年强生言責遂起惡心作嶮害語如何得有勇力之人打彼身形碎如搥葦汝等苾芻勿生異念往時婆羅門子即大目連由於父毋發生惡念作無義言於五百生中身常被打碎如搥葦乃至今日最後生身於我弟子聲聞衆中神通第一尚受斯報是故汝等當知先所作業必須自受無人代當乃至廣說如是應學諸苾芻衆聞已奉行時諸苾芻復請佛言由何緣故語外道等不打舍

利子而害目連佛告苾芻非但今日放一打一過去亦爾汝等應聽乃往古昔於一村邊有多童子羣聚遊戲見二摩納婆隨路而來遂相告曰我今打此二人及共議曰無宜即打且可問之若可意者我不行杖如不可意方可打之一人問曰何時有寒一摩納婆念曰何意相問看其形勢擬欲相打即便答曰

不問冬夏時　但令有風起　風生寒即有
無風寒定無

童子聞言遂便放去次問第二者彼便報曰

冬月定有寒　夏時寒不有　此事人皆識
無智共生疑

時諸童子聞已瞋嫌熱打而去汝等苾芻往時放去者即舍利子是其被打者即大目連今時亦爾時諸苾芻復更有疑請世尊曰希有大德具壽阿難陀生大憂惱世尊大慈能爲開解佛告諸苾芻我今開解慶喜憂懷未成希有我於往昔已爲慶喜除其憂慼汝等應聽過去世時迦尸國婆羅痆斯城王名梵授乃至廣説豐樂安隱其王有子名曰善生善生有子顏貌端正宗親聚會乞與立名諸人議曰此是迦尸國王之孫應名迦尸孫陀羅後於異時善生王子忽然命過時梵授王憐愛子故兩手抱屍悲啼號哭搥胷大喚憂懷悶絶時迦尸孫陀羅有方便智作如是念大王憂惱或致身亡我今宜可爲解憂結即詣王所禮足白言大王我有所欲王曰汝欲何物答曰與我造車用日月爲輪裝校精妙可疾將來若不與者至第七日我胷當破而取命終王聞是已更增憂懼告其子曰

誰作斯無益　是愚者所言　定知我不能
强欲令求覔
其子白言
大王我非愚　國主是愚者　抱此臭屍肉
喚子苦悲號　日月纔出時　普照於人世
能除四方闇　開發大光明　父王今不知
子去生他趣　地獄傍生鬼　人天異道中
非處勿攀緣　人王善思察　慇懃須定意
唯法可歸依　王聞童子語　身心皆欣躍
拔除憂毒箭　便棄子屍骸

汝等苾芻勿生異念往時迦尸孫陀羅者即我身是善生者即舍利子是其梵授王即阿難陀是即說頌曰

王子即我身　我父舍利子　阿難陀梵授
往昔事應知

爾時世尊出王舍城往憍薩羅國人間遊行至室羅伐城給孤獨園時具壽阿難陀於舍利子遺身之骨香花供養給孤長者聞舍利子已入涅槃有遺身骨具壽阿難陀親爲供養便詣其所禮雙足已白言聖者知不尊者舍利子今已涅槃彼即是我先所尊重長時日夜敬仰彌深仁將彼骨隨處供養我亦有心欲申供養惟願見與報言長者我亦如是先所尊敬無由相與廣說乃至給孤長者往詣佛所白言世尊惟願慈愍與我具壽舍利子遺身之骨欲申供養佛告阿難陀汝於同梵行者供養遺骨於如來所未爲供養未是報恩於如是事若能作者是於如來眞爲供養是大報恩所謂能與他人出家及受近圓或與依止教其讀誦策勵禪思專求出道勿

令虛度何以故阿難陀如來世尊於三無數大劫之中爲諸有情備受無量百千萬種難行苦行方證無上正等菩提阿難陀由依止我爲善知識故令諸有情於生老病死憂悲苦惱皆得解脫是故汝今應與長者遺身之骨令其供養時阿難陀蒙佛教已即持身骨授與長者何故阿難陀不違佛教如佛昔時行菩薩道於父母師長尊重之處所有言教曾無違逆今有言教無敢違者是時長者得身骨已禮佛而去持歸本宅置高顯處與其居家并諸眷屬咸以所有香華妙物共申供養時此城內人衆共聞尊者舍利子於摩伽陀國那羅聚落已般涅槃所有身骨求寂準陀持付阿難陀尊者阿難陀持來至此佛令授與給孤長者持歸宅內共申供養時勝光王及勝鬘夫人行雨夫人并諸長者鄔波索迦毗舍佉鄔波斯迦及餘人衆咸持香華奇妙供具詣長者宅俱申供養或有曾因舍利子故得證道者追念昔恩亦來供養後於異時給孤長者有緣須出鎖門而去時諸大衆咸持供養來至門所見其門閉共起譏嫌長者何因障生福路長者迴還家人告曰多有人來欲申供養見門鎖閉咸起譏嫌云障福業長者聞已便作是念此即是緣可往白佛禮佛足已在一面坐白言世尊多有人衆於尊者舍利子遺身舍利情生敬重持諸妙物各申供養來至我宅我有他緣鎖門而去諸人來見共起嫌言長者閉門障我福路若佛聽者我今欲於顯敞之處以尊者骨起窣覩波得使衆人隨情供養佛言長者隨意當作

長者便念云何而作佛言應可用甎兩重作基次安塔身上安覆鉢隨意高下置平頭高一二尺方二三尺準量大小中竪輪竿次著相輪其相輪重數或一二三四乃至十三次安寶瓶長者自念唯舍利子得作如此窣覩波耶爲餘亦得即往白佛佛告長者若爲如來造窣覩波者應可如前具足而作若爲獨覺勿安寶瓶若阿羅漢相輪四重不還至三一來應二預流應一凡夫善人但可平頭無有輪蓋如世尊說如是應作苾芻不知若爲安置佛言如世尊住法處中應安大師制底諸大聲聞應在兩邊餘尊宿類隨大小安置凡夫善人應在寺外長者既爲造窣覩波已白佛言若聽許者我爲尊者舍利子慶窣覩波設大施會佛言隨作時勝光王聞大長者請佛欲爲尊者舍利子慶塔設會王作是念我當助作即於城中搖鈴普告現在城中所有人物及餘四遠商賈之類若有來觀此法會者所賣貨物隨情交易不取其税時有五百商人於大海内遭遇黑風欲破舩舶時彼諸人先於尊者舍利子所曾受歸戒各各稱念復賴諸天共相扶助得出洪波平安届此聞勝光王作如是教咸生是念王由昔業受斯勝位今復無猒更修檀捨我等云何而不營福商人皆共起敬信心即以衆多金銀珍寶眞珠貝玉於法會中盡心供養捨之而去苾芻受已不知如何處分其物佛言螺貝堪吹響者應與贍部影像處用自餘所有珍寶應留多少與舍利子塔修理所須若有衣物堪懸供養者應留多少可於齋日懸僧供養

所餘諸物衣裳氎布及錢貝等現前僧衆應共分之是同梵行財理合用故此據舍利子塔物作斯處分若是佛塔之物皆入塔用

第五門第二子攝頌曰

詰問令憶念　問彼容許不　教授事不爲
長淨及隨意

佛在室羅伐城時六衆苾芻不審見聞疑即便詰問苾芻諸苾芻聞已各生羞恥形體羸瘦顏色萎黃氣力減少不能讀誦如理思惟乃至佛告諸苾芻從今已去苾芻不以不審見聞疑詰他苾芻若作如是詰責他者得越法罪詰問既爾如是應知憶念問訊不爲教受長淨隨意類此應知皆越法罪

根本說一切有部毗柰耶雜事卷第十八

音釋

殯必刃切棄也　稕之閏切束稈也　襆房玉切猶裹也　蹴七六切蹋也　瀑蒲報切與暴同　頡戶結切　姑嫜姑公胡切嫜諸良切婦稱夫之母曰姑嫜　耄莫報切九十曰耄　磣初朕切

根本說一切有部毗柰耶雜事卷第十九

唐三藏法師義淨奉　制譯

第五門第三子攝頌曰

佛三轉法輪　初度五人已　不喚名族等

俱尸宣略教

如是我聞一時薄伽梵在婆羅痆斯仙人墮處施鹿林中爾時世尊告五苾芻曰汝等苾芻此苦聖諦於所聞法如理作意能生眼智明覺汝等苾芻此苦滅順苦滅道聖諦之法如理作意能生眼智明覺汝等苾芻此苦聖諦是所了法如是應知於所聞法如理作意能生眼智明覺汝等苾芻此苦集聖諦是所了法如是應斷於所聞法如理作意能生眼智明覺汝等苾芻此苦滅聖諦是所了法如是應證於所聞法如理作意能生眼智明覺汝等苾芻此順苦滅道聖諦是所了法如是應修於所聞法如理作意能生眼智明覺汝等苾芻此苦聖諦是所了法如是已知於所聞法如理作意能生眼智明覺汝等苾芻此苦集聖諦是所了法如是已斷於所聞法如理作意能生眼智明覺汝等苾芻此苦滅聖諦是所了法如是已證於所聞法如理作意能生眼智明覺汝等苾芻此順苦滅道聖諦是所了法如是已修於所聞法如理作意能生眼智明覺汝等苾芻若我於此四聖諦法未了三轉十二相者眼智明覺皆不得生我則不於諸天魔梵沙門婆羅門一切世間捨離煩惱心得解脱不能證得無上菩提汝等苾芻由我於此四聖諦法解了三轉十二相故眼智明覺皆悉得生乃於諸天魔梵沙門

婆羅門一切世間捨離煩惱心得解脫便能證得無上菩提爾時世尊說是法時具壽憍陳如及八萬諸天遠塵離垢得法眼淨佛告憍陳如汝解此法不答言已解世尊汝解此法不答言已解善逝由憍陳如解了法故因此即名阿若憍陳如是時地居藥叉聞佛說已出大音聲告人天曰仁等當知佛在婆羅痆斯仙人墮處施鹿林中廣說三轉十二行相法輪由此能於天人魔梵沙門婆羅門一切世間爲大饒益令同梵行者速至安隱涅槃之處人天增盛阿蘇羅減少由彼藥叉作如是告虛空諸天四大王衆皆悉聞知如是展轉於剎那頃盡六欲天須臾之間乃至梵天普聞其響梵衆聞已復皆遍告廣說如前因名此經爲三轉法輪時五苾芻及人天等聞佛說已歡喜奉行爾時佛爲五人三轉法輪令彼出家近圓成苾芻已時五苾芻於如來處頻喚名字及以氏族或云具壽佛告諸苾芻汝等不應於如來處喚其名字及以氏族或云具壽何以故若有苾芻於如來處喚名氏族及具壽者此是癡人於長夜中多受苦惱作無利益是故汝等更不應於如來處喚名字等若更喚者得越法罪如佛所說不應於如來所喚名字等得越法罪者時有少年苾芻除佛世尊於餘耆宿苾芻之處喚名字等乃至具壽苾芻白佛佛言年少苾芻亦復不應於耆宿處喚名字氏族或云具壽然有二種喚名之事或云大德或云具壽年少苾芻應喚老者爲大德老喚少年爲具壽若不爾者得越法罪

佛在俱尸那城壯士生地娑羅雙樹間爾時世尊臨般涅槃告諸苾芻曰我爲汝等已廣宣說毗奈耶藏未曾略說我今更爲說其略敎汝等應可諦聽善思至極作意汝等苾芻或時有事我從先來非遮非許然於此事若違不清淨順清淨者此即是淨應可行之若違清淨順不清淨者此是不淨即不應行此可奉持勿致疑惑

第五門第四子攝頌曰

捨隨物不分　蚊幬隨意畜　三股杖作釜
應張羯恥那

緣在室羅伐城時有苾芻長衣犯捨便即持衣於上座前捨其知事人見此衣已作如是念今日僧伽多得利物可賣分之遂即唱賣衆共分張時支便廢闕苾芻白佛佛作是念犯捨之衣捨與衆僧有如是過由是犯衣不捨與僧告諸苾芻昔日苾芻犯捨衣與僧遂被分張事成闕乏由是不應捨與僧衆可與別人若無知者雖捨與僧亦不應分若以長衣捨與衆僧遂即分者此二俱得越法罪佛言長衣捨與別人者時有犯長苾芻以衣捨與無識知人既得衣已默然而住不知還衣苾芻白佛佛言應遣餘人敎無識者若還者善若不與者應强奪取而守持之此捨衣者乃是作法非是全與然捨衣時求知法者然後當捨

緣在廣嚴城時諸苾芻爲蚊蚋唼食爪搔癢時遍身血出俗旅見時問其何故苾芻具答彼言聖者仁等豈可不畜蚊幬耶答曰世尊不許欲何所畜報言世尊大悲此應聽許苾

芻白佛佛言聽諸苾芻畜其蚊幬苾芻不知當如何作佛言周十二肘於上安蓋長四肘闊二肘隨身高下繩帶懸垂直縫留門蚊蟲還入佛言不應盡縫應留少許相掩作門熱應摇扇若下邊蚊入可以氈席或將餘物壓之勿令得入

緣處同前佛言用水應漉者時諸苾芻以手捉羅遂致勞倦佛言繫於杖上開羅取水如是用時仍猶勞倦佛言持三股杖以繩繫杖繩不肯住佛言近上應穿爲三孔以繩貫繫或安鐵鐶寛開三股羅繫於二開羅受水瀉水之時溢出流地佛言用心瀉水勿令溢出坈底無棬隨處傾側佛言安棬勿令坈動水在羅中急過不住令蟲悶絶佛言應可羅中安物苾芻不解佛言或砂或乾牛糞應以水濕安在羅中水猶不住佛言應作承水器苾芻不知如何作器佛言器有二種謂銅及瓦苾芻以手持梳遂致疲勞佛言不應手持可於梳邊穿作三孔以繩繫之懸在三股叉上方便令牢應以羅角置在器中存養蟲命若其羅密水不下者應以滑杖羅外打之苾芻於不滿坈内而觀於水不能見蟲佛言瀉水滿坈令其不動巳方可觀察水上有塵觀蟲不見佛言去塵方察若以小蟲示他人時將指頭示小蟲行急見不分明佛言應以茅端及草莛等而指示之苾芻得蟲時於井口上而覆其羅蟲雖落水多並悶絶或時致死佛言應作放生器覆水在中苾芻即用此鑵滿而放下滿而引出蟲仍依舊佛言應以此器盛蟲放下至水覆之空而引出苾芻不解應

別作放生器時有無器可得佛言可以繩繫羅方便投下斟酌蟲去然後牽出

其放生器者但爲西國久行人皆共解東夏先來落漠故亦須委其儀若不具陳無由曉悟其器任用銅鐵瓦木若擬隨身將去可用銅作受二三升即是舊來小銅罐子還施銅系令穿手得過底傍一邊須安銅鉤可受用小竹箸頭乞食去時竪在左臂以表掩蓋右手攜鉢乞得食已隨至一家安置飯鉢自將淨繩一條如麤箸許隨井深淺繫罐取水漉以小羅斟的得足即以繩一頭穿鉤急繫擡繩使起與罐子系齊即於繩上繫小鐵鉤鉤系起時務令平穩勿使傾側並豫先作了不得臨時求覓即以小羅覆蟲罐內徐放下至水縱鉤拔繩令覆再三下濯方牽出井此是乞食之儀也若在寺者即以常用井索鐵罐覆之如前安置少有別處底傍著鐵鑼可容三指以罐鉤內中擡起系齊同前著鉤覆蟲在中下合至水準法翻覆假令深井亦得爲之若別畜繩恐成勞擾若井深處或可別爲盆貯或可送往河池瀉水竟時還須漉器斯其法也夫以如來聖教慈悲爲本所制戒律罪有性遮輕遮性重性罪之內殺生最初是故智人理宜存護苦將此爲輕者何更重哉若能作者現在得長命果報來世當生淨土且神州之地四百餘城出家之人動有萬計於漉水事存心者寡

習俗生常見輕佛教不可一一門到口傳冀諸行人遞相教習設使學通三藏坐證四禪鎮想無生澄心空理若不護命不免佛所訶責十惡初罪誰代受之且如見有睹見牽羊入寺不過數口放作長生衆共看之彈指稱善寧知房內用水日殺千生萬生既知教理宜應細羅細察自利利物善護善思復有令人耕田畎植規求小利不見大尤水陸俱傷殺生無數斯之罪咎欲如之何直知束手臬門任他分判故經云殺生之人當墮地獄餓鬼畜生設得爲人短命多病嗚呼此告誰當用之脫有能爲善哉甚善龍華初會共結慈緣廣如別傳此不煩也

時諸苾芻每用羅竟不數洗濯不換乾不日曝不翻轉令羅疾壞佛言凡用羅者應爲洗等若不作者得越法罪時有苾芻濾大衆水徒衆既多遂生勞倦佛言若衆大羅遲水不供者應作濾水釜苾芻不知如何作佛言若銅鐵瓦應作釜形底下爲孔大如盞許作蓮臺形可高四指上安多孔大如麤箸上以氎裹或用絹布纏以細羅於中濾水用了洗曬

如上準爲

時諸苾芻以虱壁虱及諸蟲類懸棄於地彼便悶絶苾芻白佛佛言凡是生命不應懸棄亦不應隨處輒爲棄擲虱安故帛此若無者可安木孔牆隙壁虱置青草中此若無者置涼冷處若更有餘蟲可於所宜處安置具壽鄔波離請世尊曰濾漉之水不觀得飲不佛言不得由不觀故大德不濾之水觀得飲不佛言得以觀察故

緣處同前如佛所說衆安居了應張羯恥那衣時勝光王聞佛許已便以羯恥那衣寄奉大衆勝鬘夫人及行雨夫人給孤長者及諸居士敬信之流咸送多衣以充僧用時諸苾芻但取一衣作羯恥那餘皆還主王聞是已報言聖者我等此物已捨與僧如何今者更重收取苾芻白佛佛言由是我今聽諸苾芻受取此衣隨彼多衣應差多人作張衣者當取其一作法守持餘應舉畜當爲僧伽作安居利物

第五門第五子攝頌曰

死後囑授別　委寄者身死　他方通委寄
若死對餘人

緣在室羅伐城時此城中有一長者誕生三子其最小者於佛法出家遊行人間去後未久父便遇病將死之際總命諸親告二子曰家中所有咸可收來彼便集聚遺爲三分二子人各與一其餘一分與出家者作是語已因即命終如有頌曰

積聚皆消散　崇高必墮落　合會終別離
有命咸歸死

時彼二子如法焚葬憂愁而居彼出家者聞父身亡便生是念我有兄弟今可言歸爲其說法既到舍已兄弟相見共盡哀情兄曰弟不須哭父亡之日遺留一分財物相與弟作是念如世尊說死後與者不成善與遂不受之苾芻白佛佛言俗人死者有希望心苾芻死時心無希望此是俗人有希望心取時無過隨意應用

緣處同前時有苾芻身嬰疾病告餘苾芻曰當好瞻侍我我有衣鉢當屬於汝彼便看侍不久命終彼見身死便取衣鉢安己房中時諸苾芻共來借問亡者衣鉢今何所在答言彼已與我具告其事苾芻白佛佛言彼之愚人生存在日何不相與死後方施無如是法云死方與應索其物大衆共分準分應與

緣處同前時有苾芻對彼苾芻分別衣物忽爾身亡彼苾芻便取其物置己房中與彼屍骸既焚燒已還歸房內時知事人入亡者室次第觀察見其衣鉢及濾水羅尋將此物來至衆內苾芻問曰此物且來餘有多物何不將來答曰房中唯此更無他物餘人報曰有一苾芻是其知友若問彼者知其有無問彼答曰對我分別我取其衣苾芻白佛佛言此是作法不應便留可奪取共分

緣處同前時有苾芻對彼分別衣彼忽命過此便持衣捨與僧伽大衆問曰此是誰物答言我物對彼分別彼遂身亡我持此物捨與大衆苾芻白佛佛言作法應爾雖對分別物不屬彼當自取用

緣處同前復有苾芻對他苾芻分別衣物所

對苾芻忽然歸俗後時憶念彼其甲苾芻曾於我所分別其衣我雖還俗彼物屬我我宜就索既至彼已報言聖者仁曾對我分別衣物今可與我苾芻白佛佛作是念由諸苾芻以彼苾芻爲委寄者即還對彼而作分別有如是過是故我今制諸苾芻不應對彼委寄之人分別衣物作者得越法罪

緣處同前復有苾芻對他苾芻分別衣物其所對者是鬭諍人常與苾芻諍競紛擾既懐瞋忿便欲出去其分別衣人見去啼泣報言勿去雖復苦留而不肯住諸人謂曰汝勿留此好爲鬭諍惱亂衆人答言如何我不留住我常對此分別衣物餘處無有委寄之人苾芻白佛佛言若委寄苾芻設居海外但令身在遥指委寄亦無有過時有苾芻於極遠方指他苾芻作委寄人彼便命過苾芻聞時已經多日不知云何苾芻白佛佛言初既聞已所有新舊物即於餘人而作委寄

第五門第六子攝頌曰

界外不與欲　將行不展轉　說戒隨意事
違者並招愆

緣處同前時六衆苾芻雖居界外亦與界内者欲苾芻白佛佛言不應在界外與界内人欲見佛不許時有苾芻欲出界外臨將發足僧伽有事六衆即便强令說欲苾芻白佛佛言欲出界者不應取欲六衆聞已遂於界外更互與欲乃至六人展轉相與苾芻白佛佛言不應界外展轉與欲作者得越法罪

緣處同前如世尊說半月應說戒者六衆便於界外欲與清淨佛言不應如是又取將行

者欲又於界外展轉取欲清淨廣如前說佛言皆不應作作者得越法罪如佛所說安居了時苾芻可於三事見聞疑如隨意事六衆苾芻便於界外作隨意事又留將行者又界外展轉亦如上說皆不應爲

第五門第七子攝頌曰

應可知人數　隨意任行籌　不與俗同坐
老少應隨夏

緣處同前時此城中有婆羅門因事出外入逝多林生希有心我今試問寺中現在可有幾人既見苾芻問其人數苾芻報曰我不能知婆羅門曰勝光大王憍薩羅國所有兵衆尚可數知寺內僧徒何因不測彼默無對苾芻白佛佛言應知人數苾芻即便一一別數或時屈指忘不能憶苾芻白佛佛言應可行籌既總數已告衆令知苾芻不知何時應數佛言應於安居時數復有長者入逝多林見諸苾芻勤加習讀繫念靜思見斯事已深生淨信欲知僧數擬設中食便問苾芻於斯住處總有幾人彼報其數禮已而去既至舍中報家人曰我欲明日請佛及僧就舍而食有爾許人隨其僧衆汝當具辦報曰甚善即於家中具諸供養時彼長者於衆集時遂至寺中報知事人曰仁當爲我敬白僧伽某甲長者明當請佛及諸大衆就舍而食既白知已奉辭而去有餘苾芻從人間來至給園內時彼長者即於其夜具辦種種美飲食已敷設座席安置水瓮齒木澡豆已令使人往白佛衆告其時至幸願降臨苾芻僧衆於日初分執持衣鉢詣長者家于時大師於寺而住令

人取食有五因縁如來大師不親赴請云何爲五一自宴坐二爲天説法三爲瞻病人四觀卧具五爲制學處此中爲者欲制學處時彼長者準計僧數安置坐物飲食亦然及見多人來至其宅報典座曰聖者所告人數多少我爲準擬旣過先數其欲如何典座報曰有客新來爾須生喜答曰仁若先言我當辦食苾芻默爾于時大衆有飽足者有被飢者苾芻白佛佛言典座應觀客數告施主知復有苾芻臨中而至佛言此亦告知我今爲彼衆首上座説其行法上座應當先觀徒衆及以飲食若人多食少者應告施主曰賢首人多食少可平等均行若人少食多者告言賢首大有飲食可隨意行若其上座不善觀察不依所制者得越法罪又至施主家當須觀水濾蟲及齒木土屑並令備足勿使闕少食前食後洗手澡漱並須如法若不檢校者上座次座皆得越法罪

縁處同前六衆苾芻與諸俗人同座而坐時敬信者見便譏笑告言聖者仁是出家常修梵行云何乃與常行婬欲不淨之人而同一座彼聞默爾苾芻白佛佛言諸信俗人言合道理故諸苾芻不應與俗人同座而坐坐者得越法罪聞佛制已遂與求寂同處而坐信者告曰仁已近圓因何得與小師共坐答曰此非俗人是出家者斯有何過彼聞默爾苾芻白佛佛言亦復不應與未近圓者同座而坐佛不許已時老苾芻與少者同坐復有少者與老一處不相恭敬苾芻白佛佛言老少不應雜坐若無夏者得共二夏者同座一夏

者得與三夏者同座若二夏已去共大三夏者皆得同坐佛旣制已時諸苾芻在於俗舍但得與其大三夏者同座而坐座席難求佛言若俗舍内座難得者雖親敎軌範亦得同座以物隔中無致疑惑

第五門第八子攝頌曰

不應居貯座　不謗他求寂　不爲誓賭物
亦不食虎殘

緣處同前聽法之時應敷座席時有求寂亦居輭座因而睡著遂失便利汙其座褥苾芻白佛佛言求寂不應坐輭座褥時具壽舍利子求寂準陀來聽法時苾芻便與鞕枯令坐問言大德何故與我堅鞕坐物答言輭座佛遮求寂報言大德我豈同彼有過失耶佛言若有用心求寂與其輭座餘即不應

緣處同前時有苾芻訶責求寂遂便遣出逝多門外啼泣而住時鄔波難陀見而問曰汝何意啼答曰被師訶責報言子來我當與汝衣鉢及鉢絡腰條之類隨所須者不令闕乏遂喚歸房白佛佛言於弟子處訶責之時不應決擯可作帶疊棄留眷念心還擬收攝應令苾芻開語求寂彼言我今不用彼親教師大德鄔波難陀我所須者咸皆供給我更不能往舊師處彼師聞已作嫌罵言我與出家而鄔波難陀遂誘將去苾芻白佛佛言苾芻不應誘他弟子輒誘將者得吐羅底耶罪是破僧方便故

緣處同前是時六衆有緣事時即便引佛法僧寶而爲呪誓或引鄔波馱耶阿遮利耶而爲呪誓有信敬俗人聞呪誓時作如是語我

等俗流尚不引佛及師爲誓仁等出家何故引佛及師而作盟誓是所不應彼默無對苾芻白佛佛言俗生譏恥時合其宜然出家者本求實語不應盟誓若作者得越法罪

縁處同前是時六衆苾芻隨有事至即以衣鉢腰絛等物而爲賭[貝爲]俗侶見時共生譏恥告言仁等豈可同俗流耶縁有事來便賭衣鉢斯非合理答曰有何非理豈噉葱蒜而飲酒耶彼便默爾苾芻白佛佛言俗人譏恥誡是合宜苾芻不應賭物作者得越法罪

縁處同前六衆苾芻每於晨旦於寺閣上遥望野田或見煙浮或觀鳥下便往其處覩有何物曾於一時見前事已躬往觀之於叢林處有虎殘肉喜而持來入逝多林其虎尋氣來至寺所夜於門外嘷吽出聲世尊知而故問阿難陀曰何意虎來大聲嘷吽阿難陀曰彼虎所藏餘肉尊者近喜持將來寺中佛言苾芻食虎殘耶白佛言食阿難陀如師子王殺好麞鹿噉其精肉飲鮮血已決捨而去然其虎類食肉既飽藏舉殘肉是故苾芻不食虎殘食者得越法罪然衆首上座所有行法我今當制凡是上座見行肉食時應可問言此是何肉非虎殘耶又非不應食物不不問而受得越法罪

第五門第九子攝頌曰

不合自藏身　不爲言白等　若得上價毯
賣之應共分

縁處同前於一城中先有僧寺時難陀鄔波難陀因行人間遇到此寺于時大衆多獲利物時諸苾芻雖見此二知其惡行曾無一人

爲解勞者時鄔波難陀白難陀曰阿遮利耶此諸黑鉢常生傲慢我等宜可爲作惱縁且共潛身隱居一處觀彼如何分張利益答言甚善應如是作遂即隱身竊觀分物旣見分已報言斯分不善是惡分張仁可白衆言欲分衣報曰分時不見今何處來苾芻白佛佛言欲分利時先白衆知僧有利物今欲共分所有苾芻不應輒去時諸苾芻重聚其物普告衆知不應出食即分其物時彼二人還自藏隱及衆分了同前出告此不成分報言先已告衆仁何處來二人告曰雖言告知可鳴揵椎苾芻白佛佛言言白告知復打揵椎方可分物時諸苾芻復還斂物告衆令知復打揵椎共分其物二人復藏分了方出同前詰責諸人報曰豈可不聞告衆及揵椎聲即便告曰雖告衆知及鳴揵椎仁等豈可共行籌耶苾芻白佛佛言言白告知復打揵椎并可行籌方共分物時諸苾芻復還斂物爲三事已如前復藏分了方出同前詰責諸人告曰具壽何故如是故惱衆僧告白揵椎并復行籌故不現身待了方出答曰仁等何故云我惱僧仁等豈可對衆行耶此總不須我今出去苾芻白佛佛言雖作三事仍對衆行若不現前即不須與斯曰善分勿致疑惑然諸苾芻不應故作惱衆僧事若故惱者得越法罪

縁處同前時給孤長者以寺捨與四方僧竟便用種種上妙彩色内外圖畫此城人衆旣聞長者圖畫已周競來觀看遂有無量百千人衆皆集寺中城内有一大婆羅門以是勝人衆所欽尚於大王家得一毛毯即便披服

作玩好心入逝多林周觀寺宇發希有念便將毛毯施四方僧（此中雖言四方意與現前非常住僧也）如佛所説有現衣物乃至截爲燈炷平等共分苾芻遂便割毯爲片衆共分張時婆羅門夜作是念彼是上毯我宜與直贖取將來旦起入寺至其門所見諸苾芻問言聖者我所施毯人作何用苾芻報曰仁可隨喜我等割破大衆共分一人告曰我將作帽一云作靴一云繳腰一云拭鉢巾報言聖者彼是上毯因何截破宜應出賣既得錢貝衆可共分苾芻白佛佛言彼婆羅門所言稱理是故苾芻若得如是上價毯時賣取錢貝然後共分

第五門第十子攝頌曰

五皮不應用　餘類亦同然　若患痔病時
熊皮履應著

縁處同前時六衆苾芻自相謂曰難陀鄔波難陀於此城中所有人衆我等皆從乞得餅直然於王家調象師邊曾不見施今可就覓或容見與一人報曰應如是作然須豫設少多方計應取師子皮以爲鞋履於繫象處上風而行象聞氣時即便驚走答曰善計我今且去從彼乞求若得者善若不與者怖象未遲即於晨朝詣調象師處報言賢首仁等何太無求福心曾於我等不施多少餅果之直彼言聖者我等豈可繫屬於仁以餅果直共相供給六衆聞已點頭唱諾棄之而去遂於他日著師子皮鞋於其象處上風而立時彼羣象聞師子氣遺失便利驚怖奔馳時彼象師鉤斵象項不能令住六衆遙見告言賢首急牽急牽答言鉤斵不住如何手牽六衆報

曰我能令住答言聖者若能令住斯成大恩六衆曰共立盟言若能與我餅果直者我當令住報言即與彼便急步至象下風象不聞氣即不驚走諸調象人問言聖者仁解呪耶答曰我無異術若如是者云何令象怖不怖耶彼便以實告彼象師彼言聖者仁等如何作斯非法不饒益事若其王家最勝大象因此驚怖走入山林仁等必當招大罪罰彼聞微笑默爾無言苾芻白佛佛作是念由諸苾芻著師子皮鞋有如是過即告諸苾芻曰汝等從今不應更著師子皮鞋若著此者得越法罪聞佛不許便用虎皮而爲鞋履佛言此亦不應然有五種爪牙等獸皮不應用所謂智象智馬師子虎豹佛不聽已時具壽鄔波離請世尊曰若更有餘爪牙之類皮得用不佛言亦不應用用者得惡作罪

緣處同前時有苾芻身嬰痔病詣醫人所告言賢首我有痔病幸爲處方報言應用熊皮作鞋著時病差答曰世尊未許醫言佛是大慈必應見許苾芻白佛佛言爲病應著多重難得佛言若無應取一重并毛替其履底

根本說一切有部毗柰耶雜事卷第十九

音釋

蚊幬 蚊無分切幬重株徒到二切帳也　股 公戶切　蚋 而銳切蠛蠓也　搔 蘇遭切抓也　⿰糹屬 之欲切綴帶也　漉 盧谷切濾也　捲 去權切與圈同　莛 特丁切草莖也　籌 直由切筭子也　枮 知林切櫍也　韁 居良切靮也　賭⿰貝爲 賭當古切⿰貝爲詭僞切賭⿰貝爲博奕取財也　痔 丈里切後病也

根本説一切有部毗柰耶雜事卷第二十

唐三藏法師義淨奉　制譯

第六門總攝頌曰 此二頌攝至三十一卷半

猛獸筋不應　燈光及勇健　馱娑度尼法
因許喬荅彌　尼不前長者　可與餘卧具
不合濆水汙　第六總應知

第六門第一子攝頌曰

猛獸筋皮綖　擁前復擁後　兩角及尖頭
諸靴皆不合

緣在室羅伐城佛言苾芻不應用五猛獸皮有爪牙者謂智象智馬師子虎豹是時六衆用彼獸筋還同有過佛言不用此筋而縫鞋履六衆便用皮綖有過同前復用其皮補鞋佛言皆不合用如是應知履屨之屬若擁前擁後兩角尖頭麻履諸靴皆不應著皆越法罪除兩三重革屣如斯之類西國人皆不著若是外國寒鄉爲活命因緣持心方用

内攝頌曰

四大王初誕　光明普皆照　父母因斯事
各爲立其名

爾時菩薩在覩史天宫王舍城中有王名曰大蓮花以法化世人民熾盛安隱豐樂無諸盜賊室羅伐城王名梵授唱誓尼城王名大輪憍閃毗城王名百軍此等四王皆是法王以法化世廣説如餘是時菩薩於天宫上以五種事觀察世間云何爲五一觀遠祖二觀時節三觀方國四觀近族五觀母氏六欲諸天三淨母腹摩耶夫人因寢夢見六牙白象來降腹中于時大地六種震動放大光明遍滿世界勝天光明世界中間黑闇之處日月

不照悉皆明了所有衆生皆得相見菩薩生時如下所説四大國王皆誕太子見大光明如鎔金色各各自言由我生男威神力故能令天地光曜希奇各爲立名用符靈瑞時大蓮花王告衆人曰我子生時如日光影乾坤洞照勝妙希奇應與我子名曰影勝其梵授王告衆人曰我子生時光明殊勝普照世間應與我子名曰勝光其大輪王告衆人曰我子生時如大燈光遍皆明照應與我子名曰燈光其百軍王告衆人曰我子生時光如日出無不明了應與我子名曰出光各各自謂子之功能然並不知由菩薩力

内攝頌曰

腹中天守護　生已蹈蓮花　舉手獨稱尊
灌洗花衣落

爾時菩薩降母腹中天帝釋主令四天子各持器仗守護其母勿令人及非人輒爲損害菩薩處胎不爲胎中血垢所汙譬如衆寶聚在一處不相霑汙菩薩在腹亦復如是又如清淨妙瑠璃寶置五彩上明目之人分明見别母觀腹内分明亦爾母雖持胎身無勞倦自然奉持五種學處謂盡形壽不殺生不偷盜不邪婬不妄語不飲酒於諸丈夫絶婬染意十月滿足往藍毗尼林攀無憂樹枝暫時佇立便於右脇誕生菩薩爾時大地六種震動放大光明與入胎無異菩薩生時帝釋親自手承置蓮花上不假扶持足蹈十花行七步已遍觀四方手指上下作如是語此即是我最後生身天上天下唯我獨尊梵王捧傘天帝執拂於虛空中龍王注水一温一冷灌

浴菩薩初誕生時於其毋前自然并現香泉上涌隨意受用又於空中諸天下散嗢鉢羅花鉢頭摩花拘勿頭花奔陀利花并餘種種奇妙香末天妙音樂自然發響天妙衣瓔從空亂墜更有衆多奇妙靈瑞如餘處説

内攝頌曰

阿私多覩相　那剌陀勸師　五百瑞現前
父王立三字

于時南方於大山中有古仙人名阿私多善知世界成壞時節時有一人名那剌陀聰明辯慧數來叅謁阿私多仙共論世間成壞之事聞已傷歎即於仙處而爲出家後於異時共此仙人在石窟中見光明照異相希奇即説伽陀問其師曰

何故此光明　遍照猶如日　充滿山林處
忽現此希奇

仙人答曰

若是日光便赫烈　今此涼冷現希奇
必是無上牟尼尊　初出毋胎彰此瑞
此是菩薩出胎相　光明清淨世希有
譬如金色滿十方　騰照三有皆明徹

那剌陀白其師曰鄔波馱耶若如是者今可共行往觀菩薩師曰子今知不菩提薩埵有大威神無量諸天悉皆雲集我等雖至頂謁無由待入城中爲立名已如其重出我望途迎菩薩生時闡鐸迦等五百侍者同時而生闡稚迦等五百侍女亦同時而誕上象廐馬皆生五百五百伏藏自然開發隣國諸王皆奉信物大臣見已白淨飯王曰大王今日國祚興隆王子誕生喜瑞感應五百侍男五百

侍女上象上馬各生五百五百伏藏自然開現諸國朝賓竒珍總集王聞告已心大欣躍告大臣曰太子生後諸事皆成宜與立字名一切事成此是菩薩最初立字號一切事成是時菩薩乘四寶輿無量百千人天翊從入劫比羅城諸釋迦子體懷憍慢立性多言菩薩入城皆悉默然牟尼無語王見是已報諸臣曰諸釋迦子體懷傲慢立性多言太子入城皆悉默然牟尼無語應與太子名曰釋迦牟尼此是菩薩第二立名時此城中有舊住藥叉名釋迦增長時人敬重立廟祠祀但是釋種生男女已令淨澡浴抱至藥叉處而申敬禮時淨飯王以上酥蜜滿太子口告大臣曰可抱太子往禮藥叉大臣抱至時彼藥叉遥見太子即自現身至菩薩所頂禮其足臣歸白王王聞是已生希有心令我太子於天神中更爲尊勝應與立字名天中天此是菩薩第三立名

内攝頌曰

付母養太子　令觀大人相　阿私多遠至
親覩牟尼形

爾時父王便以太子付諸養母隨時澡浴乳哺飲食常令安隱適悦身心養母便以上妙塗香塗摩身體具諸瓔珞授與父王王即抱持瞻視歡喜即便總命諸婆羅門國中所有解占相人知筭計者令觀太子告言君等宜可瞻察我聞古仙作如是説具三十二大丈夫相者有其二事若在家者當爲輪王普王四洲以法化世七寶成就所謂輪寶象寶馬寶珠寶女寶主藏臣寶主兵臣寶千子具足

勇健忠良能伏怨敵周圓海内無諸患惱人民豐樂安隱而住若出家者剃除鬚髮服袈裟衣成等正覺有大名稱充滿世間時諸相師聞王説已悉共觀察咸白王曰誠如大王所説之事三十二相若成就者唯有二事謂輪王及佛乃至有大名稱充滿世間王復問曰其相云何時彼相師悉皆具答一一别指三十二相具有廣文（以共餘經及律論等事無差别故不煩譯）

爾時阿私多仙人告那剌陁曰摩納婆比者菩薩已入城中立三名訖我等宜往禮拜瞻顔各乘神通騰空而去由彼菩薩威神之力去劫比羅城可一驛許遂失神通足歩而去既入城已到王門所報門人曰汝去白王阿私多仙今至門首使去白王王曰隨入誰遮大仙即詣王所王見仙至遥唱善來奉吉祥事爲洗足已妙師子座安置令坐王禮足已白言大仙何事得來仙説伽陁曰

國主我今至　欲見王太子　瞻仰牟尼尊
導師中第一

王言太子睡著答曰雖睡我欲暫觀王便抱現覩菩薩眼雙眸不合仙既見已説伽陁曰

良馬不多睡　半夜暫時眠　所爲事未成
因何久安寢

仙復問曰諸占相人有何記説王言大仙彼相者云當作輪王化四天下仙以伽陁而答王曰

相者語多謬　末劫無輪王　此有勝福縁
斷惑當成佛　若是化四洲　輪王相非顯
分明大師相　成佛定無疑

仙人遍觀見成佛相已復更觀察久近當得

無上甘露轉妙法輪遂見二十九年捨王城
去六年苦行當成正覺復觀自身得幾時住
得見佛不知不見佛便生憂惱涕淚盈目王
見懷愁說頌問曰
若男若女來觀者　咸悉歡喜遍身心
仁今親覩相非常　何因泣涕盈雙目
假使太子相非善　短壽多病不吉祥
唯願大仙如實言　勿令我意增憂悴
仙人答曰
假使霹靂從空下　可畏來臨太子身
此於無上牟尼尊　如毛髮許不能損
假使烈火騰風焰　利劒如霜現在前
毒藥黒蛇一時來　至太子處皆銷散
我傷早死不見佛　流淚盈目難裁忍
棄無上法我前亡　未有事業能成就
此有大福除衆惱　證甘露法爲導師
若能聞教如說行　咸歸寂滅無爲處
王聞太子證甘露法默然無語凡諸世人皆
爲邪心之所擾亂出言諂誑不能依實時彼
仙人而告王曰比日大王每作是念何時得
令阿私多仙足步入城與我相見及諸人衆
致敬慇懃我哀愍故徒行至此今時事了將
欲出城可爲掃除淨修郭邑時淨飯王勑令
諸臣嚴治道路普告城邑皆共修營巷陌康
莊塗拭清淨灑以梅檀香水散以占博迦花
幢蓋凌空香烟滿路見者愛樂如歡喜園復
遣搖鈴遍皆宣告諸人當知或先住城中或
他方新至所有人衆皆悉存心明日晨朝看
大仙出衆既聞巳各至途中瞻望仙人步出
城闕咸生希有悵望而歸時阿私多仙還向

本山繫心禪寂以智方便發起神通報命將終遂便遇患雖加藥餌瞬息無幾時那剌陀來禮師足白言大師我本出家求甘露味師所得者幸願共分師曰我亦同汝本出家時意求甘露竟無所獲空處生涯彼雪山側劫比羅城太子與世相師共記當成正覺號天人師稱一切智汝當於彼而求出家捨高慢心當自謙下勤修梵行作不放逸當於爾時獲甘露味說伽陀曰

如來出世難遭遇　今得逢時甚希有
汝莫放逸至心求　當獲無生甘露味

作是語已便即命終如有頌言

積聚皆銷散　崇高必墮落　合會皆別離
生者咸歸死

爾時阿私多仙命終之後弟子那剌陀如法焚燒殯葬事訖割捨憂慼遂詣婆羅痆斯於諸仙內而共住止其那剌陀先是迦多演那種族時人因號迦多演那仙人衆皆敬重時嗢逝尼王所生太子名曰燈光王付八母而爲瞻養是事無闕乃至年漸長大技藝博通文武所須無不綜習釋迦菩薩爲童子戲燈光太子亦爲童戲菩薩受太子灌頂時燈光亦受太子灌頂菩薩出四門觀見老病死患遂於三夫人處生猒離心所謂牛護夫人鹿養夫人名稱夫人此爲上首六千婇女咸皆捨棄於其中夜踰城而去往空林所修出家業依止仙人學殊勝定離欲界欲次從曷羅摩子習無所有定斷無所有處欲更無導者便於六年專修苦行不別證悟將爲無益遂即任情而爲遊縱噉好飲食蘇油塗身湯水

澡浴往聚落中於難陀難陀力二牧牛女所食十六倍上妙乳糜迦利迦龍王尊重讚歎於善吉邊取吉祥草詣菩提樹下自敷草巳端身正念跏趺而坐心念口言若不斷盡諸漏我終不解跏趺是時菩薩以慈心器仗降伏三十六億千魔衆巳證無上智受梵天請往婆羅痆斯三轉十二行法輪時燈光王亦於此時受灌頂大王位以法敎化唱逝尼國人民熾盛安隱豐樂廣如餘説由王力故百姓歌謡歡會相次隨處供養勝上天神穿五百池五百渠水令人受用無有闕乏

第六門第二子攝頌曰

燈光得爲王　有五殊勝物　因叙奇異事
廣説健陀羅

時燈光王有五勝物云何爲五一者勝雄象名曰葦山二者勝母象名曰賢善三者勝駝名曰海足四者勝馬名曰夜頸五者勝使者名曰飛烏其象日夜行一百驛母象日夜行八十驛駝日夜行七十驛馬日夜行五十驛飛烏日夜行二十五驛其王雖有如是勝物快樂安隱然而四大不調忽有不睡之病由此疾故於酥起憎於酒生愛時諸醫人以種種妙藥與酥和煎上王令服王不肯用時太子中宫咸知酥藥能治不睡皆奉藥酥王更增瞋王乃勑曰若有人當在我前説酥名者當斬其頭王旣無睡便於初夜與内宫人共爲歡戲於中夜時至象馬廐而爲檢閲於後夜時觀諸庫藏自持利劒問守更人曰誰爲警覺若第一問及二問時不應答者乍容忍怒至第三問不相答者便斬其首由斯嚴酷

隱燈光名共安餘字號曰猛暴燈光王於異時命大夫人及内宮曰我親警覺爾何眠睡答言大王我亦警覺如是連宵不得眠睡共白王曰若使我等通宵不睡者是則無由稱可王意又此不眠廢我等業王曰若非爾業誰復應爲答言太子應作時王即便行告太子曰何不警覺答曰我爲警覺後遂不能便白王曰若常令我爲警覺者便廢王業此非我事王曰誰復應爲答言大臣應作王即便行告大臣曰何不警覺答曰我爲警覺後遂不能便白王曰若常令我爲警覺者誰輔佐王如法化世此非我事王曰誰復應爲答言散兵應作王即便行詣散兵所告言我自警覺汝等何因不爲警覺後遂不能便白王曰若常令我爲警覺者如何爲王共他交戰此非我事王曰誰復應爲答言百姓應作王即便行詣百姓所同前問答時彼國人番次守更而爲警覺時賣香童子當其番次念王暴惡或當殺我遂於夜中掌頰懷憂時彼知識見而問曰仁何故憂彼即以事具答知識彼便報曰汝家不遠有人名曰健陀羅何不相求爲警覺事童子報曰如我惜命彼寧肯爲設使見求定不能作告言與其錢物必當爲作即往相求彼人報曰若能與我五百金錢我當爲作即便許彼健陀羅曰日當與半若我命存相還未晚如其身死此即屬君隨情所用即便與半彼得錢已多買酒肉及諸餅果王執仗人並皆命食咸令飽足報諸人曰王令警覺我當番次問諸人曰大王如何作警覺事彼皆具報所有因縁健陀羅曰幸願

君等爲我思量答曰我等蒙君所賜美饍在腹未消云何不爲問曰我等爲君欲作何事答曰若王來問誰警覺時喚我令覺答言如是時健陀羅即於中夜以毛毯縈膝坐而暫睡王於初夜與宮人戲笑於中夜時觀諸象馬便於後夜問守更人諸人告曰健陀羅汝覺勿睡大王欲來彼遂警覺王便告曰警覺者誰健陀羅聞作如是念我若初言即爲答者後時不然定當斬我頭落于地即不言應王更喚之誰爲警覺彼還默然第三復命警覺者誰答言大王我是健陀羅王曰健陀羅汝思何事彼有智慧於世間事善能談說答言大王我思世事

内攝頌曰

鵂鶹鶴飲乳　芒草尾身齊　斑駁與毛同

沙盆水不溢　鹽麨水差別　衣瓦變成塵

是謂健陀羅　世間思十事

王曰汝於世事何所思量健陀羅曰世有奇事且如鵂鶹鳥有毛無毛以秤秤之輕重相似王曰此事實不答言王當自驗王曰若然者善我自親觀健陀羅至曉得鵂鶹鳥對王秤看後去其毛秤便相似王曰此有何緣答曰由風扇羽王曰汝有妙智答曰由王故然王遂默然時健陀羅愁過一宵以手摩頭而還舊宅時賣香童子持餘半物還健陀羅是時國中但當番次皆以五百金錢雇健陀羅求其警覺爲知更次王於後夜問言誰覺答曰我健陀羅王曰汝何所思答言大王我思世事王曰云何世事答曰長項白鶴以水和乳令飲但飲其乳唯有水存王曰此事實不

答言王當自驗王曰若然者善至曉便將鶴鳥對王令飲果如所言王曰此有何緣答曰鳥口性醋若飲乳時遂便成酪致令水在王言汝有妙智答曰由王故然王遂默然復於他夜王問誰爲警覺如前答言我爲警覺王曰汝何所思答言大王我思世事王曰云何世事答曰世有芒草以物椎打與不椎者若以秤秤輕重相似餘草不然王曰此事實不答言王當自驗王曰若然者善至曉便將芒草對王椎打便以秤秤果如所説王曰此有何緣答曰椎打之時便有風入乃至王遂默然復於他夜王復問言何人警覺答曰我健陀羅王曰汝何所思答曰我思世事王曰云何世事答曰有吉靈鼠尾與身等王曰此事實不答言王當自驗王曰若然者善至曉便將鼠來對王比度誠如所言王曰此有何緣答曰我於春時見緣樹下尾與身齊乃至王遂默然復於他夜王復問言答曰我爲警覺王曰汝何所思答曰我思世事王曰云何世事答曰大王我思雉鳥於其身上隨有斑駮還有爾許莖毛仍除其尾王曰此事實不答言王當自驗王曰若然者善至曉即得一雉對王果如所説王曰汝何得知答曰我先數知王曰汝有妙智答言由王故然王遂默然又復問言何人警覺答曰我健陀羅王曰汝思何事答言大王如沙滿盆還將盆水添滿不溢沙水同處兩不相礙王曰此事實不答言王當自驗至曉即以盆盛沙寫水令滿其水不溢王遂默然又王問是誰警覺答言是我警覺王復問言汝思何事我思世事云何

世事我思以鹽一升和一升水其水不增王曰此事實不答言王當自驗至曉即以水和鹽王親自試王問何故答言鹽從水出得水依舊王遂黙然王復問言何人警覺依前而答王曰是我警覺王復問曰汝思何事答言我思世事王曰云何世事答言我思以水一升和一升麨摶不相著王曰此事實不答言王當自驗至曉取水及麨對王和試王問何故答曰我本國人並多食麨常見如此王云汝能記事答言是大王力王遂黙然王復問言何人警覺同前問答乃至云何世事答曰我見世人常於日夜機杼織功所出絹布綺繡之屬不知何去王曰我亦不知此物何去健陀羅曰此等諸物終歸爲土王曰誠如汝說終歸爲土王復問言何人警覺同前問答乃至云何世事答曰我見世間諸陶師等日夜不住多作瓦器不知此物向何處去時王答言我亦不知向何處去健陀羅曰此等諸物化爲泥土王言如汝所說爛爲泥土

内攝頌曰

猛光親問母　知從蠍所生　與彼五百金

驅之令出國

爾時大王既見健陀羅多有情智應答巧便即更問曰汝多智慧能了世間種種事業我不能睡此有何因健陀羅曰唯願大王寬其罪賜無畏敢爲王說王曰賜汝無畏隨意說之時健陀羅即白王曰王從蠍生王曰汝今罵我健陀羅曰王令實說豈敢相罵如其不信待至明旦王自驗知王報言好至天明已時健陀羅掘地作坑滿填牛糞上安敷具令

王卧息即便得睡王自證知尚疑虛實遂入宮中問其母曰我今有事要須問知當可實說我從何生母曰大王今可與我無畏我當爲說王言與母無畏即便報曰汝昔父王多諸婇女因行他國綿歷歲時我起欲心忽見一蠍作如是念此是丈夫我共行欲可不樂乎時彼蠍變成男子與我交通便覺有娠因茲生汝王旣聞已作如是念彼健陀羅有大明慧能知我本從蠍所生我施無畏不可刑戮今者應可重與賞賜令其出國勿使衆人知如是事遂即賜與健陀羅五百金錢令其出國

根本說一切有部毗柰耶雜事卷第二十

音釋

筋 舉欣切骨絡也 濽 則肝切灒也 縫 符容切紩也 綖 蘇箭切與線同 屨 九遇切屩屬 屣 所綺切屨也 鎔 餘封切銷也 傘 蘇旱切蓋也 悴 秦醉切憂也 綜 子宋切猶總也 乳糜 糜靡爲切乳糜酪粥也 謠 余昭切歌謠也 毯 吐敢切毛席也 鵂鶹 鵂許尤切鶹力求切鵂鶹角鴟也 鸖 何各切與鶴同 麨 尺沼切乾糧也 杼 直呂切機之持緯者曰杼 娠 夫人切妊也 頻毗婆羅 梵語也此云影勝 薩婆頞他悉陀 梵語也此云一切事成

根本說一切有部毗柰耶雜事卷第二十一

唐三藏法師義淨奉　制譯

内攝頌曰

猛光侍縛迦　金光醫羅鉢　那剌陀得果

妙髮鉢持油

爾時猛光王默自思念我今嬰此不睡之病日覺有增欲設何方令得瘳愈應可召集國内醫人療我此病作是念已所有醫人皆悉召集王即報言我有此病不能眠睡可共療治諸醫白王此病非常我等諸人無能療者然王舍城頻毗娑羅王有子名侍縛迦為大醫王衆所知識具大智慧能療斯疾時猛光王遣使賫書往頻毗娑羅王所書曰白影勝王可令侍縛迦大醫暫來相見欲有所療幸不見違若不來者當須多貯草穀兵衆相迎時頻毗娑羅王得書讀已生大憂愁掌頰而住作如是念若送我子後恐更來須即隨言我境便是附庸之國若不與者彼國兵强倍相撓擾時侍縛迦見王憂色跪而白王何故憂悒王曰由汝多能解此技術令我煩憂知更何道又白王曰請說其事是時父王具陳書意時侍縛迦聞已白王願賜教命奉旨當行王報言子彼猛光王性極暴惡不論善否但起瞋心即皆殺害恐行無道枉戮汝身侍縛迦曰若不能自護已身何名醫也惟願大王勿生憂苦我赴彼期王曰隨汝意行善須防護勿令我及國人中宫大小共生憂念重白王曰願勿懷愁必無斯理我觀病勢方便消息令彼不瞋王便默然時侍縛迦問來使曰彼猛光王今患何病何所宜食何不宜耶

是時使者具陳病狀大醫聞已以酥合膏色如酒色味如酒味香如酒香既合成已選擇良辰陳設嘉瑞別其親屬與使同行往嗢逝尼國路次曲女城於彼城中有一醫重聞大醫王欲向嗢逝尼國持一訶梨勒果奉上醫王既得言交共申莫逆問童子曰彼猛光王患如是病汝等何故不為醫療童子答曰彼王所患不得眠睡宜與酥治王性憎酥唯愛於酒又性暴惡若有人於王前說酥即斬其首為是醫人知王性惡悉皆逃散無敢治者是時醫王報童子曰法弟當知我為彼王以酥合膏與酒無別汝可與我同共往彼若我現相方便指授汝可斟量而與其藥汝可住看我當出去王病差後我當賞汝亦令彼王多賜汝物童子言好遂共進發漸至王城時猛光王聞醫王至便作是念彼侍縛迦者既是王子復是醫王應為盛禮迎入城闕時王即令嚴飾城郭修理街衢陳設儀仗王及太子群僚人庶皆悉出迎是時醫王便與無量百千人衆前後圍遶共入城中時猛光王待彼醫王歇息之後歡顏慶慰問醫王曰我有警覺病不得睡眠今時極重宜為療治醫王答言我當為治然須藥物多在諸國及餘城處唯我能識餘人不知或餘人知我不能識或有俱識或有近者或有遠者唯願大王與我賢善毋象隨意取騎時王答言善哉隨意王命調象人曰若大醫王須賢善象任取乘騎汝等不應輒為遮止告諸大臣并守門者曰醫王或可旦出中還中出夜至乘賢善象須有出入隨意莫障諸臣及守門者奉王教

已不敢留礙是時醫王取象乘騎或於白日或於夜半來往不恒人無怪者時猛光王報醫王曰何不醫療答言王且洗浴既洗浴已令王噉食時王既食了已侍縛迦白王我今將得摩伽陀國上妙美酒王今可飲時猛光王生大歡喜云可將來是時醫王令伴童子現相指授取爾許來王既得藥尋即服之既服藥已王便睡著是時醫王知王睡已遂乘象走至其夜半王遂睡覺即便噫氣遂聞酥臭王乃大瞋令諸左右急可捉取侍縛迦來當斬其首是時諸人即皆往捉既知走已便白王言今見不見走將遠矣王便大怒便喚飛烏乘葦山大象速趂醫人繫項將來當斬其首如若見時彼解幻術與汝藥物皆不得受是時飛烏既奉王命乘第一象急往追趂尋其象跡至菴摩羅林飛烏趂及喚言大醫王喚速來答曰汝何須急來食菴摩羅果飛烏答曰我奉王命彼解幻術所與之物不得受取報曰汝不須怖今既飢渴我取一顆菴摩羅果各共食半飛烏即念共食一顆豈有術乎醫王取一菴摩羅先食半顆餘殘半者於指甲中先藏毒藥剖其半顆令藥入中持與飛烏飛烏受果即食時飛烏先患癩病既食果已藥病相當即上變下瀉不能自持醫王入村告村人曰此是猛光王第一大象及賢善毋象及飛烏使者汝等好看勿令損失若有參差必獲重罪囑此語已尋路而去諸人奉命看養飛烏令得病差彼醫童子治猛光王既得病差是時飛烏却赴王所王見問曰醫人何在飛烏答曰王得醫人欲何所作

王曰我捉得時當斬其首答曰王今病差臣癩復除應合賞賜何因斬首王聞此言善哉善哉隨意重賞報彼大恩飛烏即作勑書報醫王曰仁是醫王合得重賞何故逃走信至可來受王賞賜侍縛迦還書報曰我藉皇恩珍財靡闕王若於我生歡喜者諸所賜物並迴與彼侍醫童子是時大王多以財貨賞賜醫童王又遣使人將大氎一領價直百千兩金送與醫王侍縛迦得衣便作是念此合王著何人堪受復作是念世尊乃是無上大師是我之父宜將奉獻即詣佛所奉上其氎世尊見施告阿難陀曰應將此氎作支伐羅時阿難陀即便割截作佛三衣有餘白佛佛言汝及羅怙羅隨意著用時尊者阿難陀作上下衣復與羅怙羅作僧脚崎服

復次應知醫羅鉢龍因緣之事昔於覩史多天宮殿之上有書佛語問答之詞頌曰

何處王爲上　於染而染著　無染而有染
何者是愚夫　何處愚者憂　何處智者喜
誰和合別離　說名爲安樂

若佛世尊不出於世此之頌義無人能受亦無解者若佛出現有能受持及能解義時北方多聞藥叉天王有緣須至覩史天宮見斯問頌心生希有便記其文不能解義持至本宮書在版上爾時得叉尸羅國有舊住龍王名醫羅鉢長夜希望何時得見世尊出世時彼龍王有一親友藥叉名曰金光因至北方多聞天所於彼版上見此書頌因即憶持不能解義時此藥叉持往得叉尸羅國與醫羅鉢龍王而告彼曰親友此是佛說深義無人

能解汝可記此法頌并持金篋滿中盛金遍遊諸國聚落城邑唱如是言若有能解此頌義者我與金篋而爲供養若處無人能解了者即可告言此處無人不名國邑作是唱已復往餘處龍王聞已敬受經頌即自化身爲摩納婆形并持金篋遍遊諸國城邑聚落漸次行至婆羅痆斯國於其城内四衢道中唱如是語現在城中諸人衆等及以外來四遠商客當聽我語即説其頌此之問頌是我持來若能解者即與金篋而爲供養乃有無量百千人衆悉皆雲集其中有聰明博識情起貢高亦有聞已心生希慕驚怪非常然無有能爲解釋者龍王唱言婆羅痆斯既無智人此非城邑時諸婆羅門居士等咸報摩納婆曰勿爲斯唱此非城邑我此城中有上智人住阿蘭若且待彼來當解斯義問曰彼名字何答曰名那剌陀若如是者我今且待時那剌陀於靜林中得信來至時彼化龍當前而住白言大仙我今將此問頌詞句來至於此若人解者我與金篋而爲供養時那剌陀聞已記憶告摩納婆曰當爲汝釋問曰何時答曰十二年後白言大仙時太長久復言六年答言太久三年一年六月三月一月半月乃至七日白言大仙我待七日化龍報曰大仙隨意我且虔誠時那剌陀與五苾芻先爲親友往彼告曰有一摩納婆將此句頌及持金篋來至我所作如是言有人能解此句頌者當與金篋而爲供養然彼句頌文少義多甚深難解今欲如何苾芻告曰那剌陀應往佛所而爲諮問那剌陀曰仁者佛出世耶答曰

已出問曰住在何處答曰在仙人墮處施鹿林中時彼聞已心大歡喜即馳往詣薄伽梵所見三十二相炳著其身八十隨好莊嚴赫奕圓光一尋以爲映佩明逾千日形若寶山色相殊妙心神寂怕過十二年修禪定者既得親覩生希有心如無子人忽得於子如貧窮人得大寶藏猶如太子得紹王位如久積集善根有情初得見佛時那剌陀深心歡喜亦復如是漸至佛所禮雙足已退坐一面世尊隨彼意樂隨眠根性差別當機爲說四聖諦法令彼悟解既聞法要以金剛智杵摧破二十薩迦耶見山證預流果見實諦已頂禮佛足白言世尊我願於佛善法律中而爲出家成苾芻性堅修梵行佛言汝先許爲摩納婆解釋頌義應先往彼爲其說已然後出家白佛言我雖獲得如是智見然於頌義未解宣陳既無辯才設往何益佛言汝可往彼作如是語汝可爲我說其問頌彼若說已應如是答

第六王爲上　染處即生著　無染而起染
說此是愚夫　愚者於此憂　智人於此喜
愛處能別離　此則名安樂

彼若告言我不能解更爲說頌

若人聞妙語　解已修勝定　若聞不了義
彼人由放逸

彼若聞頌更作是語

汝今說佛語　我未閑其義　迷情不能了
疾可爲除疑

說此語時汝可對彼以爪截葉若更問言世尊出世報言已出若言何處答曰在施鹿林

中那剌陀受佛教已至摩納婆所作如是語汝可說頌即以頌荅具告其事乃至報佛在鹿林中時醫羅鉢便作是念我若於那剌陀前現本龍身彼便輕我若爲婆羅門身往世尊所此婆羅痆斯有大婆羅門解三明書及四明論彼若見我爲摩納婆形共生嫌議諸婆羅門生高貴族何故自卑向喬答摩處復作是念作本龍身往世尊所龍有多怨恐爲障礙我今應可作轉輪王詣世尊所即便化作轉輪聖王七寶導前并九十九俱胝兵旗扈從千子圍遶如半月形各以種種寶物而作莊嚴復有無量種種外道沙門梵志百千人衆而爲輔翊於王頭上持百支傘蓋威光赫奕猶如日月往世尊所爾時世尊於無量百千大衆之前而爲說法時諸大衆遙見輪王無量百千軍衆圍遶生希有心共相謂曰此之輪王從何處來世所未見豈非梵天王等來供養耶時諸人等或有愛樂心生貪著顧比王身各生異念王至佛所頂禮雙足却坐一面爾時世尊告言汝愚癡人於迦葉波佛時受佛禁戒不能護持遂便破戒感此下劣長壽龍身今者何故還起詐心誑我徒衆汝今還可復其本形龍王白言世尊我是龍身多諸怨惡恐有衆生共相損害爾時世尊告金剛手曰汝可護此龍王勿令損惱時金剛手受世尊語已便爲守護隨後而行是時龍王從座而起別至一處遂復本形身有七頭廣長無量頭枕婆羅痆斯尾在得叉尸羅國（相去有二百驛）由先惡業一一頭上各生一（醫羅）大樹被風搖動膿血皆流霑汙形骸臭穢可

惡常有諸蟲蠅蛆之類徧其身上晝夜唼食令他嫌恥不樂觀見是時龍王即以本身詣世尊所頂禮雙足却住一面時諸大衆見此龍身恐怖可畏離貪欲人尚生恐怖況未離者見此龍身麤澀鱗甲皆悉劈裂瘡潰膿流種種異色身體凹凸高下不平其形廣大能不驚懼皆白佛言此是何物來世尊前爾時世尊告諸大衆此是前來轉輪王身汝等於彼生死榮華心生愛樂此是本形彼是化作由先惡業報受斯苦彼諸人等聞佛說已各懷憂惱默然而住龍王白言唯願世尊爲我授記當於何日捨此龍身佛告龍王當來人壽八萬歲時有佛出世號曰慈氏十號具足爲汝授記當免龍身是時龍王即於佛前悲號啼哭諸頭眼中一時出淚成十四河駛流驚注佛復告言汝且裁止莫大啼哭流淚不止令國破亡龍白佛言而我本心不害小命何況損國作是語已頂禮佛足忽然不現是時大衆咸皆有疑而白佛言此龍宿世作何惡業頭上生樹身出膿血廣說如上佛告諸大衆欲知此龍宿世因緣報得苦身自作自當無餘代受廣如上說頌曰

假令經百劫　所作業不亡　因緣會遇時
果報還自受

汝等苾芻應當一心聽我所說乃往過去於賢劫中人壽二萬歲時有佛出世名曰迦攝波十號具足在婆羅痆斯施鹿林中依止而住此龍于時於佛法中出家修行善閑三藏具習定門於寂靜處醫羅樹下而作經行以自策勵于時醫羅樹葉打著其額即便忍受

後於一時繫心疲倦從定而起策念經行葉還打額極生痛苦發瞋怒心即以兩手折其樹葉擲之于地作如是語迦攝波佛無情物上見何過咎而制學處令受斯苦由彼猛毒瞋心毀戒命終之後墮此龍中醫羅大樹生於頭上膿血流出多有諸蟲蠅蛆唼食臭穢非常汝諸苾芻於意云何善閑三藏習定苾芻壞醫羅葉者豈異人乎今此龍是苾芻當知黑業黑報白業白報雜業雜報是故汝等應捨黑襍修純白業乃至說頌如前爾時那剌陁仙人詣世尊所頂禮佛足退坐一面而白佛言世尊先所許者我已作訖欲於如來善法律中出家修學佛言善來苾芻聽汝出家可修梵行聞是語已鬚髮自落如曾剃髮已經七日法衣著身瓶鉢在手威儀整肅如百歲苾芻頌曰

世尊命善來　髮除衣著體　即得諸根寂　隨佛意皆成

時諸苾芻見那剌陁既出家已諸同梵行者不知云何喚其名號以緣白佛佛言此苾芻姓迦多演那應將此姓即以爲名時諸苾芻即依此喚爾時佛告迦多演那曰然於世間有二依止謂有見無見復由煩惱而作嬰纏於此二見常爲固執煩惱不除恒懷我慢與苦共生隨苦俱滅汝迦多演那由無疑惑自生智慧正見現前如佛所見何以故世間生法正智見已世執無見即不復生世間滅法正智見已世執有見即不復生迦多演那於此二邊勿爲執著如來常依中道而爲說法所謂此有故彼有此生故彼生即是無明緣

行行緣識識緣名色名色緣六處六處緣觸觸緣受受緣愛愛緣取取緣有有緣生生緣老死憂悲苦惱如是極大苦蘊相續而生此無故彼無此滅故彼滅卽是無明滅故行滅行滅故識滅識滅故名色滅名色滅故六處滅六處滅故觸滅觸滅故受滅受滅故愛滅愛滅故取滅取滅故有滅有滅故生滅生滅故老死憂悲苦惱滅如是極大苦蘊悉皆散滅于時迦多演那聞佛說已卽於座上觀知生死五趣輪迴有爲無常苦空無我心開意悟斷諸煩惱證阿羅漢果三明六通具八解脫得如實知我生已盡梵行已立所作已辦不受後有心無障礙如手攜空刀割香塗愛憎不起觀金與土等無有異於諸名利無不棄捨釋梵諸天皆悉恭敬因佛與名迦多演那從是已後名大迦多演那

爾時嗢逝尼國人多疫死喪轝相次屍骸遍野王及國人悉皆憂惱臣白王曰王今宜可修諸福業或云供養沙門婆羅門或云可作呪術藥法王聞議已祈請禳灾悉皆備作冀除疫癘百姓安寧告守門人曰汝等須知若有沙門婆羅門等來入城中能除疫者卽當報我爾時如來大師知此國人多遭疫病死亡無數欲存救愍無上世尊常法如是觀察世間無不聞見恒起大悲利益一切於救護中最爲第一最爲雄猛無有二言依定慧住顯發三明善修三學善調三業度四暴流安四神足於長夜中修四攝行捨除五蓋遠離五支超越五道六根具足六度圓滿七財普施開七覺華離世八法示八正路來斷九結

明開九定充滿十力名聞十方諸自在中最爲殊勝得法無畏降伏魔怨震大雷音作師子吼晝夜六時常以佛眼觀察世間誰增誰減誰遭苦厄誰向惡趣誰陷欲泥誰堪受化作何方便拔濟令出無聖財者令得聖財以智安膳那破無明眼膜無善根者令種善根有善根者令更增長置人天路安隱無礙趣涅槃城如有説言

假使大海潮　或失於期限　佛於所化者
濟度不過時　如母有一兒　常護其身命
佛於所化者　愍念過於彼　佛於諸有情
慈念不捨離　思濟其苦難　如母牛隨犢

佛作是念誰能調伏嗢逝尼國猛光大王并後宮婇女及諸人庶世尊觀知大迦多演那苾芻能調伏彼即便告曰大迦多演那汝可觀察嗢逝尼城猛光大王及宮內婇女并諸人庶令得安樂尊者白佛如世尊教于時尊者至明旦已執持衣鉢入婆羅痆斯次行乞食食已執持衣鉢與五百苾芻往嗢逝尼國路次建拏鞠社國時此城中有一婆羅門是尊者故舊知識家有一女儀容端正美色超絕髮彩光潤無與比者因此立名號爲妙髮有音樂人從南方來見女妙髮頭髮奇好詣婆羅門所告言大婆羅門此女頭髮是我所須可賣與我以一千金錢用酬價直婆羅門答曰婆羅門法不應賣髮何故汝今作非法語彼不遂心默然而去後於異時父便命過母聞聖者大迦多演那與五百人來至此國不遠而住爲夫新死心懷憂慼聞尊者來更加思念掌頰而住其女妙髮見母憂愁問其

所以毋今何故以手掌頰懷憂而住毋曰聖者大迦多演那是汝亡父故舊知識今來至此汝父身故家復貧窮不能辦得一中供養故我懷憂女曰若爾樂人買髮酬直千金錢可取其價以充供養我髮後時更復生長願毋勿憂毋聞語已知有淨信詣樂人所告言仁者我女頭髮仁先求買酬直千金錢必其須者可還前價答言老毋當時我等要須此髮今乃無用若其出賣可取半千價答曰任意即便酬直取髮將去爾時尊者行至其城於一靜處安心而住婆羅門妻詣尊者所頂禮足已白言聖者行途安不我夫在日與尊者相識幸見慈愍明日午時受我微請尊者曰我衆極多卒何能濟問言聖者衆有幾多答有五百人報曰甚善尊者默然爾時老毋知受請已禮足而去即於家中辦諸供養至明清旦敷設牀席瓮貯淨水并白食辦願聖知時于時尊者於小食時執持衣鉢與五百人至女人舍就座而坐見坐定已老毋即便自手行與種種上妙飲食食了嚼齒木澡漱訖屏除鉢已取一小席坐聽說法尊者欲爲說法問言爾女妙髮今在何處答曰容儀不整未敢輒來雖阿羅漢不觀不知即便斂念觀彼女心知極淳善告言彼女心善可喚將來即命出房至尊者所以殷重心禮尊者足退坐一面毋曰此是妙髮雖知輕觸請與尊者爲女毋重白言既相繫屬要有因緣事須諮問此女今者欲與誰家尊者報曰我出家人不應問其俗事然此女兒必當獲得內外莊嚴瓔珞之具數各五百五大聚落以充封

邑毋曰我是貧家誰當見與如是勝富尊者曰勿作是語此女福德高遠以殷淨心於勝福田而興供養必當獲此殊勝果報勿懷憂惱毋便默然尊者爲其毋女示教利喜說妙法已從座起去漸漸遊行至嗢逝尼國纔入城中所有災患半皆除殄時守門人往白王曰王令知不有五百人容儀殊異纔入城内所有灾患半皆除息王曰此誠善事應申供養時諸婆羅門來白王曰我於晝夜極大辛苦作除障事是我威力灾患半銷未久之間必當除殄何因令說由彼苾芻諸苾芻呪願彼王無病長壽已辭王出去王告臣曰門人報我有五百人容儀殊異纔入城内所有灾疫半皆除殄諸婆羅門言我於晝夜極大辛苦作除障事是我威力灾障半銷未久之間悉當除殄不由外人我今不知是誰功力卿等宜當將諸苾芻及婆羅門至象廄中於不淨地以麤米飯投醋漿水令彼俱食食罷去時兩朋皆問大王今日設食如何諸臣白王如是應作即於象廄如教設食食了出時門人先問婆羅門曰仁等今日受王供養其食如何彼便大怒高聲唱曰我等觀此非法貧王但以麤飯惡糜澆醋漿水設婆羅門何福之有門人聞已默爾而住彼去之後苾芻次來問言聖者王所設供其味何似答言賢首施主所惠受者應食足得充軀以終日夜時守門者便入見王具陳二說王既聞已復告臣曰卿今更可於象廄中清淨之處設美食已還同前問即於淨處敷好座席敬奉名食欲出之時復如前問婆羅門曰即如刹利灌

頂大王所設精奇獲福無量門人報曰王宫
廚饍事難一準因何今日不見嗤嫌彼便默
去次苾芻來問如前答門人入見以事白王
王復出教如於象廐馬廐亦然淨穢精麤問
答相似王聞語已作如是念諸苾芻衆是眞
福田非婆羅門也便起深信即行詣彼大迦
多演那處禮足而坐爾時尊者爲王說法示
教利喜默然而住王復禮足白言尊者幸願
慈悲及諸聖衆明就我宫爲受蔬食尊者默
許王見受已禮辭而去即於其夜辦上妙食
晨朝起已敷設座席安淨水器遂令使人往
白尊者食已備辦願聖知時是時尊者日初
分時執持衣鉢將諸苾芻詣設食處就座而
坐王令倡妓奏諸音樂歌舞齊發尊者僧衆
整容端坐收攝諸根鼓樂聲了王問尊者曰
管樂如何堪聽察不尊者答言大王其見聞
者方知善惡王曰諸根内閑容可不知對境
馳心何不聞見尊者欲令體悉其事作善方
便而告王曰王今頗有合死人不王曰欲須
何用答曰王可以鉢平滿盛油置彼手内令
人執刀隨後驚怖不應損害報言若油一滴
墮于地者當斬汝首任其遊履弃復於前多
置妓女奏諸音樂還來至此問持油人美女
容儀音樂好不然後於我方生實信王聞告
已皆如所言次第而作彼人來至問曰美女
容儀音樂好不答言大王其見聞者方知好
惡王曰汝有眼耳何不見聞答言大王若我
油鉢一滴墮者彼執刀人當斬我首横屍在
地我於爾時恐鉢傾側怖頭落地一心持捧
辛苦迴來何暇能知美女容儀歌舞善惡王

遂無言默爾而住尊者問曰大王見不王言已見大王此人但爲一生之命懼遭大苦殷重正念不爲縱逸善護自身況我苾芻於諸歌舞並皆捨棄此是多生苦痛因故寧容輒更欲見聞耶王觀油鉢審察其情於尊者邊倍生敬重是時太子諸王內宮婇女及衆士庶皆來隨喜以種種上食供養苾芻時衆食了嚼齒木澡漱已屏除鉢器於尊者前王居卑座問尊者曰餘處頗有以妙飲食供五百聖衆與我等不尊者曰王是國主控御百城隨念皆來無所乏少以上飲食供五百僧豈成希有我昨來時於一聚落家有少女恨已貧窮遂自剪髮賣得五百金錢於我徒衆敬設名餐斯成希有王聞是語作如是念彼女之髮價直五百諸天婇女難以爲比當復審察彼是何人我當取之尊者德高理難致問遂命使者曰汝今可行隨尊者來處於何村邑有女賣髮得五百金錢奉爲尊者大迦多演那設食供養是誰之女我要須見使知王心即行尋問展轉遂至建拏鞠社城既至城中周遍詢訪知其處所適本求心暫憩息已詣婆羅門舍於其門立見母出來問安隱不母便問曰仁今至此欲何所求答曰欲求妙髮以爲婚事問言爲誰答曰爲猛光王以充國后母曰甚善然娉財不少恐事不成使者曰其物幾何母曰內莊嚴具數滿五百外諸瓔珞其數亦然五大聚落以充封邑得此物者我當與女使者聞已馳還報王白言大王我求得女王曰爾共何言答曰我報其母王取充后王曰彼索娉財使便具說王聞報已

語言隨其所索多少皆與使銜王命還向女家共相許可卜選吉日廣備禮儀前後行軍盛嚴旗鼓從建拏城將至嗢逝尼國既入城已即於是日所有疫癘並悉銷除國界休寧人民安樂因此嘉瑞遂共號曰安樂夫人

根本說一切有部毗柰耶雜事卷第二十一

音釋

瘳音抽病愈也　頰古協切面傍也　擾乃巧切亂也　悒於汲切心不安也　戮力竹切殺也　嗢烏骨切　刱苦洽切爪入也　僧脚崎梵語也此云覆腋衣崎丘奇切　婆羅痆斯國梵語也此云鹿苑痆女黠切　蠅蛆蠅余陵切蛆七余切　唼子雜切入口也　澀所立切不滑也　劈裂劈匹歷切裂剖析也　潰胡對切旁決曰潰　凹凸凹於交切不平也凸徒結切高起也　駃陳士切疾也　撝許爲切指也　覔貯覔烏貢切貯直呂切戚也　澡漱澡子浩切洗手也漱蘇奏切盪口也　殄徒典切滅也　廐居祐切馬舍也　澆古堯切沃也　嗤赤脂切笑也　憩去例切息也

根本説一切有部毗柰耶雜事卷第二十二

唐三藏法師義淨奉　制譯

内攝頌曰

樓上逢增長　婬女夜觀星　因作馬鳴聲
商人抱枯骨

爾時猛光王住嗢逝尼城此有長者娶妻未久留在本宅自爲興易持貨他方其夫去後妻恣衣食煩惱增盛遂昇樓閣遍觀男子於日日中瞻望不息後於異時其猛光王乘妙香象於宅邊過女人既見生欲染心便以花鬘遥擲王處墮王肩上王即仰觀見有少女顔容端正光彩超絶左右顧眄自謂無雙王既見已知彼染意報言少女若有愛心何不暫出答曰妾是少婦無縁得出王若顧念可幸逢門王心被惑不能前進即便下象步入其舍歡悦既暢即便有娠智慧女人有其五事一知男子有欲心無欲心二知節候三知受胎時知是彼人胎四知是男五知是女遂白王言王今知不我已有娠時王即以上眞珠瓔付而告曰必若生女任爾自收如其是男與此瓔珞當送我所女人敬諾王便捨去後經數月娠相外現時彼舊夫書來告曰汝可安隱我望不久當至本鄉女人聞已生大憂愁遣使白王我已有娠舊夫將至今欲如何王遣信曰汝可寛懷我有方便令彼不來女便默爾王與彼信我今要須如是之物汝可遠向其處求來既涉長途奄經時歲女人月滿便誕一男容貌可觀當代希有天將欲曉即以酥蜜盛滿口中箱安輭綿抱兒置内白氎通覆上絡珠瓔密合其箱朱條急繫紫

鑛印上報婢使曰可持此箱至王門所淨拭一壇箱置於上并安燈火在一邊住有人將去汝可歸來使依教作時有衆牛隨路而出行至箱所圍遶不進時猛光王與安樂夫人在高樓上望見群牛遶箱而住命使者曰汝觀門外何意諸牛群聚而住使者曰門有一箱絡以朱條紫鑛封印王曰汝急將來夫人白王箱中之物王當與我王言隨意使者持箱既至王所即便開印乃見珠瓔及以孩子王識珠瓔報曰此是我兒抱付夫人云是汝子夫人得已即呪願曰願兒長壽今此孩子與作何名王曰有福孩兒被牛所護應名牛護又安樂夫人親爲撫養毋亦改號名牛護毋于時北方得叉尸羅國王名圓勝所治國化安隱豐樂人民熾盛廣說如餘於諸園樹常有花果膏雨順時乞食易得後於異時王與諸臣在高樓上歡娛恣意告諸臣曰頗有餘國如我境中豐樂安隱得相似不大臣白言嗢逝尼國王名猛光彼亦豐樂安隱花果不絶與此不殊彼有商人來至於此王遣喚來既至具問聞其富盛王生嫉心報諸臣曰君等嚴兵我欲伐彼其王即自親整四兵向嗢逝尼國漸至彼城侵掠無度殘暴非理八不聊生猛光大王既聞賊至亦嚴四兵出相拒戰猛光不如兵衆分離遂騎單馬逃向餘處至荒野外見一耕人名曰增長躬自犁作王覩容色有異餘人即問言汝是勇健壯兒頗曾聞道有圓勝王與猛光王戰猛光大敗知此事不答曰我聞此事未知虛實答曰不虛耕人亦不知此人是猛光王便報之曰猛

光王身居本國彼是客來遂被欺凌隨處逃竄謀臣猛將何所用爲王若此來以我爲爪牙者即以長繩繫圓勝頸曳入城中言話未畢婦來餉食縫葉爲器夫即洗手將欲就食顧眄王曰雄猛丈夫略觀形勢似有饑色我貧窮者有此麤餐必不相嫌幸當同味時猛光王尋作是念我若不食饑取命終即便下乘取替脊坐洗手足已一處同餐其婦便以缺緣瓦盞酌酒令飲王作是念雖知盞缺於不缺處我當飲之王有智策善閑時務復更思曰於不缺處我若飲者或恐被人云相欺慢我今宜於所缺處飲令彼於我深生愛念是時耕夫自於破處先飲辟毒次過與王王既得已還於破處而飲耕夫念曰此大丈夫情無間隔我缺處飲同處飲之我今宜可深生敬重令其交道久而不喪如是念已報其婦曰賢首此大丈夫是我得意親善知友爾可將去至本貧家以油塗身湯水沐浴爲設飲食馬須好食恣其水草婦遂將歸如言皆作情懷莫逆供給所須于時圓勝王有餘小國名渴沙來相抄掠侵漁百姓時諸大臣作書告王具論其事願王善自思量於其書末并爲頌曰

如王於他國　勤勞降伏彼　於已之國土
亦當勤守護

時圓勝王讀其書已作如是念我若領兵歸本國者諸人皆謂我被他降逃還本邑我今宜可共其和好方歸故居遂令信入報猛光王乃曰知識事已去者更不可追宜暫出來希欲相見自餘勝負並不須論望得促膝交

襟共申莫逆事同平昔我方歸故城内諸臣得其信已共作是議若報王無彼定欺我宜設方便且答時情裁書報曰知識既解來封篤好情深事雖實然能無猶豫兩國同聚各致狐疑雖逆來心我無遑出然此太子名曰牛護是我所生今出相見共申歡意隨情去留是時即令牛護出見圓勝歡懷共盡遂解兵圍旋於本國時猛光王諸大臣等共相議曰他方怨敵已如雨散自已國王急當求覓四方遠近馬使追尋時猛光王聞彼圓勝抽兵已去便報耕人增長曰我今除怖辭汝言歸爾若入城當過我宅答言大丈夫仁之名諱我亦未詳如何後時相訪過宅王曰誰復不知我所住第汝入城時應如是問多馬人家今在何處作是告已驟轡而行至本城門報守門人曰汝今應知若有人來問多馬宅者可將見我遂入宮中後於異時嗢逝尼城有大節會遠近諸人皆湊城邑時耕夫婦報其壻曰今日城中有大節會我今亦往觀衆聚集幷復因便問多馬家夫言賢首凡諸豪士豈可言皆有實當於三處能見其人一謂被他戰破二謂他所欺凌三謂身爲人主喪亡家國餘何能見妻曰彼雖難見應觀聚集夫妻即去至其城内耕夫念曰我試問之告守門者曰咄男子多馬人家住在何處時彼門人聞其告已遂執夫妻送至王所王纔遥見尋便驚歎喜唱善來復更告曰增長汝何得至答曰故來奉覓增長見王坐師子牀諸臣輔翊既未善識然念于懷不委何辜拘執至此王知有疑欲令憶故即便離座脱去天

冠王先闥頟增長既見憶識其容夫妻一時俱拜王足時王即便盛興儀式引入後宮洗沐香湯著妙衣服方丈甘饌百種千名王自親臨觀其所食食罷延就上妙宮闥綺帳芬芳適時安寢王勑內官曰此是我父母凡有所須飲食衣服及以卧具奴婢僕使悉皆供給時猛光王恭敬彼已人皆恭敬王子大臣內外士庶無不敬重耕人增長既見非分恭敬供養滿七日已情懷媿恧前白王言我今奉辭欲歸蓬戶王曰汝今住此共我治國增長答曰我是耕夫寧知國事王曰汝豈不云我若得作國大臣者即以長繩繫圓勝頸牽入嗢逝尼城今乃方云我是耕夫不堪王事宜應且住勿念還家彼便默爾王遂強立爲國大相創爲宰輔供膳尚麤後於異時王因問曰汝今好不答曰朝餐尚乏好事安在王曰不須憂惱即當令汝衣食豐盈時王即告五百大臣曰卿等宜應供給增長是時諸人共出衣食既增養活因此時人號爲增養從此已後改名增養時王問汝得好不答曰衣食雖精然朝宮大臣並相輕賤何有好耶王曰若如是者宰臣聚會評論之時汝往其中無敢輕者答言大王我是耕夫敢狎朝貴王曰汝但赴集我令彼敬彼便默爾後於異時因有朝會王意欲令宰貴諸人敬增養故方便爲問令於國中現有如是不安隱事卿等如何令其懲息時有大臣作如是議若作斯計方能除殄王言不可次有諸臣各呈異見王皆不可乃問增養曰此欲如何答曰若作如是計方能銷滅王對諸臣遂然其策將爲當理諸臣

見已各生是念增養出言王皆信用此亦不應共爲輕侮後時王又問增養好不答曰住處尚無餘何能好王告諸臣卿等宜可與增養覓宅臣曰有某大臣今已身死所有妻妾奴僕之類住在宅中王曰可將此宅及妻子等并餘財物咸賜增養既得宅已問增養曰比得好不答曰家中人衆以我耕夫咸生輕慢王曰若如是者汝洗浴時我令使喚汝作是語待我洗浴訖當去見王增養白言如何我得違大王命王曰是我所教誠非過咎又汝欲食時我令使喚汝應答云待我食了自當往見王汝食時我到汝宅與汝同餐答言大王我今豈敢與王共食王曰我許非過如是作時彼皆恭敬增養聞命便往宅中及正洗時王令使喚云有急事汝可即來使至傳命增養報曰待我浴了方去使者去後宅內諸人相與言曰今此宅主見拒王命自生高慢即招殃禍又相告曰非宿貴人少得勢時便生傲誕家人又曰姊妹當知諸昇高者必當墮落此人今日定遭王戮事乃不遲既洗沐已不赴王期即便就食王復令使報云有事宜可急來雖聞王教報云且去食罷方行使去報王王既聞已自乘大象至彼宅中問言增養汝今欲食答曰欲食王曰不請我耶答言奉請宜可就餐宅內諸人共相謂曰我之家長與國王言戲事若平懷各生希有舉目相看時王即便淨洗手足一處同餐宅內居人見是事已悉皆戰懼互相謂曰我比輕賤此是耕人今者同觀與國王共食又共議曰知欲如何王既共餐事難輕忽我等從今

不應致慢若不敬者定招禍患衆然其語共生敬畏王於異時又問好不答曰有一大臣是王親族常欺罵我寧有好耶王曰我若作言斯成有礙至於進退汝自當知答曰我所作者願王不責王曰我無怪責增養異時隨路而去見二童子貧無親屬持彈弁丸在道而戲時有婢使頭戴水瓨在傍而過一童子曰我以乾丸彈瓨作孔一人又云乾丸作孔此未希奇我彈濕丸而掩其孔此成奇事既共議訖即以乾丸彈令作孔次彈濕丸掩之令合于時增養遥見其事情生希有便作是念此二小童可令助我伏彼王親屏除怨罵問二小童曰汝是誰家子答曰我無親族隨時活命報曰若爾可於我所共汝爲活答言隨命既蒙收採問曰我更何爲答曰汝但習彈後若見人與我鬪諍當以不淨塗丸彈於口内答言我能後時與彼王親共諍競童子即以穢丸遥彈口内彼便吐出以手掩口急走出外因斯恥辱更不相凌王復問言汝得好不答言王之内人以我耕夫並生輕賤王曰若如是者我入宮時汝來門所問言王在何處若言在内汝可語言萬機之務棄而不知鎮處後宫何能辦事又若見我在内住時汝於側殿在我牀上垂脚而眠我自出門爲舉足令上答言大王我豈二頭令王舉足君臣位别高下殊途現阻人情豈有斯理王曰是我所愛汝復何怯如是作時中宫於汝不敢輕慢彼便默爾後於異時來入中宫問王安在隨王言教次第皆作乃至王舉足内人見時皆不忍可欲致凌辱王言汝莫是我所

愛此有何辜然相謂曰共見此人受王愛念我等不應更爲輕慢王若知者於我加刑從是巳後悉生恭敬王於異時問言好不答言今時得好其猛光王性愛女色與諸少年在高樓上談説世事因告之曰汝等頗知何處都城有好美女有云曲女城有或云出蛇蓋城中有云諸餘城國且未須論於此城中有賣色女名曰善賢容色端嚴世所殊絕如天婇女在帝釋宮亦如日光映諸星宿王聞是説倍悦常心迷惑失所情希就見即於其夜脱去御服著凡庶衣自持五百金錢往善賢舍彼女見巳歡唱善來報婢使曰與此丈夫沐浴清淨婢即依教爲其洗浴揩摩身體時有一人復持五百金錢來詣門首報言我欲來宿然此婬女常法如是後有人來殺前至者與後同歡是時婢使見猛光王容顔可愛與凡庶不同即便落淚作如是念此人豈非剎帝利種儀貌端正舉世無雙如何婬女起罪惡心非理枉殺彼所零淚落在王身王即仰觀問女何故忽然淚落答言無事王有疑心頻更研問汝當語我此必有緣彼遂次第説其所以王即問言少女我巳失計頗有方便得走出不答曰此舍四邊有人持劍共相警衛走出無由然有出處極成穢惡亦何用在言王曰隨好隨惡可指其處我命須存答言某處容可走出然是廁孔釘以鐵釘若能拔得斯爲走路王言汝行指處我試拔之女指其處王投身下拔廁孔釘雖勞筋力未能得出爾時於此墻外去斯非遠有婆羅門住善識星文中夜出旋仰觀天漢其妻持水隨

後而行婆羅門告曰汝今應知我觀星宿王遭大難辛苦非常妻曰國家機密何用在言餘人若聞定遭刑戮婆羅門曰我蒙庇廕元由國王王受艱辛我寧安隱便於中庭遙望厄星求念而住王於廁孔聞其語聲盡力搖釘拔之遂出即從孔內隨糞而行不淨霑身辛苦出外天星遂改時婆羅門見星改變告其妻曰王雖受苦今已得出既存性命我爲幸甚王便急步潛入城中至安樂夫人處夫人倉卒見而問曰上天無私何意如是王乃次第具向説之夫人聞已泣淚橫流即以竹篦刮去不淨先以香土遍洗次將種種香屑衆妙香水而沐浴之次拭塗香著上衣服暫時安寢以至天明於正殿坐告大臣曰諸陰陽師識星曆者皆應喚集臣即總命王問之曰我於昨夜其事如何答曰王夜安隱更無異事王曰於其坊有婆羅門善知星曆可喚將來即令使去至婆羅門宅報言王喚即便著衣欲赴王所其妻告曰我先已報國家機密何用在言仁不聽採今遭召問婆羅門遂觀察曰辰知無惡事告其婦曰汝不須怖皆是吉祥行詣王所王既遙見高聲唱言善來大師可相近坐婆羅門便即呪願願王壽命延長就座而坐少時停息王乃問言婆羅門汝解星曆不答曰隨我力能薄閑多少王言大師我於昨夜其事如何答言大王昨夜遭難非常辛苦由王福力僅爾命存王既聞已告諸臣曰如大師説我於昨夜命幾不全諸陰陽師未閑曆算從今已去絕其封祿婬女善賢宜將頭髮繫惡馬足踏之令死所居之

宅以驢耕墾其家婢使與我洗者命入後宮令知國事時諸大臣如王所言悉皆依作王問婆羅門曰仁既憂我我得命存今欲報恩汝何所願答言大王暫問家中來申所願王言隨意即便歸舍告家人曰王與我願隨意所須悉皆給與汝等諸人各欲何事妻曰君欲何物答曰我欲五大聚落常爲封邑妻曰若如是者我欲牸牛百頭恒供乳酪子曰我願上馬寶車而爲乘馭女曰我願上妙瓔珞以寶莊嚴其婢使曰我願好磨香石是作食所須時婆羅門便作是念既有斯事不可直說宜作頌言從王乞願遂至王所白大王言如我家中所有求願幸容其罪得盡於詞聊作頌言以申其事

我願五封邑　婦牛一百頭　子欲馬寶車　女愛諸瓔珞　家中有婢使　須石用磨香　有此所願求　大王哀見與

時猛光王聞其說已還將頌答遂其所願

與汝五封邑　婦牛一百頭　子與馬寶車　女賜諸瓔珞　家中小婢使　與好石磨香　既有此願求　悉皆令滿足

王告大臣曰隨所欲者皆可與之王語婆羅門曰大師與我共治國事赤心相助平論萬機答言大王我是婆羅門理不應知國家之事時王即便強立婆羅門爲國大臣王之隣境名曰渴沙有相違背遂令增養持兵往伐既破彼軍多獲資物屯兵野外方欲入城王聞欲來整軍自出見渴沙少女身多癖疥問增養曰頗有丈夫與此女兒同眠宿不答曰非直同歡枕席終亦騎其夫背令作馬鳴王

曰豈當得有如此事耶答曰王當自驗是時增養即將少女付與醫人汝可善治多酬藥價凡所須者我無有悋醫人爲療悉皆平復次以衣服飲食隨意資養容顏可愛有異常倫是時增養遂將爲女名曰星光增養告曰我若請王來宅中食汝可具諸瓔珞好自嚴身於王前現女受言教後時增養敬白王曰我之貧宅願王暫過王曰汝不請我何緣得去答曰今即奉請明當就宅王曰善哉增養遂即廣陳盛饌具設珍羞請王入宅香水沐浴奉無價衣飯食將了清談而住時女星光遂於帷內遙擲小毬尋即褰帷報其父曰過我毬來王見少女顏貌超絕遂生染愛問增養曰此屬於誰答言臣女問曰已與他人答言未曾王曰何不與我答曰王若不嫌隨意將去王即盛陳禮事娶入後宮世間常法得新棄故不入舊闈愛著星光餘事皆廢增養念曰此正是時往日所言即今應作問星光曰汝能騎王背上令作馬鳴不答曰待我思量未知能不凡智慧女人不學自解遂著垢衣臥破牀上王來問曰何意如是答言大王由天瞋我今遭禍患王曰汝曾於天何所求願答曰王使我父往伐渴沙當爾之時我於天所心有祈願若父將兵降得彼國平安歸者我若嫁時所得夫主騎其背上令作馬鳴王今娶我豐足內人誰能爲我報其宿願凡爲欲愛所牽無所不作答曰夫人汝之所求斯誠爲我願無疾患我悉作之彼默無語王曰汝何默然豈汝於天更有祈願答曰更無求願然於當時復作是念令婆羅門大臣呪

頗兼使樂人彈琵琶曲王曰此亦可得婆羅門大臣我之自有彈琵琶者此可方求答曰可爲求之于時健陀羅國有一商人持諸貨物至嗢逝尼城遂與婬女共相交涉旣生染著情亂荒迷所有錢財悉皆費用家人僕使隨處逃亡是時婬女見其窮匱報言仁者我無田地耕耘復無邸店興易唯仰交遊聚集以爲活命若有財貨可即持來無即須行宜容後客答曰我貧無物若其有者更將何用然我於汝深生愛念且當容受勿苦相驅許我宅中始知相愛婬女曰若能隨言皆作且容居住答曰我悉爲之是時婬女情欲驅遣旣大便已遂以棗核安其糞上報曰汝可以齒齧去棗核彼便齧取女即以脚踏其膂脊報言貧寒物如斯惡事因何口作汝是不淨潔人當離我去即驅出宅其人舊業解彈琵琶即以音聲而自存活王報增養曰汝女於天作斯祈願婆羅門大臣我自先有彈琵琶者何處可求答曰有健陀羅人客彈琵琶以自活命將帛掩目引入宮中王曰當如是作王與大臣昇七重樓上遂命大臣具說其事增養帛掩彼目引彼昇樓于時星光著鮮白服騎王脊背淨行大臣爲王呪願琵琶發響王作馬鳴時健陀羅作如是念七重樓上寧得馬鳴應是我儔被女人所弄情發於衷乃爲歌曰

此事多相似　此事人共知　錢財皆散失
穢核汙其齒

于時手彈琵琶口誦不歇王即問曰歌辭異常有何義味彼即次第以事白王王作是念

此人知我不宜住此便與五百金錢遠驅出國後時大臣諫曰凡爲國主勿被女人之所欺弄王聞内慙一無言對王命增養曰婆羅門大臣見譏於我汝頗能令其婦髠彼髮耶答曰我試觀之便往宅中問其妻曰王被婆羅門獻直譏誚汝頗方便能令其婦髠彼髮耶答曰無勞豫說剃後方看夫曰若能作者斯爲好事長情之壻必有長情之婦其妻即便與大臣婦共爲交好既得意已告曰夫人我之夫主極深相愛隨我索者悉皆爲作答曰雖有愛言豈能勝我我於夫處常得自在餘莫能過答曰汝若於夫有自在者試髠其髮我今疑汝定不能爲答曰但看剃竟方知能不其婦即便著故弊衣卧單牀上呻吟而住大臣問曰何意如是答曰天神怒我報曰

汝豈家貧不能酬賽令天神瞋於汝生嫌隨汝所求悉皆爲作使神歡喜患苦銷除問曰汝於神處何所許耶答曰仁先在家未有仕宦國王初命我即求神令我夫主王命將去所求稱意安隱歸來當剃其頭髮供養天神自爾已來家道昌熾錢財巨富我貪受樂遂忘賽神由此慢心致令天怒我今定死何路求生夫曰汝所求天便成爲我宜可聞奏悉爲辦之妻便附信報增養婦曰我夫已許悉皆爲作婦既聞知便報增養大臣之婦已附信來我夫已許待暫聞奏增養入見啓王事辦請更不疑大臣若來願知此事王曰已知不勞言囑時彼大臣來至王所白言大王我有祈請須賽天神於六月中不出庭戶願垂恩許得遂所求王曰善哉還至宅中即便剃

髮既懷羞恥不出于外其婦令便報增養婦曰頭巳髠訖婦告增養增養白王王聞大喜即令使者喚大臣來于時增養教二童子誦其歌曲歌曰

若是端正良家女　能使丈夫隨意作
七重樓上馬鳴聲　看此大臣頭剃却

時彼大臣聞王信喚著帽而入既至王所命坐一邊彼二童子即唱其歌曰

若是端正良家女　能使丈夫隨意作
七重樓上馬鳴聲　看此大臣頭剃却

其一童子即便近前脫大臣帽見無頭髮現在朝臣撫掌大笑大臣内懷羞恥外愧於人曲脊低顏一無言答出門而去是時增養所爲事了便自誇誕唱言告衆曰若被女人如是輕弄者豈有能成國家之大事王於屏處報大臣曰卿頗有便能使增養受恥辱耶答言大王我且觀察未知能不其姊妹子妙閑幻術告曰大臣增養每於朝會常輕弄我汝若能作辱彼事者即是與我除大羞恥答言阿舅容我籌度其事如何既思量巳答言髮鬀即以幻術化作廣大商旅於大糞聚化爲房室取枯骸骨作商主婦顏容端正人所樂覩王之國法若有大衆商旅來至城者或王自看稅或令增養時王不出令增養受稅既至營中問言何者是商主室彼便指示既入室中見商主婦容儀可愛能惑人心纔覩見時即便染著報言少女若能與我同歡愛者汝之商旅總放稅直答言隨意報云不應晝日可待夜中幻師即便掩晝爲夜增養共幻女行其非法以手抱咽因茲睡著幻師遂乃

解其術法是時增養抱彼枯骨卧糞聚中大臣即去白言大王暫迂神駕賜觀增養王出城外既至彼已彈指令覺報言增養與女野合豈噉肉耶增養見已自念如斯調弄是王所作我今何用如此活爲寧當自死更不求生復便念曰捨命極難我今宜去就彼尊者大迦多演那處從求出家即行就禮白言大德我欲出家尊者即與出家受五戒十戒已次授近圓略教誡已令讀增一阿笈摩經時猛光王既無增養情不能安遂令還俗如舊安置

根本說一切有部毗柰耶雜事卷第二十二

音釋

鬘莫班切 眄彌殄切邪視也 娠失人切懷妊也 諾匿各切應聲也 絛他刀切編絲繩也 鑛古猛切 竄七亂切藏匿也 餉式亮切饋食也 替脊替他計切脊資昔切替脊馬鞍替也 旍咨盈切綴旄牛尾於竿頭曰旍 驟轡驟鉏救切馬疾行轡彼義切馬轡也 湊倉奏切會聚也 翊逸織切輔也 恧女六切自媿曰恧 懲持陵切戒也 瓨下江切長頸罌也 揩苦皆切摩拭也 研五堅切窮究也 廁初吏切圊也 箄邊迷切竹器也 馭牛倨切猶乘也用也 癬息淺切 搴去乾切拔也 齧五結切

根本說一切有部毗柰耶雜事卷第二十三

唐三藏法師義淨奉　制譯

内攝頌曰

牛護獵師死　放宮天授歸　猛光向得乂

殺人聲入夢

時猛光王曾於寐後作如是念牛護太子我喪之後能有智力紹王位不我今宜可試其智策令使喚來告言我於內宮少有勞務須經七日汝可權時代知國事太子即便受命監國於利非利賞罰適宜有姧非者官司執送太子見已問男女曰共相愛不答言相愛太子聞已告諸臣曰彼既相愛何不隨情告左右曰自今已後勿禁姧非諸人聞已恣情造過太子每於國事嚴加檢察王經七日尋自出宮問增養曰我之亡後牛護太子能紹位不增養曰彼能紹繼然於姧私者縱其造惡王問何故增養以事具答王作是念牛護太子爲當於他女人情無妬忌爲當於已妻室亦無妬耶我且試驗時有北方健陀羅客寄住城中王聞有智告曰汝可與彼牛護大妃共行非法彼聞即便以手掩耳若作此非我無活路王曰王事須然此無有過若不作者便成違勑答言大王必須然者此難倉卒要須漸次方可得爲王曰隨汝所須次第當作答言大王先近彼宅造大店舍王當給我貨物之直作斯方便望漸相親王即依言給其錢物彼即造店收諸貨物廣列芳筵時太子妃毋有一婢使遂來店處買諸香藥時健陀羅問其婢曰少女汝爲誰買答曰是牛護妻毋令我來買問曰彼毋何名報言字某答

曰彼即與我母字是同我今看彼與母無異即少取其價多與香物婢至家已其母問曰有何因緣先將此直得物全少今乃極多彼以上事具答其母母言大善彼即我子如是再三見其物多遂遥歡喜後時店主報其婢曰汝可白母我欲叅見婢便白母母曰任來婢還報已遂乃多持香物行造彼家亦旣相見抱母而哭母曰汝何意哭答曰阿母顏狀一同我母情生悲感由是哭泣母曰我是汝母便無勞泣遂令彼此愛念情深其牛護妻在傍而立母曰爾來此是汝兄可執其足慇懃致敬女隨言作遂問母曰此女何名答其名字報曰我家長嫂亦如是名形貌相似即爲我嫂母曰善哉從兹已後倍增憐念旣至宅已于時店主情懷詭誑佯病而眠時彼婢使來買塗香報言少女我病極困母何不來暫相看也答曰彼不知患我當還報婢歸報知母即來問問言愛子汝何所患答言我患極困母曰當問醫人隨病設藥答曰阿母斯非藥療我緣此病必定命終母曰汝勿憂愁作何方便能令病愈答曰有療病藥然得之無由母曰但使有者我皆爲辦答言阿母我若得與牛護大妃歡愛通者病可得差母聞大怒曰汝貧寒物欲得王妃何不命斷彼即振衣捨之而去是時店主復行詭詐便作契書我身死後宅及財物悉皆與彼太子妃母遂將書與母母讀書已忿怒即除便作是念我懷瞋色棄背而來彼更於我倍生殷重情義無歇難得其類我緣此事爲問女看勿使因斯致傾身命即便喚女爲說店主久故恩

情彼是汝叔遇病嬰纏不暫看問答言阿母豈無醫人爲其療疾母曰彼病難治或當致死我聞彼説若得長嫂共爲歡愛者此病可除女便怒曰此貧寒人欲得王妃共行非者何不即日以取命終母曰貴賤無定汝今頗知大公根本是誰所生答言不知母曰從蠍所生今得爲王有大兵衆汝之夫主是長者婦生當亦爲王汝可共彼而爲歡愛若有子者當得爲王此亦何損由母勸故彼遂許通母便遣信報健陀羅曰見汝慇懃女已相許汝自知時可來相就是時店主聞已報王事將成辦暫令牛護出彼宅中王作是念我亡之後牛護爲王牛護有子當紹帝業若健陀羅共妃生子此若爲王絶我宗嗣可與其藥令不生子即便與藥告健陀羅曰汝共彼女行非法時先服此藥王報牛護曰汝且少時勿還宅内有别籌度彼便不去健陀羅服藥與女交通一處而睡王作是念彼應事畢報言牛護汝可還家既至舍已見健陀羅與妃一處垂臂而睡太子即舉其手并將衣覆彼二通宵共寢乃至天明遂作是念無人見不即便還店既至明日王語太子我夜夢見汝婦與外人私通答言大王夢見我眼親觀王曰汝如何見彼即具説王曰汝於女處無妬心不答曰我無王曰此有何因答言大王暫聽我從生來知宿命事我憶往昔爲商主婦其夫待貨興易他方我報夫曰願欲隨行夫曰誰當與汝共相給侍由斯辛苦不可相隨婦便啼泣餘人見已告商主曰仁婦啼泣欲得相隨商主具報難事餘人告曰但令將去

我爲供給遂即將去於險路中有五百群賊來破商營遂殺商主時五百賊共婦行非時諸賊旅更破商營得一少女皆生愛著時婦見已起嫉妬心此女共我爭夫主耶便即令人擲空井中因斯命斷大王往時婦者即我身是我念往昔共五百賊行此婬欲尚無足心何況一男而有足日我憶是事不復於女生嫉妬情以此觀知世間愚人多將女婦置於宫内共爲衛護理合男子防諸女人豈容女人防守男子王曰誠如汝説能斷妬心世間難事雖有此理我未能行爾時嗢逝尼城有一獵師其妻端正情極愛重欲去畋遊作如是念我若留妻往山林者恐與他人作諸非法我若不去既無別業糊口交無宜可携將共行林野即便共去同居草庵爲畋獵事

殺諸禽獸賣以充粮後於異時猛光王因獵而出其馬驚馳至獵人處獵人記識遥唱善來王便下乘息一樹陰獵人自念我今豈得以舊宿肉奉灌頂大王宜取新者以相供侍即持弓箭行湊荒林時王周眄見其少婦儀容可愛起染著心欲惱既纏共行非法是時獵者獲得新肉持以歸來見婦共王作不軌事因生忿怒作如是念此王違法今可殺除復念寧容爲小婦女而害大王時有師子忽然而至殺其獵師欲命終時便於王處起慈悲心遂得託生四大王天王見夫死作如是念此之少女我與交通無宜輕棄即便安慰置在傍邊時王大臣周旋顧覓共至王所問言此是誰女王曰是我境中此何足問宜可將去置於後宫王罷旋遊還至城闕然王宫

内多有宫人王作是念此捕獵人將一少婦獨住林野尚不護得况我而能守多宫女即便摇鈴吹角鳴鼓普告城邑諸人當知若有舊住或復新來咸應聽語我今宫中所有内人悉皆放捨隨其所樂任意縱横與外人交通不以爲過又告内人曰我今放汝夜出宫外隨意歡遊鼓聲纔動即時還入若有違者當斷汝命但是女人皆樂男子况復王宫鎮被幽繫時諸宫女皆夜出外以求男子隨其所樂在處遊行唯有安樂夫人牛護之母及星光妃爲護王情不出於外王告安樂曰汝可出外别覓丈夫答曰我實不能捨王出外别覓餘人時王復告星光妃曰汝何不去求外丈夫然彼年少容華情色難忍於他男子常有愛心雖在宫中情希出外聞王數告默受其言即便夜向市中見賣香男子顔容端正告曰汝可共我爲相愛事報言暫爲持燈待我計算費用之數方可隨情時彼男子取受既多卒難周悉通宵計算乃至天明既動鼓聲無遑更住星光棄燈在地便欲出門男子曰且可須臾共爲歡愛答曰無容更住王有教令鼓聲亦動不入宫者當斬其頭我無二頭寧容久住遂别而去王見問曰星光汝共外人爲歡戲不答言無暇王曰何意彼便次第具説向王王時默然王重宣令如前告知皆放宫人夜中任意與外交通其響遠聞流遍餘處時憍閃毗國出光王聞猛光王有斯教令皆放宫内夜出私行便問大臣瑜健那曰我聞猛光王放諸宫人任行私好我欲暫往共彼交歡答言彼猛光王於大王處常

懷不忍事若怨家聞王自來定爲非儀容曰丈夫爲事好惡須決汝宜住此我且他行答曰大王意正誰敢相留幸願前途好爲謹慎時出光王極愛女色違大臣諫便往嗢逝尼城遂於夜中見星光女問知是已復觀儀容挺特舉世無雙報言刹帝利種美女星光可來與我共爲歡戲答言隨意可敷氈席王曰汝可敷之時彼二人各懷高慢不敷卧褥已徹天明鼓聲既動女便欲去王曰且住可共交歡答曰王有教令鼓聲亦發不入宫者當斷其命我令無暇更得久停星光遂即於王指上脱取金環手持而去其出光王亦歸本邑王問星光曰汝得男子共交歡不答言不得問其何故彼即次第具説因緣并出指環此是彼物我脱將來王讀印已告增養曰其出光王將大軍衆來入城内無人警覺與我宫人密求歡愛寧得於彼爲放捨耶答言大王此迴竊至我不豫知如若重來必不相放時出光王還已聞知遂告大臣瑜健那如前所説大臣諫曰王前竊去彼不覺知遂令安隱得歸本邑今時彼王極爲防衛若重去者必不平安不去爲勝臣雖苦諫王不受語王既發引臣亦隨行至嗢逝尼城止一宅内增養覺已令多壯人於其宅邊拔劍防守告言此宅若有女人出者放去勿放男子時瑜健那知其事勢作如是念我今不應見王遭難默而棄捨作何方便令其走出遂即令王著婢使衣頭戴水器令人隨後以杖驅行云汝取水速可歸來王待澡漱時守衛人謂是婢使遂不禁止既至池邊棄瓨而走增養入城

覓王不得但見瑜健那即將見王衹由此人令出光王走時瑜健那前白王曰我比蒙王身命存活令令走出正是其宜此諸臣等受王封禄縱其走去豈成道理王乃大責增養曰何有敵國害王來此行私君等公然令其走去若餘方便獲得者善若不得者當受極刑聞已驚惶思求方便是時南方有機巧師新來至此增養問曰汝有智力能作如是如是機關物不答言我且學作望有功成是時增養遂藏王家箄山大象遍告城邑箄山大象走出外處莫知所在遠近悉皆聞斯響已報工人曰應以木作箄山象形彼即隨言作機關象於此象中安五十人象糞及水多貯象內告言汝等宜動機關可令此象往憍閃毗不遠而住王若四兵共來看者象可迴還若獨來者即捉其王置於象內急走歸國工人聞教並依言作遂令大象至憍閃毗不遠而住是時牧牛羊人及諸雜役者見象奇絕咸共觀望有說此象從山林來復云此是猛光王所失大象遠來至此有來白王說其所以比聞猛光王有箄山大象世所超絕由王福力自來至此遠近都會有千億人皆來瞻視王聞是已極生大喜告瑜健那曰可即鳴鼓遍告皇都共整四兵多持羂索領諸人衆共出城闉看縛大象臣依王教次第皆爲扈從雲屯俱集垧野時象內人見王兵至遂便却走大臣奏曰於縛象事王先善知作何誘引得令相近王曰四兵且退我獨往看于時衆退唯王獨行并將妙響琵琶自隨而進其象內人見王獨來即便住象王至象所諸人

便出捉王入象遂動機關猶如疾風還歸本國時出光王既被收捉有大兵衆俱發大聲王被賊捉王被賊捉遂多加兵趂至國界大臣告曰既至他境無宜更入並可還歸王既被將別思方便時出光王被他所執至嗢逝尼城增養大臣將出光王至猛光王所白言大王此是出光王王見欣喜椎鐘鳴鼓人衆雲奔巨億百千衢路闐噎王勑增養曰可依國法棄彼出光臣曰此出光王於調象法善知其妙王若殺者此法隨滅且復令人就其受學解盡妙術除棄不難王曰若如是者卿可自學答曰此即便是受學大師如何當害既有斯事與世相違王曰誰堪就學答言王女天授稟性勤策明識通達人皆共知令彼就學當盡其妙王然其計即語女曰有一丈夫具十八種惡相彼人善解調象文書以幔隔障汝可就學我當於汝後漸學習汝亦無宜見惡人面若其見者定死無疑即便隔幔就學其文時瑜健那在憍閃毘國作如是念我今宜應覓王消息如其命在作解縛緣必也不存別求紹繼瑜健那妹名曰金鬘機巧多情倍勝兄智報言小妹汝今宜往嗢逝尼城問王消息如其命在作解縛緣必若身亡別興繼嗣聞已黙然内思其事即便變服爲外道女形乞丐自資著故衣服漸漸行至嗢逝尼城問守門人曰出光大王今命在不門人答曰彼王於汝有何怨惡答曰殺夫幷子財物收將門人曰王在未死現教王女調象經書如是展轉於王四門悉皆具問彼並同答遂作種種方便求及於人匿影藏形與出

光王相見周旋四顧出細音聲問言大王今得存在彼亦驚惶周迴顧眄答言小妹今且未亡復作餘縁親觀天授問言少女汝今就誰學調象法答言阿毋有一丈夫具十八種惡相我於彼邊隔幔而學答曰寧有丈夫具十八種惡相此是出光大王儀貌端正衆相具足世間希有誰復誑汝作此惡言若謂是虛褰帷目擊彼聞其說情喜內充遂即褰帷覩王顏狀心生愛染如猛風吹報言阿毋實如所說頗有方便能令國王與我通不毋曰我今告汝雖復遠求難逢此類況汝自愛正是其宜此是刹帝利王灌頂受位我爲方便今契汝心既道言交即便歡合天授與王極相愛念于時金鬘速便遣信報其兄曰幸當安心勿爲遠慮王女天授從出光王學調象法兄得信已便著五種屏處瓔珞上覆草衣自號春花佯作顛狀即便行詣嗢逝尼城遂於街巷康莊之所或卧或起口出狂言而爲歌曰

春時可遊戲　春時可爲樂　我即是春花
共爲遊賞事

若有人識云此是瑜健那者即解金瓔密相求及若不知者云是狂人不相齒録所到之處若是王家或大臣舍皆得衣食以當朝饑漸復窺覦得至出光王處略申言議後時其女天授報出光王曰我父若知必爲重戮可預爲方便走出爲佳出光答曰若爾汝今可於王處作如是語我學調象且讀其文走策驅馳未親目見願王與我賢善毋象隨意乘騎看其去就與經文合不即以此議奏大王

知王語掌象人曰賢善母象可與天授隨意乘騎或旦出中還或晡來昬去或初更後夜往返無恒或復宵歸或晨時至時瑜健那作逃走計背負象糞以出城門門人問曰春花用糞何爲答曰王家設會充歡喜團人謂狂言不以爲意以草裹糞於憍閃毘路掛在樹枝象尿瓨盛負持而出門人見問答曰王家設會用作飲漿人皆共笑竟無採録還於走路瓨掛樹枝時出光王與其大臣及金鬘天授並於其時其處期欵不移時出光王遂與天授乘其母象到所期處大臣金鬘及妙音琵琶一時俱發共生歡喜王即彈琵琶大臣唱歌曰

共乘賢善象　和彈妙音曲　天授與春花
手舞同歸去　王自爲商主　得還憍閃毘
畢我忠臣願　長歌且爲樂

出光去後失其時節不入宮中猛光王報增養曰何故移時天授不入增養遂覓知其巳走白王曰其出光王乘賢善象幷將天授逃走出城王聞驚怒告曰汝可急乘筆山大象趁彼惡人將來見我即乘大象隨路而去大象奔馳相望欲及瑜健那即於樹枝取其象糞棄地而去大象遂齅不肯前行逡巡之間母象遂遠經多踰繕那復還趁及瑜健那取象尿瓨擲之于地大象復齅更得前行至自邊疆情離憂怖其時增養作如是念此是他界宜可迴還或此大象亦被將去既不遂意失望而歸至本城巳王問之曰有何消息答曰巳走至國無可追尋王便掌頰憂愁而住爾時出光王既還本國死而復存遂即請命

沙門婆羅門商人貴勝親族知識貧窶無依遠近星奔皆至王所廣行檀捨爲大設會與天授夫人隨意歡樂後於樓上共天授戲曰我行詐術將得汝來夫人曰我父亦行詐術囚禁王身僅得存命王曰我若不將汝父來至憍閃毘國爲織師者我即不名爲出光王也彼懷瞋忿默爾而住時出光王語瑜健那曰卿頗能得解我憂耶答曰欲何所作王曰當以長繩繫猛光頸牽來至此令學織工答曰將賢善象天授隨來安隱歸還豈非憂解如王所説我更思量未知得不既思策已報王得去遂便收取嗢逝尼城所須貨物覓好商主求妙美人瓔珞嚴身皆令具足爲商主婦作是事已商旅便發漸至嗢逝尼城其猛光王聞大商旅來至我城王自出觀收其稅直既至營所問言商主住在何處引入指撝王便到彼開門而入直進中庭覩商主婦顏容挺特昔所未見莊嚴美妙迥絶人間於此城中無與等者王起染意報言賢首共我交歡女曰此是牀槈隨意所須既爲欲染嬰纏無所不作即便共卧共作交通志意惛迷不記先後商主即便以衣遍覆令四人舉牀大衆歌唱出嗢逝尼城後門而去因即長行時諸從者或復揺鈴而爲歌曰

人間蚊子能食月　毗沙門王債王牽
大地及樹上虛空　婬女能將猛光去

是時城中所有商人見此歡樂皆云商旅欲發悉皆隨去城中人物皆悉不知王之去處增養怪王隨處求覓彼諸商旅將猛光王漸至憍閃毗國諸臣慶賀曰大王國位昌延所

願皆遂其猛光王將來至此王曰與著鎖械令學織工仍勿使人輒報天授後時王與天授共在高樓隨意遊觀其猛光王因有少緣出織師舍于時出光樓上遥見報天授曰汝識彼人不王先闥額女細觀望遂便憶識流淚交襟作如是念今此惡王躓頓我父到斯苦處我若不殺此惡王者我更不名爲天授也我雖行殺令彼不知王性利根知其懷恨告大臣曰我於猛光巳報怨訖卿宜爲彼洗沐身體盛設香餐廣作威儀送其還國彼依王教次第悉爲放令歸故是時天授作如是念我若即今爲殺方便彼有惡智便見猜疑且復引時更待他日強爲言笑以送愁情天授忽然著垢弊衣卧破牀上出光見巳問言何故答曰天神瞋我王曰夫人何乏有願不酬答曰我先所許卒不可求王曰汝何所許預生憂懼意所須者悉當爲辦答曰我父昔日幽禁王時遂於天神情生啓告我若與王安隱得達憍閃毗者我當共王七日七夜不御飲食日既滿巳將好花鬘從足指端纏至于頸輿置城頭我即爲王設大施會命婆羅門衆數滿千人盛與供養大王今日多有內宫豈復於我能生憂念以此籌量定死無惑王曰此即是汝爲我祈天更不須憂悉皆爲作從是以後作殺方便即於城下繫二狗兒日日常與美肉令食如是長大乃至食肉與人身量等遂即與王要心七日飲食俱斷天授於夜私自飽餐王於七日期心不食身體羸瘦不自支持既滿七日天授遂喚諸結鬘人汝可麤線多作香鬘速將來進勑瑜健那

曰今日大王戒期已滿𨚗可嚴飾城隍廣修施會設婆羅門一千餘衆諸大臣輩各作驅馳不欲令知内宫密事時瑜健那奉勑皆作掃拭街衢香水灑沃香爐寶蓋無不普薰散諸雜花在處充滿甚可愛樂如歡喜園處處皆有種種鼓樂音聲遍合舞妓翩翩當此閙時天授遂即將王上城令其卧地以花鬘纏繞從足至頂間無空處即便推下既落城根二犬俱食血肉皆盡白骨殘餘時有鵄烏鵰鷲野干之屬食肉禽獸䑛啄殘骸時大城中所有人衆驚惶震懾傳云大王自立城上觀其設會墮落城隅因此命終被犬所食人衆聞已號叫嚚聲拔髮椎胷喧滿城郭時諸苾芻咸皆四散或向餘處或詣給孤園諸大臣等衆聚共議何因大王而自上城城下何因有犬來食諸臣僉議見花鬘線方知定是天授預爲惡計殺我大王既生忿怒即以紫礦作室令天授入中以火焚燒受苦而卒故知怨讎相報未有休日時諸苾芻咸起疑心請世尊曰大德其出光王先作何業由彼業力生被犬食佛言諸苾芻此出光王昔自造業因緣會遇成熟現前如暴流水無能遮礙出光作業誰當代受諸苾芻凡所作業非於外四大而得成熟但於自已蘊界處中受苦樂報如有頌言

假令經百劫　所作業不亡　因緣會遇時
果報還自受

汝等苾芻乃往古昔於一都城有婆羅門大臣依彼而住當時無佛有獨覺者出現於世憐愍貧窮樂居靜處世間唯有此一福田有

一獨覺遊行人間遇至此城於一靜林依而止宿至天曉已執持衣鉢入城乞食時彼大臣將諸犬等出城遊獵見此獨覺一無僁犯有大人相遂放犬令食諸苾芻於汝意云何勿爲異念彼大臣者豈異人乎今出光是於無罪過聖人之所放犬令食以斯業力五百生中常遭犬食而取命終汝等苾芻當知若純黑業得純黑報若純白業得純白報若作雜業當得雜報以是因緣應捨黑雜二業當修白業汝等苾芻當如是學時憍閃毗國出光王死嗢逝尼猛光王無有怨讎安樂而住曾於一時在高殿上與諸大臣作非法言論問諸人曰何處城邑聚落之中有好婬女有云大王得叉尸羅城王名圓勝於此城中有一倡女顔容姝妙善六十四態於此人間大

地之内未有丈夫纔相見時不生耽染王纔聞說容顔智慧即生愛著報增養曰縱使遠求如斯女類卒難可得我今宜往共彼交歡答言大王彼圓勝王於長夜中是王怨隙彼即常在得叉尸羅王自往者彼若知時定爲非義答曰我今意正事不可違卿住於斯我當行矣答言上命難違去時隨意然須謹愼時王即乘箄山大象行向彼城於其路中有石杵山安象此中身詣城内既至彼已便脱頸上勝妙珠瓔價直千萬與彼婬女便共交通時嗢逝尼城大臣人衆婆羅門等怪不見王莫知去處共相謂曰王非凡庶去必人知又曰王既豐足内宫更何所覓又曰我等宜應共問增養即便俱至問曰大王今者不知去處答曰君等何乃疾欲見王且復忍心不

久得見問曰何時可見答曰滿十二年諸人皆忿報言仁今殺王欲擬自立能出如是不義之言若七日內見王者善若不見者當立餘王斷汝形命增養聞已黙然懷憂而住時牛護母國大夫人見增養愁命而問曰卿今何故情事憂惶答曰夫人大婆羅門及諸臣等作如是語具告前事我今寧得情不憂耶夫人曰卿可以蜜和酥塗糠麥子盛以金盤持至上廐馬所當前而跪作如是語若有能得今日行到得叉尸羅城者可食金盤酥蜜糠麥馬雖聞告竟無一食是時有一瘦弱老馬別在一邊垂耳而住便至其所手捧金盤具如前說彼聞說已就盤盡食即以此事具告夫人夫人曰可去被鞍若見異狀卿不須怖宜可對前現雄猛勢有勇氣者物不能欺即便往彼舉鞍欲被馬遂奮迅變異形儀告言丈夫汝頗曾見如是馬耶彼便拔刀答言智馬藥叉汝頗曾見如是騎馬人乎答言不見報言智馬藥叉若能不變常則而行去者善若不去者當斬汝首血流于地答曰丈夫共立要期我當為去勿更將我重至此間答曰隨意共去我不負心即乘其馬漸至得叉尸羅城

根本說一切有部毗柰耶雜事卷第二十三

音釋

縶 陟立切繫也　闉 伊眞切城內重門也　坰 涓熒切林外曰坰　丐 音蓋乞求也　闐噎 闐音田噎一結切闐噎謂闐滿噎塞也　闚覦 窺缺規切小視也覦容朱切欲得也　齅 許救切以鼻擷氣也　窶 郡羽切貧窶也　躓 音志仆也　鵄 處脂切與鴟同　懾 質涉切怖也　囂 虛驕切喧聲也

根本説一切有部毗柰耶雜事卷第二十四

唐三藏法師義淨奉　制譯

攝頌在前

爾時猛光王在得义尸羅婬女之舍見增養來問言卿何爲來即皆以事具答王曰我且歡樂待七日滿當可共去日既滿已往石杵山自駕其象象遂大吼去斯不遠有解相人聞象鳴聲作如是語我聽象鳴知其意趣日行百驛還至南海飲水充虚增養聞説遂即共王同乘其象隨路而去至一陶家有坏瓦器象便脚踏瓦師見憂增養曰有如此人依地而活王遂心疑作如是念增養此言見識於我唯我一人依國地活斯言何義後當憶念默然而去復於行路見鶺鴒鳥當道生卵象脚踏碎鳥見悲鳴增養見已便作是語此不應作致有憂悲王復生念此言還是見識於我行婬女舍是不應行後當重憶尋路而去復於路邊在一樹下乘象而過於樹枝上有一黒蛇縱身垂下欲螫於王增養見已便即拔刀斬爲數段落地宛轉增養曰此不應作而强作之王復生念此言還是見識於我已經三度後當憶念復於他日象乃速行不肯緩去方欲至城增養白王前有相師作如是語象行百驛還向南海飲水充虚看此急行定不肯住當抱樹枝縱身而下王與增養抱枝而下詣一園中任象走去王語增養卿今可去竊報安樂云我今至在芳園中即行具告彼聞告已歡悦無極時王婐恥不向大門即便於一水竇欲入宫内時有二女不識是王遂相告曰我聞大王已至一云我意思

量於此窻入王聞其語便作是念我令增養竊告夫人彼乃隨情遍語城邑遂於别日情懐不忍告增養曰汝於我處頻作數種無益惡言而譏誚我豈我一人受用大地汝於其處作如是語此諸人等受用大地以自活命復於其處作如是語此不應作致有憂悲造婬女舍我不應往復於其處作如是語此不應作而强作之豈我向婬女處是不應作又我與汝在芳園内令汝獨去竊報夫人云我令來停在園内汝便以語遍告城隍是則於我作無利事增養驚懼作如是語靈祇共鑒明察我心實不譏王前於陶家見有坏器象脚踏破陶師見憂我見斯事作如是語此諸人等依地土活中於路次見有小鳥於道上生卵象行踏碎鳥遂悲鳴我見斯事作如是語此於不應行處而生其子後於樹枝見蛇下樹欲螫於王我遂斬爲數段在地我作是語於不應爲處而强作之於斯等事我直説之非譏王也又云令入宮内竊報夫人便將此語遍告城邑者此亦不然我唯獨入竊語夫人豈敢於王作無利事王曰任汝分踈云非是過我於小門欲入城時親見二女作如是説一云王來一云從此道入若不説者彼何得知答曰彼是飛行魅女潛身密聽聞王語聲此亦非我爲無益事王曰汝今無過可自安心勿爲怖懼又復我行去後有婆羅門云王不來更立餘者咸須殺却今正是時答曰婆羅門且待先殺飛行惡人王曰彼何能殺答曰我作方計殺除望得王曰除惡爲善時此城中有大臣子先閑明呪增養詣彼問

曰飛行魅女殘害生靈如何設計得令除盡答言阿父我能擒得即便斬取死人之手變作嗢鉢羅花付人令賣報言汝可持此詣市中賣若以錢來買者即不須與如其笑者錄取其名并記形狀其人一一依教而作於此城中録笑者名得五百人王聞是已報增養曰有此多人如何能殺答曰我解方便王不須憂王曰隨汝自作遂於城邊料理一處令使淨潔宣告令王今欲作無遮大會求請天神汝諸姊妹咸可來集女聞王命意欲求財悉皆聚集雖無名字亦爲貪來便有五百餘人彼大臣子皆以呪索禁縛使住增養令人持刀總殺王曰此妖雖殄尚有諸婆羅門即令遍請我造無量不善之業已殺五百飛行魅女仁等爲欲救濟我故日日應來一處受食彼聞歡喜皆悉來受王勑門人曰諸有受食婆羅門衆汝宜好數來報我知門人敬諾王又告曰汝等城邑諸人宜作上食供養婆羅門時婆羅門爲貪好食便受王請皆來集會食罷欲出門人數之總有八萬便即白王數滿八萬王聞思忖如何一時能殺多命遂令一一婆羅門正噉食時屠人持刀背後而立告言若聞我道取酪聲汝等一時齊斬其首如是教已彼依言作乃至悉斬其首時王既殺衆婆羅門已即於其夜夢見地震六字聲空出六字聲復有八夢地震六字者謂六無我鄙心若空出六字者謂諸誰平今彼我云何八夢所謂一者見白檀香泥遍體塗拭二者見赤栴檀香水澆灑其身三者見頭上火然四者見兩腋下垂大毒虵五者見二鯉

魚舐其兩足六者見二白鵝飛空而來七者見大黑山當面而來八者見白鷗鳥頭上遺糞是時彼王既作如斯衆多夢已即大驚怖遍身毛竪作如是念豈緣此事王位有虧身命損失便召解夢婆羅門至而告彼彼作是念王此好夢我當説惡若言好者更增髙慢長其惡見餘婆羅門更見誅戮作是念已共爲籌議報言大王此非善夢王言爲説當有何報答曰此夢表王國位將虧身當殞殁王聞是已生大憂惱爾時彼王復作是念頗有方便令我身存王位不失耶我今宜可詣尊者迦多演那處請問吉凶豈非與我爲惡兆乎既至彼已頭頂禮足在一面坐以夢具白尊者答言大王頗於餘處問此事耶答言聖者於餘亦問於何人邊問答曰於婆羅門處彼何所説王即以彼所説具白尊者答曰大王彼等常受欲樂欣願生天餘何所識王之所夢是其善瑞不須驚怖不由此故失位身亡所以者何如王所聞地有六聲是何先兆如是應知即是於王共相警誡令王改惡從善昔有六王非法化世身壞命終墮於地獄此最初王在地獄中受大極苦而説頌曰即是初六字

六萬六千歲　地獄中燒煮　現受大極苦
未知其了時

其第二王亦説頌曰即是第二無字

無有苦邊際　了日終不知　我類共同然
此由前惡業

其第三王亦説頌曰即是第三我字

我所得衣食　或理或非理　餘人餐受樂

令我獨遭殃

其第四王亦說頌曰即是第四鄙字

鄙哉我形命　有物不能捨　飲食不惠人
令身無利益

其第五王亦說頌曰即是第五心字

心常欺誑我　鎮被愚癡牽　地獄受苦時
無人肯相代

其第六王亦說頌曰即是第六若字

若我生人趣　常修於衆善　由其福業力
必得上生天

故此六聲彰彼先業又復大王空中六聲是誰先兆如是應知王住宅內有大竹竿於中多有微細蟲食輭者皆盡遺餘堅鞕諸蟲不樂恐命不全共說此頌以告宅主即是最初諸字

諸輭處皆食　唯有鞕皮存　願王知不樂
更別安餘者

王去舊竹別安新者遂令多蟲而得存活又復大王王有掌馬人名曰近親先瞎一目彼於日日在鳥巢中打破卵子鳥見子死心生怨恨悉皆鳴叫而說此頌即是第二誰字

誰復能相爲　刺人令眼瞎　不殺我子孫
除解心憂惱

王當遮止勿使更然又復大王於王園中有遊戲池水先平滿多有魚鼈蝦蟇所居有一白鷺鳥常食其魚令池乾無水鳥見是事遂生嗟歎而說頌曰即是第三平字

平地水恒滿　多有諸魚鼈　取食以充軀
今時水皆盡

王今宜可以水添之驅鳥令去又復大王王

此國中有一大山名曰可畏有雄象母象並悉生盲唯有一子恒爲供侍爲父母故出外求食遇見雌象相隨而去漸爲誘誑將至園所遂便被縛憶念父母悲憂內疚不食水草而說頌曰即是第四今字

今父母孤獨　生盲無引導　處在深山中無食誰看養

王今宜可令放彼象得與父母共爲歡樂又復大王王住宅中有被縛鹿既離昔群心生憂惱而說頌曰即是第五彼字

彼群皆受樂　水草任情遊　唯我受拘繫晝夜獨懷憂

王宜解放任往山林又復大王於王宅中有鵝被繫仰瞻空裏見有群鵝飛騰而去情生憂惱而說頌曰即是第六我字

我朋皆已去　飲啄盡隨情　我身何罪業被繫無聊生

王起悲心亦宜解放又復大王夢見八事是何先兆者如見白栴檀香泥遍體塗拭者有勝方國王送大白氎來奉大王今至半路經七日後必當來至此爲先兆又見赤栴檀香水澆灑身者有健陀羅國王送赤毛寶氎來奉大王今至半路經七日後亦當屆此此爲先兆又見頭上火然者有槃那國王送上金鬘來奉大王在路而來經七日後亦來至此此爲先兆又見兩腋下垂大毒蛇者有支那國王送二寶劒來奉大王隨路而行七日當至此爲先兆又見二鯉魚舐兩足者有師子洲國王送一雙寶履來奉大王尋路而來七日當至此爲先兆又見二白鵝飛空而來者

有吐火羅國王送二駿馬來奉大王尋路而來七日當至此爲先兆又見大黑山當面而來者有羯陵伽國王送大象王二頭來奉大王尋路而來七日當至此爲先兆又見白鷗鳥頭上遺糞者牛護之母安樂夫人此爲先兆王自當知然王不應於婆羅門處更起惡心時猛光王聞是語已歡喜踊躍如死重甦深生信仰禮足而去還至宮中如尊者教皆悉奉行別安大竹遮掌馬人枯竭池中添水令滿放象并鹿及被繫鵝滿七日已如所記事皆悉到來王見是已更於尊者極生敬重作如是念但我宮中所有吉祥皆是聖者福力所致我今且以初得大氎奉持供養後以王位奉禪尊者即告使者曰可持此氎將奉尊者迦多演那彼便將去奉授尊者次告安樂夫人及星光妃牛護太子增養大臣曰仁等當知今此諸國所有大王咸持國信來獻於我汝等愛者隨意當取時安樂夫人即取金鬘星光妃取赤毛寶氎牛護太子取其二馬增養便取二劍大臣取其寶履唯餘寶象王自取之時猛光王他獻五寶皆共分訖便往尊者處禮雙足已在一面坐白言大德慈造弘深事難具說謹持國位奉獻尊者唯願慈悲哀憐納受尊者報曰世尊有教遮諸苾芻不受王位王曰若如是者當受半國答曰此亦不聽王曰若作國主是佛所遮受用五欲理應無損我悉奉施答曰大王所有諸欲佛皆不許王曰此不應者所有受用及上受用供身資具幸當爲受隨情而用答言大王待我白佛王言任意請佛爾時佛在室羅

伐城逝多林住是時大師無不知見遂作是念假令迦多演那於諸受用及上受用自無所須然爲未來諸苾芻故應可受取如是念已起世俗心諸佛常法若起世俗心時乃至蜫蟻亦知佛意若作出世心時聲聞獨覺尚不能了何論畜類于時世尊爲斯事故遥知迦多演那意趣遂起世俗心即令迦多演那天耳天眼彼此聞見是時尊者即白言世尊苾芻得取受用之物及上受用不佛言爲欲哀愍未來世中諸苾芻故又令施主福報增故是故我今聽爲四方僧伽得取受用之物及上受用非是別人此中受用者謂是村田上受用者謂是牛羊等于時尊者請世尊已白猛光王曰世尊已許爲四方僧伽得取受用及上受用爲欲哀愍未來世中諸苾芻故又令施主福報增故時王即爲尊者遂造大寺四事供養悉皆充足莊田牛畜施四方僧佛告諸苾芻我今最初許鄔波索迦爲諸聲聞四方僧衆施受用物謂是嗢逝尼城猛光王爲首又最初許鄔波索迦爲諸聲聞四方僧衆施其飯食謂是鷲峯山摩揭陁主影勝大王爲首又我最初許鄔波索迦爲諸聲聞四方僧衆施其卧具謂是室羅伐城給孤長者爲首又我最初許鄔波索迦爲諸聲聞四方僧衆造毗訶羅謂是婆羅痆斯善賢長者爲首

内攝頌曰

猛光一切施　影勝施飯初　卧具謂給孤　善賢造僧寺

爾時猛光王曾於宫内與安樂夫人一處夜

食王性愛酪夫人持一酪椀在王前立當時其星光披妙寶毯簷前而過毯色内徹猶如電光照王夫人悉皆明了夫人見光便大驚怪問言大王此何明照爲是電光爲是燈燄答言此非電光亦非燈燄然是星光披其寶毯從此而過是彼光明王曰如斯寶毯汝棄不取乃取金鬘誠無識鑒豈我宫中無金鬘也誰言外方女能知物好惡答言大王斯何得有如此智慧豈非王教取寶毯耶王曰是彼自取非我所教王及夫人因相輕忽便致瞋忿遂持酪椀擲王頭上王先闊額因被椀傷便自手摩云我頭破血流腦出令時定死生路無由命未斷來且先殺却便勑增養曰汝今宜可殺此安樂無用婦人增養聞已便作是念王極於此深生愛念由懷忿恨忽作此言不應造次即斷其命待瞋定後更觀意趣方殺不難屏處且安勿令王見作是念已白言如是我當即殺遂便藏舉王既忿息問增養曰安樂夫人今在何處答言大王奉勑令殺我順王言已斷其命王曰斯爲異事亦當殺我及以星光牛護太子并一大臣汝自灌頂爲大國主彼於我所作輕慢事且爲誡勗後更平章豈合因斯即行刑戮增養白王聽譬喻諸有智者因譬喻言得開其事

内總攝頌曰

文鳩死赤體　三種難不應　觀無猒不眠

總收其七頌

第一内子攝頌曰

林内文鳩死　樹下獮猴亡　此世他世中

四盲闇應識

大王於往昔時有一名山泉流清泚果木敷榮於大樹頭有二鴿鳥爲巢而住便採好果塡滿其巢報雌鴿曰賢首此中貯果不應輒食且求餘物權自充軀若遇風雨飲食難得方可共噉答曰善事遂遭風日之所吹暴果遂乾枯巢中欠少雄鴿問曰我先語汝果不應食待風雨時方可餐噉因何汝遂獨食果耶答言我不食果問曰我先以果塡滿此巢今既欠少不食何去答曰我亦不知何緣欠失二鴿皆云不食兩諍遂致紛紜時彼雄鴿觜啄雌頂因此而亡雄鴿在傍看果而住忽屬天雨果復盈巢雄鴿念曰今還巢滿明非彼食便就雌鴿爲懺謝曰

可愛彩鴿宜速起　巢中欠果非汝食
今看少處滿如前　汝今恕我斯愆咎

時有諸天空中見已而說頌曰

汝共好文鴿　樂在山林處　愚癡無智慧
殺後空憂惱

是時增養復說二頌

如彼愚癡鴿　無辜殺同類　不知形命盡
懺謝苦生憂　大王亦同彼　無辜瞋所愛
已遣加刑戮　徒自生憂惱

更說譬喩王當曉之又復大王昔有長者時屆秋天擔黃豆子詣田欲種置於樹下向迴轉處樹上獼猴下來偷種把得一掬還上樹顚緣樹上時遂遺一粒便放滿掬尋樹而下覓一黃豆長者見之卽以杖打因此命終時有樹神見說頌曰

如彼癡獼猴　棄把求一粒　由斯被他打
痛苦至身亡

王前遣我已殺夫人爲小瞋心便亡大利今求重見其可得乎王告增養曰因何一語便殺夫人答曰王豈不聞

大師無有二　所出唯一言　決定不參差

王言亦如是

王曰我情闇亂令殺夫人汝即隨言豈成道理增養曰王豈不聞世有二闇即以頌答

大王今應識　世有二種闇　一謂是生盲

二者不知法　此世及後生　復有二種闇

一謂罪惡見　二者壞尸羅

第二内子攝頌曰

赤體空無用　杵曰唯應一　患害起疑心

輕賤事須漸

王語增養曰汝殺安樂夫人我今赤體答曰王豈不聞世間有三赤體不爲好相云何爲三

河無水赤體　國無主亦然　女人夫壻亡

所向無歸趣

王曰汝殺夫人遂令宮内唯見空虛答曰王豈不聞世間更有三種空虛云何爲三

鈍馬道行遲　設食無兼味　家中有婬女

是三種空虛

王曰彼好夫人於五欲樂全未受用汝遂殺却答曰王豈不聞世有三事亦不被受用云何爲三

賣炭人好衣　浣衣者鞋履　女在王宮内

無受用應知

大王非直此三更有三種不被受用云何爲三

幽澗春花發　少女守貞心　夫主遠征行

無用終朝夕

王曰汝便造次殺却夫人罪合杵臼答曰王豈不聞更有餘人合當杵臼

木匠不善察　衣工用長線　御者不觀車

此三當杵臼

大王非直此三合當杵臼更有三種云何爲三

使者更遣使　遣作令他作　少女愛猖狂

此三應杵臼

大王非直此三更有餘三合當杵臼云何爲三

放牧於田內　剃髮居林藪　常在於婦家

此三應杵臼

王曰我出一語汝便殺夫人誠哉大苦答曰王豈不聞世間更有一語爲定乃有三種云何爲三

王但出一語　女人一出嫁　聖者一現身

此三唯有一

王曰汝今自造患害得我一語遂殺夫人答曰王豈不聞世間有三自造患害云何爲三

力弱者著甲　無伴有多財　年衰畜少婦

此三當自害

王曰我今疑汝別有異心如何一道遂殺夫人答曰王豈不聞世有三人見時令他起疑云何爲三

見淺智人修上行　見勇健者無瘡痕

見衰老女說廉貞　此三能使他疑惑

王曰汝極輕賤我如何造次殺却夫人答曰王豈不聞世有三事被他輕賤云何爲三

無事多言語　身著垢弊衣　不請赴他家

此三被人賤
王曰汝欲漸漸長我怨家殺愛夫人更有何物答曰王豈不聞更有三種事須漸漸云何爲三
食魚須漸漸　登山亦復然　大事不卒成
此三須漸進
第三內子攝頌曰
三種愚癡人　離間有三別　下品應車裂
姧詐事應知
王曰如是愚人如何殺我所愛夫人答曰王豈不聞世間亦有三愚癡相云何爲三
委付不相知　供承急性者　造次便相捨
此謂三愚相
王曰汝是離間我之親友殺却夫人答曰王豈不聞世間亦有三種離間　云何爲三
知友不親近　或復太親密　非時從乞求
三種當離間
王曰汝是下品人殺我夫人答曰王豈不聞更有三種下品之人云何爲三
於他物起貪　自財生愛著　見他苦心悅
斯爲下品人
王曰汝合車裂殺我夫人答曰王豈不聞更有三種合車裂死云何爲三
性拙造機關　畫不知彩色　壯兒無巧便
此三皆合死
王曰汝大姧詐殺我夫人答曰王豈不聞更有三種姧詐之物云何爲三
女人三度嫁　出家復還俗　網鳥脫籠飛
此三解姧詐
第四內子攝頌曰

難得爲他事　孤獨事多虛　相違合重打
失去行無益
王曰難得夫人汝令殺卻答曰王豈不聞世
間更有四種難得云何爲四
兔頭難得角　龜背難得毛　婬女難得夫
巧兒難實語
王曰汝爲他事殺我夫人答曰王豈不聞更
有四種爲他人事云何爲四
爲他受寄物　作保及證人　爲行無路粮
愚人作斯事
王曰汝殺夫人令我孤獨答曰王豈不聞更
有四種孤獨之事云何爲四
生時唯獨來　死時唯獨去　遭苦唯獨受
輪迴唯獨行
王曰汝之所作虛多實少殺我夫人答曰王
豈不聞更有四種虛多實少云何爲四
貧苦行他乞　魚子及棗花　秋日起重雲
此虛多實少
王曰汝所作事深是相違殺我夫人答曰王
豈不聞更有四種相違之事云何爲四
光影及明闇　晝夜善惡法　此四於世間
常是相違事
王曰汝合重打殺我夫人答曰王豈不聞更
有四種合打之事云何爲四
帛打先光澤　驢打即能行　婦打依隨壻
鼓打即便鳴
王曰殺我夫人汝可失去答曰王豈不聞更
有四種失去之事云何爲四
風起塵驚去　衆響失歌聲　承事無用人
德處行違逆

王曰汝行不合事殺我夫人答曰王豈不聞
更有四種不合之事云何為四
國王為妄語　醫人患霍亂　沙門起瞋心
智者事迷愚
王曰汝為無益殺我夫人答曰王豈不聞更
有四種無益之事云何為四
無益日下燈　大海中降雨　飽食更重食
承事無事人
第五內子攝頌曰
不應事不觀　不善合驅却　驚怖不歡捨
渴憶難思憂
王曰汝作不應事殺我夫人答曰王豈不聞
更有四種不應為事云何為四
不請強教授　他睡為說法　不應求強求
共壯兒相撲

王曰汝不堪觀殺我夫人答曰我雖不堪觀
更有四種可觀之事云何為四
勇士戰可觀　可觀呪除毒　親會食可觀
可觀能講義
王曰汝殺夫人是不善事答曰王豈不聞更
有四種不善之事云何為四
在家不勤務　出家有貪欲　國主不籌量
大德為瞋恚
王曰殺我夫人汝合驅却答曰王豈不聞更
有四種合驅之事云何為四
御者令車傾　不解量牛力　牸牛多搆乳
婦久住親家
王曰殺我夫人見汝驚怖答曰王豈不聞更
有四種不應怖而怖云何為四
鵂鶹與鸛鴿　白鷗及蒼鷹　如斯四種鳥

恒常有怖心
王曰我無夫人情不歡樂云何汝殺答曰王
豈不聞更有四種不樂之事云何爲四
獼猴不樂村　魚鼈非石山　盜賊非禪室
狂夫猒已妻
王曰汝合棄捨殺我夫人答曰王豈不聞更
有四種合棄之事云何爲四
爲家棄一人　爲村一家棄　爲國棄一村
爲身捨大地
王曰汝殺夫人我之渴憶無滿足期答曰王
豈不聞更有四種不知足云何爲四
火無足草期　及婬他婦女　渴時掬水飲
飲他須難足
王曰汝殺我夫人是難思量事答曰王豈不
聞更有四種難思之事云何爲四
國王瞋難知　途中忽遇賊　家中女婦鬪
難思施物來
王曰汝殺夫人是可憂傷答曰王豈不聞更
有四種可憂傷事云何爲四
老耄帶婬情　惡婦被夫遣　婬女年衰朽
出家有瞋恚　如斯四種事　皆悉可傷悲
第六内子攝頌曰
無猒可愛事　不共戲奪財　不共爭惡心
無依作不信
王曰安樂夫人我觀無猒汝便殺却答曰王
豈不聞更有五種無猒之事云何爲五
國主及象王　名山與大海　世尊身相好
觀時無有猒
王曰夫人可愛汝遂殺之答曰王豈不聞更
有五種可愛之事云何爲五

美貌出名家　温柔不爲惡　婦德皆圓滿
斯人真可愛
王曰不應與汝共爲戲樂殺我夫人答曰王
豈不聞更有五種不可共戲云何爲五
小兒及毒蛇　闇竪偏生子　隨宜無識者
此不應共戲
王曰殺却夫人即是奪我財物答曰王豈不
聞更有五種奪人財物云何爲五
舞樂與醫人　賊及於典獄　王家出入者
此五奪人財
王曰殺我夫人汝今不堪共爲爭競答曰王
豈不聞更有六種不共爭競云何爲六
大富及極貧　下賤極高貴　極遠及極近
此六不應爭
王曰汝有惡心殺我夫人答曰王豈不聞更
有六種惡心之人云何爲六
雖見不相看　違逆不親附　好説他過咎
望報與他財　雖施還擬索　是惡心相狀
王曰汝殺夫人我無依怙答曰王豈不聞更
有七種無依怙事云何爲七
老病憎惡王　老家長惡口　不閑於法律
重病無醫療　不依尊者教　是七無依怙
王曰汝殺夫人不中爲伴答曰王豈不聞更
有七種不中爲伴云何爲七
調戲人樂兒　博弈與婬女　耽酒賊黄門
此七不爲伴
王曰汝殺夫人不中委信答曰王豈不聞更
有七種是難委信云何爲七
深水齊至胭　獼猴及象馬　黑蛇頭髮竪
面璺少髭鬢　於斯七事邊　應知難委信

第七内子攝頌曰

不睡及不欲　九惱無悲心　十惡十相違

十力夫人現

王曰汝殺夫人我不能睡答曰王豈不聞世

間更有八事令人無睡云何爲八

熱病瘦病及咳嗽　貧病思事極懷瞋

心有驚怖被賊牽　如斯八事令無睡

王曰汝殺夫人我不欲汝答曰王豈不聞更

有八種不可欲事云何爲八

病老死飢儉　愛别怨家會　遭罨國破亡

八事人不欲

王曰汝於我處大爲憂惱殺却夫人答曰王

豈不聞世有九種憂惱之事如此等事現在

前時當須舍忍云何爲九

若愛我怨家　或憎我善友　及憎我巳身

已作現當作　九事若現前　當須自開解

勿復生嫌恨　自惱惱他人

王曰汝無悲心殺我夫人答曰王豈不聞世

有十種無悲之類云何爲十

屠牛屠羊及雞猪　捕鳥捕魚獵諸獸

罝兔作賊爲魁膾　斯之十惡無悲心

王曰汝是獰惡人殺我夫人答曰王豈不聞

人有十惡云何爲十

惡聲惡口無羞恥　背親棄恩無有悲

强賊竊盜食難供　常作邪言是爲十

王曰汝作相違事是不可信殺我夫人答曰

王豈不聞更有十種相違之事是不可信云

何爲十

所謂日月火　水童女婦人　苾芻婆羅門

露形者人糞

此中日相違者冬時近下然不極熱春時極遠然能毒熱月相違者若初少時人皆拜禮及其圓大無有禮者火相違者如有熱病更須火炙又如炙瘡火炙方差水相違者如冬月時池水冰冷人皆不飲井水雖煖然人皆飲用春陽之月池水溫煖人皆共飲井水雖冷人不樂飲（此據西方國法論其違順也）童女相違者若未嫁時常憶夫家及其嫁去尋常啼泣而憶本舍婦女相違者若女少年人皆樂見翻將衣帔蓋體而行及至年老八不樂見便露頭面隨路而去苾芻相違者若少年時所餐飲食皆有氣味食已消化然不能得及其年老所餐飲食皆無氣味食不能消然豐供養婆羅門相違者若小童子年七歲時未有欲意而復令其受戒五年專修梵行及至盛年欲情興盛而不禁止方縱行非露形相違者如露形外道若在室中即披衣服及其出外翻更露形人糞相違者若糞濕時水上浮出及其乾燥翻更下沉是謂十種相違之事王言增養如是諸事且不須論我今重問當依實答以何勢力殺我夫人答言大王我於何處得有勢力敢害夫人大王當知彼佛世尊如來應供正遍知明行足善逝世間解無上士調御丈夫天人師佛世尊今有聖者迦多演那是彼弟子彼佛世尊所有智力無能障礙爲梵輪王成就十力殊勝之處具大智慧轉大梵輪於四衆中作師子吼此可方名有大勢力云何爲十所謂處非處如實而知智力由能成就如是智力殊勝之處具大智慧轉大梵輪於四衆中作師子吼是爲初力又於

衆生三世業報若處若事因緣異熟如實而知是第二力又於靜慮解脫三摩地三摩鉢底煩惱淨處如實而知是第三力又於衆生所有根性差別如實而知是第四力又於衆生所有勝解如實而知是第五力又於種種世界如實而知是第六力又於一切處遍行如實而知是第七力又於前生種種生處皆悉憶知所謂一生二生乃至十生二十三十乃至百生千生萬生無量萬生成劫壞劫乃至無量成壞悉皆憶念如是種類如是衆生我所住處其名其族如是飲食所受苦樂如是受生命有脩短死此生彼如是方國昔時生處悉皆追憶如是廣說如實而知是第八力又得清淨天眼超越人間能觀衆生所有生死形色善惡族類卑高生善惡趣隨業而往如實而知若有衆生作身惡行語意惡行謗毀賢聖心生邪見由此惡業爲因緣故身壞命終生在地獄若有衆生作身善行語意善行不毀賢聖心生正見由此善業爲因緣故身壞命終生在天上如前廣說如實而知是第九力又得諸漏已盡於無漏中得心解脫能自覺了證圓滿法我生已盡梵行已立所作已辦不受後有如前廣說如實而知是第十力成就此力殊勝之處具大智慧轉大梵輪於四衆中作師子吼大王此是如來有大勢力餘莫能加是名有力爾時增養說如是等諸要義已猛光大王默然無答增養念曰王既默然一無言說何用多時共相調誑我今宜可將出夫人即便引現流淚盈目稽首王前敬禮雙足以妙伽陀而陳謝曰

生應於此了無常　展轉相承有家法
王法見惡常含忍　國大夫人幸當恕
世間妙語王先聞　我因問答即陳説
王力能調大狂象　况此愛婦乖違事
於夫尊重婦德具　始終共聚唯此一
我比爲主作沉吟　令此夫人見容恕
爾時王見生大歡喜亦以妙伽陀答增養曰
汝宜如是美妙語　皆是於我生愛心
今賞賜汝曲女城　安樂夫人我容恕

根本説一切有部毗柰耶雜事卷第二十四

音釋

坯鋪枚切燒瓦器也　蜇音哲蟲螫也　螫施隻切蟲行毒也　輭乳兗切　疚居又切病也　毯他敢切毛席也　泚淺氏切水清切　鞕魚孟切堅強也　蝦蟇蝦者遐蟇音麻蝦蟇蛙屬　𣫍音搆取牛羊乳也　罝子耶切兎網也　魁膾魁苦迴切膾俱會切魁膾爲首宰殺者　獰泥耕切惡也

根本說一切有部毗柰耶雜事卷第二十五

唐三藏法師義淨奉　制譯

第六門第三子攝頌曰

勇健與寶器　妙光蘭若中　因能活開醫
不度損衆者

佛在廣嚴城獮猴池側高閣堂中時有衆多婆羅門長者等在大集處共爲議論咸作是語沙門喬答摩常懷耽欲及聲聞衆亦復多貪作是語時有勇健長者亦衆中坐聞斯語已答諸人曰此事未知我令仁等自當目驗大師世尊爲是多欲爲是少欲及聲聞衆亦復如是長者歸舍總觀所有金銀器已往詣佛所禮雙足已奉問起居在一面坐爾時世尊爲彼長者宣說妙法示教利喜默然而住長者離座偏露一肩合掌向佛白言世尊願降慈悲并苾芻衆明當就宅受我微供佛默然受時彼長者知佛受已奉辭而去長者亦復請諸外道白言我於明日請佛及僧就舍而食仁等亦可於彼同餐次詣城中婆羅門諸居士等報言我請佛僧及外道衆明於舍食仁等亦可共來隨喜供奉佛僧長者即於其夜備辦種種上妙飲食若噉食若嚼食於晨朝時敷設座席安置水盆齒木豆屑所須事已令使白佛飲食具備願佛知時爾時世尊將諸聖衆於日初分執持衣鉢往詣長者設供之處就座而坐長者共婆羅門諸居士等持好金銀瑠璃玻瓈殊妙盤器欲於佛僧次第行與佛告阿難陀汝今宜去告諸苾芻此是長者意欲試察行四寶盤汝等皆不應受尊者慶喜受教而告苾芻依教竟無一人

輒受其器長者見巳即取赤白銅器次第行與奉上妙食手自供養皆令飽滿飯食訖嚼齒木澡漱巳收鉢器長者便取卑席對世尊坐佛爲說法示教利喜并說施頌鐸歆拏巳從舍而去時諸外道並作非法形儀隨情亂坐不依次第長者即告守門人曰若見外道持金銀瑠璃玻瓈寶器而出門者汝可奪取若言長者與我者答曰與仁暫食非是總施若不還者即可打㩌强奪其器長者便以四寶盤器行與外道彼便高聲從索與我金盤或云授我銀器遂便撩亂忿競交興杖打手擒拳毆脚踏共相淩辱無可觀採長者見巳現瞋怖相令其靜息次行食與彼既食罷各持器去門人遮止答言長者與我汝何見遮答言暫時與食非是長施可留而去彼不肯留門人遂打倍更紛紜䦨囂聲外徹廣嚴城中所有居人男女大小聞是事巳並皆雲會長者告諸人曰仁等頗見佛及苾芻與外道衆差别相不答言我見長者曰佛及聖衆少欲知足非如外道鄙惡法律而相攝誘諸人倍更於佛僧衆深生敬重篤信彌隆設有不信及處中人亦於佛衆起敬信心爾時世尊既到住處洗足巳在大衆中就如常座既坐定後告諸苾芻曰少欲之行有斯勝益故諸苾芻不於金銀瑠璃玻瓈寶器中食食者得越法罪若離欲人隨施主意若是凡夫或往天上或至龍宫彼福業力設食之時皆是金等妙寶盤器無餘雜物苾芻恐犯不敢取食以緣白佛佛言若於其處無餘器物可求得者設金寶器亦應取食勿致疑惑

佛在室羅伐城時此城中有一長者大富多財受用豐足如毗沙門王娶妻未久便覺有娠其妻即於是日形貌光彩異於常時月滿之後便生一女顏容端正人所樂觀令色姸姿衆相具足於其誕日室中明照猶如日光休應嘉聲流遍城邑諸人共議有其長者誕生一女容儀挺特見者樂觀衆相圓滿初生之際室有光明猶如日光於日日中有千萬人發希奇心集長者舍共觀希有于時他方有一相師善閑先兆聞其奇異亦往觀瞻見希有已四顧而望告諸人曰君等知不此女具相舉世皆無準依相書當與五百丈夫共行歡愛諸人報曰看此殊相五百未足爲奇四遠皆聞相師所記競來觀察闐噎街衢是時長者經三七日後爲大歡會命聚宗親爲女立字皆云此女當作何名咸言誕生之際室有明照猶如日光應與此女名曰妙光長者遂使養母八人共爲瞻視廣如餘說乃至童年稍漸長大容華雅麗庠序超倫伎樂管絃無不備習光彩赫奕綺服芬芳於巳宅中鮮明遍照猶如天女處妙花園觀此奇姿儀容可愛威光挺特舉世無雙假使隱遁僊人離欲之輩尚能牽彼起染欲心何況無始時來積集煩惱婬欲增盛年少丈夫而不迷惑其父晝夜及以家人防守嚴更無由得睡時憍薩羅主勝光大王太子大臣并餘國主王子之類咸共問親求爲婚娶由妙光女相師授記與五百人共行欲事皆生譏恥不共成親然於宅中内外人滿門窻戶牖皆共窺看雖備守防難爲禁止長者見巳恐貽家禍情

地無安即便念曰女年長大雖非偶類求者當與人皆恥響靡見祗迎於是長者見無人取心生憂惱病苦嬰纏身形羸損時此城中有一長者大富多財娶妻未久即便身死如是展轉更索餘妻第二第三乃至于七悉皆病死由其先世作妻短命業惡響流布遂令時人與其著字名曰殺婦時殺婦長者獨居難活更覓餘女至彼女家問其婚事父母報曰豈我今欲殺自女耶遂更思量求諸寡婦諸人答曰豈我今欲殺自身乎長者諸處覓婦不得遂於妻室斷絕求心即往外道沙門婆羅門及諸雜類梵行人所與之共住長者念曰我父先是屬佛鄔波索迦更復何煩隨諸外道我今宜可與佛弟子而為共住漸申供養終當出家即便數往逝多林中有舊知識問言汝數入寺求出家乎答曰我今無事已是出家何勞更作彼問其故報曰我一婦死更娶還亡如是二三乃至于七世人著字喚為殺婦並由前世惡業所招我自思量父先屬佛更何所之遂即發心投苾芻眾知識報曰雖知如此然於妻室道理終須若無男女宗胤將絕更可求覓諸餘雜類答曰我欲如何但所求者皆云豈我欲殺女耶若爾何不求諸寡婦答曰比亦見求彼云我豈自殺若如是者妙光美女何不往求答曰相師授記通五百人豈令我家作婬女舍一切丈夫悉皆捨棄報曰汝有信心誰復輒入唯除苾芻時來過顧汝今可問答曰彼多不肯見娶於我報曰彼亦憂勞或相適配長者即去到彼家中彼父見已唱言善來欲何求覓對曰

中心有願未敢在言父曰説亦何損答欲求妙光以爲婚對報言相與即設盛禮以女娶之車馬賔迎將歸室内便以家中所有鎻鑰悉皆付與語言賢首我室舊法歸依佛僧此是福田無餘歸趣汝可隨時數申供給答曰善哉我當隨作時彼長者於日日中延請苾芻就舍而食妙光自手常爲供養若見苾芻顏容殊好色澤超倫者即記在懷是時長者有緣暫須外出報言賢首我於某處有事須行汝於福田供承莫絶答曰如是長者復去報苾芻曰我有他緣須適餘處唯願聖者於日日中就舍受食答言願汝無病我當就食長者行後苾芻就宅是時妙光以夫不在於苾芻前現其姿態作嬌媚相苾芻見已各並食訖還至寺中更相告曰仁等知不過失相現今欲如何一人告曰我明不去彼何所爲一人復曰我乞食人當行乞食諸人云善苾芻明日無一人去後時長者事了歸家問妙光曰聖者福田常來食不答曰一日來食後更不來長者思量豈非此婦於聖者前現嬌媚相彼懼過患是故不來便向寺中慇懃重請答曰我是乞食人可依常法白言聖者我已忖知更不同前恐生過患苾芻便受彼禮而去便於他日苾芻就食長者遂遣妙光入室返繫其戶長者戶外自手授食苾芻食時妙光室内生分别想某甲聖者如是足端如是腨背胷項面目乃至頭頂如是繫念分别便生極重愛染遂被欲火内外燒然遍體汗流奄便命過苾芻食訖如常澡漱爲説頌已辭之而去長者開戶喚妙光曰汝可出來我

欲共食彼既命終寂無言響長者便入見躃于地謂是睡著欲令警覺以手推摩方知命過悲啼哀慘告家人曰我是薄福下品之人如斯寶女忽然見棄可報諸親云女身死宗親既聚悉來號哭椎胷懊惱自撲于地或於長者興罵詈言如是紛紜遂便日晩以五色氎裝飾喪舁送至林所是時去林不遠便有五百群賊餘處行盜來此居停路有一人見賊營已遂生是念妙光美女今已身亡四遠宗親俱送林所忽此群賊因生過患我宜速去報彼令知到林告曰去斯不遠有五百賊欲至於此君等急去勿令相害諸親聞已盛備喪儀令人守護銜悲抆淚各並入城其諸賊旅遂到林傍防守之人隨處逃竄諸賊遥見種種莊嚴皆共往觀無不驚怪去衣共閱見彼容儀雖復神亡儼然如活觀其容貌不異平生共相謂曰斯女妍華昔所未見縱令遠覓此類難求各起染心共行非法即斂五百金錢置側而去至天曉已四遠聞徹妙光雖死餘骸尚得通五百人獲金錢五百諸苾芻衆亦復聞知時諸苾芻咸皆有疑請世尊曰妙光前身曾作何業具足光明初誕之時室皆照耀令雖身死通五百人得金錢五百世尊告曰汝等苾芻其妙光女前身作業終須自受果報熟時無人相代乃至一頌廣如上說汝等應聽此賢劫中人壽二萬歲時有迦攝波佛出興於世十號具足於婆羅痆斯施鹿林住時此城中王名吉栗枳爲大法王安隱豐樂無諸賊盜廣說如餘時彼世尊化緣既盡如薪火滅入無餘依妙涅槃界是時

王及諸人於佛遺身盛興供養焚燒即畢收其舍利起窣堵波縱廣一踰繕那高半踰繕那有居士女見塔形儀極生渴仰遂以明鏡繫相輪中而發弘願願我來世所在生處光明照耀猶如日光隨身而出汝等苾芻昔居士女即妙光是由昔懸鏡發願力故今獲斯果身如日光生時光耀遍滿于室又復應知其身雖死有五百人共爲交會復與五百金錢此昔因緣汝等應聽於往昔時婆羅痆斯王名梵授爲大法王廣如前說當比城中有一婬女名曰賢善顏容端正人所樂見其王親舅先與交通有五百牧牛人至芳園中共爲歡戲各相謂曰我於園中是事皆足唯無少女共作交歡可覓將來衆皆云善欲取誰來皆云賢善即往其所報言少女可至芳園

共爲歡戲報云若得金錢千文我當共去無者不行答曰且取五百待歡戲罷五百方還女云隨意諸人即與五百報云前去我嚴香花著衣服已後即隨行諸人去後女尋生念我若與彼五百人通得存活不已留五百其欲如何遂起異計王之親舅曾與我交若作依憑或容救濟遂令婢使往詣舅邊作如是語我忽失意於五百人取五百金錢許爲歡戲我若與彼五百人通理難存活如其不去倍罰金錢我與親舅先曾得意如何方計得使消通婢到具說舅依王力不令女去亦不還錢于時世間無佛有獨覺者出興于世哀恤貧窮依下卧具隨得而食世間唯有此一福田時此獨覺人間遊歷至婆羅痆斯求寂靜處欲爲安止見五百人一處聚集共見尊

者身心俱寂特異常倫此眞福田卒難遭遇宜興供養以植來因即共籌量辦好飲食盛使滿鉢虔奉聖人獨覺常儀口不說法唯現身相令發善心即騰虛空現諸神變於身上下水火流光凡夫見通疾生信敬猶如大樹崩倒全身禮彼上人各發弘願我於如是眞實福田所申供養以此善根願與賢善婬女假令身死酬錢五百共彼交通汝等苾芻應知往時賢善女者即妙光是昔五百人即五百群賊是由於聖者興供養故復由發願彼之業力於生死中受諸流轉五百生内常與五百金錢共行非法乃至今日妙光婬女其命雖終於彼遺骸還與金錢共行惡事是故汝等當知作業無人代受乃至一頌廣說如前汝等應捨雜業修純白業如是應學諸苾芻衆聞佛說已歡喜奉行爾時世尊作如是念由諸苾芻向如是家受飲食時有斯過患告諸苾芻曰其妙光女由於苾芻起分別想遂令命過是故汝等不應行詣如是人家受其供養生斯過失若有苾芻詣如是家生過失者得越法罪

佛在王舍城有一苾芻是修定者彼便數往阿蘭若修習禪思時有魔女生非法心請苾芻食苾芻不受彼作是語聖者若不見受我當於仁作無益事答言大妹我持戒者汝復何能作無利益彼即對前作不忍聲從是以後常求其便時彼苾芻曾於靜處以納裹身忽然睡著魔女見已作如是念此即是我報怨之時即擎苾芻向影勝王所住閣上王正睡著即以苾芻放在王上王遂驚覺問言是

誰是誰答曰我是沙門問曰是何沙門答曰我是釋迦子王曰聖者何故來此彼即以事具向王說王曰何故於此怖難之處而爲居止若我於佛未生信者必於仁處身命不全亦復能令聖教淪喪彼聞語已默爾而歸告苾芻衆時諸苾芻以緣白佛佛作是念此由苾芻於怖難處而爲居止有斯過患即告諸苾芻大王影勝善說譏嫌是故苾芻不於如是怖難處而爲居止若有住者得越法罪

緣處同前時有苾芻身有癰痤能治醫王因來見患即便爲破有緣別去不與安藥于時苾芻轉增痛苦時諸苾芻見其苦痛更相告曰諸具壽若有解者可爲除苦時有少年苾芻即便爲作醫王自念我向破癰不與安藥今宜可與即行問曰我爲破癰未與安藥答言已作問曰是誰答曰是少年者醫王察看知是好藥報言若於他日我不在時應如是與答曰我且隨宜權行此法然佛世尊未見聽許報言世尊大悲必應開許苾芻白佛佛言若諸苾芻有善醫者應與安藥可在屏處勿令俗見若敞露處作者得越法罪

緣在室羅伐城時有淨信婆羅門居士等來詣寺中問苾芻曰我有如是病當服何藥并噉何食時諸苾芻不解醫者一無言答其善醫者亦復生疑不爲陳說時諸俗旅不藥而去苾芻白佛佛言若有苾芻善解醫方應爲陳說此成無犯

緣處同前爾時世尊現大神變已威伏外道慶悅人天所有外方諸非人衆隨其住處城邑聚落設在世界中間亦皆俱來詣室羅伐

城世尊大師常爲天龍藥叉憍薩羅主勝光大王勝鬘夫人行雨夫人僊授故舊毗舍佉鹿子母更復有餘諸來大衆飲食衣服共申供養令諸來者皆得充足有諸非人亦生愛著咸依此住不還故居若起欲心即便變形爲夫壻像共其婦女而行欲事所生男女作非人形手足頭面異常人像或有其眼赤黑或有頭大身短或有髮色純青或有雜兼黃色其毋見已便大驚惶遂於險處棄其孩子彼非人父見其子時爲加精氣或有初生之際影響人形及其大已作非人像其毋亦復同前棄擲鬼父見時便加養育漸至成人時六衆見已共相告曰難陀鄔波難陀彼諸黑鉢竊我門徒長養成人即便將去我令攝歛如是門徒令諸黑鉢不復牽誘時鄔波難陀於日初分執持衣鉢入城乞食便於路次見黃髮人即作是念如此形儀非黑鉢所養若出家者我當度脫即便就彼問言賢首汝誰家子答曰我無依怙唯獨一身若如是者何不出俗答曰誰復與我黃髮之人作出家師主報言賢首大師教法以慈悲爲上汝若能者我當與汝爲出家師彼生喜悅隨至寺中即與出家并近圓事於數日内教行法已報言賢首汝可不聞鹿不養鹿室羅伐城土地寬廣父所行處乞食資身以自存活即於他日執持衣鉢入城乞食時有女人持食出施見彼苾芻椎胷告言誰與仁者黃髮之類而爲出家答曰鄔波馱耶鄔波難陀報言除彼惡行誰更能於世尊教法令生過患諸不信者於衢路中村坊之所共爲譏誚沙門釋子

所爲非法黃髮之輩亦度出家苾芻白佛佛作是念由諸苾芻度如是人出家有斯過失是故苾芻不度黃髮告諸苾芻時諸俗旅訶成宜應法是故苾芻不應與彼毀法衆人而爲出家若有作者得越法罪如佛所説如是等類不與出家苾芻不知何謂毀法衆人佛言有二種鄙惡毀辱法衆云何爲二一謂種族二謂形相言種族者謂家門族胄下賤卑微貧寒庸品客作自活飲食不充或旃荼羅卜羯娑木作竹作浣衣沽酒獵師等類是名種族鄙惡云何形相謂髮有黃青赤白或髮如象毛或復無髮或復頭麤長匾或作驢頭或猪狗頭或作諸傍生耳或復無耳或時眼有諸病謂黃赤太大小等或時眼瞎耳聾或時牙齒有病或復無齒或復截根二根下墜風病或復全無或身太麤太細或羸瘦或皮色可惡或時手足不具或疥癩等病斯等皆是大僊所遮不應度脫如有頌言

汝於最勝教　具足受尸羅　至心當奉持
無障身難得　端正者出家　清淨者圓具
實語者所説　正覺之所知

時鄔波難陀持其黃髮賣與戲兒佛言若賣髮者得窣吐羅底也罪

第六門第四子攝頌曰

馱索等三同　忘由緒并問　大神通大藥
刀子下天宮

縁在室羅伐城時具壽鄔波離有二求寂一名馱索迦二名波洛迦此二相親情懷莫逆一告一曰汝可近圓我於親教并及汝身皆爲給侍不令有乏彼聞語已亦如是説時此

二人更相護惜竟無一人受近圓者時具壽鄔波離請世尊曰大德頗得一親教師一屛教師一羯磨師得與弟子二人同時受近圓不佛言得此二誰大佛言無有大小得與三人同受不佛言得此三誰大佛言亦無大小得與四人同受不佛言不得何以故非衆爲衆而作羯磨理相違故若如是作者得越法罪世尊此等諸人既同時受無大小者云何致敬及爲知事人并受利物佛告鄔波離此等諸人不應相禮若作知事及受利物隨他差與而領受之

緣處同前時鄔波離請世尊曰大德當來之世人多健忘念力寡少不知世尊於何方域城邑聚落説何經典制何學處此欲如何佛言於六大城但是如來久住大制底處稱説無犯若忘王等名欲説何者佛言王説勝光長者給孤獨鄔波斯迦毗舍佉如是應知於餘方處隨王長者而爲稱説若説昔日因緣之事當説何處應云婆羅痆斯王名梵授長者名相續鄔波斯迦名長淨隨時稱説若於經典不能記憶當云何持佛言應寫紙葉讀誦受持

根本説一切有部毗柰耶雜事卷第二十五

音釋

鐸欱拏 鐸達各切欱丘奇切拏尼家切 攃 子括切手把也 拳毆 毆於口切拳毆以拳擊也也 恤 思律切愍也 適配 適施隻切相當也配滂旆切合也 抆 亡粉切拭也 癰痤 癰於容切癤也痤祖禾切小腫也 敞 昌兩切谿也

根本說一切有部毗柰耶雜事卷第二十六

唐三藏法師義淨奉 制譯

第六門第四子攝頌之餘

佛現大神通事

爾時薄伽梵在王舍城羯蘭鐸迦池竹林園住于時國王大臣婆羅門長者居士城邑聚落所有人民商主之類皆共尊重恭敬供養大師世尊及苾芻衆多獲利養飲食衣服卧具醫藥資身之物然諸外道不蒙王臣婆羅門等之所恭敬不獲飲食乃至資身之物時魔王波旬作如是念我於長夜惱喬答摩不能得便我今宜可於諸外道而爲惱亂是時六師晡刺拏等非一切智作一切智慢亦於王舍城依止而住魔王波旬即便化作晡刺拏形往末羯利瞿舍梨子處即於其前現諸神變身出水火降雨雷雹時末羯利瞿舍梨子問言晡刺拏汝能成就如是希奇殊勝之德答言我證如是復往珊逝移阰刺知子處復往阿市多雞舍甘跋羅處復往脚拘陀迦多演那處復往昵揭爛陀慎若低子處皆於其前現諸神變身出水火降雨雷雹又復變作末羯利瞿舍梨子形皆往其處即於其前現諸神變身出水火降雨雷雹彼皆問言末羯利瞿舍梨子汝能成就如是希奇殊勝之德答言我證又復變作珊逝移阰刺知子形皆往其處廣說如前乃至答言我證次復變作阿市多雞舍甘跋羅形如前所說次復變作脚拘陀迦多演那形次復變作昵揭爛陀慎若低子形皆於其前現諸神變身出水火降雨雷雹彼皆問言汝能證得如是希奇殊

勝之德答言我證見是事已彼皆自作如是之念彼並具大威神有殊勝力除我一人無斯盛德彼於異時此六大師在唱誦堂悉皆聚集共爲議論咸作是説我等昔時皆爲國王大臣婆羅門居士商主之類皆共尊重恭敬供養多獲利養飲食衣服卧具醫藥資身之物我等今時無復如是恭敬供養飲食衣服悉皆斷絶然而沙門喬答摩爲諸王等恭敬供養資身之具悉皆豐足諸人當知我等應以神通道力喚沙門喬答摩令來共我捔上人法若喬答摩現一神變我當現二彼若現二我當現四彼若現四我當現八彼若現八我現十六彼現十六我現三十二但是喬答摩現上人法我皆二倍三倍勝彼所爲時彼六師詣影勝王所呪願王已作如是語大王當知我等具大神通有大智慧沙門喬答摩亦復自稱具大神通有大智慧願王聽許以智慧者共智慧人捔量神變上人之法若其沙門現一變時我當示現二倍三倍神通之事若彼行至半路之時我等就彼亦行半路共捔神通時影勝王答六師曰仁等雖存死屍無異因何能以上人之法喚如來耶彼聞是語皆辭而退後於異時王出大城爲禮敬故往至佛所六師遂於中路見影勝王作如是語廣如前説請捔神變王曰兩度來説事不可追若更言者擯汝出界彼便黙去至住處已復還共議仁等當知王於沙門深生敬信此不可期憍閃毗勝光大王爲性中平無有阿曲衆所共聞若喬答摩向彼城者我等喚其捔神通力後於異時世尊隨緣出王

舍城往室羅伐漸次到彼住給園中六師外道亦隨後至既停息已詣勝光王所爲呪願已作如是語大王當知我等有大神通具大智慧沙門喬答摩亦常自謂有大神通具大智慧願王聽許以智慧者共智慧人捔量神變上人之法若其沙門現一神變我當現二如是乃至三十二倍廣如前說若彼行至半路之時我等亦行半路共捔神通時勝光王答六師曰若如是者仁等且住待我白佛時王即往至世尊所禮雙足已在一面坐合掌恭敬請世尊曰外道六師欲以神通上人之法命召世尊捔量道德唯願慈悲降伏外道慶悅人天令信心者歡喜踊躍其不信者滅罪惡源大師聞已告勝光王曰大王當知我於聲聞弟子作如是說汝等苾芻勿於來往沙門婆羅門長者居士等前現其神變作上人法然我於諸弟子說如是法汝等苾芻於勝善法應須掩覆罪惡之事發露爲先時勝光王如是再三勸請世尊世尊再三還如是答佛告大王佛有五事必定須作云何爲五一者未曾發心有情令彼發起無上大菩提心二者久植善根法王太子灌頂授記三者於父母所令見眞諦四者於室羅伐現大神通五者但是因佛受化衆生悉皆度脱爾時世尊復作是念古昔諸佛皆於何處現大神通見在室羅伐城復念何時大衆雲集見七日後如是知已告勝光王曰王今應去觀機應會我當作之王曰欲在何時佛言待七日後王禮佛足奉辭而去便詣外道處告言仁等當知七日之後如來爲衆現大神通仁等

若有所爲事者隨意應作外道聞已展轉共議沙門喬答摩或可逃竄或覓已朋我等亦可覓相知者于時俱尸那城有一外道名曰善賢其年衰老一百二十歲時此城中有諸壯士皆於善賢恭敬尊重深心供養謂是阿羅漢時諸六師共籌議已即詣善賢處問言善賢仁是我輩同梵行者我等欲召沙門喬答摩共捔神力現上人法仁可相助答言仁等所作非宜共彼沙門捔其神變何以故彼是大德有大力勢如何得知由有理故問言何理答曰若大沙門未出世時我念曾於晏陀枳你大池之側隨處宴坐於晨朝時乞食已就無熱池邊遂靜而食時彼池所有天神住便自取水來相供給沙門喬答摩既出世後彼聲聞弟子最爲第一名舍利子彼有求寂名曰準陀持糞掃衣就無熱池而爲洗濯時池邊諸天即爲浣濯持衣授與其浣衣水用自灑身極生恭敬如我惟忖我不及彼弟子弟子仁等今欲喚彼大師共捔神力誠非善事彼聞議言此亦是彼沙門朋黨更覓餘人共爲籌議時諸六師詐現敬相即辭而去遂便詣一寂靜之處共爲議曰何處更欲覓我朋流一人告曰於某城內有一五通宜可就彼共爲計策必當相助一人報曰彼無力能現諸神變然於雪山寂靜之處茂林清池花果繁實松風吐韻好鳥和鳴彼有五百僊人依止而住其中多是證得五通我等宜可詣彼共議既至彼處相問訊已白言仁等與我同修梵行我等今欲喚彼沙門喬答摩共捔神通上人之法仁與我等爲伴助不彼皆

答曰斯爲善事我願共成大集之時應現異相我見相時即行相助爾時六師敬奉其説辭之而去後於異時勝光王有異母弟王子名曰哥羅整服香鬘具諸瓔珞於王宅邊近城而過王之内人在高樓上見哥羅去愛其美貌便以花鬘遥擲王子花墮肩上餘人共見有怨惡者見是事已遂白大臣臣白王曰王子哥羅於王内人有私情好王聞造次初不詳審即令大臣刖其手足彼承王教將詣市中令魁膾者截其手足時彼親族及諸人衆皆共悲啼驚其苦切圍遶而住時有外道在傍直過王子諸親請外道曰哥羅王子被王所瞋截其手足仁等頗能以實語力令此王子所截手足平復如故耶外道聞已黙然無對尊者阿難陀因行乞食亦來此過諸親報曰王子哥羅被截手足聖者頗能令其平復同昔日乎尊者答曰君等且住待我白佛還來相報諸人聞已生大歡喜作如是語王子令時還得壽命時阿難陀即便疾去往逝多林置鉢飯已詣世尊所具陳上事佛告阿難陀汝今宜去令彼眷屬以王子手足如舊安置然後方以實語請之應如是説眞實之語所有衆生無足二足及以多足若有色若無色若有想若無想非想非非想如來於中最爲第一所有諸法若有爲若無爲無染欲法最爲第一所有大衆群類聚集然於其中佛聲聞衆最爲第一所有戒禁精勤苦節修行梵行清淨聖戒最爲第一此之實語若不虚妄當令王子哥羅所截手足平復如故時阿難陀聞佛説已白言世尊當如是作禮佛

足已即便往彼哥羅之處令其眷屬以彼手足如舊安置時阿難陀如佛所教以實語請之作如是說所有衆生無足二足等廣如上說乃至清淨聖戒最爲第一此之聖言無虛妄者即可令此王子哥羅所斷手足平復如故作是語已王子手足即便平復時諸人衆見是事已悉皆踊躍出大音聲歎未曾有尊者阿難陀勝諸外道即將王子往詣佛所禮雙足已在一面立白言世尊大德此是王子哥羅于時王子亦禮佛足在一面坐爾時世尊順其根性意樂差別而說法要王子聞法證不還果并得神通時勝光王聞尊者阿難陀爲哥羅王子說實語力手足如故即詣哥羅所告言王子汝容恕我答言容恕王曰哥羅可來歸舍答言大王我已離欲今於此住奉侍如來不應歸故王言善哉隨情所作時王即爲於一林中造經行處即於中住以彼支節分分相連即名此林爲分分林時勝光王往詣佛所禮佛足已在一面坐白言世尊若佛許者始從城門至逝多林所作現神通舍佛言任作王即造舍塗拭修營張設百千殊妙幢蓋灑以栴檀香水散以無價名花懸諸彩旛飄飄可愛金珠曜日寶鐸和鳴燒海岸香煙雲成蓋猶如忉利歡喜之園爲佛世尊即以金銀瑠璃玻瓈碼碯種種莊校盡世希奇微妙莊嚴寶師子座時彼外道鄔波索迦亦各隨力爲彼六師造其六座皆以外道而爲侍從在前居座遣使報王大王當知我等已至可喚沙門喬答摩王聞告已即與中宮及王大臣并諸城邑遠近人庶悉皆共詣

神通舍所王告使者摩納婆曰汝往禮佛當傳我語請問世尊少病少惱起居輕利氣力安不作如是白此諸外道並皆集會願佛知時使者摩納婆受王教已往詣佛所問安隱已在一面坐白言世尊勝光大王頂禮佛足請問世尊少病少惱起居輕利氣力安不佛言願彼大王及汝自身無病安樂摩納婆曰勝光大王作如是白此諸外道並皆集會願佛知時佛告摩納婆汝今可去爾時世尊以神通力加被摩納婆猶若鵝王舒張兩翼上昇虛空往神通舍時諸大衆見乘空來悉皆踊躍歎未曾有王見希奇深心敬信告諸外道曰如來大師已現神變仁等次第可現希奇彼言大王今既無邊大衆雲集設現神變未知是誰爲是沙門爲是我等時哥羅王子

以神變力往香醉山取彼種種奇妙林樹花果滋繁好鳥和鳴隨樹而至於神通舍北面安置王見是已特生希有告外道曰如來大師已現神變仁等次第亦可現之彼言大王豈不前言今既無邊大衆雲集設現神變未知是誰次有貧人蘇達多長者以神通力於三十三天取如意樹於神通舍南面置之王見是事倍生歡悅告諸外道曰如來大師已現神變仁等可爲外道答曰大衆既多誰知勝負我及沙門未能分別時有百千遠近方國種種人民悉皆雲集會於虛空中有百千億諸天大衆亦皆雲聚樂觀神變爾時世尊暫出房外淨洗足已復入房中就座而坐入火光定遂於門鈎孔中出大火光至神通舍悉皆火著諸外道言大王是沙門現神通事

所住堂舍皆被火燒喚彼沙門來滅其火王聞默然竟不能答懷憂而住如是勝鬘夫人行雨夫人僊授故舊給孤長者毗舍佉母更有諸餘淨信之類及處中人悉皆驚愕諸外道師并彼弟子見大火然悉皆歡喜時彼火光咸悉遍燒神通之舍除其塵垢皆令清淨光明更甚一無所損自然火滅由佛神力及天力故時王見已倍發歡心如死重甦便命外道曰如來大師已現神變仁等今可出已神通彼便默然低顏無對爾時世尊遂便作意即以右足踏其香殿西方名佛所住堂爲健陀俱知健陀是香俱知是堂此是香室香臺香殿之義不可親觸尊顏故但喚其所住之殿即如此方王階陛下之類然名爲佛堂佛殿者斯乃不順西方之意是時大地六種震動纔動正動極動纔震正震極震東涌西沒西涌東沒北涌南沒南涌北沒中涌邊沒邊涌中沒由斯大地普遍動故於雪山內五百僊人見瑞相已悉皆驚覺共相謂曰彼同梵行者現斯瑞相我等宜行即便進發世尊爲彼所化生故便放金色微妙光明從世尊所至五百人於此中間無不明照時諸僊人遙見世尊圓光妙彩如寶山王千日澄輝莊嚴具足三十二相照輝金軀八十種好隨形炳飾時彼諸僊見佛相已心便澄定如久習禪如無子得子貧人獲寶如樂王者受灌頂位亦如有人宿植善根最初見佛時諸僊人既至佛所禮雙足已在一面坐爾時世尊依彼根性隨機差別順四諦理而爲說法彼聞法已以智金剛杵摧二十薩迦耶見山獲預流果既見諦已即從座起合掌恭敬白言世尊我於佛所願得出家并受近圓成苾芻性於

大師所而修梵行爾時如來即命善來苾芻可修梵行於佛言下鬚髮自落如曾剃髮巳經七日法服著身瓶鉢在手威儀具足如百歳苾芻即如法教授彼自策勵精勤不息摧五趣苦輪斷諸煩惱證阿羅漢果廣說如餘乃至帝釋諸天所共敬重爾時世尊與此五百僊人羅漢苾芻及餘苾芻衆天龍八部前後圍遶往神通舍於大衆前昇師子座時有鄔波斯迦名神僊母來詣佛所白言世尊唯願大師勿煩神慮我自與彼外道之類共捔神通現上人法伏諸外道慶悅人天令敬信者心得歡悅其不信者爲結因緣佛告神僊毋曰無煩汝意汝雖有能得與外道共相摧伏現神通事然諸外道作如是說非沙門喬答摩能現神變但是聲聞女人現如是事作上人法汝今應坐時貧蘇達多長者求寂準陀求寂女緫髻蓮花色苾芻尼更有無量諸神通者皆詣世尊同前啓請佛如前答令其復坐時大目連合掌向佛白言世尊願勿爲慮我共外道捔其神變現上人法摧伏外道增長人天佛告目連知汝神力能摧外道然彼外道作如是說非沙門喬答摩能現神變但是聲聞大目乾連有斯威德能現神通共我爲敵汝宜復坐佛告勝光王曰誰請如來共諸外道捔神變事時王即起偏露右肩合掌向佛白言世尊我今請佛共諸外道現其神變上人之法降伏外道慶悅人天令敬信者倍復增長其未信者作信因緣令於未來沙門婆羅門人天大衆皆蒙利益長夜安樂佛受王請黙然而住王知受巳復座而坐爾

時世尊便入如是勝三摩地便於座上隱而不現即於東方虛空中出現四威儀行立坐卧入火光定出種種光所謂青黄赤白及以紅色身下出火身上出水身上出火身下出水如於東方南西北方亦復如是現其神變既現變已即還攝於師子座依舊而坐佛告王言此是諸佛及聲聞衆共有神通大王誰請如來對諸外道及人天衆當現無上大神變事王從座起還復同前作如是說我請世尊爲諸大衆當現無上大神通事降伏外道廣說如前佛便黙然王知受已復座而坐爾時世尊便以上妙輪相卍字吉祥網鞔其指謂從無量百福所生相好莊嚴施無畏手以摩其地起世間心作如是念如何諸龍持妙蓮華大如車輪數滿千葉以寶爲莖金剛爲鬚來至於此諸佛常法若起世俗心時乃至蜫蟻亦知佛意若作出世心聲聞獨覺尚不能知況禽獸類及以諸龍能知佛念時彼龍王知佛意已作如是念何因世尊以手摩地知佛大師欲現神變須此蓮花即便持花大如車輪數滿千葉以寶爲莖金剛爲鬚從地涌出世尊見已即於花上安隱而坐於左右邊及以背後各有無量妙寶蓮花形狀同此自然涌出於彼花上一一皆有化佛安坐各於彼佛蓮花右邊及以背後皆有如是蓮花涌出化佛安坐重重展轉上出乃至色究竟天蓮華相次或時彼佛身出火光或時降雨或放光明或時授記或時問答或復行立坐卧現四威儀佛神力故假使童兒亦能現見如來影像爾時世尊現神變已勝光大王

及内宫女王子大臣及諸城邑他方遠客無量百千無數大衆悉皆雲集瞻仰神通目不暫捨於虚空中亦有無量百千諸天大衆共觀神變不改威儀恭敬供養情無暫替處處皆有鼓樂音聲螺貝長鳴歌舞遍發假令禽獸亦皆歡喜各出音聲馬嘶象吼驢叫牛鳴孔雀鴛鴦各爲哀響人天大衆觀佛神變歎未曾有時彼諸天於虚空中奏諸天樂亦散衆花所謂鉢頭摩花拘物頭花分陀利花曼陀羅花以天沉水栴檀香末及以諸香悉皆散布以天妙衣及人間上服繽紛而下爾時如來廣現如是神變事已爲欲調伏受化有情故説伽陀曰

汝當求出離　於佛教勤修　降伏生死軍
如象摧草舍　於此法律中　常爲不放逸
能竭煩惱海　當盡苦邊際

自餘所有衆多化佛一時宣説如是伽陀

日光若未現　爝燿粗舒光　曦輪上太虚
爝火從斯没　如來光未顯　外道出希奇
佛光照世間　降伏師弟子

爾時世尊告諸苾芻曰所有神變汝等憶持大神通事今將隱没説是語已神變皆無時勝光王告六師曰大師世尊已現神變仁等今者可作神通時外道晡剌拏默無所答即便以肘觸末羯利瞿舍梨子如是向末展轉相觸乃盡六人竟無一人敢爲應對再三王命令現神通時彼六師還相築觸同前默爾縮項低頭如入深禪竟無酬酢時金剛手大藥叉主作如是念此六癡物久惱世尊須作方便令其改往更不敢然悉皆逃竄作是念

已即放猛風雨雹交注彼神通舍隨處崩摧外道邪徒並皆離散或有驚怖入山穴中林樹草叢潜藏而住或入天堂祠室抱腹懷憂佛神通舍一無傾動爾時世尊觀是事已説伽陀曰

衆人怖所逼　多歸依諸山　園苑及樹林
制底深叢處　此歸依非勝　此歸依非尊
不因此歸依　能解脱衆苦　諸有歸依佛
及歸依法僧　於四聖諦中　恒以慧觀察
知苦知苦集　知永超衆苦　知八支聖道
趣安隱涅槃　此歸依最勝　此歸依最尊
必因此歸依　能解脱衆苦

爾時世尊觀諸大衆根性差别隨眠各異爲其説法令彼聞已無量百千億數大衆得殊勝解或得初果二果三果阿羅漢果或有發聲聞菩提心或有發獨覺菩提心或發無上菩提心於大衆中所有衆生皆悉至心歸向三寶世尊爲彼大衆説法示教利喜所作事了從座而去時有晡剌拏等弟子與其師主在於一處問其師曰鄔波馱耶何者爲實時諸六師各生欺誑共相調弄作如是語世間是常此爲實事又有説言無常是實又云亦常亦無常又云非常非無常是謂爲實又云有邊無邊又云亦有邊亦無邊又云非有邊非無邊又云身中有命又云異身有命又云死後有我又云無我又云亦有我亦無我又去非有我非無我唯此是實餘皆虚妄雖説此語情多恥愧低頭俛仰憂火燒心欲求水飲便往池所於其半路有一黄門見而頌曰

汝今獨行何處去　狀同相觸折角牛

釋迦妙法不能知　亦如野牛隨處走
時晡剌拏聞此頌已亦便説頌
一死常在我目前行　我身無有强健力
諸有輪迴受苦樂　我今解脱求安處
日光極熱吐炎暉　我今身心並疲倦
汝當無諂直相報　何處得有清涼池
黄門聞已復説頌曰
近此即有清涼處　鵝鴨鮮花皆遍滿
汝是極惡生盲者　不見芳池共相問
晡剌拏復説頌曰
汝今非男亦非女　向池之路不相教
我速須往覓清涼　求歇身心諸熱惱
時彼黄門教其路已晡剌拏即詣池所既至池已以沙瓨繫頸入水自沉因即命過時彼弟子更相問曰仁等頗有見我鄔波駄耶不皆云不見又相問曰仁等頗曾見鄔波駄耶有所説不一人答曰見説世間皆常唯此是實餘皆是虚又云我説無常又云亦常亦無常又云非常非無常又云有邊又云無邊又云亦有邊亦無邊又云非有邊非無邊如前具説時諸弟子共相謂曰仁等應知所有言説悉並不同我今宜可覓親教師問其實事即便求覓於其中路見童女來伽陀問曰
賢首汝頗見　晡剌拏大師　不將衣覆身
立地手中食
童女聞説即以伽陀而答之曰
彼是地獄人　展手從他乞　手足皆白色
見在水中沉
弟子亦以頌曰
汝勿作是語　斯爲不善説　以法作衣裳

牟尼依法住
童女復答
露體人間行　誰將此爲智　令他衆共見
了無羞恥心　靦面露身形　便將此爲法
毗沙門王見　刀割定無疑
時諸弟子聞是語已默爾而去即詣池所見其師主以沙瓨繫頸沉没而亡弟子之中有樂戒者共作是說此事是實餘皆虛妄亦以沙瓨繫頸自沉而死所有餘衆並皆四散依止邊方佛現如是大神變已人天大衆悉皆歡喜

根本說一切有部毗柰耶雜事卷第二十六

音釋

晡剌拏　梵語也亦云富蘭那外道六師之名晡博孤切剌音辣拏女加切
捔　訖嶽切校也
刖　魚厥切斷足也
愕　五各切驚遽也
勵　力制切勉力也
蜫蟻　蜫音昆蟲之總名蟻魚紀切
鴛鴦　鴛於袁切鴦於良切
爝燿　爝即約切火炬也燿弋照切光也
縮　所六切斂縮也
酬酢　酢疾各切酬酢猶問答也
靦　他典切無恥也

根本說一切有部毗柰耶雜事卷第二十七

唐三藏法師義淨奉　制譯

第六門第四子攝頌之餘

明大藥事

爾時世尊以其無上神通變化利益之法降諸外道皆令退散默無所說逃竄邊方時諸苾芻見是事已咸皆有疑請世尊曰如來大師以神通力然正法炬摧妄見幢降伏邪徒實成希有善哉大聖不可思議能作如是大利益事世尊告曰汝等應知如我今者已除三毒具一切智得大自在到於彼岸獲無上果調御丈夫爲人天師令彼退散未成希有何以故我念過去未離染欲瞋恚愚癡生老病死憂悲苦惱具纏縛時尚能降伏六師眷屬不敢酬答逃竄邊方乃至淪没汝等苾芻宜應諦聽乃往過去有鞞提醯國王名善生以法化世廣如餘說時王夫人容貌端嚴王極愛寵及誕一子人皆樂見此子福力於其國中風雨順時穀稼豐稔飲食易得經三七日乃命親屬方爲立名王作是念此兒生已飲食易得應與此兒名足飲食即以此子付八養母如法供給至年長大世間伎藝悉皆通達勇健忠良人無過者彼大夫人恃子之勢頗生怠慢王有教令多不順從王由是事每有憂色時大臣等見王不悅白言大王何故似懷憂悒王即爲臣具說其事臣曰若如是者何不更娶調柔具賢德者令大夫人漸亦和順王曰於何處娶臣曰隣國王女宜可娶之王曰彼有宿嫌如何婚娶臣曰善作方便令彼相親王且安心臣往觀察大臣即去

見隣國王既至彼已問其婚事彼王聞已報大臣曰若作婚姻可先立要我女生子立作儲君不相違者我當妻與大臣答曰伏從王命王曰卿可還國報彼王知許斯要者重來相見答曰策國太子皆由大臣既有誠言敢有差二遣信白王時王聞已備禮迎歸情甚相得王曰此女調柔極相恭順問言今何所欲即便合掌白言大王若賜顧者我若生子請作儲君王聞是言遂生憂惱作如是念今此所求我若許者足食王子勇健忠良多閑伎藝容貌超絶舉世無雙云何棄此別有建立我於今時誠難取捨未即相答于時大臣觀王容色知有憂念白言大王何故憂色王便以事告大臣曰此不足憂我先求婚已共立要今隨所欲勿問彼情未審夫人非石女不設使生者男女未知彼所願求王今宜順王告夫人隨汝所願於彼未久夫人生子端正異常三七日後方與立字諸親共問今此孩兒欲立何名王曰此子未生已求王位應與立字號曰求王付毋八人令其供侍年漸長大仍未策立夫人本國怪王違信即遣使人來報王曰先有盟要我女生子立作儲君今正是時請存言信若不爾者我嚴四兵必相討伐王聞驚怖計無所出生大憂愁臣曰王何憂色王即具告臣臣言大王更無餘計宜立求王以爲太子足食王子宜即可除王曰不應如是作非法言我曾聞有殺父之子未曾見說殺子之父此不仁事非我所爲臣曰不能殺者可爲殘害王曰此與斷命事亦何別臣曰如其不然請遠驅擯王曰善人無

罪何事遷流臣曰欲求其過豈不易得然此王子且立儲君太子足食自當知也時王即便選擇吉日立彼求王以爲太子足食知已遂作是念王棄於我任必見誅遂謁其母具陳此意我今欲向半遮羅國冀延形命母聞是語心如箭射前抱兒頸驚惶悲涕即以伽陀告其子曰

汝本坐臥高牀褥　所著衣服並鮮華
云何獨去向他方　麤衣寢地能存活
汝比睡覺常安隱　涼宮綺觀任遊從
云何寒熱冒肌膚　野外飄零獨辛苦
王宮象馬任乘騎　珍羞美膳隨時食
上妙衣服袪寒暑　云何棄此往窮林
鼓樂絃歌恒遞奏　能令聽者悅心神
衆人敬仰鎮隨從　汝獨懷憂欲何去

王子答曰

誰恒受安樂　誰復常艱苦　厄屈人皆有
倚伏必相隨　苦樂更遷變　常如星漢迴
會合憂苦生　世法皆如是

是時王子以如是等悲苦言辭白其母已即便辭去往半遮羅將至彼國苦於飢渴遂往路邊樹下停息四顧茫然偃臥而睡時半遮羅大臣因有行次至王子所察其儀範有異常倫佇立久之觸令睡覺問曰汝是何人誰家之子答曰我是鞞提醯國王之子名足飲食報曰何故來此王子即便以事具答近臣知已引至王所白言大王此是善生王子名足飲食其父立少廢長出奔於此王遂喚問于時王子具以緣白王既聞已悲喜交集歡喜慰喻廣賜封邑以女妻之未經多時生一

男子容儀可愛衆歎希奇誕生之日令王國中飲食易得乃命宗親與其立字此是足食王子之胤纔生之後多足飲食應號此兒名多足食王付八毋令其瞻侍後既長大才藝遍通足食王子尋便殞逝妃常追悼悲不自勝王見如是即便念曰女人之性皆念丈夫我今宜可改醮大臣并息隨去既至彼家歡懐得意近大臣家有雞栖宿相師見已作如是語若其有人食此雞者當得爲王大臣聞已不問相師便殺其雞謂其妻曰汝可營膳待我朝還夫人即令烹煮時多足食從學堂來不見其毋爲飢所逼見有沸鐺便作是念我毋未來暫觀鐺內有可食不遂見雞頭即便截取以充小食毋既來至問言食未答言目食雞頭毋即與食令歸學所大臣既至云我須食夫人與肉不見雞頭即問其故答曰兒來食訖臣作是念爲全食肉方得爲王爲少亦得既生疑念便於行路訪問相師見而告曰仁於先時作如是記若食雞肉便得爲王爲當全食少食亦得答曰雖不全食食頭即得若其有人已食雞頭若殺彼人取頭食者亦得爲王大臣聞已便作是念可殺此兒取頭充食若毋不知此事難作先當問毋其意如何後因語次戲問妻曰夫主與子欲誰爲王其婦聞説遂生猜慮作如是念我今若道以子爲王此人即便棄擲於我今時宜可順彼爲言答曰寧使夫主爲王此之女人聰明解慧預審先機云此大臣爲雞頭故欲殺我子今正是時須爲防護可共預計勿使身厄即於屏處報其子曰汝食雞頭父欲相殺

可捨此國向轉提醯彼即是汝祖宗舊處親姻眷屬並悉現存汝若至彼必受安樂子聞告已俛仰辭母往轉提醯欲至彼城於一樹下困乏而睡于時求王身嬰重病因即命終彼國舊法若未立嗣王靈昇不出王無後嗣不知立誰時諸群臣咸皆訪問誰堪爲主我今欲立時大臣等於樹陰下見彼丈夫瓌偉異常人間罕匹日光雖度樹影不移衆人共觀咸歎希有此之男子妙相端嚴更無過者樹影留覆固是非凡可觸令寤彼既覺已問諸人曰何故相驚答曰仁合爲王故相覺耳報曰覺王之法豈合如然諸人問曰其法如何答曰先奏美音漸令覺悟群臣聞已作如是念此非貧子定出高門即共問曰仁住何方誰家之子時彼王子年雖弱冠壯氣先成如師子王高聲爽亮自述祖宗告諸人曰我昔先主名曰善生子號足飲食我是其兒名多足食時六大臣聞是語已皆生踊躍咸云我等今者還得本王盛備威儀廣陳音樂十軍萬衆從入城中灌頂稱王化洽黎庶舊多足食斯名遂隱由宗重起號曰重興年幼爲王諸臣見慢所有勑令多不奉行王於暇日出城遊觀聚落居人並皆存問此等是誰所管封邑答曰咸是某甲大臣所有便生念曰城邑聚落咸屬大臣我雖是王但有宮闈及食而已自餘國產並皆無分有乖國憲將如之何時有天神知王所念空中告曰王不須憂於此國中有一都處名曰滿財城內有人名曰圓滿當生一子號爲大藥成立之後與王共理臨機制斷無遠不伏王極快樂垂拱

安神時王令使往滿財城訪問圓滿爲有爲無若其有者應觀彼妻爲有娠不使者受命即往尋求見其夫主問婦有娠使還奏曰是事非謬彼婦懷娠王既聞已即令使去召圓滿來善言慰喻即以此城賜爲封邑告曰汝婦有娠好須養護勿令傷損月既滿已便誕一男形貌端嚴世間無比三七日後欲爲立名諸親議曰未知此兒欲作何字毋便告曰我抱宿疹遍問諸醫雖進湯藥竟無瘳損及懷此子病苦即除宜與孩兒名爲大藥毋說頌曰

於諸患苦中　大藥最爲勝　此是藥中妙
可名爲大藥

後時其父肩擎大藥詣池澡浴於其道上見有魚骨謂是寶珠蹴之令出大藥報曰

見地有魚骨　脚蹴謂眞珠　自業不肯修
強覓他遺寶　他所棄魚骨　斯非是寶珠
豈有毗沙門　棄珠於道上

父將大藥既至池已置於岸上脱衣入水見白鶴鳥在荷葉上便作是念我取此鳥即欲前就鳥遂高飛大藥報曰

鳥居荷葉上　見父已高飛　無宜更近前
欲取他生命

又於他日肩持大藥往殑伽河方爲洗浴既至河所置兒岸上脱衣入河有大銅鉢隨流東下時有白鵝蹲居其上父見生疑不知何物顧問其子大藥報曰

殑伽東注下　銅鉢隨流去　白鵝居在上
斯非是餘物

又於他日同前澡浴持大藥去置於岸上時

有瀑瓶及草隨流浮去鳥居其上大藥同前以頌白父是時大藥既漸齠年與諸童子一處遊戲衆共議曰我等無主可尊大藥爲王大藥立已簡諸童子將爲輔佐從是之後朋黨日多時有老婆羅門娶得少婦客遊他鄉隨路而去時婆羅門行趣叢薄欲爲便利有一麤人來問女曰彼是汝父耶祖耶女曰非父非祖乃是我夫麤人報曰汝無羞恥不愧友朋於此世間美妙丈夫遍滿大地豈可不見因何逐此老婆羅門汝此容華虛令喪失宜應棄彼與我爲妻若彼老公來諍訟者於大衆所引我爲夫其女受言即與麤人隨路而去時婆羅門就池洗已覓婦不得登高四望見人將去即便急走至其婦所捉一手牽時彼麤人亦牽一手婆羅門曰汝偷我婦麤人曰我能設誓此是我妻元非汝婦因生鬪諍各相牽引少年强力女被將去時婆羅門自知無力冀有相助行於曠野大叫高聲云賊劫婦是時大藥與諸童子戲野林中聞彼大叫夫婦之聲時諸童子報大藥曰仁既稱王有斯非理叫云失婦何不相救大藥聞已即令諸童子執彼三人問言向爭何事婆羅門曰我老無力被賊劫婦賊曰此人妄語實是我妻大藥問女誰是汝夫彼便指賊此是我夫是時大藥見婆羅門椎胷懊惱自撲于地即便伺察驗彼眞虛問少年曰汝於何處將此婦來答曰從妻舍來問曰有何飲食答曰肉羹及飯加以清觴大藥曰若如是者我觀其食以辯眞虛即令以指抉口竟無一物空見流涎問婆羅門曰爾從何來答曰從婦

家來所食何物答曰酪漿及飯加以蘿菔告曰汝可吐出即便抉出一如所言大藥見已知少是賊劫彼老妻即與重杖掘地爲穽埋之齊胭以孔雀膽書其額上作如是字諸有偷婦賊者準此科罪如是乃有偷牛羊等數有五百皆悉同此而爲治罰時重與王既有村城皆被六臣之所控執王作是念我今力弱將欲如何遂憶大藥思與相見不告諸臣整軍而出往滿財城欲看大藥途經險阻聞有大叫遍觀求覓不見有人王之左右周旋顧察見五百賊埋身出頭即報王知讀其額字云皆是賊王見此事問言誰苦楚汝諸人答曰此是大藥童子準法而作不罰無辜王聞稱善起悲愍心遂便釋放是時大藥及諸童子聞王軍至隨處而住時滿財城所有人衆聞王欲至悉皆營辦吉祥之物金瓶持水幢蓋旛旗出城迎候王慰問已問言圓滿之子名曰大藥今可遣來父白王曰童子幼小未堪奉命王曰可令前進父便引見王見童子嘉其容儀雅麗兼有勇略之才以其尚小不任委寄且留付父迴軍都邑至本城已作如是念我今可試大藥童子智策才術即使往語圓滿曰汝可以砂搓繩長一百肘速遣將來圓滿聞勑極大驚怖深懷憂惱作如是念我自生來未曾聞見如是之事以砂作繩憂惱而住大藥見父問曰父何憂色答曰我未曾聞如是之事王從我索砂繩百肘以此方便加罪於我大藥報曰使人何在令我得見傳語奏王父令使見大藥報曰仁當爲我奏大王曰仄陋小臣寡聞少見又無智策仰

測天心未審大王須何色繩王處帝都朝多儁乂請垂一肘以樣示人非直百肘短繩千尋亦應可辨使去白王具陳其事王曰此是父說爲子言乎對曰是大藥語王旣聞已生希有心憶彼天神所言是實當令我國覇王可期後於異時王復令使往彼城中遣其作飯熟可將來又告曰其穀不得臼内舂擣亦不令一粒米碎不居室内不在於外蒸者之時非火非無火將飯來時不行於道不於非道不得步涉亦不乘騎勿令見日復不在陰擎飯之人非男非女使持王命至滿財城便命圓滿共相慰問具以王教告彼令知聞更驚惶憂惱而住大藥見憂進白父曰何故憂色父遂具告大藥曰此不足憂我當盡辦即取稻穀多集諸人令一一粒以指撚糠米無有碎旣辦得米便求煮處即於門外簷下安釜煮之上赫日光傍以火炙其飯便熟持飯去時告使者曰汝可一足履道一足踐荒所持飯器置於頂上蓋踈布傘非日非陰一足著鞋一足徒跣此即非步非乘使用閹人便是非男非女持飯至已進入奉王王問使者彼皆具答王聞大喜是誰所爲答是大藥王極驚嗟謂使者曰大藥謀略深遠有大智慧善閑法式觀其計策實爲王佐之才後於異時復令使去報圓滿曰我須苑園林池具足花果茂盛可速將來使至彼已具陳其事圓滿憂惱此事難爲園苑無情不可移轉欲令持去豈可得乎大藥見憂如前問答父曰寧得不憂王索園池如何將去大藥曰父不須憂我皆爲辦令王歡喜即報使曰旣奉王命

敢不遵行但爲此處園池長自荒野進止法式皆未諳知若至都城恐有輕觸伏願大王降一小園暫來相引隨後而去此事可成使還具奏王曰是誰之言答言大藥王倍驚歎實爲希有後於異時復命使去送特牛五百令彼養飼專供乳酪勿令事闕使至具報圓滿憂惶大藥見父同前問答父曰寧得不憂王遣特牛令供乳酪旣求非所得之無由若不遵王命致招重罰大藥曰請父勿憂我思其計令王聞已不徵乳酪即召父子二人具教其事汝向王城伺王出時相去非遠以大木盂繫於父腹上以裙覆宛轉于地啼哭呻吟汝以香花告諸天衆於十方處咸請護持願令我父産生安隱旣受教已父子相隨至王都處見王欲出去之不遠如所教事次第皆作子啼出聲告四天王曰願降慈悲得令我父産生安隱王聞其聲令使往問何故出聲使見一人宛轉于地其腹甚大號叫出聲子以香花告諸天衆使人問曰汝何所爲答曰我父欲産不能安隱爲此悲啼請天擁護使迴白王王喚父子問作何事即具報王我父欲産不能得出是以悲啼王聞笑曰我未曾聞丈夫生子其子白曰誠如王言王知丈夫不合産孕何故付五百特牛令彼圓滿供於乳酪王頗曾聞特牛生子旣無兒子乳酪何來王笑言曰是誰之計使曰皆是大藥王嗟其智後於異時王與大臣共相議曰大藥多知少有儔類更以餘事試察精神即送一騾令圓滿養護勿以繮繫不置室中不餧刈草隨處而放使到彼城騾付圓滿具告其事

汝應善養勿令損失如不依教當罪汝身圓滿聞已如箭射心作如是念此之難事天無柰何況當人也大藥見父問答同前報曰父不須憂我皆爲作即於晝日田中放牧夜收入宅於迴露處既無繮絆其事難爲專勒二十一人夜中看守一足之下各配五人一人乘之更遞掌執終而復始王令人密察如何看守使報其事王曰若如是者騾無走路如何加罪大臣曰可勑乘者於夜睡時乘騾潛遁勿使人知彼皆隨作諸防守者至天曉已報圓滿言騾已失矣既聞告已恐喪形命憂惱燒心大藥知已作如是念如稍寬縱設計可成臨急相迫情懷恐懼告其父曰略有一計爲之稍難若父不憚羞慚當希免罪父曰但令免死餘復何辭大藥即便剃父頭髮以爲七道仍以青黃赤白彩色塗身令乘一驢往至都邑唱大音聲云大藥令至并將父來剪飾形儀誠是奇異時王大臣聞斯說已共作是語大藥遠來此爲善事然辱其父有玷憲章王及諸人皆出城外共迎大藥觀其所作爲實爲虛王及城人觀知是實于時大臣遂白王曰如何大王先作是語大藥聰慧智策過人觀此所爲一何鄙賤王問大藥曰何故汝今令父毀辱以至於此答言大王令以爲榮不知其辱臣有衆多善巧智慧今以此事供養於父王曰汝智與父孰爲優劣答曰我勝王曰我不曾聞子勝於父子從父生養育勞倦以此而言父勝於子大藥曰惟王審察父子誰賢王與大臣俱言父勝大藥前進稽首白言大王前令養騾遂便逃失此驢乃

是縣父理勝於兒願王招領勿為重責王及大臣聞是語已嗟奇計智絶代希有王極歡喜遂即廣施盛禮拜為大臣所有國事皆委裁決聲譽日聞庶事明察遠近委信莫不歌戴時有婆羅門早閑書論為娶妻故多用財賄未久之間作如是念我為娶妻多有所費令我宅內財物空虛獨守貧居豈能存濟遂向他處自衒已伎求覓珍財得五百金錢持以還舍既至村側作如是念我婦少年顏容美麗與之離別已歷多時室無男子任情所作寧知彼意可委信不我此金錢不宜持入於曛黃後遂往空林多根樹下穿地埋舉便之故宅其妻先與外人私通名曰善聽於此夜中盛設芳饌食已同居時婆羅門既至宅所扣門而喚妻遙問曰汝是何人答曰我是某甲婦聞其名遂藏善聽於卧牀下即去開門詐現喜相引之令入共至房中為設餘饌令其飽滿食已便念豈非此婦與外私通因何夜中有斯美食其夫性直問言賢首今非好日復無節會因何得有此上食耶答曰近於夢中有天告我汝夫欲至為此我知作食相待夫曰我誠有福方欲至舍天遂告知食已同寢各問安不婦曰君離我去年月已深求覓財錢有所得不答曰薄有所得婦遂陰言意告牀下云我善聽須知其數問曰得幾許來答得五百金錢婦曰安在何處而不告我答曰且自安隱明日將來婦曰我與君身事同一體何須隱避而不告知彼性愚直答曰安在城外云我善聽須知處所問在何處答曰在某林中多根樹下婦曰聖子行路辛

若且當安寢知其睡已作如是語善聽聞者
可速爲之即從牀出向多根樹下取得金錢
持還本宅其婆羅門既至天曉往藏錢處唯
見空坑一無所覩即自拍頭椎胷大哭還向
宅中諸有親屬及餘知識共來問曰何故憂
悲答曰我久經求非常辛苦得金錢五百遂
於昨日曛黃之後既絶行人藏某樹下歸舍
而宿令來欲取被賊將去諸人報曰此之委
曲餘不能知汝令可問大藥彼有智略超絶
諸人汝若歸投錢應還得自餘方便非我等
知時婆羅門行啼泣淚至大藥所共相問訊
即以前事而告大藥彼便問曰仁豈向人說
耶時婆羅門悉皆具告大藥念曰其婦必與
外人交通作斯非理即便安慰婆羅門曰且
可忍心勿生憂惱所失之物當爲尋求問曰

仁家頗有犬不答言有令可歸舍報其婦曰
我先於大自在天像前作如是願我若平安
得歸故第者當請八婆羅門爲設供養爾延
其四我請四人婆羅門既報婦已還至大藥
所報言已作大藥曰八人來時可於我舍將
一人去令住門前諸人入時令其瞻察告其
人曰汝可觀彼八婆羅門何者狗見逆面而
吠何者弭耳掉尾向前見此相時爾當記憶
可令其婦自行飲食觀於誰處褒盼言笑使
受教已即往其家在門而立所請八人次第
令入狗見皆吠唯於善聽弭耳前迎嘔嘔作
聲掉尾而喜是時使人記識善聽次於食時
其婦行食於善聽處揚眉共笑有異餘人使
還以事具告大藥大藥聞已即便彈指奇哉
此人果偷他物遂令使者喚善聽來而責之

曰豈婆羅門有如是法他人之物竊作已財汝所取者即應還彼答曰敢爲重誓不取他財是時大藥告使者曰此是惡人可禁於獄隨常國法重加苦楚彼聞苦語便大驚怖白言大臣願見救護我當還物即取金錢封元未開付與大藥便以本物還婆羅門彼得歡喜作如是念我年衰老還得本錢者並是大藥之力我今宜可重報其恩即減半錢持奉大藥大藥受已還却分付告曰我務濟人寧求自利于時國中善名流布王及諸臣寮庶之類既聞知已作如是語我等有福感此勝人共相保護不令枉横輙有侵欺時有一人因向他方還來舊所在其城外池邊歇息於皮袋中取麨而食忘不繫口餘處旋行時有毒蛇入於麨内其人既至不審觀察繫袋持歸於城門外路逢相師告言男子我觀汝貌命在須臾其人雖聞不將爲慮去之稍遠悔不徵尋便作是念我今宜去先問大藥然後歸家彼多智策能爲我決弃持麨袋至大藥所具陳其事大藥念曰豈非袋内有惡毒蛇故彼相師作如是語於衆人前即令置袋于地以杖抉開有大毒蛇從中而出張鱗吐毒躑身而去諸人見已共歎希奇

根本説一切有部毗柰耶雜事卷第二十七

音釋

稔 忍甚切穀熟也 祛 去魚切却也 胤 羊晉切嗣也 鎗 初耕切釜屬
瓌偉 瓌公回切偉羽鬼切 疹 丑刃切病也 齠 徒聊切始毀齒也 抉 一決切掐也
穽 疾政切陷也 儁 子峻切才過千人曰儁 闇 央炎切
繮 居良切轡也 刈 牛例切割也 絆 博慢切縶也 弭 母婢切猶垂也
衺盼 衺與邪同盼匹莧切目流視也

根本說一切有部毗柰耶雜事卷第二十八

唐三藏法師義淨奉　制譯

第六門第四子攝頌大藥之餘

是時大藥既知國事將領四兵遍觀國界每至城邑聚落問諸人言此等聚落誰所管耶諸人答曰此是某大臣彼是某大臣攝之屬已將爲封邑大藥聞知所有村城皆六大臣之所管攝國王但唯內宮及飲食而已既遍觀已還白王曰何處城隍及以聚落是王所有王曰我今無力知當奈何幸蒙上天預告於我滿財城內在圓滿家當生一兒名曰大藥既長成已立爲大臣端拱垂衣化洽黎庶爲是因緣汝從胎中我奉天命諸事供給今既成人親近於我大臣之位汝今已得宜可順被天所記言廣設智謨共宣國化令我自在安隱爲王是時大藥稽首致敬白言大王伏願無慮我當助王令得安樂大藥即便於自國界所有城邑屬六臣者令使告曰諸君當知此爲大臣不遵國令致使賦役辛苦非常饕餮姦邪不相存濟我今以實相告若用語者長受安樂不復辛苦所課賦稅隨力有無眷屬妻子永無勞弊君等六城各自牢守假令王命及六臣追無宜用語設其自至亦勿開門報云大藥臣來我當賔伏於其國內聞斯教已並悉依行不遵舊令時彼諸臣共白王曰諸城反叛其欲如何王曰卿等可嚴四兵隨處討伐諸臣各至彼不見隨臣奏王曰我等無力王可自來王即親行彼亦不伏徒勞戰陣淹滯多時諸城奏曰我於大王無心違背六臣暴虐由是不隨若令大藥臣來

我皆降伏王即令使往喚大藥彼聞勅召馳至王所諸城百姓聞大藥至皆悉無違開門令入大藥即便削除虐政更制輕科彝倫協叙小大無怨咸歌再造共喜來蘇賑貧窮恤孤寡猶如父毋各生慈念國内人衆悉皆雲集扈從大王俱至城所聲聞隣國遠近稱揚王乃以女娉于大藥雖蒙賞愛無驕恣心時有異方貧士來投此王冀求榮禄王不見許復求大藥大藥哀愍遂便招納賑以衣食令無乏短時有婆羅門來從大藥求索糠麥即便遣與時掌庫者苟事遷延不即持惠後於異時王與大臣及諸僚庶朝集一處王告衆曰私密之事誰可告知有云密事應語知識有云父毋有云妻子然大藥默無所説王曰大藥卿何不言答曰言何容易如我所見凡隱密事不可告語一切男子況復女人王曰豈並如此大藥曰此之虛實王當目驗後時王家失孔雀鳥大藥捉得别處藏舉將餘孔雀對婦前殺報云汝豈不聞王失孔雀答曰我聞大藥曰此鳥即是可疾料理我欲充食不得向人共論此事婦聞便念我父於此委寄非常今者如何殺鳥而食誠哉鄙事無懼憲章又將餘女顏容美麗以妙莊飾引入宅中報其婦曰此之少女是王宫人我愛將來勿傳斯事婦聞此語深生忿怒我父如何不審思察任用仄陋無宗族人補爲大臣委以國事豈以王宫内人將充已室所愛好鳥殺以爲羮又復外國客人共相收納供給衣食養爲義士婦以此事具白王知父於其人深相委寄我觀惡行實無以加今可令其退歸

田里王聞此語情生異見遂令魁膾將大藥去準法刑戮時旃荼羅以赤綫花繫於頸下打惡聲鼓惡人隨逐舉刀怖懼如琰魔卒送向尸林臨將就刑無人肯殺觀者悲泣愛若已親各出哀言爲求天佛時外國客給衣食者報諸人曰我能殺此將出城時彼婆羅門執大藥衣裾從索糠麥一升是時大藥見此事已而說頌曰

國王不可親　惡人難附近　但是隱密事
不語婦人知　我不食生鳥　不該内宮人
不憶作欺心　負他糠麥債

是時大藥欲就刑時作如是語使者聞已語大藥曰汝智過人作無義語答曰此無義語非汝所解可將我語至大王處使以此語往白王知王雖聽言亦未能了遂令使往喚大藥來問曰言何無義答曰語深有理王曰其事如何大藥白言願王善聽略陳頌意所言國王不可親者王先國中所有城邑並不臣屬但唯飲食内宮而已我運籌策壓彼强臣寧國安家咸令復業皇基熾盛率土歡謠庫藏豐盈皆是我力今欲殺我將報昔恩故云國王不可親也言惡人難附近者昔有貧人他鄉遊客來投王處乞求活命王不見納遂至我邊我見貧寒給以衣食得存性命不思恩分今來殺我言隱密事不語婦人者王昔因朝告諸人曰若有密事誰可告知有云父母妻子等廣說如前我云皆不可親當審觀察王當目驗王家孔雀我實不食別將餘鳥令婦煮羹王宮内人我無交涉宮人瓔珞權假將來暫借餘女居我宅内若不信者可喚

將來王喚宮人對觀無異言不負他糠麥者王令魁膾將殺於我其人遂至急捉衣裾口云還我一升糠麥意道無悲不知機變昔時乞麥見死來徵王聞頌義察其事已知大藥無過歡喜釋放便備盛禮拜爲重臣是時大藥稽首白王觀諸女人可共密言不所賜女者於我無用請即收取我今自訪言行德義氏族相當聰慧女人以充家室即辭王去作婆羅門像手執淨瓶挂吉祥線身著鹿皮面塗三畫往本城中欲求其婦路中日暮見婆羅門彼便相問仁從何來大藥答曰我從鞞提醯城來欲向何處答曰向滿財城問曰汝於此處頗有相識欲投宿耶答曰先無便將歸舍如法安置大藥見彼婆羅門婦知非貞素既經宿已旦便欲去婆羅門曰我此貧居即是君宅往來停宿幸不爲疑大藥便許執手而別遂於前路於麥田中見有少女儀容端正似出良家便生愛念問言賢首汝名字何答曰我名毗舍佉誰家少女答曰聚落中尊是我之父大藥念曰雖有容儀未識其智今可試之大藥即往刈麥田中高舉兩手以脚蹂麥毗舍佉曰已知護手足亦宜然大藥念曰此女有智即便告曰少女耳璫可愛光彩異常答曰爲蓋臭身有何好處又曰甚好容貌答曰父母所生非關容飾問曰父何處去答曰一身兩事問曰此言何義答曰身行取棘斷其舊道更通新路母在何處答曰歸家取種欲植晩田問曰汝能與我爲妻室不答曰此由父母非我所知問曰向滿財城路在何處平直柔輭復無棘刺汝應指示令我

安行女指曲路即自前行往至池邊變衣而坐眇其一目試彼大藥識知我不須臾大藥行至池邊遥見便識而說頌曰

身著無縷不織衣　元非氎線所成就
一眼宜應指示我　何路當往妙花城

是時少女聞其說已微笑而言曰

滑路宜應去　澀道不須行　遥見大叢林
近邊而可過　復見作毀地　有樹著赤花
棄左右邊行　當尋此道去

大藥隨語尋路而去至妙花城去城不遠往毗舍佉宅不見父母遂問城主曰君等若能與我毗舍佉者深成恩造時彼諸人聞是語已俱生忿怒報言婆羅門汝乞索人實無羞恥因何造次求毗舍佉此女儀容與天僊相似即宜遠去離我城隅若更重來令狗食汝時婆羅門既乖所望還至毗舍佉所女遥見已遂唱善來是時大藥具陳上事向問諸人幾乎被打女曰君作非理是無智計求親之法不應如是大藥曰如何應作女曰先且相識次當親附後可延請設諸美食有所陳者方具說之既聞告已乃至設食次第皆作後求毗舍佉諸人告曰當隨汝意論此事時父母來至大藥遂與城主共到彼家告其父母婚媾之事答曰君等且住待我思量諸人告曰無宜更思此婆羅門少年端正博綜經書四明五論無不通達徒延歲月此輩難逢即可娉與無宜更住是時諸人既對大藥誠言與女即以為定於其父母奉以上衣毗舍佉亦留禮贈還向鞞醯城欲詣重興王處於其中路遇他設會得糠麥一升裹在衣裾往先

投宿婆羅門處扣門而喚其婦出問汝是何人答曰是汝夫友婦曰我夫不在不納外人可向餘家以求宿處大藥便念此有何事不容我宿未及遠去見有餘人進入其宅大藥又念由有外人不令我入如是躊躇其夫遂至即喚開門婦聞壻聲魂神驚懾不知何計遂以私人安小篅內夫與大藥同時入門大藥告曰我此糠麥何處得安婦曰可寫于地答曰恐鼠侵食遂觀屋角及於床下一無所見傍有小篅大藥思量人定在此告其婦曰麥置篅中婦曰我家所有並安於此如其著麥物欲如何夫曰此獰婦女何不出物安麥篅中彼便逆拒不許近前婦知意正無柰之何遂便驚怖計無所出報言篅濕恐當損麥大藥曰汝不須憂我不令損即取柴草及乾牛糞於篅四邊欲以火炙其婦心急恐被火燒即令別人報彼父曰汝子遭厄急即可來父聞走至知子在篅報大藥曰汝若須篅我當酬直可索幾多答曰金錢五百如是論時四邊然火父曰我兒今死何用錢爲遂與金錢輿篅將去大藥明日遂分一百留與主人所有事緣悉皆告語汝婦惡行自可深防遂即裁書與婆羅門令往妙花城幷附金錢四百與毗舍佉幷報城主云我非行客是王大臣自爲求婚前至於彼其毗舍佉善當養護大藥便即往鞞提醯其婆羅門持書及錢至毗舍佉處授所持書及金錢三百毗舍佉得書云四橛可成衣少一不能織如其杙有闕械足可令輸既讀書已次領金錢唯得三百遂於牀下求覓足械使者問曰欲何所求答

曰今有王家罪人欲須械足既得械已報使者曰我不曾解若爲安置仁可引脚我暫試看其婆羅門禀性愚直便舒脚内彼械中毗舍佉即以逆楔打令牢固使者曰何故禁我報曰彼寄四百汝偷百文使者念曰此眞希異二俱有智其事難欺便以百錢依數還了父毋既來以錢呈示報言前求我者非貧婆羅門乃是鞞提醯國王大臣名曰大藥父毋眷屬聞此言已皆大歡喜我等有福得與如是第一大臣而爲婚對與隆家族冀在其人從是已後與毗舍佉澡浴衣服飲食牀座悉皆精妙既豐資養儀容倍常端嚴可愛是時大藥行到本城王及諸臣聞大藥至咸皆慶喜既見王已王問大藥求得妻不答言已得王曰何如答曰少女容華顏貌超絶聰明多

智辯慧殊倫與我爲妻是當其匹我今啓王爲將來不王曰卿是大臣更無過者所須儀禮事在精奇任意莊嚴令衆歡悦大藥承命即與餘臣婆羅門居士及諸人衆象馬車歩率領四兵往妙花城至毗舍佉處共爲婚媾禮事既畢將還鞞提醯歡樂而住時有北方五百商人皆爲販馬來至鞞提醯於此城中有五百婬女儀貌端正庠序可觀歌舞言詞並皆超絶所有商客來至此者凡是財貨皆令罄盡五百倡女就五百人各爲歡戲唯商主一人未被惑亂彼倡女中最第一者往商主處求爲親密彼不見許更與諸人日日來至而彼商主貞確不移更復頻來共爲言笑商主曰我無邪念徒勞往返倡女曰若君虧志與我何物答曰與上馬五匹若無私過汝

當與我五百金錢作此契已倍與方便來相媚諂然不能使商主傾心諸商人曰城中第一不可逆情商主報曰我於昨夜夢與交通何勞親見諸人聞已共報倡女彼女即便將諸手力來徵商主當副前言與馬五匹汝已虧志共我行非商主曰汝無羞恥誣枉好人便詣王家斷事官所平章至暮勝負未分明日可來更爲詳審大藥還家遲於常日毗舍佉曰來何晚耶彼即具言猶未平斷婦曰君等諸人明閑道理此尚不了豈成智乎大藥曰我等未閑汝能決不婦曰我試爲斷觀智如何君先奏王召諸臣衆并牽五馬共至池邊可於衆中喚彼倡女問曰商主與汝實行非法可將實馬如其夢裏池中影馬隨意牽歸若言影馬無實可持者夢中行欲事亦同然大藥聞已深生嗟歎即於明日奏王召臣集諸人衆并及倡女共往池邊五馬牽來於岸上立如毗舍佉計次第咸問王衆既聞皆生希有王告大藥曰卿等昨朝作是斷者無煩今日重集劬勞此是誰計答曰是毗舍佉我昨晚歸具陳其事王等嗟異云毗舍佉有大智策名稱流布遠近咸知時有北方獻二草馬一是母一是女形容大小毛色無殊母之與女莫能分別王衆同觀無人辯識毗舍佉聞已告曰毛鞕者是母輭者是女衆歎希奇復於異時有呪蛇人將二毒蛇來詣王所形狀相似雄雌未識人皆不委大藥以事告毗舍佉彼聞微笑答曰君等迷此何謂智人王所知識虛餐封祿大藥曰汝能知不答曰深識應以輭物繫於杖頭向蛇脊指拭脊若

曲動者是雄其不動者是雌即隨言作目驗不虛人皆嗟善時有南國商人將栴檀杖來至王所兩頭相似本末難知問毗舍佉同前識笑可將此杖置池水中本即下沉末便上出試果如言人皆歎美王作是念我今且欲試諸大臣誰最有智即於樓上更豎幢竿竿頭安置光明寶珠日光輝照影落池內與珠不別告諸人曰若入池中得此珠者我當賜與人皆入池求不能得大藥還報毗舍佉便答曰可向上望尋得珠本隨言而取王曰是誰上智答曰是毗舍佉王乃與珠彌更稱善時諸大臣見毗舍佉儀容挺特舉世無雙皆悉有心共爲私愛以妙珠寶通使往還然毗舍佉曾無異念見求不已告大藥曰於君國境有如斯事見他婦好遂即私求深誠鄙惡答曰此是世法人皆共傳然彼婦女是貞確者即不隨從婦曰我欲辱彼勿當見責答曰隨意婦曰君可稱病我自知時大藥如言辭之以疾諸臣遣使問毗舍佉報云夫患我意無違即造木人形同大藥卧在牀席覆以薄衣報諸人云我夫病困形命無幾可隨自力與我相親勿令人見遂即造六大匱安六房中大臣來者報云且藏此處恐有人知待入中已即牢鎖閉如是六臣咸入於匱告諸人曰大藥已亡王及諸臣中宮僚庶咸作是念如是勝人一朝殞歿各生憂苦號哭失聲時毗舍佉便舁六匱來至王所白言大王大藥身死所有珍貨緘在匱內宜親領受并說二頌王見悲慘今日身亡便將物至于時大藥從側門入花瓔飾體來詣王前含笑而白王

言於我愛念極深纔死不停即收貲貨王曰非我索財是毗舍佉身自持至作如是語

大王今當知　大藥身已謝　此是彼珍寶
開匱可親觀　我夫形影没　孤寡無依附
恐有外人欺　失此王家物

大藥曰若爾王可開看何物珍寶既開匱已時六大臣各從中出王問其故六臣答曰

我等由情欲　遂被女人欺　願乞大王恩
不敢更如是

王曰世間輪轉皆由色欲既遭此辱合受重愆卿等且歸後別量度王乃歎曰嗚呼女人能有如是貞素殊操計策超倫昔未曾有大臣輔相被辱至斯因此便能制耽欲者王既慶悅於毗舍佉倍加封禄諸國普聞是時大王作如是念大藥有福感得如是智慧之妻便告大藥曰汝當爲我求一夫人具才智者能令内外國政安寧我唯端拱安樂而住大藥對曰何處可求王曰我聞半遮羅國王有一女名曰妙藥儀容絶代雅思超群宜往求婚理亦應得大藥答曰彼是隣國事若怨讎先以方便然後求及王令輔相自往言婚時彼王臣見使到已便共議曰鞞提醯王多有兵力共交婚者情事相親彼若自來吉凶之事隨意當作如是議已即便許諾卜選良辰可於某日宜來就此共作婚姻使還白王求得彼女當於某日期以禮成彼王至日廣設珍饌所有飲食皆和毒藥時半遮羅王令使報鞞提醯曰我已備辦當可速來其使至已大藥曰王未可倉卒當善量議隣國爲怨自古常事每有諍陣難共相親王曰與誰評論

答言大王頗不爲慮我有鸜鵒名曰具相有大智慧善識人情使往彼城觀已還報王言任意是時鸜鵒既受言已翔鳴騫翥到彼城中依于樹杪四顧觀察誰可量議通信去來誰堪委付竟無一鳥共爲籌度遂入王宫於竹林中見舍利鳥巢即至巢邊共相慰問汝從何來具相答曰我從北方室利王處來先是監園使者以舍利爲婦年少容儀端正無比恭勤智慧善解言詞因暫出遊被鵶擒去我爲此故憂箭中心隨處追求聯翩至此我無儔匹頗汝爲妻答曰我不曾聞亦所未見鸜鵒之鳥以舍利爲妻但聞鸜鵒還將鸜鵒爲婦是時具相更以種種方便言詞共相勸諭而説頌曰

我是北邊王　室利守園使　舍利爲我婦
智慧有言詞　暫因遊行出　遂被鵶將去
我緣求彼故　飄颻因至斯

舍利答曰

舍利鸜鵒妻　未曾聞是事　還將鸜鵒對
智者所共知

各説頌已更復評論得意相通便爲妻室既爲交密情無間然是時具相見彼王家造作種種上妙飲食色類衆多皆是希有具相見已告舍利曰何意宫中營斯盛饌我今頗得甞其味不答曰雖有如是上妙飲食悉皆安毒問言何故答曰爲鞞提醯王欲來成禮作斯飲食然有密意害彼王軍具相委問細察知已而説頌曰

咸云此王女　娉與鞞提醯　雖有此傳聞
未知虚與實

舍利答曰
王不與彼女　愚者漫稱量　以此為方便
意欲行誅戮
是時鸚鵡知此事已如大商主得上奇珍踊
躍歡喜告舍利曰
我今還北方　報室利國主　得好聰明婦
相似解言詞
舍利答曰
聖子汝今去　見彼室利王　七宿早須還
無宜更遲晚
是時鸚鵡飛上虛空不久便至大藥之所以
事具告大藥次第悉以白王勸不須往是時
彼王知此不去整四兵衆詣鞞提醯四面圍
合進退無從王與大藥共為謀計其欲如何
大藥曰不可交兵應為離間時彼營內有五
百大臣皆以國家珍寶而重贈遺諸臣既得
咸生異念不隨王語大藥與王作斯事已令
使報曰非我不能與君共戰既為妻父即是
密親當善思量身存為本今至我所活不自
由若不信言當須親驗我將其物與其大臣
其五百人皆受贈賜可即搜問足了真虛彼
即尋求悉皆是實彼知事異中夜收軍既至
城已遂便總殺五百大臣諸臣之子令繼父
業大藥白王事已如是且無他難我欲暫往
求女為婚得不未知須觀其意王曰隨去大
藥將兵往半遮羅國園中停止彼王便喚可
入城來答曰我不入城且宜向彼大臣家住
王曰隨意時諸臣子共作是議殺我等父皆
由大藥既是怨讎不應輒放臣白王曰鞞提
醯王自無計策與隆王業皆是大藥之功由

此不能有所侵掠且留於此勿令四出我將兵衆往破彼城王乃稱善即領四兵至鞞提醯國圍遶其城于時大藥知半遮王從其道去向鞞提醯大藥訪知彼王珍寶咸在其處幷女妙藥一處同居大藥即便强入宮中將女妙藥及諸珍寶總率兵衆別路而歸既見王已總集朝官慶喜無量時半遮國使至奏王珍寶及女被他將去王得信已爰命旋師時此國王廣施大禮婚媾已畢即策妙藥爲大夫人時半遮王令使齎書與妙藥曰我懷憂悶汝豈不知可細尋求誰傳此事食和毒藥欲害彼王女得書已推察其事知是大藥鸚鵡傳通密信令使報父父得書已覆遣使報通此消息皆由鸚鵡察知事已往還相報遂致紛披喪亂家國彼之鸚鵡可附將來女籠鸚鵡寄與父王王見鸚鵡倍生瞋恚由此獰鳥亡國喪家更勿評論即宜殺却鳥乃稽首而白王曰幸願依我祖父死法以取命終死亦無恨王曰隨彼死法而斷其命屠者問曰死法如何鸚鵡答曰麻纏我尾灌以膏油爇火令著任其自死屠者如言作已而放鸚鵡遂即飛上虛空奮迅毛羽火延王室燒盡無遺遂入池中洗沐而去騰雲振翼往鞞提醯大藥問曰汝生還耶鸚鵡具答大藥歡喜半遮羅王瞋心猛熾更與女書由此鸚鵡燒我宮室必須牢縛急送將來女即如言還送鸚鵡王見大鸚鵡燖毛羽煮以沸湯屠者去毛棄之簷外報言汝去飛鵶下見撮以凌虛到一神祠鵶便欲食遂告鵶曰兄食我身肉纔一日如其見放於日日中上好肉食常令

飽滿鵄曰誰當信汝答曰爲作盟要又復我無翅羽不可飛空一兩日間自觀虛實復告鵄曰雖是恩慈未得其處持我至彼王天祠邊徐放于地鵄隨言作至神祠處進其堂內入神背後一小穴中其守天祠人以諸香花神前供養鸚鵡言曰汝去報王王有惡行諸神共瞋比遭衰禍皆是我作若不供養殃酷未休可於日日多獻生肉胡麻豆子各置一升如是存誠我爲思審時守護人便將此語白大王知王曰若如是者隨所言教我當悉爲作是祭神經多時節鵄食生肉鸚鵡食麻毛羽漸成堪得飛颺欲有去意告守護人曰汝可報王爾所多時供養於我更有一事汝不得違王及中宮城隍寮庶咸剃鬚髮俱來我所我當施與富樂無窮使者白王王即隨作盡除鬚髮至天祠中禮天神足求哀懺謝鸚鵡飛出空中説頌曰

凡事皆反報　無有不報者　汝落我身毛
我今還剃汝

作是語已摶霄而去至大藥所問曰何意遲遲令我見恠即便具説比所經事大藥聞已極生歡悦具白王知王嗟希有報言大藥汝眞有福所感眷屬皆悉聰明毗舍佉神智過人鸚鵡鳥世所難及後於異時王作是念於諸臣中誰最有智於諸大臣人付一狗令其養飼齊爾許時教作人語諸臣將狗各還其舍倍加養飼然無方法能令人語大藥得狗亦將至家去常食牀不遠而繫其狗每見大藥食時芳香芬烈飯果盈前雖有希望不與一片但將麤食而養餧之支濟性命不令其

死形容消瘦僅得存軀王總命臣所養之狗可將來集試復觀察解人語未諸狗既至悉皆肥悦並不解語唯大藥狗羸瘠異常王曰卿狗何瘦答言大王我所食者常與同味狗便語曰此人妄語我常受飢幾將至死大藥曰此解人言王所親見王便大喜嗟異諸人後於異時王試諸臣誰有智慧便以諸羊人與一口報言養令肥盛不得使其肉有脂膏諸人無智皆養令肥大藥得羊常與飲食令其飽足形貌肥壯然刻木爲犲時來恐怖羊雖飽食脂膏不生殺已共觀果如其事王曰何意餘羊有膏卿羊無也以事具答王曰深有奇智後於異時諸大臣子數有五百同集芳園共爲歡會言論之次各相問曰於誰室中有奇異事或餘處見宜各說之是時諸人悉皆說已次問大藥之子汝之宅中有何奇異答曰我家有石以呪力持置在水中浮而不沒諸人報曰未曾聞見石浮水上即共立契賭五百金錢子還報父我言浮石賭五百金錢父曰不應現石將錢五百酬彼諸人大藥家中教獼猴善閑音樂告其子曰汝因集會可問諸人誰復見有奇異之事他皆說已汝當報曰我有獼猴善閑音樂歌舞絲竹無不備解諸人報曰前無浮石已罰五百金錢令若更虛倍輸千直如其是實我出千錢便將獼猴共至王所令作音樂是事皆成彼出千錢以酬賭直王曰我曾不見如是之事生大慶悦廣賜珍財歎曰大藥之智於諸衆中最爲第一時此城中有婆羅門聰明叡智學善四明娶妻未久便生一女顏貌端正名爲

烏曇婆羅門自立要曰若有男子於我邊學與我齊肩者我此妙女當嫁與之女漸長大於此國中有婆羅門生一男子形容可惡具十八種醜陋之相父母見已極生不樂名曰惡相雖漸童年不教爲學此兒醜惡令我羞恥其兒長大自恨無識遂入城中以求學問至彼聰叡婆羅門所禮而致白我來請益幸見哀憐彼便納受未久之間所有書論悉皆學盡婆羅門便生是念我先立要如其有人學盡我業者我當以女妻之此兒雖復容儀醜惡難違本契若負心者不得生天設令諸人見笑於我我無違要即爲具禮以女娉之其女威光儼然可畏遂令惡相不敢近前惡相念曰我今爲客情懷怯懼宜將歸舍隨意所爲是時烏曇既見惡相心生不悅作如是念我具容華夫便醜陋爲人所笑生亦何顔惡相遂便將還本處於其中路道粮皆盡至一池邊爲飢所逼時有行人和麨欲飲烏曇從乞彼便減與惡相持將一邊自食烏曇告曰宜分多少聊用充虛惡相告曰古僊有制女不飲麨爲斯不與次於曠野忽逢遺肉惡相取食不與烏曇告曰此亦古僊不許女食烏曇念曰我無福德父母嫁我與此惡人深生悔恨次至烏曇跋羅樹惡相上樹取果而食妻曰可打共食無宜獨食遂墮生果熟者自食報云可落熟者告曰若欲熟者上樹自取彼爲飢故即便上樹摘果而食惡相見已便作是念我無相分感得如斯輕躁之婦自上高樹摘果而食又復我身未能自濟誰堪更養此無用妻既生嫌賤便下取棘圍樹而

去于時重興王因出遊獵至彼林邊其女失夫情生苦惱大叫悲哭王聞其聲王便命曰此既空林誰爲啼哭尋聲遂至烏曇雲女邊覩彼容儀疑是天女或是諸神問言神僊何故來至於斯女以頌答

我非是天女　亦非諸神類
大王今當知　無夫受苦辛

時王使人扶令下樹歡懷莫逆宛若平生遂與同車將入宮内是時惡相隨路而行起悔恨心我爲非法如何曠野獨棄少妻可覆取之相隨歸舍至彼樹下不見烏曇餘人告言國王將去與之同乘共入宮中惡相聞之倍生憂慼詣王門所無由得進見運執人即便隨入望見其婦與王歡戲自念奈何緣暫得交語即託餘事高聲説頌告曰

汝在金牀上　花鬘自莊嚴
不共我歡娯　巧匠持刀斧

女聞報曰

飢渴至池邊　從君覓麨飲
報言女不合　長恨可鳴鞞
同行經曠野　噉肉不相分
念此至形枯　舞時須著節
目上烏曇樹　熟菓不相惠
憶此身心悴　兩嬭向前垂

惡相報曰

汝不憶念我　碩學多才智
爲人事少虧　棄我長離別
登山自墜死　服毒取身亡
殺罪汝身當　巧兒牢把鑿

女人報曰

任意山頭死　隨情食毒亡
我愛汝見輕　奈何應打鼓

此中諸頌第四句皆是當時取目前事而爲

詞句意欲迷人更無別義時彼二人意託餘言共相對答王便問曰夫人言義何所談乎我聞不解可爲申述鳥曇即便向王具說此是我夫父母嫁與有大智慧洞解四明今爲相求來至於此王曰汝可默然無勞共語又汝今日意欲如何更與彼人存昔愛耶答曰寧有斯事自當令彼於我生嫌然此婆羅門多解呪術不應造次苦責其人王即以緣報大藥知大藥曰願王勿憂我令彼女於王愛重其婆羅門身形鄙劣夫人光彩超群不敢親附是時大藥報婆羅門曰仁來宮内欲何所求答曰我婦大王將入宮内問曰識汝婦不答曰我識大藥曰宮女五百皆喚來前若是汝妻即當牽取如其謬惧刀斬汝頭彼言隨教王勑宮人並皆莊飾來至我所即皆總集如帝釋宮五百婇女隨從鳥曇皆詣王所大藥遂報婆羅門曰識汝妻不惡相既見非常嚴飾猶如龍蛇被呪所禁一無言說又如赫日不敢目視時婆羅門遙望而住諸女皆過有一從婢形如餓鬼在後而行惡相捉之云是我婦大藥曰若是汝婦隨意將行即便持取而說頌曰

上人還愛上　中人自愛中　我是餓鬼形
還憐汝餓鬼　棄此天宮處　相隨向鬼家
色類正相當　求餘不可得

復於異時大藥因有少過王意不平遂不與語王與宮女向花園中竟日遊戲是時夫人脫頸眞珠瓔珞價直百千兩金挂樹枝上忘而不取日暮言歸睡至中宵然後方憶時彼眞珠獮猴見之持上高樹王令使去急可取

珠使去不獲時有乞兒拾殘食巳將欲出園使者遂執更無人入還我珠瓔答曰我是乞人不見瓔珞即便打拷將付禁官乞者自念我今應設方便若更住此被餓而亡告使者曰我得珠瓔持與某甲長者之子使者即便收長者子同一木杻而械其足時長者子每至食時多持上味乞人從覓子乃叱曰汝爲此故引我將來不能與汝子既食罷欲去旋迴答曰我時未至不能共去彼便愛語告曰可共我行令汝安樂報曰可爲要誓當隨汝言彼既設誓遂共旋行子報家人曰明日已後常將兩人食來乞人因此情生歡樂作如是念我於昔時遍行城郭尚不能得麤食充軀今餐美味更何所少然我不能獨身而臥即引城中第一倡女此亦共我分瓔珞珠女既至已同處禁身便與交歡得意而住乞人念曰設禁我身滿十二年亦未求出然於五欲尚未圓滿美妙音聲終須悅耳復引樂人共取瓔珞彼雖稱枉不免禁身音樂隨情更無所乏如是遷延遂經多月諸人勞倦共告乞人曰汝放我等令汝安樂乞人自念斯等既出豈復相憂如我思忖自非大藥計策鑒明能令我身免斯幽獄即引大藥之子亦共分珠其子既禁大藥便念我子被幽寧容閑住即入白王我雖有愆子無過咎因何我子輒復禁身王曰百千兩金眞珠瓔珞乞人將去於外共分具說所由以告大藥即白王曰願不須憂此妙頸珠無人將去以臣之計必望求得其所繫人請皆放出王令釋放大藥入園檢失珠處仰觀高樹見有獼猴念彼珠

瓔是此將去然須方便始可得之即白王曰還可如前宫人並出頸下瓔珞咸悉莊嚴獮猴遥見取珠挂頸大藥曰宫人起舞猴見亦舞大藥曰可並低頭獮猴亦低頭珠便墮地王見大喜嗟其奇智捨罪策功重增封禄時彼六臣因聚一處共爲議曰我等昔時王俱愛重分疆畫野並得安居今日由斯貧賤下里數呈薄伎遂得當途致令我等喪亡禄位侵城奪邑知欲如何一臣告曰我等六人共爲盟要所有言契誓不相違同心戮力杜絶怨讎大藥及王於我無恨可令禄位還復如先如是議已明日六臣共詣園所大藥既見六臣一處同聚必有非常之議便告具相鸚鵡曰汝往園中觀彼聚集作何籌議還來報我鸚鵡即去隱影林中聽彼言説時彼六臣既至園中各以男女共爲婚對作如是語既爲親密無復猜疑謀計之事勿令外洩以實相告我先曾食王家孔雀一云我與内人交通餘並各述已情共爲謀事如是六人更相告語便共同槃一處而食鸚鵡聞已告大藥知大藥入内具白王曰王之大臣如是忠素伏惟思察事欲如何王具問知悉皆是實即便擯斥驅逐邊方佛告諸苾芻汝等勿生異念往時大藥者即我身是重興王者舍利子是彼六大臣者即六師是我於昔日擯彼六臣今爲三界最尊現大神通還驅六師外道汝等苾芻於善知識應當親近然由智識聰敏通明一切内外典籍終能成就如是盛德汝當修學

根本説一切有部毗柰耶雜事卷第二十八

音釋

賑之刃切濟也 穟徐醉切與穗同 謠余昭切 鞞騈迷切 篅市緣切竹器也 橛其月切木段也 杙與職切檿也 械下介切桎梏也 榍先結切櫼也 確克角切堅固也 舁以諸切對舉也 匱求位切匣也 騫翥騫去乾切翥章恕切騫翥飛舉也 聯翩聯靈年切翩匹然切聯翩不絕貌 酷苦沃切虐也 餧於偽切飯也 僅渠吝切才也 飼祥吏切餧也 叡以芮切深明通達也 筑張六切樂器也 靨益涉切頰輔也 鼙騈迷切騎鼓也 枋敷房切 洩思列切漏泄也

根本說一切有部毗柰耶雜事卷第二十九

唐三藏法師義淨奉　制譯

第六門第四子攝頌之餘

明佛從天下等事

爾時佛在室羅伐城既現大神通降伏諸外道利益無量衆隨類悉歸依一切人天咸令歡喜遠近城邑婆羅門等及工巧人並皆來集室羅伐城於世尊處而爲出家時彼諸人所有眷屬皆來尋覓至此城中見已告曰仁等捨俗而來出家欲令我等若爲存活答曰汝若愛者可住於斯當受其法彼曰善哉我當修學即皆出家時婆羅門等見已譏嫌此等工人出家捨俗我有作務欲使何人時諸苾芻以緣白佛佛作是念工巧之人來出家後還畜昔時所有作具由是因緣致生譏醜告諸苾芻曰既出家後不應更畜工巧之具若仍畜者得惡作罪佛制戒後時有醫人既出家已隨處遊行至室羅伐有舊苾芻身嬰苦疾見客苾芻來報言具壽可爲我治答曰佛不許我先是醫人更畜醫具欲將何物而療病耶以緣白佛佛言我今聽許諸苾芻輩先是醫人得持針刺物若是書吏得持筆墨若剃髮人得畜剃刀子

緣處同前現神變後人天歡悅佛及苾芻多獲利養爾時世尊爲欲斷其利養過故遂昇三十三天於玉石殿上三月安居近圓生樹爲母說法并餘天衆具壽大目連在逝多林而作安居是時四衆既無世尊咸悉共詣大目連所頭面禮足在一面坐尊者見來即爲說法隨機演暢示教利喜默然而住是時四

衆各從座起偏袒右肩合掌恭敬白尊者曰大德頗聞如來大師今於何處而作安居尊者答曰我聞佛往三十三天於玉石殿上而作安居近圓生樹爲毋説法是時四衆既得聞法知世尊所在深生歡喜禮足而去至安居竟四衆還來禮尊者足在一面坐尊者爲説法已大衆各起禮足白言大德諸人久不見佛咸生渴仰我等願欲奉見世尊善哉大德不憚勞者願爲我等至世尊處傳我等言頂禮佛足伏惟大師自一夏來起居輕利無病少惱安樂住不復更爲白贍部洲內所有四衆久違聖顏咸希親奉我等四衆無有神通能至三十三天禮世尊足親覲供養然彼天衆得來至此願佛慈悲哀愍我等時大目連默許其請衆知許已禮辭而去尊者觀知大衆去已即入勝定猶如壯士屈伸臂頃即於此没至三十三天現遥見世尊於玉石殿爲諸天衆無量無邊説微妙法時大目連不覺微笑作如是念世尊至此諸天圍遶猶如贍部四衆無邊爾時世尊知大目連心之所念告言目連此之大衆非自能來皆由我力而有來去是時目連既至佛所禮雙足已退坐一面普觀大衆白言世尊念此大衆甚奇希有悉皆雲集由彼前身於佛法僧清淨聖戒生不壞信深心成就於彼命過來生於此佛告目連如是如是此諸大衆由彼前身於佛法僧清淨聖戒起不壞信深心成就於彼命過得來生此時天帝釋見佛世尊與大目連有所論説即於佛前告大目連重叙其事由其敬信三寶清淨聖戒廣説乃至得來生

此復有天子告大目連重叙其事廣說乃至來生於此復有天子從座而起偏袒右肩合掌恭敬白佛言世尊我由前身於佛深信於彼命過來生於此復有餘天作如是語我由前身於法於僧於清淨聖戒深生淨信具足受持於彼命過來生於此時有無量百千天衆親於佛前悉皆證得預流果各禮佛足隱而不現爾時目連見衆去已即從座起偏袒右肩合掌向佛白言世尊贍部洲中所有四衆各並虔誠來至我所作如是語大德我等久不見佛咸生渴仰我等願欲奉見世尊善哉大德不憚勞者願爲我等至世尊處傳我等言頂禮佛足伏惟大師自一夏來起居輕利無病少惱安樂住不我等四衆無有神通能往三十三天禮世尊足親覲供養然彼諸

天能來至此善哉世尊慈悲哀愍從彼天處下贍部洲作此白已爾時世尊告目連曰汝今可往贍部洲中告諸四衆滿彼七日已佛從天處向贍部洲於僧羯奢城清淨曠野烏曇跋羅樹邊而下時大目連聞佛語已頂禮佛足即還入定猶如壯士屈伸臂頃於三十三天沒贍部洲中出告諸四衆滿此七日已佛從天處來贍部洲烏曇跋羅樹邊而下時諸四衆各持香花往僧羯奢城時彼城中所有人衆聞佛將至皆大歡喜淨除諸穢掃飾街衢灑以香水名花遍布幢旛繒蓋處處莊嚴如歡喜園誠可愛樂於一勝處敷妙高座企想如來是時如來爲三十三天衆說當機法示教利喜已即於此沒將諸天衆至夜摩天爲說法已即於此沒復將天衆至覩史多

天爲其說法如是至於化樂他化自在梵衆梵輔大梵少光無量光光音少淨無量淨遍淨無雲福生廣果無煩無熱善見善現至色究竟天皆爲說法示教利喜已即於此沒至善現天如是向下乃至三十三天是時帝釋白佛言世尊今欲詣贍部洲答言我去白言爲作神通爲以足步答言足步帝釋即命巧匠天子曰汝應化作三道寶階黃金吠瑠璃蘇頗胝迦答言大善即便化作三種寶階世尊處中躡瑠璃道索訶世界主大梵天王於其右邊蹈黃金道手執微妙白拂價直百千兩金并色界諸天而爲侍從天帝釋於其左邊蹈頗胝迦道手擎百支傘蓋價直百千兩金而覆世尊并欲界諸天而爲侍從佛作是念我但步去者恐外道見譏沙門喬答摩以

神通力往三十三天見微妙色心生愛著神通即失足步而還若以神通徒煩天匠我今宜可半以神通半爲足步往贍部洲爾時世尊循寶階下去此十二踰繕那人氣上熏如死屍臭令彼諸天不能鼻齅世尊知已化作牛頭栴檀香林令氣芬馥聞香歡喜佛作是念若贍部洲男見天女女見天男情生愛染由婬欲心極熾盛故便嘔熱血悶絕命終我今宜可以神通力令男見天男女觀天女如是作已不令染愛擾嬈其心爾時具壽須菩提在一樹下晝日閑居遥見世尊諸天大衆恭敬圍遶威德尊重從三十三天而來至此便作是念所有此等大德諸天悉皆辭佛當往天處此諸人衆百年之中並皆身死佛化緣盡亦復涅槃斯等威嚴無不磨滅善哉世

尊處處慇懃作如是語諸行無常體恒變易生滅之法是可惡事我今於此深起厭心於五取藴觀察無常苦空無我如是知已以智金剛杵摧二十種有身見山獲預流果得不壞信即便速疾捨加趺坐右膝著地合掌恭敬遥禮世尊瞻仰而住爾時嗢鉢羅苾芻尼作如是念佛從天上下贍部洲作何方便我得最初禮世尊足大衆皆集無地旋踵若其直爾作苾芻尼形者人皆見輕莫由進路我今宜可現大神通即以自身化爲輪王七寳前導九十九億軍衆圍遶千子具足微妙莊嚴如半月形詣世尊處時有無量億衆沙門婆羅門外道内道無邊四衆悉皆影附歎未曾有上持白蓋翊從雲奔猶如白日放千光明朗月澄輝出於星漢如是嚴飾壯麗難思至世尊所大衆見已皆生希有瞻仰忘疲各生異念何處得有如是國王軍容可愛多是他方輪王帝主既見是已各生求願如何令我得受斯樂大衆開路令彼近前爾時鄔陀夷苾芻在斯衆會告諸人曰此非輪王乃是嗢鉢羅苾芻尼自現神通來禮佛足時衆問曰大德云何知是嗢鉢羅尼也答曰嗢鉢羅花香氣芬馥嗢鉢羅色舉衆同然故知是彼現斯神變時苾芻尼既至佛所便攝神通前禮佛足在一面住爾時世尊既安坐已告嗢鉢羅尼曰汝今可去勿苾芻尼當我前立尼對大師現神通者是非理事被佛訶已便詣一邊佛作是念尼對佛前現神通者有如是過我制諸尼於大師前不現神力告諸苾芻曰從今已後諸苾芻尼不應於大師前而現

神通作者得越法罪爾時大衆見此輪王有大威勢心生願樂求生人道或見諸天光明可愛皆生願樂求往天中爾時世尊見斯事已爲欲遮其人天願故隨彼機緣爲說妙法彼聞法已得預流果或一來果及不還果或有出家斷諸煩惱獲阿羅漢果或發聲聞菩提心者或發獨覺菩提心者或發無上大菩提心者或發煖頂所有善根或發中下忍心皆令大衆歸信三寶爾時世尊即以此緣而說頌曰

設作轉輪王　或復生天上　雖得於勝定　不如預流果

爾時世尊爲諸大衆示教利喜說妙法已時諸苾芻咸皆有疑請世尊曰何意具壽鄔陀夷聞嗢鉢羅香氣知是彼尼佛告諸苾芻非但今日聞香得知於過去時亦曾聞香而知其事汝等應聽於過去世婆羅痆斯城有一商主娶妻未久便即有娠是時商主欲入大海求覓珍寶告其妻曰賢首我向他方求妙寶貨汝看家室宜可用心答曰聖子若如是者我亦隨去答曰誰當與汝共相供給彼便啼泣徒伴見悲問言何故答曰欲得共我一處同行我不見隨爲此啼泣伴曰彼意欲去何不隨之答曰誰相供給伴曰但令共去我爲相供即便將去既入大海被摩竭魚破其船舶是時商主因此命終餘人亦死其婦伶俜遇得一板幸因風便飄至海洲有金翅鳥王於此居住遂將此女以充妻室未久之間昔所懷娠誕生一子顏貌端正後於異時復生鳥子形如金翅其父遂亡是時衆鳥立子

爲王毋告子曰汝承父族身得爲王此是汝兄今可將去向婆羅痆斯於衆人中立爲國主答言國毋我當爲立時婆羅痆斯城現有國王名曰梵授以法化世安隱豐樂廣如餘説王於朝集在衆中坐時金翅鳥王以雙足爪擒其兩臂棄於大海諸妙瓔珞莊嚴其兄將至王城置師子座上告諸臣曰此是汝王好當伏事如有相違還令汝等俱淪大海人皆畏懼奉教而行臣亦不敢告令斯事衆人皆謂是梵授王時王報金翅鳥曰於時時間與我相見答言我來後於異時王有毋象月滿生兒但現其頭身不能出臣白王知王曰牽入後宮令諸宮人作實語盟要使其速出應如是呪若除王外無男子者宜令象子安隱生出即便牽入時諸内人皆作盟誓若我除王更無人者象子宜出雖作此誓象極辛苦兒不能生人皆大叫不知如何時有牧牛女宅去斯不遠聞人叫聲問其所以何故宫内有大叫聲諸人具告牧牛女曰我爲盟要能使象兒安隱得出諸人聞已具告大臣大臣白王遂喚入内女即便以實語象前爲要我從生來除一夫外無別男子此事實者即願象子安隱産生作是語已象便生子而尾不出女見微笑作如是語此之小過亦不相容内人問曰爾有何過答曰我於先時抱他孩子其兒失尿流入我陰當爾之時似如受樂緣此小過尾不隨身由斯實語尾亦隨出臣報王曰象子已生王曰誰能令出于時大臣以事具白王遂傷曰我之宫女咸不貞良唯牧牛人獨見清白王曰喚牛女來我須自

問女至王問汝以實言令象生子耶答曰如是王作是念毋既賢善女亦應然我試問之汝有女不答王言有其字如何答名妙容曾與人未答未曾與阿毋若如是者當可與我答隨王意即辦儀禮娶入宮中王復念曰宮女非貞已虧盟誓若令住此必行非法後因金翅鳥來王即具告其事弟宜晝日將我婦去安海洲上夜可持來答言善好遂便以婦付與金翅如其言契晝去夜來時彼海洲有好香花名曰去醫婦便日日結此花鬘送與梵授時婆羅痆斯有婆羅門子因取樵木須往山林見緊那羅神女遂將婆羅門子入石龕中便與交通共相得意其女若出求花果時自既出已便將大石掩閉其門人不能動後經多時誕生一子其子行時身形速疾遂與立字名爲速疾父於子前每常歎說婆羅痆斯是好住處汝今應知子問父曰父何處生答曰婆羅痆斯是本生處答曰若爾何不還鄉父曰汝毋若出求花果時必將大石掩其穴口我不能動欲逃無路答曰我當爲開父言大善子便數數取石試之乃至力成能排大石報其父曰戶既得開共父逃走父曰汝毋暫爲花果須出急即還來無由得去若其於路逢見我者必定相害答曰我作方便令彼遲來父言好事毋持果至子便取噉嚼而吐出毋曰何意如是豈不美耶答曰毋嬾遠去近覓苦果誰復能餐故須棄却毋曰若爾我當遠去覓好果來答曰善哉爲覓好者毋至明日即便遠去子報父曰今是走時無宜更晚遂去其石父子俱逃至婆羅痆斯父

生之處其母來至見石室空虛椎胷大哭隣人問曰何意啼耶即以事具答隣人曰彼是人類走向人間亦何事憂苦母曰我不憂此相與別離但恨未曾教其一伎令得活命彼便答曰我亦數向婆羅痆斯若有活緣汝可與我我若見時轉授於子其母即以箜篌授之報言姊妹若見我兒面親付與語言汝可彈此箜篌以自活命其第一弦指不應觸若觸著者必有損害彼即持去時婆羅門將兒速疾付師受學師即教詔兒因假曰即疾入山採取薪木遇見隣人問速疾曰汝比何如答曰常受飢苦知欲如何報曰汝母相憶泣涕恒流何不住彼答曰彼是藥叉誰能共住答曰若不能去我今與汝活命之物不得與他答言不與即授箜篌報言彈此而爲活命其第一弦指不應觸若觸著者必有損害答曰善哉我如是作即持箜篌至學堂處見諸同侶彼便問曰汝來何遲答曰見我母友授此箜篌諸人問曰汝能彈不答言我能汝可爲彈我等共聽彼即爲彈初弦不觸彼言何故不觸初弦答言觸者必生過患汝今但觸何過之有即便指觸時諸學生不能自持悉皆起舞緣斯日晚至先生處問曰何遲彼即具答先生問曰汝能彈不答曰我能若爾爲彈一曲彼即爲彈初弦不觸先生曰何意初弦不以指觸答言若觸恐有過生汝但指觸斯有何過即便彈觸先生及婦悉皆起舞不能自持所居屋舍悉皆崩倒瓮器之屬盡破無遺先生大瞋即扼其項驅出村外既被斥逐隨處孤遊唯彈箜篌而自活命時有五百

商人齎持貨物欲入大海諸人議曰衆事皆有但無音樂何以自娱至大海中誰解憂悶一人報曰速疾婆羅門子解擘箜篌可相隨去即將速疾共至舶中於大海内諸人告曰汝擘箜篌共相娱樂即便爲彈初弦不觸諸人問曰何不觸弦答曰若觸有過彼言但觸能作何過即便彈觸其時船舶跳躑海中遂便破碎所有商人悉皆漂没同時命過唯有速疾一人得存遇板逢風天緣令活遂便吹至金翅鳥洲於一園中更無男子唯見梵授王婦妙容女人因與言交共行綢密晝日相見夜即別離問言汝每於夜何處去來彼既通懷悉皆具告答言賢首若如是者何不將我共至婆羅痆斯女答言好共汝俱行問男何字我名速疾汝復何名我字妙容其女即便漸持小石乃至與人輕重相似斟酌得去即喚速疾同乘金翅向婆羅痆斯女曰爾可合眼開即損睛欲至城邊聞人叫響遂作是念髣髴欲至開眼瞻望鳥急凌風兩目便瞎于時妙容置之園内自向王邊後至春時名花盡發衆鳥哀鳴王與宫人入園遊觀時妙容女亦在其中速疾聞彼去醫花香即爲頌曰

風吹去醫花　芳香真可愛　猶如海洲上
與妙容同居

時梵授王聞此頌聲勑内人曰遍可觀察誰作此聲諸人答曰有患眼人作斯聲響王便喚至問曰汝作頌聲答言我作汝應更作我試聽之便作是念豈非雅頌王樂聽聞我爲作之或容賞賜即還説頌

風吹去翳花　芳香眞可愛　猶如海洲上
與妙容同居
時王問曰言海洲者去斯遠近以頌答曰
妙容所居處　去斯有百驛　超過於大海
有洲眞可愛
王既聞已以頌答曰
汝頗曾聞見　我所愛樂者　若是妙容身
汝可說其相
是時盲人以頌答曰
臍間有玊字　胷前有一旋　常結去翳花
寄來與人主
王聞語已便作是念此人惡行雖安海島亦復通私既無所用宜應與此忿恨居懷乃爲頌曰
妙容具瓔珞　付與此盲人　宜可遣乘驢
驅之出城郭
于時二人被王擯出盲人將婦隨處棲遑至日暮時投大聚落於空天廟權且居停時有群賊五百夜入此村諸人覺知悉皆除翦唯有賊帥一人走入天廟反閉其戶村人來問廟中者誰盲人答曰我是客人非關賊類諸人告曰若有賊者即宜遣出是時賊帥報妙容曰汝何用此盲瞎人乎宜可出之與我同活妙容便許推出盲人村人見之遂斬其首既至天曉賊帥便將妙容而去至一河邊無有船栰不能得渡賊報婦曰賢首河既汎漲無由共過汝且住此洗浴身體所有瓔珞我先將過安彼岸已還來相取婦言隨意便脫衣裳及諸瓔珞與其賊帥入水而坐即作是念豈不此人將物走遙告彼曰

大河今汎漲　瓔珞汝持將　我生如是心
恐汝今偷去

賊帥聞已以頌遥報

汝夫無過令他殺　誰信於我有親心
所有瓔珞我持行　恐汝得便還傷我

是時賊帥即便將物棄婦而行其女遂即露體出河入草而住去此不遠有老野干口銜肉臠循河而去時有一魚從水涌出擲身岸上野干見已棄所銜肉欲取其魚魚入水中肉被鵄撥兩事俱失垂耳而愁于時妙容於草叢內遥見野干即說頌曰

肉被鵄將去　魚復入河中　兩事並皆亡
愁苦知何益

是時野干聞頌聲已四顧而望不見　人乃爲頌曰

我不爲歡笑　亦不作歌舞　誰在草叢中
以言相調戲

妙容聞已在草叢中報野干曰我是妙容野干聞聲即瞋罵曰汝罪過物不自羞恥反來相調以頌答曰

舊壻已殺却　新夫將物行　彼此無歸伏
愁怨草中鳴

妙容聞已即以頌答

我今還本舍　真心事一夫　恐損於宗族
不復作狂愚

是時野干亦以頌答

假使殑伽水　逆流烏鳥白　贍部生多羅
汝能專守一　烏與鵂鶹鳥　同共一樹棲
彼此相順從　汝能專守一　假使蛇鼠狼
共在一穴遊　二物情相愛　汝能專守一

假使用龜毛　織成上妙服　寒時可被著
汝乃有貞一　假使蚊蚋足　可使成樓觀
堅固不搖動　汝能專守一　假使蓮花莖
作橋令衆渡　大象亦能過　汝能專守一
假使大海中　水中生火聚　諸人皆共句
汝能專守一

是時野干説是頌已告妙容曰我且作斯戲調之語我能令汝還得依舊爲國夫人將何酬報答言知識若能令我還如昔者我當日日供給肉食不使乏少野干曰若如是者當用我言應入殑伽河内令水至咽合掌向日念天而住我爲報王野干便去至王聞處出大叫聲作如是語妙容今在殑伽河中洗心練行宜疾喚取還入後宮王先曾學野干之語既聞其事告大臣曰卿今宜往殑伽河邊我聞妙容在彼勤苦改心易操即可將來與我相見時諸大臣既見妙容即以瓔珞衣服嚴身將至王所王見歡悦還依昔日爲大夫人遂日日中常以好肉供給野干後便即絶是時野干還伺王宮相近之處叫聲告曰妙容汝不以肉共相供者我當令王熟打於汝與舊不殊夫人聞怖即還給與野干之肉汝等苾芻勿作餘念往時妙容者即嗢鉢羅苾芻尼是彼時速疾者即鄔陀夷是往時聞去醫花香氣知是妙容今聞嗢鉢花香知是彼尼汝等苾芻如是應知一切事業皆是串習以爲因緣大衆聞已歡喜奉行

第六門第五子攝頌曰

度尼八敬法　尼欲依次坐　二部事各殊
還俗尼不度

佛在劫比羅城多根樹園時大世主與五百釋女往詣佛所禮雙足已退坐一面佛即為說種種妙法示教利喜爾時大世主既聞法已深心歡慶從座而起合掌向佛白言世尊頗有女人於佛法中出家近圓成苾芻尼性堅修梵行得第四沙門果不佛言大世主汝應在家著白衣服修諸梵行純一圓滿清淨無染此能獲得長夜安隱利益快樂如是三請佛皆不許頂禮雙足奉辭而去爾時世尊著衣持鉢出劫比羅城往販葦聚落時大世主聞佛去已與五百釋女自剃頭髮皆著赤色僧伽胝衣常隨佛後隔宿而去世尊到彼住相思林中時大世主涉路疲極塵土蒙身便詣佛所禮佛足已退坐一面爾時世尊為說妙法示教利喜時大世主既聞法已從座而起合掌白言世尊頗有女人於佛善說法律之中出家受近圓成苾芻尼性堅修梵行證得第四沙門果不佛言大世主宜應剃髮著縵條衣乃至盡形堅修梵行純一圓滿清淨無染此能獲得長夜安隱利益快樂如是三請佛皆不許時大世主知佛世尊頻請不許遂於門外啼泣而立時具壽阿難陀見已問言憍答彌因何啼泣而立答言尊者我等女人世尊不許出家作苾芻尼是故啼泣阿難陀報言憍答彌可住於此我問如來爾時阿難陀詣世尊所頂禮足已在一面立白佛言世尊頗有女人於佛善說法律中出家近圓成苾芻尼堅修梵行證得第四沙門果不佛言得有若如是者願許女人出家佛言阿難陀汝今勿請女人於我善說法律之中出

家近圓成苾芻尼性何以故若許女人爲出家者佛法不久住譬如人家男少女多即被惡賊破其家宅女人出家破壞正法亦復如是又復阿難陀如作田家苗稼成熟忽被風雨霜雹所損女人出家損壞正法亦復如是又復阿難陀如甘蔗田成熟之時遭赤節病便被損壞無有遺餘若聽女人出家損壞正法不得久住速當滅盡亦復如是具壽阿難陀復白佛言是大世主於世尊處誠有大恩佛母命終乳養至大豈不世尊慈悲攝受佛告阿難陀實有斯事於我有恩我已報訖由因我故得知三寶歸佛法僧受五學處於四諦理無復疑惑得預流果當盡苦際證會無生如是之恩便爲難報非衣食等可相比喻爾時世尊告阿難陀曰汝爲女人求請出家成苾芻尼者我今爲制八尊敬法盡壽修行不得違越我此所制如種田人夏末秋初河渠之處堅修堤堰不使水流漑灌田苗隨處充足八尊敬法亦復如是云何爲八　阿難陀諸苾芻尼當從苾芻求出家受近圓成苾芻尼性此是最初敬法事不應違乃至盡形諸苾芻尼當勤修學阿難陀半月半月當從苾芻求請教授此是第二敬法事不應違乃至盡形當勤修學阿難陀無苾芻處不得安居此是第三敬法事不應違乃至盡形當勤修學阿難陀苾芻尼不得詰問苾芻憶念苾芻所有過失謂毀戒見威儀正命阿難陀若苾芻尼見苾芻戒見儀命有毀犯處不應詰責苾芻見尼有毀犯處應爲詰責阿難陀此是第四敬法事不應違乃至盡形當勤修學何

難陀苾芻尼不得罵詈瞋恚訶責苾芻苾芻於尼得爲此事此是第五敬法事不應違乃至盡形當勤修學阿難陀若苾芻尼雖受近圓已經百歲若見新受近圓苾芻應當尊重合掌迎接恭敬頂禮此是第六敬法事不應違乃至盡形當勤修學阿難陀苾芻尼若犯衆教法者應二衆中半月行摩那⿰卑也此是第七敬法事不應違乃至盡形當勤修學阿難陀若苾芻尼夏安居已於二衆中以三事見聞疑作隨意事此是第八敬法事不應違乃至盡形當勤修學

根本說一切有部毗柰耶雜事卷第二十九

音釋

袒徒旱切 嘔烏后切吐也 嬈而沼切亂也 擘博厄切撝也 跳躑跳徒弔切躑直炙切跳躑趍越也 髣髴髣撫兩切髴分勿切髣髴猶依稀也 瞎許鎋切目盲也 栰房越切編竹木浮河曰栰 汎漲汎孚梵切漲知亮切 臠力兗切肉臠也 鴟赤脂切 縵莫半切 雹蒲角切雨氷也 堰於幰切埭也 溉古代切灌注也 ⿰卑也卑也切

根本説一切有部毗柰耶雜事卷第三十

唐三藏法師義淨奉　制譯

内攝頌曰

近圓從苾芻　半月請教授　依苾芻坐夏
見過不應言　不瞋訶禮少　意喜兩衆中
隨意對苾芻　斯名八尊法

阿難陀我今已制苾芻尼八尊敬法皆不應違若大世主喬答彌能奉持此八敬法者即是出家受近圓成苾芻尼性時具壽阿難陀聞佛所説八尊敬法頂禮佛足奉辭而去詣大世主處作如是語大世主當知世尊已許女人於佛所説善法律中出家受近圓成苾芻尼性然佛世尊制諸苾芻尼行八尊敬法事不應違乃至盡形當勤修學我今爲説世尊所制八尊敬法今應諦聽善思念之時大世主言願爲我説一心聽受尊者告曰如世尊説諸苾芻尼當從苾芻求出家受近圓成苾芻尼性此最初敬法事不應違乃至盡形諸苾芻尼當勤修學如是至終一一具告時大世主聞尊者阿難陀説敬法已深心歡喜頂戴奉持白阿難陀言大德譬如貴族四姓家女澡浴身體拭以塗香淨治髮爪衣服鮮潔時有餘人以占博迦嗢鉢羅等結作花鬘持授彼女是時女人既見花來歡喜而受置於頂上大德我亦如是以身語心頂受如來八尊敬法時大世主受敬法時及五百釋女即是出家近圓成苾芻尼性爾時具壽鄔波離請世尊曰如佛所説若大世主受持敬法是則出家是則圓具成苾芻尼者未審自餘女衆其事云何佛告鄔波離自餘女衆如法

次第當與出家及受近圓時諸女人聞是教已不知云何是其次第以緣白佛佛言大世主爲首及五百釋女受尊敬法是則出家近圓成苾芻尼性自餘女人皆當如是次第受之若有女人求出家者詣一尼所申禮敬已彼尼即應問其障法若無難者應可攝受授以三歸并五學處先禮尊像次禮其師宜令合掌教作是語阿遮利耶存念我某甲始從今日乃至命存歸依佛陀兩足中尊歸依達摩離欲中尊歸依僧伽諸衆中尊如是三説師云好答云善次授五學處教作是語阿遮利耶存念如諸聖阿羅漢乃至命存不殺生不偷盜不欲邪行不虛誑語不飲諸酒我某甲始從今日乃至命存不殺生不偷盜不欲邪行不虛誑語不飲諸酒亦如是此即是我五支學處是諸聖阿羅漢之所學處我當隨學隨作隨持如是三説願阿遮利耶證知我是鄔波斯迦歸依三寶受五學處師云好答云善

緣在室羅伐城爾時世尊令大世主喬答彌及五百釋女受八尊敬法佛聽即是出家近圓成苾芻尼性因此尼衆轉授餘人出家近圓成苾芻尼性如是展轉更授餘人尼衆增盛後於異時諸上座苾芻尼詣大世主喬答彌所作如是言善哉聖者當知我等苾芻尼衆出家已久諸餘苾芻年少出家近圓未久令依大小互相恭敬作是語已時大世主喬答彌言諸妹可待須臾我詣聖者阿難陀處諮問斯事即往具壽阿難陀所説如上事阿難陀曰大世主且待少時我往白佛時阿難

陀即詣佛所頭面禮足在一面立白言世尊諸上座苾芻尼衆出家已久有餘年少苾芻近圓未久令依大小互相恭敬是事得不佛告阿難陀汝今不應口說斯事何以故若其女人不於善法律中而出家者諸有信心長者婆羅門等見諸苾芻咸持美食共相給施令無闕乏阿難陀復有信心長者婆羅門等以新淨白疊敷在街衢作如是語願仁沙門蹈斯疊上令我長夜獲大利益長得安樂阿難陀復有信心長者婆羅門等以髮布地作如是語願仁沙門足蹈我髮令我長夜獲大利益長得安樂復次阿難陀若其女人於我所說善法律中不出家者我諸弟子所有威德假令日月具大光明不能映蔽況餘死屍外道之類復次阿難陀若其女人不出家者我之教法滿一千年具足清淨無諸染汙由出家故減五百年是故阿難陀我今百歲近圓苾芻尼應當尊重合掌迎接恭敬頂禮新受近圓苾芻

緣處同前時諸苾芻尼有四人衆事五人衆事十二人衆事起彼便總集二部僧伽事務既多遂妨教授讀誦思惟時諸苾芻以緣白佛佛言二衆事別唯除出罪近圓及半月等法事須共爲餘皆別作

爾時室羅伐城有一長者娶妻未久遂即有娠月滿生女生已父亡母養既大其母亦終後時吐羅難陀尼因乞食入其舍見女問曰汝屬於誰答言聖者我無依怙曾未屬人報言若如是者何不出家女曰誰與我出家尼曰我能與汝可隨我去彼即隨行至尼住處

便與出家後被煩惱之所牽纏遂便還俗時吐羅難陀尼因出乞食遇見其女問言少女如何得活答言聖者我無依怙辛苦存生報言若爾何故更不出家答曰我已還俗誰與出家尼曰我能即與出家遂行乞食長者婆羅門見已皆共譏嫌諸釋迦女能爲善事或時出家而修梵行或時罷道還染俗塵隨情所爲豈非善事諸尼聞已白諸苾芻苾芻白佛佛作是念由還俗尼有如是過從今已去諸還俗尼更不得出家其長者等善爲譏笑損壞我法是故苾芻尼一捨法服已歸俗者不應更令出家若與出家者師主得越法罪

第六門第六子攝頌曰

因度喬答彌　出家有五利　可於五衆內
訶責事應知

緣處同前爾時婆羅痆斯有一長者名瞿答摩大富多財娶妻未久便持財貨往得叉城而爲興易既至彼已便詣一家而求住止時彼主人長者號曰名稱見唱善來歡懷命坐因即相知共爲交密時瞿答摩賣舊持新還歸故邑後於異時主人長者因爲興易到婆羅痆斯遂投瞿答摩家而爲停止彼見驚喜唱言善來共申久好時得叉長者告瞿答摩曰作何方便我等歿後所有子孫共爲親愛不相踈隔瞿答摩曰善哉斯語今可共作指腹之親我等二家若生男女共爲婚媾彼言可爾我意同然時彼長者賣舊持新遂歸本宅其婦有娠月滿生男經三七日聚會諸親與兒作字名曰遊方手時婆羅痆斯瞿答摩聞彼生男情甚歡悅便作是念得叉長者共

我交親今既生男我當生女彼是女夫可作嚴身瓔珞衣服令使送去并持書曰聞君生男情甚欣悦今送衣服願垂納受得叉長者得書領信還以書答時瞿答摩得書表意情求於女未久之頃婦遂有娠月滿生女雖儀貌端正而瘦減常人諸親總集與之立字衆皆議曰此女形瘦是瞿答摩女應與立字號曰瘦瞿答彌時彼長者聞其生女作如是念我友生女豈得徒然可寄衣瓔用申歡慶彼即是我新婦何疑遂裁書曰聞君誕女慶喜交懷聊寄衣瓔用申欣賀幸當爲受冀表不空彼覽書已報書答曰許作交親今皆遂願各待成立共媾婚姻時瞿答摩既披書已女漸成笄教其學識得叉長者亦復教兒令解衆藝長者先時有私通婬女以兒付彼令學陰書此論女人與男女交通私密矯誑難知之事多時學已報言阿母我已學得今欲還家其母報曰汝可善學且勿歸家答言阿母我已善學憶舍復歸母即私把紫鑛綿團告言汝若定去不肯住者我自打頭令破流血答言阿母必若相留我且未去母曰寒窮物自言善學陰私書者汝尚不知豈有我爲他兒自打頭破我擬將濕紫鑛綿於頭上按令赤汁流下人見謂血汝實無智未可言歸既聞母語遂且停留未久之間復言阿母我欲還家其母報曰汝應且住答言我去母曰汝若去者我投井死答言阿母必其如此我不歸家母曰愚癡物自言善解陰私書者汝尚不知豈有我爲他兒自投井死我擬井中多安草褥投身而下人見謂死汝實無智未可

言歸復經少時又言阿母我欲還家母曰汝巳慇懃再三言去若不住者我作乳糜食訖方去乳糜熟已盛銅盤中多安酥蜜對兒盡食食已還復吐著盤中命言汝食答言阿母吐出之食云何復食母便啼泣隣家聞已皆來共問何意啼哭母便具告隣人告曰爲汝作糜何因不食報言此是吐出云何可食母即椎胷大哭告諸人曰豈有吐食持與人乎隣人皆集强令其食彼兒見逼遂欲餐糜母便捉手掌打其面報言癡人自謂善解陰私之書汝實無智寧容自擊吐食而便食之因即驅出不與同住時長者子既被斥逐遂還故居自爲商主將五百商人多持財貨南之中國每對諸人説猒女色漸次遊行至婆羅痆斯時諸商人往還來去皆與婬女共作交通由聽善言不入婬舍婬女議曰姊妹當知北地商人先多交往今並離欲不復相看一女告曰我聞商主善解陰書於諸女人極生猒賤由是諸人皆絶往還衆中有一年老婬女問諸人曰彼是丈夫不答是丈夫諸根具足報言我女若能誘得彼者於衆女中立爲衆首答言如其得者立爲第一若不得者其欲如何答曰當酬汝等五百金錢衆人曰善其母即便就商主邊賃宅而住多貯衆貨不令闕乏商主家人時來店所有所求覓老母問曰汝屬誰家報言我屬商主母曰我兒持貨亦向他方自爲商主豈不如此求及他人汝從今日來我家中若有所須皆隨意取既聞此言數數來取商主遂怪問家人曰汝於何處得斯異物家人白言去此不遠有一老

毋所住之家多貯衆貨自言我見持貨亦往他方自爲商主豈不如此求及他人汝等所須來隨意取我有所須即從彼覓商主聞已於其母所情生愛念告家人曰其母旣能如此貧給事同我母家人往彼報其母曰商主於母深生愛念與母不殊老母曰何時當得見子面耶答曰善哉我報商主即便還報商主聞已報言善事遂即行詣老母店中旣相見已歡笑迎接母便問曰汝名字何答曰我字遊方母曰我子商主亦同此名汝即是彼體無差異往來我處勿作他心答言如是情無簡別母命其女汝可進來與兄相見女即出來共相致問于時商主見彼女來儀貌端嚴舉世無雙便生愛著如猛風吹不自覺知何所投措片時醒悟告其母曰難家少女報言愛子是汝之妹問曰已屬他不答曰未有所屬報言阿母若爾何不與我母曰欲令事汝不擬與他然有一過使我懷疑歡合暫時欲去便棄答言阿母頗能相與必不棄遺母曰若如是者所有財物將入我家方信汝心言無有二答言可爾遂將財貨運入其家家有後門入即將出知物盡已告曰宜選吉日可共成親母即遂報諸婬女等可於其日各自嚴身著上妙服咸至我家共爲歡會至成親日商主見怪問言阿母何因大會更無男子唯有女人老母矯言男子未至時有一女遂共商主耳語君可不知我等並是婬女耶商主念曰我被婬女之所欺誑其女交歡已經多日報商主曰與我金錢答曰我之財貨並入汝家更從我索何物相與女即黙然後

時商主因酒睡著遂將籧篨裹束送著街衢天曉人行即便睡覺見身如此深生悔惱泣淚橫流飢火所燒爲求飲食遂往傭力人邊覓雇身處于時瞿答摩長者更造新舍多雇作人令往鄽中隨處求覓喚長者子來時瞿答摩見彼容儀極爲輭弱告使者曰我觀此人似未曾作更覓餘人彼聞語時重加憂惱悲淚交流觀長者面長者便怪問言汝誰家子從何處來名字何等彼即哽咽聲嘶答言阿父當知我是北方得叉邑人名曰遊方我以天緣來至於此我今不知何所趣向今遭苦難死活難期時瞿答摩見語悲哀情生愍念問曰汝識得叉城人名稱長者不答言阿父我薄福人彼即是父時瞿答摩聞說父已知是舊親更鍾慈愛美言告曰汝可無畏勿生悲慘當作女夫是汝舍宅既蒙安慰遂息愁懷長者即便賜以衣服嚴身之物澡浴塗香飲食房舍凡是所須皆令無乏復告婦曰汝可爲女備辦瓔珞莊飾之具女夫既至當作婚姻遂對宗親告遊方曰今是吉辰共爲婚媾遊方答言阿父我未成親且求財貨長者告曰宅中財物隨意所須既無乏少更求何用然遊方本意往婬女舍欲報私讎答言阿父我成親日廣備禮儀豈等凡流隨宜嫁娶長者默然是時遊方出城遊觀於大河中見有死屍隨流而去岸上烏鳥欲餐其肉舒觜不及遥望河邊遂以爪捉箸揩拭其觜觜便長去食其死肉食肉足已復將一箸揩觜令縮如故無異遊方見已取箸而歸遂將五百金錢往婬女舍報言賢首往以無錢縛我

舁出令有錢物可共同歡女見有錢遂便共聚是時遊方既得其便即將一箸揩彼鼻梁其鼻遂出長十尋許時家驚怖總命諸醫令其救療竟無一人能令依舊醫皆棄去女見醫去更益驚惶報遊方曰聖子慈悲幸忘舊過勿念相負爲我治之遊方答曰先當立誓我爲汝治先奪我財並相還者我當爲療答言若令差者倍更相還對衆明言敢相欺負即取一箸揩彼鼻梁平復如故女所得物並出相還得物歸家廣爲婚會命聚宗族娶婦成親時瞿答摩城外有宅報女夫曰汝可將婦詣彼停居彼有村坊悉皆給汝既至彼已安樂而住未經多日婦即有娠欲至生時報其夫曰我欲歸家令母看養答言隨意既到舍已便即生男遂將此子還向舊居未經多時復有娠體欲至生日復更同前求還母處即將一子共夫乘車遂於路中夫乃下車詣一樹下縱身而睡毒蛇來螫因此命終婦在車中便誕一子生已下車便至樹邊報夫主曰我已生兒君宜慶喜大喚不語後以手觸方知命終號哭椎胷痛惱憂塞時有强賊盜其牛去唯有空車重增悲咽四向顧望不復見人擕抱二兒却還本所行至中路遇大風雨河水泛漲求進無由即作是念若將二子一時渡者我及於子俱並不存遂留大子懷抱小兒既得渡河置於岸上迴取大兒浮至中流有野干來遂銜小子子啼作聲母遥叫喚大子言謂其母相喚擲身入水因即命終母急上岸趂彼野干遂得其兒看已命過遂便號哭棄彼河中復見大男隨流而去情謂

猶活即入水浮觀之知死痛切悲啼速便上岸夫兒離背獨行曠野唯著一衣號慟而去椎胷懊惱不能自裁時行時坐宛轉於地是故苾芻當知先業果報熟時必須身受無可逃避當爾之時在家父母并諸親屬俱遭霹靂咸悉命終唯有一奴得存餘命悲號啼哭急走而來女見問之汝何行急彼便倒地悲叫而言所有家親咸遭霹靂唯我一身得全餘命女聞號叫悲不自勝說伽陀曰

我於先世中　曾作何惡業　夫兒及父母
眷屬一時終　我是薄福人　獨行隨處去
親族皆零落　何面欲求生　寧在於山藪
曠野無人處　不住於家宅　憂愁日夜增

說是頌已即與奴別隨意東西唯獨一身至一聚落遇到一家見有老母撚劫貝線權寄停止母遂相容便到母邊共其撚線有一織師少年時來母處買劫貝線母於異時便持細縷往少年處彼問阿母昔日縷麤今何細妙母曰此非我作問是誰爲答有客人彼能妙作報言阿母我獨一身更無兼手何不見與我以衣食相供答言我歸問彼知意報來即貴價取縷設好飲食香花莊飾令母還歸瘦瞿答彌見而問曰阿母何處賣線得錢身香花彩答言少女非直貴價得錢身服花彩更乃飽餐美食歡喜歸來女曰我怪非常爲此相問即於女前說織師好復言少女彼之織師未有妻室汝能共活衣食相供答言阿母勿說斯語我於家室深生猒患隨宜活命更不求餘母曰女人無依理難存濟宜覓處所以自安身遂說百種因緣令其改嫁女便

心變從彼所求織師既知以禮迎去時彼織師性多毒害雖無罪過常行杖楚其女即往告老母曰何意將我付與藥叉常受苦楚知欲何計報言少女汝勿懷憂若有男女自相憐愛家產資財並皆屬汝其女未久便即有娠其夫知已不加楚毒妻生慢意不並尋常織師覺已懷恨而住後諸織師共爲聚集酒醉還家扣門而喚其時婦屬產期閉門而坐雖聞叫喚無由出看織師性惡復加酒醉懷恨在心更增忿怒婦生子畢方與開門告夫主曰我已生兒君宜喜慶夫聞斯語懷毒在心便作是念有娠之時已慢於我今既生子更長高心若不殺之必爲讎隙即報妻曰汝速然釜以油置中見油沸已告其婦曰汝可以兒投於釜內妻曰此是君兒新生無識有何過失而欲殺之是不可也即以麤杖打其脊上世間憐愛無過自身不能受苦遂即與兒置油釜內夫見熟已報云汝今可食此肉答曰我欲如何自餐子肉夫遂倍常苦楚逼害忍苦不已遂餐其肉如世尊說

染欲是小過　愚者亦能除　瞋癡是大殃
智人當速離

于時織師遂生悔恨坐卧不安如火燒心極懷憂惱煩惌睡著妻作是念其人殺子令我食肉人中藥叉可宜逃避即持道糧走出城外時有北方商人欲還本國便共爲伴隨時活命彼大商主見此女人容儀端正便生愛念問言少女汝屬於誰欲何所適報曰我先有夫毒蛇蜇死一子新生被野干所害一子兩歲溺水而亡父母親知咸遭霹靂我無依

託隨處遊行且寄商人以求活命商主念曰此女容儀卒求難得即便納受以爲已妻忽於中路狂賊破營財物並將夫身被殺賊帥見女儀容可愛給以衣食遂納爲妻後被北方國主誅其賊帥遂將此女爲大夫人未經多時王便崩背于時臣佐作大禮儀準其國法以人殉死王及妃后塟入陵中被賊破陵穿孔已穴瘦瞿答彌在於墓中土塵入鼻即便嚏噴群賊聞聲悉皆驚怖謂起屍鬼四散奔馳時瘦瞿答彌見墓開明方從孔出旣出外已四顧茫然憂惱百端求生無路加以飢渴內迫身心因即癲狂不記先後遍體泥塗手足皴裂露形而去漸漸孤行途經萬里至室羅伐如世尊說衆生業報難可思議先所作業悉皆自受惡緣斯盡善果方生次復前

行至逝多林所爾時世尊大衆圍遶爲說妙法彼遥見佛三十二相八十種好周遍嚴身世間無匹圓明赫奕超日千光如寶山王觀者忘倦女極瞻仰遂得本心覩已形容深生羞恥即便坐地不敢遊行於一切時如來大師無不知見恒起大悲饒益一切於救護中最爲第一最爲雄猛無有二言依定慧住顯發三明善修三學善調三業渡四暴流安四神足於長夜中修四攝行捨除五蓋遠離五支超越五道六根具足六度圓滿七財普施開七覺花離於八難樂八正路永斷九結明閑九定滿足十力名聞十方於諸自在最爲殊勝得法無畏降伏魔怨震大雷音作師子吼晝夜六時常以佛眼觀諸世間誰增誰減誰遭苦戹誰向惡趣誰陷欲泥誰能受化作

何方便拔濟令出無聖財者令得聖財以智安膳那破無明膜無善根者令種善根有善根者令得增長置人天路安隱無礙趣涅槃城如有頌曰

假使大海潮　或失於期限　佛於所化者
濟度不過時　佛於諸有情　慈悲不捨離
思濟其苦難　如母牛隨犢

爾時世尊告阿難陀曰汝向衆外可以上衣授與商主之婦瘦瞿答彌令其披著將來聽法時具壽阿難陀奉佛教已即行詣彼捨衣覆之將至佛所禮雙足已退坐一面如來大師觀彼根性隨機說法於四諦理令其解悟以智金剛杵摧二十種有身見山獲預流果既得果已便從座起合掌向佛歎未曾有白言世尊唯願慈悲許我於佛法律捨俗出家成苾芻尼而修梵行世尊知已付與大世主彼既得已即令出家并受近圓教讀毗柰耶如法教誨彼即策勤一心無倦觀知五趣輪轉不停諸行無常畢歸磨滅斷三界惑破五趣輪證得阿羅漢果三明六通具八解脫得如實智我生已盡梵行已立所作已辦不受後有心無障礙如手撝空刀割香塗愛憎不起觀金與土等無有異於諸名利無不棄捨釋梵諸天悉皆恭敬爾時世尊告諸苾芻於我弟子苾芻尼中瘦瞿答彌持律第一是時諸尼聞佛記已有諸尼衆詣瘦瞿答彌聽其說法時瞿答彌欲令諸尼生猒離故即便爲說本業因緣諸尼聞已便向苾芻廣說其事後於異時瘦瞿答彌來禮佛足諸苾芻見共相耳語說彼業緣時瘦瞿答彌禮佛足已奉

辭而去爾時世尊知而故問阿難陀曰是諸苾芻共相耳語爲說何事時阿難陀以緣白佛佛告阿難陀衆生業報難可思議由心造作一切世間皆因業生依業而住凡自作業當受其報時諸苾芻咸皆有疑請世尊曰大德世尊此瘦瞿答彌先作何業夫被蛇螫而死一子野干所害一子溺水而亡父母親知咸遭霹靂自食子肉心亂癲狂漸漸遊行來詣佛所善法律中出家近圓斷諸煩惱證阿羅漢蒙佛授記於尼衆中持律第一佛言汝等苾芻當知此尼由先作業果報熟時皆須自受非外四大等乃至說頌廣如餘處汝等苾芻當一心聽往古昔時於一聚落有長者住大富多財娶妻經久逈無兒息心懷憂惱我有多財了無繼嗣身亡之後並入官收婦問何憂夫以事答婦作是念我今未知由夫薄業我無福耶不生子息豈非夫主於我情生異念更覓餘妻親對我前掌頰而住廣說愁詞我宜自行不勞他遣告其夫曰我有惡業不懷男女可更覓婦男女當生報言賢首汝豈不聞家有二婦欲將冷水飲麨無由於其宅中常爲鬪諍共相惱亂無有停歇妻作矯情報言聖子宜可娶來彼若年顏與妹同者我便於彼如妹看之與女相似如女贍養夫聞此語遂更求妻於異聚落有一長者妻生一女復有二子女既長大父母並亡其人遂來至第二處求姊爲妻彼便見與作大禮儀共成婚媾人皆法爾得新忘舊不念前妻舊婦腹中先有惡病不生男女見夫棄擲極生嫉妒因即病差便即有娠報夫主曰我今

有娠君當喜慶夫曰賢首汝若生子我歿世後得爲繼嗣自作家主婦曰誠如所説君之後妻若不藥我墮胎必有斯理夫曰賢首我先語汝家有兩婦定相惱亂汝今無事早發斯言婦便默爾月滿生兒毋便念曰此子幸蒙天緣得生必被後妻之所損害我今付彼令養爲兒作是念已語後妻曰小妹此兒與汝共作養育俱爲已子情勿間然彼言善事遂共恩養未經多時遂生惡意作如是念此非我子豈繼我家若長成日毋作夫人子爲曹主我充婢使此必無疑何用養怨宜當早殺既生惡念如火益薪其焰轉熾懷毒惡心亦復如是遂以竹籤刺兒喉内子患楚痛極苦號啼問後毋曰何意孩子悲啼答言不知毋即抱持哀憐撫拍子懷苦楚啼泣更增即便以孏置彼口中方見竹籤驚忙拔出其兒因此便即命終毋懷痛切悲啼號哭椎胷呌唤親隣來集問其所以答言我兒後毋嫉妬竹籤其口苦楚命終親隣聞已悉皆驚集問言何意啼淚交流具以事答遠近隣伍諸人咸萃共嗔後毋告言小兒無過何因苦殺彼既聞已椎胷作誓我若嫉心殺此兒者當令夫主毒蛇螫死一子野干所害一子溺水而亡父毋親知咸遭霹靂我食子肉心亂癲狂赤體遊行無所知覺汝等苾芻於意云何其長者後妻豈異人乎此瘦瞿答彌尼是故彼於往昔極毒害心殺他兒子重爲言誓由此業故夫被蛇螫一子野干所害一子溺水而亡父毋親知咸遭霹靂自食子肉心亂癲狂露形而去無所覺知又諸苾芻乃往迦攝波

佛時此瘦瞿答彌於彼佛法出家爲尼乃至命終修治梵行無所證獲依止一尼爲鄔波馱耶彼佛法中持律第一彼佛世尊亦與授記瘦瞿答彌臨終發願我於迦攝波如來無上等覺教法之中至盡形壽修治梵行所有善根如迦攝波佛授摩納婆當來之世人百歲時得成正覺名釋迦牟尼我願於彼如來法中而得出家斷諸煩惱證阿羅漢如迦攝波佛說我鄔波馱耶於諸尼中持律第一我亦如是蒙佛記爲持律第一時諸苾芻復白佛言大德彼之父母先作何業咸遭霹靂夫造何罪被毒蛇螫二子何愆一被野干損害一爲溺水而亡佛告苾芻各自作業皆悉成熟廣如前說汝等苾芻當一心聽此賢劫中人壽二萬歲時有迦攝波如來應正等覺十號具足出現於世在婆羅痆斯仙人墮處施鹿林中爾時於此城中有一長者大富多財去城不遠於河彼岸造一住處諸方僧來咸住於此長者以財付與村人令其興易時有一人三度將財並皆散失長者喚問汝無智慧三度將財並皆散失若不還我不放汝歸答言長者更容一度將錢興易若不總還夫妻二子没爲奴婢遂作明契長者與財復還散失長者即便收其夫妻及子充寺淨人在城居止每日渡河向寺供給身常煮飯妻及二子雜營諸味時有羅漢苾芻知僧檢校時逢天雨河水泛溢夫妻及子並皆不至時阿羅漢怪其不來即往告曰日時將至何故不行欲令衆僧悉皆闕食聞是語已悉生瞋恚父母親識聞已呪言彼人無事共相苦切何

故不遭霹靂而死夫作是語此在路來何不被毒蛇螫死一子復言何不溺水而死一子又言何不被野干所殺汝等苾芻勿生餘念往時淨人者豈異人乎即夫妻是彼父母等即霹靂死者是彼時夫者即被蛇螫死者是彼時二子者即溺水死及野干害者是此等皆由過去於羅漢處以毒害心出麤惡語皆受斯報汝等苾芻由是因緣我常宣說黑業得黑報白業得白業報雜業得雜業報汝等應當勤修白業離黑雜業時諸苾芻聞佛所說皆大歡喜信受奉行頂禮佛足奉辭而去緣處同前爾時愚癡惡生釋子無辜咸被誅戮釋女尊親兄弟姊妹及以夫主悉皆喪滅各懷憂苦於佛所說善法律中來求出家得出家已譬如鈴鑾憂愛想漸除後爲欲纏煩惱還盛不能禁止如世尊說大黑毒蛇有五過失云何爲五一者多瞋二者結恨三者怨讎四者無恩五者惡毒女人亦爾瞋恨多讎無恩惡毒女人毒者謂有一類多欲染心時諸釋女苾芻尼共集議論往吐羅難陀苾芻尼所到已頂禮一邊而坐白言聖者欲心煩惱實難禁制常惱女人云何能止報言姊妹更欲何爲汝等少年可捨學處宜覓商人少年男子多有財者共作交通煩惱欲心自然止息我若少年共汝同去諸尼聞已禮足而還遂更共議諸姊妹等聖者吐羅難陀作如是語我等云何欲爲安處或有說言吐羅難陀所言極善我等宜行求覓其事或有說言諸姊妹女人於佛善說法中得出家者甚爲難遇宜可往問聖者瘦瞿答彌咸云可爾即共

詣彼頂禮雙足白言聖者欲心煩惱實難禁制常惱女人我等云何方便能止報言諸妹勿道欲名何以故其味甚少過患極多如世尊說諸有智人於婬欲處知有五失故不應爲云何爲五一者觀欲少味多過常有衆苦二者行欲之時常被纏縛三者行欲之人永無猒足四者行欲之人無惡不造五者於諸欲境諸佛世尊及聲聞衆并諸勝人得正見者以無量門說欲過失是故智者不應習欲又復智人知出家者有五勝利云何爲五一者出家功德是我自利不共他有是故智者應求出家二者自知我是卑下之人被他驅使既出家後受人供養禮拜稱讚是故智者應求出家三者從此命終當生天上離三惡道是故智者應求出家四者由捨俗故出離生死當得安隱無上涅槃是故智者應求出家五者常爲諸佛及聲聞衆諸勝上人之所讚歎是故智者應求出家汝等應可觀斯利益以殷重心捨諸俗網求大功德汝等姊妹爲當欲聞我於先世習欲之時所有過患爲於今生習欲苦惱諸尼答曰且止先世願說今生時瘦瞿答彌即宣說自一生來喪失父母夫主兒子死亡并食子肉生入墓中癲狂迷亂次第爲說諸尼聞已悉皆愁怖身毛驚竪便用心聽視瘦瞿答彌面時瞿答彌觀其根性隨機說法於四聖諦令彼開悟彼等聞法獲預流果廣如前說既得果已白瘦瞿答彌幾將失我被吐羅難陀陷欲泥中永沉生死瘦瞿答彌問曰彼作何事即具陳如上報曰姊妹知欲如何彼爲惡行損壞佛法少欲

諸尼共生嫌恥云何苾芻尼令他捨學與俗交通時苾芻尼白諸苾芻苾芻以緣白佛佛言苾芻尼不應教他捨其學處勸令歸俗若相勸者得吐羅底也罪

緣處同前爾時有一苾芻尼訶罵苾芻苾芻羞恥便即默然時諸苾芻以緣白佛佛言苾芻尼不應訶罵苾芻若犯者得越法罪如尼不得訶罵苾芻如是亦復不應訶罵苾芻尼及正學女求寂求寂女如是下三衆各低頭不應訶罵五衆皆得越法罪

根本說一切有部毗柰耶雜事卷第三十

音釋

蹈徒到切踏也　氎徒協切細毛布也　媾古候切合也　笄古奚切簪也　籧篨籧求於切篨直魚切籧篨竹席也　傭余封切雇作也　慘七感切愁戚也　觜即委切鳥喙也　箸直慮切　療力喬切治也　霹靂霹普擊切靂郎擊切　撚乃珍切以指撚物也　縷力主切綫也　脊資昔切背也　溺乃歷切沒也　殉從閏切徇死也　嚏噴嚏丁計切噴普悶切　癲都年切狂也　皴七倫切皮細起也　韱七廉切銳也　萃疾醉切聚也

根本説一切有部毗柰耶雜事卷第三十一

唐三藏法師義淨奉　制譯

第六門第七子攝頌曰

尼不在前行　見僧應起敬　白僧半加坐
歸俗詰無縁

縁處同前爾時具壽大迦攝波在鹿子母東林住處於小食時著衣持鉢入城乞食吐羅難陀尼亦復乞食遥見大迦攝波便作是念我今宜可治此愚人若迦攝波次第至家吐羅難陀即先入其舍在門扇後立迦攝波來告言聖者宜過家無熟食尊者即去作是語已還至餘家迦攝波來同前言告如是展轉乃至多家皆聞斯語情生怪異若阿羅漢不預觀者於事不知便即入定觀誰惱我見吐羅難陀苾芻尼告言姊妹汝今無慊然是具壽阿難陀作斯過失强請世尊令如是等惡行女類出家近圓諸苾芻諸以縁白佛佛作是念由苾芻尼多有過患苾芻乞食處苾芻尼不應前行作是念已告聞苾芻迦攝波善説其事是故我今制諸苾芻尼苾芻乞食尼不前行諸苾芻尼便不敢行因此乞求難得向苾芻説苾芻以縁白佛佛言苾芻乞處尼應避行

縁處同前時吐羅難陀苾芻尼在無量百千大衆之中而爲説法爾時具壽大迦攝波因行至彼衆見皆起吐羅難陀端坐不動衆人即白吐羅難陀曰聖者大迦攝波人天恭敬我等遥見咸悉驚起聖者端然不移於坐極爲不善答曰彼乃元是外道邪徒極愚極鈍而來出家我是釋女從佛出家博通三藏善

閑說法契合眞理問答無滯何合見彼從坐起焉時衆聞已皆悉譏嫌苾芻以緣白佛佛言信心長者婆羅門等善作譏嫌從今已後苾芻尼遥見苾芻應從坐起若見犯者得越法罪如世尊說若見苾芻從坐起者後於異時蓮華色苾芻尼於寺門首爲諸大衆演說法要時具壽阿難陀因行乞食至尼住處蓮華色尼遥見彼來急從座起阿難陀來即坐其座問言姊妹汝爲大衆說何教法報言演說某經于時具壽阿難陀即爲大衆說其義趣蓮華色尼一心佇立聽其說法阿難陀爲貪說法不令尼坐久立疲倦被日照身熱悶倒地是時衆中無信心者共相議曰我聞蓮華色尼無諸染欲今見阿難陀美貌容儀遂生異念欲火燒心便即倒地諸苾芻聞以緣白佛佛言汝等苾芻諸長者婆羅門善說其過從今已後若苾芻尼於苾芻處來聽法時應言姊妹就座而坐苾芻若爲說法忘命令坐苾芻尼應可白知隨處安坐

緣處同前如世尊說汝等苾芻由此譬喻能解其義汝等應聽我略教誨言日出者謂是如來出現於世喻如日出放大光明衆鳥皆鳴者謂說法人校量義理農夫耕作者謂是諸餘信施檀越於我弟子營福智田群賊皆散者謂是魔軍及諸外道悉皆逃迸如是苾芻如來大師於諸聲聞弟子所應作者教令疾作爲欲哀愍以大悲心成就利益所應作事我已作訖汝等作者自可修行當離諠鬧獨處閑居往空林中在一樹下或空室內或在山崖或依坎窟或在草積或於露地或向

塜間或屍林處隨宜卧具趣得支身如是等處當可端心勤修靜慮莫爲放逸勿於後時情生悔恨此則是我之所教誡時諸苾芻聞佛説已便往山林坎窟之中茂林清沼華果勝處一心靜慮遠離放逸諸苾芻尼亦近王園於闇林中或在餘處受用隨時供身卧具跏趺而坐宴默思惟遂有蟲來入不便處因生苦惱世尊聞已告諸苾芻諸尼不應跏趺而坐以修寂定應半跏坐是時諸尼奉教而作尚有細蟲入身相惱佛言應以故破衣及以輭葉而爲掩蔽方始半跏當修寂定

緣處同前具壽鄔波離請世尊曰大德若苾芻尼捨戒歸俗重求出家得與出家近圓不佛言鄔波離一經捨戒更不應出家

緣處同前具壽鄔波離請世尊曰大德先制苾芻尼不得詰問苾芻所有過失所謂破戒破見破威儀破正命者頗有餘緣諸苾芻尼得詰問苾芻諸過失不佛告鄔波離必無因緣諸苾芻尼得有詰責苾芻如前罪類所有過失

第六門第八子攝頌曰

長者與殘食　殘觸不相避　不問隱屑事　近圓座應知

緣處同前有一長者大富多財娶妻已久不生男女後時財物悉皆施盡告其婦曰我今年老不能求財欲往逝多林爲出家事妻言聖子君若出家我何依託亦去出家夫言賢首可共同去長者將妻往大世主喬荅彌處頂禮雙足白言聖者此是我婦樂於善説法律之中而爲出家願慈納受我今亦往逝多

林所而求出家答曰善哉男子夫妻能發此勝妙心俱共出家斯爲好事如世尊說出家之人有五勝利功德無邊聖所稱歎五勝利者如前廣說汝今可去我與出家時大世主喬答彌即與落髮長者即往逝多林處求一苾芻爲作出家于時城中遠近咸聞皆言長者有福今得出家多獲勝妙四事供養後於異時入城乞食妻苾芻尼亦入乞食時世飢饉乞求難得遇見其妻問言姊妹若爲存濟妻曰時世飢饉乞求難得辛苦存生便即告言我今多得飲食供養若佛聽者減半相與時苾芻尼還至本處向諸尼衆具陳其事尼既聞已向苾芻說苾芻白佛佛言若諸苾芻有如此苾芻尼時世飢饉乞求難得者苾芻有食應可相與勿致疑惑如世尊說若苾芻有如此苾芻尼時世飢饉乞求難得有食相與勿致疑惑者苾芻乞食得已便即減半與苾芻尼恒來就食乃於他日其苾芻尼別處得食而不來就苾芻作念尼應餘處得食爲此不來何勞留分思惟是已便不出分尼於明日遂來覓食報言姊妹昨不見來遂不出食今雖有者已成殘宿惡觸不堪受用尼聞斯語禮足而還至尼住處具說其事尼白苾芻苾芻白佛佛言從今已後苾芻殘觸苾芻尼得食苾芻尼殘苾芻得食

緣處同前時有苾芻於僧衆中問苾芻尼與僧不同隱屑之事尼聞羞恥俯面而住時諸苾芻以緣白佛佛言苾芻不應問苾芻尼所有隱屑之事然苾芻尼自可相問苾芻若問得越法罪苾芻又問同戒隱事彼復羞慚佛

言可令尼隔方問彼尼彼以其事告彼隔者
隔尼聞已方報苾芻由不對言少羞慚故
緣處同前具壽舍利子等與一苾芻尼受近
圓已説頌告言
汝於最勝教　具足受尸羅　至心當奉持
無障身難得　端正者出家　清淨者圓具
實語者所説　正覺之所知
説是語已時苾芻尼月期忽下舍利子告言
姊妹汝可起去尼爲羞恥便不肯起時舍利
子觀知所以即便起去諸苾芻尼曰姊妹纔
受近圓未離壇場豈合惱亂阿遮梨耶令起
不起答言姊妹彼是大人不容見我猥屑之
事仁等可不自知更責於我我爲蹲居於前
而坐月期忽下云何起去諸尼聞已向苾芻
説苾芻白佛佛言自今已後與女近圓勿令
蹲居可坐甎上或坐草座或復小褥子上由
諸女人身柔輭故
第六門第九子攝頌曰
苾芻餘卧具　應與苾芻尼　尼不蹋橋板
不著裝身物
緣處同前爾時大世主喬答彌與五百苾芻
尼遊行人間日將欲暮到逝多林作如是念
時今已過日既將暮不暇入城我等宜共隨
時居止待至天曉方可入城即於寺中露地
而眠所有衣服爲塵土所汙至天曉已復作
是念若不頂禮大師足已至城還須重來即
詣佛所頂禮佛足在一面坐佛見衣服塵土
所汙知而故問喬答彌曰衣服何因被塵土
汙時喬答彌以事具白于時佛告具壽阿難
陁曰苾芻所有餘長卧具不與苾芻尼耶白

言不與佛告阿難陀從今已後苾芻受用餘殘卧具應與苾芻尼勿致疑惑如世尊説應與苾芻尼卧具者時諸苾芻分卧具時皆取下惡留上好者與苾芻尼佛言不應好者留與苾芻尼應與麤者隨時供給勿令闕事准此既合食亦同然

縁處同前爾時具壽大迦攝波於小食時著衣持鉢入城乞食時吐羅難陀苾芻尼從外而來欲入住處遇河水泛溢見迦攝波在板橋上吐羅難陀作如是念此愚鈍物今可治之速往橋邊用力蹋板時迦攝波遂即落河衣服並濕鉢沉水底錫杖隨流迦攝波曰姊妹汝無過犯乃是具壽阿難陀作斯過失强請世尊度如斯類惡行之女於佛法内出家爲尼苾芻聞已以縁白佛佛作是念由苾芻尼多生過失告言從今已後苾芻尼不應共苾芻同橋上行若行得越法罪如世尊説苾芻尼不得共苾芻同橋行者時有大橋安隱廣大諸苾芻尼不敢共行佛言如是寛廣大橋共行無過

縁處同前爾時吐羅難陀苾芻尼於小食時著衣持鉢入城乞食次第行至勝鬘夫人處夫人見已唱言善來即敷座令坐共爲言議時吐羅難陀尼問勝鬘曰姊妹何故胯麤腰細耶答言聖者何須問此我但以物結束爲悦王意尼曰我今等閑且問答言聖者我用物纏是故麤也尼曰由此衆人見者相愛勝鬘默爾尼至住處亦著此衣諸尼問曰此非法衣豈合尼畜白諸苾芻苾芻白佛佛言此非法衣著者得越法罪

緣處同前爾時吐羅難陀苾芻尼又見夫人乳房圓正問答同前夫人我著覆乳房衣又見夫人著承乳房衣又見著勒腰衣吐羅難陀見皆借問如上具答尼即學作著用此衣佛言皆不合著用者得越法罪

第六門第十子攝頌曰

不瀆水汙衣　不持死胎子　不呑於不淨
觸已子非他

緣處同前爾時吐羅苾芻尼入城乞食時大迦攝波在城乞食臨渠塹行吐羅尼見便作是念我今宜可治此愚人遂持大甎速至傍邊遙擲塹內穢惡臭水汙其衣服迦攝波曰汝無德犯然是阿難陀作斯過失具說如上諸苾芻聞以緣白佛佛言苾芻尼不應以穢惡水汙苾芻衣服若犯者得越法罪

緣處同前爾時有一長者大富多財娶妻未久將諸財貨出外興易妻噉好食著妙衣裳欲心熾盛遂共一男而作私通因即有娠既經多月而作是念我宜墮胎若不落者夫到之日必當害我遂即墮胎情懷憂念我今落訖何處安置時吐羅難陀苾芻尼因乞食入其舍告言妙相可與鉢食答言聖者可去無授食人我懷憂惱報言妙相可有人亡答言無有人亡然我墮胎不知欲棄何處報言妙相我若爲棄頗能常供乞鉢食不答言我與我之侍者及知事人亦能與不答言並與即以大鉢盛彼死胎向空舍中而爲棄擲時彼舍內先有衆多漫行男子家中聚立見而問曰禿頭釋女欲何所作答曰只由汝等無賴狂夫通他婦女造斯過失令我棄胎男子聞

惡駡而去時彼男子路逢諸尼報言罪過物汝吐羅難陀尼現作如是棄胎惡業諸尼黙爾尼白苾芻苾芻白佛佛作是念尼畜大鉢有如是過是故諸尼不持大鉢告諸苾芻吐羅難陀作非沙門行當知諸尼不應作此非法之事不持大鉢若尼持大鉢作如是事者得越法罪如佛所制尼不持大鉢者諸尼不知持何等鉢佛言苾芻小鉢是尼大鉢緣處同前時笈多尼既將一滴不淨置在口中復將一滴置下根内衆生業報難可思議遂即懷娠生童子迦攝波時笈多尼不敢手觸兒便啼哭諸親問言何故兒哭尼聞黙爾餘尼答曰世尊制戒不許觸男故不敢近爲此啼哭彼即答言世尊大悲云何已子不聽手觸毋不觸者豈不命終尼聞稱善我往白佛即告苾芻苾芻白佛佛言已子應觸長養抱持無有過失

緣處同前佛言已子應觸長養抱持者女人多愛便捉此兒從肩至肩競共持抱其兒便瘦諸親見問何意如是彼遂具説咸共譏嫌以緣白佛佛言諸尼不應觸他孩子若觸得越法罪

第七門總攝頌曰

笈多尼不住　僧脚崎二形　道小羯磨時
沽酒尼根轉　寺外不以骨　第七攝應知

第七門第一子攝頌曰

笈多共兒宿　王舍藥叉神　施兒衣繫項
稱名與祭食

緣處同前如世尊説苾芻尼不得與男同一室宿時笈多苾芻尼遣童子迦攝波出外令

宿子即啼哭諸親聞已問笈多曰童子迦攝波小兒夜何啼哭尼默不對諸尼報曰世尊不令苾芻尼共男子同一室宿爲此令出由是夜啼諸親曰世尊大悲若童子小兒不與毋宿當招禍患可白世尊諸尼向苾芻說苾芻白佛佛言笈多尼應從僧伽乞與子同室宿羯磨應如是乞敷座鳴揵椎尼衆集已笈多合掌隨應致禮於上座前或於草坐輒上或褥上坐合掌而住作如是白大德尼僧伽聽我笈多苾芻尼生男欲與子同一室宿今從尼僧伽乞與子同一室宿羯磨願尼僧伽與我與子同室宿羯磨憐愍故如是三說已次令笈多尼離聞處著見處須一苾芻尼作白羯磨應如是作

大德尼僧伽聽此笈多苾芻尼爲自生男此笈多今從苾芻尼僧伽乞與子同室宿羯磨若苾芻尼僧伽時至聽者苾芻尼僧伽應許苾芻尼僧伽今與笈多與子同室宿羯磨白如是次作羯磨

大德尼僧伽聽此笈多苾芻尼爲自生男此笈多今從苾芻尼僧伽乞與子同室宿羯磨苾芻尼僧伽今與笈多與子同室宿羯磨若諸苾芻尼僧伽聽與笈多尼與子同室宿者默然若不許者說苾芻尼僧伽已與笈多與子同室宿羯磨竟苾芻尼僧伽已聽許由其默然故我今如是持若苾芻尼巳蒙僧伽作與子同室宿羯磨竟宜應與子同室而宿勿致疑惑其笈多伴尼亦共同宿尼白苾芻苾芻白佛佛言其有子尼應與子宿非是餘人共餘人宿者得越法罪是時笈多子年長大

猶共同宿尼白苾芻苾芻白佛佛言尼若子
大不應同宿應如教奉持
佛在王舍城竹林園住時此城內於一山邊
有藥叉神而為居止名曰娑多此常擁護影
勝大王中宮妃后王臣宰輔及諸人衆由彼
力故王及諸人悉皆安樂時降甘雨苗稼善
成華果泉池在處充滿常無飢儉乞求易得
諸有沙門婆羅門貧窮孤獨商估之類悉皆
來湊摩揭陀國時此藥叉亦皆覆護娑多遂
於自類族中娶妻同住是時北方健陀羅國
復有藥叉名半遮羅恒住於彼亦常能擁護
令彼國中安隱豐樂與摩揭陀境事無差異
時彼藥叉亦於同類娶妻共居後於異時諸
方藥叉共為聚會此二藥叉得申歡愛共為
親友執別之後各還故居娑多藥叉取摩揭
陀上妙華果送與半遮羅彼以北方所出華
果送與娑多如是多時共申情好復因聚會
重得交歡是時娑多語半遮羅曰作何方便
我等歿後所有子孫共為親愛不相疎隔半
遮羅曰善哉斯語我意同爾娑多曰今可共
作指腹之親我等二人若生男女共為婚媾
彼言可爾時娑多妻未經多時遂有娠體月
滿生女容貌端嚴見者愛樂其女生時諸藥
叉衆咸皆歡慶諸親立字名曰歡喜于時半
遮羅聞彼生女情甚歡悅便作是念娑多藥
叉是我親友今既生女我當生男彼即是我
所愛新婦可作嚴身瓔珞衣服令使送去并
持書曰聞君生女情甚歡悅今送衣服願垂
納受是時娑多得書領信還以書答然半遮
羅意求男子未久之頃婦遂有娠月滿生兒

與其立字既是半遮羅子應號半支迦時娑多藥叉聞半遮羅生一男子便作是念我友生男豈得徒然可寄衣瓔用申歡慶彼即是我女夫何疑遂裁書曰聞君誕子慶喜交懷聊寄衣纓用申欣賀幸當爲受冀表不空彼覽書已報書答曰許作交親今皆遂願各待成立共作婚姻時娑多藥叉婦還有娠其時諸山出聲如大象吼月滿生時其山復吼諸親議曰此之孩子託胎之日及以生時山皆鳴吼既是娑多之子應名娑多山既長大已父遂身亡自爲家主是時歡喜年既長成報其弟曰我今欲得遊王舍城現有諸人所生男女悉皆取食弟言大姊曾聞我父於此城主及諸人衆常皆擁護令得安樂離諸憂惱我今宜可更加守衛此則是我所防境界若有餘人爲損害者我應遮護爾今何得生此惡心宜除此念然藥叉女由於前身發惡邪願習氣力故復告其弟説如前事弟知姊意事難迴改作如是念我力不能遮其惡念然父在日許嫁與他我今宜可作婚姻事即便裁書與半遮羅藥叉曰我姊歡喜年既長成宜可爲親當速來此彼得書已便爲盛禮至王舍城娶婦歸故既至本城經多時已與其夫主情義相得作如是語仁者當知我意欲得王舍城中現在人衆所生男女皆取食之答言賢首彼皆是汝家族住處餘來侵害尚欲相遮寧容汝今輙爲酷虐興斯惡念勿更再言由彼前身所發邪願熏習力故作不忍聲懷瞋且默後於異時便生一子如是次第更生五百其最小者名曰愛兒時五百兒威

勢成立毋恃豪强欲行非法夫頻勸誨竟不受言夫知彼心黙爾而住是時歡喜便於王舍城中隨有來去現在人衆所生男女次第食之爾時城中旣失男女所有人衆皆共白王臣等男女皆被盜將不知是誰作斯巨害痛惱中極欲遣如何願王慈悲善爲尋察王即勑令諸處街衢四面城門令兵守捉時諸兵士亦被偷將日覺少人不知去處婦人懷娠者咸亦被偷將向餘處于時王舍城中大災盛起諸王臣佐重啓大王今此國中生大災難具説上事王聞驚怪即喚卜師問其所以答曰斯之災横皆是藥叉所作宜可速辦諸妙飲食而爲祭祀王下明勑擊鼓宣令告諸人曰無問主客在我境者皆須備辦飲食香華掃灑街衢城隍聚落種種嚴飾鼓樂音聲鈴鐸旛幢于時王舍城人旣奉王勑各以精心備辦飲食香華等物嚴飾街衢如歡喜園處處祭祀雖勞備設災横不除苦惱憂惶莫知所計于時守護王舍城天神於睡夢中告諸人曰汝等男女咸被歡喜藥叉之所食噉汝等宜可往世尊處所有災苦佛當調伏諸人報神曰此旣取我男女充食則是惡賊藥叉何名歡喜因此諸人皆喚爲訶梨底藥叉女王舍城人聞是事已皆往佛所頂禮佛足白言世尊此訶梨底藥叉女於王舍城所居人衆便於長夜作不饒益我等於彼先無惡念然彼於我懷毒害心所生男女咸悉盜去以充飲食唯願世尊憐愍我等爲作調伏爾時世尊黙然受請彼等咸知佛受請已頂禮雙足奉辭而去至明清旦佛即著衣持鉢

入城乞食次第乞已還至本處飯食訖即往訶梨底藥叉住處時藥叉女出行不在小子愛兒留在家內世尊即以鉢覆其上如來威力令兒不見弟弟見諸兄時藥叉女迴至住處不見小兒即大驚忙觸處尋覓及問諸子愛兒何在答言我等並皆不見便自搥胷悲泣交流脣口乾焦精神迷亂情懷痛切速趣王城遍行諸坊康莊道路園林池沼天廟神堂客舍空房皆求不得更加痛切便即癲狂脫去衣裳大聲號呌唱言愛兒汝今何在遂出城外巡歷村莊大聚落中皆覓不得即往四方乃至四海亦皆不見被髮露形宛轉於地肘行膝步蹲居而坐如是漸次到贍部洲七大黑山七大金山七大雪山無熱池香醉山覓皆不得情懷苦痛氣咽不通又往東方毗提訶洲西瞿陀尼北俱盧洲亦皆不見便往等活黑繩衆合呌喚大呌喚熱極熱阿鼻止頞部陀尼剌部陀阿吒吒阿呵呵婆呼呼婆青蓮華紅蓮華大紅蓮華如是等十六大地獄皆亦不見又往妙高山處先登下層次登第二第三層直過多聞天宮至妙高山頂先入衆車園次入雜麤歡喜皆覓不見即往圓生樹下乃至善法堂中入善見城欲入帝釋最勝殿中時有金剛大神與無量藥叉守門而住見彼來入便即驅出善見城外情加痛切至多聞天處於大石上投身躃地悲啼號哭白言大將軍我小子愛兒被他盜去莫知何在願見施我多聞天曰姊妹不須憂惱自作癲狂汝今且觀近汝家室晝日遊處誰來居止答言大將軍沙門喬答摩在彼而住

報曰若如是者宜可速往彼世尊所而作歸向彼當令汝得見愛兒彼聞斯語情生歡喜如死再生還來本處遥見世尊三十二相八十種好莊嚴其身圓明赫奕超日千光如妙寶山既見佛已深生渴仰憂惱悉除情同得子既至佛所頂禮佛足退坐一面白言世尊我久離别小子愛兒唯願慈悲令我得見佛告訶梨底藥叉女汝有幾子答言我有五百兒佛言訶梨底五百子中一子若無有何所苦答言世尊我若今日不見愛兒必吐熱血而取命終佛言訶梨底五百子中不見一兒受如是苦況他一子汝偷取食此苦如何答言此苦倍多於我佛言訶梨底汝既審知愛别離苦云何食他男女耶答言唯願世尊示誨於我佛言訶梨底可受我戒王舍城中現

在人衆皆施無畏若能如是不起此坐得見愛兒答言世尊我從今已去依佛教勑王舍城中現在諸人皆施無畏作是語已時佛令彼得見愛兒于時訶梨底歸依如來請受禁戒城中人衆皆得安樂離諸憂惱時訶梨底毋親於佛所受三歸依并五學處不殺生乃至不飲酒前白佛言世尊我及諸兒從今已去何所食噉佛言善女汝不須憂於贍部洲所有我諸聲聞弟子毎於食次出衆生食并於行末設食一槃呼汝名字并諸兒子皆令飽食永無飢苦若復有餘現在衆生及江山海處諸鬼神等而應食者皆悉運心令其飽足佛告訶梨底又復我今付囑於汝於我法中若僧伽藍若僧尼住處汝及諸兒常當晝夜勤心擁護勿令衰損常得安樂乃至我法

未滅已來於贍部洲應如是作爾時世尊說是語已時訶梨底母五百諸兒及以諸來藥叉等衆皆大歡喜頂禮奉行時諸苾芻聞佛說已咸皆有疑請世尊曰訶梨底母先作何業生五百兒吸人精氣食王舍城人所生男女佛告諸苾芻汝等諦聽此藥叉女及此城人先所作業還須自受

汝等苾芻乃往過去王舍城中有牧牛人娶妻未久遂即有娠是時無佛但有獨覺出現人間樂居寂靜受用隨宜邊際卧具世間唯有此一福田時有獨覺遊行人間至王舍城于時此城爲大設會時有五百人各各嚴身咸持飲食并將音樂共詣芳園於其路中逢見懷娠牧牛之女持酪漿瓶諸人告言姊妹可來舞蹈共爲歡樂女見相喚便起欲心舉目揚眉共爲舞蹈由其疲頓遂即墮胎城中諸人皆向園內女懷憂惱掌頰而住便以酪漿買得五百菴没羅果時彼獨覺來至女傍其女遥見身心寂定威儀庠序在路而行情生敬仰遂即前近頂禮雙足持香美果奉施聖人諸獨覺者但以身化口不說法欲饒益彼女人故如大鵝王開舒兩翼上昇虛空現諸神變凡夫之人見神通時心便歸向如大樹崩投身于地合掌發願我今於此眞實福田所施功德願我當來生王舍城於此城中現在人衆所生男女我皆取食汝等苾芻於意云何彼牧牛女豈異人乎即訶梨底藥叉女是由彼往昔奉施獨覺五百菴没羅果發惡願故今生王舍城作藥叉女生五百子吸人精氣食噉城中所有男女汝等苾芻我常

宣説黒業黒報雜業雜報白業白報汝等應當勤修白業離黒雜業乃至果報還其自受時諸苾芻聞佛説已心大歡喜頂禮佛足奉辭而去

緣處同前時訶梨底既受如來三歸五戒已遂被諸餘藥叉神等而作災難即將諸子施與衆僧若見苾芻行乞食時皆化作小兒隨後而去王舍城中女人見時多生憐愛即來抱持彼便隱没時諸女人白苾芻曰此是誰子答言訶梨底兒女人報曰此是怨家毒害藥叉所生子耶苾芻報曰彼已皆捨毒害之心爲諸藥叉與作災難爲此將來施與我等女人作念藥叉之女能捨惡心將子奉施我等諸子何不施與遂將男女施與僧伽僧伽不受女人白言聖者尚能納受毒害藥叉女兒何故不受我等男女時諸苾芻以緣白佛佛言應受諸苾芻奉教雖受不爲守護縱其自意隨處遊行諸苾芻白佛佛言若將一男施與僧伽一苾芻爲受以故袈裟片繫其項上而爲守護若多施與於上中下座隨意受之同前守護勿致疑惑時諸父母遂將財物還來贖取諸苾芻不受佛言應受彼於後時情生愛戀復將衣物施與苾芻希報恩故苾芻知心而不爲受佛言應受如世尊説應受贖兒財物者時六衆苾芻遂從父母要索全價佛言不應索價應隨彼意知足受取緣處同前時訶梨底藥叉女既將諸子施與僧伽夜卧患飢啼泣至曉時諸苾芻以緣白佛佛言晨朝應持飲食稱其名字而祭祀之或有欲得齋時而食佛言應與或有非時欲得飲

食佛言應與或有欲得食苾芻鉢中殘食佛言應與或有欲得食諸不淨佛言應與

根本說一切有部毗柰耶雜事卷第三十一

音釋

逃迸 迸北諍切走散也
諠閙 諠虛袁切閙奴教切諠閙不靜也
坎窟 坎苦感切穽也窟苦骨切穴也
蹲踞 蹲徂尊切踞也
餘長 長直亮切剩也
濽 子旦切濺灑也
塹 七豔切坑也
娠 升人切妊也
笈 其業切
僧腳踦 梵語也此云掩腋踦去奇切
揵椎 梵語也此云磬亦云鐘隨有瓦木銅鐵鳴者皆曰揵椎揵巨寒切椎音槌
婚媾 婚呼昆切婚姻也媾古候切媾合也
酷 苦沃切慘也
鐸 徒各切鈴屬
肘 陟柳切臂節也
躃 昆亦切倒也
頰 古協切面旁也

根本說一切有部毗奈耶雜事卷第三十二

唐三藏法師義淨奉　制譯

第七門第二子攝頌曰

尼不住蘭若　不居城外寺　不許門前望
亦不視窻中

佛在王舍城竹林園於此城中有一婬女名蓮華色衒色爲業以自活命時有婆羅門來告言少女好不汝可與我行歡愛事報曰汝有錢不答言我無女曰可去覓錢後來相見答言我覓便往南方隨處經紀得五百金錢還來女處時蓮華色由依尊者目連善知識故因即出家近圓得阿羅漢果隨情所樂出王舍城向室羅伐爾時世尊未遮苾芻尼住阿蘭若時蓮華色遂往闇林於閑靜處宴坐入定受解脫樂時婆羅門持五百金錢至王舍城問諸人曰蓮華色女今何處去答言彼已於釋子法中而爲出家向室羅伐彼聞告已即往逝多林問苾芻曰聖者王舍城女名蓮華色遊行至此今在何處答言彼女已捨非法而爲出家在闇林中專修妙觀彼便往就報言少女先有誠言今持錢至汝可與我共爲歡樂報言婆羅門我已棄捨罪惡之業汝今宜去報言少女汝雖捨我我不捨汝宜可起來必不相放報言汝於我身何處支體偏生愛樂答曰我愛汝眼即以神力抉其兩眼而授與之時婆羅門便作是念此禿沙門女能作如是妖術之法拳打尼頭棄之出去即以此緣告諸尼衆尼白苾芻苾芻白佛佛作是念由苾芻尼住阿蘭若有如是過自今已後苾芻尼不應逐靜在闇林中及空野處

若有住者得越法罪
緣在室羅伐城如世尊説苾芻尼不應住阿蘭若時諸苾芻尼便在街衢坊巷坐修禪寂還招前過以緣白佛佛言苾芻尼應居寺内修習時有信心俗人聞佛令尼於寺中修定遂於城外爲造尼寺尼來居止還被諸賊及獰惡人來共以侵嬈苾芻白佛佛言不應城外安置尼寺應在城中
緣處同前時吐羅難陀苾芻尼於尼寺門前佇望而立見有人來即便調弄時諸俗旅皆共譏嫌苾芻白佛佛作是念尼住門前有如是過故尼不應住在門下告苾芻白諸尼不應在門前立作者得越法罪
緣處同前如佛所制諸尼不應立門首者便於窻中而望遥相調弄起過同前佛言此亦如前得越法罪
第七門第三子攝頌曰
許著僧脚崎　有男池不浴　交衢不應越宜在一邊行
緣處同前時諸苾芻尼於寺院内便著五衣作諸事業熱悶疲勞因此羸弱即白苾芻苾芻白佛佛言尼於寺内應披僧脚崎作諸事業俗人來見遂起欲意信心者見共作譏嫌苾芻白佛佛言諸俗人等若嫌斯事從今已去苾芻尼對長者婆羅門不應著僧脚崎而爲事業若著者得越法罪若對俗人作者可用僧脚崎覆兩肩臂披五條衣然後執作緣處同前時吐羅難陀苾芻尼遂往男子洗浴之處而爲洗浴有諸少年男子亦來洗浴見尼入水共相議曰觀此禿沙門女身如野水

牛尼白苾芻苾芻白佛佛作是念由苾芻尼往男子浴處有斯過失從今已去苾芻尼不應往男子浴處洗身若往者得越法罪

緣處同前吐羅難陀苾芻尼立在四衢道中見俗人來即便調弄諸人報曰禿沙門女豈合於四衢道中調弄我等尼白苾芻苾芻白佛佛言自今已去苾芻尼不應驀四衢道過應近一邊取便而去若直過者得越法罪

第七門第四子攝頌曰

若是二形女　或是合道類　或常血流出
及是無血人

緣處同前時有苾芻尼與二形女而爲出家見餘尼來便現異相彼問言妹汝是何人答言姊我是二形人尼白苾芻苾芻白佛佛言此是非男非女不應出家縱受近圓不發律儀護可速擯出自今已去若有女人來求出家應須先問汝非二形不若不問與出家者師主得越法罪

緣處同前時有苾芻尼與二道合女出家若小行時大便俱出汙其處所餘尼來入見已問言誰汙處所答言姊妹我本無心欲汙其處爲二道合欲小行時大便俱出尼白苾芻苾芻白佛佛言此是非男非女不應出家縱受近圓不發律儀護可速擯出從今已去若有女人來求出家應須先問汝非二道合不若不問與出家者師主得越法罪

緣處同前時有苾芻尼與常流血女出家裙衣點汙多有蠅附諸尼問曰妹身常流血耶答言我是常流血女尼白苾芻苾芻白佛佛言此亦同前不堪共住

緣處同前時有苾芻尼與無血女出家見有餘尼於時時中月期水現遂生嫌恥報言小妹汝有邪思不能離欲於時時中有月期現答言阿姊何故見嫌此是女人常法汝可無耶答言我無血人何有斯事尼白苾芻苾芻白佛佛言此是黃門女宜應擯去不生善法若見有女求出家時應可問言汝非無血不若不問者得越法罪

第七門第五子攝頌曰

道小著内衣　近苾芻不唾　僧尼不對說　當於自衆邊

緣處同前時有苾芻尼度道小女出家時彼女人向小行處久而方出餘尼問曰何遲出耶答曰知欲如何我身道小根不具足是故遲耳尼白苾芻苾芻白佛佛言此是黃門女即應擯棄

緣處同前時有諸尼爲月期下汙衣卧具多有蠅附雖加浣滌還同前汙佛知告曰如此色類應著内衣諸尼便著時吐羅難陀苾芻尼亦著此衣入城乞食街中墮落諸人見問此是何物遺在地上尼瞋答曰惡生種宜可速問汝家母姊當爲汝說佛言若苾芻尼著内衣應須安帶繫腰不生此過若不安帶繫腰得越法罪

緣處同前時具壽大迦攝波於小食時著衣持鉢入城乞食吐羅難陀尼見速至傍邊唾地唱言極愚極鈍物迦攝波曰此非汝懲然是阿難陀過令惡行女人於善法律中强請出家苾芻以緣白佛佛言吐羅尼所爲非沙門法諸婬女人於苾芻處尚不出此鄙惡之

言從今已去苾芻尼見苾芻不應唾地唱言極愚極鈍若作者得越法罪

緣處同前時有苾芻犯過見苾芻尼來便喚令坐彼問聖者欲作何事報言我爲犯罪今欲說悔尼即對坐苾芻白言阿離移迦存念我苾芻某甲犯某罪我今對阿離移迦發露說罪不覆藏由發露故得安樂住尼言聖者亦犯如是過耶斯非善事苾芻默恥苾芻白佛佛言苾芻不應向苾芻尼邊說罪宜於清淨苾芻見解同者發露說罪若作者得越法罪

緣處同前時有苾芻尼犯罪見苾芻來虔誠恭敬頂禮雙足合掌請言聖者憐愍我故願見少坐苾芻問曰欲何所爲答言聖者我爲犯罪今欲對說苾芻對坐尼即合掌白言聖者存念我某甲苾芻尼犯某罪廣如上說佛言苾芻尼不應向苾芻邊發露宜於清淨苾芻尼邊說罪若作者得越法罪

第七門第六子攝頌曰

苾芻作羯磨　尼可用心聽　敷座令人坐
尼座應分別

緣處同前如世尊說苾芻苾芻尼羯磨事別除共羯磨者尼在僧中作羯磨時不能無畏作法不成苾芻白佛佛言苾芻應爲作羯磨苾芻尼應聽諸尼不知云何諦聽佛言至心善思念之告言此是初羯磨竟第二第三應如是作（謂是二衆受尼戒也）

緣處同前如世尊說應可誦經者時諸苾芻不敷座席佛言應敷後於異時尼來聽法便坐好座時有一尼月期忽下汙其座褥聽訖

便去知事人來欲收舉置見多蠅附以緣白佛佛言尼來聽法不應令坐好座如世尊說苾芻尼不得坐好座聽法者時有尼來即與小座時大世主喬答彌因來聽法令坐小座大世主曰我在俗時尚不曾坐 如此小座況今能坐諸苾芻言大世主是世尊教不令苾芻尼坐好座聽者大世主曰我豈同彼有可惡過由彼前尼心不存念故有過生苾芻以緣白佛佛言我今聽許若苾芻尼心存念者來聽法時應與好座勿生疑惑

第七門第七子攝頌曰

沽酒婬女舍　路中不觸女　隨時開內衣
歌舞不應作

緣處同前時吐羅難陀苾芻尼於小食時著衣持鉢次第乞食見一俗女著妙衣瓔問曰少女因何得此上妙衣瓔答言聖者我因沽酒得此衣瓔尼便作念此好方便心緣不捨前行乞食又逢一女著弊故衣羸弱而去問曰汝屬誰家答言聖者我無所屬但得衣食我即與作尼曰若爾何不沽酒答言聖者如我之類豈能沽酒凡沽酒家須得寬宅牀榻座席盞杓盤樽錢本多停供承如法客來無乏方有利潤尼曰若爾所須之物我爲汝辦所得之財能與我不答言我與便近尼寺造一大宅所須調度皆悉與之多與本錢令其沽酒諸有飲者多求於此餘沽酒家皆起嫉妬時吐羅難陀苾芻尼多獲財利後時王設大會皆喚沽酒家諸人報言吐羅 難陀苾芻尼寺邊有大店肆多釀美酒諸人皆飲多收利物何不喚來偏苦我等使者旣聞往擒其

女即便大叫告言聖者吐羅難陀王家使人枉被牽捉願見出來尼聞速出便即罵言獰惡物汝何所爲牽我女兒使者答言聖者豈合置店沽酒耶報曰我以脚蹋怨家項上作沽酒業何關汝事問言聖者亦有怨家乎答曰汝即是怨將我女去因此鬭諍諸長者婆羅門見問言何故廣説其事共作譏嫌諸釋迦女自爲掉舉作非法事秃沙門女不遵淨行而爲沽酒苾芻以緣白佛佛作是念吐羅難陀尼所爲之事非釋女法從今已去苾芻尼不應沽酒若沽者得越法罪

緣處同前時吐羅難陀苾芻尼著衣持鉢次第乞食見一婬女著好衣瓔問曰少女何處得此上妙衣瓔答言聖者我衒賣色而得此衣尼作是念此好方便我今試看得出生不心緣此事而行乞食遂於一處見少年女衣服垢膩形帶飢色行步虛羸體骨端正問言少女汝屬誰家答曰我無所屬但得衣食我便屬彼答言若爾何因不作婬女業耶彼便即以兩手掩耳報言聖者我之家族未曾聞作如斯惡事尼言少女凡是女人多爲此業汝非王女亦非長者婆羅門等貴族所生然諸女人皆愛男子我不出家亦當自作彼聞詃誘便答尼曰聖者若作婬女可即得耶衆緣備具方辦其事先須廣宅衣服鮮華瓔珞莊嚴見者愛念若有男子來入舍時隨其貴賤飲食香鬘皆須供給尼言少女凡是所須我皆爲辦與汝衣食所得財物能與我不答言悉與尼於近寺造一大宅所須之物悉皆備辦澡浴香華衣服瓔珞皆給與之恣口所

飡容儀肥盛諸婬女中最爲第一遂使諸人皆來臻湊彼諸婬女見此事時共生嫉妬吐羅難陀尼多獲財物後時王設大會多用塗香使者即便集諸婬女共作塗香諸女讒言告使者曰吐羅難陀尼寺邊亦有婬女宜可喚來使者旣去喚女擒來彼便大叫告言聖者今有王臣撮我將去尼便疾出語使者曰汝獰惡人將我女去答言聖者亦作婬家報曰我以脚蹋怨家項上作婬女業何干汝事廣說如前乃至佛言從今已去諸苾芻尼不應作婬女業若有作者得吐羅底也罪

緣處同前時吐羅難陀苾芻尼將一少女於林野處大路之次衒色爲業因此求財爲他所執尼便惡罵廣說如前乃至若有作者得吐羅底也罪

緣在王舍城時六衆苾芻每於伎樂人中共作歌舞共相議曰諸大德我等常被樂人使作歌舞者皆由十二衆苾芻尼彼若不將衣鉢等物私與伎兒令惱我者彼即不能令我作樂宜可治罰令正是時可爲計校鄔波難陀曰宜可共打咸言可爾遂便同往遥見吐羅難陀苾芻尼共相謂曰此尼是頭首宜可苦治即前共捉或有拳打頭上或以脚蹋腰間或用錫杖而爲打拍遍體青腫不復能行以油揩身卧在牀席諸尼見問何故如此答言被打問曰是誰報云尊者六衆汝作何過答曰彼是法兄我是法妹共相教誨自是常途豈比餘人何勞問過諸尼聞已咸共譏嫌云何苾芻打諸尼衆白諸苾芻苾芻白佛佛作是念由諸苾芻若打尼時觸其身體告諸

苾芻若打尼者是不應爲得越法罪

縁在室羅伐城如世尊説尼著内衣者雖著此衣仍猶點血汙諸卧具多有蠅蟲遂生猒賤憂惱居懷尼白苾芻苾芻白佛佛言我今許尼内衣之上更著覆裙諸尼即便奉教而著還仍點汙佛言於時時中當爲浣染於眠卧時常須繫念若不爾者得越法罪

縁在王舍城時有苾芻尼名曰本勝身死之後轝至屍林以火焚葬時十二衆苾芻尼即於其傍自爲歌舞諸尼嫌恥以事白佛佛言尼法不應自作歌舞作者得越法罪

第七門第八子攝頌曰

僧尼根若轉　至三皆擯出　廣説法與縁
蓮華色爲使

縁處同前時具壽鄔波離請世尊曰大德尼若根轉其事云何佛言同舊近圓及依夏次移向僧寺復白佛言世尊尼轉根時即依本夏送向僧寺僧若轉根還依本夏向尼寺不佛言此亦送向尼寺大德此之二人至彼處已根還復轉其事云何佛言隨其所應還歸本處大德此復更轉如是至三此復云何佛言若至三轉即非僧尼當須擯棄勿懷疑惑

縁處同前時有長者名曰天與大富多財娶妻而住復於一處有一長者名曰鹿子彼亦大富娶妻而住此之二家共誇財富各言已勝後爲親友昵好往來但有異物必相贈遺時此城中諸人有事至芳園所悉皆集會籌議既畢各並還家時二長者天與鹿子於園中住共爲談説天與告曰作何方便我等殁後所有子孫共爲親愛不相疎隔鹿子曰善

哉斯語今可共作指腹之親我等二家若生男女共爲婚媾彼言可爾我意同然作此議巳各還本處後時天與妻生一女容儀端正超絶常倫而性多啼哭若有苾芻來至宅中爲父説法孩子不啼攝耳專聽三七日後諸親歡會爲女立名共相議曰此女愛法攝耳專聽天與之女可名法與付八養母恩慈撫育速便長大如蓮出水時鹿子長者聞彼生女作如是念我友生女豈得徒然可送衣瓔用申歡慶彼即是我新婦何疑并傳語曰聞君誕女慶喜交懷聊寄衣瓔用申欣賀幸當爲受冀表不空天與領信還以語答彼若生男定爲婚媾于時鹿子得語表心情求男子未久之頃婦遂有娠月滿生男三七日後諸親歡會爲兒立名共相議曰此兒生日屬毗舍佉星應名毗舍佉亦付八母抱持養育時天與長者聞鹿子生男作如是念鹿子長者共我交親今既生男我巳生女彼是女夫可作嚴身瓔珞衣服令使送去并傳語曰聞君生男情甚欣悦今送衣服願垂納受彼得信巳傳語報曰久許交親今皆遂願各待成立共作婚姻法與長大情樂出家跪白父曰我今情樂善説法律而爲出家父曰小女我有先言以汝嫁與鹿子長者子毗舍佉彼即是夫誠爲不可蓮華色尼是其門師時來相問法與白言聖者我於善説法律情樂出家而受近圓成苾芻尼性願來於此家與出家何以故我父遮制無由得出尼曰善哉少女能發此心樂爲出家諸欲味少過患極多如世尊説諸有智人於婬欲處知有五失故不應

爲云何爲五一者觀欲少味多過常有衆苦二者行欲之人常被纏縛三者行欲之人永無猒足四者行欲之人無惡不造五者於諸欲境諸佛世尊及聲聞衆幷諸勝人得正見者以無量門說欲過失是故智者不應習欲又復智人知出家者有五勝利云何爲五一者出家功德是我自利不共他有是故智者應求出家二者自知我是卑下之人被他驅使旣出家後受人供養禮拜稱讚是故智者應求出家三者從此命終當生天上離三惡道是故智者應求出家四者由捨俗故出離生死當得安隱無上涅槃是故智者應求出家五者常爲諸佛及聲聞衆諸勝上人之所讚歎是故智者應求出家汝今應可觀斯利益以殷重心捨諸俗網求大功德是故我今度汝出家且應住此我往白佛時蓮華色尼至世尊所頂禮雙足在一面立合掌白言大德世尊天與長者女名法與於佛所說善法律中情樂出家幷受近圓成苾芻尼性爲父先擬嫁與鹿子男毗舍佉父母遮護不聽出家于時佛告具壽阿難陀汝往告諸尼衆天與長者女法與情樂出家可使蓮華色尼往法與處告其女曰奉世尊教與汝受三歸護幷五學處卽於家中剃髮出家受其十學時阿難陀奉世尊教告彼尼衆諸尼共集遣蓮華色尼至彼告言少女今尼僧伽奉世尊教使我於此與汝出家先受三歸幷五學處當用心受旣爲受已告言汝今是近事女次授十學處語言汝已出家訖當勤修學如世尊教依法護持時女欣悅深生渴仰一心聽受

蓮華色尼觀其根性隨機説法於四諦理令彼開悟以智金剛杵摧二十種有身見山獲預流果時蓮華色尼來白世尊奉大師教所作已訖佛告具壽阿難陀曰汝往告諸尼衆可使蓮華色尼往彼家中授法與六法六隨法二年正學時阿難陀如世尊教告諸尼衆使蓮華色尼至法與處依佛教勑授與六法六隨法告言汝今已是正學女應二年中奉教修學如世尊教依法護持復更隨機爲説妙法彼聞法已獲一來果是時法與於二歲中學六法六隨法年漸長大容儀挺秀超絕常倫時諸親族共來瞻視鹿子長者知女長成令使往告天與長者曰男女成立宜共成親可選吉辰式修盛禮天與答曰善哉斯事應如是爲即便召集諸陰陽師占其吉日其天與長者遠近親族令使告知我女法與其日成禮若長若幼皆須總集共申歡慶諸莊嚴具皆可持來時鹿子長者亦告親知然彼宗親眷屬廣博咸來集會滿室羅伐城時憍薩羅主勝光大王乃至中宮及諸僚庶皆聞天與長者女法與嫁與鹿子長者兒其日吉辰共爲婚會諸親總集闐噎城中王告大臣卿等亦應共彼相助于時大臣頒宣王命令其境内聚落村坊諸貴豪族所有嚴飾奇異之物咸可齎持助長者婚會時諸貴族聞王命已咸持種種奇異之物皆來借助是時城隍康莊巷陌人衆充滿掃灑嚴飾無諸雜穢燒香普馥散以名華如歡喜園皆可愛樂法與遥見怪其奇異問家人曰今欲非時爲白華會耶家人答曰由汝福報爲此非時作白

華會與汝成禮女聞斯語情生憂惱速詣父所跪白父言我於五欲情無愛樂願父聽我詣王園伽藍苾芻尼處父曰汝未生日我有誠言嫁與鹿子長者男毗舍佉彼是汝夫今不由我然憍薩羅主勝光大王僚庶貴賤咸悉知聞汝嫁與鹿子男毗舍佉彼豈容汝詣王園寺耶汝欲令我及諸宗親囚禁牢獄明日婚姻勿爲造次又諸親族咸來告言少女汝今不應爲倉卒事汝既盛年梵行難立彼聞告已即便策勵作意勤修專求聖道竟未能得離欲方便於此時中世尊大師無不知見諸佛常法恒起大悲饒益一切於救護中最爲第一最爲雄猛無有二言依定慧住顯發三明善修三學善調三業渡四瀑流安四神足於長夜中修四攝行捨除五蓋遠離五

支超越五道六根具足六度圓滿七財普施開七覺華離於八難樂八正路永斷九結明閑九定滿足十力名聞十方於諸自在最爲殊勝得法無畏降伏魔怨震大雷音作師子吼晝夜六時常以佛眼觀諸世間誰增誰減誰遭苦厄誰向惡趣誰陷欲泥誰能受化作何方便拔濟令出無聖財者令得聖財以智安膳那破無明膜無善根者令種善根有善根者令得增長向人天路安隱無礙趣涅槃城如有說言

假使大海潮　或失於期限　佛於所化者
濟度不過時　佛於諸有情　慈悲不捨離
思濟其苦難　如母牛隨犢

爾時世尊於經行所遂便微笑口出五色微妙光明或時下照或復上昇其光下者至無

間獄并餘地獄見受炎熱普得清涼若處寒冰便獲温暖彼諸有情各得安樂皆作是念我與汝等爲從地獄死生餘處耶爾時世尊令彼有情生信心已復現餘相彼見相已皆作是念我等不於此死而生餘處然我定由無上大聖威德力故令我身心現受安樂既生敬信能滅諸苦於人天趣受勝妙身當爲法器見眞諦理其上昇者至色究竟天光中演説苦空無常無我等法并説二伽陀曰

汝當求出離　於佛教勤修　降伏生死軍
如象摧草舍　於此法律中　常爲不放逸
能竭煩惱海　當盡苦邊際

時彼光明遍照三千大千世界還至佛所若佛世尊説過去事光從背入若説未來事光從胷入若説地獄事光從足下入若説傍生事光從足跟入若説餓鬼事光從足指入若説人事光從膝入若説力輪王事光從左手掌入若説轉輪王事光從右手掌入若説天事光從臍入若説聲聞事光從口入若説獨覺事光從眉間入若説阿耨多羅三藐三菩提事光從頂入是時光明繞佛三匝從口而入時具壽阿難陀合掌恭敬而白佛言世尊如來應正等覺熙怡微笑非無因緣即説伽他而請佛曰

口出種種妙光明　流滿大千非一相
周遍十方諸剎土　如日光照盡虛空
佛是衆生最勝因　能除憍慢及憂慼
無緣不啓於金口　微笑當必演希奇
安詳審諦牟尼尊　樂欲聞者能爲説
如師子王震大吼　願爲我等決疑心

如大海內妙山王　若無因緣不搖動
自在慈悲現微笑　爲渴仰者說因緣

爾時世尊告阿難陀曰如是如是阿難陀非無因緣如來應正等覺輙現微笑阿難陀汝見法與童女我付苾芻尼衆次第授與三歸五戒十戒作式叉摩拏於二年中學六法六隨法不明日出嫁眷屬皆集阿難陀曰我皆已見佛言阿難陀無容得有住其家內食殘宿食不久即應證不還果及阿羅漢果汝今應往告諸尼曰法與已於二歲正學六法六隨法尼衆應遣蓮華色尼爲使者往彼家中作梵行本法時阿難陀告諸尼已尼衆共集令蓮華色至其家內與作本法已告法與曰汝今不久當受近圓又復更爲隨機說法得不還果發生神力時蓮華色尼往白世尊佛告阿難陀汝往苾芻尼處傳我所教作如是語僧尼二衆應授法與近圓以蓮華色尼爲使者時阿難陀承佛教已往告尼衆幷集僧伽於二部中以蓮華色尼爲使者即於其處授法與近圓衆作法已時蓮華色往彼告言少女二部僧伽已與汝受近圓竟佛所聽許當善奉行又爲說法彼聞法已深起猒心於五取蘊觀察無常苦空無我如是知已以智金剛杵摧二十種有身見山獲阿羅漢果三明六通具八解脫得如實知我生已盡梵行已立所作已辦不受後有心無障礙如手撝空刀割香塗愛憎不起觀金與土等無有異於諸名利無不棄捨釋梵諸天悉皆恭敬無容得有阿羅漢尼諸漏已盡處白衣家食殘宿食受行俗法于時法與既得果已白父母

曰二親當知我已獲得阿羅漢果今欲往詣王園尼寺父母告白若如是者恐被王法罪及我身可爲設計與佛同去答言善哉願爲方便時天與長者即請世尊及苾芻僧令使復告鹿子長者曰善友當知我女法與不樂爲俗必定出家宜可早來强爲婚嬪于時鹿子啓憍薩羅主勝光大王言臣共天與先有誠言指腹爲親彼女今欲捨俗出家臣將諸親强爲婚嬪王曰隨意是時長者即命宗親擬爲婚事其天與長者辦諸飲食令使白佛供設已辦願佛知時于時世尊著衣持鉢將苾芻衆赴天與家就座而坐諸餘僧伽各依次坐天與長者共諸親眷咸持種種上妙飲食供佛及僧皆令飽足時鹿子長者并諸眷屬王子大臣及諸人衆將毗舍佉備設禮儀來至門首欲爲婚聚時天與長者知佛大衆飲食了澡漱訖收鉢已坐卑下席并諸眷屬於大師前聽說法要爾時世尊爲說妙法示教利喜已從座而去時法與尼斷三界惑得無所畏嫁娶之事復在目前王子大臣及諸人衆并毗舍佉與其親族備設音樂佇立相待時法與尼隨世尊後出至門前時毗舍佉旣見法與遂便舒手捉法與臂無量百千大衆俱見于時法與即現神通如大鵝王舒張兩翼上昇空界爲神變事是時王臣及毗舍佉所有眷屬并諸人衆見神變已皆生希有舉身投地如大樹崩遥禮彼足而申懺謝唱言聖女證悟如是殊妙勝德欲令在家受諸欲樂食殘宿食理所不應是時法與縱身而下爲諸大衆宣說妙法其聽法者無量百千

得殊勝解有得預流一來不還果者或有於佛法中出家斷諸煩惱得阿羅漢果或發聲聞獨覺大菩提心復令大衆歸依三寶求出生死時法與尼既獲大利往詣佛所禮足而去

爾時世尊告諸苾芻於我法中聲聞尼衆善説法者即法與尼最爲第一時諸苾芻聞佛説已咸皆有疑請世尊曰此法與尼曾作何業於其本宅而爲出家蒙佛開許遣使得戒即於其處獲阿羅漢果説法人中最爲第一唯願慈悲説其本業佛告諸苾芻法與前身所作之業果報熟時還須自受非於餘處廣説如餘乃至頌曰

假令經百劫　所作業不亡　因緣會遇時　果報還自受

汝等苾芻此賢劫中人壽二萬歲時有佛在世名迦攝波如來應正等覺十號具足住仙人墮處施鹿林中爾時婆羅痆斯有一長者大富多財娶妻未久遂即有娠月滿生女其女長大情樂出家父母不聽時有老尼是其門師女即白言聖者頗能於此與我出家而受近圓成苾芻尼性不尼曰我往白佛汝且安住便至佛所以事白知佛即使尼往至家中與女出家授三歸依并五學處及正學法二部僧伽亦復使尼與受近圓已于時老尼觀彼根性隨機説法即於家中證阿羅漢果彼佛稱讚説法尼中最爲第一是時老尼便作是念此女出家并受近圓聞法解悟獲阿羅漢果皆由依我得此勝利作此念已便即發願我於迦攝波如來無上正覺教法之中

至盡形壽修治梵行所有善根如迦攝波佛授摩納婆當來之世人百歲時得成正覺名釋迦牟尼我願於彼如來法中如此女人不離本宅而得出家受諸學處聞法解悟斷除煩惱獲阿羅漢如迦攝波佛稱讚此尼說法尼中最爲第一願我當來亦復如是汝等苾芻於意云何其老尼者豈異人乎此法與是由彼往昔迦攝波佛教法之中至盡形壽修治梵行所有善根迴向發願在宅因使得爲出家受諸學處成苾芻尼斷諸煩惱證阿羅漢果蒙佛記爲說法第一汝等苾芻由是我說黑業得黑報雜業得雜報白業得白報汝等應當勤修白業離黑業乃至說頌時諸苾芻聞佛所說皆大歡喜信受奉行頂禮佛足奉辭而去

根本說一切有部毗奈耶雜事卷第三十二

音釋

衒 黃絹切衒鬻也　抶 於決切搶也　獰 尼耕切惡也　嬈 而沼切亂也與擾同　驀 莫白切越也　浣 胡管切濯衣垢也　釀 女亮切作酒也　擒 巨金切捉也　該 姑犬切詐也　撮 子括切挽也　昵 乃吉切近也　闐噎 闐亭年切噎於結切闐噎滿塞也　策勵 策楚革切進也勵力制切勉力也　跟 古痕切足踵也　齎 徂兮切與賷同　撝 許爲切揮也　佇 直呂切久立也　痆 女八切

根本説一切有部毗奈耶雜事卷第三十三

唐三藏法師義淨奉　制譯

第七門第九子攝頌曰

寺外不爲懺　獨不令剃髮　不賃尼寺屋

輙等不揩身

緣處同前有一苾芻尼詣苾芻處從其受學尼有過失訶責令去便往寺中委脇而卧其親教師見而問曰何因委卧答言阿遮利耶見責於我知欲如何師言少女更何所作彼軌範師令法住故訶責於汝宜應速去從乞歡喜答曰善哉我往陳謝向逝多林房中不見遂即求覔見在寺外隨處經行便就禮足彼不爲受棄之而去諸男女見謂欲涤纏心告其尼曰我知聖者懺謝之意彼不受者可來相就仁有所須我當爲覔尼懷羞恥默然歸寺尼告苾芻苾芻白佛佛作是念由諸苾芻不受尼懺致使躭欲昏迷男女起惡分別告諸苾芻苾芻尼不應寺外從苾芻乞歡喜苾芻應受懺謝不得棄去若不依者俱得越法罪

緣處同前諸苾芻尼令剃髮人淨除其髮尼見少年心生欲涤苾芻以緣白佛佛言汝諸苾芻尼心常躁動若不繫心恒被誑惑女人之性欲心猛利從今已去苾芻尼不應獨令他人剃髮若剃髮時應令一尼近邊而坐其剃髮人若生欲念現異相者彼尼報言賢首當知女身骨肉假成虛妄不實於苾芻尼勿生異念招地獄苦若苾芻尼作邪思者應言小妹汝已捨家棄俗緣務汝當憶念於二衆中受近圓時作何要誓如世尊説諸欲涤者

少味多過汝今宜可棄捨惡念存出家心如是說者善若不告者伴尼得越法罪

緣處同前時吐羅難陀苾芻尼勸一長者爲造尼寺有多尼衆於此居停後於異時五百商估人從南方來向室羅伐欲求停處而不能得即於街衢權且停息日將欲暮天復降雨各懷憂愁掌頰而住時吐羅尼見而問曰賢首天既降雨何不急收所將貨物覓停寄處答言聖者我等客人遍求停止今此城人不存仁義房不肯賃知欲如何尼曰諸子夜既侵星天今降雨何故不言多與價直若不收舉所有財貨悉皆損壞誰當肯取答言聖者觀此人情難爲籌度縱與倍直亦不容受是我惡業知欲何言忍至天明方可移覓尼曰諸子必能倍與可入寺中答言善哉如聖者言即移入寺時吐羅尼亦入寺內所居尼衆悉皆驅出賃與商人諸尼散出泥雨夜黒散向餘寺衣服濕徹既至寺已彼尼問言姊妹何故夜深衝雨而至皆即廣陳上事諸少欲尼聞如是語各共譏嫌云何苾芻尼施主造寺驅尼令出賃與估人以緣白佛佛言不應以寺賃與俗人賃者得越法罪

緣處同前時吐羅難陀苾芻尼男子浴處遂入其中以瓶揩身而爲洗浴諸男子見便起欲心共相議曰看此禿尼學我洗浴因生譏笑以緣白佛佛言不應於此婬欲亂心愚暗人中揩身洗浴苾芻尼輒揩身者得越法罪

第七門第十子攝頌曰

不以骨及石　若木或拳揩　唯用手摩身

餘物皆不合

緣處同前佛不許尼輒揩身者尼便以骨以石以木及拳而揩身體還同前過佛言應用手揩除手已外用餘物揩身者皆得越法罪

第八門總攝頌曰此頌造終

除塔懺門前　被差不應畜　不共女由婦　瀉藥三衣蛇

第八門第一子攝頌曰

除塔損波離　僧制不應越　尼無難聽入　教誡等隨時

緣處同前時本勝苾芻身亡之後焚燒既畢十二衆尼收其餘骨於廣博處造窣堵波以妙繒綵幢蓋華鬘置於塔上沉檀香水而爲供養又差二尼能讚唄者於日日中常持土屑及以淨水若見餘處客苾芻來便與土水令洗手足授以香華引前唄讚旋繞其塔後於異時有一羅漢苾芻名劫畢德與五百門徒遊行人間至室羅伐路在塔邊若阿羅漢不觀察時不知前事遥見彼塔作如是念誰復於此新造如來髮爪之塔我行禮敬即便往就時彼二尼見其至已與土及水令洗手足授與香華讚唄前行引五百人旋繞其塔禮已而去去塔不遠尊者鄔波離於一樹下宴坐而住見而問曰具壽劫畢德應可觀察禮誰塔耶便作是念具壽鄔波離何故令我存念觀誰塔耶即便觀察見其塔内有本勝苾芻屍骨由彼尚有瞋習氣故便生不忍却迴報言具壽鄔波離仁住於此佛法疱生捨而不問鄔波離聞黙然不對時阿羅漢告諸門徒曰具壽汝等若能敬受大師教法者宜可共往於輒聚處人持一輒毀破其塔時衆

門徒既奉師教各取一軌於少時間悉皆毀壞二苾芻尼見是事已失聲啼哭速往告彼諸餘尼衆時十二衆尼及餘未離欲尼既聞毀塔高聲大哭今日我兄始爲命過時吐羅難陀苾芻尼便問二尼小妹誰向彼說答言大姊彼是客僧無由得知尊者鄔波離不遠而住向客人說時吐羅難陀尼報言小妹我纔聞說即知是彼先剃髮人有斯惡行雖復出俗本性不移宜可苦治令其失壞如世尊說壞徒衆者衆不應留我今宜去豈得捨之發大瞋恚便持利刀鐵錐木鑽往尊者所欲斷其命時鄔波離遥見諸尼疾疾而來便作是念觀此諸尼形勢怱速必有異意欲害於我宜可觀察即便入定觀見諸尼各懷瞋恚欲來相害于時尊者情生怱速不以神力加被大衣便即斂心入滅盡定諸尼既至以刀亂斫鐵錐木鑽遍體鑱刺爾時尊者由定力故更無喘息與死不殊諸尼議曰我等已殺惡行怨家報讎既了宜可歸寺作此語已捨之而去時具壽鄔波離從定而出見衣損壞即還住處諸苾芻見問言具壽何故如此答言具壽諸苾芻尼幾殺於我問言何故尊者即便具陳上事諸少欲苾芻既聞斯說咸共譏嫌共相議曰大德當知若苾芻尼於苾芻處設有瞋恨但應不禮恭敬問訊豈合造次手執利刀鐵錐木鑽往殺具壽鄔波離幾將斷命何有斯理一人告曰諸大德此事已去不可更追從今已往欲何所作答曰此欲如何宜行白佛又曰何須白佛且立條章勿使諸尼來入逝多林內諸人既共作明制已諸

尼旣聞悉皆不入不生恭敬時大世主常法如是於日日中來禮佛足方隨意去來入寺時苾芻告曰喬答彌衆僧立制不許尼入寺中遮不聽入答言聖者我豈同彼作大過失報曰衆僧作制我欲如何尼即却迴還其住處爾時世尊知而故問阿難陀曰豈大世主身有病耶答言無病若爾何故不來時阿難陀以事白佛佛言阿難陀是諸苾芻善作斯制然諸苾芻尼繫屬苾芻若不入寺不生恭敬從今已去諸苾芻尼若入僧寺應須白知守門苾芻方可得入亦復不應教誡於尼如世尊説白知方入不爲教授者諸尼不知云何爲白佛言尼入寺時當如是白聖者當觀我欲入寺守門苾芻應問尼言姊妹汝不懷障難持刀錐者聽入若不白知入僧寺者得越法罪苾芻見尼入寺不問亦同前罪如世尊説苾芻不應教誡諸苾芻尼者時六衆苾芻教誡不息佛言若苾芻尼有過苾芻僧伽未與歡喜輒爲教誡得越法罪如教誡法長淨隨意亦皆准此

第八門第二子攝頌曰

尼懺不應輕　隨意不長淨　更互當收謝

尼衆坐應知

緣處同前時有一尼就苾芻受業因不可意訶責令去旣至寺中師問令懺至房請謝廣説如前是時苾芻見來禮懺以脚蹴頭棄之而去尼即黙然還歸寺内諸尼見問小妹從軌範師已收謝訖答曰莫更逢見如是之師問言何故即以事具答諸尼聞已皆共譏嫌姊妹當觀輕懱女人乞歡喜時而不爲受又

復以脚蹹頭而去尼白苾芻苾芻白佛佛言諸尼衆等正合譏嫌從今已去尼來懺時不應蹹頭棄之而去如是作者得越法罪尼被責時不應造次即求懺謝然須次第方求懺摩彼皆不知如何次第應可先遣苾芻若苾芻尼鄔波索迦鄔波斯迦至其師處善爲方便令彼心喜方爲懺謝

緣處同前如佛所説當於三處謂見聞疑爲隨意事苾芻夏罷作隨意了復爲長淨有苾芻曰我觀長淨及以隨意皆爲清淨故知長淨即是隨意或有説云隨意長淨二事各别白佛佛言二事雖殊皆爲清淨是故當知作隨意已無勞長淨

緣處同前時諸苾芻先有瑕隙情生不忍共相覓過於隨意時在大衆中更相憶念互爲詰責於戒見儀命各記犯科條于時所有得意知識及以二師諸同學等各爲朋扇因此鬪競大破僧伽别生異見有處中人共相遮止告言諸具壽勿爲鬪諍住出家心如世尊説若於某處有諸苾芻共爲鬪諍各相論説忿競而住者我於某處尚不樂聞況當往彼事若銷停我即當往若彼苾芻棄捨三法多作三法云何棄捨三法所謂棄捨無貪善根無瞋善根無癡善根云何多作三法所謂多作貪不善根瞋不善根癡不善根彼諸苾芻即便忿競共爲鬪諍更相論説懷恨而住若彼苾芻棄捨三法多作三法云何棄捨三法所謂棄捨貪瞋癡三不善根云何多作三法所謂多作無貪瞋癡三種善根此諸苾芻即不忿競共爲鬪諍更相論説懷恨而住是故

汝等苾芻當捨惡法修行善事時諸苾芻鬪諍不息有處中人共相遮止告言具壽勿爲鬪諍住出家心彼諸苾芻懷瞋不歇更相鬪諍諸俗旅見共生譏恥此禿沙門作隨意時無出家心常懷鬪諍苾芻以縁白佛佛言諸苾芻長者婆羅門理合譏嫌從今已去若苾芻知苾芻有瑕隙者不應一處共爲隨意先須懺謝方可共爲時諸苾芻作隨意日而爲懺謝更增忿競心不能捨佛言作隨意日不應懺謝七八日前宜須預懺如世尊説七八日前宜預懺者時諸苾芻皆共懺謝佛言一切苾芻不應爲懺於有瑕隙情相違者而爲懺謝共乞歡喜所言懺者梵云懺摩是謂容恕義後人加悔喚爲懺悔此即與説罪義不同也縁處同前如世尊説五年應作頂髻大會時諸婆羅門長者居士各爭勝上作無遮大會二部僧伽悉皆雲集如世尊説各依夏次而坐是時諸尼依夏坐時便大喧鬧佛言女人性貪於大會時應二三四依次而坐自餘諸尼於相知處隨情而坐

第八門第三子攝頌曰

門前不長淨　當須差二尼　若至長淨時差人待尼白

縁處同前如世尊説苾芻羯磨別尼羯磨別除共羯磨者時長淨曰諸苾芻尼悉皆來至逝多林所而爲長淨苾芻與尼於大門首共爲長淨諸長者婆羅門等見其喧鬧皆來共觀彼立而住佛聞是已告諸苾芻勿於門首而爲長淨時諸苾芻即與尼衆寺内長淨因共聚集多爲言話以縁白佛佛言由是苾芻

不應與尼於其寺中而爲長淨諸尼不知還來寺内佛言尼來半路苾芻往彼共爲長淨時諸苾芻奉教而作時有婆羅門長者在道遊行中路遇見苾芻與尼而爲長淨遂生異念起邪分別共相議曰此禿沙門男與禿沙門女談說何事一人謂曰且觀此意況更何所論我等在家私說言語尼曾默聽於此空處向苾芻說苾芻聞已向王家說王於我等所有科罰皆是禿男禿女而爲譏構苾芻白佛佛言不應半路而爲長淨於長淨日當差二尼半月半月往至僧中告其清淨請教授事諸尼遂遣無勢力者往至僧中不肯申說清淨之事佛言應遣能者二人難得佛言一有力得往僧中彼雖至寺見佛及僧大衆威重欲向何人而告清淨即爾還來是時尼衆不爲長淨白佛佛言應差一人尼來白者衆雖差一尼復不知還同前過佛言被差苾芻應在門下彼來當白先受白已當告僧伽僧伽即應以白二法差教授人

第八門第四子攝頌曰

被差不避去　當問教師名　著帽爲鉢囊
結鬘尼不合

緣處同前佛言苾芻差人待尼告淨者雖在門首尼來到時報言莫近我莫觸我即便走去尼待不得還本寺中因此尼衆不得長淨苾芻白佛佛言被差苾芻不應走去當須爲受作如是語姊妹當坐莫近觸我可告清淨若不爲受即走去者得越法罪如世尊說應可差人住在門所待尼教授者被差之人遲至門首時有露形通披毛毯於

其門下觀生死輪尼見作念我應就彼告其清淨即便禮足合掌蹲居白言聖者存念彼即默念我今且觀彼禿沙門女說何言語王園寺尼故遣我來請問頂禮逝多林中聖衆足下少病少惱起居輕利氣力勝常安樂行不褒灑陀日苾芻尼衆並告清淨外道聞已不識其言默爾而住尼便教曰聖者應言可爾彼聞不解佯作噏聲點頭而去時此二尼即還本寺其教授尼人後至門所暫時相待見無尼至還向房中若說戒者作單白已其授事人白大衆曰誰將尼衆告淨事來衆中無人答言是我衆皆念曰豈非尼衆不來告淨更不遣人問其來不上座誦戒作褒灑陀了後說戒時告清淨尼復來門首不見有人還歸本寺苾芻尼衆長淨不成明日諸尼悉來僧所問言聖衆何故不受苾芻尼衆告清淨耶諸苾芻曰姊妹前長淨曰差何尼來爲告清淨先時二尼即前答曰是我等來至於門首當見如是形儀聖者觀生死輪我即於彼告清淨已遂還本寺苾芻聞說彼人形儀對說清淨即知是彼露形外道共相議曰此苾芻尼於外道邊告清淨事以緣白佛佛作是念由諸苾芻尼來告清淨不問教授人名有斯過失告諸苾芻二尼無犯從今已去若苾芻尼來告清淨應問教授苾芻名字問言聖者名字云何如其不問告清淨者得越法罪如世尊說尼告淨時須聞名者尼來告時先相識者亦問名字佛言相識苾芻不勞更問

緣處同前時大世主喬答彌身嬰病苦尼來

看問聖者何故不出房耶答言少女我身有疾問曰先持何物病即消除答言我在俗時頭上著帽若如是者今何不持答曰我今出家世尊不許云何得持白佛佛言尼在寺中應持頂帽

緣在王舍城時此城中有婆羅門巡行告乞入一家中告言我乞主人報曰無物當去此人出時大世主入從其乞食彼作是念此亦不與爲獨我耶欲求瑕隙佇立不去主人念曰幸蒙佛母來入我家即疾敷牀命之令坐接叙言笑取上飲食滿鉢持奉婆羅門見嫉妬心生便告尼曰我觀鉢中得何美味其尼示鉢即便唾中大世主曰子今何故汙鉢中食汝若索者我當施與時婆羅門默然不對尼白苾芻苾芻白佛佛作是念女人之性少有威德令彼愚人作惡業已多招苦報告諸苾芻曰從今已去尼乞食時應持鉢絡掩蓋而去諸尼不解鉢絡云何佛言應作方尺布袋提上兩角置鉢在中角施短襻將行乞食得遮塵土復易擎持（神州比來無此鉢袋下留尖角鉢不動搖不同平巾轉動流溢作時應取布小尺二尺宜使正方傍邊剪却衣橫襻用時極理安穩也）

緣在室羅伐城東國之人多愛園華嘗於一時城內諸人作大歡會各持種種上妙飲食及諸音樂共詣芳園時有一人遣使報妻宜結華鬘令人急送其人家內有妙華林妻即奉教入園採取自不解結遂便命召結華鬘人時屬城中人民歡會諸結鬘者皆爲他作竟求不得情懷憂念夫主令我結妙華鬘我自不解求人不得知欲如何時吐羅難陀苾芻尼因乞食入其舍告言少女與我鉢飯報

言聖者且去我今懷憂無人授與尼曰少女汝有何事彼便具告尼曰汝何不結答曰我先不解即問尼曰聖者解不報言少女我今年邁昔在少時何事不曉聖者若爾憐愍我故願爲結鬘報言少女若能與我種種飲食即與汝結答言我與尼即安鉢一邊舒脚而坐用意結鬘女人見已嗟其巧妙情甚歡悦多與鉢食尼詣餘舍復與結鬘多獲飲食方歸本寺時結鬘人至其女所告言與華我今爲結報言汝來何晚華已結竟將向園中問言誰結答曰聖者吐羅難陀彼便譏恥沙門之女作非法事云何奪我所作生業尼白苾芻苾芻白佛佛言非沙門女法理合譏嫌是故尼衆不應結鬘作者得越法罪佛制不許尼結鬘者時屬世尊頂髻大會及五年六年會時勝光王及勝鬘夫人行雨夫人給孤長者毗舍佉鹿子母仙授故舊及大名等近士男近士女各求勝上競薦香華及以諸方僧尼悉皆來集甚足華彩少結鬘人時諸信心覓結華者不可多得遂吉諸尼曰我等今者爲供大師煩能相助結華鬘不諸尼答曰仁豈不知大師有教不許諸尼結諸華彩我今云何欲相助福尼白苾芻苾芻白佛佛言爲三寶事尼得結鬘諸苾芻尼於大門首或在廊下長舒兩脚而結華鬘俗旅見弄告言聖者皆是結鬘之女而來出家諸尼羞恥默爾而住苾芻白佛佛言諸俗人輩稱理譏嫌諸尼不應於大門首廊下簷前而結華彩作者得越法罪解結鬘者當於密處勿使俗譏

第八門第五子攝頌曰

不應畜銅器　變酒令平復　賃房與俗旅
誑惑作醫巫
縁處同前時吐羅難陀苾芻尼往銅器家告言賢首頗能與我作大銅鉢不答言聖者是我本業何爲不能問曰欲作大小報言極須大作問言聖者何用大鉢尼曰貧寒物汝不取價與我作耶與汝好價宜應大作匠者念曰隨彼大作於我何傷大鉢見了報言爲我更作小者入斯鉢内復更爲作如是漸小乃至七重皆入鉢内吐羅難陀令求寂女揩拭令淨以五色線爲終次第盛之有請喚處即令小尼頂戴將去到已開設在傍安坐俗旅見問聖者今日開銅器鋪耶答言癡人汝豈能知我所須器大者盛飯次著羹臛次受美團餘安雜味答曰若爾更復多須有餘物來無安置處彼便黙爾尼白苾芻苾芻白佛佛作是念尼畜銅鉢有如是過從今已去諸尼不得自畜銅鉢若畜者得越法罪唯除銅匙及安鹽盤子并飲水銅椀
縁處同前時有長者妻誕一女右眼通精將爲惡相人無娶者有餘長者娶妻未久便即命終如是至七時人號爲殺婦長者更問他女欲求爲妻彼便報曰我今豈欲殺此女耶復索寡婦彼云我豈可自欲殺身既無妻室自知家務時有知識來相問曰何故自營家事豈可不能覓妻室耶答曰我是薄福娶妻未久便即終亡如是更取乃至於七悉皆身死時人號我名爲殺婦報曰何不更求即便如上具説其事若爾通精女兒何不索取報言彼亦不與答曰我知彼家養女多時必應

嫁娶即便就覓彼見問曰來何所須答曰欲求娶女是何女耶眼通精者父曰可隨來意宜於某日共辦婚禮家酒熱壞傍求好者諸有酒家即皆爲辦時吐羅難陀入通精家從其乞食家人報曰我辦酒忙無緣與食尼問其故彼即具告我家酒壞尼曰何故不令變爲好酒答言聖者我不曾解仁有方法幸當惠施尼曰少女我今年邁不復更爲昔在少時何事不解答言聖者憐愍我故變酒令好尼言少女頗能與我美食之直令汝酒好答言多與尼曰可出酒瓮我爲瞻相即便舉出時吐羅尼上下觀瓮何因酒壞乃知由熱即開窻牖令持濕沙安其瓮下更取青苔繞瓮纏裹扇去熱氣因涼冷故酒便復好所有親族悉皆來集時諸酒家咸悉備擬怪不來取令人往問何不取酒報言我酒變好無勞别酤問言是誰教汝已壞之酒還令好耶報言聖者吐羅難陀於我有恩能爲此事彼即譏嫌沙門釋女作非法事云何奪我所作生業苾芻白佛佛言此非沙門釋女之法理合譏嫌是故諸尼不應教他變已壞酒作者得吐羅底也罪

緣處同前時有長者樂爲給施身忽染患漸加困篤自知形命將死不久所有財物悉皆給施沙門婆羅門孤獨乞人善友親族唯有一舍猶未施他時吐羅難陀苾芻尼聞來至家中告言長者凡諸女人利養寡薄喜捨之次分惠少多答曰聖者來遲我之財物悉皆施盡唯有此室尼言長者我本希望舉面而來令遣空還不稱元意報言聖者唯有此室

仁意欲將我終不惜尼曰若爾我今便受願除病苦後時長者遂便命過諸親來集以青黃赤白繒綵靈轝送往屍林時吐羅難陀苾芻尼聞長者命終疾疾至彼封閉其室立在一邊時彼親族焚燒旣畢咸悉歸來見舍封閉問言誰閉尼曰其受施者自來封閉報言聖者施與何人尼曰施我聖者若爾且賃與我後酬價直尼曰虛實答言實與尼即開門令入時有長者婆羅門來入其舍聞如是事皆共譏嫌沙門釋女作斯非法云何將屋賃與他人尼白苾芻苾芻白佛佛言非沙門女法理合譏嫌從今已去諸苾芻尼不應賃舍與人賃者得越法罪

緣處同前長者好施知欲命終悉皆捨訖唯有一鋪尼聞來乞事並同前乃至身亡尼便封閉諸人嫌恥苾芻白佛佛言若賃鋪者得越法罪（恐煩故略）

緣處同前吐羅難陀尼入城乞食見師巫女搖鈴繞家談說凶吉多獲利物足得資身即便念曰是好方便我亦爲之求得鈴已明旦入城即巡諸家搖鈴振響爲他男女洗沐身形詭說吉凶妄談來兆有病患者天緣皆差遂使王城之內咸共知聞所有請祈無不啓謁自餘巫卜人皆不問時舊醫巫詣諸人處問言有事我爲占相諸人答曰更不勞汝我有聖師善閑衆事占相療疾皆悉稱心彼問是誰答言聖者吐羅難陀彼聞譏恥作如是語非法釋女妄爲巫卜奪我資生苾芻白佛佛作是念尼作醫巫有如是過妄爲詭說招俗譏嫌告諸苾芻我今不許尼作醫巫若有

作者得越法罪

根本説一切有部毗奈耶雜事卷第三十三

音釋

躁 則到切不安靜也 賃 汝禁切借也 窣堵波 梵語也此云方墳窣蘇骨切堵董五切 唄 蒲拜切梵誦也 疱 匹貌切 錐 朱惟切鑽屬 鑽 作貫切錐也 鑱刺 鑱鋤銜切鐫也刺七自切直傷也 喘 昌兖切喘息也 㦗 莫結切輕易也 瑕隙 瑕胡加切過也隙綺戟切舋也 詰 去吉切問也 構 古候切合集也 毯 吐感切毛席也 褒 補刀切 襻 普患切衣系也 臛 虛各切 瓮 烏貢切罌也

根本説一切有部毗奈耶雜事卷第三十四

唐三藏法師義淨奉　制譯

第八門第六子攝頌曰

不共女人浴　亦不逆流洗　鉢底應安替

不畜瑠璃盃

緣處同前有一女人往河水中洗浴身體洗訖上岸梳髮而住時吐羅難陀苾芻尼遂持澡豆往彼洗浴見女梳髮情生瞋嫉作如是念愚癡女子共我爭勝故梳頭髮謂我先來元無髮耶宜可苦治懲其後過設更見我不敢爭勝遂即默持菴摩羅末撲其頭上以手挼之女人問言聖者我有何過纔淨洗髮以菴摩羅末撲我頭上尼曰汝作此解云吐羅難陀先來無髮頭既不淨可來更洗女即譏嫌苾芻尼白佛佛言尼爲非法理合譏嫌從今已去諸尼不應以雜末等撲他淨髮作者得越法罪

緣處同前時吐羅難陀與諸尼衆往河中浴是時吐羅難陀尼於駛流處逆水而立受其觸樂諸尼問言聖者今作何事答言小妹我受觸樂諸尼報曰聖者此非淨法於駛流處立受觸樂所不應爲答言此是極淨有何乖理若不淨者誰有制處尼白苾芻苾芻白佛佛言諸尼理合作此譏嫌從今已去諸尼不應駛流之處逆水而立受其觸樂若受樂者得吐羅底也罪

緣處同前諸苾芻尼隨處安鉢鐵遂生垢或因打擲多有損壞尼白苾芻苾芻白佛佛言諸尼不應隨處安鉢應以薄錫替鉢而用如世尊説錫替鉢者諸尼以錫遍裹其鉢俗旅

見問聖者此是何物答言仁者世尊制令以錫替鉢報曰聖者豈可佛令遍裹鉢耶仁今妄説此非沙門釋女所作之事尼聞羞恥默然不對苾芻白佛佛言俗旅理合譏嫌是故諸尼不應以錫遍裹其鉢可爲小替纔承鉢底彼作種種奇異形勢佛言不合替有二種一如菩提樹及多根樹葉二如手掌

緣處同前時吐羅難陀尼得瑠璃盃時有女人爲有客來便詣尼處告言聖者幸借瑠璃盃尼即問曰汝何所用答言聖者爲女夫來無盃可飲尼與將去彼不存心手脫便破告言聖者我酬價直尼曰小妹不須價直還我舊盃答言聖者别買盃替尼曰要須舊盃如是諍競苾芻白佛佛作是念此由諸尼畜瑠璃盃有斯過失告諸苾芻諸尼不應畜瑠璃盃若畜者得越法罪

第八門第七子攝頌曰

由婦制錫杖　起舞時招罪　濕餅受請食　説法伴白知

緣處同前有一長者大富多財婦生一子情大歡喜命諸親眷共爲喜樂其婦及夫别房睡著天明不起時有乞食苾芻見彼多門遂入家内迷其出處遂便深入至長者房前彼即驚覺苾芻遂向婦邊而過長者見云此與我婦共行非法即打苾芻頭破血出鉢盂亦碎婦覺報云苾芻無過可放令去時彼苾芻持此容儀至逝多林苾芻問曰何故如是即便具説苾芻白佛佛言苾芻乞食不應造次入多門家應將餅麨門前爲記然後方入苾芻入時默然而入見其婦女露形走去俗人

嫌恥佛言欲入舍時作聲警覺彼即呵呵作聲喧鬧而入家人報曰仁豈小兒呵呵聲響而入我家答曰佛令作聲而入爲此呵呵答曰更無方便可使作聲唯此呵呵能爲警覺苾芻黙爾苾芻白佛佛言苾芻不應呵呵作聲入他人舍佛制不聽遂拳打門扇作聲而入家人怪問何故打破我門黙爾無對佛言不應打門應作錫杖苾芻不解佛言杖頭安鐶圓如盞口安小環子摇動作聲而爲警覺狗便出吠用錫杖打佛言不應以杖打狗應舉怖之時有惡狗怖時瞋劇佛言取一抄飯擲地令食至不信家久摇錫時遂生疲倦而彼家人竟無出問佛言不應多時摇動可二三度摇無人問時即須行去

緣處同前時有長者請佛及僧家中設食苾芻僧伽皆去赴供佛在寺中令人取食爲五因緣佛令取食云何爲五一者爲欲閑寂二者爲諸人天説法三者爲觀病人四者爲觀師具五者爲諸聲聞人制其學處令此因緣爲制戒故住在寺中時彼長者權爲葉舍命衆令坐時屬寒雨長者行粥次行乾餅次授餺爐并與蘿蔔時有苾芻欲粥作呼呼聲嚼乾餅者作百百聲喫餺爐者作齱齱聲屋上雨下作索索聲瓶中飲水作骨骨聲此等諸聲殊音響合時有苾芻先能歌舞聞其聲韻憶舊管絃抑忍不禁即從座起隨其音曲手舞遂之告大衆曰大德此是呼呼聲大德此是百百聲大德此是齱齱聲此是索索聲此是骨骨聲彈指相和無不合節於大衆中有不住心者即便微笑其用意者悉皆驚愕行

食諸人無不大笑或生譏恥施主深怪請食苾芻情大羞恥將食至寺置在一邊禮世尊足世尊法爾共取食人歡言致問大衆頗得美食飽不白言大德美食雖足然施主致怪問曰何故以緣具白世尊食訖出外洗足還入房中宴坐而住至於晡時方從定起於苾芻衆中就座而坐便告作舞苾芻曰汝以何心於施主家而作舞耶答言大德有譏彼意及掉舉心而作於舞佛告諸苾芻若苾芻作掉舉而爲舞者得越法罪若作譏彼心者無犯汝諸苾芻此等皆由作聲噉食致斯過失是故苾芻不作聲食作者得越法罪佛既遮已時有信心俗旅將諸乾餅蘿蔔甘蔗來施苾芻皆不敢受問言聖者佛未出時我等皆以外道而爲福田世尊出世即以仁等福田中上我等所有微薄施物持來供養仁皆不受豈令我等往後世時無路糧耶又如佛說及時而施但是新穀及以諸果創熟之時先持奉施具戒具德後自食者得福無量唯願慈悲爲我納受苾芻白佛佛言此諸施物宜當爲受所有乾餅與羹飯和食蘿蔔甘蔗截作小片食勿作聲

緣處同前時有長者請佛及僧就舍受食時諸苾芻不一時去各作伴行既到彼家更待餘者人未盡集報長者曰宜可行食我等前食食飽便去更有人來復令行食如是展轉施主疲勞報言聖者待一時坐我併行食既生擾惱苾芻白佛佛言受他請時不應亂去在前去者至門相待一時方入若亂去者得越法罪如世尊言不亂去者有病苾芻待者

食訖方持食去待食虛羸苾芻白佛佛言有五因緣早請食來在房中食云何爲五一者是客新來二者將欲行去三者身嬰病苦四者是看病人五者身充知事

緣處同前時有長者大富多財情懷信敬請佛僧衆就舍而食世尊不去有五因緣令人取食廣說如上令爲制戒苾芻食訖即便歸寺施主本心欲求聞法無一苾芻爲其說法遂生嫌恥苾芻白佛佛言理合譏嫌故諸苾芻不應食了即皆歸寺若即去者得越法罪當爲說法佛令說法者苾芻不知誰當說法佛言應令上座爲其說法若彼不能令第二者此亦不能令第三者此若無堪應番次與或隨能者當預請之

緣處同前有一長者先有信心於時時中往逝多林聽聞正法遂於一時請佛僧衆就家受食苾芻皆去世尊同前有五因緣廣如上說此爲制戒佛不親行令人取食如世尊說若其食了施主樂法應爲說者衆差一人令住說法大衆咸去時彼施主并諸眷屬皆來一處有大威嚴共聽法要請言聖者爲我說法苾芻見彼威力大故生畏懼心不能說法長者念曰我多眷屬苾芻情懼不爲宣揚我宣爲說報言聖者如世尊說

布施招大富　持戒得生天　專修斷煩惱

此是法當去

時彼苾芻聞是語已竟無言對復道而歸旣至寺中諸苾芻問具壽住彼爲說法不答言諸具壽獨留於我更無伴助施主親族有大威嚴皆來集會我生畏懼不能說法施主見

我情懷怯懼逐即爲我宣揚妙法苾芻白佛佛言此之苾芻所言應理是故不應獨令說法從今已去差四苾芻與說法人爲伴

緣在王舍城如世尊制說法苾芻應與四人伴者有請喚處差　法人及與四伴時伴苾芻遂向生緣或出便轉悉不白知臨時闕事以緣白佛佛言與說法人爲伴苾芻向餘處時應白而去若不白者得越法罪

第八門第八子攝頌曰

瀉藥齒有毒　刮舌篦應洗　由其罪業盡
證得阿羅漢

緣在室羅伐城有一婆羅門娶妻未久遂一子年既長大於善法中而爲出家後於異時身忽染患往醫師處告言賢首我身有疾幸爲醫療報言聖者仁今可服如是瀉藥病得除愈苾芻即服纔一行痢冷水洗淨藥即不下醫來問言聖者瀉藥好不報曰賢首藥無氣力唯一行痢醫言聖者冷水洗淨耶報言如是醫曰聖者冷水洗淨云何轉瀉仁今更可服前瀉藥勿爲洗淨瀉痢將畢方可洗之報曰賢首佛未聽許醫曰聖者藥法應爾不可相違苾芻白佛佛言若如是者我今聽許瀉痢未終且當淨拭苾芻不知以何物拭佛言應用土塊或以樹葉或將破帛故紙而淨拭之待瀉痢畢煖水淨洗

緣處同前於一林中有毒蛇住諸牧羊人放火燒林四面火來蛇即驚怖宛轉腹行衝火而出僅得存命投一樹下盤身而住于時具壽舍利子遊行人間因至樹下見此毒蛇被火燒處身形破爛受諸苦惱便爲觀察宿世

因縁有善根不尊者觀見知有善根又復更觀與誰相屬見身與彼宿有因縁即以水灑説三句法告曰賢首當知諸行無常諸法無我涅槃寂滅宜於我所起殷淨心捨傍生身當生善趣于時尊者作是語已即便捨去時有鵄來銜去飡食由此毒蛇於尊者處起善心故命終之後於室羅伐城善解六事一者自知設會二者教入設會三者善知讀誦四者知捨施法五者知受物法六者善知淨觸婆羅門舍而爲受生時具壽舍利子知彼命過即便觀察何處受生見此城中善解六事婆羅門舍而爲受生爲調伏故尊者頻往婆羅門家授與夫妻三歸五戒後於異時獨至其家婆羅門見白言聖者無侍者耶尊者答曰我之侍者非茅草生從仁處得婆羅門曰我無小兒堪爲侍者我婦懷娠若其生男奉爲侍者報曰願爾無病我已受之即便捨去彼婦月滿便誕一男飲母乳時爪齒損乳乳便腫大曽與童子一處戲時或因瞋忿若爪若齒有傷損處悉皆瘡腫久而平復時舍利子知彼小童出家時至往其家中爲父母説法彼見出來尊者便念即是我侍者乎父告兒曰汝未生時我許將汝供奉聖者爲給侍人今可隨行勿生顧戀此即是其最後生人良久佇立觀尊者面隨後而去尊者至寺便與出家并受近圓依教令學後嚼齒木既刮舌已不洗而棄蠅來附上遂便命過次有守宫來食其蠅因此而死次有黄猫來噉守宫還同喪命次有犬子食此黄猫亦復命終餘有殘者諸蟻來唼悉皆致死是時有一苾芻在傍而立見如是等事至明日旦時諸苾芻來

於其處而嚼齒木見狗衆蟻一處命終怪其所以共相謂曰狗蟻何因一處而死或言不知或言可共推尋誰作斯過時彼苾芻告諸人曰昨日婆羅門兒是尊者舍利子弟子我見於此嚼其齒木刮舌之篦不洗而棄必應爲此令其命終苾芻以緣白佛佛言汝等苾芻當如人中亦有帶毒與蛇無異從今已去嚼齒木時既刮舌了應以水洗方可棄之不洗而棄得越法罪如世尊說嚼齒木已洗方棄者有諸苾芻爲水乏少不知如何佛言於灰土上揩拭棄之後於異時帶毒苾芻自滌衣裳曬曝迴轉于時具壽鄔波難陀來見滌衣告言具壽我樂相助報言善哉隨大德意時鄔波難陀性懷惡行即取新衣陰乾故衣日曝又轉乾衣日暴濕者陰乾彼言大德勿作如此時鄔波難陀還同前作如是再三遮不肯止其苾芻遂生瞋怒欲相擒撮鄔波難陀便即走去彼隨後逐時舍利弗來見相趂告言具壽欲作何事彼瞋盛故仍趂不息鄔波難陀既被逐急遂取樹枝遥打於彼仍不止息時舍利子即以軟語安慰不令趂及鄔波難陀便遠走去彼瞋心盛便咬其樹齒咬樹時其葉皆落苾芻白佛佛言如此之人不應相惱令生瞋恚如世尊說不應相惱令生瞋者後於異時鄔波難陀次當知事至毒苾芻所告言具壽作如是事彼見來告生大瞋恚苾芻白佛佛言此懷毒人或先有怨心不應自往令其作務可使傍人報所作事彼聞應作勿令有闕彼毒苾芻勤修亡倦摧五趣輪斷諸煩惱證阿羅漢廣說如餘乃至人天

無不恭敬諸苾芻白具壽舍利子言尊者弟子極懷瞋毒如此之人尚能證得阿羅漢果甚爲希有于時尊者舍利子爲諸苾芻廣説前緣時諸苾芻咸皆有疑請世尊曰大德彼苾芻先作何業捨毒虵身生於人趣佛言汝等苾芻彼自作業成熟之時還須自受廣説如餘乃至頌曰

假令經百劫　所作業不亡　因緣會遇時　果報還自受

汝等苾芻當一心聽乃往過去此賢劫中人壽二萬歲時有迦攝波如來應正等覺十號具足出現世間住婆羅痆斯仙人墮處施鹿園中此毒苾芻彼佛法中而爲出家常修慈觀諸苾芻見咸皆喚言慈觀慈觀報言仁等更莫喚我慈觀慈觀如是再三喚仍不止於諸苾芻遂生瞋恨口出惡言我是慈觀汝是人中毒蛇佛言汝等苾芻於意云何迦攝波如來正法中出家修慈觀者豈異人乎此苾芻是由彼往昔於佛聲聞弟子處起瞋恨心作惡口故於五百生中常作毒蛇餘殘業力於此人中受惡毒報由彼往昔讀誦作業修諸戒品於藴界處緣起處非處得善巧故由彼善根於我法中而得出家斷諸煩惱證阿羅漢汝等苾芻由是因緣我常宣説黑業得黑報雜業得雜報白業得白報汝等應當勤修白業離黑雜業時諸苾芻聞佛説已心大歡喜頂禮佛足奉辭而去

第八門第九子攝頌曰

三衣隨事著　蘭若法應知　浴守門妙華　不應住非處

緣處同前時諸苾芻每於寺内著僧伽胝灑掃爲壇牛糞塗地入廁便轉洙衣浣服如僧伽胝七條五條亦皆同此作諸事業諸苾芻見一人報曰此等諸衣不作差别隨處著用理不應爲如世尊説僧伽胝者是其大衣豈合不作差别而用咸言具壽善説斯語可共白佛佛言汝等苾芻理合如是共相止諫僧伽胝者是在中主是故不應隨處著用作諸事業如世尊説僧伽胝衣不應隨處著用者苾芻不知何處應著佛言入聚落時行乞食時隨噉食時入衆食時禮制底時聽佛法時晝夜聽法時禮拜二師及同梵行者時如是等處可披大衣嗢多羅僧伽應於淨處披著及食等事其安怛婆娑住於何處隨意著用悉皆無犯

緣處同前如世尊説若日出已鳥鳥皆鳴農夫耕作如前廣説乃至當離喧鬧獨處閑居宜可端心勤修靜慮時有苾芻寡聞少識往空閑處而作草菴晝夜勤思唯除乞食放牧人等皆悉共知時有羣賊被他所害並多傷損飢渴所逼衆共籌量不知何去一人告曰彼蘭若中有釋家子凡諸沙門性多貯畜并有悲心情無怖怯仁等可去宜共往投必有所獲賊衆咸言善哉斯語宜可共去悉皆希望舉面同行至蘭若中苾芻見已便唱善來時諸賊人情生無畏住經少時告言聖者我寒須火苾芻報曰我居蘭若無火可求又言聖者渴困須水苾芻報無賊復告言聖者須少許麨用安瘡上幸見相與苾芻報無賊復告言聖者我須故物欲纏瘡處苾芻報無次

索酥油用塗瘡上苾芻報無復告言聖者飢困須食苾芻報無賊復問言聖者今是何辰屬何星宿苾芻答言我居蘭若不閑斯事中有一人先知僧法遂生瞋恚告言聖者前事已過我更相問仁得阿羅漢不還一來預流果耶苾芻答曰我居蘭若賊言且致是事更問聖者得非想非非想處無所有處識處空處四靜慮定耶苾芻報云我居蘭若賊言聖者仁是三藏持經律論耶苾芻亦同前答賊言聖者汝字云何亦如前報賊言此是何方苾芻亦同前報于時羣賊所問之事苾芻皆答我居蘭若賊便大瞋告諸人曰我等雖賊而此苾芻乃是大賊何以故自身名號尚不能知詐現容儀誑惑人世時諸賊人於苾芻處各懷瞋恨便共苦打身體皆破衣鉢錫杖悉皆摧裂僅存餘命賊於夜中捨之而去時此苾芻既遭困辱至天明已詣逝多林諸苾芻見問言具壽何故形容困頓若此即以上事具告時諸苾芻以緣白佛佛言汝等苾芻我爲蘭若苾芻制其行法住蘭若人須貯水火并畜酥油麨及故帛食留少許須識星辰及知時節方隅所在善閑經律論乃至自知名字若蘭若苾芻不依制者得越法罪

緣處同前時有邪命外道身忽染患往醫人處請求救療答曰應作浴室洗沐身體病可得除答言賢首我於何處得有浴室隨時乞食活命而已報言聖者沙門釋子每於半月在浴室中洗浴仁可往彼洗沐身形苾芻洗時彼便入內身披赭服謂是苾芻皆不遮止彼疾洗已出坐曬身時有求寂來至其所喚

言老人可共洗浴彼即摇頭不欲重洗求寂即便捉臂牽去彼作是語沙門釋子皆不淨潔以不淨手觸淨洗身答曰我是沙門汝是何物答言我是外道即告諸人曰誰將外道入浴室中以緣白佛佛言若洗浴時可守門戸見苾芻入應問其名彼相識者亦問名號佛言不應爾

爾時佛在憍薩羅國人間遊行至一聚落名曰欲犂彼有園林佛於此住於別村内有婆羅門名曰妙華封邑極多受用無乏勝光大王常爲供養妙華有一親教弟子名曰樹生多聞聰辯論難無滯與五百人於妙華處學誦婆羅門諸要經典是時妙華聞沙門喬答摩釋迦之子棄捨俗業剃除鬚髮著袈裟服以正信心而爲出家已獲無上正等菩提有大名稱遠近諸國無不知聞十號圓明人天恭敬不從師受自然證悟我生已盡梵行已立不受後有如實而知演說妙法所謂初中後善文義巧妙純一圓滿清淨梵行於憍薩羅國人間遊行今來至此欲犂聚落林中而住我先曾讀尚古之書若人成就三十二相莊嚴身者此人唯有二種事業如若在家當作轉輪王王四天下以法化世七寶具足所謂輪寶象寶馬寶珠寶女寶主藏臣寶主兵臣寶千子具足容儀端正有大威德勇健無雙所往之處他迎自伏周環四海無不稟化亦無怨敵刀杖憂苦但以正法教被黎元共行十善安樂而住若出家者如上所説證大菩提于時妙華聞此事已告弟子樹生曰汝今知不我聞沙門喬答摩釋迦之子棄捨釋

種剃除鬚髮身服袈裟而爲出家廣說如上乃至名稱普聞人間遊行今至憍薩羅欲往聚落於大林中而爲居止我先曾讀尚古之書若人成就三十二相莊嚴身者此人唯有二種事業如若在家當爲轉輪王若出家者當得成佛名稱普聞廣說如上汝今往彼親爲觀察所聞相好爲實爲虛樹生白言如大師教即與聚落諸耆宿婆羅門聰明博識詣世尊所既到佛前在一邊立諸婆羅門以種種言詞慰問世尊即便前坐世尊即爲說微妙法示教利喜令彼欣悅彼摩納婆佛說法時著皮革屣佛前經行時來暫聽以言亂問語畢便去於世尊前極懷高慢情無畏敬作拒逆心自謂超勝於時世尊告曰汝今豈合作如是事共解明論大婆羅門讀爲言說問言喬答摩我有何過佛言我與學識大人共言議時汝著革屣經行不住不識次第無恭順心以言亂問而爲違逆彼言喬答摩我婆羅門法行與他人而爲言說立坐卧者皆共言談不成是過諸禿沙門被煩惱縛不生男女我於言次共作談論斯有何失佛言汝有所爲來至我所汝於尊人未受教誨彼聞是語便生瞋恚不忍之心欲於佛所共爲詰難即白佛言汝喬答摩諸釋迦種如野象類於婆羅門處不生恭敬供養尊重佛言樹生諸釋迦子有何過失汝作斯語白言喬答摩我於往時緣親教師及爲已事詣劫比羅城諸釋男女在高樓上見我入城在道而行悉皆遥指共相謂曰此是樹生摩納婆妙華婆羅門弟子唯知遥指更無恭敬供養之心佛言

摩納婆如百舌鳥多作聲音住在巢中隨意言語諸釋迦種自居宅內隨意言談此亦何過白言喬答摩世間唯有四種大姓所謂婆羅門剎利薛舍戍達羅此等諸人悉皆尊重供養恭敬諸婆羅門唯此釋種無如是事于時世尊即作是念此摩納婆將釋迦種類同野象毀過太甚我今宜可爲彼宣說過去因緣根源種族令息慢心作此念時見摩納婆過去之世是釋迦子從婢所生即釋迦子是從曹主告摩納婆曰汝今何姓白言喬答摩我姓箭道佛言摩納婆我今見汝往昔之祖是釋迦婢所生今諸釋子是汝曹主時餘耆宿諸婆羅門共白佛言汝喬答摩勿言樹生是婢所生何以故此樹生者多聞聰辯論難無滯能共喬答摩依正法語往還論議佛告婆羅門若言樹生多聞大智能擊論者汝等默然令彼言論若不能者彼可默然汝等當說婆羅門言樹生多智能與喬答摩而爲論難我等且默爾時世尊命樹生曰古昔有王名曰甘蔗生其四子一名炬口二名驢耳三名象肩四名足釧四子有過悉皆擯斥時四童子各將已妹相隨而去往詣他方至雪山側於一河邊是劫比仙舊所住處相去非遠各葺草菴以自停息遂捨親妹取異母者用充妻室各生男女時甘蔗王憶戀諸子告大臣曰我子何在白言大王王昔有事悉皆擯斥具陳其事乃至各生男女王告臣曰我子能作如是之事答曰彼能王即舉身長舒右手而爲歎曰我子能爲如是之事由彼大人口陳說故因此種族號爲釋迦（此云能也）摩納婆

汝頗曾聞釋迦氏族如是事不答曰我聞摩納婆甘蔗王家有一好婢名曰知方容貌端正與一仙人而爲妻室遂誕一子纔生即語且莫揩身待我洗浴除不淨已往昔之時人皆喚鬼名爲箭道汝亦曾聞此種族不時摩納婆聞便默爾如是再三悉皆具問彼默不答時金剛手神於其頂上擬金剛杵放大火光流焰輝赫告言摩納婆佛三問時汝作矯心不應答者我即以杵碎破汝頭而爲七分佛威力故令摩納婆見金剛手便大驚怖心憂毛竪白佛言喬答摩我先曾聞有斯種族時彼耆宿諸婆羅門作如是言誠如喬答摩所說我等皆信今此樹生源初種族實是婢兒時摩納婆見云婢子心生憂赧低頭而住口不能言爾時世尊見斯事已復作是念我今宜可安慰樹生令離憂惱即爲更說種種因緣種種譬喻令彼止息高慢之心捨除憂苦便告彼曰摩納婆且置是事汝本來意今可求之是時樹生即於佛身觀三十二相唯見三十餘之二相疑不能見所謂陰相及以舌相說伽他曰

昔聞大牟尼　具相三十二　我今觀佛體
二相遍身無　未覩人中尊　或容在隱處
廣長妙舌相　口中人不知　惟願爲現相
除我心中疑　正覺大名聞　世人難得見

根本說一切有部毗奈耶雜事卷第三十四

音釋

抄奴何切摩抄也駛踈士切疾也麨火小切乾糧也鐶胡關切劇
奇逆切甚也餺補各切餺飥也飥音托歙呼合切大歠也𪘂盧合切
愕五各切錯愕驚遽貌怯乞業切畏懦也刮古猾切刷刮也篦邊迷切掠
器鵄赤脂切鳶也腫之隴切脹也狖余救切猿屬唼子荅切聚
食貌曝步木切曬暴日乾也嗢烏沒切貯且呂切積也赭章也切赤
也薜蒲計切赧奴板切面慙面赤也

根本說一切有部毗奈耶雜事卷第三十五

唐三藏法師義淨奉　制譯

第八門第九子攝頌之餘說妙華婆羅門事

爾時世尊作如是念此樹生摩納婆遍於我身觀於三十二相已見三十於二有疑陰舌二相未能得見我今方便現陰藏相令彼得見即舒舌相長至髮際廣覆面門彼既見已作如是念沙門喬答摩衆相具足有二種業在俗作輪王出家成正覺乃至名聞無不周遍時摩納婆生大歡喜辭佛而去于時妙華婆羅門於一園中與諸耆宿言話而坐企望樹生爾時樹生遥見妙華即便往就敬禮其足及餘尊宿在一面坐妙華告曰摩納婆彼喬答摩有善名稱充遍十方具諸相好其事實不白言大師衆所稱揚其事皆實汝頗與彼爲言論不答曰共語汝於彼處所有言論悉皆次第向我陳說時摩納婆於世尊處所有言論具白妙華彼既聞已發大瞋恚即便舉足蹋彼頭上怒云大好使人能辦其事亦令我身沉淪惡道如汝共彼言論之時所有差失彼即引我亦在過中但爲日晡不獲即往恭敬問訊待至明日我當自去即於夜中備辦種種上妙飲食纔至晨朝以車運載詣世尊所到已歡喜共申言問在一面坐白佛言世尊我爲喬答摩辦清淨食已載至此唯願慈悲哀愍納受時阿難陀於世尊後執扇招涼佛告阿難陀曰汝今可告於此聚落所有苾芻皆令集在常食堂中時阿難陀既往告已悉皆集在常食堂中即還白佛諸人盡集願佛知時世尊往彼就座而坐時婆羅門

見佛僧衆悉皆坐已即以自手持妙飲食供養佛僧大衆食竟嚼齒木洗手已屏收鉢器便取小席於佛前坐聽説法要爾時世尊受婆羅門所設飲食唱隨喜已説伽陀曰

祭祀火爲最　初頌論中最　人中王爲最
衆流海爲最　衆星月爲最　光中日爲最
十方世界中　凡聖佛爲最　所爲布施者
必獲其義利　若爲樂故施　後必得安樂

爾時衆中有一莫訶羅苾芻聞佛説此伽陀之時雖飽食訖尚咬乾餅作大音聲婆羅門見而白佛言喬答摩聲聞弟子依教行不佛告婆羅門有依不依喬答摩我今觀此有樂法者有貪食者喬答摩我有弟子名曰樹生來至佛所共言論不佛言彼來略共言論喬答摩共彼所有問答談論幸當爲我廣説其事佛即次第爲説時婆羅門白佛言喬答摩其樹生者無識寡聞心懷高慢不生畏敬輕觸尊顔唯願慈悲見容其過佛告婆羅門我已容恕時婆羅門復白佛言喬答摩我乘車時或控馬轡或舉鞭大喝當爾之時願表知我婆羅門妙華頂禮佛足并問少病少惱起居輕利氣力安不又白佛言喬答摩若復見我涉路而行或脱革屣或時避道或時舒臂當爾之時如前表知我申敬問又白言喬答摩或時見我在自衆中共人談説若移坐處或去上衣或除頂帽當爾之時如前表知我申敬問何以故喬答摩我婆羅門法唯求名稱所有衣食受用資具皆從名稱之所獲得故我於此善護衆人爾時世尊作如是念此婆羅門極大高慢我今宜可息彼慢心爲其

說法爾時世尊即爲宣暢示教利喜如佛世尊於尋常時說法之事謂說布施或說持戒五欲少味多諸過惡煩惱染汙沉淪生死清淨涅槃當求出離如是等法廣爲陳說世尊知彼欣樂隨喜發清淨心堪爲法器於殊勝事能得受持復爲廣說苦集滅道四聖諦法譬如淨衣易受染色時婆羅門即於座上證見諦理無復疑惑得預流果即從座起偏露右肩前禮佛足作如是語我今出離歸佛法僧受五學處願證知我是鄔波索迦具清淨念禮佛足已奉辭而去

佛作是念彼婆羅門善爲譏笑由老苾芻說施頌時喫食不止是故不應此時噉食告諸苾芻曰彼婆羅門善爲譏笑由莫訶羅說施頌時喫食不住致斯譏醜若有苾芻說施頌時喫食不住者得越法罪如佛所制說頌之時不應食者彼不敢食遂令行末不食時過佛言若有苾芻說施頌時不聞說聲不解其義者應食無犯設若聞聲不解義者食亦無犯聞聲解義食者得越法罪如佛所制聞聲解義不得食者於一住處衆坐人多遂使末行屆來至上彼聞施頌並皆不食日時遂過佛言此若聞聲兼解義者且不應食待說兩三頌訖後食無過

佛在婆羅痆斯仙人墮處施鹿林中爾時世尊於小食時著衣持鉢入城乞食有餘苾芻亦行乞食至一園中佇立而住見諸男女起惡尋思作邪欲念佛見苾芻知作邪念不善相應遂近其處告言苾芻苾芻汝於自身下苦種子流出臭糞蠅蟲不食無有是處彼既

聞已作如是念世尊今者知我邪心即大驚怖身毛皆竪便出園中佛作是念苾芻非處而停住時有如是過既乞食已還至本處飯食訖收衣鉢洗足已入房宴坐於日晡時從定而起於僧衆中就座而坐告諸苾芻曰我向入城爲欲乞食見一苾芻亦爲乞食至一園中起惡尋思作欲邪念我知彼人作斯惡念便就其邊而告彼曰苾芻苾芻汝於自身下苦種子臭糞流出蠅蟲不食無有是處彼既聞已作如是念世尊今者知我邪心即大驚怖身毛皆竪遂出園中是故苾芻不應非處而爲住立若住立者得越法罪有一苾芻聞佛説已即從座起頂禮雙足白言世尊大德於聖教中何者名爲苦惡種子何謂臭糞流出蠅蟲不食佛言苾芻苦種子者謂是三種罪惡不善邪思量法云何爲三謂惡欲尋思瞋恚尋思殺害尋思臭糞流出者臭糞謂是五欲色聲香味觸流出者謂欲纏心以其六根追求六境流動不住蠅蟲者謂諸世間於六觸處無心制止起貪瞋等憂悲苦惱作罪惡業爾時世尊復説頌曰

不攝眼耳等　被欲之所牽　苦子種身中
臭氣常流出　若在於聚落　或居閑靜處
常於日夜中　不思於正法　由依罪惡念
遂起妄尋思　遠離樂住緣　當受於苦報
若人修寂定　於勝慧勤行　常得安隱眠
不被蠅蟲惱　親近於善友　勝人之所説
若能如是學　更不受當生

如世尊説苾芻不應非處住立者不知何者名爲非處佛言非處有五唱令家婬女家沽

酒家王家旃荼羅家是謂五處非所行境

第八門第十子攝頌曰

由蛇觀臥具　一衣不爲禮　初至寺中時

年老應禮四

緣在室羅伐城時有苾芻欲去遊行所有臥具於親友處囑令看守時彼苾芻即以臥物安置舊處而不受用時有毒蛇來求住處遂於褥下盤屈而居有客苾芻來投此而住暫停歇已行禮佛塔及餘苾芻日暮歸房舊住苾芻告言具壽此是水土燈油先敷臥具行來疲困洗足安眠由先業力不觀臥具遂即眠睡押著其蛇蛇從褥出便螫苾芻苾芻受苦宛轉蛇上於片時間二俱命斷至天曉已主人來喚彼既身死無復祇承主人念曰行來疲極且縱安眠睡足之後自當起覺食時欲至更來打門喚言可起食時欲至既無響應他恠門聲彼便具報即取戶鑰開入房中見其身死次翻臥褥復見蛇死衆共來看知被蛇螫以緣白佛佛作是念不觀臥具因致俱亡告諸苾芻曰受他囑者應將臥具付知事人或可隨時自爲曬曝置於架上繫不令墮若欲眠時應須觀察彼於夜分燈火照看佛言不應如是可於白日預爲觀察時諸苾芻無問新舊悉皆翻轉佛言舊者應觀莫翻新者有儭褥布時時抖擻不爾得越法罪

緣在室羅伐城有二苾芻同房而住時一苾芻度一少年弟子弟子多睡久而方覺師每訶責後欲天明忽然驚起但披僧脚欹往詣師所其師正起欲著下裙弟子近前禮足而起既新剃髮戴起師裙在頭上住弟子所披

亦便墜墮師弟二人悉皆形露彼苾芻見報言具壽我今善知汝等皆是丈夫男根具足時彼二人各懷羞恥黙爾而去其師遂即訶責弟子餘苾芻問汝有何過常被師瞋答曰昔瞋有縁今時無過師徒義絶我今行矣復問何事即具告知報言具壽汝誠有過訶責合宜聞便黙爾時諸苾芻以縁白佛佛念其師訶成順法告諸苾芻從今已後不得著一衣禮他亦不得一衣受禮違者得越法罪縁在王舍城如世尊言於他苾芻不相體悉不爲解勞時有衆多苾芻從異方來禮制底竟無一人爲解疲極猶如被擯隨處而住或在簷前或居門屋或在樹下時有信心婆羅門居士等見已問言聖者何縁被擯隨處而住報言賢首我非被擯是客新來婆羅門曰若爾何不住在房内我無故識復誰相容爲禮聖蹤暫來至此隨處停住不久當還諸人聞説皆生嫌恥我等曾聞沙門釋子性懷平等何處得有平等之行見同梵行客人創來而不容止時諸苾芻以縁白佛佛告諸苾芻從今已去凡是客僧來入寺者先應禮拜耆宿四人當前而立主應好心准法安置後於異時有客苾芻遊行人間時將欲暮至王舍城先知佛制禮老年者即問諸苾芻曰尊者阿若憍陳如今在何處答曰在竹林園中便即就彼扣門而喚時尊者憍陳如問言是誰答曰我是客僧尊者喚入令其歇息客僧問言尊者大迦葉今在何處答曰具壽彼在畢鉢羅窟于時客僧如言往彼如前通問尊者喚入安慰停息客僧即問尊者難陀今在何

處答曰彼在鷲峯山客僧便往致問尊者命
入如前令息客僧問曰尊者十力迦葉今在
何處答曰今在細你迦窟客僧便去既見尊
者同前問答令其止息客僧答言今已天明
當須乞食不可更留作如是語如世尊言客
僧到處先令禮拜四耆宿者此是方便治罰
客人不令安隱時諸苾芻以緣白佛佛言我
先豈令客苾芻禮大地尊宿唯遣禮謁當處
老宿四人
內攝頌曰
世尊爲高勝　廣說弟子行　行雨問大師
爲說七六法
緣在室羅伐城時具壽高勝於晡後時從定
而起往詣佛所禮雙足已退坐一面請世尊
曰弟子事師所有行法唯願爲說佛告高勝
我今爲說苾芻所有弟子門人供事之法汝
應諦聽凡爲弟子於師主處常懷恭敬有畏
懼心不爲名聞不求利養當須早起親問二
師四大安隱起居輕利除小便器爲按摩身
其師若言我今有疾應問所患便往醫處具
說病由請方救療如醫所教便爲療治若師
自有藥物應用和合如其無者可問近親親
眷若多應問師曰何親處求得師教已如言
可去若無親族應向餘家如教往覓或詣病
坊施藥之處此若無者當緣自業於飲食中
而爲將息若病可時授以齒木其師欲嚼齒
木之處應先淨掃作曼荼羅安置坐枯及盛
水瓶器并澡豆土屑淨齒木刮舌篦既澡漱
已除所須物若師患目應問醫人爲作眼藥
而塗拭之次應授衣餘衣褻疊勿使撩亂師

禮塔時當入房中灑掃其地若有塵土應將牛糞或以青葉揩拭次應自禮尊儀及禮師主或問安白事於日日中三時禮拜當隨巳力於同梵行者亦申禮敬次應策勤坐禪讀誦每於半月須觀曬牀席若至食時應洗兩鉢若是乞食苾芻自持重鉢輕者與師若在寒時以重僧伽胝與師令著自持輕者若於熱時輕者與師自持重者若逆風行請師在前自身在後若順風行自身在前令師在後若渡河水扶持令過若乞食時應問師主為當同行為當別去若言同行即可隨去若得乾麨豆飯及酸漿水置以鉢中若得米飯餅及沙糖乳酪石蜜安師鉢內乞得食巳還至本處作二小壇布以諸葉可安二座踞坐飯食若別行者所乞得食將呈師主令得此食須者應取師主即應知量而受若住寺者其弟子應先洗器往至廚中問知事人今為僧伽作何飲食其知事人敬而告知彼還白師今日僧伽作如是食可請取不依教持來師應知量觀時而受若其二師澡漱之處應為掃除作曼荼羅安座牀子及以水器并土齒木如法揩洗若須洗足應為師洗或但用水或可塗油以骨揩去更將水洗當授皮履問其食事又問為於此處修習善業為復向餘閑靜住處若言可向晝日住處者應持坐物其所住處掃灑清淨於時時間牛糞塗拭若學讀者應為授經若學禪思教其作意若還來時應觀牀席自洗足巳次禮尊像及同梵行者隨力而禮與師置座同前洗足若是寒時應守持心為暖湯水若是熱時應可持扇

而爲招涼師亦知時令其作業勿使空度若衣鉢等營作之時所有事業皆師物在前次營巳物佛言高勝汝今應知諸苾芻衆所有弟子門人供給二師如父母想師於弟子當如子想若有病患共相贍侍至老至死我今爲汝略説其事應如是作若不依者隨於其事皆得越法罪若能如是弟子於師以敬順心爲供侍者能令善法相續不絶譬如蓮華處在池中日夜增長是故汝等當如是學時具壽高勝及諸苾芻聞佛説巳歡喜奉行

緣在王舍城住鷲峯山時摩揭陀主未生怨王與佛栗氏國共相違逆未生怨王於大衆中告諸人曰安隱豐樂與我相違我欲興兵而往討罰皆令破散王告大臣行雨婆羅門言卿往佛所頂禮佛足爲我問訊起居輕利少病少惱氣力安不次復白言大德未生怨王對諸衆前作如是語彼國豐樂與我相違我欲興兵而往討罰皆令破散世尊許不如世尊許皆當領受還來報我何以故如來應供正遍知者言無虚妄是時行雨奉王教巳乘白馬車執持金杖拄以金瓶出王舍城往詣佛所至下車處足步而行登鷲峯山至世尊所歡顏敬問在一面坐白言世尊摩揭陀主未生怨王頂禮世尊足下敬問起居輕利少病少惱氣力安不作是語巳佛告婆羅門願王及汝無病安樂時婆羅門即以王語次第白佛廣陳其事未審世尊作何垂誨佛告婆羅門我不多時在佛栗氏國我於三月坐夏之時於彼而住我時爲衆宣説七種不退轉法婆羅門彼國諸人護持七種不退法時

國界人民日見增長善法無損婆羅門言我未能解大德所陳要妙之義唯願慈悲廣爲我說令得開解爾時具壽阿難陀在佛後立執扇招涼佛告阿難陀汝頗聞知佛栗氏國所有人民數多聚集評論法義不大德我聞彼國人多聚集評論法義佛告婆羅門若彼國中人多聚集評論法義應知彼國日見增長善法無損一阿難陀汝頗聞知佛栗氏國人多和合同起同坐評論國事答言我聞廣說如上佛告婆羅門亦具如上說乃至善法無損二阿難陀汝頗聞知彼國人衆不應求事而不求之所應得事不令斷絕國之教令常樂奉行答言我聞廣說如上佛告婆羅門亦具如上說乃至善法無損三阿難陀汝頗聞知彼國女人及童女類或是母護父護兄弟姊妹姑嫜親族而相擁護有過討罰是他妻妾乃至授化許爲其婦不共倉卒行非法事答言我聞廣說如上佛告婆羅門亦具如上說乃至善法無損四阿難陀汝頗聞知彼國人衆於其父母師長之處恭敬供養隨順言教情無違惱答言我聞廣說如上佛告婆羅門亦具如上說乃至善法無損五阿難陀汝頗聞知彼國人衆於制底處常修供養所有古舊恭敬法式不令虧廢廣說乃至善法無損六阿難陀汝頗聞知彼國人衆於阿羅漢敬心殷重常生正念其未來者願皆來此其已來者得安隱住衣服飲食卧具醫藥所須資具皆悉給與無有乏少廣說乃至善法無損七佛告婆羅門但令彼國所有人衆於斯七種不退轉法修行之時當知彼國常得

增長無有損失善法隆盛婆羅門言大德彼國人衆於七法中隨行其一未生怨王不應興罰何況七法具足奉行婆羅門曰大德喬答摩我有多緣且欲辭去佛言隨意時婆羅門聞佛所說歡喜奉行

時婆羅門辭佛去後佛告阿難陀汝可遍告鷲峯山處所有苾芻皆令集在供侍堂中時阿難陀即便遍告諸苾芻衆盡集堂已還至佛所在一面立白言世尊苾芻盡集願佛知時佛至堂所就座坐已告諸苾芻我今爲汝說七不虧損法汝等諦聽極善作意云何爲七汝等苾芻數多集會評論法義應知苾芻福德增長善法無損一 汝等苾芻若和合同集同起同坐同作法事應知福德增長善法無損二 汝等苾芻不應求者而勿苦求所應得者不令斷絕所有正教常樂奉行如是當知福德增長善法無損三 汝等苾芻所有愛著與貪俱生喜願未來諸有相續由此輪轉此若除者如是當知得安樂住令諸苾芻福德增長善法無損四 汝等苾芻若有苾芻久事出家修淨梵行滿二十夏耆年宿德大師所讚爲同梵行者之所識知衆皆恭敬殷重供養所說言教樂共聽聞如是當知福德增長善法無損五 汝等苾芻若有苾芻居阿蘭若受下卧具生喜足心如是當知福德增長善法無損六 汝等苾芻若有苾芻於同梵行者殷重用心常存正念欲令不來同梵行者而來至此既來至已作安樂住心不生猒離衣服飲食卧具醫藥所須資具皆悉給與勿令少乏廣說乃至善法無損七 汝等苾芻能

行如是七種法時當知苾芻所有善法常得增長無有虧損安樂而住

汝等苾芻復有七種不虧損法汝等應聽云何爲七若諸苾芻於大師處恭敬供養尊重讚歎如是作時得安樂住令諸苾芻衆得增長善法無損七 如是應知於法於戒於教授事不放逸事於卧具事於修定事生殷重心恭敬供養如是作時得安樂住令諸苾芻衆得增長善法無損七 汝等苾芻復有七種不虧損法汝等應聽云何爲七若諸苾芻不愛作業不愛言談不著睡眠不樂聚集及近惡友不貪名利尒問他人常修於定於增上證不生喜足無退屈心乃至證得真實諦來無暫休息如是作時得安樂住令諸苾芻衆得增長善法無損七 汝等苾芻復有七種不虧損法汝等應聽云何爲七若有苾芻有淨信心有慚有愧具大精勤有念定慧如是作時得安樂住令諸苾芻衆得增長善法無損七

汝等苾芻復有七種不虧損法汝等應聽云何爲七知法知義知時知量知自身知門徒知他人行如是作時得安樂住令諸苾芻衆得增長善法無損七 汝等苾芻復有七法云何爲七若有苾芻修念覺分觀時依空閑處依止離欲依止寂滅遠離災難如是法勤喜安定捨修觀之時依空閑處依止離欲依止寂滅遠離災難如是作時得安樂住令諸苾芻衆得增長善法無損汝等苾芻是謂七法無有退轉應常修習汝等一心慇懃守護令諸苾芻衆得增長善法無損

汝等苾芻復有六法令他歡喜汝應諦聽我

當爲説云何爲六一者我今應以身業行慈謂於大師所及諸賢聖同梵行處起慈善心以身禮敬灑掃塗拭作曼荼羅布列衆華燒香供養或復爲其按摩手足若見病苦隨時供給如是作時令他歡喜愛念敬重共相親附和合攝受無諸違諍一心同事如水乳合二者我今應以語業行慈謂於大師所及諸賢聖同梵行處起慈善心以語讚歎彰其實德他不聞者令其普知讀誦經典晝夜無歇如是作時令他歡喜愛念敬重共相親附和合攝受無諸違諍一心同事如水乳合三者我今應以意業行慈謂於賢聖同梵行處起慈善心不生妬害慳嫉之想於身語業所有行慈繫念思惟無令斷絶設在危難亦不暫停況復平居而乖正念於諸含識起悲愍心不斷其命不行楚苦遠離煩惱至解脱處如是作時令他歡喜愛念敬重共相親附和合攝受無諸違諍一心同事如水乳合四者諸有所得如法利養乃至鉢中獲少飲食悉皆歡喜共他受用不屏處食於同梵行者情無彼此如是作時令他歡喜愛念敬重共相親附和合攝受無諸違諍一心同事如水乳合五者於所受戒不破不穴不雜不垢不穢初後淨持智人所讚同梵行者不生輕鄙共持淨戒法食倶同如是作時令他歡喜廣説乃至如水乳合六者能生正見無有疑惑是聖出離無能破壞速盡苦邊與同梵行者共同此見如是作時令他歡喜廣説乃至如水乳合汝等苾芻是謂六種歡喜之法應常修習慇懃守護令諸苾芻衆得增長善法無損

根本說一切有部毗奈耶雜事卷第三十五

音釋

企去利切舉踵也　晡博孤切申時也　嚼在爵切齧也　控苦貢切勒止也

轡彼義切馬轡也　螫施隻切蟲行毒也　儭初覲切　抖擻抖當口切擻蘇后切

枮陟林切櫍也櫍音只　襞必益切摺疊衣也　踞居御切蹲踞也

嫜諸良切夫之兄也　倉卒倉七郎切卒蒼沒切倉卒多遽貌

根本說一切有部毗柰耶雜事卷第三十六

唐三藏法師義淨奉　制譯

第八門第十子攝頌之餘

内攝頌曰

衆集敬大師　聞法生正信　自述年衰老

說行兩因緣

爾時世尊告具壽阿難陀曰我今欲往波吒離邑阿難陀言如是世尊即與諸苾芻隨從世尊發摩揭陀國漸次遊行至波吒離邑住制底邊時彼邑人聞佛來至悉皆聚會至制底處詣世尊所頂禮雙足退坐一面爾時世尊告諸婆羅門長者居士曰汝等應知放逸之事有五過失云何爲五一者若婆羅門等爲放逸時以此因緣所有財寶受用之物悉皆散失二者若放逸人以此因緣凡所趣向衆會之處情生媿赧又懷怯懼三者若放逸人以此因緣有惡名稱流遍四方四者若放逸人以此因緣臨命終時心生悔恨五者若放逸人以此因緣命終之後墮於地獄餓鬼傍生是謂五種放逸之過

復次若婆羅門等行不放逸時有五勝利云何爲五一者所有財寶受用之物皆不散失二者凡所趣向衆會之處情無媿赧亦無怯懼三者有善名稱流遍四方四者臨命終時不生悔恨五者命終之後生於天上長受安樂是謂五種行不放逸利益之事爾時世尊爲波吒離邑諸婆羅門等演說法要示教利喜已默然而住諸婆羅門等即從坐起偏袒右肩右膝著地合掌向佛白言世尊願佛慈悲哀受我等晝日遊從閑靜房舍爾時世尊

默然爲受諸婆羅門等知佛受已頂禮佛足奉辭而去諸人去後佛即詣彼閑靜住處既至彼已即於房外洗足已入室宴坐時摩揭陀國行雨大臣便於波吒離邑四邊量度廣立封壃欲造城隍將伐佛栗氏國時此邑中有大勢力威德天神各求住處爾時世尊於宴坐處即以天眼過於人天觀彼天神各求住處乃於晡時從宴坐起詣清涼處坐告阿難陀曰汝豈不聞量度城邑白言我聞行雨大臣欲置城邑以自牢固將伐此城佛言阿難陀善哉行雨大臣有大智慧欲置城邑即與三十三天形狀相似我於住處以天眼觀見諸大天神各求住處阿難陀但是勢力諸天欲住之處於此城內福德大人亦於其中而求住處但是處中諸天欲住之處其處中人及餘諸類亦於此住阿難陀於其城邑有勝人住止有勝人言議有勝商人來共交易往還無滯者謂即是此波吒離城然有三災禍城當損壞所謂水火及内有反逆時行雨大臣聞佛世尊從摩揭陀漸漸遊行至波吒離邑住制底處爲諸人衆之所恭敬聞已即去至世尊所共佛言談相慰問已在一面坐佛爲說法示教利喜已默然而住爾時大臣即從座起偏露一肩右膝著地合掌恭敬白言喬答摩唯願明日及苾芻僧就我宅中爲受微供佛默然受是時大臣知佛受已從座而去時行雨大臣既至宅中告諸大小即於其夜備辦種種上妙飲食食既辦已至明清旦數設座席安淨水盆澡豆齒木嚴辦既周即令使人往白時至飲食具備願佛知時世

尊即於小食時執持衣鉢將諸僧衆詣大臣家至設食處就座而坐行兩大臣見佛大衆次第坐已自手奉持種種上妙飲食供養佛僧皆令飽足嚼齒木澡漱已收攝鉢訖行兩大臣即以金瓶注水在佛前立發是願言我此施供所有勝善等流之業當獲樂報以斯福力願此城內舊住天神於天長夜中受勝利樂願稱彼名而爲呪願爾時世尊於彼大臣所設供養爲隨喜故而說頌曰

若人能有淨信心　恭敬供養於天衆
常依大師眞實語　則爲諸佛所稱揚
若有聰明智慧人　卜居於此勝妙處
供養持戒淨行者　復爲宣說願伽陀
若合恭敬所施者　應可殷心修供養
由是天衆起恩慈　猶如父母憐赤子
旣蒙諸天所守護　常得安然受勝樂
生生恒遇於善人　究竟當至無爲處

是時世尊爲彼大臣示教利喜說妙法已從坐而去時彼大臣了知世法終歸棄捨即整衣服隨世尊後作如是念世尊喬答摩從城出處我當於彼起大門樓渡殑伽河爲作津濟時佛世尊知彼念已於城中道西趣郭門北面而行向河欲過時彼河中諸人欲渡或將草木𥫱及浮囊憑而渡水往還不絕數有億千世尊見已作如是念我今爲當安步中流水上而去爲以神力從此岸沒於彼岸出即入勝定隨其所念并諸苾芻此沒彼出有一苾芻即於是時說伽陀曰

諸人求渡者　往來非一數　浮囊及草木
欲越殑伽津　世尊以神力　并及於僧衆

從此至彼岸　不復起疲勞　平川水流溢
穿井復何爲　心根煩惱除　豈更求餘物

時行雨大臣於佛出城處爲造門樓名曰喬答摩門河津階道名喬答摩路爾時世尊既至彼岸告阿難陀曰我今欲往小舍村北升攝波林佛行至彼既安坐已告諸苾芻曰此是尸羅此是三摩地此是般若由持戒力定能安隱久住不退由修定故智慧得生由慧力故於染瞋癡心得解脫如是諸苾芻心善解脫得正解了我生已盡梵行已立不受後有所作已辦　如實而知世尊復告阿難陀曰我今欲往販葦聚落村外林中白言世尊如是應去既至彼已時彼聚落人遭疫癘有一淨信鄔波索迦因茲命過復有善賢名稱等諸近事男亦皆命過時諸苾芻於小食時執持衣鉢入聚落中次行乞食聞此村中多有諸人遭疫而死既得食已各還本處飯食訖收衣鉢洗足已俱詣佛所禮佛足已在一面坐白言世尊我等入村行乞食時聞有衆多鄔波索迦悉皆命過未知彼等當生何處佛言苾芻於此村中有二百五十諸鄔波索迦斷五下分結從此命過得化生身於彼涅槃更不退轉證不還果不復更來汝等苾芻復有三百餘人鄔波索迦從此命過薄斷染瞋癡得一來果暫來人間當盡苦際汝諸苾芻於此村中有五百人並已命過能斷三結得預流果不復退轉於七有生人天還往當盡苦際汝等苾芻何煩致問作斯擾惱生者必死此爲常事若佛出世及不出世生死之法如來悉知爲諸有情分別演說開示十二緣

生法門所謂此有故彼有此生故彼生即是無明緣行行緣識識緣名色名色緣六處六處緣觸觸緣受受緣愛愛緣取取緣有有緣生生緣老死憂悲者惱此無故彼無此滅故彼滅所謂無明滅則行滅行滅則識滅識滅則名色滅名色滅則六處滅六處滅則觸滅觸滅則受滅受滅則愛滅愛滅則取滅取滅則有滅有滅則生滅生滅則老死憂悲苦惱滅如是廣大苦蘊悉皆除滅我今復爲汝等説法鏡經應可諦聽善思念之云何法鏡謂佛法僧聖清淨戒汝等於此深生尊重恭敬供養禮拜讚歎正信正念常不斷絶是名法鏡如是應持時諸苾芻聞佛所説依教奉行

佛告具壽阿難陀曰我今欲往廣嚴城汝可告諸大衆時阿難陀言如是世尊佛及僧衆漸至城所住菴沒羅林時此城中有一女人（舊云柰女者非）顔容端正衆所知識名菴沒羅是此林主聞世尊至住我林中著妙衣瓔而自莊飾命諸女屬共相隨從乘駕寶車詣世尊處既至林所便即下車徒步而進爾時世尊於無量百千苾芻衆中而爲説法于時世尊遥見女已告諸苾芻彼諸女衆欲來至此汝等應當繫念思惟勿生異想聽我所説汝等苾芻云何名爲繫念思惟若有苾芻起罪惡念不善心時當即除遣應生正信發起精勤攝心令住正念不散使善法生惡念止息正智熏習圓滿增廣正勤相續勿爲異念苾芻如是繫念思惟汝等復聽勿生異想苾芻應知往來所趣當善觀察屈伸俯仰著僧伽胝執持衣鉢行住坐卧語默睡眠惛沉起時爲對

治法正念而住云何苾芻正念而住汝今當知謂觀内身策起正勤應善調伏於諸世間知是憂苦次觀外身内外身内受外受内外受内心外心内外心内法外法内外法於此諸法繫念觀察攝心令住策起正勤勇猛不息應善調伏於諸世間知是憂苦苾芻如是繫念思惟是故汝等正念而住由彼女衆欲來至此是我慇懃之所教誨是時女衆來詣佛所頂禮雙足退坐一面爾時世尊爲説妙法示教利喜默然而住時菴没羅女從座而起合掌恭敬白佛言世尊唯願哀愍與諸苾芻明日就宅受我微供世尊默然知佛受已頂禮雙足奉辭而去時廣嚴城諸栗呫毗子聞佛世尊遊行人間住菴没羅林各嚴種種四駟馬寶車馭青馬駕青車青轡勒執青鞭戴青幘擎青蓋帶青刀捉青拂著青衣瓔珞塗香悉皆青色并諸從者皆服青衣復有栗呫毗與諸從者別爲一隊車馬衣瓔悉爲黄色復有一隊悉爲赤色復有一隊悉爲白色如是各別前後隊仗聲螺擊鼓出廣嚴城皆欲親覲如來頂禮恭敬世尊知彼欲來告諸苾芻汝等未見三十三天遊觀芳園者今可觀此廣嚴城中諸栗呫毗子由其威德莊飾巧妙與三十三天出遊芳園等無有異諸栗呫毗子既至林所便即下車徒步而進詣世尊所頂禮雙足退坐一面欲聽妙法世尊爲説示教利喜各令慶悦爾時會中有一婆羅門名曰黄髮摩納婆從座而起整衣合掌白佛言世尊我今樂欲隨喜讚歎佛告摩納婆隨汝意説既蒙佛許即説頌曰

大王身持寶裝甲　今爲國主獲善利
有佛現生於此處　名稱高遠若須彌
如白蓮華處池中　於夜開敷散芬馥
如日流暉照空界　光明遍滿於世間
當觀如來智慧力　如大明炬照昏冥
常爲人天作智眼　諸來見者皆調伏

時諸栗呫毗聞是說已同聲讚言大摩納婆善說斯語是時會中有五百栗呫毗子各脫上衣持施黃髮世尊復爲大衆說法示教利喜默然而住時諸栗呫毗子各從坐起整衣合掌而白佛言唯願世尊哀愍我等與諸苾芻明日城內受我微供佛言我與苾芻已許菴沒羅女明日就食白言大德我有所失不如彼女彼有智慧先請世尊我等不能及時親覲恭敬禮拜我於後時當興供養佛言甚善聞佛讚已情懷歡喜頂禮佛足奉辭而去時摩納婆見彼諸人辭佛去後少時而住即從座起整衣合掌白佛言大德彼五百人聞我讚佛同聲慶喜爲妙語故各持一衣來施於我我持奉佛唯願慈悲哀愍納受世尊爲受告言摩納婆若如來應正等覺出現世間有五希有事亦現於世云何爲五謂於世間若有大師如來應正等覺明行圓滿善逝世間解無上士調御丈夫天人師佛世尊出現於世凡所說法初中後善文義巧妙純一圓滿清淨鮮白梵行之相當知此是如來應正等覺出現世間第一希有復次若有聽聞如是妙法能善作意一心審諦攝斂諸根思念觀察當知此是如來應正等覺出現世間第二希有復次其聞法者情生喜悅獲大善利

於世俗事生猒離心 此是如來應正等覺出現世間第三希有復次若有展轉聽聞法者皆亦漸漸依教奉持此是如來應正等覺出現世間第四希有復次諸聞法者繫念思惟即能通達甚深妙慧此是如來應正等覺出現世間第五希有復次摩納婆知恩報恩名大善士少尚不忘何況多恩是故汝今應勤修學摩納婆聞佛說已歡喜信受頂禮雙足辭佛而去時菴沒羅女即於其夜備辦種種上妙飲食至明清旦敷設牀席置淨水盆齒木及屑遣使白佛飲食已辦願佛知時爾時世尊著衣持鉢與苾芻衆詣彼食處佛及大衆次第坐已時菴沒羅女見佛大衆悉安坐定手自奉行種種上妙飲食各令飽滿飯食訖次授澡豆及以齒木澡漱已收鉢竟遂取卑座於佛前坐攝心聽法爾時世尊即爲其女說施伽陀曰

若人不慳能施與　見者愛敬咸親近
入衆會中無畏懼　得大利益具名聞
是故智人常惠施　能令長夜福增長
漸除煩惱破慳貪　三十三天受歡樂
修諸善業營功德　命終之後得生天
與諸女衆戲芳園　爲佛弟子常安樂

爾時世尊復爲菴沒羅女隨機說法示教利喜已從座而去還至住處告阿難陀曰我今欲往竹林中汝可告諸大衆時阿難陀如佛所教即與大衆隨佛至竹林北住升攝波林時屬飢儉乞求難得佛告諸苾芻今時飢儉汝等宜可求同意者於薜舍離諸方聚落隨便安居我與阿難陀於此處住若不如是求

乞難得時諸苾芻聞佛教已各依善友隨處安居唯阿難陀獨留侍佛在於樹下而作安居佛於夏内身嬰病苦受諸痛惱幾將命終作如是念我身有疾不久遷謝然諸苾芻散在餘處我今不應離諸大衆而般涅槃應以無相三昧觀察自身令苦息停作是念已即入勝定所受諸苦如念皆除安隱而住時具壽阿難陀於日晡時從定而起往詣佛所頂禮佛足在一面立合掌白言大德世尊我於向者身心迷悶莫辯好惡所聞之法不能誦持由見世尊受諸病苦恐將寂滅今聞世尊未般涅槃少得醒悟又言若諸苾芻不總集者我不涅槃以此惟忖故知更説希有之法佛告阿難陀汝作是意謂我教導諸苾芻故不涅槃者無有是處何以故豈可我今更欲示諸苾芻希有之法阿難陀我所應説皆已説竟悉令解了内外諸法所謂四念住四正勤四神足五根五力七覺分八聖道阿難陀諸佛如來常以此法分明爲説無有祕悋覆藏之心然阿難陀我身有疾將欲涅槃便作是念吾今病苦必定命終諸苾芻等各在餘處我念不應離斯大衆而般涅槃宜自用意以無相三昧觀察其身痛惱令息即便入定所受諸苦悉皆除愈得安隱住阿難陀我今衰邁身力羸弱年將八十唯依二事而得存住如朽破車亦依二事以是義故汝今不應憂愁苦惱但諸世間有爲之法從因縁生而不滅壞得常住者無有是處我先爲汝常説是事一切世間樂欲光華愛念可意悉皆散壞恩愛別離無留住者是故當知於我現存

及我滅後汝等自爲洲渚自爲歸依法爲洲渚法爲歸依無別洲渚無別歸依何以故若我現在及我滅度若依法者樂持戒者於我聲聞弟子最爲第一云何苾芻自爲洲渚自爲歸依無別歸處阿難陀若諸苾芻能於內身善知身相繫念觀察攝心令住發起勇猛降伏貪瞋及諸憂惱如是外身內外身內受外受內外受內心外心內外心內法外法內外法於如是處繫念觀察攝心令住發起勇猛降伏貪瞋及諸憂惱苾芻若作如是觀者此則名爲自爲洲渚自爲歸依順法而住內

攝頌曰

行雨竹林內　修理波吒邑　渡河詣小樹
漸向涅槃等

爾時世尊告具壽阿難陀曰我今欲往廣嚴城時阿難陀聞佛教已即隨佛後至廣嚴城住重閣堂於小食時著衣持鉢入城乞食時阿難陀隨佛而去次第乞已還至本處飯食訖收衣鉢澡漱畢洗足已佛即往詣取弓制底處樹下而坐告阿難陀曰此廣嚴城物産華麗芳林果樹在處敷榮塔廟清池甚可愛樂贍部洲內此最希奇阿難陀若有能於四神足修習多修習欲住一劫若過一劫悉皆隨意阿難陀如來已於四神足已多修習欲住一劫若過一劫悉皆自在時阿難陀默然無語如是世尊三唱前事乃至悉皆自在阿難陀亦皆無語佛作是念今阿難陀被魔所惑身心迷亂我已再三分明告示竟無言說能爲啓請由是定知被魔所惑即便告曰汝可依一樹下宴坐而住不應與汝雜亂同居

時阿難陀聞佛教已即往晝日宴坐之處住一樹下爾時惡魔波卑來詣佛所頂禮佛足在一面立合掌恭敬白言世尊涅槃時至唯願善逝入般涅槃佛告魔曰汝今何故云涅槃時至請我涅槃魔言大德往者一時佛於尼連河側菩提樹下成佛未久時我詣彼白言世尊智知涅槃時至唯願善逝入般涅槃佛告我言若我聖衆聲聞弟子未有智慧通達聰明辯了以正法言摧伏邪論顯揚聖教能流通者又諸苾芻苾芻尼鄔波索迦鄔波斯迦亦未能得堅修戒品令我梵行得廣流布利益多人及諸天衆者我今無宜入大涅槃大德世尊今聲聞衆有大智慧具足通達辯才無礙以正法言摧伏邪論顯揚聖教能使流通又諸苾芻苾芻尼鄔波索迦鄔波斯迦能令梵行得廣流布利益多人及諸天衆諸事圓滿是故我今白世尊言涅槃時至唯願善逝入般涅槃佛告魔曰汝且少待如來不久却後三月入無餘依大涅槃界時魔作念沙門喬答摩出言無二定般涅槃情生歡喜忽然隱沒佛作是念我今宜可入如是定隨彼定力留其命行捨其壽行作是念已便即入定留命行捨壽行于時大地悉皆震動四方熾然星光墮落於虛空中天鼓自鳴佛從定出說伽陀曰

諸有等不等　牟尼悉已除　由得內證定
如鳥破於㲉

時具壽阿難陀於日晡時從宴坐起便詣佛所頂禮佛足在一面立白言世尊何因緣故大地震動佛告阿難陀有八因緣大地震動

云何爲八令此大地依水而住水依風住風依空住阿難陀有時空中現大猛風水即波動水若搖動地即震動阿難陀此是初因緣大地震動復次阿難陀苾芻有大威德具大功用以神通力令此大地爲小塵想入無邊水想欲令大地悉皆震動若苾芻尼及諸天衆大威德者若作此想亦使大地悉皆震動阿難陀此是第二因緣大地震動復次阿難陀若大菩薩從覩史多天下降母胎當此之時大地震動諸世界中光明晃耀倍勝天光世間所有極幽闇處假使日月具大威光而不能照菩薩現生母腹之時光明赫奕悉皆普照諸有情類從生以來欲見自臂尚不能覩因光照了互得相見知餘有情亦生於此阿難陀此是第三因緣大地震動復次阿難陀若大菩薩初生之時大地震動廣如上說此是第四因緣大地震動復次阿難陀若菩薩成正等覺時大地震動廣如上說此是第五因緣大地震動復次阿難陀若如來三轉法輪時大地震動亦如上說此是第六因緣大地震動復次阿難陀若如來留命行捨壽行時大地震動四面熾然流光赫奕於虛空中天鼓自鳴此是第七因緣大地震動復次阿難陀如來不久却後三月入無餘依妙涅槃界於此時中大地震動四維上下朗然明照於虛空中諸天叫聲猶如擊鼓阿難陀此是第八因緣大地震動爾時具壽阿難陀白佛言世尊我觀如來所說之事爲留命行捨壽行因此大地悉皆震動佛告阿難陀如是如是我留命行捨壽行阿難陀言大德我親

聞佛作如是說若有能於四神足修習多修習者欲住世一劫若過一劫皆得自在大德世尊於四神足已修習多修習唯願世尊住世一劫唯願善逝住過一劫佛告阿難陀是汝之過作斯非理我已再三分明告汝汝自不能知其意趣由魔波卑惑亂汝心阿難陀汝意云何諸佛如來言有二不白言不爾佛言善哉善哉阿難陀如來大師出二言者無有是處我已許魔汝無宜請阿難陀汝今可往取弓塔邊側近苾芻皆令普集常食堂中時阿難陀即往遍告衆既集已詣世尊所頂禮佛足合掌白言大德世尊諸苾芻衆咸悉來集常食堂所願佛知時佛從座起至其堂內就座而坐告諸苾芻汝等觀察諸行無常是變易法不可委信深可猒捨而求解脫汝等當知有勝妙法能於現世得利樂住未來世中亦復利樂汝等苾芻宜於此法受持讀誦善解其義謹慎奉行能令梵行久住不滅如是之法便得弘廣利益有情哀愍一切安樂人天云何勝法能得現世利樂及後世利樂若諸苾芻受持讀誦善解其義謹愼奉行能令梵行久住不滅如是之法便得弘廣利益有情哀愍一切安樂人天所謂四念處四正勤四神足五根五力七覺分八聖道當知此是現法利樂及後世利樂應當讀誦受持勿忘佛告阿難陀我今欲往重患村中時阿難陀聞佛教已即隨佛後世尊行至廣嚴城西北園林之界如大象王全身有顧望廣嚴城(躬行此處視爲敬禮願於像末聖教流通)時阿難陀白言世尊如來右旋徘徊周望城郭非無因緣唯願爲

説佛告阿難陀我今右旋顧視如汝所言非無因緣阿難陀此是如來應正等覺於最末後望廣嚴城我今欲往力士生處娑羅雙樹入般涅槃不復重來所以迴顧望此城邑時有苾芻聞佛語已説伽陀曰

最後迴顧望嚴城　正覺不復還來此
今欲詣彼雙林處　壯士生地證無餘

世尊既至重患村邑住升攝波林告諸苾芻汝等當知此戒定慧由習戒故定便久住善修定故淨慧得生由有慧故於欲瞋癡而得解脱於如是等心解脱處聖聲聞衆而實了知我生已盡梵行已立所作已辦不受後有如是次第經過十餘聚落皆爲衆生隨機説法至受用城北林而住于時大地悉皆震動四維上下煙焰洞然日月無光流星墮落於虛空界天鼓自鳴時阿難陀於日晡時從宴坐起往至佛所頂禮雙足在一面立合掌白言大德世尊何因緣故大地震動佛告阿難陀三因緣故大地震動云何爲三而此大地依水而住水依風住風依空住空中風擊水即波生水若波浪地即震動阿難陀此初因緣大地震動復次阿難陀若苾芻有大威德具大功用以神通力令此大地爲小塵想作無邊水想能使大地悉皆震動若苾芻尼及諸大大威德者令大地動亦皆震動阿難陀此是第二因緣大地震動如前廣説復次阿難陀若如來不久入般涅槃即大地動如前廣説阿難陀此是第三因緣大地震動時阿難陀白言世尊希有大德乃能成就如是不思議事如來應正等覺不久將欲入大涅槃

由斯義故大地震動現希有相如前廣説佛言如是如是如汝所説如來應正等覺實能成就如是希有之法阿難陀我昔曾於無量百千刹帝利衆令彼瞻覩我於爾時隨其形量長短分齊我即與彼形相共同顏色音聲亦皆相似彼所説義我亦同説其不了者我爲説之以勝上法示教利喜令開悟已我便隱没彼亦不知我何所在作如是語彼何處去爲天爲人非我境界阿難陀我能成就如是無量希有之法如刹帝利衆沙門婆羅門長者居士衆中悉皆如是欲界色界乃至色究竟天我皆往彼隨其形量長短分齊廣如上説乃至阿難陀我能成就如是無量希有之法

根本説一切有部毗奈耶雜事卷第三十六

音釋

壃 居良切界也 殑伽 梵語也此云天堂來殑其京切 瓠 洪孤切大瓠也性善浮南人謂之要舟 販 方願切賤買貴賣也 葦 于鬼切蘆葦也 癘 力制切疾疫也 呫 他叶切 馭 牛倨切使馬也 隊 徒對切羣也 祕悋 祕兵媚切嗇也悋良刄切慳也 邁 莫拜切老也 鷇 苦角切卵孚也

根本說一切有部毗奈耶雜事卷第三十七

唐三藏法師義淨奉　制譯

第八門第十子攝頌之餘說四黑四白法四種沙門次出廣嚴城向涅槃處

爾時世尊告阿難陀曰如是應知教有真僞始從今日當依經教不依於人云何依教不依於人若苾芻來作如是語具壽我從如來親聞是語聞已憶持說斯經典說此律教真是佛語此苾芻聞彼說時不應勸讚亦勿毀呰應聽其語善持文句當歸住處檢閱經文及以律教若彼所說與經律相違者應告彼言具壽汝所說者非是佛語是汝惡取不依經律當須捨棄復次阿難陀若苾芻來作如是語具壽我於某住處見有大衆多是耆宿善明律藏我於彼處親聞是語聞已憶持皆依經律真是佛語此苾芻聞彼說時不應勸讚亦不毀呰應聽其語善持文句當歸住處檢閱經文及以律教若彼所說與經律相違者應告彼言具壽所說者非是佛語是汝惡取不依經律當須捨棄復次阿難陀若苾芻來作如是語具壽我於某住處見有衆多苾芻皆持經持律持母經我於彼處親聞是語聞已憶持皆依經律真是佛語此苾芻聞彼說時不應勸讚亦不毀呰應聽其語善持文句當歸住處檢閱經文及以律教若彼所說與經律相違者應告彼言具壽汝所說者非是佛語是汝惡取不依經律當須棄捨復次阿難陀若苾芻來作如是語具壽我於某住處見一苾芻是尊宿智者我於彼處親聞是語聞已憶持皆依經律真是佛語此苾芻聞

彼説時不應勸讃亦不毀呰應聽其語善持文句當歸住處檢閱經文及以律教若彼所説與經律相違者應告彼言具壽汝所説者非是佛説是汝惡取不依經律當須棄捨復次阿難陀若苾芻來作如是語具壽我從如來親聞是語聞已憶持説斯經典説此律教此苾芻聞彼説時不應勸讃亦勿毀呰應聽其語善持文句當歸住處檢閱經文及以律教若彼所説與經律不相違者應告彼言具壽汝所説者眞是佛語是汝善取依經律教當可受持復次阿難陀若苾芻來作如是語具壽我於某住處見有大衆多是耆宿善明律藏我於彼處親聞是語聞已憶持皆依經律眞是佛語時此苾芻聞彼説時不應勸讃亦勿毀呰應聽其語善持文句當歸住處

檢閱經文及以律教若彼所説與經律不相違者應告彼言具壽汝所説者眞是佛語是汝善取依經律教當可受持復次阿難陀若苾芻來作如是語具壽我於某住處見有衆多苾芻皆持經律持毋經我於彼處親聞是語聞已憶持皆依經律眞是佛語此苾芻聞彼説時不應勸讃亦勿毀呰應聽其語善持文句當歸住處檢閱經文及以律教若彼所説與經律不相違者應告彼言具壽汝所説者眞是佛語是汝善取依經律教當可受持復次阿難陀若苾芻來作如是語具壽我於某住處見一苾芻是尊宿智者我於彼處親聞是語聞已憶持皆依經律眞是佛語此苾芻聞彼説時不應勸讃亦勿毀呰應聽其語善持文句當歸住處檢閱經文及以律教若

彼所說與經律不相違者應告彼言具壽汝所說者眞是佛語是汝善取依經律教當可受持復次阿難陀初之四種名大黑說汝等苾芻應可善思至極觀察深知是惡此非是經此非是律非是佛教當須捨棄後之四種名大白說汝等苾芻應可善思至極觀察深知是善此苾芻此實是經此實是律眞是佛教當善受持阿難陀是謂苾芻依於經教不依於人如是應學若異此者非我所說

爾時世尊告阿難陀曰我今欲往波波聚落波波此云罪惡答曰如是世尊是時欲往俱尸那城壯士生地漸至波波邑依折鹿迦林而住諸人聞已衆議同行出波波邑往詣佛所到已禮足在一面坐佛爲說法示教利喜時此衆中有鍛師之子名曰准陀亦坐聽法時諸大衆既聞法已辭佛而去准陀即便從座而起整衣服合掌向佛白言世尊唯願如來與諸大聖衆明日就宅受我微供佛默然受知佛受已生大歡喜奉辭而去即辦種種上妙香美飲食敷設座席置清淨水土屑齒木已遣使白佛飲食已辦願佛知時世尊即於日初分時著衣持鉢與諸大衆赴其食處佛及僧衆就座而坐既見坐定准陀自手持諸供養奉佛聖衆于時有一罪惡苾芻遂竊銅椀藏著腋下佛神力故不令人見唯佛准陀見此非法准陀知佛及僧悉飽滿已即行淨水豆屑齒木屏鉢器澡漱已是時准陀便持小席在佛前坐即以伽陀請世尊曰

我聞牟尼一切智　已超彼岸無疑惑
最勝導師調御士　願說世有幾沙門

世尊亦以伽陀答准陀曰

有四沙門無第五　我今爲汝説次第
應知勝道及示道　淨道活命并汙道

准陀復請曰

世尊説何爲勝道　云何名爲示道者
何者名爲淨活命　并汙道者願宣揚

世尊答曰

能除疑箭斷諸惑　唯希圓寂非餘處
是謂天人之導師　諸佛説斯爲勝道
善解第一最勝義　方便顯了微妙法
牟尼能破諸疑網　是名第二示道師
若於法句善宣説　依法少欲而活命
於無罪法善能修　是名第三正道活
身著沙門解脱衣　常爲汙家不羞恥
虚誑恒爲不實語　是名第四汙道人
於大聲聞眞法衆　諸在家人當善察
非我弟子悉皆然　是故當須起深信
云何無罪共罪居　淨與不淨同處住
由彼愚人爲惡行　令於善士悉生疑
勿以色相信前人　少時同聚便委付
麤險人多詐形貌　誑惑常行於世間
如以少金飾耳璫　體即是銅無所直
内假外實如眞相　多攝門徒亂善人

爾時世尊見鍛師子設供養已爲説隨喜福頌伽陀曰

善施福增長　怨讎皆止息　由善能除惡
惑盡證涅槃

佛爲説法示教利喜作利益已從座而去

内攝頌曰

佛出廣嚴西　迴顧望城郭　經遊十聚落

最後至波波

爾時世尊告阿難陀我今欲往拘尸那城時阿難陀聞佛告已即隨佛後漸向波波邑未到金河於此中間路邊暫住告阿難陀我今背痛汝可以我嗢怛羅僧伽疊爲四重我欲偃臥以自消息時阿難陀聞佛教已即疾疊衣白言已作願佛知時于時世尊自疊僧伽胝枕頭右脇而卧兩足相重作光明想正念安住念當速起如是作意復告阿難陀曰汝可速往脚俱多河取滿鉢水吾欲須飲并灑身體時阿難陀聞已持鉢詣彼河邊時有五百乘車纔新渡河水皆渾濁便盛滿鉢來至佛所白言大德有五百乘車新渡此河水皆渾濁唯願世尊將洗手足不堪飲用金河不遠清水可求佛即受水洗足拭面身稍安隱即起跏趺正念現前端身而住爾時有一壯士大臣名曰圓滿從此而過見佛世尊在樹下坐容儀端正衆所樂見身心寂靜極善調柔如妙金幢光明赫奕見已就禮世尊雙足在一面坐佛問彼曰汝今愛樂沙門清淨法耶爲樂婆羅門法耶大臣答言大德我樂迦羅摩淨法佛告大臣汝復何緣樂彼淨法答言大德其迦羅摩曾隨路行住一樹下時有五百乘車於此而過經少時間餘有人來問彼言曰向見五百乘車於此過不答言不見又問聞聲不答言不聞又問仁豈睡耶答言不睡若不睡者五百乘車於此而過何不見聞答言我不眠睡心常覺悟而不見聞由定力故彼聞是說便作是念希有上人澄心寂慮乃能如是又車行震響塵坌驚飛蒙彼身

衣而不聞見故我於彼發淨信心愛樂其法佛告大臣汝意云何五百乘車所發音響比虛空中雷震霹靂何者爲大白言大德非但五百乘車假令百千萬車作大音響豈能大於雷震之聲大臣當知我於先時在此聚落住重閣內於小食時執持衣鉢入村乞食食已收衣鉢洗足竟於重閣中宴坐而住忽然雷震降大霹靂于時四牛及二耕夫幷有長者兄弟二人聞此大聲因斯怖懼俱時喪命城中人民高聲大叫我於爾時從宴坐起出閣經行時有一人從城出外來詣我所頂禮我足隨我經行我便告曰何故城中共出大聲有大喧鬧彼白我言城中向來天忽雷震降大霹靂四牛及二耕夫幷長者兄弟二人因斯怖懼俱時喪命因此城內共出大聲彼問我言大德豈可不聞此大雷聲我報不聞彼復白言世尊睡耶報言不睡我雖內覺而不外聞彼便作是念希有如來應正等覺寂靜而住大雷震吼而不聞聲即於我所發淨信心圓滿聞已白言大德豈有於佛不生敬信我今於佛深起淨心是時圓滿告使者曰汝可將我上新細縷黃金色氎奉佛世尊使者持來圓滿白佛言世尊此是上新細縷黃金色氎唯願哀愍爲我納受世尊欲令彼獲勝利即便爲受圓滿復言大德世尊我當更欲供事佛僧願見聽許佛言斯爲善事見佛受已歡喜踊躍頂禮佛足奉辭而去佛告具壽阿難陀此金色黃氎以刀截縷我今欲著時阿難陀聞佛教已即便以刀截去縷纈持奉世尊佛即爲著佛身威光令衣金色無復

光彩時阿難陀白佛言大德世尊我隨佛後二十餘年未曾覩佛如是顏容威光赫奕何因緣故現斯光明非常昞著佛告阿難陀有二因緣現其光相異於常日云何爲二一者若菩薩即於此夜證阿耨多羅三藐三菩提二者如來即於此夜入無餘依大涅槃界於此二時現斯勝相又阿難陀我往金河阿難陀聞佛教已即隨佛後至彼河所佛即脫衣置於岸上唯著洗衣入河洗浴出已拭身告阿難陀曰准陀必當生追悔心汝可安慰報言准陀汝今多獲善利能爲最後供養大師受斯供已入無餘依妙涅槃者甚爲難遇應知准陀有二種因心生追悔應爲開解作如是語准陀我自於佛親聞是語有二種施所受果報無與等者爲菩薩時受其食已便證無上正等菩提及以如來受最後食入無餘依妙涅槃界阿難陀此二種施所獲果報無與等者阿難陀應知准陀爲長壽業爲多力業爲美貌業生天業財食業貴勝業眷屬業悉皆增長爾時具壽阿難陀白言世尊闡陀苾芻性懷猛惡多瞋造次於諸苾芻常出不順麤惡言詞佛滅度後云何共住佛告阿難陀我滅度後闡陀惡性苾芻應默擯治之彼被治時若生憂悔起敬仰心衆知改者共施歡喜如常共語世尊復告阿難陀我今欲往拘尸那城阿難陀言如世尊教即隨佛後往壯士生地既渡金河去城不遠於路邊住告阿難陀曰我今背痛汝可以我嗢呾羅僧伽疊爲四重我欲偃卧以自消息時阿難陀聞佛教已即疾疊衣白言已作願佛知時于時

世尊自疊僧伽胝枕頭右脇而卧具説如前復告阿難陀汝當宣説覺分之法時阿難陀白言大德世尊於此覺分自證自覺親爲我説依於閑靜依於離欲依於寂滅斷諸縁務勤修於念擇法精進喜安定捨此之覺分大德世尊自證自覺之所宣説阿難陀汝謂如是七覺分法依閑靜等若多修習勤精進者當得無上正等菩提説是語已佛即起座正念思惟端身而住時有苾芻而説頌曰

世尊自勸諭　令宣微妙法　可爲諸病人
當説菩提法　大師身有疾　并爲病苾芻
於覺分法門　敷演令開悟　善哉阿難陀
白法皆圓滿　聰明有大智　巧説牟尼法
於正念擇法　精勤喜覺分　輕安及定捨
善能分別説　無上調御師　樂聞覺分法
雖身有疾苦　無辭尚起聽　佛爲法主尊
是能開導者　爲法尚殷重　何況所餘人
復有諸賢聖　於十力教法　假令遭疾苦
起聽不辭勞　此等善持經　及以明律論
尚樂聞正法　餘人何不聽　世尊離染教
聞已如説行　繫念法精勤　當得於喜分
由心有喜故　爲此身輕安　由安有樂生
從樂生於定　由有妙定捨　了諸行無常
能離三有生　染著心不起　能離諸有苦
不樂於人天　證無上涅槃　如薪盡火滅
如是大利益　皆從聞法生　是故勸臨終
諦聽於妙法

爾時世尊告具壽阿難陀今可進詣拘尸那城答言如是即便隨佛後至壯士生地住娑羅林將欲涅槃告阿難陀曰汝今爲我於雙

樹間安置牀敷我當於彼北首而卧今日中夜必入涅槃時阿難陀如教作已詣世尊所頂禮佛足在一面立合掌白言如佛所教並已安置是時如來即往就牀右脇而卧兩足相重作光明想繫意正念觀察而住爲涅槃相時阿難陀在佛背後憑牀而立悲啼號哭出大音聲作如是語苦哉痛哉何期如來速般涅槃何期善逝速般涅槃何期疾哉世間眼滅每於先時諸方苾芻來詣佛所佛爲説法初中後善文義巧妙純一圓滿清淨鮮白梵行之相我因得聞甚深妙法彼於今日聞佛涅槃不復更來遂令如是殊勝妙法隱没於世佛告諸苾芻阿難陀今在何處白言世尊今在佛後憑牀悲慟作如是語廣説如前乃至殊勝妙法隱没於世佛即告阿難陀曰

汝勿憂愁悲泣懊惱何以故汝侍如來作身慈業獲大利樂唯獨一身得無邊福作口慈業及意慈業亦復如是得無邊福阿難陀過去如來應供等正覺皆有如是供侍之人如汝用心供侍於我未來諸佛亦有供侍與汝無異阿難陀世相如是皆不久停畢歸磨滅無常住者以是義故汝今不應悲啼涕泣生大苦惱不見世間從緣生法常住不壞我曾爲汝廣説法要諸有可愛稱意之事並歸無常悉皆離别爾時世尊大悲所熏爲令阿難陀生喜悦故告諸苾芻轉輪聖王成就四種希有之事云何爲四謂有刹帝利衆來詣王所既得見王深生慶悦復聞妙法倍加歡喜如是復有婆羅門衆諸長者衆雜沙門衆來詣王所如上所説乃至倍加歡喜汝等當知

如轉輪王四希有事此阿難陀亦復如是有四希有事何等爲四謂有四方大苾芻衆來至其所情生欣慶復聞妙法重增歡喜如是大苾芻尼衆鄔波索迦鄔波斯迦至阿難陀所亦復如是倍加歡喜汝等苾芻此阿難陀復有四種希有妙事云何爲四若阿難陀與苾芻衆説法之時善能開解無有疑滯諸苾芻衆咸作是念善哉善哉此阿難陀宣説妙法幸勿黙然莫辭勞倦然諸聽衆情無猒足時阿難陀既説法已黙然而住或爲苾芻尼近事男近事女説法亦復如是時阿難陀聞是語已心便喜悦即白佛言世尊於此地中有六大城所謂室羅伐城娑雞多城占波城婆羅痆斯城廣嚴城王舍城何故世尊棄捨如是形勝福地就斯荒野磽确邊隅卑陋之所而般涅槃佛告阿難陀勿作是語拘尸那城是邊鄙卑陋不可樂處何以故阿難陀此拘尸那城乃往古昔有聖王都城名拘奢伐底安隱豐樂人民熾盛縱十二踰繕那廣七踰繕那城有七重垣院周匝圍繞此等皆以四寶所成謂金銀瑠璃水精城門亦以四寶合成門門皆有大華表柱亦以寶成舉高七人城外渠塹深三人半其渠邊畔砌以寶甎於七院中各有多羅樹而爲行列皆四寶成金多羅樹以銀爲枝葉華果銀樹金裝瑠璃樹水精裝水精樹瑠璃裝此等諸樹風吹動時出微妙響悦可衆心於此樹間皆有浴池階基砌道亦四寶成四邊欄楯亦四寶成池中多有可愛之華嗢鉢羅鉢頭摩俱物頭分陀利迦極軟華極香華常生華如是諸華人

無護者隨其受用復於池岸有占博迦華摩利迦華美意華如是等華隨時開發阿難陀於林樹間多諸美女服妙瓔珞隨意遊從所須飲食皆能給與又此城中所有躭著五欲樂者於此遊觀皆遂其心又復常有種種鼓樂絲竹歌舞出妙音聲皆悉勸讃修諸福業持齋戒等又阿難陀於此城中有王名大善見七寶具足具四希有所謂輪寶象寶馬寶珠寶女寶主藏寶主兵寶四希有者所謂王壽命長遠初爲王子次爲太子次登王位後修梵行如是四位一一皆經八萬四千歲是名第一希有復次其王儀容端正世間無比是爲第二希有又復少病少惱所御飲食安隱適時是爲第三希有又諸人衆忠孝事王皆生父想王亦愛念猶如赤子王出遊時乘車而去勑馭者曰汝今宜可徐徐引車令衆見我王於人庶常生愍念是爲第四希有

復次阿難陀時有國人持諸金銀末尼等寶來詣王所白言大王臣有此寶謹奉大王願哀納受時王告曰卿等當知如是諸寶我自豐足誠無所須諸人如是再三啓請王竟不受時彼念曰我持此物本希奉進王既不受將如之何宜置王前各還本處作是念已置寶而去王作是念今此珍寶是依法得非是枉求我今宜用修造法堂時有八萬四千諸城小王聞大王將建法堂咸詣王所白言唯願聖王不煩神慮臣等望欲爲王營造爾時大王告諸臣曰我足珍財無煩卿等諸王如是再三啓請王不然許時諸小王來捧王足或執衣襟合掌啓白願天安住臣等爲造王

見慇懃默然而許諸王見已各還本處各持金銀等寶又復人持一柱皆以寶成來詣王所白言聖王諸有所須悉已周備不知何處可欲興功其量大小王曰於此城東簡形勝地縱廣一踰繕那可於彼作諸王聞已即就其處興建法堂如其量數阿難陀其堂所須椽梁枅栱閣道鉤楯軒廊周匝如是諸事皆用金銀瑠璃水精等寶之所成就其牀敷座席氈褥偃枕机案箱篋衣服之流皆以衆寶而爲裝校阿難陀於堂階下一一柱間各種一樹樹身各列四寶枝葉華果互以寶嚴如前所說微風吹動出和雅音如奏天樂堂内悉以金沙布地栴檀香水常爲灑潤金繩界道寶網四懸垂諸寶鈴盡世嚴飾是時八萬四千諸王同建法堂莊嚴事畢於此堂側多造浴池皆方四十里所有階砌悉以四寶而爲嚴飾於其池中有四種華池外復有諸陸生華並如前說又於堂前處處行列四寶多羅樹枝葉華果皆互嚴飾風動發聲亦如前說所在之地皆布金沙灑以香水寶鈴和響在處皆懸是時諸王嚴飾既畢皆共白王聖主當知所建法堂及諸林泉備盡嚴麗願親臨幸王聞生念此勝法堂我今不應先自受用宜請一切沙門婆羅門等有德行者於此堂中備盡所有如法供養即隨所念設大施會皆共給已復作是念我今不應於此法堂放逸著樂遂將一人以爲執侍躬自入堂淨修梵行遂於金閣銀座之上結跏趺坐正念思惟遠離欲界諸不善法除去尋伺證入初禪從金閣起次昇銀閣坐於金座及瑠璃水

精皆悉綺互而爲裝飾其王於上皆能次第證會深禪除諸障累爾時八萬四千宫人婇女詣寶女所白言大家我等諸人承王恩念久闕侍衛情甚渴仰咸願拜謁希垂聽許時大夫人報主兵臣曰汝今應知我等後宫久不見王情深戀慕將事朝謁宜時嚴駕其臣白言若如是者伏請大家勑諸侍從所有莊嚴皆爲黄色作是語已復更白言然我今者且命八萬四千小國王等誡兵令集諸臣依命初令象駕都八十千以長淨象王而爲上首次嚴馬駕以騰雲馬王而爲上首次嚴車駕以喜鳴輅車而爲上首如是二類亦八十千皆寶莊嚴殊妙第一國太夫人乘鳴輅車所將婇女亦復如是其諸營從皆乘象馬威容嚴肅旗鼓曜日駭天震地同往法堂時王問曰何因縁故車馬繁雜出大嚚聲謁者答曰國太夫人及小王類并諸婇女悉著黄衣華鬘幢蓋盡黄嚴飾其數繁廣不可勝言同來至此方申拜謁王曰汝可於此堂外敷設牀座吾將往觀使者奉命敷金座已而白王言敷設已畢時王從臺安詳而下次半階路遥見黄色儀駐嚴威遂作是念是等威儀甚可愛樂嚴飾鮮異何其盛哉王既坐已國大夫人前致敬已却住一面白言大王以此八萬四千寶女嚴飾美麗敬奉大王願時哀納勿爲棄捨時小國王八萬四千衆各以兵寶而爲上首白言大王今此象馬車乘及以八萬四千城邑拘尸奢跋底城而爲上首復有八萬四千樓閣悉皆嚴飾甚爲殊妙唯願大王哀憐納受而見覆護王曰姊妹當知我先

昔與汝極爲親密誰謂今日有若怨家以諸非法勸喻於我時夫人等聞彼大王喚爲姊妹泣而言曰今觀王意似棄我等以衣拭淚重白王言何故大王先於我輩意甚親密今若怨家時王告曰汝等應知人命短促生者皆死我及諸人同歸滅壞設有婇女無量百千如怨詐親必能害已雖懷愛染終當離别臣佐車馬樓觀嚴飾如是妙物無量無邊一一皆有八萬四千終歸無常不得久住是故智者速宜遠離勤修梵行勿生染著時大夫人等聞王此語知不採納不稱所願時王如法廣勸誡已復歸金閣於銀座上結跏趺坐於諸有情起大慈意遍滿十方布無限量普熏修已端心而住從慈定起次發悲心大喜大捨於諸有情亦復如是周遍十方其閣及座綺互衆寶時王一一修習四梵住諸欲皆斷壽將盡時爲死所逼情生憂悶命終之後得生梵天

佛告阿難陀拘尸那城至金河岸娑羅雙林壯士生地繫冠制底於此周迴十二踰繕那如來昔爲轉輪王於此中間六度捨命今復於此而般涅槃是爲第七又復如來應正等覺於十方界更無第八捨身命處何以故我生已盡斷諸惑業更不於餘受後有故

爾時具壽鄔波摩那在佛前立佛告鄔波摩那汝今不應對我前住時此苾芻即離佛前時阿難陀白佛言我侍世尊一十餘年未曾聞作麤訶責言如鄔波摩那苾芻佛告阿難陀無量百劫長壽諸天共相嫌議作如是語世間唯有如來大師極難出世時乃一現如

烏曇跋華今日中夜定入無餘妙涅槃界由此威德苾芻當佛前住我等不暇親近世尊供養恭敬阿難陀白言諸來天衆其數幾何佛言南自金河至拘尸那城雙林之處來至繫冠制底於此周環十二踰繕那皆有大威德天排肩而住中間無有立杖之地時諸苾芻咸生疑心請世尊曰具壽鄔波摩那先作何業有大威德佛告諸苾芻鄔波摩那先自作業今還自受廣説如餘乃至説頌汝等苾芻乃往古昔此賢劫中人壽二萬歲時有佛出世名迦攝波十號具足住婆羅痆斯施鹿林中仙人墮處時鄔波摩那身為出家時諸苾芻著衣持鉢入城乞食此人次當守寺時有黑風暴雨卒起既屬嚴寒彼作是念諸梵行者遭此寒苦衣服皆濕將欲來至我今宜應嚴辦相待作此念已入浴室中然火煖湯敷設牀席於其廊下繫繩為架詣寺門首望諸苾芻彼既至已屈入室中取其濕衣淨浣濯已安在架上别將淨服與苾芻著既解勞乏身心溫煖寒苦皆除歡喜適悦其守寺苾芻長跪合掌向大衆前而發願言我今為諸同梵行者除苦得樂所生善根如迦攝波如來應正等覺授摩納婆記於當來世人壽百歲時成等正覺號釋迦牟尼願我於彼佛法之中而得出家斷諸煩惱證阿羅漢果然火功德當願身光天莫能近汝等當知由彼願力於我法中而得出家斷諸煩惱證阿羅漢果有大威德為此諸天莫能逼近

時具壽阿難陀而白佛言大德世尊般涅槃後我當云何恭敬供養如來法身佛告阿難

陀汝宜且止汝所問事當有信心婆羅門長者等自爲施設復白佛言諸長者等所有施設其事云何佛言一一皆如轉輪王葬法又問轉輪王法其事云何佛言汝今應知轉輪聖王命終之後以五百片上妙氎絮以用纏身上下各有五百妙衣以爲裝飾於鐵棺中滿盛香油轝王置內然後蓋棺以諸香木焚燒其棺次灑香乳以滅炎火方收王骨安置金瓶於四衢道興建大塔旛幢傘蓋諸妙香華恭敬供養尊重讚歎設大齋會阿難陀如恭敬供養轉輪聖王於我滅後人天供養當倍過於此

爾時世尊告阿難陀汝今宜往拘尸那城宣我言告五百壯士諸人當知如來大師必定今日於中夜時入無餘依妙涅槃界所應作者宜可速爲勿招後悔云此境內大師涅槃我等不知不爲供養時具壽阿難陀聞佛教已持僧伽胝將一侍者即便往至拘尸那城衆集堂所五百壯士皆至於此共論餘事時阿難陀傳世尊命告諸壯士曰汝等旣集咸應善聽如來大師今日中夜必入無餘大涅槃界所應作者皆可作之勿招後悔作如是語如來大師於我境內入般涅槃人等不能少興供養時諸壯士旣聞是語各與妻子眷屬朋友僕使之類共相招引詣娑羅林頂禮佛足退坐一面爾時世尊爲說妙法示教利喜時諸壯士從坐而起整衣服偏袒右肩合掌瞻仰而白佛言大德世尊我某甲等並是拘尸那城尊貴壯士願盡形壽歸依佛陀歸依達摩歸依僧伽并受學處時阿難陀作如

是念彼諸壯士於世尊處一一別受近事學者時既淹久妨廢圓寂我今宜請與彼一時受其學處作是念已從坐而起整衣合掌而白佛言大德世尊諸壯士等并諸眷屬品類衆多各有如是別別名號欲歸三寶求五學處若各別受時恐淹遲唯願大悲一時爲受時阿難陀對世尊前一時牒名爲受歸戒時諸壯士聞佛說法復受學處生大歡喜頂禮佛足奉辭而去

爾時世尊爲菩薩時在覩史多天以五種事觀察世間六欲天子三淨母腹現白象相來入母胎時天帝釋告善愛健闥婆王汝今當知菩薩在覩史多宮以其五事觀察世間六欲天子三淨母腹現白象相降神母胎我等宜往共爲衛護時健闥婆王白言大天可去我且於此奏諸音樂是時菩薩出母胎時其天帝釋復告善愛音樂王曰汝今當知菩薩從母胎出我等宜往而爲侍從答乃如前與諸童子共遊戲時其天帝釋復告音樂王曰汝今當知菩薩共諸童子遊戲可往侍從答乃如前菩薩觀知老病死已情生憂惱依託林野修諸苦行後食二牧牛女十六轉乳糜氣力宣通食諸飲食沐浴形體塗拭酥油爾時帝釋復命樂神令其侍衛答亦如前世尊降彼三十六億天魔軍衆成無上智梵王來請詣婆羅痆斯三轉十二行法輪制諸學處凡是有緣所應度者皆已度訖詣拘尸那城最後而臥時天帝釋復命樂神廣如前說乃至可往聽法答言我且奏諸音樂時天帝釋復告樂神曰汝今當知大覺世尊最後而臥

必般涅槃可與供養答亦同前爾時世尊作如是念善賢外道能至我所而受調伏樂神善愛無自來法又復念曰凡是聲聞度者如來亦度應佛度者餘不能度由待勝上善巧方便我今應可度彼善愛作是念已即便入定由定力故最後臥處化作一身又復化作千絃瑠璃箜篌於臥處沒自持箜篌詣三十三天至善愛健闥婆王宮門而住其時善愛自恃憍慢於彈箜篌謂無過者於自宮中作樂歡戲情生愛著爾時世尊告守門者汝可往報善愛王言有健闥婆來至門首欲求相見時守門者即入具報其王高慢報曰除我更有健闥婆耶答曰更有今在門外善愛聞已情懷不忍即自出門告言丈夫汝是健闥婆耶佛言我今實是健闥婆王若爾可來對奏音樂報言大仙甚善我能共作佛即對彼共彈箜篌佛斷一絃彼亦斷一然二音聲並無闕處佛又斷二彼亦斷二然其音韻一種相似佛又斷三斷四彼亦如是乃至各留一絃然音聲不異佛便總斷彼亦斷之佛於空中張手彈擊然其雅韻倍勝於常彼便不能情生希有降伏傲慢知彼音樂超勝於我世尊觀已即便隱彼健闥婆身復本形相時彼樂神見佛世尊身眞金色三十二相八十種好周匝莊嚴赫奕光明超逾千日如寶山王觀者忘倦見已欣悅深生敬仰禮佛足下坐聽法要爾時世尊觀彼根性隨機爲說四聖諦法令得開悟彼即能以智金剛杵摧二十種身見邪山證預流果既見諦已深自慶幸而白佛言大德世尊我今所得非父非母非

王非天非我眷屬及諸知識非餘沙門婆羅門等能爲成辦如是勝事唯獨世尊慈念哀愍令我今者枯竭血海超越骨山閉惡趣門開涅槃路置人天道我今歸依佛法僧寶爲鄔波索迦始從今日乃至盡形不殺生乃至不飲酒受三歸依并五學處爾時世尊復爲說法示教利喜已即便入定天宮處沒還至雙林最後卧處

根本說一切有部毗奈耶雜事卷第三十七

音釋

鍛 丁貫切冶也　腋 羊益切左右肘脅之閒也　璫 都郎切充耳珠也　坌 蒲悶切塵坌也　縷繢 縷力主切絲縷也繢求位切織餘也　疕 女八切　磽确 磽苦交切确克角切磽确地瘠薄也　枅栱 枅堅奚切柱上横木承棟者曰枅栱古勇切栱枓也　机 居矣切案屬　篋 若協切箱屬　輅 洛故切車名

嚻 虛驕切喧也

根本說一切有部毗奈耶雜事卷第三十八

唐三藏法師義淨奉　制譯

第八門第十子攝頌說涅槃之餘

爾時拘尸那城有出家外道名曰善賢梵云蘇䟦陀羅年百二十形容衰朽俱尸那城所有壯士於善賢處悉生恭敬尊重供養如阿羅漢去斯不遠有大華池名曼陀枳你於池岸上有烏曇䟦樹善賢梵志常遊於此往昔菩薩在覩史天作白象狀入母胎時彼烏曇樹華胎新出降誕之始漸有光色為童子時其華欲發猒老病死遠託山林其華稍大狀如鵄觜修苦行時現萎萃相捨苦行已氣息踈通噉諸飲食廣如前說乃至成等正覺其華開敷梵王來請於婆羅痆斯轉法輪時其樹及華光色榮盛妙香芬馥遍諸方界然佛大悲普於有緣所在世界廣濟度已詣拘尸那為最後卧而此華樹形色枯萃見者驚歎是時善賢覩斯變異而作是念拘尸那城必有凶禍爾時護國天神發大音聲告諸人曰今日如來於中夜時必入無餘妙涅槃界善賢梵志聞其說已作如是念哀哉苦哉彼大沙門喬答摩氏必於今夜當般涅槃然我每於自所得法有懷疑惑常自思惟我於何時因何方便得見彼人諮啓未悟惜哉法眼不久將滅今宜速往親自啓問若當大悲垂哀為決於諸猶豫永得開解作是念已出拘尸那城詣雙林所于時阿難陀見佛日將沒在寺門外身心憂感露地經行善賢見已近而告曰汝阿難陀我聞沙門喬答摩具一切智於諸衆生平等濟拔然我每於自所得法有

懷猶豫比常希願聽受未聞竟不果祈今聞天聲遍告我等如來今夜定入涅槃大德頗能爲我諮啓容我面奉申述疑情阿難陀言善賢汝今不應作如是語故惱世尊然我大師今見背痛未能安隱善賢如是再三諮啓竟不爲白又告阿難陀我昔曾聞古仙梵志耆年有德軌範人說諸佛出世如烏曇華億百萬劫時乃一現如來今日定入涅槃我懷迷惑願見諮問唯希大德爲我諮白我得見佛誠爲幸甚阿難陀告言善賢令我大師身有乖違甚不安隱勿故相惱善賢再三如前苦請尊者不允其志阿難陀與善賢於寺門外共言論時佛以清淨耳超越人天一一聞說告阿難陀曰汝今不應遮彼善賢任來見我隨其請問何以故此善賢者即是我於最後爲外道說法令生正信親命善來爲我弟子于時善賢聞佛世尊慈悲容許心生歡喜不勝抃躍詣世尊所共申種種往復言談却住一面白言喬答摩我欲諮問願垂聽許爲我解說佛告梵志隨汝所問彼即問曰喬答摩我曾遍觀諸外道類各別立宗所謂晡剌拏迦攝波子末塞羯利瞿利子珊逝移毗剌知子阿市多雞舍甘跋羅子脚俱陀迦多演那子昵揭爛陀慎若低子此等諸師各述異宗未知誰是爾時世尊即命善賢爲說伽陀曰

我年二十九　出家求善法　又五十餘年
專行戒定慧　一心無散亂　唯求於正理
除斯眞法外　無別有沙門

爾時世尊說此頌已復告善賢曰此是諸佛

善說八聖道支甚爲希有難可值遇除此已外欲求一二三四沙門道果終無可得是故能於善說法律八聖道支求沙門果必定當得復次善賢離八聖法諸有外道婆羅門等各說已見或說三世無因無果所修福善皆空無益是故我於沙門婆羅門衆中大師子吼而作是言凡有修行皆獲果報說此法時善賢梵志遠塵離垢得法眼淨於諸諦實得不壞信超越愛河斷諸疑網自然通達諸微妙法即從座起整衣合掌向阿難陀作如是語大師尊重事難諮請我觀大德獲大善利幸得值遇無上法王於諸師中灌頂最上由師力故我亦善證我今重希於善說法律而爲出家求受近圓成苾芻性修沙門行時具壽阿難陀白佛言世尊今此善賢聞法悟解心樂出家廣如前說乃至成苾芻性唯願世尊哀愍拔濟爾時世尊即告善賢善來苾芻可修梵行於佛言下如常威儀出家近圓成苾芻性一心勤勇不爲放逸作如是念善男子何故剃除鬚髮而披法服正信出家於無上道而修梵行於現法中得自證悟我生已盡梵行已立所作已辦不受後有爾時善賢起徹到心即便速證阿羅漢果得心解脫復作是念我今不忍見佛般涅槃宜可先去作是念已詣世尊所頂禮雙足退坐一面白佛言大德世尊我願先入涅槃佛告善賢汝於今者入涅槃耶答言如是再三顧問佛言一切諸行皆悉無常汝於所作自可知時我更何言善賢將欲入滅而作是念我今應爲五種加持方可滅度諸來觀者皆見我身剃除

鬚髮著僧伽胝莫令彼見外道儀式又諸外道來舉我時勿令身舉同梵行者方能舉去又入浴池洗我身時令諸外道不得其底同梵行者能洗我身又諸外道入水之時當令魚鼈擾亂不安同梵行者即無惱害又諸外道不能燒我遺身同梵行者方令火著作此五種加持念已便入涅槃時諸外道聞善賢梵志已入涅槃將諸音樂幢旛傘蓋詣拘尸那城於四衢道告諸人曰汝等當知彼大沙門喬答摩常作此語唯我法中有八支聖道四沙門果外道中無廣說如前乃至作師子吼然我法中同梵行者大師善賢亦得涅槃與彼何異諸苾芻曰汝等若言是我徒侶任自持去而諸外道多人共舉竟不能動況能持去苾芻告曰汝等不能我等自舉答曰可爾諸苾芻即共舉去外道默然又諸外道來至浴池諸苾芻曰今可為汝同梵行者洗沐其身彼入水時不得其底又被魚鼈之所擾惱苾芻不爾苾芻報曰此若是汝同梵行者宜自焚燒而諸外道以火焚燒竟不能著苾芻然火遂便炎熾時諸人眾共嗤外道彼各懷慚低頭而去時拘尸那城諸壯士等見此希奇於世尊處倍生敬仰發淨信心各懷戀慕作如是語大悲世尊為最後臥現身有疾肢節不安尚能為彼善賢說法令速證得阿羅漢果復令拘尸那城諸壯士等皆獲善利時諸苾芻咸皆有疑請世尊曰如來今時現身有疾肢節不安尚能令彼善賢梵志出生死海證阿羅漢究竟涅槃盡諸苦際佛告苾芻汝等當知此未希有我今已斷根本三毒

解脫生老病死愁憂苦惱具一切智於諸境界得大自在令彼善賢出生死海得最後邊住涅槃處不足爲難我於往昔在生死中具貪瞋癡未斷生老病死憂悲苦惱無有智慧能善思量在傍生內尚能爲彼善賢梵志及拘尸那城諸壯士等自捨身命我爲汝說宜應諦聽乃往昔時於大山澤有一鹿王千鹿圍繞依林而住有大智慧預識機宜於所居處獵者來見而往告王時王以兵周遍圍繞鹿王作念我若不能救濟衆鹿必被獵人之所屠害爾時鹿王四顧瞻望而作是念我今作何方便能令羣鹿免斯苦厄遂見深山下有澗水駛流出谷諸鹿羸弱不能浮越鹿王入水澗橫流而住作大音聲普告羣鹿汝等速來可從此岸擲上我背越於彼岸必得存活若不爾者當遭屠害於是羣鹿次第悉蹋大鹿王脊皆越駛河得離危難由諸羣鹿蹄甲踐蹋鹿王皮穿血肉皆盡唯餘脊骨雖極苦痛心無退轉悉令羣鹿安隱得渡仍懷顧戀誰未渡者於羣鹿中有一鹿兒不能越渡爾時鹿王雖受極苦尚懷哀念不顧自身從水而出遂取鹿兒置於脊上渡至彼岸鹿王遍觀知渡盡已氣力將竭臨命終時而發誓願我救羣鹿及此鹿兒拔濟死厄不惜身命願我當來得成無上正覺等時令彼得渡生死羅網置最後邊妙涅槃處佛告諸苾芻汝意云何勿生異念往時鹿王者即我身是其羣鹿者拘尸那城諸壯士是其鹿兒者即善賢是

又諸苾芻如我無智在傍生內喘息不安受

諸苦毒皮肉肢節分解之時救濟善賢令至無畏汝等善聽乃往古昔婆羅痆斯時有國王名曰梵授以法化世廣如經説王有智馬預知前事隣國敬畏悉來朝貢時馬命既終時諸小王令使報王曰汝梵授王今可輸稅分與我等若不輸稅不得出城如見違者我等同來破滅其國王告使曰我不送稅亦不出城遂於國内訪求智馬後於異處遂便獲得時屬春序卉木敷榮羣鳥和鳴甚可愛樂王乘智馬將諸婇女遊適芳園歡娛受樂時諸小王聞梵授王與諸臣佐及宫婇女在外遊戲情無所懼未即入城相與謀計各嚴四兵至城門首大臣白王諸小國王不恭朝命敢興逆亂來扣城門願見警備王既聞已勑索智馬速嚴四兵我自討擊時王乘馬嚴兵誓衆共彼鬬戰王恃威力獨處先鋒遂被賊軍以槊中馬腸胃皆出受諸楚毒衆苦難堪形命無幾仍作是念王遭困厄我若不救是所不應宜忍苦楚令王免厄得至城門到無畏處作是念已周迴顧望無入城路然此城外有大浴池名曰妙梵近王宫闕於其池中有四蓮華青黄赤白皆悉遍滿于時智馬不顧身命騰躍池中踐荷葉上負王渡難直入宫中時王纔下馬便命絶時諸小王競入園林處處尋覓竟不能得迴軍劫掠各還本居時梵授王既免危厄得存性命告婆羅痆斯諸大臣等及衆人曰若有能救刹帝利灌頂大王命者如何恩賞諸臣白王可分半國王曰此之智馬能全我命馬今既死欲何以報諸臣答言應爲智馬於城四門宜作非時白

蓮華會廣行惠施感修福業以資魂路王言甚善宜時疾作時王即令太子中宮婇女臣佐吏民莊嚴衢路布列香華旛蓋明燈在處懸設無不充滿如歡喜園甚可愛樂王令擊鼓宣告遠近我於明日欲爲智馬於城四門營建非時白蓮華會宜可告知集法場所受我供養時至雲集隨須給與普令稱意汝等苾芻於意云何昔時智馬即我身是我爲彼王受諸楚苦身形分解不顧身命尚能救濟令離危厄

時諸苾芻又復有疑請世尊曰大德具壽善賢先作何業今爲大師最後弟子佛告諸苾芻汝等當知自所作業今還自受廣如餘處乃至說頌汝等苾芻乃往古昔此賢劫中人壽二萬歲時有佛出世名迦攝波十號具足在婆羅痆斯仙人墮處施鹿林中時彼如來應正等覺有外孫子名曰無憂求解脫故而爲出家謂解脫果自然可得於八正道而不勤修經歷多時竟無果證遊行人間隨處作夏時彼如來有緣皆度所作已辦如薪盡火滅於其中夜將入涅槃時彼苾芻在無憂樹下而此樹神聞迦攝波如來當般涅槃悲泣雨淚霑無憂身苾芻仰觀問其神曰有何所以如是悲啼樹神對曰今日中夜迦攝波佛將入涅槃時彼苾芻聞如是語情懷痛切如箭入心悲啼號哭發聲大喚樹神問曰何故悲啼對曰迦攝波如來應正等覺是我親舅我雖依附而不勤修去此既遠難申禮敬我是凡夫無力速往是以悲哭樹神報曰然我有力令仁疾至不知見佛得有益不苾芻報

曰我極勇猛若見佛者必能依行證獲果利是時樹神以神通力將此苾芻疾至佛所既見佛已發清淨心起廣大願時彼如來隨其根性爲説妙法證阿羅漢果不忍見佛入般涅槃是故於先而取滅度時彼樹神旣見世尊及苾芻涅槃已情懷戀慕作如是念今此具壽所獲勝利皆由我得以此功德願我來世迦攝波佛所授摩納婆記人壽百歲得成正覺號釋迦牟尼般涅槃時我得聲聞無學果已在先滅度佛告諸苾芻於汝意云何時天神者今善賢是由是義故於一切時遠離惡友近善知識應如是學時阿難陀白佛言世尊我於靜處作如是念善知識者是半梵行諸修行者由善友力方能成辦得善友故遠離惡友是以義故方知善友是半梵行佛言阿難陀勿作是語善知識者是半梵行何以故善知識是全梵行由此便能離惡知識不造諸惡常修衆善純一清白具足圓滿梵行之相由是因緣若得善伴與其同住乃至涅槃事無不辦故名全梵行何以故阿難陀我由善知識故令諸有情於生老病死憂悲苦惱皆得解脱若離善友無如是事阿難陀於我所説應勤修學爾時佛告諸苾芻曰由是義故從今已去不應輒度外道出家并受近圓除釋迦種及事火留髮外道若披外道服來求出家及受近圓者問無障法此人應與何以故此是我親有機緣故其事火人説有業用有因有緣有策勵果故此等不勞共住即與出家并受近圓若是自餘外道之類來求出家及近圓者其親教師應與衣服食

僧常食四月共住若觀其人性行調柔堪濟度者應與出家并近圓事如是應知

復次汝等苾芻若法能於現在及未來世生長利樂者汝等應當受持讀誦爲他演說勿使廢忘欲令梵行得久住安樂人天利樂饒益諸衆生故此法是何所謂契經應頌記別諷頌自說因緣本事本生方廣希有譬喻論議此十二分教若能受持讀誦如說行者能於現未生長利樂乃至慈愍羣生佛法久住

汝等苾芻我涅槃後作如是念我於今日無有大師汝等不應起如是見我令汝等每於半月說波羅底木叉當知此則是汝大師是汝依處若我住世無有異也又始從今日小下苾芻於長宿處不應喚其氏族姓字應喚大德或云具壽老大苾芻應喚小者爲具壽然大苾芻於小者處應可存情哀憐覆護生慈念心或以衣鉢鉢絡腰絛共相濟給勿令闕事或復教授讀誦禪思使有日益如是能令我法增長若不爾者法當速滅又汝等苾芻此地方所有其四處若有淨信男子女人乃至盡形常應繫念生恭敬心云何爲四一謂佛生處二成正覺處三轉法輪處四入大涅槃處若能於此四處或自親禮或遙致敬企念虔誠生清淨信常繫心者命終之後必得生天比於西方親見如來一代五十餘年居止之處有其八所一本生處二成道處三轉法輪處四鷲峯山處五廣嚴城處六從天下處七祇樹園處八雙林涅槃處四是定處餘皆不定

總攝頌曰

生成法鷲廣下祇林　虔誠一想　福勝千金

復次佛告諸苾芻汝等有疑今悉應問今乃

於佛法僧寶苦集滅道四聖諦處有疑問者我當爲答時具壽阿難陀白佛言世尊如我今者解佛所說命諸苾芻有疑當問然此衆中竟無一人於佛法僧寶苦集滅道諦有懷疑惑更須問者佛言善哉善哉阿難陀汝能如實通達作如是語於此衆内我以智觀於諦寶中實無疑者此是如來最後所作爾時如來大慈愍故遂去上衣現其身相告諸苾芻汝等今者可觀佛身汝等今者可觀佛身何以故如來應正等覺難可逢遇如烏曇跋羅華時諸苾芻咸皆黙然佛言法皆如是諸行無常是我最後之所教誨作是語已安心正念入初靜慮從此起已順次第入第二靜慮乃至非想非非想處及滅受想定寂然宴黙時阿難陀問尊者阿尼盧陀曰今我大師爲入涅槃爲未入耶答曰佛未涅槃但住滅受想定阿難陀言我曾從佛親聞此語若佛世尊入邊際定寂然不動從此無間世間眼閉必入涅槃爾時世尊從滅受想定出逆次第入非相非非想處從非想非非想出入無所有處次入識無邊處次入空無邊處次入第四靜慮入第三入第二入初靜慮從初禪出還入第二第三第四靜慮寂然不動便入無餘妙涅槃界爾時世尊纔涅槃後大地震動流星晝現諸方熾然於虛空中諸天擊鼓時具壽大迦攝波在王舍城羯蘭鐸迦池竹林園中見大地動即便斂念觀察何事便見如來入大圓寂自念我今既無大師唯依法住諸行法爾知更何言復作是念此未生怨王勝身之子信根初發彼若聞佛入涅槃者

必歐熱血而死我今宜何預設方便作是念已即命城中行雨大臣仁今知不佛已涅槃未生怨王信根初發彼若聞佛入涅槃者必歐熱血而死我今宜可預設方便即依次第而爲陳説仁今疾可詣一園中於妙堂殿如法圖畫佛本因縁菩薩昔在覩史天宫將欲下生觀其五事欲界天子三淨母身作象子形托生母腹既誕之後踰城出家苦行六年坐金剛座菩提樹下成等正覺次至婆羅痆斯國爲五苾芻三轉十二行四諦法輪次於室羅伐城爲人天衆現大神通次往三十三天爲母摩耶廣宣法要寶階三道下贍部洲於僧羯奢城人天渴仰於諸方國在處化生利益既周將趣圓寂遂至拘尸那城娑羅雙樹北首而卧入大涅槃如來一代所有化迹既圖畫已次作八函與人量等置於堂側前七函内滿置生蘇第八函中安牛頭栴檀香水若因駕出可白王言暫迂神躬詣芳園所觀其圖畫時王見已問行雨言此述何事彼即次第爲王陳説一如圖畫始從覩史降身母胎終至雙林北首而卧王聞是語即便悶絶宛轉于地即可移入第一函中如是二三四乃至第七後置香水王便穌息是時尊者次第教已往拘尸那城行雨大臣一如尊者所教之事次第作已時王因出大臣白言願王暫迂神駕遊觀園中王至園所見彼堂中圖畫新異始從初誕乃至倚卧雙林王問臣曰豈可世尊入涅槃耶是時行雨默然無對王見是已知佛涅槃即便號咷悶絶宛轉于地臣即移擧置蘇函中如是至七方投香

水從此已後王漸穌息

爾時如來入涅槃時娑羅雙樹名華下散彌覆金軀時有苾芻見斯事已而說頌曰

世尊涅槃時　最勝娑羅樹　低枝下垂蔭

復散以名華

時天帝釋亦說頌曰

諸行無常　是生滅法　生滅滅已　寂滅爲樂

時梵天王亦說頌曰

於一切世間　生者皆歸死　無常力最大

諸行盡淪亡　大師世間眼　十力無與等

化緣既周遍　寂滅在雙林

爾時尊者阿尼盧陀亦說頌曰

佛無出入息　其心亦湛然　世眼今已閉

寂然安不動　世尊十力具　化盡入無餘

見聞諸有情　毛竪心驚怖　汝心莫沉沒

亦勿懷憂惱　佛證眞木叉　譬如燈焰滅

時諸苾芻見佛世尊般涅槃已各懷悲感或有迷悶宛轉于地椎胷大喚心生憂慘或有尋思法理作如是說我等今時宜自裁忍世尊常說一切光華可愛樂事雖是尊重終歸無常悉皆離別時阿尼盧陀告阿難陀曰具壽宜應勸誘大衆且各裁抑勿乖儀式莫大悲號所以者何於此現有壽百千劫長命諸天皆生嫌恥作如是語云何苾芻於佛世尊善說法律而爲出家不能善觀諸無常事乃生憂苦阿難陀白言此諸天衆其數幾何答曰從此拘尸那城乃至金河及娑羅雙樹至壯士繫冠制底於此四邊周十二踰繕那大威德天悉皆充滿無有空隙可容立杖而此諸天見佛涅槃各懷悲感椎胷懊惱悶絶于

地亦有如前共相開解且各裁止乃至終歸無常悉皆離別于時尊者阿尼盧陀爲阿難陀及諸大衆廣說法要乃至天明時苾芻等默然聽受阿尼盧陀復告阿難陀曰汝今宜往拘尸那城告諸壯士昨於中夜如來大師已入無餘妙涅槃界仁等今時所應作者宜當速辦勿爲後悔復重告曰如來大師於汝城邑入般涅槃爾等云何不興供養報佛慈恩時阿難陀聞是語已即持大衣將一苾芻以爲侍者往壯士集堂有五百人先在堂處尊者告曰仁等壯士及諸大衆如來大師已於中夜入無餘依妙涅槃界仁等今時所應作者宜應速辦勿生後悔又重告曰如來大師於汝城邑入般涅槃汝等云何不興供養報佛慈恩時諸壯士聞是告已或有悶絕宛轉于地椎胷大喚身體戰慄不能自持或有高聲作如是語我於佛所曾聞是說世間無常悉皆離別時諸壯士共相謂曰宜各齎持種種華鬘塗香末香燒香及諸妙物音聲鼓樂速往雙林以申供養并大臣輔相各與眷屬男女大小親友知識出拘尸城詣雙林所既至彼已於佛卧處師子牀前盡哀情已各持所有上妙諸香名華無數幢播繒綵飲食奇珍奏諸音樂廣供養已白阿難陀曰無上法王已歸圓寂不知今者葬禮如何尊者告曰然我先已奉佛教勑所有葬法如轉輪王問曰其法如何答曰以白疊絮先用裹體次以千張白疊周遍纏身置金棺中盛滿香油覆以金蓋積栴檀木及海岸諸香以火焚燎後將牛乳澆火令滅有餘舍利盛以金瓶於

四衢大道建窣堵波周遍圍繞懸繒播蓋塗末燒香奏衆伎樂恭敬供養設大施會此是輪王焚葬之法如來大師倍勝於此時諸壯士聞是語已白尊者曰我領其言然非一二三日能辦此事若至七日往者如前所爲方可成就答言可爾是時諸人即便如前依輪王葬法一一備具無有闕少從拘尸那城周圍十二踰繕那乃至繫冠制底所有無量歸仰衆生咸來雲集各持香華種種伎樂供養之具壯士眷屬皆悉出城詣雙樹間於師子牀前陳設所有盡心供養時壯士中有一耆宿告諸人曰現在大衆女持幢播男可擎舉我等齎持種種華綵塗香末香燒香及諸音樂從拘尸那城西門而入於東門出度金沙河至壯士繫冠制底勝處安置以火焚燒是時諸人聞是語已各各爭前欲舉金棺雖共盡力竟不能動爾時具壽阿難陀白尊者阿尼盧陀曰拘尸那城諸壯士等雖竭筋力竟不能動如來金棺我今不知有何所以尊者告曰此是諸天作如斯意欲令壯士及諸人民女持幢播男捧尊舉威儀整肅翊從如來我等諸天共持華綵燒衆妙香奏天伎樂廣陳供養於西門入東門而出度金沙河至繫冠制底以是因緣威儀未備不能移動是時具壽阿難陀報尊者曰若如是者可隨天意時諸壯士即隨天願備設如前方來持舉即便輕舉捧戴而行于時空中天雨嗢鉢羅華拘勿頭華鉢頭摩華分陀利華沉水末香栴檀末香多揭羅多摩羅末香及曼陀羅華等諸天伎樂百千萬種於虛空中一時俱奏諸

天華蓋其從如雲并散天衣有盈億數時拘尸那城諸壯士等各相謂曰天供養已我等應爲時諸壯士及餘一切貴賤男女營辦香華威儀嚴整百千萬種不可勝紀恭敬供養隨從金棺城中而過度金沙河至繫冠制底所散之華積至于膝于時有一外道梵志聞佛滅度詣娑羅林持華數莖還彼聚落於其中路逢大迦攝波與五百弟子威儀整肅將詣雙林禮大師足遇見外道問言汝從何來欲向何處外道答曰我從拘尸那來將詣波波聚落迦攝波知而故問汝從彼來知我大師釋迦牟尼如來四大安不外道答言我從彼來親見大德喬答摩已入涅槃經今七日自滅度來所有人天皆以香華種種威儀具申供養遺身舍利我從彼會得此華來大迦攝波所將五百人中有一莫訶羅苾芻禀性愚癡不辯好惡聞外道語遂出麤言快哉樂哉我等從今免被拘制於諸戒律云此應作此不應作此事皆息自今已後能持不持皆由於我可行者行不須者棄時彼老叟出此語時空中諸天聞其非法即以神力掩蔽聲響不令人聞唯迦攝波領知斯語是時尊者爲教誨彼故即於道傍暫時停歇與衆俱坐告言諸具壽世間諸行皆悉無常體不堅牢是難委信豈得久存並歸散滅宜起猒離勿生愛著且止斯事我等速往見佛全身各並前進時諸壯士并四衆等先用氎絮裹如來體次以千張白氎周匝纏身置香油棺覆以金蓋各持香木如法焚燒火不能著時阿凡盧陀告阿難陀曰今欲然火終無著法問其

何故答曰斯爲諸天不令火著復問何緣答曰爲大迦攝波與五百徒衆隨路而來欲見世尊金色全身親觀焚燎爲待彼故天不令燒時阿難陀即以此事普告衆知須史尊者徒衆皆至拘尸那城諸人遥見尊者衆來各持香華種種音樂詣尊者所頭面禮足時有無量百千大衆隨從尊者詣世尊所除去香木啓大金棺千氎及絮並開解已瞻仰尊容頭面禮足於此時中唯有四大耆宿聲聞謂具壽阿若憍陳如具壽難陀具壽十力迦攝波具壽摩訶迦攝波然摩訶迦攝波有大福德多獲利養衣鉢藥直觸事有餘尊者作念我今自辦供養世尊即辦白氎千張及白氎絮先以絮裹後用氎纏置金棺中傾油使滿覆以金蓋積諸香木退住一面由佛餘威及諸天力所有香木自然火起時阿難陀右繞火積説伽陀曰

如來妙體歸圓寂　自然火起燎餘身
唯留内外一雙全　所有千衣隨火化

時拘尸那城諸壯士等欲以牛乳注火令滅未瀉之頃其火積中忽生四樹一金色乳樹二赤色乳樹三菩提樹四烏曇跋樹於此樹中乳自流出令火皆滅是時拘尸那城諸貴賤等共收舍利盛金瓶中置七寶轝上以種種香華栴檀沉水塗香末香燒香繒蓋幢旛音聲伎樂廣陳供養轝入城中安妙堂上復更如前盛興供養是時波波聚落諸壯士等聞佛世尊於拘尸那城入般涅槃已經七日無量人天廣陳供養於其聚落總集四兵象馬車步各自嚴辦種種器仗共詣拘尸那城

欲分舍利既至城已報諸人曰無上法王衆生慈父我等諸人比於長夜供養恭敬親承訓導受持正法今既滅度有餘舍利我等欲取將往波波聚落建窣堵波安置供養城中諸人聞斯告已咸作是言世尊導師是我慈父親承訓誘既於我界而般涅槃全身舍利應留永劫於此供養終不分與外邑諸人時波波人遣使答曰若分者善如不與者我等當以強力奪取城人聞已告彼衆曰徒事鬪戰終不可得爾時遮洛迦邑部魯迦邑阿羅摩邑吠率奴邑劫比羅城諸釋迦子薜舍離栗呫毗子悉皆來集是時摩揭陀國未生怨王既聞佛世尊於拘尸那城入般涅槃一切人天廣設供養既聞是事生大憂苦遂告行雨大臣曰卿今知不我聞世尊已入涅槃在拘尸城大興供養爲爭舍利諸處競來欲相侵奪我今亦往請取身骨臣曰如是應作整兵便往拘尸那城時未生怨王遂乘大象欲往佛所纔昇象上念佛恩深心便悶絶從象墜墮宛轉于地良久乃甦便乘馬去念佛恩故不能抑止還墮于地久甦息已告行雨大臣曰我今不能親往佛所卿等今者可領四兵往拘尸那城傳我言教問訊壯士少病少惱起居輕利安樂行不世尊在日接引我等長夜慇懃是我大師今於仁等聚落入般涅槃有遺舍利幸與一分於王舍城作窣堵波冀申敬重香華伎樂種種供養行雨白言如王教勅即嚴四兵詣拘尸那城告諸壯士曰仁等咸聽摩揭陀國未生怨王問訊仁等具說如前世尊大師於我等輩常爲饒益令得

安樂可尊可敬今者於仁聚落入般涅槃有
遺舍利幸當與分於王舍城建窣堵波廣興
供養諸壯士曰世尊誠是饒益安樂一切羣
生可尊可敬然於今者在我聚落入般涅槃
有遺舍利王欲見分此誠難得時行雨臣告
諸壯士曰若其仁等能與者善如不見分我
加兵力强奪將去答言任意時諸人衆悉皆
大集鬪諍城隅城中所有壯士男女並關弓
射即便總出象馬車步嚴整四兵欲共七邑
兵交合戰

根本說一切有部毗奈耶雜事卷第三十八

音釋

鵄柴 鵄處脂切鳥也柴即委切喙也 萎萃 萎於爲切蔫也萃秦醉切與瘁同 抃 皮變切拊手也 蹋 達合切踐也 趒 他弔切越也 槊 所角切矛屬 絛 土刀切編絲繩也 歐 烏后切吐也 跳 徒刀切號咷大哭也 慘 七感切愁恨也 燎 力照切猶燒也 踰繕那 梵語也此云限量踰容朱切繕時戰切

根本説一切有部毗奈耶雜事卷第三十九

唐三藏法師義淨奉　制譯

第八門第十子攝頌說涅槃之餘

次明五百結集事

時有婆羅門名突路拏在於衆內見此諸人欲爭舍利共相戰伐恐有損傷違害佛教自執長旛以麾大衆告拘尸那諸壯士曰仁等且止今欲爲君陳其損益我比曾聞此大沙門喬答摩氏憐愍一切諸有情故於無數劫熾然精勤忍怨害事長時苦已讚行忍辱由是因緣成無上覺心行平等猶若虛空於諸有情普皆濟度衆生福盡捨棄涅槃息化以來纔經七日即與兵戰誠是相違唯願諸人勿爲鬪競我爲平分必令歡喜佛身舍利分爲八分各將供養饒益羣生量舍利瓶願將惠我持還本國建窣堵波時拘尸那城壯士聞已報言可爾然大師世尊長夜修忍不爲殺害廣如前說仁今順教爲我平分斯爲善事其婆羅門既蒙許可即分舍利而爲八分第一分與拘尸那城諸壯士等廣興供養第二分與波波邑壯士第三分與遮羅愽邑第四分與阿羅摩處第五分與吠率奴邑第六分與劫比羅城諸釋迦子第七分與吠舍離城栗呫毗子第八分與摩揭陀國行雨大臣此等諸人既分得已各還本處起窣堵波恭敬尊重伎樂香華盛興供養時突路拏婆羅門將量舍利瓶於本聚落起塔供養有摩納婆名畢鉢羅亦在衆中告諸人曰釋迦如來恩無不普於仁聚落而般涅槃世尊舍利非我有分其餘灰燼幸願與我於畢鉢羅處起

塔供養時贍部洲世尊舍利乃有八塔第九瓶塔第十灰塔如來舍利總有一碩六斗分爲八分七分在贍部洲其第四分阿羅摩處所得之者在龍宮供養又佛有四牙舍利一在天帝釋處一在健陀羅國一在羯陵伽國一在阿羅摩邑海龍王宮各起塔供養時波吒離邑無憂王便開七塔取其舍利於贍部洲廣興靈塔八萬四千周遍供養由塔威德莊嚴世間天龍藥叉諸人神等咸皆恭敬尊重供養能令正法光顯不滅有所願求無不遂意（已下序王舍城五百結集事）

爾時釋迦如來生在釋種於摩揭陀國成等正覺婆羅痆斯轉妙法輪拘尸那城壯士生地而取滅度尊者舍利子與大苾芻衆八萬人同入涅槃尊者大目連與七萬苾芻亦入涅槃世尊與一萬八千苾芻亦般涅槃時有多劫長壽諸天見佛涅槃情懷悲感又見諸聖悉皆滅度遂生譏議世尊所説蘇怛羅毗奈耶摩窒里迦正眞法藏皆不結集豈令正教成灰燼耶時大迦攝波知彼天意告諸苾芻汝等當知具壽舍利子具壽大目連各與衆多大苾芻衆不忍見佛入大涅槃並悉於前巳歸圓寂而今世尊復與一萬八千苾芻同般涅槃然有無量劫長壽諸天皆起歎惜復生譏議何不結集三藏聖教豈令如來甚深妙法成灰燼耶咸皆報知可共結集斯爲大事衆皆言善我等隨作時迦攝波白僧伽曰於此衆中誰爲最小報曰具壽圓滿時大迦攝波告言圓滿汝鳴揵椎令僧伽盡集圓滿聞已便於靜處入第四禪隨其定力繫念

思察旣觀察已從定而起卽鳴揵椎當有四百九十九大阿羅漢從諸方來雲集於此就座而坐尊者大迦攝波曰言諸具壽苾芻僧伽悉來集未好審觀察是誰未集時諸苾芻咸遍觀察報大迦攝波言諸方苾芻悉皆來集唯具壽牛主今未來至時牛主苾芻在尸利沙宮閑靜而住大迦攝波告圓滿曰汝今可詣具壽牛主所居之處作如是語告牛主言苾芻僧伽大迦攝波而爲上首令告尊者得無病不僧伽有事宜可速來圓滿聞已入甚深定以其定力於拘尸那城沒尸利沙宮出詣尊者前頂禮雙足白尊者言苾芻僧伽大迦攝波而爲上首願言無病作如是語僧伽有事宜當速來尊者雖離諸欲仍有愛戀習氣告圓滿曰善來具壽將非大師釋迦牟尼如來爲有化緣向他界耶爲諸僧伽有諍事耶爲是如來所轉無上法輪諸外道等生誹謗耶又非外道等聚結徒黨於我如來聲聞弟子爲留難耶不有如來諸弟子等煩惱增盛相輕賤耶不有沙門婆羅門違背佛教耶非諸愚夫將破僧耶不有惡見之人將像似法所有文句惑亂如來親正法耶不有衆多同梵行者棄廢讀誦禪思勝業樂談世俗無益語耶又復不有心懷疑惑猶豫二途非法說法法說非法非律說律律說非律耶不有諸苾芻爲慳貪垢之所擾亂棄背六種和敬之法見有客來及同梵行者不相愛念耶不有惡法苾芻令諸信心長者婆羅門等背佛正法歸外道耶不有苾芻習行邪命耕田賣買諂曲事王占相禍福盡形貯畜不淨財

耶不有苾芻於杜多正行受下卧具生猒賤耶不有實非沙門自言沙門於同梵行所相惱亂耶然汝圓滿遠來至此應言大德世尊安隱無事乃稱迦攝波而爲上首者將非大悲世尊捨諸含識永入無餘大涅槃界耶將非世間亡失船師生驚恐耶將非十力無畏被無常鬼之所吞耶將非能覺一切有情爲開蓋者睡不覺耶將非佛日光沉没耶將非如來滿月被阿脩羅怨而爲障蔽隱光明耶將非三千世界最尊大師勝如意樹菩提分華以爲莊嚴四聲聞果香美可愛被無常狂象而摧折耶將非如來智燈被無明風吹令滅耶爾時具壽圓滿聞是語已説伽陀曰

聲聞衆已集　智慧皆猛利　令法久住故
唯待於尊者　佛法船已没　智慧山亦隤
大師殊勝衆　普欲歸眞寂　唯願速赴彼
共結世尊教　是大事非輕　遣我來相命

是時具壽牛主告圓滿曰且止命言以頌報曰

無上明燈若住世　我願往彼禮尊容
今既緣盡入涅槃　何有智人能赴彼
汝今持我三衣鉢　與彼大衆應供者
我今入寂更不生　唯願聖慈咸忍恕

説此語已即從座起昇於虚空現十八變放種種光化火焚身而取滅度即於身内四道水流第一水説伽陀曰

我等衆生福德盡　今時忽然逢棄背
世間慧日已潛暉　一切羣迷無救者

第二水説伽陀曰

一切諸行刹那滅　從生至盡皆歸苦

但是凡夫虛妄計　作者受者悉皆無
第三水說伽陀曰
智者心常不放逸　於諸善法速修成
容華年命並皆亡　恒被無常所吞食
第四水說伽陀曰
我今稽首佛弟子　所應作者已成辦
敬順大師入圓寂　如牛王去小牛隨
是時具壽圓滿供養牛主遺身舍利已持其衣鉢入甚深定從室利沙宮沒於拘尸那城雙林處現詣大迦攝波及五百苾芻處隨應敬已將其衣鉢置上座前說伽陀曰
彼聞聖主歸圓寂　所有福業亦隨行
此是衣鉢我持來　唯願僧伽見容恕
是時尊者迦攝波告苾芻曰同梵行者咸皆善聽說伽陀曰
彼隨聖教身已滅　所餘應供多涅槃
現在和合衆同心　廣爲人天當結集
時迦攝波復令大衆志念堅固莫入涅槃說伽陀曰
仁等勿同彼牛主　室利沙宮入圓寂
不應造次般涅槃　宜作衆生利益事
是時具壽大迦攝波與五百苾芻共立制曰諸人當知聽我所說佛日既沉恐法隨沒今欲同聚結集法藏彼諸人衆初喪大師情各憂惱若即於此而結集者四方僧衆來相喧擾心既不安事難成辦然佛世尊在摩揭陀國菩提樹下成等正覺法身已謝我等今應就彼結集有云大善有云我等可詣菩提樹下時大迦攝波告諸人曰摩揭陀國勝身之子未生怨王初發信心能以四事資身之具

供給大衆令無有乏我等宜應就彼結集時諸大衆咸皆稱善復有說云我等諸人悉皆證得阿羅漢果唯阿難陀獨居學地又此具壽世尊在日親爲侍者於佛法藏普能受持果未圓備此欲如何迦攝波曰若如是者作簡擇法恐餘學人情生不忍可爲方便應差慶喜作行水人餘人自去大衆言善

爾時具壽大迦攝波對大衆前告阿難陀曰汝能爲衆作行水人不彼言能時迦攝波即作白二羯磨差之

大德僧伽聽此具壽阿難陀苾芻比親侍佛所有法藏普能受持若僧伽時至聽者僧伽應許阿難陀苾芻供給衆僧作行水事白如是大德僧伽聽此具壽阿難陀苾芻比親侍佛所有法藏普能受持僧伽今差爲衆行水若僧伽許具壽阿難陀爲衆行水者默然若不許者說僧伽今差具壽阿難陀爲衆行水竟僧伽已聽許由其默然故我今如是持

時大迦攝波告阿難陀曰汝與大衆人間遊行可詣彼摩揭陀國我取直路而去時阿難陀與衆俱行詣王舍城迦攝波在前而至未生怨王於佛深信若乘大象遥見佛時自墜于地由佛威力身無傷損王乘大象遥見迦攝波憶念如來即便自墜于時尊者以神力扶持不令有損告言大王應知如來大師心常在定聲聞弟子則不如是若不攝念觀察不知前事有觀不觀是故我今共王立制若見如來聲聞弟子王乘象馬不應造次自墜身形宜當保愛王曰如尊者教聖者應知若佛在世我親供養今既涅槃何處申敬仁則

是我所敬世尊何以故如來教法並皆委寄作是語已告大臣曰尊者大迦攝波四事供養無令闕乏尊者言大王當知佛於此國證大菩提法身成就今於王處建立法幢結集三藏苾芻大衆在路俱來王言善哉我於聖衆但有所須悉皆供給時諸聖衆不久欲至王舍大城王聞欲至便勑諸臣遠近貴賤一切人民嚴飾城郭掃灑街衢持妙華香寶幢播蓋及諸伎樂百千萬種王及后妃太子內宮婇女國內人民皆悉出城迎諸聖衆既入城已大衆坐定王便致敬於上座前合掌長跪白大德迦攝波言今日聖衆皆來至此爲諸衆生作大饒益一切所須我當供給我今不知於何處所堪爲敷設結集之會時尊者告言若於此城竹林園中作結集者諸處僧來共相喧擾恐有妨廢若向鷲峯山亦不安靜然畢鉢羅巖下堪爲結集然無卧具王聞語已深生歡喜報迦攝波曰若於彼處結集定者諸有所須卧具之類我當供給時迦攝波白大衆曰今此大王爲諸聖衆就畢鉢羅巖結集之處諸有所須悉皆祇待令無所乏仁等大衆宜當赴彼王白迦攝波曰大覺世尊入涅槃時而不告我唯願尊者久住世間設將圓寂幸垂預告時迦攝波黙然而許是時尊者復作是念於前夏中可修營房舍卧具至後夏時當爲結集尊者即便觀阿難陀心告具壽阿尼盧陀曰汝今於此世尊所讚大衆之中誰是學人有染瞋癡具足愛取所作未辦時阿尼盧陀入第四定觀察衆中唯見具壽阿難陀獨居學地具縛煩惱所作未

辦觀已告迦攝波曰尊者應知此大聲聞悉皆清淨無諸腐敗唯有眞實具大福德所作已辦堪受人天最上供養唯阿難陀獨居學地具縛煩惱所作未辦時迦攝波即便觀察此阿難陀爲是慰喻調伏爲須呵責調伏見彼乃是以呵責言方可調伏即於衆中喚阿難陀汝宜出去今此勝衆不應共爾同爲結集時阿難陀聞是語已如箭射心擧身戰懼白言大德迦攝波且止斯事幸願容恕我不破戒破見破威儀破正命於僧伽中亦無違犯如何今者忽爲擯棄尊者報曰汝親侍佛云何破戒見威儀正命者何成希有云於僧伽無違犯者可起把籌我出其過令汝自知時阿難陀即從坐起當起之時三千大千世界三種震動所謂小震中震大震小摇中摇

大摇小動中動大動於虛空中所有諸天張目出聲作如是語嗚呼大迦攝波能得如是直言實語此阿難陀近離世尊即作如是出苦切言共相呵責時迦攝波告阿難陀曰汝云我於僧伽無違犯者云何汝於僧伽得無愆犯汝知世尊不許女人性懷憍諂而求出家如佛言曰阿難陀汝勿爲女人求請出家及近圓事何以故若令女人於我法中爲出家者法不久住如好稻田被霜雹損竟無穀實如是阿難陀若令女人爲出家者法當損滅不得久住汝請佛度豈非過失阿難陀曰大德且止當見容恕我無餘念請度女人然大世主是佛姨母摩耶夫人生佛七日便即命終世主親自乳養旣有深恩豈得不報又復我聞過去諸佛皆有四衆望佛同彼一

爲報彼厚恩二爲流念氏族爲此請佛度諸女人願容此過迦攝波告曰阿難陀此非報恩便是滅壞正法身故於佛田中下大霜雹正法住世合滿千年由汝能令少許存在又云流念氏族者此亦非理出家之人永捨親愛又云我聞過去諸佛皆有四衆望佛同彼者於曩昔時人皆少欲於染瞋癡及諸煩惱悉皆微薄彼合出家今則不然世尊不許汝見苦求令佛聽許是汝初過可下一籌

又復有過阿難陀且如有人於四神足若多修習欲得住世一劫或一劫餘汝於佛所不爲衆生請佛世尊住世一劫白言尊者我無餘念當爾之時被魔障蔽答曰此是大過寧容得有近佛世尊塵習俱盡而被魔羅波卑而爲障蔽此是第二過可更下一籌

汝復有過世尊在日爲説譬喻汝對佛前别説其事此是第三過可更下一籌

汝復有過世尊曾以黄金色洗裙令汝浣濯汝以脚蹋捩衣豈非是過阿難陀曰更無餘人所以足蹋非是慢意尊者曰若無人者何不擲上虛空諸天自當助汝是第四過可更下一籌

汝復有過世尊欲趣雙樹涅槃爲渴須水汝以濁水奉佛豈非是過阿難陀曰我取水時正屬脚拘陀河有五百乘車渡河無清水可得非我之咎報曰此是汝過當爾之時何不仰鉢向空諸天自注八功德水置汝鉢中此是第五過可更下一籌

汝復有過如世尊説我今苾芻半月半月説别解脱經所有小隨小戒我於此中欲有放

捨令苾芻僧伽得安樂住故汝旣不問未知此中何者名爲小隨小戒今無問處此欲如何今且說四波羅市迦法十三僧伽伐尸沙法二不定法三十泥薩祇波逸底迦法九十波逸底迦法四波羅底提舍尼法衆多學法除斯以外名小隨小戒有說云從四他勝乃至四對說法餘名小隨小戒有說云從四他勝乃至九十墮罪餘名小隨小戒有說從初乃至三十餘名小隨小戒有說從初乃至二不定餘名小隨小戒有說唯四他勝餘名小隨小戒時諸苾芻悉皆不知何者爲小隨小戒於此中間外道若聞已遂得其便作如是語沙門喬答摩不爲限齊身存之日聲聞弟子教法全行及其命終火燒已後教法隨滅所有禁戒愛者即留不愛便捨多不奉行汝何不爲未來衆生請問世尊由是合得追悔之罪阿難陀答言大德我無餘心而不請問但爲爾時離背如來生大憂苦報言此亦是過汝親侍佛豈可不知諸行無常而生憂惱斯成大過此是第六過可更下一籌

汝復有過於俗衆中對諸女前現佛陰藏相答言大德我無餘心爲諸女人欲染熾盛熱惱纏縛若見世尊陰藏相者欲染便息尊者告曰汝無他心慧眼寧知女人見佛陰藏欲染便息此是第七過可更下一籌

汝復有過輙自開佛黃金色身示諸女人彼見佛身即便淚落霑汙尊儀此是汝過阿難陀曰我非無恥然作是念有諸衆生若見世尊妙色身者皆發是言願我身相當得如佛迦攝波曰汝無他心慧眼寧知衆生發如是

願此則是汝第八過失可更下一籌
又復汝未離欲於是身在離欲衆中是事不可汝宜起去殊勝聖衆不應與汝共爲結集
時具壽阿難陀既被尊者大迦攝波詰其八事惡作罪已四面觀察情懷悲歎作如是語嗚呼苦哉如何我今一至於此新離如來無依無怙失大光明欲何所告尊者迦攝波詰彼罪時空中諸天作嗟歎聲互相告曰大仙當知天衆增盛阿蘇羅減世尊正法必當久住此大聲聞道隣於佛以其八事詰彼尊者是大聲聞德亞於佛是故我知佛法不滅時阿難陀復白尊者言大德且止願施歡喜我如法説罪不敢更爲然佛世尊臨涅槃時作如是語阿難陀我滅度後汝勿憂惱悲啼號哭我今以汝付大迦攝波豈復尊者見我少過而不容忍幸施歡喜奉大師教迦攝波曰汝勿悲啼善法由汝而得增長不爲損減我等必須結集如來所有聖教汝今可去離茲聖衆不應共汝同爲結集
時具壽阿尼盧陀白尊者迦攝波曰無阿難陀我等云何而爲結集答曰此阿難陀雖備衆德然猶未離欲染瞋癡有學有事不可與彼同爲結集時迦攝波復告阿難陀曰即宜速出所應作者當自策勤得阿羅漢果衆可與汝同爲結集時阿難陀離別大師情懷悲戀復被詰擯倍加憂惱從此而出詣增勝聚落作夏安居以村中童子而爲侍者爾時具壽阿難陀於此時中極加勤勇常爲四衆而説妙法是時童子作如是念我鄔波馱耶爲是學地得離欲耶爲是無學得離欲耶我今

宜可入相應定觀察其心即便入定見尊者心是有學離欲見已出定詣尊者所立在一面説伽陀曰

可依樹下幽閑處　一心當念涅槃宫
師今謹慎務勤修　不久必歸圓寂路

是時尊者見彼童子説要義已即於晝日或坐或行於諸障法練磨其心於初夜時或行或坐亦復堅心淨除障法即於中夜洗足入房右脇而卧兩足相重作光明想正念起想如是作意頭未至枕斷盡諸漏心得解脱證阿羅漢果受解脱樂即詣王舍城至大衆所衆知得果咸皆讃歎是大丈夫是時大迦攝波與五百阿羅漢至畢鉢羅巖所既集會已告大衆曰汝等應知於當來世有諸苾芻鈍根散亂若無攝頌於經律論不能讀誦及以受持是故我等宜於食前先集攝略伽陀事相應者食後可集經律及論時諸苾芻聞是語已白尊者言今可先集伽陀既至食後白言今時先集何者尊者告曰宜先集經時五百阿羅漢各共同請大迦攝波昇師子座尊者登座告阿難陀曰具壽頗能簡擇結集如來所説經不答曰能尊者即便作白大德僧伽聽此具壽阿難陀能爲簡擇結集如來所説經法若僧伽時至聽者僧伽應許僧伽今差具壽阿難陀爲欲簡擇結集如來所説經法白如是次作羯磨

大德僧伽聽此具壽阿難陀能爲簡擇結集如來所説經法僧伽今差具壽阿難陀爲欲簡擇結集如來所説經法若諸具壽聽許具壽阿難陀爲欲簡擇結集如來所説經法者

默然若不許者說僧伽已許此具壽阿難陀爲欲簡擇結集如來所說經法竟僧伽已聽許由其默然故我今如是持

時具壽阿難陀既欲說法五百阿羅漢各各皆以僧伽胝衣敷其座上時阿難陀四邊顧望於諸有情發悲愍念於正法中極生尊重於同梵行者起敬仰心右繞高座低頭申敬於上座前依法致禮作無常想以手按座正身端坐次審觀察見諸聖衆猶如甚深湛然大海便作是念我於佛所親聞是經或有傳說或龍宮說或天上說悉皆受持而不忘失我今應說時諸天衆互相謂曰仁等當知聖者阿難陀將欲宣暢如來所說經法當一心聽時有天子說伽陀曰

若能建妙法　饒益三千界　聖者法無畏
猶如師子吼　仁等應至誠　聽說微妙法
聖欲安樂者　知此眞實義

爾時尊者迦攝波以頌告阿難陀曰

具壽今當宣佛語　一切法中最爲上
凡是大師所說法　咸能利益於衆生

時阿難陀聞說大師名心生戀慕遂便迴首望涅槃處虔誠合掌以普遍音作如是語如是我聞一時薄伽梵在婆羅痆斯仙人墮處施鹿林中爾時世尊告五苾芻曰此苦聖諦於所聞法如理作意能生眼智明覺此中廣說如上三轉法輪經時具壽阿若憍陳如告大迦攝波曰此微妙法親從佛聞世尊慈悲爲我宣說由是經力能令我等枯竭無邊血淚大海超越骨山關閉惡趣無間之門善開天宮解脫之路說此微妙甚深經時我既聞

已於一切法離諸塵垢得法眼淨八萬諸天皆蒙利益說是語時於虛空中所有諸天及未離欲諸苾芻等情生苦痛如千箭射心悲啼號叫咸作是語苦哉苦哉佛說偈言

禍哉此世間　無常不簡別　壞斯珍寶藏
枯竭功德海　我親於佛所　聞此解脫法
今乃於他處　傳說如來言

又諸大衆聞說經時咸作是語苦哉禍哉無常力大無有簡別能壞如是世間眼目時憍陳如即離本座蹲居而住時諸羅漢見是事已咸起敬心皆離本座蹲居而住作如是語苦哉禍哉無常力大如何我等於世尊所親自聞法今者傳聞而說偈言

天人龍神尊已謝　我等何因不歸寂
無一切智世間空　誰復將斯活爲勝

爾時諸阿羅漢俱入第四靜慮以願力故觀察世間各從定起告具壽阿難陀曰汝爲法來答言大德我爲法來仁等亦爲法來答曰如是爾時摩訶迦攝波作如是念我已結集世尊最初所說經典於同梵行處無有違逆亦無訶猒是故當知此經是佛眞教復告阿難陀世尊復於何處說第二經時阿難陀以清徹音答言世尊亦於婆羅痆斯爲誰說耶爲五苾芻所說云何答言作如是說汝等苾芻當知有四聖諦云何爲四所謂苦集滅道聖諦云何苦聖諦謂生苦病苦老苦死苦愛別離苦怨憎會苦求不得苦若略說者謂五趣蘊苦是名爲苦云何苦集聖諦謂喜愛俱行隨處生染是名爲集云何苦滅聖諦謂此喜愛俱行隨處生染更受後有於如是等悉

皆除滅棄捨變吐染愛俱盡證妙涅槃是名苦滅云何趣滅道聖諦謂八正道謂正見正思正語正業正命正勤正念正定是名趣滅道聖諦說此法時具壽阿若憍陳如於諸煩惱心得解脫餘四苾芻離諸塵垢得法眼淨時具壽阿若憍陳如告具壽大迦攝波曰如是等法我於佛所親自聽聞我聞法已於諸煩惱心得解脫餘四苾芻離諸塵垢得法眼淨我已結集世尊第二所說經教於同梵行處無有違逆亦無訶猒是故當知此經是佛真教

復告阿難陀世尊在何處說第三經時阿難陀以清徹音答曰世尊亦於婆羅痆斯爲誰說耶謂五苾芻所說云何答言作如是說如是我聞一時薄伽梵在婆羅痆斯仙人墮處施鹿林中爾時世尊告苾芻曰汝等當知色不是我若是我者色不應病及受苦惱我欲如是色我不欲如是色既不如是隨情所欲是故當知色不是我受想行識亦復如是復次苾芻於汝意云何色爲是常爲是無常白言大德色是無常佛言色既無常即是其苦或苦苦壞苦行苦然我聲聞多聞弟子執有我不色即是我我有諸色色屬於我我在色中不不爾世尊如是汝等應知受想行識常與無常亦復如是凡所有色若過去未來現在內外麤細若勝若劣若遠若近悉皆無我汝等苾芻應以正智而善觀察如是所有受想行識過去未來現在悉應如前正智觀察若我聲聞聖弟子衆觀此五取蘊知無有我及以我所如是觀已即知世間無能取所

取亦非轉變但由自悟而證涅槃我生已盡梵行已立所作已辦不受後有說此法時五苾芻等於諸煩惱心得解脫信受奉行

爾時諸阿羅漢咸作是念我已結集世尊所說第三蘇怛羅於同梵行無有違逆亦無訶猒是故當知此蘇怛羅此是佛眞教復作是言自餘經法世尊或於王宮聚落城邑處說此阿難陀今皆演說諸阿羅漢同爲結集但是五蘊相應者即以蘊品而爲建立若與六處十八界相應者即以處界品而爲建立若與緣起聖諦相應者即名緣起而爲建立若聲聞所說者於聲聞品處而爲建立若是佛所說者於佛品處而爲建立若與念處正勤神足根力覺道分相應者於聖道品處而爲建立若經與伽陀相應者此即名爲相應阿笈摩（舊云雜著取義）若經長長說者此即名爲長阿笈摩若經說事處中者此即名爲中阿笈摩若經說一句事二句事乃至十句等事者此即名爲增一阿笈摩

爾時大迦攝波告阿難陀曰唯有爾許阿笈摩經更無餘者作是說已便下高座爾時具壽迦攝波告大衆曰汝等應知世尊所說蘇怛羅已共結集其毗奈耶次當結集聞是語已咸言善哉于時衆中唯有具壽鄔波離於毗奈耶緣起極善解了迦攝波便昇高座告大衆曰汝等應知具壽鄔波離於毗奈耶悉皆明了世尊記說於持律中最爲第一是故我請結集毗奈耶大衆言善爾時迦攝波告鄔波離曰具壽汝頗能簡擇結集如來所說毗奈耶不答言能尊者即便作白大德僧伽

聽此具壽鄔波離能爲簡擇結集如來所説毗奈耶若僧伽時至聽者僧伽應許僧伽今差具壽鄔波離爲欲簡擇能集如來所説毗奈耶白如是次作羯磨准白應作時具壽迦攝波作羯磨已從座而下具壽鄔波離即昇師子座

根本説一切有部毗奈耶雜事卷第三十九

音釋

麾（吁爲切指麾也）窒（陟栗切）隤（徒回切摧也）雹（蒲角切雨冰也）捩（練結切紾也）

根本說一切有部毗奈耶雜事卷第四十

唐三藏法師義淨奉　制譯

第八門第十子攝頌之餘

次說五百及七百結集事

爾時迦攝波告鄔波離曰世尊於何處制第一學處鄔波離以清徹音答曰世尊於婆羅痆斯此為誰說即五苾芻其事云何謂齊整著裙不太高不太下應當學說是語已諸阿羅漢俱入邊際定以願力故觀察世間還從定起爾時摩訶迦攝波作如是念我已結集世尊所說最初學處於同梵行無有違逆亦無訶猒是故當知此毗奈耶是佛所說復告鄔波離世尊何處說第二學處時鄔波離以清徹音答曰於婆羅痆斯此為誰說即五苾芻其事云何謂齊整披三衣應當學說是語已諸阿羅漢俱入邊際定以願力故觀察世間還從定起時迦攝波作如是念我已結集世尊第二學處廣如上說復告鄔波離世尊何處說第三學處鄔波離以清徹音答曰於羯蘭鐸迦村此為誰說即羯蘭鐸迦子蘇陣那苾芻其事云何謂若苾芻受禁戒於餘苾芻乃至畜生行婬欲者得波羅市迦罪亦不得同住說是語已諸阿羅漢俱入邊際定以願力故觀察世間還從定起時迦攝波作如是念我已結集廣說如前自餘學處世尊或於王宮聚落為諸苾芻廣制學處時鄔波離悉皆具說諸阿羅漢既結集已此名波羅市迦法此名僧伽伐尸沙法此名二不定法三十捨墮法九十波逸底迦法四波羅底提舍尼法衆多學法七滅諍法此是初制此是隨

制此是定制此是隨聽如是出家如是受近圓如是單白白二白四羯磨如是應度如是不應度如是作褒灑陀如是作安居如是作隨意及以諸事乃至雜事此是尼陀那目得迦等既結集毗奈耶已具壽鄔波離從高座下時迦攝波作如是念後世之人少智鈍根依文而解不達深義我今宜可自説摩窒里迦欲使經律義不失故作是念已便作白二羯磨白衆令知衆既許已即昇高座告諸苾芻曰摩窒里迦我今自説於所了義皆令明顯所謂四念處四正勤四神足五根五力七菩提分八聖道分四無畏四無礙解四沙門果四法句無諍願智及邊際定空無相無願雜修諸定正入現觀及世俗智苫摩他毗鉢舍那法集法蘊如是總名摩窒里迦説是語已諸阿羅漢俱入邊際定次第觀已還從定起如前廣説是故當知此是蘇怛羅此是毗柰耶此是阿毗達磨是佛眞教如是集已時地上藥叉咸發大聲作如是説仁等應知聖者大迦攝波爲上首與五百阿羅漢共集如來三藏聖教由是因縁天衆增盛阿蘇羅減少居空藥叉聞是説已亦發大聲徹四大王衆三十三天夜摩覩史多樂變化他化自在梵衆梵輔大梵少光無量光極光淨少淨無量淨遍淨無雲福生廣果無煩無熱善現善見天等須臾之間其聲上徹色究竟天此諸天等咸發聲言諸天增盛阿蘇羅減少時五百阿羅漢既結集已此即名爲五百結集爾時大迦攝波而説頌曰

仁等結集法王教　皆爲愍念諸羣生

所有言説量無邊　今並纂集無遺缺
世間愚闇不能了　爲作明燈除眼翳

時具壽大迦攝波復作是念三藏聖教我已結集令以定力觀察世尊所説教法得久住世所應作者依如來説並已作了如來法王示我正道如教奉行我已少分報佛慈恩誰能盡報如來恩德世尊大師所有遺教利益衆生並皆纂集久離大師無復依怙五蘊臭身荷負勞倦涅槃時至無宜久留作是念已而説頌曰

我已結集牟尼教　爲令正法得增長
久住利益於世間　饒益衆生離諸惑
無羞恥者已折伏　有慚愧者皆攝受
所作利益事已周　今我宜應趣圓寂

時大迦攝波告阿難陀曰汝今知不世尊言教付囑於我而般涅槃我今復欲入般涅槃轉以教法付囑於汝汝當善護持又復告曰我滅度後於王舍城有商主妻當生一子其子生時以奢搦迦衣裹身而出因即名爲奢搦迦（即是麻類此方先無高共人等堪織爲布舊云商那和脩者訛）後因入海求諸珍貨安隱迴還於佛教中遂設佛陀五年大會當得出家所有佛教轉付於彼作是語已時迦攝波復作是念世尊大悲修諸苦行是眞善友無量功德共所莊嚴遺身舍利隨所在處我今皆當恭敬供養而入涅槃作是念已以神通力往四大制底謂生處成佛處轉法輪處涅槃處并餘舍利塔處至誠供養即入龍宮供養佛牙已騰空即往三十三天欲禮佛牙時天帝釋及諸天等見迦攝波恭敬禮拜問言何故得來至此尊者報曰我

欲最後供養世尊所有舍利牙塔時諸天等聞最後言心生憂惱默然而住是時帝釋即持佛牙與迦攝波尊者受牙置於手掌瞻視不瞬便安頂上復以曼陀羅華及諸蓮華牛頭香末布於牙上以申供養爲天帝釋及諸天等略說法已從須彌頂没王舍城出爾時大迦攝波復作是念我先已許欲涅槃時報未生怨王作是念已便詣王宮告門人曰爲我通王云迦攝波今在門首欲見大王時守門人聞是語已便入宮中旣至王前正屬王睡即還却出報迦攝波曰聖者大王現睡尊者報言汝宜更去爲我覺王守門人曰王性暴惡難可侵犯我今不敢恐王瞋責刑戮於我迦攝波告曰若如是者待王覺後爲我報知大迦攝波爲欲涅槃來就王門與王取別作是語已便往雞足山中於三峯內敷草而坐作如是念我今宜以世尊所授糞掃納衣用覆於身令身乃至慈氏下生彼薄伽梵以我此身示諸弟子及諸大衆令生猒離即便入定三峯覆身猶如密室不壞而住復作是念若未生怨王來至於此山即爲開若王不見我身便嘔熱血而死念已入定捨其壽行是時大地六種震動流星下落諸方赫燄於虛空中諸天擊鼓爾時具壽大迦攝波踊身空中現諸神變或流清水或放火光遍起密雲降注洪雨作是事已入石室中右脇而卧重疊雙足入無餘依妙涅槃界爾時釋梵諸天咸作是念何因緣故大地震動便共觀察乃見迦攝波入於涅槃即與無量百千萬億天衆各持嗢鉢羅華拘勿頭華分多利華及

牛頭栴檀沉水香末皆詣尊者身所以種種天華及妙香末散其身上而爲供養既供養已三山即合上皆密覆時彼諸天既離尊者生大悲惱作如是語佛般涅槃憂懷未息如何今者復屬悲哀畢鉢羅巖舊住諸天空名而已所有勝法亦復隨行摩揭陀國無復光輝貧窮衆生福田斷絶所有善法皆亦銷亡如第二佛入般涅槃頓於今時法山隤壞法船傾没法樹崩摧法海枯竭魔衆歡喜所有正法教化衆生及利益事悉當沉隱時彼諸大作如是等悲歎語已禮尊者足欻然不現時未生怨王於其睡中作如是夢見宮中舍梁棟摧折忽然驚覺其守門人見王睡覺便以迦攝所囑之語具奏王知王聞是語悶絶于地時諸輔佐以清冷水灑面乃甦往竹林園見阿難陀五體投地悲啼號哭作如是言我聞尊者大迦攝波入般涅槃時阿難陀即共王去詣鷄足山（舊云鷄足由尊者在中後名尊足又嶺有佛跡然鷄足尊足梵音相濫也）示尊者處既至山已諸大藥叉便開三山王既見已復見諸天以曼陀羅華及諸蓮華栴檀沉水種種華香而供養處時王即便舉手悲號悶絶投地猶如大樹斬斷其根良久方起便欲拾薪時阿難陀見是事已告言大王何爲拾薪答言欲焚尊者告曰勿作是語此尊者身以定守持乃至慈氏菩薩當來下生與九十六俱胝聲聞而爲隨從來詣於此取尊者遺身示諸聲聞云此迦攝波是釋迦牟尼佛上首弟子於少欲知足中行杜多行最爲第一釋迦牟尼所說教法能爲結集建立法眼時諸聲聞當作是念過去世

中人身卑小佛身廣大時彼世尊便持迦攝波僧伽胝衣示聲聞衆此是釋迦牟尼應正等覺所披僧伽胝服時九十六俱胝聲聞聞是語已便證阿羅漢果皆悉勤行杜多少欲知足之行是故尊者有此遺身以定力持不可焚燎可於其上造窣堵波時王出後三山還合蓋覆其身於上造塔王禮阿難陀足白言尊者我不見佛入般涅槃亦復不覩尊者迦攝波滅度若聖者涅槃我當願見尊者便許時奢搦迦從大海中安隱來至安置物已往竹林園時阿難陀在香臺門前而作經行彼既見已禮足言曰我從大海安隱來至是三寶力我今願設五年法會供養佛僧世尊今者在何方處答曰子佛已涅槃時奢搦迦聞悶絶于地水灑甦息又問尊者舍利子大目乾連及大迦攝波皆在何處答曰並已涅槃聞極憂慼即便廣設五年會已尊者言子於佛法內四攝行中已作財攝今者更應作法攝事答言大德今作何事尊者言子汝可於佛教中出家修行答言如是應作尊者即與出家并受近圓羯磨既了遂發誓願始從今日乃至盡形常著奢搦迦衣（即是麻類堪織為衣麤布相似）此苾芻聰明聞持一領便受其阿難陀親於佛所受持八萬法藴奢搦迦盡皆領受具足三明洞閑三藏時阿難陀與諸苾芻在竹林園有一苾芻而説頌曰

若人壽百歲　不見水白鶴　不如一日生
得見水白鶴

時阿難陀聞已告彼苾芻曰汝所誦者大師不作是語然佛世尊作如是説

若人壽百歲　不了於生滅　不如一日生
得了於生滅
汝今應知世有二人常謗聖教
不信性多瞋　雖信顛倒解　妄執於經義
如象溺深泥　彼當自損失　由其無智慧
邪解聽無益　如毒藥應知　是故諸智者
聽已能正行　煩惑漸銷除　當得離繫果
彼聞教已便告其師師曰
阿難陀老闇　無力能憶持　出言多妄失
未必可依信
汝但依舊如是誦持時尊者阿難陀覆來聽
察見依謬説報言子我已告汝世尊不作是
説時彼苾芻悉以師語白尊者知尊者聞已
作如是念今此苾芻我親教授旣不用語知
欲如何假令尊者舍利子大目乾連摩訶迦

攝波事亦同此彼諸大德並已涅槃如來慈
善根力能令法眼住世千年乃傷歎曰
尊宿已過去　新者不齊行　寂慮我一身
猶如㲉中鳥　過去親皆散　知識亦隨亡
於諸知識中　無過定中念　所有世間燈
明照除衆闇　能破愚癡惑　此等亦皆無
所化者無邊　能道者但一　如野狐制底
殘林唯一樹
時具壽阿難陀告奢搦迦苾芻曰尊者大迦
攝波以世尊教付囑於我已般涅槃我今轉
付於汝而取滅度汝可守護當於此末度羅
國有牟論荼山可造住處於此國中有長者
子世尊已記當爲寺主又此國内有賣香人
名曰笈多當有一子名鄔波笈多汝度出家
世尊記彼名爲無相好佛然我涅槃百年之

後大作佛事奢搦迦聞是語已白言如鄔波馱耶教尊者報言汝可善住我般涅槃并白王知時阿難陀復作是念我若於此般涅槃者未生怨王與廣嚴城久相違背我身舍利必不共分若於廣嚴城中取涅槃者未生怨王亦不得分我今宜可於殑伽河中流而取滅度作是念已即便欲往時未生怨王因睡夢見已之傘蓋其竿摧折王作夢已忽然驚覺其守門人見王睡覺便以阿難陀所屬之語具白王知王聞語已悶絶于地水灑方甦作如是言尊者阿難於其何處而般涅槃時奢搦迦以頌報王

今此尊者從佛生　隨佛守護於法藏
求證涅槃斷生死　由是已向廣嚴城

爾時未生怨王聞此語已嚴駕四兵往殑伽河邊是時廣嚴城舊住諸天於虛空中告諸人曰

尊者慶喜世間燈　哀愍羣生衆無量
心懷悲感將圓寂　今者來至廣嚴城

時廣嚴城栗呫毗子整四兵衆往至河邊時未生怨王禮尊雙足合掌白言

世尊目若青蓮華　緣盡於斯證眞滅
仁今復欲求圓寂　唯願於此爲留身

時廣嚴城所有人衆亦復遥禮請爲留身尊者見已遂作如是念伽陀誦曰

我今欲爲未生怨　栗呫毗子情生恨
若在廣嚴留舍利　王城人衆復傷悲
宜可半身與王舍　半身留爲廣嚴城
兩處和解不相爭　各得隨情申供養

是時尊者將欲涅槃此之大地六種震動時

有仙人將門徒五百乘空而來到尊者所合掌白言大德我今願於善說法律出家近圓成苾芻性是時尊者作如是念云何令我弟子今來至此便以神通力即於水中絕人行路纔起念已有五百弟子一時俱至尊者即於水中變為洲地四絕人蹤與五百人出家受具足作白時其五百人得不還果第三羯磨時斷諸煩惱證阿羅漢由其大仙出家近圓在日中時復在水中為此時人喚為日中或名水中（本云末田地那末田是中地那是日因以為名喚為日中或云禾田鐸迦末田是中鐸迦是水由在水中出家即以為名喚為水中舊云末田地者但出其名皆未詳所以故為注出）是時尊者所作已了禮阿難足作如是語世尊最後度彼善賢先證圓寂我亦如是前入涅槃我不欲見鄔波馱耶般涅槃事尊者報言子世尊以教付迦攝波然後涅槃大迦攝波轉付於我我今付汝所有教法當善護持世尊記曰迦濕彌羅國牀卧之具所須易得與定相應最為第一佛復記汝我涅槃後滿百歲時有一苾芻名末田地那令我教法流行此國是故汝今應可於彼宣揚聖化答言如是應作尊者慶喜即現神變如水滅火而般涅槃遂分半身與未生怨半與廣嚴城眾頌曰

以利智金剛　解自身令破　半與王城主
半與廣嚴人

時廣嚴城得半身已造窣堵波而興供養未生怨王於波吒離造塔供養

爾時尊者日中作如是念我親教師囑如是語迦濕彌羅國流通佛教世尊亦記當來之世有苾芻名為日中於迦濕彌羅國調伏毒

龍其名忽弄流行我教我今宜可滿大師意
即往其國跏趺而坐此國是龍之所守護自
非擾亂龍難調伏即便入定令此國地六種
震動龍見地動便擊雷電降注洪雨來怖尊
者是時尊者即入慈定龍威雖壯苾芻衣角
亦不能動龍即降雹於尊者上變成天華繽
紛亂墜龍加忿怒更下刀斧諸雜器仗皆悉
變成拘勿頭華散其身上空中頌曰
空中下雷雹　變作妙蓮華　假使刀仗臨
悉見諸瓔珞　龍現大威怒　山峯皆墜墮
尊者雪山王　光淨無傾動
由慈定力火刀毒藥皆不能害龍見其事生
大希有詣尊者所作如是言聖者今何所須
答曰汝可容我安置之處龍曰此事難爲尊
者曰世尊令我此處居止又云迦濕彌羅國
房舍卧具所須易求與定相應最爲第一問
曰是佛記耶答曰實爾龍曰可須幾地答曰
跏趺坐處龍曰此即施與尊者跏趺壓九峪
口龍曰尊者可有幾許門徒尊者入定觀知
有五百阿羅漢來住於此龍曰隨意若一人
欠少我當奪地尊者云爾凡於其處若有受
者即有施主我今欲於此處令諸人衆共來
居止龍言任意是時四方人至尊者即領親
自封疆城邑聚落既安置已諸人共來白尊
者曰我等居人且蒙安隱活命支濟其事如
何尊者即便以神通力將諸人衆往香醉山
告諸人曰皆可拔取鬱金香根時香醉山中
有諸大龍見拔香時悉皆忿怒欲降雹尊
者遂令調伏具告其事龍白言尊者如來教
法當住幾時尊者答言住世千年龍言共立

盟要乃至如來教法住世以來當任意用尊者曰善即與諸人各持香根還迦濕彌羅種植增廣乃至佛教未滅以來不令虧失是時尊者既令四方諸人善安置已即現種種神通之事令諸施主及同梵行者皆得歡喜猶如火滅入無餘涅槃時彼諸人各以牛頭栴檀香木焚葬餘骸即於其處造窣堵波時尊者奢搦迦度鄔波笈多（此云小護）令出家已遂令佛教廣得流布告鄔波笈多曰汝今應知如來大師以其教法付囑大迦攝波便入涅槃時大迦攝波亦以教法付我鄔波馱耶而入涅槃鄔波馱耶以法付我亦入涅槃我今以法付囑於汝當般涅槃汝今宜於聖教當善護持勿令虧滅佛所制者皆應奉行時奢搦迦作是教已與諸施主及同梵行方便說法令歡喜已即現種種神變之事上騰火燄下注清流入無餘依妙涅槃界

爾時鄔波笈多以法付囑具壽地底迦（此云有媿）此既弘通正法教已轉付具壽黑色（梵云訖里瑟拏）次復轉付具壽善見（梵云蘇跌里舍那）如是等諸大龍象皆已遷化大師圓寂佛日既沉世無依怙如是漸次至一百一十年後

爾時廣嚴城諸苾芻等作十種不清淨事違逆世尊所制教法不順蘇怛羅不依毗柰耶乖違正理諸苾芻等將爲清淨皆共遵行於經律中不見其事云何爲十一者時諸苾芻作非法不和羯磨非法和羯磨法不和羯磨是諸大衆聞此說時高聲共許此即名爲高聲共許淨法斯乃違背佛教乖越正理不順蘇怛羅不依毗奈耶時廣嚴城諸苾芻等作

不清淨將爲清淨觀斯非法云何捨而不問稱揚宣説皆共遵行二者時諸苾芻作非法不和羯磨非法和羯磨法不和羯磨諸人見時悉皆隨喜此即名爲隨喜淨法斯乃違背佛教乖越正理不順蘇呾羅不依毗奈耶時諸苾芻將爲清淨稱揚宣説皆共遵行三者諸苾芻自手掘地或教人掘地即名爲舊事淨法廣説如上乃至皆共遵行四者諸苾芻以筒盛鹽自手捉觸守持而用和合時藥噉食隨情此即名爲鹽事淨法乃至皆共遵行五者諸苾芻未行一驛半驛便别衆食此即名爲道行淨法乃至皆共遵行六者諸苾芻不作餘食法二指噉食此即名爲二指淨法乃至皆共遵行七者諸苾芻和水飲酒此即名爲治病淨法乃至皆共遵行八者諸苾芻當以乳酪一升和水攪之非時飲用此即名爲酪漿淨法乃至皆共遵行九者諸苾芻作新坐具不以故者佛一張手重帖而自受用此乃名爲坐具淨法乃至皆共遵行十者諸苾芻躬持好鉢塗拭香華即令求寂持以巡門普告諸人作如是語遍廣嚴城現在人物及四遠來商客之類若有布施若金若銀貝齒之類置鉢中者得大利益富樂無窮既多獲利所有金寶皆共分張此即名爲金寶淨法斯乃違背佛教乖越正理不順蘇呾羅不依毗奈耶時諸苾芻作不淨事將爲清淨稱揚宣説皆共遵行

爾時具壽阿難陀在廣嚴城有弟子名曰樂欲（梵云薩婆迦摩）是阿羅漢住八解脱少欲知足省縁而住此有弟子在婆颯婆聚落號曰名稱

梵云耶舍亦阿羅漢住八解脱與五百弟子人間遊行至廣嚴城時諸苾芻欲分利物授事人來告尊者名稱曰僧伽獲利今欲共分可來受取報言具壽此之物利從何而得是誰所施彼即如前所得物處具告其事尊者聞已作如是念唯於此事有惡疱生爲更有餘事即入定觀察乃見於戒慢緩作諸惡行共作十種非法之事見已欲令法久住故即便往詣尊者樂欲處禮雙足已白言尊者苾芻合作如是高聲共許法耶實是非法見作之時大衆高聲共許爲法尊者問曰何謂共許法答曰此廣嚴城諸苾芻衆作非法不和羯磨非法和羯磨法不和羯磨而大衆高聲共許此事此即名爲高聲許淨法是事合不尊者曰不應如是問曰如來何處制不許爲答曰於瞻波城復問爲誰答曰爲六衆問得何罪答言得惡作罪尊者此是第一事斯乃違背佛教乖越正理不順蘇呾羅不依毗奈耶而諸苾芻作不清淨將爲清淨稱揚宣説皆共遵行尊者不應縱捨如斯惡事彼聞是語默然而住答曰此事已知又問尊者合作如是隨喜法耶尊者問曰何謂隨喜法答曰此諸苾芻作非法不和羯磨又作非法和羯磨又作法不和羯磨而大衆隨喜此即名爲隨喜淨法是事合不尊者曰不應如是問曰如來何處制不許爲答曰於瞻波城復問爲誰答爲六衆問得何罪答言得惡作罪尊者此是第二事斯乃違背佛教廣説如前乃至尊者不應縱捨如斯惡事默然而住此事已知又問尊者合作如是舊事淨法不尊者問曰何謂舊事淨法答曰此

諸苾芻自手掘地或復教人而大衆將爲舊事淨法是事合不尊者曰不應如是問曰如來何處制不許爲答曰於室羅伐城復問爲誰答爲六衆得何罪答曰此得墮罪尊者此是第三事斯乃違背佛教廣説如前乃至尊者不應縱捨如斯惡事默然而住此事已知又問尊者合作如是鹽事淨法不尊者問曰何謂鹽事淨法答曰此諸苾芻以筒盛鹽守持而用和合時藥噉食隨情將爲鹽淨是事合不尊者曰不應如是問曰如來何處制不作爲答曰於王舍城復問爲誰答爲具壽舍利弗問得何罪答言得波逸底迦罪尊者此是第四事斯乃違背佛教廣説如前乃至尊者不應縱捨如斯惡事默然而住此事已知又問尊者合作如是道行淨不尊者問曰何謂道行淨法答曰此諸苾芻或行一驛半驛便別衆食將爲道行淨是事合不尊者曰不應如是問曰如來何處制不許爲答曰於王舍城復問爲誰答爲天授問得何罪答言得波逸底迦罪尊者此是第五事斯乃違背佛教廣説如前乃至尊者不應縱捨如斯惡事默然而住此事已知又問尊者合作如是二指淨法不尊者問曰何謂二指淨法答曰此諸苾芻不作餘食法以二指食噉將爲二指淨法是事合不尊者曰不應如是問曰如來何處制不許爲答曰於室羅伐城復問爲誰答爲善來問得何罪答言得波逸底迦罪尊者此是第六事斯乃違背佛教廣説如前乃至尊者不應縱捨如斯惡事默然而住此事已知又問尊者合作如是治病淨法不尊者

問曰何謂治病淨法答曰此諸苾芻以水和酒攪而飲用將爲淨法是事合不尊者曰不應如是問曰如來何處制不許爲答曰於室羅伐城復問爲誰答爲善來問得何罪答言得波逸底迦尊者此是第七事斯乃違背佛教廣說如前乃至尊者不應縱捨如斯惡事黙然而住此事已知又問尊者合作如是酪漿淨法不尊者問曰何謂酪漿淨法答曰此諸苾芻以乳酪一升和水攪之非時飲用將爲酪漿淨法是事合不尊者曰不應如是問曰如來何處制不許爲答曰於室羅伐城復問爲誰答爲十七衆苾芻問得何罪答言得波逸底迦尊者此是第八事斯乃違背佛教廣說如前乃至尊者不應縱捨如斯惡事黙然而住此事已知又問尊者合作如是坐具淨法不尊者問曰何爲坐具淨法答曰此諸苾芻作新坐具不以故者佛一張手重貼而自受用將爲坐具淨法是事合不尊者曰不應如是問曰如來何處制不許爲答曰於室羅伐城復問爲誰答爲六衆苾芻問得何罪答言得波逸底迦尊者此是第九事斯乃違背佛教廣說如前乃至尊者不應縱捨如斯惡事黙然而住此事已知又問尊者合作如是金寶淨法不尊者問曰何謂金寶淨法答曰此諸苾芻莊飾妙鉢持以巡門乞諸金寶貝齒之類衆共分張將爲金寶淨法是事合不尊者曰不應如是問曰如來何處制不許爲答曰於毗奈耶復問爲誰答爲六衆苾芻及餘苾芻問得何罪答言得捨墮罪尊者此是第十事

又於相應阿笈摩佛語品處寶頂經中說又於長阿笈摩戒蘊品處說又於中阿笈摩相應品處羯恥那經中說又於增一阿笈摩第四第五品處中說斯乃違背佛教尊者答曰若如是者汝可餘處自求善黨我當與汝爲法伴侶時具壽名稱從尊者樂欲聞是語已便入第四邊際靜慮已即向安住聚落彼有苾芻名曰奢侘（此云諂曲）是尊者阿難陀弟子獲阿羅漢住八解脫是時名稱詣奢侘所頂禮足已白言尊者合作如是共許淨法不尊者問曰何謂共許淨法答曰此諸苾芻作非法不和羯磨非法和羯磨法不和羯磨共許淨法是事合不尊者曰不應如是問曰如來何處制不許爲答曰於瞻波城復問爲誰答爲六衆苾芻問得何罪答言惡作罪尊者此是第一事斯乃違背佛教如前廣說乃至十事尊者答曰若如是者汝可餘處自求善黨我當與汝爲法伴侶彼即辭去便往僧羯世城彼有婆蹉尊者是阿難陀弟子獲阿羅漢住八解脫是時名稱詣婆蹉所頂禮足已白言尊者合作如是共許淨法不尊者問曰何謂共許淨法答問同前廣說乃至十事奉辭便往波吒離子城彼有具壽名曰曲安是時曲安住滅盡定名稱復向具壽善意處廣說十事乃至奉辭詣流轉城彼有具壽難勝亦爲廣說如前十事乃至頂禮奉辭而去詣大惠城彼有具壽善見亦爲廣說如前十事乃至頂禮奉辭而去次詣俱生城彼有具壽妙星亦爲廣說如前十事是時具壽妙星聞其說已作如是念而此具壽先來我處爲當亦至

餘處説耶乃知已向餘處妙星念曰今此具壽遠涉長途必當疲苦告言汝可住此且爲歇息我往求黨是時名稱即住妙星便往是時廣嚴城中諸苾芻悉皆往詣名稱弟子之處問曰汝鄔波駄耶今在何處答言往求善黨復問曰何故求黨答言爲擯汝等告曰我等有何違犯而欲驅擯名稱弟子廣陳其事彼諸苾芻由汝鄔波駄耶所爲不善佛已涅槃於遺法中何故相惱我等隨緣且爲活計於彼衆中有諸苾芻共相議曰斯言誠實不謟汝等具壽所爲不順聲聞行違逆事我等先聞世尊正法住一千年時今未過令教隱没彼今求黨護持正法而欲驅擯甚爲妙善由是義故令諸惡人不慢於戒惡疱不生而諸苾芻咸皆恐懼莫能加報黙然一邊互相議曰具壽名稱已往求黨爲驅擯事何故黙住彼言我欲何爲答曰彼既求黨我等亦求何能驅擯或言若如是者當有諍起可共逃竄或言欲何處去所至之處還有斯過可求容恕從乞歡喜或言彼定不與我等歡喜宜可且住於此名稱所有弟子門人我等當以衣鉢瓶絡銅椀腰絛先相資贈令彼情悦方乞歡喜咸言是善方便或與僧伽胝衣或與七條或與五條或與裙僧脚欹或與儭身衣或有與鉢或與水羅如是供給漸相容忍住處中位

爾時具壽名稱既求善黨來至廣嚴弟子門人頂禮足已白言鄔波駄耶求黨得不報言諸子不久善黨自來相助諸弟子言鄔波駄耶此事已過願可迴心大師既滅教亦隨去

任縁活命何爲惱他名稱聞已作如是念我諸弟子未曾聞説如此之語看其形勢定受他求告言諸具壽我於汝等未曾聞説如此之語汝等不有受他求情耶時諸弟子咸皆默然是時名稱令使往告善黨曰惡黨漸增宜速來赴佛法大事不可遷延説伽陀曰

應速更遲　應遲返速　此乖正理　是愚所行
得惡名稱　遠離善友　所作衰損　如月漸黑
應遲者遲　應速者速　此順正理　智者所知
得好名稱　親近善友　所作增長　如月漸白

即鳴揵椎便有六百九十九阿羅漢悉皆來集咸是具壽阿難陀弟子爾時尊者曲安入滅盡定不聞揵椎聲時諸苾芻皆集會已具壽名稱作如是念我若稱名而白衆者必大忿諍宜可平懷普告即詣上座處蹲踞合掌而住時曲安尊者從滅盡定起是時有天告聖者曲安曰何爲安然有諸同學六百九十九阿羅漢皆來集會往廣嚴城欲爲結集令法久住可宜速往以神通力於波吒離没於廣嚴出便扣其門諸苾芻問曰是誰曲安尊者伽陀報曰

住在波吒離子城　持律沙門多聞者
於中有人來至此　佇立門首諸根寂

門内苾芻曰於餘亦有諸根寂靜耶可道名字曲安答曰

住在波吒離子城　持律沙門多聞者
於中有人來至此　佇立門首斷諸疑

苾芻報曰於餘亦有斷諸疑耶尊者復答

住在波吒離子城　持律沙門多聞者
於中有人來至此　佇立門首名曲安

苾芻曰善來善來今可入來既入院已諸苾芻皆起相迎問訊頂禮還依次坐時具壽名稱見諸尊者坐已陳說十事白言諸具壽合作如是共許淨法不問曰何謂共許淨法答曰如有苾芻作非法不和羯磨又作非法和羯磨又作法不和羯磨名爲共許淨法是事合不尊者曰不應爾問曰在何處制答曰瞻波城復問爲誰答爲六衆苾芻問得何罪答得惡作罪尊者此是第一事斯乃違背佛教廣說十事問答同前已即共結集以言白已即鳴揵椎住廣嚴城所有苾芻皆來集會次第而坐時尊者名稱復爲大衆廣陳十事論說是非悉皆共許時有七百阿羅漢共爲結集故云七百結集

攝前內頌曰

高聲及隨喜　掘地酒鹹鹽　半驛二指食
酪漿坐具寶

廣嚴安住大聚落　從天下處僧羯耆
波吒離子流轉城　大慧俱生處有七
尊者樂欲及名稱　尊者奢侘婆颯婆
善意曲安與難勝　善見妙星人有九

根本說一切有部毗奈耶雜事卷第四十

音釋

苫（舒贍切）　纂（子管切編集也）　搦（昵格切）　瞬（舒閏切目動也）　嘔（烏后切吐也）　欻（許勿切忽也）　峪（余蜀切）　攪（古巧切手動也）　颯（蘇合切）　侘（丑亞切）　瑳（七何切）　竄（七亂切逃匿也）

彌沙塞部和醯五分律

宋罽賓三藏佛陀什共竺道生譯

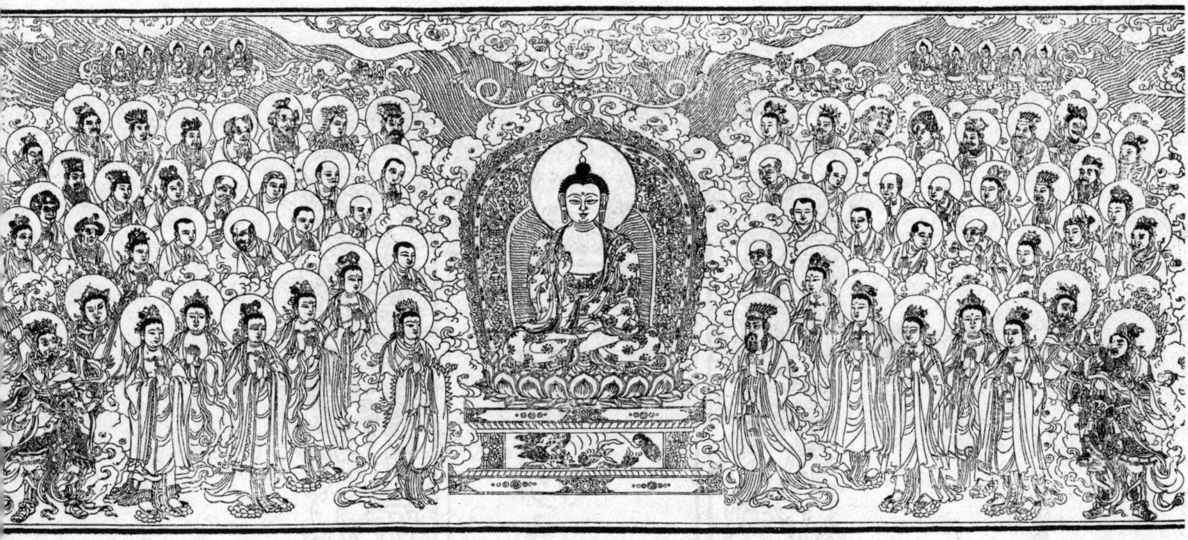

清刻龍藏佛說法變相圖

彌沙塞部和醯五分律卷第一

宋罽賓三藏佛陀什共竺道生譯

初分第一四波羅夷法之一

佛在須頼婆國與大比丘衆五百人俱詣毘蘭若邑住林樹下其邑有婆羅門名毘蘭若波斯匿王以此邑封之聞佛釋種出家學道成如來應供等正覺明行足善逝世間解無上調御士天人師佛世尊普知世間一切心念爲說正法初中後善善義善味具足清白梵行之相與諸弟子來遊此邑歎言善哉我願見佛即與五百眷屬前後圍遶出詣佛所遥見世尊在林樹下諸根寂定光明殊特歡喜踊躍下車步進住立問訊却坐一面爾時世尊爲說妙法示教利喜聞法歡喜即白佛言願佛及僧受我安居三月供養佛言我此

衆多而汝異信異見異樂所奉事異復白佛言我雖異信異見異樂不以世尊此衆爲多如是至三佛乃受之即從座起右遶而去還家辦具安居供養時魔波旬作是念今婆羅門請佛及僧安居三月我當厭固迷亂其意念已即來厭之彼婆羅門爲魔所厭即入後宫受五欲樂勑守門者我今遊宴三月在内外事好惡一不得白都不復憶請佛及僧爾時彼國信向邪道邑里未有精舍講堂城比有山林流清淨佛與大衆即而安居時世饑饉乞求難得入里分衞都無所獲時波利國有販馬師驅五百匹馬夏初來至熱時已到見此邑清涼水草豐茂便共停止養食諸馬時諸比丘至馬師所默然而立時彼馬師信佛心淨愍念比丘乞求無獲便作是言正有馬麥若能食者當減半分一升相與足以支身可以行道諸比丘言佛未聽我食於馬分以是白佛佛以是事集比丘僧種種讚歎少欲知足告諸比丘自今已後聽食馬分時阿難即取佛分倩人爲麨供養世尊諸比丘衆舂煑而食

時尊者目揵連在靜處作是念今此國中乞食難得我今當與得神通者到鬱單越食自然秔米念已即從座起至佛所頂禮佛足却住一面白佛言世尊我向作是念今此國中乞食難得當與得神通者到鬱單越食自然秔米佛告目連汝等可爾凡夫比丘當如之何目連白佛我當以神力接之佛言止止汝雖有是神力宿對因緣欲置何所又奈將來諸凡夫何目連受教默然而止

時尊者舍利弗在靜處作是念過去諸佛何佛梵行不久住何佛梵行久住念已即從座起至佛所頂禮佛足却住一面白佛言我向作是念過去諸佛何佛梵行不久住何佛梵行久住爾時佛讃舍利弗言善哉善哉汝所念善所問亦善舍利弗惟衞佛尸棄佛隨葉佛梵行不久住拘樓孫佛拘那含牟尼佛迦葉佛梵行久住舍利弗白佛言世尊以何因縁三佛梵行不久住三佛梵行久住佛告舍利弗三佛不爲弟子廣説法不結戒不説波羅提木叉佛及弟子般泥洹後諸弟子種種名姓出家速滅梵行譬如盤盛散華置四衢道四方風吹隨風飄落何以故無綖持故如是舍利弗三佛不爲弟子廣説法不結戒不説波羅提木叉梵行所以不得久住又舍利弗隨葉佛與千弟子遊恐怖林所以名曰恐怖林者未離欲人入此林中衣毛皆竪是故名曰恐怖林也彼佛爲弟子心念説法口無所言諸比丘當思是不思是當念是不念是當斷是當修是當依是行諸比丘心知是已漏盡意解得羅漢道舍利弗拘樓孫佛拘那含牟尼佛迦葉佛廣爲弟子説法無有疲猒所謂修多羅祇夜受記伽陀憂陀那尼陀那育多伽本生毘富羅未曾有阿婆陀那憂波提舍結戒説波羅提木叉佛及弟子般泥洹後諸弟子雖種種名姓出家不速滅梵行譬如雜華以綖連之置四衢道四方風吹不能令散何以故綖所持故如是舍利弗三佛廣爲弟子説如上法是故梵行所以久住舍利佛白佛言世尊若以不廣説法不結戒不説

波羅提木叉梵行不久住者唯願世尊爲諸弟子廣説法結戒説波羅提木叉今正是時佛言且止我自知時舍利弗我此衆淨未有未曾有法我此衆中最小者得須陀洹諸佛如來不以未有漏法而爲弟子結戒我此衆中未有持多聞人故不生諸漏未有利養名稱故未有多欲人故未有現神足爲天人所知識故不生諸漏

爾時世尊三月安居竟便告阿難汝來阿難共至毘蘭若所阿難受教整衣服從佛至其門下時婆羅門在高樓上五欲自娱遥見世尊即便憶悟疾疾來下拭席整座五體投地爲佛作禮悔過自責我愚癡人請佛安居竟不設供非情中悔亦非無物正自迷忘不復憶念唯願世尊受我悔過佛言汝實愚癡請佛及僧竟不供養理應悔過今當與衆受汝懺悔又告婆羅門我聖法中知懺悔者增長善法彼婆羅門復白佛言願佛及僧留住一月受我供養佛不受之告言汝婆羅門異信異見但能請佛已是大事如是至三佛又不受告言我已在此安居三月今應遊行不得復住彼婆羅門復白佛言唯願世尊受我明日餞送供養佛便默然受之時婆羅門竟夜具辦種種餚饍至明食時便敷牀座白時已到世尊與衆弟子俱往就坐彼婆羅門即設所供手自斟酌食畢行水以劫貝四張革屣一量奉上世尊僧各兩張革屣一量爲安居施諸比丘言佛未聽我等受安居施以此白佛佛種種讚歎少欲知足讚戒讚持戒已告諸比丘因毘蘭若從今日後聽受安居施即

皆受之於是婆羅門心大歡喜取小牀於佛前坐佛復爲說隨喜之偈

一切天祠中　奉事火爲最　一切異學中
薩婆帝爲最　一切衆人中　轉輪王爲最
一切衆流中　大海水爲最　一切照明中
日月光爲最　天上天下中　佛福田爲最

爾時世尊說此偈已更爲說法示教利喜從座而起向僧伽尸國展轉遊歷後之毘舍離住獼猴河邊重閣講堂爲諸四衆比丘比丘尼優婆塞優婆夷國王大臣沙門婆羅門供養恭敬尊重讚歎爾時迦蘭陀邑諸長者事緣入城聞佛世尊在重閣講堂皆詣佛所見佛世尊與無量衆圍遶說法時彼衆中有長者迦蘭陀子名須提那聞法歡喜即作是念如我解佛所說夫在家者恩愛所縛不得盡壽廣修梵行出家無著譬如虛空我今寧可以家之信出家修道衆會各歸前至佛所頂禮佛足白言世尊我向聞佛說法作如是念如我解佛所說夫在家者恩愛所縛不得盡壽廣修梵行出家無著譬如虛空我今寧可以家之信出家修道世尊我今有是念今欲出家唯願與我出家受戒佛言甚善汝父母聽未答言未聽佛言一切佛法父母不聽不得爲道即白佛言我今當還啓白父母佛言今正是時於是須提那便從座起右遶三帀還家白父母言我聞佛法在家縛著今欲出家廣修梵行父母答言止須提那莫作是語吾先無子禱祠神祇僅而有汝一子之愛情念實重死不相遠如何生離汝家饒富金銀寶物恣汝修德現世受樂何用出家奪吾情

志苦請至三父母不許便從座起住於別處作是誓言若不得出家終不復食於此而死何用徒生即便不食至于六日親戚聞之咸來慰喻言汝父母唯汝一子愛念情重死尚不遠況聞生離汝家大富可以樹德道由於心不在形服何必傷生苦違父母如是至三默然不受又時諸友亦來諫之苦言如上亦復如是各捨之去至父母所咸作是言如我所見不可復轉若聽出家猶可時見不樂道者歸來有期絕飡六日餘命漏剋數日之閒當棄中野鵄烏呑啄虎狼競食人父人母胡寧忍此父母聞已銜涙答言聽子出家修於梵行但爲我共要時還相見親友聞已皆大歡喜復至其所語言汝父母已許汝出家不忘時歸便得去矣須提那即大歡喜至父母所白言我今詣佛出家修道父母便悲泣答言聽汝出家廣修梵行但勿忘要時還見我於是須提那拜辭父母遶三帀而去還至佛所頂禮佛足白佛言世尊父母已聽唯願與我出家受戒佛言善來比丘修諸梵行我善說法斷一切苦佛說是已須提那鬚髮自落袈裟著身鉢盂在手即成沙門得具足戒出家未久時世饑饉諸比丘入城分衛者都無所獲須提那在閑靜處作是念今此饑饉乞求難得我所生處飲食豐樂當將諸比丘還我本邑令得供養并福度彼便從座起與諸比丘還到本邑住林樹下父母聞之勑其婦言汝可莊嚴如吾子在家所好服飾莊嚴既畢父母將之同詣彼林時須提那見父母來起迎問訊父母語言汝何用毀形在林樹間

可還捨道在家修善白父母言不能捨道還就下賤如是至三執心彌固父母嗚咽捨之還家須提那婦數日之中便有月水即以白姑姑歡喜言是有子相即勑莊嚴如前服飾父母復將共詣彼林時須提那問訊如上父母復言汝何用毀形在林樹間受此風霜飢寒困苦汝家財富天下所知但我私寶積沒人首況父母物孰能量計汝可還家恣意修善現世受樂後享福慶白父母言如子所見五欲傷德歡樂如電憂苦延長終不以此捐修梵行如是至三答啓彌厲父母復言爾雖吾子今爲釋種違我以道夫復何言但祖宗繼嗣人倫責重王憲嗣絕財物沒官吾備之矣汝豈不知餘願所期在汝續種汝其思之吾言盡矣時須提那聞誨悲泣默然奉命便與婦同歸在於本室三返行欲乃有神降時兜率陀大威德天命終受胎爾時地神告虛空神言迦蘭陀子於未曾僧中作未曾有事虛空神告四天王四天王告忉利天展轉相告乃至梵天其婦月滿生子聰達名曰續種年大出家成阿羅漢時須提那犯此惡已即自悔責我今失利云何於佛正法出家而不究竟修於梵行羸瘦憔悴纔有氣息諸比丘見問言汝先好顏色今何憔悴將無不樂梵行犯惡罪耶答言我犯惡罪是故爾耳即問汝犯何罪答言我共本二作不淨行諸比丘言汝所作不善非清淨行非沙門法不隨順道種種訶責如佛所說訶責已將至佛所以事白佛佛以是事集比丘僧諸佛常法知而故問知而不問知時問非時不問有益問無

益不問諸佛常法有五百金剛神侍衛左右若佛問三返不以實答頭破七分佛問比丘欲何所説諸比丘重以白佛佛問須提那汝實爾不答言實爾世尊佛言汝愚癡人所作不善非清淨行非沙門法不隨順道此不能令未信者信已信者退汝不聞我種種訶欲欲想欲覺欲熱讚歎斷欲離欲想除欲覺滅欲熱我常説欲如赤骨聚如大火坑如利刀如利箭如毒虵如毒藥如幻如夢誑惑於人汝今云何作此大惡汝豈不聞我所説法未離欲者能使離欲已放逸者令不放逸能斷渴愛離有爲法無學離欲向無爲道示人正要畢竟泥洹汝豈不畏三惡道苦汝若不作此大惡者佛正法中必得無量諸善功德汝初開漏門爲此大惡波旬常伺諸比丘短汝今便爲開魔徑路摧折法幢建立魔麾須提那寧以身分内大火坑若毒虵口不應以此觸女人身汝所犯惡永淪生死終不復能長養善法佛種種訶責已告諸比丘以十利故

爲諸比丘結戒何等爲十所謂僧和合故攝僧故調伏惡人故慙愧者得安樂故斷現世漏故滅後世漏故令未信者信故已信者令增廣故法久住故分別毘尼梵行久住故從今是戒應如是説若比丘行婬法得波羅夷不共住

佛在舍衛城有阿練若比丘在空閑處住有獼猴羣住彼左右時一比丘念雌獼猴以食誘之遂共行欲後衆多比丘案行卧具到其住處時彼比丘入城乞食雌獼猴來現婬欲相諸比丘共作是語觀此獼猴必當有故共

伺察之其狀必現先住比丘須臾來還獼猴即住現受欲相時彼比丘便共行欲諸比丘見語言汝不聞佛結戒比丘行婬得波羅夷耶答言佛制人女不制畜生諸比丘言人女畜生有何等異汝比丘所作不善非清淨行非沙門法不隨順道此不能令未信者信已信者退汝不聞世尊種種訶欲欲想欲覺欲熱具說如上訶已將至佛所以事白佛佛以是事集比丘僧問言汝實爾不答言實爾世尊佛言汝愚癡人所作非法種種訶責亦如上說訶已告諸比丘從今是戒應如是說若比丘行婬法乃至共畜生得波羅夷不共住

佛在舍衞城爾時衆多比丘不樂修梵行共作是語佛法出家甚爲大苦我等當共行白衣儀法外道儀法行白衣事外道事時亦入村非時亦入村行殺盜婬飲酒食肉晝夜觀伎歌謠自娛數作是語無有慙愧時有持戒比丘少欲知足種種訶責已將至佛所以事白佛佛以是事集比丘僧問言汝實爾不答言實爾世尊佛種種訶責汝等不應共作是語行外道儀法白衣儀法若言行外道儀法語語偷蘭遮白衣儀法突吉羅

佛在王舍城時有跋耆邑比丘名孫陀羅難陀衆所知識供養恭敬不樂修梵行作外道儀法白衣儀法行殺盜婬種種惡事彼諸居士不信樂佛法者訶責言云何沙門釋子作如此惡處處咸言孫陀羅比丘亦受五欲樂此等比丘無沙門行無婆羅門行不受沙門法不受婆羅門法此等比丘所不遊處皆得善利惡聲流布遍聞天下時孫陀羅還至衆

中作是言與我出家受戒諸比丘言須白世尊即以白佛佛以是事集比丘僧告諸比丘孫陀羅非比丘若已受戒應白四羯磨作滅擯若上座若上座等知法律者應如是白大德僧聽孫陀羅比丘戒羸不捨行婬法今僧與孫陀羅比丘作滅擯若僧時到僧忍聽白如是大德僧聽孫陀羅比丘戒羸不捨行婬法今僧與孫陀羅比丘作滅擯誰諸長老忍默然不忍者說第二第三亦如是僧與孫陀羅比丘作滅擯竟僧忍默然故是事如是持佛告比丘若比丘言行白衣儀法外道儀法不名捨戒若口言我捨戒名爲捨戒從今是戒應如是說若比丘共諸比丘同學戒法戒羸不捨行婬法乃至共畜生是比丘得波羅夷不共住比丘者乞比丘持壞色割截衣比

丘破惡比丘實比丘堅固比丘見過比丘一語受戒比丘二語受戒比丘三語受戒比丘善來受戒比丘如法白四羯磨受戒比丘是名比丘同學者如佛所說盡形壽不犯同學是學是名同學戒法者所受不缺戒不生惡法戒成就善法戒定共戒戒羸不捨者睡眠捨戒向睡眠人捨戒不名捨戒醉捨戒向醉人捨戒狂捨戒向狂人捨戒散亂心捨戒向散亂心人捨戒病壞心捨戒向病壞心人捨戒向非衆生向非人向畜生捨戒遣使遣書捨戒作相捨戒動手捨戒相似語捨戒獨獨想獨不獨想不獨獨想捨戒中國語向邊地人邊地語向中國人捨戒戲笑捨戒不定語捨戒瞋心捨戒强逼捨戒不應向捨戒而向捨戒皆不名捨戒不發言捨戒不名捨戒是

名不捨戒反上名捨戒或戒羸非捨戒或捨戒非戒羸或戒羸亦捨戒或非戒羸非捨戒云何戒羸非捨戒若比丘不樂修梵行不樂修梵行已猶敬佛法僧敬戒敬沙門法敬比丘法敬毘尼敬波羅提木叉敬和尚阿闍梨同和尚阿闍梨敬同梵行人不謗三尊而憶鄉土園觀浴池山林樹木父母兄弟姊妹兒女乃至奴婢如是憶念愁憂不樂而盡形壽不犯梵行是名戒羸非捨戒云何捨戒非戒羸若比丘不樂修梵行不樂修梵行已猶敬佛乃至敬同梵行人彼作是念欲作沙彌若優婆塞乃至欲作外道梵志非沙門釋子復作是念我今欲捨佛法僧捨戒捨毘尼捨波羅提木叉捨和尚阿闍梨捨同和尚阿闍梨捨同梵行人即作是言我今捨佛何用佛爲佛有何義我今於佛得脫乃至言我今得脫同梵行人復作是言作非沙門釋子畜我作如是謗佛法僧乃至謗同梵行人作如是等心念口言向人說是名捨戒非戒羸云何戒羸亦捨戒若比丘不樂修梵行少敬佛法僧乃至少敬同梵行人憶念鄉土乃至奴婢作是念我今欲捨佛法僧乃至捨同梵行人即作是言我今捨佛何用佛爲佛有何義我今於佛得脫乃至脫同梵行人復作是言作非沙門釋子畜我作如是謗佛法僧乃至謗同梵行人作如是等心念口言向人說是名戒羸亦捨戒云何非戒羸非捨戒若比丘於所受戒堅持不捨不動不轉是名非戒羸非捨戒行婬法者婬法名非梵行法懈怠法狗法可惡法二身交會出不淨是名行婬法波羅

夷者名爲墮法名爲惡法名斷頭法名非沙門法不共住者如先白衣時不得與比丘共一學等學不等學不餘學不與比丘共一羯磨等羯磨不等羯磨不餘羯磨不與比丘共一說戒等說戒不等說戒不餘說戒是名不共住諸佛世尊善正說法亦善說譬說犯婬者如針鼻缺不可復用如人命盡不可復活如石破不可復合如斷多羅樹心不可復生是中比丘與三種衆生行婬犯波羅夷人非人畜生比丘與三種女行婬犯彼羅夷人女非人女畜生女與三種男人男非人男畜生男三種黄門人黄門非人黄門畜生黄門三種無根人無根非人無根畜生無根三種二根人二根非人二根畜生二根行婬亦如是比丘與人女非人女畜生女三處行婬大小

行處口中眠時醉時狂時散亂心時病壞心時死時噉半時波羅夷過半時骨時出不淨僧伽婆尸沙不出不淨偷蘭遮無根女時二根亦如是比丘與人男非人男畜生男二處行婬大行處口中眠時乃至噉半時波羅夷過半時骨時出不淨僧伽婆尸沙不出不淨偷蘭遮無根男時黄門亦如是於上諸處行婬外方便内出不淨内方便外出不淨眠時乃至噉半時波羅夷過半時骨時出不淨僧伽婆尸沙不出不淨偷蘭遮比丘若爲强力所逼於上諸處行婬入時受樂出住不受出時受樂入住不受住時受樂出入不受出入受樂住時不受入住受樂出時不受出住受樂入時不受出入住時受樂眠時乃至噉半時波羅夷過半時骨時出不淨僧伽婆尸沙

不出不淨偷蘭遮出入住時都不受樂不犯若比丘婬欲心以男根内上諸處一分皆波羅夷若以指一切外物内上諸處皆偷蘭遮比丘尼亦波羅夷式叉摩那沙彌沙彌尼突吉羅驅出不犯者狂心亂心病壞心初作此四種不犯自下諸戒皆如是悉不復出

佛在王舍城爾時有比丘名達尼迦是陶家子於乙師羅山作草菴住至時持鉢入城乞食取樵人於後輒壞其菴持材木去食後還已復更治之如是至三心轉懷恨便作是念我身幸能善於和泥何爲不作完成瓦屋以免斯患即便作之脊棟櫨栿榱柱桁樑綺疏牖戶巧妙若神積薪燒成色赤嚴好大風吹時作箜篌聲佛在耆闍崛山遥見其屋種種刻畫色赤嚴好問阿難言彼是何屋阿難白佛是達尼迦身力所作佛告阿難是達尼迦所作非法云何出家爲此惡業殘害物命而無哀愍我先種種說慈忍法如何比丘無此慈心世尊如是種種訶已告諸比丘汝等往彼破其所作比丘受敎即往屋所時達尼迦從屋内出問諸比丘我不相犯何爲羣黨欲破我屋諸比丘言奉世尊勑非我等心達尼迦言法王所壞我復何言諸比丘即共破之將達尼迦還至佛所以事白佛佛以是事集比丘僧問達尼迦汝實作不答言實作世尊佛種種如上訶責已告諸比丘從今若比丘作燒成瓦屋偷蘭遮自現工巧突吉羅時達尼迦復作是念我先結草菴輒爲樵人所壞後作瓦屋復違法王出家之體今寧可更求好材木建立大屋必得久住無復苦惱復作

是念王舍城典材令是我知識當往從索念已便往語言我須材木可以與我典材令言我於材木不得自由問言由誰答言由王達尼迦言王已與我典材令言若王已相與隨意取之達尼迦便取城防大材斷截持去時雨舍大臣案行諸處遇見於道即問典材令何以乃持城防大材與彼比丘答言非是我與復問是誰答言是王雨舍即啓不審大王何以乃以城防大材與達尼迦王言誰道我與雨舍言是典材令王即勑左右收典材令受教即收將詣王所時達尼迦入城乞食道路見之問言汝何所犯繫縛乃爾答言由大德故致此大罪願見救勉令其性命達尼迦言汝且在前吾尋後到時典材令既至王所王問汝何以乃持城防大材與達尼迦白言

大王不敢專輙達尼迦言王敎使與王便勑呼時達尼迦已在門外王勑令前即前見王王問言我以何時與比丘材達尼迦言王豈不憶初登位時以一切境内草木及水施沙門婆羅門耶王言我本所施不及有主恠哉比丘乃作此方便而取人物復語言我是灌頂王如何當因殺沙門汝今便可速還詣佛法王自當以法治汝時有聞者皆驚愕言達尼迦犯罪應死云何訶責而便放遣如此得脫誰不爲盜又譏訶言沙門釋子親受王供而盜王材況復我等當得無畏沙門釋子常讃歎不盜教人布施如何於今躬行賊法此等無沙門行破沙門法如此惡聲展轉流布國中不信樂佛法長者居士婆羅門等遥見沙門輙種種罵諸比丘聞更相問言誰盜王

材致是惡聲達尼迦言是我所作時諸比丘種種訶責汝所作非法不隨順道世尊種種毀呰不與取讚歎不盜汝今云何躬行賊法諸比丘如是訶責已將詣佛所以事白佛佛以是事集比丘僧問達尼迦汝實爾不答言實爾世尊佛復種種訶責如須提那爾時摩竭大臣出家修道侍佛左右佛問比丘阿闍世王人盜齊幾便得死罪比丘白佛五錢已上便與死罪佛復以此更訶責已告諸比丘以十利故爲諸比丘結戒從今是戒應如是說若比丘盜五錢已上得波羅夷不共住

佛在舍衛城時有衆多比丘作是語佛所制戒爲聚落中物非謂空地又有諸比丘作是語犯與非犯制與不制但取無苦便各以盜心取空地有主無主物取已各生疑悔到阿難所問阿難阿難即以白佛佛以是事集比丘僧問言汝實爾不答言實爾世尊佛種種訶責聚落空地有何等異訶責已告諸比丘從今是戒應如是說若比丘若聚落若空地盜心不與取若王若大臣若捉若縛若殺若擯語言汝賊汝小汝癡是比丘得波羅夷不共住若城塹若籬柵周迴圍遶三由旬乃至一屋是名聚落聚落外除聚落所行處是名空地聚落外盡一箭道有慙愧人所便利處是名聚落所行處物屬他他所護不與而取是名盜心又以諂心曲心瞋恚心恐怖心取他物亦名盜心若自取若使人取物離本處是名不與取國主聚落主灌頂王轉輪王名爲主典領國事者名爲大臣捉其手髮名爲捉杻械枷鏁名爲縛以刀杖等斷其命名爲

殺驅出一住處乃至一國名爲擯離善法無記法墮不善處名爲賊無所識名爲小入黑闇名爲癡是中犯者地中物地上物虛空物聚落聚落物店店物田田物園園物屋屋物乘乘物擔擔物船船物池池物寄還遮路伺路示處道道教取共取不輸稅地中物者若物在地中比丘作念我當盜是物發心及方便皆突吉羅掘地波逸提捉物突吉羅動物偷蘭遮離本處直五錢波羅夷減五錢偷蘭遮地上物者物在地上若床架机橙戶榻櫪棟乃至屋上樹上如是等盡名地上物比丘作念我當盜是物發心及方便乃至捉物皆突吉羅動物偷蘭遮離本處直五錢波羅夷減五錢偷蘭遮虛空物者若以神力置物空中或有主鳥銜或風吹來比丘作念我當盜是物發心及方便皆突吉羅動物偷蘭遮離本處直五錢波羅夷減五錢偷蘭遮聚落者周圍三由旬乃至一屋處比丘作念我當盜是聚落發心及方便皆突吉羅打杙椎椎波逸提繩量諍得直五錢波羅夷減五錢偷蘭遮聚落物者隨聚落中所有物比丘作念我當盜是物得者波羅夷店者比丘作念我當盜是店發心及方便皆突吉羅打杙椎椎波逸提繩量諍得波羅夷店物者隨店中所有物比丘作念我當盜是物得者波羅夷田者水陸諸田比丘作念我當盜是田發心及方便皆突吉羅打杙椎椎波逸提繩量諍得波羅夷田物者隨田中所出五穀諸物比丘作念我當盜是物得者波羅夷園者菓菜諸園比丘作念我當盜是園發心及方便皆突吉

羅打杙椎椎波逸提繩量諍得波羅夷園物者隨園中所出物比丘作念我當盜是物得者波羅夷屋者在家出家人所居屋若重屋比丘作念我當盜是屋發心及方便皆突吉羅打杙椎椎波逸提繩量諍得波羅夷屋物者隨屋中所有物比丘作念我當盜是物得者波羅夷乘者象馬車轝諸乘比丘作念我當盜是乘發心及方便乃至捉時皆突吉羅動物偷蘭遮離本處直五錢波羅夷減五錢偷蘭遮乘物者隨乘上所有物比丘作念我當盜是物得者波羅夷擔者頭戴肩擔背負手提盡名爲擔比丘作念我當盜是擔發心及方便皆突吉羅動時偷蘭遮離本處直五錢波羅夷減五錢偷蘭遮擔物者隨擔中所有物比丘作念我當盜是物得者波羅夷船者皮船瓶船木船箄栰盡名爲船比丘作念我當盜是船發心及方便皆突吉羅動時偷蘭遮離本處直五錢波羅夷減五錢偷蘭遮船物者隨船上所有物比丘作念我當盜是物得者波羅夷池者陂湖諸水盡名爲池比丘作念我當盜是池發心及方便皆突吉羅打杙椎椎波逸提繩量諍得直五錢波羅夷減五錢偷蘭遮池物者隨池所出物比丘作念我當盜是物得者波羅夷寄者人寄比丘物盜心不還物主心捨直五錢波羅夷減五錢偷蘭遮寄還者比丘受他寄物盜心不與彼人直五錢波羅夷減五錢偷蘭遮遮路者比丘爲賊遮路不聽異人來伺路者伺候見人便往語賊示處者比丘示賊路處導道者比丘在賊前導教取者教賊取物之方共取

者共賊取物不輸稅者比丘應輸稅而不輸如上諸事取物直五錢波羅夷減五錢偷蘭遮若人物不與取五錢已上比丘比丘尼波羅夷式叉摩那沙彌沙彌尼突吉羅驅出非人物不與取比丘比丘尼偷蘭遮式叉摩那沙彌沙彌尼突吉羅畜生物不與取皆突吉羅四種取人重物不犯自想取同意取暫用取非盜心取

彌沙塞部和醯五分律卷第一

音釋

罽賓梵語也此云賤種罽居例切　鍵渠杏切萊不熟也　倩七政切假借也　麨尺沼切乾糧也　舂書容切擣也　秔古行切稻之不黏者曰秔　綖私箭切與線同　拭賞職切揩拭也　餚饍餚胡交切饍時戰切　屣所綺切履屬　斟職深切　鴟赤脂切鳶也　啄竹角切鵮咮也鵮苦咸切　憔悴憔昨消切悴秦醉切　麾許為切雄麾也　櫨來都切柱上柎也　栿房六切梁栿也　榱所追切椽也　愕五各切驚遽貌　塹七豔切坑也　柵楚革切編木為柵也　机居矣切案屬　橙都鄧切坐几也　楣靡為切棟下橫楣也　銜胡讒切口含物也　杙與職切橛也　轝羊朱切車轝也　簰栰簰步皆切栰房越切　陂班糜切澤也

彌沙塞部五分律卷第二

宋罽賓三藏佛陀什共竺道生譯

初分第一四波羅夷法之二

佛在毘舍離爾時世尊告諸比丘脩不淨觀得大果利時諸比丘即皆脩習深入猒惡耻媿此身譬如少年好喜淨潔澡浴塗身著新淨衣忽以三屍嬰加其頸膿血遍身虫流滿體其人苦毒無復餘想但念何當脫此耻辱諸比丘猒惡此身亦復如是其中或有自殺展轉相害或索刀繩或服毒藥有一比丘猒惡身已便往彌隣旃陀羅所語言爲我斷命衣鉢相與時旃陀羅爲衣鉢故即以利刀而斷其命有血汙刀持至婆求末河洗之尋生悔心作是念我今不善云何爲小利故而斷持戒沙門性命得無量罪時自在天魔知其心念譬如壯士屈伸臂頃來至其前從水踊出立於水上讚言善哉汝得大利斷持戒沙門命未度者度福慶無量天神記録故來告汝時旃陀羅便生惡邪見心大歡喜我今當更度未度者彼旃陀羅善知猒身未猒身相若凡夫比丘未離於欲舉刀向時心恐怖者是未猒身我若殺之得福甚少我今當求已得道果無恐怖者於是手執長刀從房至房從經行處至經行處髙聲唱言欲滅度者我當度之持諸比丘猒惡身者皆出就之尋斷其命於一日中殺十二十乃至六十以是因緣僧數減少大德聲聞悉不復現爾時世尊從三昧起在露處坐大衆圍遶觀視僧衆告阿難言今日僧衆何故減少阿難白佛世尊一時爲諸比丘說不淨觀比丘脩習猒惡身

苦轉相殘殺乃至彌隣一日之中傷害梵行六十人命是故今日僧衆減少善哉世尊唯願更說餘善道法令諸比丘得安樂住佛告阿難汝今宣令依止毘舍離比丘皆使來集普會講堂阿難受教即呼來集集已白言唯聖知時世尊從坐起至講堂就座而坐即問諸比丘實有上事不答言實爾世尊佛種種訶責汝等愚癡所作非法豈不聞我所說慈忍護念衆生而今云何不憶此法訶已告諸比丘若自殺身得偷蘭遮罪又告從今已後應修安般安念樂淨觀樂喜觀觀已生惡不善法即能除滅以十利故爲諸比丘結戒從今是戒應如是說若比丘手自殺人斷其命是比丘得波羅夷不共住爾時衆多比丘得重病有諸比丘來問訊言大德病寧有損苦可忍不病比丘言病猶未損苦不可忍便語諸比丘與我刀繩與我毒藥與我增病食將我至高岸邊時諸比丘皆隨與之病比丘或以刀自刺或以繩自絞或服毒藥或食增病食或墜高岸或自斷其命諸比丘見其死已便生悔心以白阿難阿難將至佛所以事白佛佛以是事集比丘僧問諸比丘汝等實爾不答言實爾世尊佛種種訶責汝等愚癡自斷人命與刀令死有何等異從今是戒應如是說若比丘自斷人命持刀授與得波羅夷不共住復有比丘得重病諸比丘來問訊如上語諸比丘與我刀繩毒藥諸比丘言佛不聽我與人自殺之具然我有知識獵師當爲汝喚令斷人命病比丘言爲我速呼彼比丘走語獵師言此有比丘得重病不復樂生汝

爲斷命可得大福獵師言若殺生得大福者
屠膾之人得大福耶汝等比丘自言有慈悲
心令教人殺教人殺與自殺有何等異時諸
比丘皆生悔心往白阿難阿難將至佛所以
事白佛佛以是事集比丘僧問諸比丘汝實
爾不答言實爾世尊佛種種訶責語諸比丘
言自殺教人殺有何等異從今是戒應如是
說若比丘自殺教人殺得波羅夷不共住復
有比丘得重病諸比丘問訊如上語病者言
汝等戒行具足應受天福若自殺者必得生
天何用如是久受苦爲病比丘言若當如是
雖有此苦不能自殺何以故若自殺者犯偷
蘭遮罪又復不得廣脩梵行又訶言自手殺
人教人自殺有何等異而汝比丘爲此惡業
諸長老比丘聞種種訶責將至佛所以事白
佛佛以是事集比丘僧問諸比丘汝實爾不
答言實爾世尊佛種種訶責汝等愚癡自手
殺人教人自殺有何等異從今是戒應如是
說若比丘自手殺人教人自殺得波羅夷不
共住復有比丘得重病諸比丘問訊如上亦
語病者言汝等梵行已立死受天樂何用久
受如此病苦而不自殺病比丘言我等雖爾
不能自殺何以故佛制自殺犯偷蘭遮又我
病瘥得脩梵行爾時彼國又有賊難諸白衣
骨肉分離備諸痛惱比丘語言汝等已脩生
天福業何用受此骨肉生離憂悲之苦而不
自殺答言我雖憂悲不能自殺何以故在世
遭苦知脩道業又訶言沙門之道慈忍衆生
云何讃死欲人自殺自殺讃死有何等異諸
長老比丘聞種種訶責將至佛所以事白佛

佛以是事集比丘僧問諸比丘汝實爾不答言實爾世尊佛種種訶責汝所作非法自殺讃死有何等異從今是戒應如是說若比丘若人若似人若自殺若與刀藥殺若教人殺若教自殺譽死讃死咄人用惡活爲死勝生作是心隨心殺如是種種因縁彼因是死是比丘得波羅夷不共住入母胎已後至四十九日名爲似人過此已後盡名爲人自以手足刀杖毒藥等殺是名自殺彼欲自殺求殺具而與之是名與刀藥使人殺是名教人殺人取死是名教自殺言死勝生是名譽死讃死隨心遣諸鬼神殺是名作是心隨心殺是中犯者自殺遣使展轉使重遣指示言說眠時說向眠說醉時說向醉說狂時說向狂說亂心說向亂心說病壞心說向病壞心說遣書作相手語相似語獨獨想不獨獨想獨不獨想戲語色聲香味觸優波頭優波奢優波害自殺者自以手足刀杖等殺彼人死者波羅夷遣使者遣使殺彼人彼人死者波羅夷展轉使者遣甲殺某甲不自殺轉使乙殺死者波羅夷重遣者始受使人不得殺還報比丘比丘更遣使殺死者波羅夷指示者指示日月星宿語人言汝福應生彼汝可自殺從而死者波羅夷言說者說生過惡讃歎死時因此死者波羅夷眠時說者比丘眠中說先所念言汝功德已成應可自殺彼人聞已待覺問言汝何故說此答言我眠中欲利益汝故作是語汝今覺亦作是語汝可隨我語死彼因是死波羅夷向眠說者向眠人作是語汝功德已成可以刀等自殺鬼神令眠中聞

即覺問言汝何故説此答言汝眠時我欲利益汝故作是語汝今覺亦作是語汝可隨我語死因是死者波羅夷醉時説者醉中説先所念言汝功德已成應以刀等自殺彼人聞已待醒問言汝何故説此答言我醉時欲利益汝故作是語今醒亦作是語汝可隨我語死因是死者波羅夷向醉説者作是言汝功德已成汝可以刀等自殺醉醒已問言汝何故説此答言我欲利益汝故汝醉時作是語汝今醒亦作是語汝可隨我語死因此死者波羅夷狂時説向狂説亂心説向亂心説病壞心説向病壞心説亦如是遣書者比丘遣書令殺彼作書字字偷蘭遮書至彼彼因是殺死者波羅夷作相者比丘語人言汝看我坐起舉手下手口言寒暑時便殺彼彼見相便殺死者波羅夷手語者作手語教人殺彼隨此殺死者波羅夷相似語者比丘作相似語教人殺彼隨此殺死者波羅夷獨獨想者突吉羅不獨獨想獨不獨想者偷蘭遮戲語者比丘戲笑語汝功德已成可應自殺彼人問言何故説此比丘答言我先雖是戲言今意實爾汝可自殺因此死者波羅夷色者若比丘作呪術召惡色鬼神使恐怖人人因死者波羅夷聲者若比丘作是語汝父母兒女已死財物破散作如是語欲令憂惱自殺因此死者波羅夷香者以毒合和諸香令嗅便死因是死者波羅夷味者以毒著食中令食因是死者波羅夷觸者以迦毘毒藥塗身殺因是死者波羅夷優波頭者爲一切衆生作穽殺若人墮死波羅夷非人墮死偷蘭遮畜

生墮死波逸提優波奢者作弱牀薄覆其上下安殺具使人坐上因是死者波羅夷優波害者作蠱毒殺因是死者波羅夷若比丘作是念我當殺彼人發心時突吉羅作方便時偷蘭遮死者波羅夷若殺非人偷蘭遮若殺畜生波逸提比丘尼亦如是式叉摩那沙彌沙彌尼突吉羅不犯者慈愍心無殺心

佛在毘舍離時世饑饉乞食難得諸比丘入城分衞都無所獲爾時世尊告諸比丘汝等各隨知識就彼安居莫住於此受饑饉苦比丘受教有往摩竭國者有往婆求末河邊聚落中者往河邊諸比丘集共議言今乞食難得此聚落中有信樂者我等當共更相讚歎某得初禪我亦得之某得二禪三禪四禪四無量處四無色定我亦如是某得四念處乃至八正道分三解脫門我亦如是某得八解脫九次第定十一切入十直道我亦如是某得堅信堅法四沙門果三明六神通我亦如是諸居士聞必生希有心作是語我得善利乃有如是得道聖人安居我邑便當具諸餚饍供養我等我等無乏得安樂住議已即便入城到諸富家共相稱讚如上所語而言汝得大利聖衆福田依汝聚落諸居士聞生希有心歎未曾遇皆減已分不復祭祀斷施餘人并以供養諸佛常法二時大會春夏末月諸方比丘皆來問訊摩竭國諸比丘安居竟羸瘦憔悴來詣佛所頂禮佛足却住一面諸佛常法客比丘來皆加慰問問言汝等安居和合乞食易得道路不疲耶諸比丘言安居和合道路不疲但乞食難得時佛為說種種

妙法示教利喜令隨所住婆求末河諸比丘身體充悅來詣佛所頂禮佛足却住一面佛亦如上慰問諸比丘白言安居和合乞食易得道路不疲佛即問言今世饑饉乞求難得汝等云何而獨言易諸比丘白佛我等在彼以乞食難得更相讚歎具說如上佛即問言汝等讚歎爲實爲虛比丘白佛有實有虛佛種種訶責虛者汝等非法不隨順道出家之人所不應作寧噉燒石吞飲洋銅不以虛妄食人信施汝等豈不聞我毀呰妄語之罪種種讚歎不妄語德而今云何爲利養故虛誑自說得過人法復訶責言諸比丘世間有五大賊一者作百人至千人主破城聚落害人取物二者有惡比丘將諸比丘遊行人間邪命說法三者有惡比丘於佛所說法自稱是我所造四者有惡比丘不脩梵行自言我脩梵行五者有惡比丘爲利養故空無過人法自稱我得此等五賊名爲一切世間天人魔梵沙門婆羅門中之最大賊汝等云何爲小利養作最大賊如是訶責已告諸比丘今以十利故爲諸比丘結戒從今是戒應如是說若比丘不知不見過人法聖利滿足自稱戒如是知如是見後時若問若不問爲出罪求清淨故作是言我不知言知不見言見空誑妄語是比丘得波羅夷不共住

佛在舍衛城有衆多少聞比丘不學不問無過人法自謂我知我見我證彼於後時聞諸比丘講論得道未得道相乃悟非道生慙愧心作是念我等先未得謂得將無犯波羅夷罪復有少聞比丘不學不問無過人法自謂

我知我見我證彼於後時廣學諸經生慙愧心作是念如我今解佛所說法先未得謂得是增上慢將無犯波羅夷罪復有少聞比丘不學不問無過人法自謂我知我見我證彼於後時廣脩梵行得入道果生慙愧心作是念我先未得謂得是增上慢將無犯波羅夷罪諸比丘念已各詣阿難皆以問之阿難將至佛所具以白佛佛以是事集比丘僧各隨其事問諸比丘汝實爾不答言實爾世尊佛告諸比丘有五種現過人法一者愚癡二者亂心三者隨惡四者增上慢五者實有若愚癡亂心增上慢實有而自言我得犯波羅夷者無有是處從今是戒應如是說若比丘不知不見過人法聖利滿足自稱我如是知如是見是比丘後時若問若不問爲出罪求清淨故作是言我不知言知不見言見空誑妄語除增上慢是比丘得波羅夷不共住不知不見者不知不見過人法一切出要法謂諸禪解脫三昧正受諸聖道果是名過人法於佛所說苦集盡道已辦已足更無所求是名聖利滿足自說我如是知見法法亦知見我是名自稱我如是知如是見若一月乃至一歲後問汝云何得何處得從誰得以何法得若不問而自發露所犯求戒淨心淨見淨疑淨言我不知不見苦集盡道言知言見虛誑妄語雖作如此發露故得波羅夷是中犯者有二種得波羅夷一者先作是念我當虛說得過人法二者當說時作是念我今虛說得過人法復有三種得波羅夷二如上說三者作是念我已虛說得過人法復有四種得波

羅夷三如上說四者異見說過人法復有五種得波羅夷四如上說五者異想說過人法復有六種得波羅夷五如上說六者異忍說過人法復有七種得波羅夷六如上說七異樂說過人法復有八種得波羅夷七如上說八不隨問答說過人法有四種非聖語四種聖語非聖語者不見言見不聞言聞不覺言覺不知言知聖語者見言見聞言聞覺言覺知言知又八種非聖語八種聖語非聖語者不見言見見言不見不聞言聞聞言不聞不覺言覺覺言不覺不知言知知言不知反上名八聖語又十六非聖語十六聖語非聖語者不見言見不聞言聞不覺言覺不知言知見言不見聞言不聞覺言不覺知言不知見疑言不疑聞疑言不疑覺疑言不疑知疑言不疑見不疑言疑聞不疑言疑覺不疑言疑知不疑言疑反上名十六聖語若比丘向人自稱得過人法解者波羅夷不解者偷蘭遮向非人說偷蘭遮向畜生說突吉羅比丘尼亦如是式叉摩那沙彌沙彌尼突吉羅不犯者實語

初分第二十三僧殘法之一

佛在舍衛城爾時長老優陀夷爲欲火所燒身體羸瘦裁有氣息以手出不淨得安樂住有異比丘亦復羸瘦優陀夷問汝何故爾答言長老我爲欲火所燒是故如是優陀夷言我先亦爾以手出不淨得安樂住汝若法我亦當如是彼比丘言汝所作非法非清淨行破沙門法不隨順道世尊種種訶欲欲想欲覺欲熱斷欲想除欲覺滅欲熱說欲如赤骨

如毒藥汝今云何以此手出於不淨受人信施復以教人訶責已將至佛所以事白佛佛以是事集比丘僧問優陀夷汝實爾不答言實爾世尊佛亦種種如上訶責已告諸比丘以十利故爲諸比丘結戒從今是戒應如是說若比丘故出不淨僧伽婆尸沙

爾時諸比丘不一其心夢失不淨覺作是念我夢中亦有心亦動身失不淨將無犯僧伽婆尸沙耶或有發露者或有行摩那埵者或有出罪者或有直白佛者佛以是事集比丘僧問諸比丘汝等實爾不答言實爾世尊佛種種訶責汝等不應散亂心眠若散亂心眠犯突吉羅散亂心眠有五過失一者惡夢二者善神不護三者不得明想四者無覺法心五者失不淨不散亂心眠有五德無惡夢善神護得明想有覺法心不失不淨有五因緣眠時形起一者大便盛二者小便盛三者風盛四者虫齧五者欲盛復告諸比丘若未離欲恚癡散亂心眠必失不淨雖未能離以繫念心眠者無有是過從今是戒應如是說若比丘故出不淨除夢中僧伽婆尸沙故出不淨者發心身動出不淨僧伽婆尸沙者此罪有殘猶有因緣尚可治有恃怙得在僧中求除滅不淨有十種一者青色二者黄色三者紅色四者黑色五者赤色六者白色七者乳色八者酥色九者油色十者蜜色若發心身動欲出青色而黄色乃至蜜色出皆僧伽婆尸沙若發心身動欲出黄色乃至蜜色而餘色出亦如是有十種發心身動出不淨皆僧伽婆尸沙一者自試二者除病三者爲顏色

四者爲力五者爲樂六者爲布施七者爲生天八者爲外道祠天會九者爲種子十者爲大祠有五種發心身動出不淨皆僧伽婆尸沙內色外色虛空風水內色者已身外色者他身虛空者空中動身風者向風行水者逆水行又有五種發心身動出不淨僧伽婆尸沙大便感小便感風感虫齧感欲感若發心身不動不出不淨發心身不動出不淨皆突吉羅發心身動不出不淨偷蘭遮不發心身動不出不淨不發心身動出不淨不發心身不動出不淨皆不犯眠時出不淨覺時發心身動偷蘭遮眠時身動覺時發心出不淨突吉羅眠時發心覺時身不動出不淨不犯沙彌突吉羅

佛在舍衞城爾時長老優陀夷爲欲火所燒作是念故出不淨世尊已制今當方便與女人相觸取細滑樂便掃灑房內敷好牀座取一小牀於露地坐有諸女人同來遊觀語優陀夷言我等故來欲看房舍答言姊妹隨意看之便將入房閉戶開窻種種摩觸或捉或抱或案或摩或舉上或舉下或騎或越其中喜者便語之言何不近作徒用此爲優陀夷言佛不聽我作根本事其不喜者便瞋恚言本謂此處安隱而今反成恐怖之地水中火然未足爲喻白衣在家猶耻此事云何比丘乃作是惡即歸其家人人宣語諸不信樂佛法者種種訶罵言我等白衣摩觸女身沙門釋子亦復如是徒剃此頭與我何異無沙門行破沙門法如是惡名流布天下復有一婆羅門將婦遊觀次到優陀夷房語言我欲與

婦同看房舍優陀夷言不得一時可前後入婆羅門言若不得俱聽婦先入婦既入房優陀夷亦復如前種種摩觸久久乃出夫問婦言何以乃久不復次看餘房舍耶婦言止止莫作是語但入一房垂死得出何應復看諸餘房舍夫問所以婦具以答時婆羅門即便罵言沙門釋子云何乃作如此惡業入舍衛城四衢道中街巷市里處處唱言沙門釋子摩觸我婦諸不信佛法者種種訶罵沙門釋子行惡如此云何自稱淨脩梵行諸長老比丘聞種種訶責具以白佛佛以是事集比丘僧問優陀夷汝實爾不答言實爾世尊佛種種訶責已告諸比丘以十利故與諸比丘結戒從今是戒應如是說若比丘欲盛變心觸女人身若捉手若捉髮若捉一一身分摩著細滑僧伽婆尸沙欲盛變心者向欲心深發心事幾成變善法無記法墮不善處女人者人女乃至初生觸者身上處處種種摩觸乃至一髮比丘五事觸女人僧伽婆尸沙女女想人女活女心染以親近情摩觸覺而受乃至觸髮亦如是五事觸女人偷蘭遮女女想人女活女心染不以親近摩觸覺而受乃至觸髮亦如是女人觸比丘亦如是五事觸女人不犯女女想人女活女心染不以親近情而女人捉比丘比丘作方便求脫雖覺觸而不受乃至觸髮亦如是又女女想女疑女無根想女二根想觸僧伽婆尸沙女男想女黃門想觸偷蘭遮男男想男疑男黃門想觸突吉羅男女想男無根想男二根想觸偷蘭遮黃門亦如是無根無根想無根疑無根二根

想無根女想觸僧伽婆尸沙無根男想無根黃門想觸偷蘭遮二根亦如是比丘與無衣女人相觸僧伽婆尸沙與有衣女人相觸偷蘭遮女人捉無衣比丘僧伽婆尸沙捉有衣比丘偷蘭遮比丘與女人俱有衣相觸突吉羅比丘捉女人衣女人捨衣與比丘偷蘭遮女人捉比丘衣比丘不捨衣與女人突吉羅比丘觸死人女非人女偷蘭遮捉畜生女突吉羅沙彌突吉羅

佛在舍衛城爾時長老優陀夷爲欲火所燒作是念故出不淨觸女人身世尊已制今當更作方便向諸女人作麤惡語取悅欲樂復掃灑房於露地坐女人來觀將入閉戶皆如上說便於房內與女人種種麤惡語作如是問汝手脚髀膊腰腹頸乳頭面爪髮大小便處何似復言姊妹汝手脚乃至大小便處惡又言姊妹汝手脚乃至大小便處好又問汝夫近汝時云何又教汝若隨我意與汝珍寶又從乞願與我從事一切天神皆證我心諸女人聞喜不喜者亦如上說長老比丘聞種種訶責以事白佛佛以是事集比丘僧問優陀夷汝實爾不答言實爾世尊佛種種訶責已告諸比丘以十利故與諸比丘結戒從今是戒應如是說若比丘欲盛變心向女人麤惡語隨婬欲法說法僧伽婆尸沙是中犯者毀譽乞願問反問教比丘五事與女人麤惡語女女想人女活女心染以親近情從毀譽乃至教彼解者僧伽婆尸沙不解者偷蘭遮毀者毀呰女人三處若小若大形色惡譽者讚歎女人三處不小不大形色好乞者從女

人乞三處若能與我我能隨汝意願者願得汝三處得汝三處是福樂人問者問汝夫於三處中幾種行欲幾時作反問者問汝夫於三處中不如是作耶教者教女言汝以三處隨男子意則爲男子之所敬愛女女想乃至二根二根想皆如上說又有五種遣使書作想動手相似語彼解者偷蘭遮不解者突吉羅比丘面與人女麤惡語解者僧伽婆尸沙不解者偷蘭遮向非人女麤惡語偷蘭遮向畜生女麤惡語突吉羅沙彌突吉羅

佛在舍衛城爾時長老優陀夷爲欲火所燒作是念故出不淨摩觸女人身向女人麤惡語佛皆已制我今當向女人自讚供養身取悅意樂又掃灑房種種如上便於房內語女人言姊妹汝供養沙門婆羅門乃至入禪定得四道果不如以婬欲供養持戒者諸女人聞有喜不喜乃至佛種種訶責皆如上說訶責已告諸比丘以十利故爲諸比丘結戒從今是戒應如是說若比丘欲盛變心向女人自讚供養身言姊妹婬欲供養是第一供養僧伽婆尸沙若作種種語讚欲供養身語語突吉羅若言不如以婬欲供養語語偷蘭遮若言婬欲供養是第一供養僧伽婆尸沙以五事自讚供養身女女想人女活女心染以親近情言婬欲供養是第一供養解者僧伽婆尸沙不解者偷蘭遮女女想乃至二根二根想遣使乃至相似語面前與女語向非人女畜生女皆如上說沙彌突吉羅

佛在舍衛城爾時有長者名迦留聰明利根善斷人疑舍衛城人凡有所作乃至婚姻無

不諮問言與便與不與便不與得好者言由迦留故我得是好當使迦留亦得是樂得惡者言由迦留故我得是惡亦使迦留受是苦劇如是醜名善譽充塞一國迦留後時以信出家諸諮問者日月更甚乃至波斯匿王亦自親詣諮問國事喜怒之聲轉倍於前時有寡婦其女色貌邑里第一求婚者衆皆不許之答言若就我居如子法者乃當相與時有婆羅門財富無量語寡婦言與我兒婚汝女可得長處安樂答亦如初於是婆羅門便訪衆人誰數來往此人家者有人語言沙門迦留與此家數即請迦留長供養之旣相狎習便以事白我欲爲兒求某甲女願屈大德爲我語之迦留便著衣持鉢往到彼舍寡婦即出禮拜問訊迦留語言汝可以女與某甲婚其家饒富必得安樂答猶如初迦留復言若不與者此女後大必當委叛何爲失女又失即婿寡婦聞此僶俛從許迦留還報好便成婚其後夫家遇婦甚苦遣信白母願語夫家小得閑樂母報女言須迦留來當使語之迦留後日到寡婦家寡婦具白女之辛苦婚本相由願爲語之迦留答言此女無福致此苦處若有福者何緣至此我沙門法不應知人此世俗事寡婦罵言先知人事今云不應如此惡人終令不吉種種呪罵言辭苦切鄰人聞之咸來諫言汝女薄相致此苦劇何預沙門而苦呪罵寡婦答言汝豈不知由此沙門使我稚女致此苦劇時不信樂佛法者皆作是言汝信沙門女受此苦若復用其語方當劇是復訶罵言我等白衣行媒嫁法沙門釋

子亦復如是徒剃此頭著壞色衣所行如此與我何異於是惡名流布遠近諸長老比丘聞種種訶責將至佛所以事白佛佛以是事集比丘僧問迦留汝實爾不答言實爾世尊佛種種訶責已告諸比丘以十利故爲諸比丘結戒從今是戒應如是說若比丘行媒法僧伽婆尸沙

爾時舍衛城中諸豪姓欲得年長童女共行私通耻自宣意因無行人便語六羣比丘汝可爲吾宣此意旨若須物者一日一宿乃至一會爲須幾許六羣比丘即詣諸女具以意問有人見之皆共譏論沙門釋子淨脩梵行而今云何行此惡業構合邪非白衣所耻此諸沙門無有慚愧諸長老比丘聞種種訶責將至佛所以事白佛佛以是事集比丘僧問六羣比丘汝實爾不答言實爾世尊佛種種訶責已告諸比丘從今是戒應如是說若比丘行媒法若爲私通事持男意至女邊持女意至男邊乃至一交會僧伽婆尸沙有十種女十種男十種女者父母所護兄姊所護親里所護自護法護自任衣物共誓有主作信父母所護者女有父母父母能與能奪兄姊親里亦如是自護者身得自在自與自奪法護者正法出家脩行梵行自任者自隨所樂衣物者受他衣物共誓者與人要誓有王者女人屬夫作信者受他片致要一日一月乃至一交會十種男亦如是說若比丘受父母所護男語突吉羅語父母所護女乃至作信女偷蘭遮不許還報偷蘭遮許還報僧伽婆尸沙若比丘受父母所護男語語父母所護

女女言可語我父母比丘以此語還報偷蘭遮父母所護男又令比丘語彼女父母受比語突吉羅語彼女父母及不許還報偷蘭遮許還報僧伽婆尸沙受父母所護男語語兄姊親里所護女亦如是乃至受作信男語語父母所護女乃至語作信女亦如是若比丘受父母所護女乃至作信女語語父母所護男乃至語作信男亦如是有六種語自使書使使相似語相若比丘受自語自語彼自還報僧伽婆尸沙若比丘受自語使語彼自還報受自語自語彼使還報受自語使語彼使還報皆僧伽婆尸沙受自語乃至相語彼相還報亦如是若比丘乃至受相語亦如是若比丘爲人男人女邊行媒法僧伽婆尸沙人男非人女邊行媒法偷蘭遮人男畜生女邊行媒法突吉羅爲人女亦如是爲非人男人女邊行媒法偷蘭遮畜生男人女邊行媒法突吉羅爲人女黃門邊行媒法突吉羅若比丘爲男借女爲女借男長使偷蘭遮比丘尼亦如是式叉摩那沙彌沙彌尼突吉羅不犯者爲和合故

佛在舍衛城爾時阿荼脾邑諸比丘自乞作房從諸居士求車求車直求人求人直材木草竹皆從求索居士猒之見皆逃避諸比丘乞不復能得便自斫伐草木掘地取土有一大德比丘自斫神樹樹神小兒時戲樹間斫斷其指樹神痛惱便興惡意欲來打之復作是念此大威德若我打者或以之死使我長夜受諸苦惱又作是念世尊今在此城當往白之佛有敎勑我當奉行即詣祇洹具以白

佛爾時世尊讚歎樹神善哉善哉汝所念善令此比丘實有威德若當打者必受苦報復告樹神某處有大樹未有所屬汝可依之受教即往於是世尊漸漸遊行到阿荼脾邑長老大迦葉晨朝著衣持鉢入城乞食居士見之悉皆逃走迦葉恠而問於行人行人答言此諸比丘造作房舍乞求無猒邑人患苦所以見仁皆悉逃走迦葉食後還到佛所以事白佛佛以是事集比丘僧問諸比丘汝等實爾不答言實爾世尊佛種種訶責汝等應脩少欲知足不應多事乞求無猒又告比丘乃過去世於恒水邊有一仙人住於石窟爾時龍王日從水出以身七帀圍遶仙人舒頭在上下向敬視仙人後時遊行人間弟子守窟龍亦如前日來恭敬弟子怖畏即大羸瘦我於爾時行菩薩道遊恒水邊見其如此即問其故具答如是我復問言汝今欲不復見龍耶答言爾又問汝見龍咽下有何等物答言有摩尼珠吾復語言龍若來時汝便合掌向龍作如是語我今須汝咽下摩尼願以施我爾時仙人弟子聞我語已龍從水出便從索之龍聞乞珠不前不却默然而住時仙人弟子復為龍王說此偈言

龍王今須汝　咽下摩尼珠　意甚愛樂之
如何默無言

龍即以偈答

我一切所須　皆由此珠得　汝今從吾乞
永絕不復來　如火急爆聲　使人心恐懼
我今聞汝言　惶怖踰於此

於是世尊引古說偈

乞者人不愛　數則致怨憎　龍王聞乞聲一去不復還又告比丘龍王受自然業報猶尚不喜聞於乞聲今諸居士營求滋汲困苦所得汝等云何數數從乞又告比丘吾昔一時在舍衞城有比丘安居竟來至我所我時問言何處安居安居安隱乞食易得道路不疲耶彼答我言在雪山脇林下安居安居安隱乞食易得行路不疲唯患衆鳥夜鳴所亂不得專一坐禪思惟我問比丘汝等今猶樂彼林不答言甚樂我言汝便還彼衆鳥暮來合掌向言我今須汝毛羽可以見與中夜後夜亦復如是比丘受教如勑從乞於是衆鳥夜共議言今此比丘從我等乞爲當與不皆曰不可便飛而去永不復還告諸比丘鳥猶不喜聞有乞聲況於人乎又告比丘過去世時有迦夷國王好喜布施給諸窮乏時有梵志王甚愛重未甞從王有所求乞爾時彼王爲說偈言

人皆從遠來　無方從吾乞　而汝今在此
不求有何意

梵志即以偈答

乞者人不喜　不與致怨憎　所以默無求
恐離親愛情

王復說偈

智者不惡乞　思聞來求聲　況汝所親愛
豈容有恪心　守貧媿有求　應得處不取
喪人虛心福　而自困於己　安貧不耻求
應得處便取　旣成人之善　而自長安樂
乞非傷德行　亦無身口過　損有以補無
何爲而不索

梵志復以偈答

賢人不言乞　言乞必不賢　默然不有求

是謂爲大人

時王聞説賢人之偈心大歡喜即以牛王一頭及餘千牛而施與之告諸比丘王與梵志雖相愛重猶難有求況諸居士於汝無愛而多求乎又告比丘昔有族姓子名羅吒波羅父母重愛自以出家不從父母有所求索時父母亦以偈問

人皆從遠來　無方從吾乞　汝親吾愛子

不求有何意

羅吒波羅即以偈答

乞者人不喜　不與致怨憎　我既已出家

不應復有求

諸比丘羅吒波羅父母愛重尚以出家不還求索況諸居士於汝無親而多求乎如是種種訶責已告諸比丘以十利故爲諸比丘結戒從今是戒應如是説若比丘自乞作房無主爲身應如量作長佛十二搩手廣七搩手應將諸比丘求作處諸比丘應示作處無難處有作處若不將諸比丘求作處若過量僧伽婆尸沙自乞者比丘爲已從他乞房者於中可得行立坐卧行四威儀無主者無有檀越爲身者爲已不爲人亦不爲僧應將諸比丘求作處者應將知法持律比丘示已作處諸比丘應示作處無難處有作處難處名四衢道中多人聚戲處婬女處市肆處放牧處師子虎狼惡獸處險岸處水蕩突處社樹大樹處好園田處墳墓處或逼村或去村遠道路險巇是名難處無此諸難是名無難處有

行處者遶四邊得通車是名有行處若有上諸難處無行處者諸比丘應語是比丘汝莫取是處若無上諸難處有行處諸比丘應語是比丘汝取是處是比丘應從僧乞作示處偏袒右肩脫革屣胡跪合掌作如是言大德僧聽我某甲比丘自乞作房無主爲身今從僧乞示作處願僧現前示我作處如是三乞僧中應一人白大德僧聽此某甲比丘自乞作房無主爲身從僧乞示作處今僧爲某甲示作處無難處有行處若僧時到僧忍聽白如是大德僧聽此某甲比丘自乞作房無主爲身從僧乞示作處今僧爲某甲示作處無難處有行處誰諸長老忍默然不忍者說僧已爲某甲示作處無難處有行處竟僧忍默然故是事如是持若僧示難處無行處僧突吉羅若於此處作者亦如是若不將諸比丘示作處從發心及治地至麤泥皆突吉羅細泥偷蘭遮作竟僧伽婆尸沙雜金銀珍寶作及完成瓦屋乃至僧地中作皆偷蘭遮沙彌突吉羅

彌沙塞部五分律卷第二

音釋

屠膾（屠同都切膾古外切屠膾謂宰殺者）瘥（楚戒切病瘉也）埵（丁果切）齝（倪結切噬也）䏶（旁禮切股也）膊（補各切臂膊也）劇（奇逆切甚也）僶俛（僶美隕切俛美辯切僶俛猶勉強也）脾（頻彌切）爆（布校切火裂聲）脅（虛業切腋下也）搩（陟革切手度物）巇（許羈切山險也）

彌沙塞部五分律卷第三

宋罽賓三藏佛陀什共竺道生譯

初分第二十三僧残法之二

佛在拘舍彌國爾時闡陀比丘常出入諸家爲說法料理官事療治衆病國王大臣長者居士無不親敬有諸人等同來問訊遇於經行所頭面禮足爲說妙法示教利喜已各歸其家闡陀便還上座已據其房如是展轉乃至小房亦復如是既不得住便遊人間後諸人等復來問訊見諸比丘露處經行問言我師闡陀今在何處諸比丘言我等不知遍求不得便各還歸闡陀行還著衣持鉢往到其家皆出問訊白言長老我等近至僧房不得相見今從何來答言我最下座一切諸房上座已滿是故遊行致此乖互諸人白言可求屋處我等當爲長老作之既以見福而使長老得安隱住又令我等不乖問訊闡陀答言我不能自作以廢行道年長自當以次得之諸人又言我幸有物及有善心財物無常善心難保願爲求處必欲作之闡陀見其慇懃難相違逆即便遊行求作屋地見神樹處最可建立即便伐之此樹有神國人所奉諸祈請者多得如願忽見斫伐莫不驚怪不信樂佛法者皆訶罵言沙門釋子無道之甚苟欲自利傷害天人信樂佛法者便言此樹有神衆人畏敬夙夜虔恭不敢媟慢而諸比丘伐之無疑一切危心晏安如故可謂大神可貴可重毀訾之聲充滿國內諸長老比丘聞種種訶責將至佛所以事白佛佛以是事集比丘僧問闡陀汝實爾不答言實爾世尊佛種

種訶責已告諸比丘以十利故爲諸比丘結戒從今是戒應如是說若比丘有主爲身作房應將諸比丘求作處諸比丘應示作處無難處有行處若不將諸比丘求作處僧伽婆尸沙有主者有檀越餘如上無主中說

佛在王舍城爾時缾沙王日日次請五百僧食城内臣民亦同如是時諸比丘各念行道未有專知差次請者六羣比丘常往好處諸人問言我等爲僧次第設食何故長老常來不見餘人如是訶責而猶不已時陀婆力士子年十四出家爲道在靜處作是念今缾沙王日日次請五百僧食城内臣民亦復如是而僧無有差次會者致使六羣選擇好處以失衆望喪人施意若我二十受具足戒得阿羅漢獲六神通當爲衆僧作差會及分卧具人至年十六便成羅漢得六神通年滿二十受具足戒便作是念我先願爲衆僧作差會及分卧具人今時已至便應作之即詣王舍城諸比丘所說先所願諸比丘即以白佛佛以是事集比丘僧問陀婆汝實欲爲僧作差會及分卧具人不答言實爾世尊佛種種讚少欲知足讚戒讚持戒已告諸比丘今聽陀婆爲僧作差會及分卧具人僧應白二羯磨差一比丘白言大德僧聽今此陀婆比丘欲爲僧作差會及分卧具人若僧時到僧忍聽白如是大德僧聽此陀婆比丘欲爲僧作差會及分卧具人誰諸長老忍默然若不忍說僧已聽陀婆比丘作差會及分卧具人竟僧忍默然故是事如是持於是陀婆即爲僧作差會及分卧具分卧具時少欲知足少欲知

足共樂靜樂靜共誦修多羅誦修多羅共持律持律共法師法師共唄匿唄匿共阿練若阿練若共乞食乞食共坐禪坐禪共如是等衆行不同各得其類隨宜示導諸房舍處一切比丘咸得所安諸方比丘有暮至者輒詣陀婆求住止處陀婆即入火光三昧左手出光右手示卧具處莫不允合時諸遠方聞陀婆比丘爲王舍城僧差會及分卧具有如上美皆作是念我當往彼問訊世尊并見陀婆及覩神力於是發來投暮到城至陀婆所求住止處陀婆皆悉如法安處次差會人亦復如是時王舍城有善飯長者見法得果日爲二比丘作上美食自來請之慈地兄弟並薄福德分卧具差會時常得麤惡階次幸遇差至其家善飯知已便生是念此等惡人無清淨行云何受我上美供養即便還歸語其婦言汝可更作麤惡之食慈地等來門外敷座使婢下之婦即受教設備麤惡慈地兄弟至時持鉢到善飯家就座而坐羣婢於是持麤食出慈地見便問言姊妹汝家常作好食今何故麤婢言我是下人不知所以食訖便還道中行罵陀婆力士子要當令汝受苦劇我到所住已向諸上座言陀婆力士子隨愛恚癡畏若畏與好不畏與惡諸比丘言汝等莫作是語陀婆比丘隨愛恚癡畏何以故陀婆比丘得阿羅漢備六神通隨愛恚癡畏無有是處慈地言正以得神通故覩見諸家有好有惡好與餘人惡輒差我是故我言隨愛恚癡畏作是語已出於餘處先爲陀婆作惡名聲然後至王舍城到其妹尼彌多羅所彌多

羅見二兄來迎禮問訊慈地兄弟皆不共語彌多羅言不憶犯兄何故如此慈地答言汝不助我故致使陀婆苦我如是彌多羅言兄欲令我云何相助答言汝若助我可到佛所白言世尊無恐懼中反致怖畏我今無處而得安隱本謂陀婆是梵行人忽來汙我犯波羅夷彌多羅言陀婆清淨我若謗之僧必當作自言擯我我既出衆當何所依慈地等言我當證汝擯於陀婆何緣使汝得自言擯彌多羅言若僧擯陀婆我豈得異慈地等言但令世尊斥逐陀婆爲吾受擯亦復何苦我等自當好相安處妹敬重兄不敢違命便到佛所如上白佛爾時陀婆及羅睺羅在佛左右佛問陀婆汝聞彌多羅所說不答言已聞佛自知之如是三問答亦如是於是羅睺羅白佛言世尊何須三問陀婆但當斥擯此比丘尼佛言若彌多羅以此謗汝汝當云何答言當言此事佛自知之佛言汝可如是陀婆亦然乎佛語陀婆汝起自明今非默時汝當憶念有當言有無當言無不得直言佛自知之陀婆便從座起更整衣服長跪合掌白佛言世尊我從生來未曾夢中有此念想於今云何得有憶知佛讚言善哉善哉汝快自明欲自明者應當如此佛告諸比丘應與陀婆憶念比丘尼不應舉事應與彌多羅白四羯磨自言滅擯一比丘唱言大德僧聽此彌多羅比丘尼自言陀婆汙我僧今與自言滅擯若僧時到僧忍聽白如是大德僧聽此彌多羅比丘尼自言陀婆汙我僧今與自言滅擯誰諸長老忍默然若不忍說如是第二第三僧

已與彌多羅比丘尼自言滅擯竟僧忍默然故是事如是持彌多羅比丘尼被滅擯已出遊人間慈地兄弟猶語諸比丘言陀婆力士子壞我妹梵行致使如是諸比丘復以白佛佛以是事集比丘僧告諸比丘汝等應檢問慈地汝言陀婆壞汝妹梵行爲實爲虛諸比丘受教即問慈地慈地答言我言是實僧復問汝何處見何時見云何見答言我某處見某時見如是見僧次問陀婆汝爾時爲在何處答言我在某處僧復語慈地處不相應時不相應汝云何言某處某時如是見耶復語慈地若於一堅信比丘前妄語罪重傷殺無數衆生於一堅法其所獲罪過百堅信如是展轉於僧前妄語其罪重於百阿羅漢又語慈地僧今集會不隨愛恚癡畏汝可更說爲實爲虛慈地言陀婆隨愛恚癡畏故我作是語諸比丘種種訶責將至佛所以事白佛佛以是事集比丘僧問慈地汝實以無根波羅夷謗陀婆不答言實爾世尊佛種種訶責汝愚癡人云何以無根波羅夷謗於清淨梵行比丘汝豈不聞三種人墮地獄耶一者犯戒無沙門法自言已有不修梵行自言已修於佛法中猶如敗種二者作如是見如是說婬欲非惡而爲放逸三者以無根波羅夷謗於清淨梵行比丘此三種人必墮地獄汝今云何作此惡事佛更種種訶責已告諸比丘以十利故爲諸比丘結戒從今是戒應如是說若比丘自不如法惡瞋故以無根波羅夷謗無波羅夷比丘欲破彼梵行是比丘後時若問若不問言我是事無根住瞋故謗僧伽婆

尸沙自不如法者自已事事不如法惡瞋者九惱也無根者不見不聞不疑無波羅夷者於四波羅夷一一無犯欲破彼梵行者欲使還俗若作外道後時若問若不問者後檢校何處何時云何見也事有四種言諍事教誡諍事犯罪諍事事諍事若比丘不見不聞不疑他犯波羅夷若以此謗僧伽婆尸沙見疑聞疑疑疑見忘聞忘疑忘而以無根法謗僧伽婆尸沙若面前謗解者僧伽婆尸沙不解者偷蘭遮若書使相相似語手語謗解者偷蘭遮不解者突吉羅若謗比丘尼式叉摩那沙彌沙彌尼突吉羅比丘尼謗比丘尼僧伽婆尸沙謗比丘波逸提謗式叉摩那沙彌沙彌尼突吉羅式叉摩那沙彌沙彌尼謗五衆皆突吉羅

佛在王舍城爾時偷羅難陀比丘尼以陀婆比丘神通大德故數來問訊共一處坐說受法教慈地見之復欲誹謗後從耆闍崛山下見二獼猴合會行欲便作念言我今當與彼二獼猴作假名字雄者名陀婆雌者名偷羅難陀作是念已便語諸長老比丘言我先以無根法謗陀婆今親自見與偷羅難陀作不淨行諸比丘以是白佛佛告諸比丘應集僧檢問慈地汝言先以無根法謗陀婆今親自見與偷羅難陀作不淨行爲實爲虛諸比丘受教集僧問慈地乃至汝可更說爲實爲虛皆如上說如是問已慈地言我實不見陀婆作不淨行我見偷羅難陀數來往陀婆所意欲謗之從耆闍崛山下見獼猴雄雌共合我便假名雄者爲陀婆雌者爲偷羅難陀故言

親見爲不淨行耳諸比丘種種訶責汝云何於異分中取片若似片作波羅夷法謗無波羅夷比丘將至佛所以事白佛佛以是事集比丘僧問慈地汝實爾不答言實爾世尊佛種種訶責已告諸比丘以十利故爲諸比丘結戒從今是戒應如是說若比丘自不如法惡瞋故於異分中取片若似片作波羅夷謗無波羅夷比丘欲破彼梵行是比丘後時若問若不問言我是事異分中取片若似片住瞋故謗僧伽婆尸沙事者言諍事教誡諍事犯罪諍事事諍事若比丘見他犯僧伽婆尸沙定生僧伽婆尸沙想瞋故於異分中取片若似片謗無波羅夷比丘僧伽婆尸沙聞疑亦如是見聞疑他犯偷蘭遮犯波逸提犯波羅提提舍尼犯突吉羅以波羅夷謗亦如是餘如上說佛在彌那邑阿㝹林下爾時貴族諸釋種子多於佛所出家學道時釋摩男語阿那律言今諸貴族並皆出家修於梵行我等兄弟如何獨不我若出家汝知家事汝若捨俗我當料理阿那律言願兄出家我知家事釋摩男言汝先由我在家受樂不知艱難然出家行道亦復辛苦汝今住家吾當語汝營家之法便種種語之晝應爾夜應爾田商貨殖驅役之法悉以語之阿那律言若營家如此乃得成立我乃不能一日爲之願兄住家我當修道釋摩男言諸佛世尊父母不聽不得爲道汝今自可啓白於母阿那律即便往啓我欲於佛法出家學道母言我唯有汝兄弟二人愛念情重如何生離汝家大富快修功德何須出家奪吾此意苦請至三母乃

答言若跋提王出家者我亦聽汝時跋提王與阿那律阿難難提調達婆婆金鞞盧等甚相愛重若有所爲誓不相違於是阿那律往白跋提王言今有微願願必見從王言吾等本要誓不相違若相違者頭破七分但令卿願必可從耳阿那律即以母言白王王言如卿此願我未能從所以者何我願作王今日始果親族富貴無有外憂何能捨此出家學道阿那律言若王出家吾願乃果貪著寵榮吾則永淪願王三思不違先誓王言當從汝願寬我七年然後共汝出家學道阿那律言却後七年佛不必在又我危脆性命難保王今云何以此爲期王復言七年若遠六年可乎亦答如上五四三二至于一年七月至于一月七日至于一日皆亦如是王言我等長者如何便得率爾而去當設方便嚴駕出遊因此微行乃可得耳汝今便可語阿難陀等令知此意阿那律即宣語五人五人欣然莫逆於心即便竟夜嚴四種兵極世儀飾晨朝出遊盡遊觀已密將剃頭人優波離捨諸價從至隱避處寶衣與之令其剃髮變服而去去未久優波離作是念諸釋豪強若知剃諸人髮必當殺我如此貴族尚能捨家我今何爲不捨剃具及諸寶衣隨彼而去即自剃頭以諸寶衣掛著樹上作是念須者取之於是疾行須臾相及語七人言我今亦欲相隨出家七人即受同詣佛所頭面禮足白言世尊我等今欲出家淨修梵行而優波離是我等僕願佛先與受具足戒然後度我當令我等及諸釋種於彼人所破大憍慢佛即先度七

人後度於時世尊作是念迦維羅衞去此不遠諸釋知者或有留難便將八人詣跋提羅城住網林樹下爲說妙法眼無常色無常眼識眼觸眼觸因緣生受無常乃至意無常法無常意識意觸意觸因緣生受無常汝聖弟子應作是觀生厭離心得解脱智所作已辦梵行已立不受後身說是法時六人漏盡得阿羅漢阿難侍佛不盡諸漏調達一人空無所獲跋提王既得羅漢心淨無畏若在樹下露處經行輙自慶言快哉快哉有異比丘聞此聲已作是念跋提比丘必憶世樂不樂梵行即往白佛我向於彼聞跋提言快哉快哉必憶爲王時樂不樂梵行佛告比丘汝可呼來便往詣言大師呼汝跋提即到佛所頭面禮足却住一面佛問跋提汝實言快哉不答言實爾世尊又問跋提汝見何義而言快哉跋提白言我昔在家住於七重城塹之裏七行象七行馬七行車七行步四兵圍遶忽聞異聲心驚毛豎今在樹下空露之地坦然無憂是故稱快佛告比丘跋提已得羅漢不樂梵行無有是處爾時世尊因跋提而說偈曰

快哉阿羅漢　無復恩愛縛　已破欲恚礙
無復諸結網　既到於泥洹　無有穢濁心
不染著於世　解脱無諸漏　了達於五陰
遊於七法林　大龍所行處　已伏諸恐怖
成就十種分　龍德三昧禪　一切有漏盡
世間之第一　不動無所畏　不復受後身
已息寂滅處　永無苦樂報　住於無學智
此身最後邊　梵行堅固立　無諸不可信
天上天下中　無復諸欲樂　此名師子吼

無能勝佛者
於是世尊與諸大德聲聞受阿耨達龍王請調達未得神通不能得去羞耻兼深便作是念我今當問修神通道便往白佛願佛爲我說修神通法佛即爲說調達受學安居之中便獲神通獲神通已作是思惟誰應先化復作是念缾沙王太子名曰衆樂先化導之然後餘人乃從我教作是念已即於網林下沒在太子牀上現作小兒嗽指仰卧太子見之即大惶怖問言汝爲是天爲是鬼神答言我是調達勿恐勿怖太子語言若是調達復汝本形即自變復威儀如本太子歡喜而師事之日出問訊乘五百乘車調達復化作五百小兒在於車上仰卧嗽指復以五百乘車載上美食種種餚饍而供養之時諸國人生希有心作是言調達有大神力作此變化使太子日出問訊種種餚饍而以供養於是調達遂不自量便欲招引畜諸徒衆爾時世尊從網林出遊行人間到拘舍彌國住瞿師羅園爾時目連住一別處此國先有憍陳如子名曰柯休淨修梵行得阿那含果生於梵天中夜寂靜從天來下放大光明詣目連所頭面禮足白言調達今化衆樂太子現諸神變恐其必欲招引徒衆破和合僧作是語已忽然不現於是目連晨朝整服往詣佛所以柯休言具以白佛佛問目連汝意云何當謂審如柯休語不答言意以爲然佛告目連莫說此語所以者何於天上天下不見沙門婆羅門諸天魔梵有能領佛徒衆者又告目連 世間有五種師今皆現在一者戒不清淨自言戒

淨其諸弟子如實知之覆藏其過以望利養二者邪命諂曲自言正直而諸弟子亦覆藏之三者所說不善自言善說而諸弟子歎以爲善四者見不清淨自言見淨而諸弟子稱言見淨五者說非法律言是法律而諸弟子亦云是法而不能使智者信受目連如來戒淨無有諂曲言無不善知見清淨所說是法智者信受不須弟子共相稱覆爾時有異比丘於王舍城安居竟著衣持鉢來詣佛所白佛言世尊調達化衆樂太子現作小兒乃至種種餚饍而以供養佛告比丘莫羨調達作此變化以致利養若有恭敬供養之者增其長夜受諸苦痛猶如惡狗以杖打之更增其惡調達如是多得供養煩惱轉增爾時世尊欲重宣此義而說偈言

愚人增其惡　由於利養生　癡斷清白法
猶如身首分　不修清淨行　而志招學徒
欲居衆人上　望一切歸宗　有人求利養
或有求泥洹　利養傷清白　寂滅却慳貪

復告諸比丘芭蕉竹蘆以實而死駏驉懷妊亦喪其身今調達貪求利養亦復如是爾時世尊欲重宣此義而說偈言

芭蕉以實死　竹蘆實亦然　駏驉坐妊死
士以貪自喪

於是世尊從拘舍彌國漸漸遊行向王舍城住耆闍崛山爲比丘比丘尼優婆塞優婆夷國王大臣沙門婆羅門梵志居士供養恭敬尊重讚歎衣食卧具及諸醫藥無所洣著猶如蓮華爾時世尊與無央數大衆圍遶說法調達便從座起更整衣服偏袒右肩頭面禮

足胡跪合掌白佛言世尊唯願安住我今自當領理衆僧佛語調達舍利弗目連猶尚不能領我徒衆況汝愚癡食涎唾乎於是調達生忿恨心云何世尊於大衆前乃作如此底下訶辱以生惡心向佛故初損神足復作是念佛稱讚舍利弗目連而毀呰我復生惡心向舍利弗目連是第二損其神足便還所住爲國王大衆圍遶說法其衆中有一比丘來白佛言今調達爲國王大衆圍遶說法佛告比丘調達不但今世得此大衆過去世時亦曾得此諸比丘乃往古昔有一摩納在山窟中誦刹利書有一野狐住其左右專聽誦書心有所解作是念如我解此書語足作諸獸中王作是念已便起遊行逢一羸瘦野狐便欲殺之彼言何故殺我答言我是獸王汝不伏我是以相殺彼言願莫殺我我當隨從於是二狐便共遊行復逢一狐又欲殺之問答如上亦言隨從如是展轉伏一切狐便以羣狐伏一切象復以衆象伏一切虎復以衆虎伏一切師子遂便權得作獸中王旣作王已復作是念我今爲獸王不應以獸爲婦便乘白象帥諸羣獸不可稱數圍迦夷城數百千帀王遣使問汝諸羣獸何故如是野狐答言我是獸王應娶汝女與我者善若不與我當滅汝國還白如此王集羣臣共議唯除一臣皆云應與所以者何國之所恃唯賴象馬我有象馬彼有師子象馬聞氣惶怖伏地戰必不如爲獸所滅何惜一女而喪一國時一大臣聰鋭遠略白王言臣觀古今未曾聞見人王之女與下賤獸臣雖弱昧要殺此狐使諸

羣獸各各散走王即問言計將焉出大臣答言王但遣使剋期戰日先當從彼求索一願願令師子先戰後吼彼謂吾畏必令師子先吼後戰王至戰日當勑城内皆令塞耳王用其語遣使剋期并求上願至于戰日復遣信求然後出軍軍鋒欲交野狐果令師子先吼野狐聞之心破七分便於象上墜落于地於是羣獸一時散走佛以是事而說偈言

野狐憍慢盛　欲求其眷屬　行到迦夷城
自稱是獸王　人憍亦如是　統領於徒衆
在摩竭之國　法王以自號

告諸比丘爾時迦夷王者我身是聰鋭大臣者舍利弗是野狐王者調達是諸比丘調達往昔詐得眷屬今亦如是舍利弗汝往調達衆中作是唱言若受調達五法教者彼爲不見佛法僧舍利弗言我昔已曾讚歎調達今日云何復得毀呰佛言汝昔讚歎爲是實不答言是實佛言今應毀呰而毀呰亦復是實告諸比丘今應白二羯磨差舍利弗往調達衆中毀呰調達一比丘唱言大德僧聽今差舍利弗往調達衆中作是言若受調達五法教者彼爲不見佛法僧若僧時到僧忍聽白如是大德僧聽今差舍利弗往調達衆中作是言若受調達五法教者彼爲不見佛法僧誰諸長老忍默然不忍者說僧已差舍利弗竟僧忍默然故是事如是持於是舍利弗即往調達衆中高聲唱言若受調達五法教者彼爲不見佛法僧時彼衆會皆悉唱言沙門釋子更相憎嫉見調達多得供養便作是語時瓶沙王在彼衆中即宣令言莫作此語所

以者何佛衆清淨無憎嫉故於是調達便語衆人欲見天上曼陀羅華不咸言欲見調達即於衆前沒到華池邊適欲取華便失神足還在本坐調達既失神足便生惡心欲害於佛白太子言今汝父王正法御世如我所見衰喪無期人命無常晌息難保何必長年尅此王位自可圖之早有四海我當害佛代爲法主新王新佛於摩竭國共弘道化不亦善乎太子答言父母恩重過於二儀顧復長育欲報罔極汝今云何導吾此逆調達聞之心無慙愧猶以巧言引誘其意遂便迷沒受悅其語太子後時容帶利劒向于王門內懷惡逆不覺戰怖於王門前倒地復起門官見巳便作是念太子常來威儀庠序今日如此必當有故即往問之太子答言我欲殺王是故如此又問太子爲受誰教答言調達門官共儀當如之何第一議言一切沙門太子衆樂皆應殺之第二議言佛巳先遣舍利弗唱其惡逆云何乃欲濫殺沙門罪正應止太子調達二人而巳第三議言我等不應輒判此罪當以白王王有教勑當奉行之作是議巳便以白王王問汝等衆臣議意云何即具以上答王即斥逐第一議者第二議人免所居官稱第三議加其名位更令羣臣共議此事諸臣咸言上第二議並謂允合而生乃免所居之位觀王聖心不忍有害正形既施當從下計王立太子本爲國嗣志速爲王故懷此逆遜位與之其惡必息議合王心即便捨位拜之爲王號阿闍世初登王位受五欲樂弑逆之心便得暫息如是少時乃以無事而害父

命爾時阿闍世王有大惡象調達寄至象師所語言明日瞿曇當行此路汝可爲吾飲象令醉放走於道佛慢心多必不避之因此蹹殺厚賞汝物世尊明日食時著衣持鉢從五百弟子入城乞食象師先已飲象令醉遥見佛來即便放之信樂佛法者見放醉象皆往白佛唯願世尊更從餘路五百弟子及阿難亦如是白佛皆答之三言無苦龍不害我諸弟子衆皆不覺捨佛從餘路去唯有阿難獨從後行時觀者四塞各各議言今二龍鬬看誰得勝外道輩言象龍力大必勝於人佛弟子言人龍道尊象必降伏空辯無徵遂乃積斂金錢共賭勝負於是醉象遥見佛來奮耳鳴鼻大走向佛阿難怖懼恍惚不覺入佛腋下佛語阿難汝向三聞無苦如何不信猶作此懼佛見象來入慈心三昧而說偈言

汝莫害大龍　大龍出世難　若害大龍者
後生墮惡道

象聞偈已以鼻布地抱世尊足須臾三反上下觀佛右遶三帀却行而去從是以後遂成善象莫不雅奇同聲歎言瞿曇沙門不用刀杖伏此惡象國中人民無復恐怖何其快哉諸外道輩皆悉慙愧佛弟子衆踊躍歡喜斂得金錢七十餘萬佛既降象復說偈言

象醉舍瞋忿　來向天中天　百姓莫不觀
斂錢賭勝負　其形如大山　力勝六十象
聲響振人心　一吼破敵陣　大力天中天
愍衆出於世　欲度惡象故　住立在其前
象伏衆人見　道俗皆踊躍　歎佛降惡象
猶如師子吼

時調達見已作是念今以此事不得害佛當更求凶人不識佛者厚相貨誘令往殺之即四出求索見一壯夫便語之言汝爲我殺佛當厚相報其人貪貨應募而去爾時世尊在露處經行遥見彼人以慈心三昧遍滿其身舉手呼之於是彼人不覺捨刀疾行趣佛頭面禮足白佛言我今癡狂欲害世尊自知過重願聽懺悔佛言汝實愚癡云何爲貨欲害如來於我法中若知有罪而懺悔者增長善根次爲說法所謂施論戒論生天之論在家染累出要爲樂彼人内喜佛知其意更爲說法所謂苦集盡道聞法開解於諸法中遠塵離垢得法眼淨見法得果已自歸三尊受持五戒世尊發遣從異路歸調達復募二人令殺前人以滅惡聲復遣四人如是展轉乃至三十二人皆前至佛所佛亦如前次第說法盡得須陀洹果時諸比丘聞調達遣人害佛皆持器杖衞護世尊分部相著各在一面諸佛常法日再出房於晨朝出見諸比丘悉在左右問言汝等何故持杖住此諸比丘言聞調達遣人欲害世尊不能自安所以住此佛告比丘若如來横死無有是處世間五師須防護耳我不須汝各隨所安自護其心調達知已復作是念我復不能以此害佛當更覓人躬自將去故應必果即得一人共上耆闍崛山爾時世尊在山下石上經行調達便使彼人推石害佛其人發心推石四肢便不得舉心念佛功德大手足還復調達見此益瞋忿言汝何瘴困速疾滅去即自捉大石推下礧佛山下有神名金鞞盧接之遠棄片迸著

佛傷足大指世尊見已語調達言汝今便得無間之罪若以惡心出佛身血必墮無間阿鼻地獄調達復作是念我旣不能得害於佛唯當破其和合僧耳佛大神力若我能破其僧名必遠振佛知其意語調達言汝莫破和合僧若僧已破能和合者其人生天一劫受樂若僧和合而破之者墮地獄中一劫受苦調達聞已暫捨是心後尋復生如上所念佛止如初便說偈言

衆聚和合樂　和合常安隱　若破和合僧
一劫地獄苦　衆聚和合樂　和合常安隱
若和合破僧　一劫生天樂　若分部分別
常作不善語　以破和合僧　一劫地獄苦
不分部分別　常能說善語　以和合破僧
一劫生天樂

調達聞已復暫捨是心後尋復生方便過前時諸比丘聞調達欲破和合僧即往白佛佛以是事集比丘僧種種遥責調達已語諸比丘應差一比丘與調達親厚者往諫言汝莫破和合僧莫作破僧事當與僧和合僧和合故歡喜無諍一心一學如水乳合共弘師敎安樂行若受者善若不受應遣衆多比丘若復不受應僧往諫諸比丘受敎如是三反皆悉不受諸比丘種種訶責已以是白佛佛以是事集比丘僧更種種遥責調達已告諸比丘以十利故爲諸比丘結戒從今是戒應如是說若比丘爲破和合僧勤方便諸比丘語是比丘汝莫爲破和合僧勤方便當與僧和合僧和合故歡喜無諍一心一學如水乳合共弘師教安樂行如是諫堅持不捨應第二

第三諫第二第三諫捨是事善不捨者僧伽婆尸沙爲破者求爲破僧因緣和合者同布薩自恣羯磨常所行事僧者從四人已上彼比丘欲破僧餘僧見聞知差一與親厚比丘往諫若捨者應一突吉羅悔過若不捨應遣衆多比丘往諫若捨者應二突吉羅悔過若復不捨應僧往諫若捨者應三突吉羅悔過若不捨復應白四羯磨諫一比丘唱言大德僧聽此某甲比丘爲破和合僧勤方便僧已諫汝莫爲破和合僧勤方便如是諫堅持不捨僧今羯磨諫若僧時到僧忍聽白如是白已應語彼比丘僧已白竟餘三羯磨在汝當捨是事莫犯僧伽婆尸沙彼若捨應三突吉羅一偷蘭遮悔過若不捨復應唱言大德僧聽此某甲比丘爲破和合僧勤方便乃至僧今羯磨諫誰諸長老忍默然不忍者說復應語彼比丘僧已一羯磨竟餘二羯磨在汝當捨是事莫犯僧伽婆尸沙彼若捨應三突吉羅二偷蘭遮悔過若不捨復應如上第二羯磨第二羯磨竟復應如上語若捨應三突吉羅三偷蘭遮悔過若不捨復應如上第三羯磨第三羯磨未竟捨者三突吉羅三偷蘭遮悔過第三羯磨竟捨不捨皆僧伽婆尸沙比丘尼亦如是式叉摩那沙彌沙彌尼突吉羅若白不成三羯磨皆不成若作餘羯磨遮羯磨非法羯磨不諫自捨皆不犯

佛在王舍城爾時助調達比丘語諸比丘言調達所說是知說非不知說說法不說非法說律不說非律皆是我等心所忍樂諸長老比丘聞種種訶責汝云何言調達所說是知

說非不知說說法不說非法說律不說非律皆是我等心所忍樂訶責已以事白佛佛以是事集比丘僧種種遙責助調達比丘已語諸比丘應差一比丘與助調達比丘親厚者往諫莫言調達所說是知說非不知說說法不說非法說律不說非律皆是我等心所忍樂何以故調達非知說非說法非說律汝等莫助破和合僧當助和合僧僧和合故歡喜無諍一心一學如水乳合共弘師教安樂行若受者善若不受應遣衆多比丘及僧往諫諸比丘受敎如是三反助調達比丘悉皆不受諸比丘種種訶責已以事白佛佛以是事集比丘僧更種種遙責助調達比丘已告諸比丘以十利故爲諸比丘結戒從今是戒應如是說若比丘助破和合僧若二若三若衆

多語諸比丘言是比丘所說是知說非不知說說法不說非法說律不說非律皆是我等心所忍樂諸比丘語彼諸比丘汝莫作是語是比丘所說是知說非不知說說法不說非法說律不說非律皆是我等心所忍樂何以故是比丘非知說不說法不說律汝莫樂助破和合僧當樂助和合僧僧和合故歡喜無諍一心一學如水乳合共弘師教安樂行如是諫堅持不捨應第二第三諫第二第三諫捨是事善不捨者僧伽婆尸沙助破者助成破僧因緣和合者同布薩自恣差一親厚諫若捨一突吉羅悔乃至不諫自捨餘如上說佛在拘舍彌國爾時闡陀比丘數數犯罪入白衣舍上牀下牀皆不如法別衆食數數食非時入聚落不白善比丘諸比丘見語言汝

犯如是如是罪汝應見罪悔過莫不清淨修於梵行無得長夜受諸苦惱勿令施主失大功德答言大德汝等不應教我我應教汝何以故聖師法王是我之主法出於我無豫大德譬如大風吹諸草穢幷聚一處諸大德等種種姓種種家種種國出家亦復如是云何而欲教誡於我諸大德莫語我若好若惡我亦不語大德若好若惡諸比丘復語闡陀莫作自我不可共語汝當語諸比丘若好若惡諸比丘亦當語汝若好若惡如是展轉相教轉相出罪成如來衆諸比丘如是諫堅持不捨將至佛所以事白佛佛以是事集比丘僧問闡陀汝實爾不答言實爾世尊佛種種訶責汝愚癡人不應作不可共語諸比丘見汝犯罪欲不共汝布薩自恣羯磨常所行事哀愍汝故訶諫於汝汝今云何而不信受佛種種訶責已語諸比丘應差一比丘與闡陀親善者往諫如上次衆多比丘及僧諸比丘受教三反不受以是白佛佛以是事集比丘僧更種種遙責闡陀已告諸比丘以十利故爲諸比丘結戒從今是戒應如是說若比丘惡性難共語與諸比丘同學經戒數數犯罪諸比丘如法如律諫其所犯答言大德汝莫語我若好若惡我亦不以好惡語汝諸比丘復語言汝莫作自我不可共語汝當爲諸比丘說如法諸比丘亦當爲汝說如法如是展轉相教轉相出罪成如來衆如是諫堅持不捨應第二第三諫第二第三諫捨是事善不捨者僧伽婆尸沙惡性難共語者不受教誨無恭敬心自是非彼同學經戒者經謂一切佛

教戒謂波羅提木叉餘如上說

佛在舍衛城爾時吉羅邑有二比丘一名頞脾二名分那婆藪行惡行汙他家作種種非威儀事自結華鬘亦敎人結自著敎人著與女人同牀坐共盤食飲酒噉肉歌儛伎樂作諸鳥獸種種之聲亦作鳥獸鬪諍時像蒱博嬉戲倒行擲絕彈指眴眼向於女人角戾面目吐舌張口作如是等身口意惡破於戒見威儀正命時五百比丘威儀具足從迦夷國來到此邑至時持鉢入村乞食諸居士見咸作是言此諸比丘從何處來低頭默然狀如孝子不知與人交接言語我此自有二賢比丘多才多藝善悅人心何用此輩久留邑里並不與食空鉢而出時舍利弗目連亦從迦夷來向此邑頞脾等聞作是念此二人來必爲我等作惡名聲斷我供養便往語諸居士言須臾當有二比丘來一名目連善知幻術現種種變二名舍利弗善知呪法巧言惑人汝若同心不爲彼惑我當住此若不能者正爾便去諸居士言長老安住我終不爲彼之所惑二人既到諸居士皆將大小迎逆問訊頭面禮足却坐一面於是目連爲現神變分身百千還合爲一石壁皆過履水如地坐卧空中如鳥飛翔身至梵天手捫日月身上出火身下出水身上出水身下出火或現半身或現全身東涌西没西涌東没南涌北没北涌南没中涌邊没邊涌中没現神變已還坐本處時諸居士竊相謂言目連善知幻術此則然矣於是舍利弗爲說妙法初中後善善義善味具足清白梵行之相說是法已默然

而住時諸居士亦復相語舍利弗善知呪法亦復驗矣於是衆人都不信受無有供養爾時彼邑有二優婆塞一名富闍二名優樓伽信樂佛法見諦得果常好布施供養沙門聞舍利弗目連從迦夷來共出迎之頭面禮足爲說妙法示教利喜聞法已白舍利弗言此邑有二比丘常作種種非威儀事廣說如上近有五百比丘威儀庠序入村乞食空鉢而出唯願大德以此白佛於是二人爲優婆塞更說妙法示教利喜已還舍衛城具以白佛佛以是事集比丘僧告阿難汝往彼邑與二比丘作驅出羯磨阿難白佛彼惡比丘非沙門自言沙門常作不淨心已敗壞我若獨往彼必肆惡隨意惱我佛告阿難如是如是如汝所說汝今便可將諸比丘隨意多少到彼集衆然後乃舉頞脾等罪白四羯磨驅出彼邑一比丘唱言大德僧聽此某甲比丘行惡行汙他家行惡行皆見聞知汙他家亦見聞知僧今驅出此邑若僧時到僧忍聽白如是大德僧聽此某甲比丘行惡行汙他家行惡行皆見聞知汙他家亦見聞知僧今驅出此邑誰諸長老忍默然不忍者說如是第二第三僧已驅出某甲竟僧忍默然故是事如是持阿難受教將五百比丘往到彼邑諸居士聞阿難與五百比丘來出迎問訊頭面禮足却坐一面阿難即集衆乃至羯磨羯磨竟彼二比丘猶故不去諸比丘問汝何故不去答言阿難等隨愛恚癡畏是故不去何以故有如是等同罪比丘有驅者有不驅者諸比丘言汝莫說阿難等不隨愛恚癡有如是等同

罪比丘有驅者有不驅者汝等行惡行汙他家行惡行皆見聞知汙他家亦見聞知汝出去不應住此諸比丘如是諫堅持不捨以事白佛佛以是事集比丘僧種種遙責彼比丘已語諸比丘應差一與彼親厚比丘往諫如上次衆多比丘及僧諸比丘受教三反不受以是白佛佛以是事集比丘僧重遙責已告諸比丘以十利故爲諸比丘結戒從今是戒應如是說若比丘依聚落住行惡行汙他家行惡行皆見聞知汙他家亦見聞知諸比丘語是比丘汝行惡行汙他家行惡行皆見聞知汙他家亦見聞知汝出去不應此中住彼比丘言諸大德隨愛恚癡畏何以故有如是等同罪比丘有驅者有不驅者諸比丘復語言汝莫作是語諸大德隨愛恚癡畏有如是等同罪比丘有驅者有不驅者汝行惡行汙他家行惡行皆見聞知汙他家亦見聞知汝捨是隨愛恚癡畏語汝出去不應此中住如是諫堅持不捨應第二第三諫第二第三諫捨是事善不捨者僧伽婆尸沙行惡行者作身口意惡行汙他家者令他家不復信樂佛法見者眼自見聞者從可信人聞知者遠近皆知差一親厚諫若捨一突吉羅悔乃至不諫自捨餘如上說十三僧殘竟

彌沙塞部五分律卷第三

音釋

唄嗐　唄蒲拜切嗐女力切唄嗐梵誦也　⿳丷王儿　奴侯切　貨殖　貨呼卧切交易曰貨殖常職切與生財利曰殖　鞞　駢迷切　脆　此芮切物易斷也　儐從　儐必刃切導也從疾用切隨從也　嗽　色角切與嗽同吮也　烋　火蚪切　駏驉　駏其呂切驉朽居切駏驉似騾而小　銳　俞芮切利也　眗　輸閏切目

動也　蹹徒合切踐也　賭當古切博奕取財也　⿸疒寧奴耕切與儜同困弱也
礧盧對切推石自高而下也　迸北諍切散也　藪蘇后切　⿰扌蒲薄胡切　擕
⿰扌蒲也　頞烏割切

彌沙塞部五分律卷第四

宋罽賓三藏佛陀什共竺道生譯

初分第三二不定法

佛在舍衛城爾時跋難陀常出入一居士家晨朝著衣持鉢往到其舍敷尼師壇與居士婦獨屏處坐說婬欲麤惡語時毗舍佉鹿子母聞跋難陀與居士婦獨屏處坐說婬欲麤惡語念言若居士還見必生惡心向餘比丘使其長夜受諸苦痛我當遣人往白世尊即語常供養婆羅門那隣伽言汝往佛所頭面禮足廣說此事婆羅門即往白佛佛爲說種種妙法已發遣令還佛以是事集比丘僧問跋難陀汝實爾不答言實爾世尊佛種種訶責如婬事中說已告諸比丘以十利故爲諸比丘結不定法從今是戒應如是說若比丘共一女人獨屏處可婬處坐可信優婆夷見於三法中一一法說若波羅夷若僧伽婆尸沙若波逸提若比丘言如優婆夷所說應三法中隨所說法治是名不定法獨者一比丘一女人更無第三人屏處者眼所不見處可信者見四真諦不爲身不爲人不爲利而作妄語優婆夷者受三自歸絕於邪道不定者若於三法中說一事諸上座比丘應問是比丘汝往彼家不若言往未應治復應輭語問汝與女人獨屏處坐麤惡語行婬欲不若言不上座下座比丘應切語問汝實語莫妄語如優婆夷說不若言如優婆夷說然後乃應隨所說治沙彌突吉羅第二不定法與女人在露處坐除若波羅夷餘皆如上說露處者眼所見處也

初分第四三十捨墮法之一
佛在舍衛城爾時世尊敎諸比丘唯畜三衣
而六羣比丘食前食後晡時皆著異衣諸比
丘見問言世尊不聽畜長衣汝不聞耶答言
我亦聞之但我此衣或僧中得或居士間得
或是糞掃衣彼以著故與我本不使我爲五
家畜諸比丘種種訶責將至佛所以事白佛
佛以是事集比丘僧問六羣比丘汝實爾不
答言實爾世尊佛種種訶責汝等不聞我先
讃歎少欲知足衣栽蔽形食足支命耶譬如
衆鳥毛羽自隨比丘如是三衣常俱汝今云
何畜積非法種種訶責已告諸比丘以十利
故爲諸比丘結戒從今是戒應如是說若比
丘畜長衣過一宿尼薩耆波逸提爾時諸比
丘若須一一衣衆僧羯磨所應分物與之時
阿那律衣麤弊壞諸比丘語言汝衣弊壞何
不從僧取作使一日成阿那律言我不敢取
恐一日不成犯尼薩耆波逸提罪爾時波利
邑諸比丘來舍衛城欲後安居時到不及便
於娑鞞陀邑結坐安居訖十六日便往佛所
道經泥水三衣麤重極大疲極到禮佛足却
坐一面佛問諸比丘安居和合乞食不乏道
路不疲耶答言安居和合乞食不乏我等先
住波利邑欲來此安居多諸知識不得早發
欲及後坐而復不逹遂住娑鞞陀結坐安居
訖十六日便來道經泥水三衣麤重極大疲
極諸比丘因此具以阿那律事白佛佛以是
事集比丘僧讃少欲知足讃戒讃持戒已告
諸比丘從今聽受迦絺那衣得不犯五事一
者别衆食二者數數食三者食前食後行至

餘家不白餘比丘四者畜長衣五者別宿不失三衣時諸比丘作是念佛以受迦絺那衣聽畜長衣爲得幾時念已白佛佛言受迦絺那衣時聽畜從今是戒應如是說若比丘三衣竟捨迦絺那衣已長衣過一宿尼薩耆波逸提爾時阿難得二張劫貝爲舍利弗故受時舍利弗於異處住阿難作是念世尊不聽畜長衣過一宿舍利弗今不在此此當云何念已白佛佛問阿難舍利弗幾日當還答言或十日或不至十日佛以是事集比丘僧種種讃少欲知足讃戒讃持戒已告諸比丘從今是戒應如是說若比丘三衣竟捨迦絺那衣已長衣乃至十日若過尼薩耆波逸提三衣竟者浣染縫竟捨迦絺那衣者白二羯磨捨長者三衣之外皆名長衣者劫貝衣欽婆羅衣野蠶綿衣紵衣麻衣十日者若一日得衣應即日捨若受持若施人若淨施若即日不捨二日更得衣應此日皆捨若此日不捨三日乃至十日更得衣亦應此日皆捨若此日不捨至十一日明相出時其中所得衣皆尼薩耆波逸提若有過十日衣應捨與比丘僧若與一二三比丘不得捨與餘人及非人捨已然後悔過若不捨而悔過者罪益深除長三衣若長餘衣乃至手巾過十日皆突吉羅比丘尼亦如是式叉摩那沙彌沙彌尼突吉羅若淨施不犯第一事竟

佛在舍衛城爾時十七羣比丘安居竟欲遊行作是念我尋還此一衣便足何須多爲作是念已即便幞結餘衣置于架上寄住比丘於是而去時六羣比丘於他處還語住比丘

言差房與我時住比丘即差十七羣所置衣房與之六羣比丘見架上衣問言汝何以故畜此長衣答言此是十七羣比丘安居竟遊行人間不能持去留寄我耳時六羣比丘種種訶責以事白佛佛以是事集比丘僧問十七羣比丘汝實爾不答言實爾世尊佛種種訶責汝等愚癡不聞我說比丘應與三衣鉢俱譬如鳥飛毛羽自隨耶訶責已告諸比丘以十利故爲諸比丘結戒從今是戒應如是說若比丘三衣竟捨迦絺那衣已三衣中若離一一衣宿過一夜尼薩耆波逸提爾時有一糞掃衣比丘欲向娑竭陀邑衣重不能持去欲捨不知云何以是白諸比丘諸比丘將至佛所以事白佛佛以是事集比丘僧告諸比丘若比丘持糞掃衣重欲遊行餘處不能

持去者是比丘應從僧乞不失衣羯磨脫革屣頭面禮足胡跪合掌作是言大德僧聽我某甲比丘欲遊行某處糞掃衣重不能持去欲留今從僧乞不失衣羯磨如是第二第三乞已僧中一比丘唱言大德僧聽此某甲比丘欲遊行某處糞掃衣重不能持去欲留從僧乞不失衣羯磨今僧與作不失衣羯磨若僧時到僧忍聽白如是大德僧聽此某甲比丘欲遊行某處糞掃衣重不能持去欲留從僧乞不失衣羯磨今僧與作不失衣羯磨誰諸長老忍默然不忍者說僧已與某甲比丘作不失衣羯磨竟僧忍默然故是事如是持時諸比丘見世尊聽羯磨離衣便常作羯磨離衣宿亦羯磨盡離三衣著弊壞衣行長老比丘見問言汝何故著弊壞衣行答言佛聽

羯磨離衣是故我等常羯磨離衣宿亦羯磨盡離三衣諸比丘種種訶責將至佛所以事白佛佛言汝等不應常羯磨離衣宿及羯磨盡離三衣此二非法羯磨比丘及僧二突吉羅以此羯磨離衣宿一衣一宿皆犯失衣罪今聽諸比丘羯磨留衣前安居者九月日後安居者八月日不得羯磨留僧伽梨安陀會聽羯磨優多羅僧有賊難處三衣中割截衣最勝者聽隨所留從今是戒應如是說若比丘三衣竟捨迦絺那衣已三衣中離一一衣宿過一夜除僧羯磨尼薩耆波逸提離衣者園同界異界屋同界異界比丘尼精舍同界異界聚落同界異界重屋同界異界乘同界異界船同界異界場同界異界樹下同界異界露地同界異界行道同界異界園同界者僧羯磨作不失衣界而於中得自在往反異界者僧不羯磨作不失衣界雖作而於中不得自在往反屋比丘尼精舍聚落重屋亦如是乘同界者於中得自在若取若舉異界者於中不得自在若取若舉船亦如是場同界者踐穀麥處得自在取異界者不得自在取樹下同界者樹蔭所覆處異界者樹蔭不覆處露地同界者結跏趺坐面去七尺異界者七尺之外行道同界者面去身七尺異界者七尺之外至明相出時比丘還到界乃至一脚入界不失衣若口言我捨是衣亦不失衣若不言捨至明相出時尼薩耆波逸提比丘三衣外餘所受用衣離宿突吉羅比丘尼亦如是式叉摩那沙彌沙彌尼突吉羅第二事竟

佛在舍衛城爾時諸比丘三衣竟捨迦絺那

衣已得非時衣諸比丘慚愧言佛未聽我等受非時衣以是白佛佛以是事集比丘僧問諸比丘汝等實得非時衣慚愧言佛未聽我等受非時衣不答言實爾世尊佛種種讚少欲知足讚戒讚持戒已告諸比丘從今聽受非時衣時六羣比丘作是念世尊聽我等受非時衣便多受不受持不施人不淨施諸比丘見問言汝不聞世尊制不得畜長衣耶答言佛雖制畜長衣而聽受非時衣又問汝等一切時畜非時衣不受持不施人不淨施耶答言如是諸長老比丘種種訶責以事白佛佛以是事集比丘僧問六羣比丘汝實爾不答言實爾世尊佛種種訶責汝愚癡人不應多求多欲外道法中受者無猒施者籌量我正法中少欲知足施者雖無猒受者應少取訶責已告諸比丘若比丘得非時衣不受持不施人不淨施乃至一宿突吉羅爾時有一住處諸比丘多得衣受持施人淨施餘殘與諸比丘諸比丘不受言佛未聽我等受不具足衣語言且受當足令足時長老伽毗得一狹短衣日日舒挽欲令廣長佛常五日案行諸房見伽毗牽挽衣問言汝作何等答言得此衣小不得受持佛復問汝更望得衣處不答言有又問幾時可得答言若一月若減一月佛以是事種種讚少欲知足讚戒讚持戒已告諸比丘從今聽畜非時衣不足望足至一月佛既聽畜非時不足衣諸比丘便持此衣遊行過一月諸比丘見問言佛不聽畜非時不足衣過一月汝等云何擔此衣遊行過於一月種種訶責將至佛所以事白佛佛以

是事集比丘僧告諸比丘以十利故爲諸比丘結戒從今是戒應如是說若比丘三衣竟捨迦絺那衣已得非時衣若須應受速作受持若足者善若不足望更有得處令具足成乃至一月若過尼薩耆波逸提非時衣者捨迦絺那衣已有所得衣皆名非時衣須者三衣中有故壞須以補易望更有得處者應更有得衣處望一日乃至一月得若比丘一日得不具足衣即日有望若得應足成受持若施人若淨施若不受持不施人不淨施至十一日明相出時尼薩耆波逸提二日乃至十日亦如是十一日有望若得即此日應足成受持若施人若淨施若不受持不施人不淨施至十二日明相出時尼薩耆波逸提乃至三十日亦如是比丘尼亦如是式叉摩那沙彌沙彌尼突吉羅第三事竟

佛在舍衛城爾時優善那邑有年少居士出行遊戲見一女人名蓮華色如桃華女相具足情相重敬即娉爲婦其後少時婦便有身送歸其家月滿生女以婦在産不復附近遂乃私竊通于其母蓮華色知便欲委之絕夫婦道恐累父母顧愍嬰孩吞忍耻媿還于夫家養女八歲然後乃去至波羅柰飢渴疲極於水邊坐時彼長者出行遊觀見甚重愛即問鄉居父母氏族今爲係誰而獨在此蓮華色言我某氏女今無所屬長者復問若無所屬能爲我作正室不答言女人有夫何爲不可即便載歸拜爲正婦蓮華色料理其家允和大小夫婦相重至于八年爾時長者語其婦女言我有出息在優善那邑不復債斂

於今八年考計生長乃有億數今欲往債與汝暫乖婦言彼邑風俗女人放逸君往或能失丈夫操財物糞土亦何足計答言吾雖短昧不至此亂婦復言若必宜去思聞一誓答言甚善便言若我發此至還入門一生邪心與念同滅於是別去到于彼邑債斂處多遂經年載去家日久思室轉深作是思惟我當云何不違先誓而遂今情復作是念我若邪婬乃負本誓更取別室不爲違約於是推訪遇見一女顏容雅妙視瞻不邪甚相敬愛便往求婚父以長者才明大富歡喜與之債索既畢將還本國安處別宅然後乃歸晨出暮反異于平昔蓮華色恠之密問從人從人答言外有少婦是故如此其夫暮還蓮華色問君有新室何故藏隱不令我見答言恐卿見恨是故留外婦言我無嫌妬神明鑒識便可呼歸助君料理即便將還乃是其女母子相見不復相識後因沐頭諦觀形相乃疑是女便問鄉邦父母姓族女具以答爾乃知之母驚惋昔日與母共夫今與女同壻生死迷亂乃至於此不斷愛欲出家學道如此倒惑何由得息便委而去到祇洹門飢渴疲極坐一樹下爾時世尊與無央數衆圍遶說法蓮華色見衆多人往反出入謂是節會當有飲食便入精舍見佛世尊爲衆說法聞法開解飢渴消除於是世尊遍觀衆會誰應得度唯蓮華色應得道果即爲說四真諦法苦集盡道便於坐上遠塵離垢得法眼淨既得果已一心合掌向佛而住佛說法已衆會各還蓮華色前禮佛足長跪合掌白佛言於佛法中願

得出家佛即許之告波闍波提比丘尼汝今可度此女爲道受教即度與出家受戒勤行精進逮成羅漢成羅漢已遊戲諸禪解脫顏容光發倍勝於昔到時持鉢入城乞食一婆羅門見生樂著心作是念此比丘尼今不可得唯當尋其住處方便圖之蓮華色乞食畢還安陀園入所住房彼婆羅門隨後察之知其處後日時到復行乞食彼婆羅門於後逃入伏其牀下是日諸比丘尼竟夜說法疲極還房仰卧熟眠於是婆羅門從牀下出作不淨行比丘尼即覺踊昇虚空呼婆羅門便於牀上生入地獄蓮華色因從空中往詣佛所頭面禮足以是白佛佛問汝當爾時意爲云何答言如燒鐵爍身佛言如此無罪復白佛言獨宿當有犯不佛言得道者無犯時有羣賊聚共議言我等當於何處分物用易美食又得妙色咸言此安陀園比丘尼住處必有好色亦當多有上美供養往彼分物必得所欲時彼賊師信樂佛法聞此不悅即作是念此諸人等必當惱亂諸比丘尼我當密遣一人先往告語即便遣之語比丘尼言暮當有惡人往恐必相惱幸可避去諸比丘尼聞即入舍衛城彼城大臣先以一宅施比丘僧而無僧住諸比丘尼暮到住宿時彼羣賊夜入安陀園都無所見賊師歡喜念言比丘尼脫此艱難何其快哉即以最上衣盛滿生熟上美飲食懸著樹枝念言若有得道神通比丘尼取此衣食於是蓮華色比丘尼如力士屈伸臂頃從舍衛城往安陀園樹上取之明日食時以所得食爲長老優波斯那及跋難陀

設供時至皆往下種種食食訖行水取小牀於衆前坐請說妙法優波斯那爲說法已從座而去跋難陀留後語蓮華色言姊妹何從得此美食蓮華色具以事答跋難陀言可示我衣即以示之跋難陀見便生貪著即從索之蓮華色言此不可得何以故女人薄福應畜五衣跋難陀言如人以象馬布施不與鞍韉汝亦如是云何種種餚饍供養惜此一衣而不見與如是無數方便苦索遂不獲已便持與之跋難陀得衣遂歸所住諸比丘見語言汝福德人得此好衣答言我無福德强說比丘尼僅乃得之諸比丘聞種種訶責汝云何强說奪比丘尼衣爾時世尊患於四衆來往憒閙告諸比丘我今欲三月入靜室不聽有人來至我所除一送食比丘汝等亦當相與立制奉敎即立從今不聽輒至佛所唯除一送食比丘犯者波逸提時長老優波斯那不聞僧制後到舍衞城問異比丘佛在何房比丘指示即至房前以手叩戸佛自爲開前禮佛足却坐一面佛問優波斯那汝衆清淨威儀具足云何敎化而得如此答言若人從我求出家者敎行十二頭陀汝當盡形壽作阿練若乞食一坐食一種食一受食次第乞食塜間糞掃衣三衣隨敷坐樹下坐露坐世尊若人能盡形壽行如此法得入我衆我與作師佛歎言善哉善哉如汝可謂善敎徒衆復問汝知此衆僧有制不答言不知何以故我從佛聞佛未制不得輒制已制應奉行佛具以上事語之答言我不能隨僧制波逸提悔過佛言善哉如汝所說時舊住比丘住立

房前待優波斯那出語言汝犯僧制應作波逸提悔過答言我犯何波逸提諸比丘具說上事答言我不隨僧制悔過何以故我親從佛聞佛若不制僧不得制若佛制已僧不得違於是佛自出語諸比丘從今若有阿練若比丘如優波斯那聽至我所諸比丘聞已作是念我亦當行此頭陀可得輒至佛所便各修行時諸居士所設房舍供養無復人受以是白佛佛語諸比丘今聽四衆自在見我時波闍波提比丘尼聞佛此教便與五百比丘尼來向佛所中路逢優波斯那優波斯那衆中一比丘衣麤弊壞問言長老何故著此答言無有餘衣比丘尼便指已衣語言能著此不答言能又問長老所著能與我不答言能即便易之前至佛所頭面禮足却坐一面佛問瞿曇彌汝何故著此弊壞衣答以上事佛爲說法遣還所住佛以是事集比丘僧問彼比丘汝實以麤弊衣與比丘尼易好衣不答言實爾世尊佛種種訶責汝愚癡人不應多欲諸比丘因此以跋難陀事白佛佛問跋難陀汝實爾不答言實爾世尊佛種種訶責已告諸比丘以十利故爲諸比丘結戒從今是戒應如是說若比丘從比丘尼取衣尼薩耆波逸提有諸比丘有親里比丘尼多諸知識能得衣物而諸比丘著麤弊衣諸比丘尼問言何故著此惡衣答言無有得處語言何不就我取答言佛制不聽就比丘尼取衣諸比丘尼言唯親知可取知可與願以白佛諸比丘即以白佛佛以是事集比丘僧種種讚少欲知足讚戒讚持戒已告諸比丘從今是戒

應如是說若比丘從非親里比丘尼取衣尼薩耆波逸提爾時舍衞城比丘比丘尼共得衣施便共分之或比丘宜著比丘尼所得或比丘尼宜著比丘所得諸比丘尼語諸比丘與我易衣答言佛不聽我取非親里比丘尼衣諸比丘尼言以衣易衣如何言取便往白佛佛以是事集比丘僧種種讚少欲知足讚戒讚持戒已告諸比丘從今是戒應如是說若比丘從非親里比丘尼取衣除貿易尼薩耆波逸提非親里者於父母乃至七世無親貿易者彼此有益又各隨所宜從式叉摩那沙彌尼取衣突吉羅若親里犯戒邪見從取衣突吉羅沙彌從比丘尼式叉摩那沙彌尼取衣突吉羅若無心求自布施知彼有長乃取不犯第四事竟

佛在舍衞城爾時跋難陀晨朝著衣持鉢往偷羅難陀比丘尼所坐起輕脫不覺露形跋難陀見失不淨比丘尼知語言長老與我衣浣便脫與之彼既得衣即以不淨自內形中又諸比丘亦與諸比丘尼衣令浣染打時諸比丘尼以此多事妨廢讀誦坐禪行道諸白衣見種種訶責言諸比丘尼常以浣染打衣爲業與在家人有何等異時波闍波提比丘尼與五百比丘尼俱詣佛所頭面禮足却坐一面佛問瞿曇彌諸比丘尼手足何故盡有染色具以事答佛爲諸比丘尼說妙法已各還所住佛以是事集比丘僧問諸比丘汝等實使比丘尼浣染打衣不答言實爾世尊諸比丘因此以跋難陀事白佛佛種種訶責已告諸比丘以十利故爲諸比丘結戒從今是

戒應如是說若比丘使比丘尼浣故衣若染若打尼薩耆波逸提有諸老病比丘不能自浣染打衣有親里比丘尼能浣染打皆來從索欲爲作之諸比丘言佛不聽我等使比丘尼浣染打衣諸比丘尼言唯親知可知不可願以白佛諸比丘即以白佛佛以是事集比丘僧讚少欲知足讚戒讚持戒已告諸比丘從今是戒應如是說若比丘使非親里比丘尼浣故衣若染若打尼薩耆波逸提故衣者經體有垢膩若令浣浣不染不打若令染染不浣不打若令打打不浣不染若令浣染浣染不打若令浣打浣打不染若令染打染打不浣若令浣染打浣染打皆尼薩耆波逸提若令浣不浣而染若令浣不浣而打若令浣不浣而染打皆突吉羅令染不染而浣而打而浣打令打不打而浣而染而浣染令浣染不浣染而打令浣打不浣打而染令染打不染打而浣亦如是若令非親里浣染打而親里浣染打若令非親里浣染打而親里非親里共浣染打若令親里非親里共浣染打而親里浣染打若令親里非親里共浣染打而非親里浣染打若令親里非親里共浣染打而親里非親里共浣染打皆尼薩耆波逸提若衣未可浣染打而令非親里浣染打突吉羅若令親里浣染打而非親里浣染打不犯餘如取衣中說第五事竟

佛在舍衛城爾時城中有好衣長者信樂佛法常出聽受時彼長者著重好衣將諸僮從從城中出問訊世尊及諸比丘佛爲說法示教利喜已頂禮辭歸遇跋難陀跋難陀復爲

說法臨别白言長老明日見顧蔬食答言我不乏食苦無衣服汝能與我身上一衣不長者言當與家籌量不得便相與跋難陀言我聞長者好喜布施如何於我而獨疎薄又言我說法能離生老病死憂悲苦惱爲度汝等廢不營巳汝今云何惜此一衣於是長者即脫與之去至城門守門者問汝向重衣出而今輕還爲與女人爲遇劫奪耶答言我不與女人亦不遇劫爲沙門釋子所强乞耳守門者言莫作是語我聞沙門釋子少欲知足若人布施尚不肯受如何於今强乞人物答之如上有不信樂佛法者聞便唱言快正應奪汝若更親近當復劇是沙門釋子常歎布施毀不與取而今强說奪人衣物何異於劫長者還家家中問答亦皆如上諸長老比丘聞種種訶責巳將至佛所以事白佛佛以是事集比丘僧問跋難陀汝實爾不答言實爾世尊佛種種訶責巳告諸比丘以十利故爲諸比丘結戒從今是戒應如是說若比丘從居士居士婦乞衣尼薩耆波逸提爾時諸比丘著麤弊衣諸親里見語言何以著此壞衣不從我取答言佛不聽我等就居士居士婦乞衣可以與僧當從僧取諸親里言我正欲與比丘不欲與僧今餘人得諸比丘言若佛聽我從親里居士居士婦乞衣者亦當不著如此弊惡諸親里言唯親知可與知可取願以白佛諸比丘即以白佛佛以是事集比丘僧告諸比丘從今是戒應如是說若比丘從非親里居士居士婦乞衣尼薩耆波逸提爾時衆多比丘隨估客行失道遇劫剥奪赤肉裸

形而還向舍衛城行者問言汝是何人答言我是沙門釋子復問汝衣鉢何在答言爲劫所奪進到祇洹諸比丘問答亦如是又問汝若是比丘云何受戒布薩自恣答言如是受戒布薩自恣諸比丘竟不與衣便至佛所佛訶責言汝等何以裸形見佛豈不能得樹葉及草以蔽身耶告諸比丘從今裸形至佛前者突吉羅諸比丘白佛佛不聽我從非親里居士居士婦乞衣我等親里去此甚遠云何得衣佛言汝等已到舊比丘所未答言已到又問何以不與汝衣答言諸比丘方共見問云何受戒布薩自恣雖如法答猶不見與佛遙訶責舊住比丘云何眼見比丘裸形而不矜恤爲失衣比丘讚少欲知足讚戒讚持戒已告諸比丘從今是戒應如是說若比丘從非親里居士居士婦乞衣除因緣尼薩耆波逸提因緣者奪衣失衣燒衣漂衣衣壞是名因緣若奪衣乃至衣壞故有餘衣及有衣在餘處皆不得乞比丘尼亦如是式叉摩那沙彌沙彌尼突吉羅第六事竟

佛在舍衛城爾時衆多比丘從波利邑來向佛所遇劫失衣共作是言佛雖聽五事因緣得從非親里居士居士婦乞衣我今不知當從誰乞時六羣比丘作是念此諸比丘失衣不知從誰乞我當爲索若有長者當自取之念已即以是語語失衣比丘失衣比丘言大善於是六羣比丘遍語城中諸居士居士婦言有諸比丘從波利邑來欲覲世尊遇劫失衣汝等可共減割施之諸居士居士婦聞已各各減割大得衣服人人皆足失衣比丘言

我等已足不須更乞六羣比丘言汝等有乞衣因緣而我等無德我以汝因緣更有所乞失衣比丘言隨長老意時六羣比丘復更遍乞得衣甚多時諸居士集共議言失衣比丘未有幾人我等城中男女大小減割布施已應過足何以復索將無欲以積畜販賣貿易不修梵行耶時諸長老比丘聞種種訶責以事白佛佛以是事集比丘僧問六羣比丘汝實爾不答言實爾世尊佛種種訶責已告諸比丘以十利故爲諸比丘結戒從今是戒應如是說若比丘奪衣失衣燒衣漂衣衣壞從非親里居士居士婦乞衣若居士居士婦欲多與衣是比丘應受二衣若過是受尼薩耆波逸提比丘尼亦如是式叉摩那沙彌沙彌尼突吉羅第七事竟

佛在舍衛城爾時跋難陀常出入一居士家爲說法疾病官事皆爲料理有一比丘晨朝著衣持鉢入城乞食遇到此家聞其夫婦共議跋難陀於我有恩當以如是衣直作衣與之彼比丘乞食還語跋難陀汝有福德跋難陀言有何福德答言我今乞食到其居士家聞夫婦共議跋難陀於我有恩當以如是衣直作衣與之汝今往彼必得無疑跋難陀明旦食時著衣持鉢往到其家居士即出問訊跋難陀言汝爲我以如是衣直作衣耶答言如是跋難陀言汝自知我不著惡衣若作好衣我當自著常憶念汝疾病官事當相料理若不好者當與弟子或藏器中徒去此物無施用福時彼居士語左右言此人無猒難養難滿我發心所與五倍六倍猶不愜意先雖

厚善於今薄矣遂不與之時諸長老比丘聞種種訶責將至佛所以事白佛佛以是事集比丘僧問跋難陀汝實爾不答言實爾世尊佛種種訶責已告諸比丘以十利故爲諸比丘結戒從今是戒應如是說若比丘非親里居士居士婦共議當以如是衣直作衣與某甲比丘是比丘先不自恣請便往問居士居士婦言汝爲我以如是衣直作衣不答言如是便言善哉居士居士婦可作如是衣與我爲好故尼薩耆波逸提先不自恣請者先不問比丘爲須何衣爲好者求令極好勝先所許若從親里索好突吉羅比丘尼亦如是式叉摩那沙彌沙彌尼突吉羅第八事竟

佛在舍衛城跋難陀復有常出入家其夫婦共議我當各爲跋難陀以如是衣直作衣與之乞食比丘聞復語之跋難陀即往問居士居士婦言我聞汝等爲我各以如是衣直作衣爲實爾不答言如是跋難陀言可合作一衣令極好若極好我當自著常憶念汝若不好者當置器中徒去此物無施用福時居士居士婦便大瞋言此人無猒難養難滿雖求合作一衣而於我發心所許五倍六倍猶不愜意如此惡人不足存在於是不聽復得來往時諸長老比丘聞種種訶責將至佛所以事白佛佛以是事集比丘僧問跋難陀汝實爾不答言實爾世尊佛種種訶責已告諸比丘以十利故爲諸比丘結戒從今是戒應如是說若非親里居士居士婦共議我當各以如是衣直作衣與某甲比丘是比丘先不自恣請便往問居士居士婦言汝各爲我以如

是衣直作衣不答言如是便言善哉居士居士婦可合作一衣與我爲好故尼薩耆波逸提比丘尼亦如是式叉摩那沙彌沙彌尼突吉羅第九事竟

佛在王舍城爾時王舍大臣語左右人言汝往跋難陀所以我名字作禮問訊持此衣直而供養之使受勑至跋難陀所語言某甲大臣問訊起居送此衣直供養大德大德受之跋難陀言我不應受此衣直若得淨衣當手受持使言大德有執事人不跋難陀即指示處使便到執事人所語言某甲大臣送此衣直與跋難陀汝爲受作來取便與使既與已還跋難陀所白言大德所示執事人我已與竟大德須衣便可往取白已便還大臣後時復更遣信問跋難陀我近遣使送衣直付某執事大德爲已著此衣未跋難陀言我未取著還白如此大臣作是念我作衣已久而猶不取必薄我衣故致如此即復遣信語跋難陀言我送衣已久何故不著若不須者可以還我跋難陀言我甚須之便於非時到執事人所語言我今須衣可以見與答言小待今衆人會我應往赴若不及期便應罰我金錢五百跋難陀言汝常信樂勤於法緣今日何故忽重俗事彼聞此語便作是念正使被罰要當付衣然後乃去即便料理與之事畢星馳已隊稽後衆人問言汝來何晚答言跋難陀索衣料理還之所以致此衆人咸言爲一比丘而輕衆制理不可恕即便罰之彼既得罰便瞋恨言沙門釋子自言有道利益於物而今乃反令我得罰不信樂佛法者咸皆語

言汝信敬沙門致此重罰若復親近方當劇是惡名流布遍舍衛城諸長老比丘聞種種訶責將至佛所以事白佛佛以是事集比丘僧問跋難陀汝實爾不答言實爾世尊佛種種訶責巳告諸比丘以十利故爲諸比丘結戒從今是戒應如是說若王若大臣婆羅門居士爲比丘故遣使送衣直使到比丘所言大德彼王大臣送此衣直大德受之是比丘言我不應受衣直若得淨衣當手受持使言大德有執事人不比丘即指示處使便到執事所語言某王大臣送此衣直與某甲比丘汝爲受作取便與之使旣與巳還比丘所白言大德所示執事人我巳與竟大德須衣便可往取是比丘二反三反到執事所語言我須衣我須衣若得者善若不得四反五反六反到執事前默然立若得者善若過若求得者尼薩耆波逸提若不得衣隨使來處若自往若遣信語言汝爲某甲比丘送衣直是比丘竟不得汝還自索莫使失是事應爾比丘尼亦如是式叉摩那沙彌沙彌尼突吉羅第十事竟

佛在舍衛城爾時衆僧多得縷施即共分之諸比丘用縫僧伽梨優多羅僧安陀會一切餘衣又作腰繩襌帶乃至戶紐猶故不盡時六羣比丘便顧織師織作一衣猶有餘縷復更顧作縱少不足便行求乞長者居士悉皆與之於是六羣比丘作是念我得善利從今但當恒作此業便多乞縷一切織師悉皆顧織時有居士詣一織師顧織作衣答言我巳許比丘不得復作遍詣餘處皆亦如是於是

居士便瞋罵言沙門釋子少欲知足而今遍顧一切織師無有猒足與世貪人有何等異無沙門行破沙門法諸長老比丘聞種種訶責以事白佛佛以是事集比丘僧問六羣比丘汝實爾不答言實爾世尊佛種種訶責已告諸比丘以十利故爲諸比丘結戒從今是戒應如是說若比丘自行乞縷顧織師織作衣尼薩耆波逸提比丘尼亦如是式叉摩那沙彌沙彌尼突吉羅第十一事竟

佛在舍衛城爾時跋難陀常出入一估客家說法治病估客語婦言跋難陀於我有恩可以此縷顧織師作衣我還當與行後婦便持縷詣織師所顧令作之語言籌量令足勿使少長跋難陀聞即往其家婦出問訊言我夫敎我爲大德作衣我已顧人令作跋難陀言汝顧誰作答言某甲跋難陀便往織師所語言汝知不此衣爲我作汝好織令緻廣自當少多私相荅報織師言彼婦語我籌量令足我今云何令得緻廣跋難陀言但好作之若綖不足持我意索自當與汝織師隨語用盡往索估客婦言我先語汝籌量令足何故復索織師具以事荅婦便更與估客行還問婦言我先令汝爲跋難陀作衣爲已作未答言已作可取來看婦即取示衣甚緻好問言用少許縷那得如此答言跋難陀更來取縷所以得爾估客便瞋罵言跋難陀難養難滿無猒無足如我本意此衣數倍先雖有恩於今絕矣遂不與之如是惡聲流布遠近長老比丘聞種種訶責將至佛所以事白佛佛以是事集比丘僧問跋難陀汝實爾不答言實爾

世尊佛種種訶責已告諸比丘以十利故爲諸比丘結戒從今是戒應如是說若居士居士婦爲比丘使織師織作衣是比丘先不自恣請便到織師所作是言汝知不此衣爲我作汝好爲我織令極緻廣當別相報後若與一食若一食直得者尼薩耆波逸提比丘尼亦如是式叉摩那沙彌沙彌尼突吉羅十二事竟

佛在舍衛城爾時跋難陀語弟子達摩言今欲與汝遊行到拘薩羅國達摩言彼寒無衣不能得去跋難陀言若能去者當與汝衣達摩言先與我衣然後當去即便與之既得衣已便不肯去跋難陀言汝言得衣當去如何得衣而復不肯若不能去以衣還我達摩言師已見施云何復索跋難陀言我非施汝欲共遊行故相與耳汝今不去欲以何理而不還我便强奪之彼即高聲大哭長老比丘問汝何故哭答言師奪我衣諸比丘種種訶責跋難陀云何名比丘强奪人衣答言我欲共行至拘薩羅國以衣顧之彼既得衣便不肯去是以取之非爲强奪諸比丘復種種訶責達摩汝云何欺師索衣許行得而不去便將二人同至佛所以事白佛佛以是事集比丘僧問跋難陀汝實以衣與弟子還奪取不答言實爾世尊佛復問達摩汝實誑師不答言實爾世尊佛種種訶責二比丘已告諸比丘以十利故爲諸比丘結戒從今是戒應如是說若比丘與比丘衣還奪尼薩耆波逸提爾時六羣比丘與諸比丘衣後使沙彌守園人奪諸比丘問言汝不聞佛制與比丘衣不得還奪耶答言聞我今使沙彌守園人奪不違

佛教諸比丘言自奪教人有何等異種種訶責已以事白佛佛以是事集比丘僧問六羣比丘汝實爾不答言實爾世尊佛種種訶責已告諸比丘從今是戒應如是說若比丘與比丘衣若自奪若使人奪尼薩耆波逸提有諸客比丘寄舊住比丘衣行還日久恐犯此戒不敢復索復有諸比丘在路行寄比丘衣行路既遠恐犯此戒亦不復索或有已索便生慚愧謂犯此戒作捨墮悔過者諸比丘以是白佛佛以是事集比丘僧問諸比丘汝實爾不答言實爾世尊佛種種讃少欲知足讃戒讃持戒已告諸比丘若索寄衣犯捨墮者無有是處從今是戒應如是說若比丘與比丘衣後瞋不喜若自奪若使人奪作是語還我衣不與汝尼薩耆波逸提比丘尼亦如是

式叉摩那沙彌沙彌尼突吉羅十三事竟

彌沙塞部五分律卷第四

音釋

屏必郢切蔽也　幞房玉切帊也　娉匹正切娉問也　債側革切與責同征求也　操七到切持守也　惋烏貫切惋嘆也　爍正作烙歷各切燒灼也　鞍韉鞍烏寒切韉則千切鞍韉馬韉具也　憒古對切心亂也　愜苦協切快也　緻直利切密也

彌沙塞部五分律卷第五

宋罽賓三藏佛陀什共竺道生譯

初分第四三十捨墮法之二

佛在王舍城爾時衆多居士共請佛及僧其中有破薪者取水者掃灑地者敷坐具者布華者敷高座者辦具食者時跋難陀晨朝著衣持鉢先往請家至諸人所隨其所爲而讃歎之復語言汝今所作歎喜善好諸人言我實歡喜作諸供養務令飲食種種甘美亦當以衣布施衆僧跋難陀言衆人施僧衣物甚多汝若復施正當積聚成無用物何爲徒去有用之福而不與我若與我者我當自著恒相憶念疾病官事當相料理諸人聞已便共集議其中有言若僧不須可以施之使我等得施用之福或復有言本爲施僧如何復得迴與一人言與者衆遂便與之時跋難陀擔重擔衣還歸僧坊諸比丘歎汝福德人如何暫出乃得此衣跋難陀言巧辯所獲非福德也即便具說得衣所由諸長老比丘聞種種訶責汝愚癡人云何迴與僧物而自入已時彼居士食具已辦遣使白佛於是世尊著衣持鉢與比丘僧前後圍遶往詣其家就座而坐諸居士手自下食食畢行水而無布施先不欲與跋難陀者竊共議言我等今日食無不備某等無故持施僧物獨與一人闕此達嚫寧無慚愧諸比丘問汝等竊語爲何所說具以事答諸比丘種種訶責跋難陀汝愚癡人云何迴與僧物自以入已爾時世尊爲諸居士說妙法已從座起去諸長老比丘以是白佛佛以是事集比丘僧問跋難陀汝實爾

不答言實爾世尊佛種種訶責已告諸比丘以十利故為諸比丘結戒從今是戒應如是說若比丘迴與僧物入已尼薩耆波逸提有諸比丘不知是與僧物迴以入已後知生慚愧或已悔過以是白佛佛以是事集比丘僧讚少欲知足讚戒讚持戒已語諸比丘若不知與僧物而迴入已犯捨墮者無有是處從今是戒應如是說若比丘知檀越欲與僧物迴以入已尼薩耆波逸提知者若自知若從他聞欲與僧物者若人發心作是語我當持此物與彼衆僧若迴欲與僧物與餘人波逸提與餘僧比丘尼僧二部僧四方僧與塔皆突吉羅若迴欲與比丘尼僧二部僧四方僧物亦如是若迴欲與塔物入已與比丘僧比丘尼僧二部僧四方僧餘人餘塔皆突吉羅若迴欲與人物亦如是乃至迴與此畜生一摶飯與彼畜生亦突吉羅比丘尼亦如是式叉摩那沙彌沙彌尼突吉羅若白僧僧與若施主自迴欲與僧物與已不犯十四事竟

佛在王舍城爾時畢陵伽婆蹉住楞求羅山飛在空中亜灑所住房時瓶沙王往至彼山畢陵伽見王來便還在地白言善來大王可就此座王坐已問言何以自作無守園人耶答言無王即語一臣可給此比丘守園人畢陵伽言佛不聽我畜守園人王言可以白佛王去之後便以白佛佛以是事集比丘僧讚少欲知足讚戒讚持戒已告諸比丘從今聽諸比丘畜守園人王所勑臣不信樂佛法竟不與之畢陵伽亦不從索後時著衣持鉢入城乞食王與羣臣樓上遥見便生是念我先

許彼比丘守園人不知得未即問前所勑臣臣言未與王復問言吾勑來幾日臣言已五百日王言隨此日數與之大臣奉敎即以五百家家一人與之時五百家日差一人掃除房舍承受所爲時彼村人至節會日男女莊飾衣服璨麗出行遊戲有一貧女行大啼哭時畢陵伽入村乞食見女啼哭問其母言汝女何故啼哭如是答言今日諸人皆盛服飾出行遊戲我家貧窮不及於人是以悲哭時畢陵伽見牛噉草語其母言取少草來即取與之畢陵伽便結草變成二金華鬘與彼女母語言天下有二種金勝閻浮檀金及神足所化汝可持此與女令著彼女得已極大歡喜便著出入人無不羨時有一人見生憎嫉即白缾沙王言某村某家得好伏藏某女所著華鬘天下無比大王後宮之所未有王即呼語汝得伏藏可以示我答言我實不得王復問汝女所著何處得之答言是畢陵伽結草化作王聞是語極大瞋恚云何化草得成金鬘便勑有司收繫著獄畢陵伽後時復至彼村見先女人方大啼哭問言汝今何故復大啼哭答言家親在獄問言爲何等罪答言由大德施金華鬘語言莫哭我當爲汝令尋得出畢陵伽即便先往典獄官所典獄官見皆問訊言大德何故枉屈來此答言守園人繫在獄我所以來汝今可爲放出之不答言此人得好伏藏不以示王若以示王乃可得出畢陵伽言我結草作非是伏藏彼人言結草作金無有是處畢陵伽即變其所坐皆作金牀語言汝今自見坐於何座即皆自見坐

金牀上便大惶怖下牀叩頭願見垂恕速爲解之若王聞我坐金牀上必重見罪畢陵伽言放守園人然後解汝彼言此不見由問言由誰答言由王畢陵伽即爲滅已飛往王所住於空中時王在高樓上見即作禮問言大德以何故來答言守園人繫在獄我所以來願爲放出王言彼人得好伏藏若以示我乃得出耳畢陵伽言我結草作非是伏藏王言結草作金無有是處時畢陵伽便以杖叩王樓柱即化成金樓問言王此高樓用何物作王見歡喜即勑放之畢陵伽如是展轉四現神足時諸人民聞見神變於佛法衆生信樂心施僧前食後食怛鉢那非時漿洗浴之具塗身塗足及然燈油爾時衆僧多得生熟酥油蜜石蜜食不能盡積聚在地處處流漫汙泥衣服牀席臥具諸居士見問言此是誰物有人答言是沙門釋子之所畜積諸居士言沙門釋子自言節食積聚如此恣意噉之此等爲求解脱離生老死而今但求如此美味無沙門行破沙門法諸長老比丘聞種種訶責以事白佛佛以是事集比丘僧問諸比丘汝等實爾不答言實爾世尊佛種種訶責已告諸比丘從今不聽食宿受酥油蜜石蜜犯者突吉羅時衆多比丘病不能得淨人從日日受亦無錢直又無買處諸比丘不知云何以是白佛佛以是事集比丘僧讚少欲知足讚戒讚持戒已告諸比丘從今聽諸病比丘食宿受酥油蜜石蜜乃至六夜時諸比丘復過六夜長老比丘種種訶責以是白佛佛以是事集比丘僧問諸比丘汝等實爾不答言

實爾世尊佛種種訶責已告諸比丘以十利故爲諸比丘結戒從今是戒應如是說若比丘病得服四種含銷藥酥油蜜石蜜一受乃至七日若過尼薩耆波逸提若一日得受二日更得受至七日更得受留至八日明相出時皆尼薩耆波逸提應白捨與僧僧捨與白衣沙彌若用然燈若用塗足唯捨藥比丘不得用一切比丘不得噉比丘尼亦如是式叉摩那沙彌沙彌尼突吉羅 十五事竟

佛在舍衛城爾時有八月賊常伺捕人殺以祠天一切人民及諸比丘無不警備祠日垂至而未有所獲賊共議言阿練若處必有比丘取之易得即往一處諸比丘聞各各逃走賊無所得復共議言當至餘處不得懈惰以失祠日時彼衆中有一罷道者語衆人言我聞佛教不聽比丘離衣一宿但共守之向曉必還衆人言若彼不還便當殺汝汝若不恨吾等當住答言甚善於是羣賊便住時諸比丘懼犯離衣宿罪後夜悉還賊問言汝謂吾已去耶答言我知汝在佛不聽我離衣宿是故還耳賊即殺之須血取血須肉割肉餘不死者作是念世尊若聽我等滿八月日寄一一衣著界内白衣家者不遭此難以是白佛佛以是事集比丘僧讚少欲知足讚戒讚持戒已告諸比丘從今聽諸阿練若處比丘安居三月未滿八月寄一一衣著界内白衣家離宿無罪有諸比丘近聚落住亦寄一一衣著界内白衣家離宿諸比丘以是白佛佛言不聽近聚落住離衣宿復有比丘於阿練若無恐怖處離衣宿諸比丘以是白佛佛言亦

不聽阿練若無恐怖處離衣宿有疑恐畏然後乃聽時諸比丘寄衣他家都不往視日久濕穢虫齧腐爛諸比丘以是白佛佛言應往視曬時諸比丘便數數往居士惡猒諸比丘以是白佛佛言聽十日一視時諸比丘有僧事塔事和尚阿闍梨事及以他事須出界外爲衣故不敢出以是白佛佛言若有事要須自出界外聽離衣一宿諸比丘出界一宿其事未畢復還白佛佛言聽六宿既聽六宿諸比丘便著麤弊衣行過六宿者長老比丘以是白佛佛以是事集比丘僧問諸比丘汝實爾不答言實爾世尊佛種種訶已告諸比丘以十利故爲諸比丘結戒從今是戒應如是說若比丘住阿練若處安居三月未滿八月若處有恐怖聽寄一一衣著界內白衣家若有因緣出界離此衣宿乃至六夜若過尼薩耆波逸提安居三月者前安居未滿八月者後安居一一衣者若僧伽梨若優多羅僧隨所重寄一衣不得寄安陀會以著身故禮拜入僧乞食不得單著故不得寄二有因緣出界外六宿者若有塔事和尚阿闍梨及以他事留一一衣白衣家出界外極至六宿若一宿二宿乃至五宿事訖不還突吉羅沙彌突吉羅 十六事竟

佛在舍衛城爾時毗舍佉鹿子母請佛及僧明日設食其日正遇天恐怖雨其雨如力士屈伸臂頃便滿一鉢地受此水如一滴油落熱沙聚若不爾者浩成大海佛告諸比丘如今祇洹中雨遍閻浮提亦復如是汝等可出於中洗浴比是最後平等之雨諸比丘即出

雨中裸形而浴時毗舍佉遣婢白佛食具已辦婢至祇洹見諸比丘皆裸形浴作是念此是外道非諸比丘還白如是毗舍佉作是念必是比丘露地洗浴癡婢不知謂是外道即復遣言汝至祇洹門作如是唱食具已辦唯聖知時婢即復往至祇洹門欲如勑唱時諸比丘浴竟還房不見一人復作是念向滿中外道今不復見即便還歸復白如此毗舍佉復作是念必是比丘浴竟宴息復更遣言汝可入門於中庭唱即復受教入祇洹門庭中唱之佛聞唱聲告諸比丘毗舍佉已白時至汝等皆著衣持鉢共受彼請諸比丘奉勑盡集普會講堂婢方進前更白佛言食具已辦唯聖知時佛言汝可先去當隨後到於是世尊如力士屈伸臂頃與諸比丘沒普會講堂踊出毗舍佉所敷座上衣服不濕毗舍佉見佛及僧忽然在座衣服不濕作是念我得善利供養如是聖師及聖弟子天雨洪注而衣服不濕歡喜踊躍種種美食手自下之食畢行水叉手合掌在一面立白佛言願世尊與我願佛告毗舍佉佛於世間諸願永離毗舍佉復白言願佛與我清淨可得之願佛言大善毗舍佉白佛言世尊我晨朝遣婢白食具已辦見諸比丘皆裸形浴便還語我祇洹中盡諸外道無有比丘世尊云何比丘於和尚阿闍梨前裸形洗浴願佛聽諸比丘畜雨浴衣我當盡命供給舍衛城諸比丘雨浴衣又言我近小緣至阿夷羅河見諸比丘尼在於河中裸形洗浴時人見之咸形笑言女人著衣猶尚無好況汝出家人而裸形體願佛亦

聽諸比丘尼畜水浴衣我亦盡命供給舍衞城諸比丘尼水浴衣又言佛說有三種病一種得藥不得藥死二種得藥不得藥差三種得藥差不得藥死願聽諸比丘服諸藥我亦盡命供給舍衞城諸比丘藥又言佛說三種病一種得隨病食不得隨病食死二種得隨病食不得隨病食活三種得隨病食活不得隨病食死願聽諸比丘食隨病食我亦盡命供給舍衞城諸比丘隨病食又言看病人若乞食則有所廢願聽諸比丘受看病人食我亦盡命供給舍衞城看病人食又言客來比丘行路疲極始至不知何處乞食願聽諸比丘受我客比丘食令息疲極知乞食處我亦盡命供給舍衞城客比丘食又言若有遠行比丘入村乞食便不及伴至逈道中或遇八月賊或失道徑願聽遠行比丘受我遠行食我亦盡命供給舍衞城遠行比丘食又言我聞世尊於阿那頻頭國聽諸比丘歠粥願聽諸比丘受我粥我亦盡命供給舍衞城諸比丘粥又白佛言願世尊受我盡命衣食湯藥佛問毗舍佉汝見何義利索是九願答言此國當有諸方比丘來問訊世尊若云彼處某甲比丘命過得須陀洹斯陀含阿那含阿羅漢我當問之彼比丘曾來此不答言曾來我作是念彼比丘必曾受我乃至一種供養便生歡喜增益善根於是世尊語毗舍佉聽汝八願一願不可得時毗舍佉取小牀於佛前坐佛爲說隨喜偈

歡喜施飲食　佛及聖弟子　設福破慳貪
受報常欣樂　生天壽命長　還此離染塵

行法之大果　長處淨天樂
爾時世尊更爲說種種妙法示教利喜還祇洹集諸比丘讚少欲知足讚戒讚持戒已告諸比丘從今聽諸比丘受雨浴衣諸比丘尼受水浴衣受隨病藥隨病食看病人食客食遠行食及粥時諸比丘作是念佛聽我等畜雨浴衣便常乞畜不受持不施人不淨施擔重擔衣行諸比丘見問言汝不聞佛制畜長衣耶答言佛雖有制而聽畜雨浴衣諸比丘又問汝等常畜雨浴衣不受持不施人不淨施耶答言如是諸長老比丘種種訶責以是白佛佛以是事集比丘僧問諸比丘汝實爾不答言實爾世尊佛種種訶責已告諸比丘以十利故爲諸比丘結戒從今是戒應如是說若比丘春餘一月應求雨浴衣餘半月應持若未至一月求先半月持尼薩耆波逸提雨浴衣者雨浴時用夏浴時亦用若至春餘一月先有許施雨浴衣者知識比丘應爲往語言今是縫染作雨浴衣時若得者善若不得應更爲語諸處皆已縫染作雨浴衣若得者善若不得復應爲語汝先許與某比丘雨浴衣今正是時若得者善若不得彼比丘應更餘處乞畜至八月半百三十五日持若過此不作餘衣受持不施人不淨施突吉羅沙彌突吉羅事竟十七
佛在舍衞城爾時六羣比丘到估客村估客言長老住此安居我等行還當施安居物六羣比丘言欲令我住便可施我我安居中作衣安居竟著問訊佛估客共議我等先施安居物比丘當住家中大小得聞法言受八分

戒淨身口意便斂物與之然後乃行時六羣比丘得安居施物估客去已便去餘處時諸估客得利還歸語家人言我先雖施諸比丘安居物今既得利安隱來還當更供養汝等安意聽法家人答言諸比丘行後便去諸估客更於近處請諸比丘諸比丘答言汝可供養先所請者我等不得受汝供養時諸估客便瞋恚言我本自施住此安居受物而去與偷何異諸長老比丘聞種種訶責以是白佛佛以是事集比丘僧問六羣比丘汝實爾不答言實爾世尊佛種種訶責已告諸比丘從今不聽於安居內受安居施犯者突吉羅爾時波斯匿王邊境有賊遣乙師達多富蘭那往討伐之二人共議我等今行或能沒命當共出物供養比丘即持財物詣比丘所語言我今討賊恐不得還以此物施願爲受之諸比丘作是念世尊不聽我等安居內受安居施不知云何以是白佛佛以是事集比丘僧問阿難言自恣餘幾日答言餘十日佛種種讚少欲知足讚戒讚持戒已告諸比丘從今聽諸比丘前後安居未至自恣十日受急施衣佛既聽受急施衣諸比丘便常畜不受持不施人不淨施擔重擔衣處處遊行諸長老比丘見問言汝不聞佛制畜長衣耶答言佛雖有制而聽受急施衣諸比丘又問汝等常畜急施衣不受持不施人不淨施耶答言如是諸長老比丘種種訶責以是白佛佛以是事集比丘僧問諸比丘汝等實爾不答言實爾世尊佛種種訶責已告諸比丘從今不聽常畜急施衣不受持不施人不淨施聽至衣

時既聽至衣時諸比丘猶過衣時畜長老比丘以是白佛佛以是事集比丘僧問諸比丘汝等實爾不答言實爾世尊佛種種訶責已告諸比丘以十利故爲諸比丘結戒從今是戒應如是說若比丘前後安居十日未至自恣得急施衣若須應受乃至衣時若過尼薩耆波逸提急施衣者若軍行若垂産婦如是等急時施過時不復施衣時者受迦絺那衣時捨迦絺那衣已名非衣時比丘尼亦如是

式叉摩那沙彌沙彌尼突吉羅十八事竟

佛在舍衛城爾時跋難陀從一估客非時乞鉢語言我今須鉢可以見與答言大德小待令諸估客會若不及者罰金錢五百跋難陀言我聞汝精進供給行道而今云何捨功德業先於俗事估客聞已作是念正使被罰要當先施便爲買鉢與已而去遂不及期衆人見已皆言應罰估客言我不以私違衆人制沙門從我乞鉢不能得捨故不及耳不信樂佛法者皆言爲一沙門公違衆制正應痛罰即便罰之估客既被罰已便瞋恚言沙門釋子不知時宜小待不肯使我被罰諸人種種譏訶此輩沙門常說知時少欲知足而今非時强從人乞無沙門行破沙門法諸長老比丘聞種種訶責以是白佛佛以是事集比丘僧問跋難陀汝實爾不答言實爾世尊佛種種訶責已問諸比丘於意云何鉢無綴是鉢不答言是復問一綴乃至五綴是鉢不答言是告諸比丘無綴一綴乃至四綴是鉢五綴非鉢以十利故爲諸比丘結戒從今是戒應如是說若比丘鉢未滿五綴更乞新鉢爲好

故尼薩耆波逸提是鉢應僧中捨衆僧應取衆中最下鉢與之語言汝受是鉢乃至破是法應爾鉢有三種鐵鉢蘇摩鉢瓦鉢復有三種上中下上者受三鉢他飯除羹菜下者受一鉢他飯除羹菜中者上下之中為好者求牢求勝若已有無綴鉢乃至四綴鉢更乞無綴至四種鉢得者皆尼薩耆波逸提若已有無綴鉢乃至四綴鉢更乞五綴鉢得者皆突吉羅應僧中捨者所得新鉢應捨與衆僧不得捨與一二三人捨法應到僧中白言大德僧聽我某甲比丘有鉢未滿五綴更乞新鉢犯捨墮今捨與僧白如是僧應白二羯磨差知法比丘於僧中行之一比丘唱言大德僧聽此某甲比丘鉢未滿五綴更乞新鉢今捨與僧僧今差某甲比丘作行鉢人若僧時到僧忍聽白如是大德僧聽此某甲比丘鉢未滿五綴更乞新鉢今持與僧僧今差某甲比丘作行鉢人誰諸長老忍默然不忍者說僧已差某甲比丘作行鉢人竟僧忍默然故是事如是持是比丘應唱使諸比丘各持鉢出然後持所捨鉢至上座前問須是鉢不若言須應取上座鉢看若無鉢若太大若太小若穿缺若喎斜不應與若無五事應與與竟取上座鉢行從第二上座乃至新受具足戒人前亦如是僧應取最後鉢與捨鉢比丘若行鉢都無人取聽還與之僧應敎言此是汝鉢好愛護之莫著地莫用除糞掃莫用盛殘宿食莫用煖湯莫用盛香莫用盛藥如是愛護若破者聽汝更乞比丘尼亦如是式叉摩那沙彌沙彌尼突吉羅十九事竟

佛在舍衛城爾時跋難陀多得諸鉢五六日用便舉置如是故鉢處處皆有諸長者見問言誰積聚此有人言是跋難陀諸長者言沙門釋子常說少欲知足而今無猒收斂積聚如販鉢人無沙門行破沙門法諸長老比丘聞種種訶責將至佛所以是白佛佛以是事集比丘僧問跋難陀汝實爾不答言實爾世尊佛種種訶責已告諸比丘以十利故爲諸比丘結戒從今是戒應如是說若比丘畜長鉢至一宿尼薩耆波逸提爾時有一比丘獨得二鉢作是念佛不聽我畜長鉢一宿即持一鉢施餘比丘施後鉢破無鉢遊行諸比丘問言汝先得二鉢今何故無答以上事諸比丘以是白佛佛以是事集比丘僧問彼比丘汝與他鉢幾日後鉢破答言十日佛讚少欲知足讚戒讚持戒已告諸比丘從今是戒應如是說若比丘長鉢乃至十日若過尼薩耆波逸提得二鉢應問和尚阿闍梨此二鉢何者勝若和尚阿闍梨不善分別應各五日用自知勝者受持不如者與人沙彌突吉羅十二事竟

佛在阿荼脾邑爾時諸比丘爲身作憍賒耶臥具自作亦使人作自擔蠒亦使人擔自煑亦使人煑諸居士見作是言我等煑蠒比丘亦爾沙門釋子與我何異此等常說慈忍衆生而今親自煑蠒無沙門行破沙門法有一比丘以成擘野蠶綿倩諸比丘作臥具綿少不足便到綿家語言我臥具綿少少多布施彼人答言未有成綿比丘復言可爲我作彼人即於比丘前煑蠒踊動作聲比丘敎言案

著湯中彼人即訶罵言汝常說不殺生法而今教人殺生無沙門行破沙門法諸長老比丘聞種種訶責以是白佛佛以是事集比丘僧問諸比丘汝等實爾不答言實爾世尊佛種種訶責已告諸比丘以十利故爲諸比丘結戒從今是戒應如是說若比丘新憍賒耶作卧具尼薩耆波逸提憍賒耶者蠶所作綿卧具者卧褥乃至始成三振不壞名爲卧具應捨與僧不得捨與餘人僧以敷地若敷繩牀及卧牀上除捨褥比丘餘一切僧隨次坐卧發心欲作及方便皆突吉羅作成尼薩耆波逸提雖不自作不使人作他施而受尼薩耆波逸提沙彌突吉羅二十一事竟

佛在拘舍彌城時衆多跋耆子用純黑毛氊光澤可愛皆悉以爲服飾卧具跋耆諸比丘亦效作之時諸居士入房觀見便大畏怖謂是跋耆豪族遊集便問行人此是何等貴人服飾答言非貴人物是跋耆比丘許耳諸居士便譏訶言諸比丘如國王如大臣如豪族乘車馬時之所服飾我聞比丘著割截衣求無爲道而今如此無沙門行破沙門法諸長老比丘聞種種訶責以是白佛佛以是事集比丘僧問彼比丘汝實爾不答言實爾世尊佛種種訶責已告諸比丘以十利故爲諸比丘結戒從今是戒應如是說若比丘純黑羺羊毛作新卧具尼薩耆波逸提純黑者生黑及涤黑應捨與僧僧以敷繩牀卧牀上不得敷地餘如憍賒耶卧具中說二十二事竟

佛在拘舍彌城爾時跋耆諸比丘作黑羺羊毛卧具亦著白色及下色毛便言已淨時諸

長老比丘見問言汝不聞佛制純黑羺羊毛作卧具耶答言聞但我已著白色及下色毛非復純黑諸比丘言純黑少雜何足爲異種種訶責以是白佛佛以是事集比丘僧問彼比丘汝實爾不答言實爾世尊佛告諸比丘從今聽諸比丘作卧具用二分純黑羺羊毛第三分白第四分下以十利故爲諸比丘結戒從今是戒應如是說若比丘作新卧具應用二分純黑羺羊毛第三分白第四分下若過是作尼薩耆波逸提若比丘作四十波羅卧具應用二十波羅純黑十波羅白十波羅下若黑長一波羅尼薩耆波逸提餘如純黑羊毛卧具中說二十三事竟

佛在拘舍彌城爾時跋耆諸比丘作是念佛聽我等用二分純黑羺羊毛第三分白第四分下作卧具便多乞三色毛自作使人作於所住處無處不有諸居士來看見而問言此是誰物答言跋耆比丘諸居士譏訶如長鉢中說長老比丘聞種種訶責以是白佛佛以是事集比丘僧問彼比丘汝等實爾不答言實爾世尊佛種種訶責已告諸比丘以十利故爲諸比丘結戒從今是戒應如是說若比丘作新卧具應六年畜未滿六年若捨若不捨更作新卧具尼薩耆波逸提爾時一比丘畜糞掃卧具見中利欲從舍衛城至娑竭陀邑卧具重不能持去不知云何以是白諸比丘諸比丘將到佛所以是白佛佛以是事集比丘僧告諸比丘此比丘欲至娑竭陀邑卧具重見中利不能捨復不能持去僧應白二羯磨與易輕者彼比丘應從僧乞言我某甲

比丘自畜卧具見中利今欲遊行某處以重故不能持去願僧與我易僧輕者如是第二第三乞僧中應一比丘白大德僧聽此某甲比丘自畜卧具見中利今欲遊行某處以重故不能持去從僧乞易輕者僧今與易若僧時到僧忍聽白如是大德僧聽此某甲比丘自畜卧具見中利欲遊行某處以重故不能持去從僧乞易輕者僧今與易誰諸長老忍默然不忍者說僧已與某甲比丘易僧輕卧具竟僧忍默然故是事如是持從今是戒應如是說若比丘作新卧具應六年畜未滿六年若捨若不捨更作新卧具除僧羯磨尼薩耆波逸提六年者數日滿六年餘如純黑羊毛卧具中說 二十四 事竟

佛在拘舍彌城爾時諸跋耆子作純黑羺羊毛尼師壇跋耆比丘亦乞作之諸居士猒患乞索後日到僧房看見諸比丘多畜純黑羺羊毛坐褥便譏訶如純黑卧具中說諸長老比丘聞以是白佛佛以是事集比丘僧問彼比丘汝等實爾不答言實爾世尊佛種種訶責已告諸比丘以十利故爲諸比丘結戒從今是戒應如是說若比丘純黑羺羊毛作新尼師壇應用故尼師壇一修伽陀搩手壞好色若不壞尼薩耆波逸提一修伽陀搩手者方二尺壞好色者隨意覆新者上餘如純黑羊毛卧具中說 二十五 事竟

佛在舍衞城爾時諸比丘擔負羊毛隨路行路人見之皆譏訶言我等家累擔負羊毛諸比丘亦復如是徒著壞色割截衣剃頭乞食與我何異無沙門行破沙門法有一比丘山

居慣樂擔負羊毛道路疲極旣至僧坊庭中倒地諸比丘見謂是鬼著即以小便灑之彼言長老何以見灑答言恐見鬼著是以灑耳彼言我非鬼著擔羊毛重道路疲頓熱悶故耳諸比丘言佛制比丘畜三衣鉢譬如飛鳥與毛羽俱汝豈不聞而猶擔此種種訶責以是白佛佛以是事集比丘僧問彼比丘汝實爾不答言實爾世尊佛種種訶責已告諸比丘以十利故爲諸比丘結戒從今是戒應如是說若比丘擔羊毛道路行尼薩耆波逸提

時有居士爲僧作一房念言若比丘來此房中者我當供食亦給施衣有一比丘來止其房便施羊毛比丘不受居士言我集羊毛本爲比丘不自爲身比丘答言佛不聽我自擔羊毛如何得受復有比丘須羊毛作臥具自不知作欲倩餘比丘而不敢受以是白佛佛以是事集比丘僧問彼比丘所欲倩人去此遠近答言去此三由旬於是世尊讚少欲知足讚戒讚持戒已告諸比丘從今是戒應如是說若比丘得羊毛須持有所至若自持乃至三由旬若過尼薩耆波逸提比丘得羊毛須持有所至應使淨人擔若無淨人乃聽自持不得擔擔頭戴背負犯者突吉羅沙彌突吉羅不犯者三由旬內若展轉持若有人代若於三由旬持反及持五六波羅爲作腰繩帽綖等二十六事竟

佛在舍衛城爾時諸比丘使比丘尼浣染擘羺羊毛諸比丘尼爲供養故不敢辭憚便多事多務妨廢讀誦坐禪行道諸居士見聞譏訶波闍波提比丘尼與五百比丘尼俱往到

佛所亦如上浣故衣中說於是 世尊以是事集比丘僧問諸比丘汝等實爾不答言實爾世尊佛種種訶責已告諸比丘以十利故爲諸比丘結戒從今是戒應如是說若比丘使比丘尼浣染擘羺羊毛尼薩耆波逸提爾時諸比丘有親里比丘尼亦如上浣故衣中說即以白佛佛以是事集比丘僧讚少欲知足讚戒讚持戒已告諸比丘從今是戒應如是說若比丘使非親里比丘尼浣羺羊毛若染若擘尼薩耆波逸提餘如上浣衣中說二十七事竟

佛在舍衛城爾時跋難陀種種貿易能得人利而人無能得其利者有一外道得未成衣持到外道家語言爲我縫成諸人答言我家多務不得作之沙門釋子閑逸無事又多施衣可就借倩亦可貿易然彼沙門常能強言大名估客汝往宜慎於是外道持至僧坊訪言誰能爲我縫此衣者皆曰不能又白跋難陀我聞大德多已成衣可以一領與我貿之答言汝諸外道心不堅正變悔無常既得便言貴賤不等若後無言當以相與答言餘人或變我終不悔於是跋難陀以濁汁染麤劫貝濕打緻密而以與之彼得衣已還外道衆外道問言得成衣不答言已得貿易取來看之彼即出示諸外道見咸言咄哉失大價衣得此弊物非是五倍六倍之校可還取之當共廢事爲汝縫成彼即持還語跋難陀言汝釋種子云何以此弊物欺誑於我可以見還不揚汝惡跋難陀言我知外道心不堅正變悔無常不欲相與汝云不悔是故相從云何於今方作此言遂不與之彼便大哭諸居士

問汝何故哭具以事答諸居士便譏訶言白衣賣買七日猶悔如何沙門須臾不得悔形服與人異而販賣過於人如是惡名流布遠近諸長老比丘聞種種訶責以是白佛佛以是事集比丘僧問跋難陀汝實爾不答言實爾世尊佛種種訶責已告諸比丘以十利故爲諸比丘結戒從今是戒應如是説若比丘種種販賣求利尼薩耆波逸提以作易作以作易未作以作易作未作以未作易未作以未作易作以未作易作未作以作未作易作未作以作未作易作以作未作易未作皆尼薩耆波逸提若比丘欲貿易應使淨人語言爲我以此物易彼物又應心念寧使彼得我利我不得彼利若自貿易應於五衆中若與白衣貿易突吉羅比丘尼亦如是式叉摩那沙彌沙彌尼突吉羅二十八事竟

佛在王舍城爾時難陀跋難陀用金銀金銀錢雜錢買物亦賣物取之時有羣劫到王舍城伺覓富室見二比丘大以金銀及錢買物又賣物取之便共議言觀此邑里無勝沙門釋子之富阿練若處劫之又易便於後日至阿練若處捉諸比丘拷責金銀及諸錢物諸比丘言我等已離金銀及錢不復受畜此不淨物劫言汝等妄語我親見比丘用以賣買拷之垂死盡奪衣鉢而去此諸比丘即遥訶責難陀跋難陀如何出家積畜寶物以殃我等以是白佛佛以是事集比丘僧問難陀跋難陀汝實爾不答言實爾世尊佛種種訶責汝愚癡人若不作是彼諸比丘何由遭此種種訶責已告諸比丘以十利故爲諸比丘結

戒從今是戒應如是說若比丘以金銀及錢種種賣買尼薩耆波逸提應僧中捨不得與一二三人是比丘應白僧言大德僧聽我某甲比丘以金銀及錢賣買犯捨墮今於僧中捨白如是僧應白二羯磨差一比丘作棄金銀及錢人一比丘白言大德僧聽此某甲比丘用金銀及錢賣買犯捨墮今捨與僧僧差某甲比丘作棄金銀及錢人若僧時到僧忍聽白如是大德僧聽此某甲比丘用金銀及錢賣買犯捨墮今捨與僧僧差某甲比丘作棄金銀及錢人誰諸長老忍默然不忍者說僧已差某甲作棄金銀及錢人竟僧忍默然故是事如是持彼比丘應棄此物著坑中火中流水中曠野中不應誌處若捉著餘處不得更捉彼比丘不應問僧此物當云何僧亦不應教作是作是若不棄不問僧而使淨人以貿僧所衣食之物來與僧僧得受若分者唯犯罪人不得受分比丘尼亦如是式叉摩那沙彌沙彌尼突吉羅不犯者雖施比丘比丘不知淨人受之爲買淨物二十九事竟

佛在王舍城爾時難陀跋難陀手自捉金銀及錢教人捉人施亦受諸居士見譏訶如擔羊毛中說諸長老比丘聞種種訶責以是白佛佛以是事集比丘僧問難陀跋難陀汝實爾不答言實爾世尊佛種種訶責已告諸比丘以十利故爲諸比丘結戒從今是戒應如是說若比丘自捉金銀及錢若使人捉若發心受尼薩耆波逸提餘如用金銀錢中說三十事竟

彌沙塞部五分律卷第五

音釋

嚫初覲切　摶徒官切揑聚也　垔於真切塞也　璨倉案切鮮好貌　歠昌悅切欲也　綴株衛切聯綴也　喎口淮切口戾也　蠒古典切蚕衣也　擘博陌切分擘也　蠶昨含切絲蟲也　吐羺奴鉤切胡羊也　慣古患切習也　憚徒案切畏也

彌沙塞部五分律卷第六

宋罽賓三藏佛陀什共竺道生譯

初分第五九十一單提法之一

佛在舍衛城爾時有法師比丘名沙蘭聰明才辯一切四衆外道沙門婆羅門無能及者遂乃以非爲是以是爲非知言非知非知言知恒以辯巧勝人之口諸比丘見莫不歎伏問言汝與人論議以非爲是意爲謂是爲知非耶答我實知非恥墮負處故妄語耳諸長老比丘種種訶責佛常讚歎不妄語亦教人不妄語汝今云何爲勝負故作此妄語以是白佛佛以是事集比丘僧問沙蘭汝實爾不答言實爾世尊佛種種訶責已告諸比丘今爲諸比丘結戒從今是戒應如是說若比丘妄語波逸提爾時諸比丘見比丘尼言是比丘見比丘言是比丘尼或見男言女或見女言男或見外道言是釋子或見釋子言是外道如是種種見異言異便生慚愧我等將無犯波逸提耶以是白佛佛以是事集比丘僧告諸比丘若比丘從心想說犯波逸提者無有是處從今是戒應如是說若比丘故妄語波逸提故妄語者如妄語得過人法中說比丘尼亦如是式叉摩那沙彌沙彌尼突吉羅

第一事竟

佛在舍衛城爾時諸比丘與和尚阿闍梨同和尚阿闍梨共勤學問初夜後夜未曾睡眠六羣比丘作是念今諸比丘展轉相教晝夜不廢如是不久當勝我等當見我過當求我失我等當共毀呰惱使廢業便往語汝是下賤種姓工師小人汝曾作諸大惡無仁善行

諸比丘聞便生憂惱廢退學業六羣比丘語餘人言我已壞彼讀誦坐禪行道諸長老比丘種種訶責汝云何毀壞諸比丘令廢學業以是白佛佛以是事集比丘僧問六羣比丘汝實爾不答言實爾世尊佛種種訶責已告諸比丘往昔有城名得叉尸羅時彼城中婆羅門有一特牛行疾多力復有居士亦有一牛與彼無異二人便共捔二牛力要不如者輸金錢五千彼婆羅門牛即便得勝於是居士恥失金錢更得一牛倍勝前者重斷倍賭彼婆羅門即語牛言彼居士更得一牛其力非凡欲倍賭之汝能爲不答言我能即集一處捔二牛力時婆羅門恐牛不如便毀呰摧督曲角痛挽薄領痛與汝令行步何以不正牛聞此語便大失力不如彼牛彼婆羅門倍輸物已而問牛言汝向云能今何故不如答言我實堪能聞毀呰故力便都盡可更斷賭復使倍上要牽百車上于峻坂當捔力時美言見誘可言捲角汝行步周正形體姝好閑挽百車上于峻坂於是更賭果便得勝佛因是事即說偈言

當說可意言　勿爲不可語　畜生聞尚悅
引重拔峻坂　由是無有敵　獲倍生歡喜
何況於人倫　毀譽無增損

諸比丘彼畜生聞毀呰語猶尚失力況於人乎今爲諸比丘結戒從今是戒應如是說若比丘毀呰比丘波逸提毀呰者言下賤工師種如是等雖說實而欲毀之若彼聞解語語波逸提若不聞不解突吉羅若言汝是下賤而彼言非猶證爲是語語波逸提若比丘毀

呰比丘尼式叉摩那沙彌沙彌尼突吉羅比丘尼毀呰比丘比丘尼波逸提毀呰式叉摩那沙彌沙彌尼突吉羅式叉摩那沙彌沙彌尼毀呰五衆突吉羅不犯者欲利益語教誡語同語竟第二事竟

佛在舍衞城爾時諸比丘精勤學問如毀呰中說六羣比丘復恐勝己便鬬說之至此比丘閒語言汝與我知厚而彼說汝是下賤種姓工師小人曾作大惡無仁善行我聞其語與說我無異至彼比丘閒亦復如是彼此聞之心皆散亂廢退學業更相忿恚不復共語有一比丘問諸比丘汝等何故不共我語比丘答言有人云汝道說我惡彼言誰道答言六羣比丘彼言六羣比丘亦云汝等道說我惡諸長老比丘聞種種訶責六羣比丘汝等云何兩舌鬬亂以是白佛佛以是事集比丘僧問六羣比丘汝實爾不答言實爾世尊佛種種訶責汝愚癡人如何同在一法而兩舌鬬亂告諸比丘過去世時有師子名曰善牙有虎名曰善爪共作親厚有一野狐常隨覓食師子及虎不與共語野狐後時作是念今此二獸甚相愛重我當鬬亂使各求食所殘必多我當得之便至虎邊而說偈言

善爪汝雄猛　生處色力妙　善牙說汝惡
我聞心不喜

復至師子邊亦說偈言

善牙汝雄猛　生處色力妙　善爪說汝惡
我聞心不喜

二獸聞偈各不相喜善牙聰明尋作是念善爪不與我語必是野狐鬬亂所致後得一犢

與虎虎不肯食於是善牙即以偈問
輟我持相與　何故而不食　親厚謂無過
反更不相喜　將無信流言　以聞吾子意
若遂懷恨情　終當成怨結　推此非有他
必是野狐讒　下賤離吾好　今當殺去之
告諸比丘畜生尚以鬪亂爲非況於人乎今
爲諸比丘結戒從今是戒應如是說若比丘
兩舌鬪亂比丘波逸提餘如毀呰中說第三事竟
佛在舍衛城爾時跋難陀常出入一居士家
爲其說法料理官事救諸病苦其家後時衰
喪殆盡餘唯婦姑二人而已時跋難陀以親
厚意爲姑說法婦來則止爲婦說法姑來亦
爾各生疑意謂其必欲作不淨行遂相道說
聞乎遠近諸不信樂佛法者便譏訶言沙門
釋子行於非法過於世間蕩逸之人無沙門
行破沙門法諸長老比丘聞種種訶責以是
白佛佛以是事集比丘僧問跋難陀汝實爾
不答言實爾世尊佛種種訶責已告諸比丘
今爲諸比丘結戒從今是戒應如是說若比
丘爲女人說法波逸提爾時有大威德比丘
至時著衣持鉢入城乞食次到一家婦人出
爲敷座設美飲食食訖以小牀於前坐白言
大德爲我說法比丘觀之知此婦人須臾之
間乃風當發死墮地獄若爲說法便於座上
遠塵離垢雖見知此而作是念佛制不聽爲
女人說法乃至没命不應有犯便答言姊妹
且安不得有說語已而去去未久婦人果風
發而死比丘愍之遠至僧房向餘人說諸比
丘將至佛所以是白佛佛以是事集比丘僧
問彼比丘汝實爾不答言實爾世尊佛又問

比丘汝若爲說法幾語得解答言五六語於是佛讚少欲知足讚戒讚持戒已告諸比丘從今聽諸比丘爲女人說法至五六語從今是戒應如是說若比丘爲女人說法過五六語波逸提爾時諸比丘入他家婦人請說法比丘爲說五六語已默然而住諸婦人言我等未解願更說之諸比丘言姊妹佛不聽我等爲女人說法過五六語諸婦人言可爲餘比丘說我因得解諸比丘言佛未聽我等因比丘爲女人說法以是白佛佛以是事集比丘僧告諸比丘從今聽因比丘爲女人說法爾時有一比丘入大臣家無比丘伴諸婦人請說法答言佛不聽我爲女人說法過五六語諸婦人便呼小兒在前立白言大德可爲此兒說法我因得解答言佛未聽我因小兒爲女人說法以是白佛佛以是事集比丘僧告諸比丘從今聽因有知男子爲女人說法時諸比丘作是念佛雖聽我因有知男子爲女人說法而有知男子雖知難遇復不爲說以是白佛佛以是事集比丘僧告諸比丘從今聽因別知善惡語男子爲女人說法從今是戒應如是說若比丘爲女人說法過五六語除有別知善惡語男子波逸提爾時有優婆塞娶不奉法家女爲婦語諸比丘大德爲我婦說法令信樂三寶爲受三歸五戒八分戒爲說十善十不善道諸比丘悉不爲說以是白佛佛以是事集比丘僧告諸比丘從今聽與女人受三歸五戒八分戒說十善十不善道比丘尼亦如是式叉摩那沙彌沙彌尼突吉羅五語者色無常受想行識無常六語

者眼無我耳鼻舌身心無我若比丘為女人說五六語竟語言姊妹法正齊此從坐起去更有因緣還復來坐為說不犯若說五六語竟更有女人來為後女人說如是相續為無量女人說皆不犯若自誦經女人來聽若女人問義要使得解過五六語皆不犯第四事竟

佛在舍衛城爾時六羣比丘有勢力餘善比丘無勢力六羣比丘恒遮其五種羯磨訶責羯磨驅出羯磨依止羯磨舉罪羯磨下意羯磨若比丘被五種羯磨僧欲解亦遮不聽後六羣比丘無勢力諸善比丘有勢力衆僧應有羯磨事六羣比丘作衣時至諸比丘言今當呼六羣比丘共行僧事若不捨衣來自當囑授我等便得如法行事即便集僧遣人語六羣比丘汝等可來僧今集會六羣比丘言我等有事今遣囑授即囑授一比丘來詣大衆僧應與作五種羯磨者與作五種羯磨應與解五種羯磨者與解五種羯磨羯磨已所囑授比丘還到六羣比丘所六羣問言僧作何事答言我等所欲羯磨僧都不作所不欲者僧反作之六羣比丘便往羯磨比丘所語言汝等莫愁我當與汝作力我向不知為汝作羯磨故囑授耳若知者當廢事往何緣使彼成此羯磨復往解羯磨比丘所語言我不與汝解羯磨不受汝懺悔諸長老比丘聞訶責六羣比丘云何僧如法斷事竟還發起將至佛所以是白佛佛以是事集比丘僧問六羣比丘汝實爾不答言實爾世尊佛種種訶責已告比丘今為諸比丘結戒從今是戒應如是說若比丘僧斷事竟還發起波逸提時

諸比丘不知僧斷事竟還發起後知生慙愧心或有出罪悔過者諸長老比丘以是白佛佛以是事集比丘僧告諸比丘若不知僧斷事竟還發起犯波逸提者無有是處從今是戒應如是說若比丘知僧斷事竟還發起波逸提復有不如法斷事諸比丘作是念佛若聽我等不如法斷事還發起者善以是白佛佛以是事集比丘僧告諸比丘今聽僧不如法斷事還發起從今是戒應如是說若比丘知僧如法斷事竟還發起波逸提若僧不斷是事而發起者波逸提若僧不白二羯磨斷事而發起者突吉羅若發起私事突吉羅比丘尼亦如是式叉摩那沙彌沙彌尼突吉羅

第五事竟

佛在舍衛城與五百比丘僧至阿荼脾邑時彼居士作是念佛久乃來此尋當復去我等應親近諸比丘學誦經偈問所不解世尊去後得有所怙即到諸比丘所作是語大德教我誦讀經偈諸比丘言佛未聽我等教白衣誦經以是白佛佛言聽教白衣誦經時諸比丘種種國出家誦讀經偈音句不正諸居士便譏訶言云何比丘晝夜親承而不知男女黃門二根人語及多少語法諸比丘聞各各羞恥以是白佛佛以是事集比丘僧問諸比丘汝等實爾不答言實爾世尊佛即遙責諸居士汝愚癡人如何譏訶異國誦經音句不正告諸比丘今爲諸比丘結戒從今是戒應如是說若比丘教未受具戒人誦經波逸提後復有諸居士求受誦經諸比丘言汝之等輩嫌我音句不從我受汝今復來徒自勞苦

答言大德我不毀佛法不求餘福田豈可以彼人有過而不教我耶復有諸沙彌亦欲受經諸比丘言須受具戒當教授汝諸沙彌言我等出家應誦經偈如何受具戒乃當教授諸比丘以是白佛佛以是事集比丘僧告諸比丘今聽教未受具戒人誦經不得竝誦我今是戒應如是說若比丘教未受具戒人經竝誦者波逸提竝誦者俱時誦或授聲未絕彼已誦或彼誦未竟此復授句句皆波逸提先應教言待我語竟然後誦比丘尼亦如是式叉摩那沙彌沙彌尼突吉羅第六事竟

佛在阿荼脾邑彼諸居士以佛當去皆來至比丘所共諸比丘同屋坐禪或共經行初夜後夜都不睡卧時諸比丘五日則一竟夜說法疲極而卧有一比丘不專繫念便大睡眠蹹衣離身形起露現居士見之以衣還覆如是至三便瞋訶言此等常聞種種訶欲而今發露形起如是若不樂道何不還俗彼比丘聞生羞耻心諸長老比丘聞亦大慚愧以是白佛佛以是事集比丘僧問彼比丘汝實爾不答言實爾世尊佛種種訶責彼比丘我常讚歎不亂心眠無有五惡汝今何故而不繫念若比丘於經行坐禪坐立卧處作非威儀人見不喜不生信心已信者退則非爲世而作大明告諸比丘今爲諸比丘結戒從今是戒應如是說若比丘與未受具戒人共宿波逸提後諸居士復欲就諸比丘坐禪行道諸比丘驅出不聽諸居士言大德莫見驅遣我等不求餘福田唯歸大德豈可以一人有過都見棄忽諸居士中有勢力者便突入房諸

比丘不能制止便出露宿爲蚊虻風雨塵土所因時佛從阿荼脾邑到拘舍彌國瞿師羅園羅睺羅別到婆耆羅僧坊掃灑一房敷卧具取水竟閉戶至佛所去後分卧具比丘更與餘人彼比丘即入住羅睺羅初夜聽法已還所得房彼比丘聞問言是誰答言是羅睺羅彼比丘言汝何以來答言此是我房彼比丘言分卧具比丘以此與我羅睺羅言我先掃除敷置卧具暫至佛所聽受法教如何便欲不復還我彼比丘言汝雖料理我是上座應得此住羅睺羅言得共我住不彼言不得求入坐立及住簷前皆亦不得於是羅睺羅作是念我至餘房亦當如是唯有廁上乃得安耳便往廁中爾時廁中有一黑虵佛天眼見念言我若不往羅睺羅須臾之間爲虵所殺便往廁前彈指謦欬羅睺羅亦作聲應佛問言汝是誰答言是羅睺羅又問何以在此具以事答於是世尊將羅睺羅還所住房於夜過已集比丘僧問彼比丘汝實不容羅睺羅不答言實爾世尊佛種種訶責汝愚癡人云何野狐驅逐師子時諸比丘因此復以上諸居士入房露宿白佛佛種種讚少欲知足讚戒讚持戒已告諸比丘今聽諸比丘共未受具戒人二宿從今是戒應如是說若比丘與未受具戒人宿過二夜波逸提共宿者共一房宿若上有覆有四壁或上有覆無一壁二壁皆波逸提無三壁不犯若有四壁上已覆半若未半若過半皆波逸提若少多覆不犯於此諸處若過二宿至後夜時以脇著牀反轉側皆波逸提不犯者同覆各有隔若病

不能起居若有諸難若常坐不卧若彼卧比丘坐彼坐比丘卧比丘尼亦如是第七事竟

佛在毗舍離時世饑饉乞求難得告諸比丘各隨知識安居有諸比丘在婆求末河邊安居者種種因緣如自稱得過人法中說乃至佛問汝等更相讚歎爲實爲虛答言有實有虛佛言虛者得波羅夷種種訶責實有比丘言汝等云何向未受具戒人自說得過人法訶已告諸比丘今爲諸比丘結戒從今是戒應如是說若比丘向未受具戒人自說得過人法言我如是知如是見實者波逸提過人法如上說若向未受具戒人自說得過人法語語波逸提若受大戒人不問而向說語語突吉羅比丘尼亦如是式叉摩那沙彌沙彌尼突吉羅不犯者泥洹時說受具戒人問而後說第八事竟

佛在舍衛城爾時諸比丘犯僧伽婆尸沙罪或故出不淨或與女人身相觸或向女人麤惡語或向女人自歎供養身有從僧乞別住僧與別住者或行摩那埵或行本日或有出罪者時六羣比丘於僧中皆調弄之諸比丘倍增羞恥復有一比丘犯故出不淨僧與別住時彼比丘檀越請僧中食別爲彼比丘敷好坐具六羣比丘先往請家在好坐具上坐居士言莫坐是處我供養比丘當於上坐六羣比丘言彼比丘不應坐此居士言應與不應我自知之六羣比丘言先應坐此而今乃應在最下坐居士復問何故如是答言彼比丘有罪居士復問爲犯何罪答言犯故出不淨居士便譏訶言此等沙門常說除欲想滅

欲熱斷欲覺而今如此爲道作織無沙門行破沙門法諸長老比丘聞種種訶責六羣比丘汝等云何向未受具戒人說他麤罪以是白佛佛以是事集比丘僧問六羣比丘汝實爾不答言實爾世尊佛種種訶責已告諸比丘今爲諸比丘結戒從今是戒應如是說若比丘向未受具戒人說他麤罪波逸提有諸比丘不知是麤罪向未受具戒人說後知生疑我將無犯波逸提以是白佛佛以是事集比丘僧告諸比丘若比丘不知他是麤罪向未受具戒人說犯波逸提者無有是處從今是戒應如是說若比丘知他麤罪向未受具戒人說波逸提爾時世尊勅僧羯磨差舍利弗往調達衆中唱言若有受調達五法者彼爲不見佛法僧諸比丘作是念若向未受具戒人說他麤罪爲要須羯磨爲不必耶以是白佛佛以是事集比丘僧告諸比丘若僧不羯磨不得向未受具戒人說他麤罪從今是戒應如是說若比丘知他比丘麤罪向未受具戒人說除僧羯磨波逸提麤罪者若波羅夷若僧伽婆尸沙僧所羯磨人當隨僧所教若教向甲說而向乙說教說此罪說彼罪皆波逸提比丘說比丘尼麤罪突吉羅比丘尼說比丘比丘尼麤罪波逸提式叉摩那沙彌沙彌尼說比丘比丘尼麤罪突吉羅若未受具戒人已聞彼比丘犯麤罪問比丘比丘反問汝所聞云何彼言我聞如是如是然後言我聞亦如是不犯第九事竟

佛在舍衛城爾時世尊種種讚歎毗尼讚歎誦毗尼讚歎持毗尼讚歎優波離說持律比

丘有五功德一自堅護戒品二能斷慙愧者疑三自住正法中四於僧中所說無畏五降伏怨敵時諸比丘作是念佛爲我等作如是說我等云何而不勤修誦問毗尼即苦誦習晝夜不懈時六羣比丘作是念今諸比丘晝夜勤受誦問毗尼必大聰明解諸罪相見我等過終爲我損我今當共毀呰毗尼學毗尼者令其廢業不復誦習便往諸比丘所問言汝誦習何等答言毗尼六羣比丘言何用誦習雜碎戒爲何不誦習五陰六入等諸義經耶誦毗尼不過四事十三事二不定法何用多知多知多見增益人疑諸比丘言多知多疑我亦謂爾便不復誦習六羣比丘自相謂言彼諸比丘不復誦習毗尼我等泰然快得安樂諸比丘聞問言汝等何所說即如實答

時諸長老比丘種種訶責以是白佛佛以是事集比丘僧問六羣比丘汝實爾不答言實爾世尊佛種種訶責已告諸比丘今爲諸比丘結戒從今是戒應如是說若比丘作是語何用是雜碎戒爲說是戒時令人憂惱作如是毀呰戒者波逸提戒者波羅提木叉半月布薩所說戒經若比丘發心作念欲令人遠離毗尼不誦不讀而毀呰戒波逸提若比丘發心作是念我當毀呰令波羅提木叉不得久住而毀戒偷蘭遮若教人遠離佛所說諸經而毀呰者波逸提若欲令法不久住而毀呰者偷蘭遮若比丘毀呰比丘戒波逸提毀呰比丘尼式叉摩那沙彌沙彌尼戒突吉羅若比丘尼毀呰比丘比丘尼戒波逸提毀呰式叉摩那沙彌沙彌尼戒突吉羅若式叉摩

那沙彌沙彌尼毀呰五衆戒皆突吉羅若五衆毀呰優婆塞優婆夷戒皆突吉羅若恐新受戒人生疑廢退心教未可誦戒不犯第十事竟

佛從拘薩羅國與五百比丘俱向阿荼脾邑時彼比丘聞佛當來作是念此諸居士不信樂佛法無大講堂佛與大衆當於何住即集共議便自斫伐草木而營理之時諸居士譏訶言我等白衣斫伐草木出家之人何緣復爾此等常說慈忍護念衆生而今斫伐傷害無道無沙門行破沙門法佛既至已到新講堂就座而坐問諸比丘此堂誰造答言我等所造又問草木誰所斫伐答言亦是我等佛種種訶責言汝愚癡人不應作此草木之中人生命想汝作此事使人懷惡訶已告諸比丘今爲諸比丘結戒從今是戒應如是說若比丘殺生草木波逸提時諸比丘使守園人若沙彌斫伐草木諸長老比丘問言佛豈不制殺生草木耶答言我等使人爲之不違佛制諸長老比丘言自殺使人殺有何等異以是白佛佛以是事集比丘僧問諸比丘汝等實爾不答言實爾世尊佛種種訶責已告諸比丘從今是戒應如是說若比丘自殺生草木若使人殺波逸提時諸比丘作新房舍有諸居士案行所住語比丘言善哉大德此房舍物皆我所施速作成之使我等得施用之福諸比丘言佛不聽我自殺草木若使人殺云何得成於是諸比丘無房舍住庭草没人又欠齒木不知云何以是白佛佛以是事集比丘僧告諸比丘有四種種子根種子莖種子節種子實種子凡諸草木從四種子生若

比丘一一所須語淨人言汝知是若不解復語言汝看是若不解復語言我須是若不解復語言與我是從今是戒應如是說若比丘自伐鬼村若使人言伐是波逸提若生草生草想生草疑皆波逸提乾草生草想乾草疑突吉羅乾草乾草想不犯若以刀斧斫斫斫波逸提比丘尼亦如是式叉摩那沙彌沙彌尼無故殺生草木突吉羅若爲火燒若折若斫知必不生不犯事竟十一

佛在舍衛城爾時六羣比丘數數犯罪上牀下牀皆不如法數數食別衆食非時入聚落不白善比丘諸比丘見語言汝等莫數數犯此諸罪當自見罪向人悔過勿負信施長夜受苦六羣比丘言我犯何罪諸比丘言汝犯如是如是罪六羣比丘不答犯不犯更說餘事諸比丘言我不問汝汝何以不答犯不犯而說是事六羣比丘言我知汝等不問是事我自說耳諸比丘種種訶責以是白佛佛以是事集比丘僧問六羣比丘汝等實爾不答言實爾世尊佛種種訶責已告諸比丘今爲諸比丘結戒從今是戒應如是說若比丘不隨順答而作餘語波逸提時六羣比丘猶犯前惡諸比丘復如上教悔六羣比丘默然不應諸比丘問言佛制戒不聽不隨順答汝何故默然六羣比丘言佛制不隨順答我今不語有何等罪諸比丘言餘語不語有何等異種種訶責已以是白佛佛以是事集比丘僧問六羣比丘汝等實爾不答言實爾世尊佛種種訶責餘語不語有何等異訶責已告諸比丘從今是戒應如是說若比丘故不隨問

答波逸提若不隨問答問問皆波逸提比丘尼亦如是式叉摩那沙彌沙彌尼突吉羅若誤取他語而答及先相恨不共語故不答不犯事竟 十二

佛在王舍城爾時慈地比丘作是語陀婆比丘隨欲恚癡畏諸比丘聞訶責言汝何以誣說僧所差人隨欲恚癡畏以是白佛佛以是事集比丘僧問慈地比丘汝實爾不答言實爾世尊佛種種訶責已告諸比丘今為諸比丘結戒從今是戒應如是說若比丘人前誣說僧所差人波逸提於是慈地不復得在人前誣說便獨處誣說陀婆比丘隨欲恚癡畏諸長老比丘聞訶責言佛已前制汝何故猶誣說僧所差人以是白佛佛以是事集比丘僧問慈地汝實爾不答言實爾世尊佛種種訶責人前獨語有何等異訶已告諸比丘從今是戒應如是說若比丘誣說僧所差人波逸提若僧白羯磨白二羯磨白四羯磨所差人而誣說此人隨欲瞋癡畏語語皆波逸提若僧差而不羯磨及餘人作此誣說語語突吉羅比丘尼亦如是式叉摩那沙彌沙彌尼突吉羅若實隨欲恚癡畏語言我當說彼聽不犯事竟 十三

佛在毗舍離有一住處下濕有比丘得下濕房出卧具露地敷曬至時著衣持鉢入城乞食去後大雨水長漂没食還不見即便急覓或得大牀或得小牀或得拘攝或得被褥諸比丘見問言汝何從得此卧具諸物答以上事諸長老比丘訶責言汝所作非法為僧作卧具人難得既敷又無能隨收斂者云何去

時不舉致使漂没若當遂失便空此一房訶已白佛佛以是事集比丘僧問彼比丘汝實爾不答言實爾世尊佛種種如上訶責已告諸比丘令爲諸比丘結戒從今是戒應如是說若比丘露地敷僧卧具去時不舉波逸提

爾時六羣比丘使守園人沙彌露地敷僧卧具去時不教舉爲烏啄嚙涅雨爛破諸長老比丘見語言汝不聞佛制不聽露地敷僧卧具去時不舉耶答言我使人敷不違佛制諸比丘言自敷使人有何等異以是白佛佛以是事集比丘僧問六羣比丘汝實爾不答言實爾世尊佛種種訶責已告諸比丘從今是戒應如是說若比丘於露地自敷僧卧具若使人敷去時不自舉不教人舉波逸提有諸比丘於露地敷僧卧具六羣比丘後來於卧

具上或坐或卧去時不舉前比丘謂六羣比丘應舉六羣比丘謂前比丘應舉諸比丘不知云何以是白佛佛以是事集比丘僧告諸比丘前比丘應囑後比丘後比丘應舉從今是戒應如是說若比丘於露地自敷僧卧具若使人敷若他敷若坐若卧去時不自舉不教人舉不囑舉波逸提有諸比丘見僧卧具汙泥不淨或以灰土或以牛屎著上曬之在於界内不敢遠離以是白佛佛言若雨得收聽離有諸比丘曬僧卧具不敢出界外以是白佛佛言若審還不雨聽出界外復有諸比丘曬僧卧具在邊坐禪或熟眠寢語諸比丘以是白佛佛言不聽曬卧具於邊坐禪熟眠犯者突吉羅復有諸比丘曬僧卧具不即收舉日曝損壞諸比丘以是白佛佛言若不時

收舉突吉羅復有諸比丘見僧卧具敷在露地以不自敷不使人敷已不坐卧而不收舉諸比丘以是白佛佛言若見僧卧具敷在露地而不舉者波逸提有諸白衣來入僧坊索僧卧具欲露地敷諸比丘不與便大譏嫌以是白佛佛言聽與既與欲得早舉敎令速去白衣復瞋以是白佛佛言不應敎令速去應伺候去時舉若不舉波逸提復有白衣請僧借僧卧具於家敷之諸比丘坐去不舉佛言應舉若不舉波逸提若諸比丘到比丘尼僧坊露地敷比丘尼僧卧具謂非僧卧具而不舉者亦波逸提復有諸比丘自擔牀席諸居士譏訶言此諸沙門如諸伎兒如作幻人諸比丘以是白佛佛言不聽自擔犯者突吉羅又大會時露地敷僧卧具諸比丘一坐一起輒皆舉之由是速壞以是白佛佛言若不兩聽事都畢然後舉之佛既聽囑後來坐卧卧具比丘便囑和尚阿闍梨同和尚阿闍梨等諸大德及病比丘諸比丘以是白佛佛言不應囑和尚阿闍梨同和尚阿闍梨等諸大德及病比丘犯者突吉羅諸比丘囑一比丘一比丘獨舉疲頓以是白佛佛言隨卧具多少若少囑少比丘若多囑多比丘諸比丘不知云何名受囑不受囑以是白佛佛言使彼知受是名受囑若不自舉不敎人舉不囑舉一脚出界外突吉羅兩脚出波逸提比丘尼亦如是式叉摩那沙彌沙彌尼突吉羅十四事竟

佛在毗舍離有一住處下濕時十七羣比丘在一房中安居去時不舉僧卧具悉皆爛壞後六羣比丘來語舊住比丘言爲我開房示

臥具處舊比丘即開十七羣比丘所安居房與之入已手摸臥具爛壞成土問舊比丘先誰住此答十七羣比丘於是六羣比丘種種訶責十七羣比丘以是白佛佛以是事集比丘僧問十七羣比丘汝實爾不答言實爾世尊佛種種訶責已告諸比丘今爲諸比丘結戒從今是戒應如是說若比丘於僧房內自敷僧臥具若使人敷若他敷若坐若臥去時不自舉不敎人舉不囑舉波逸提餘皆如露地敷臥具中說十五事竟

佛在舍衛城爾時十七羣比丘新作房舍六羣比丘後來語舊住比丘言爲我次第開房舊比丘問汝樂何者答言我樂十七羣比丘所作新屋便差與之六羣比丘即到其所語言汝出去我等當於中住十七羣比丘言此房幸大自可共住時六羣比丘作是念此諸比丘有慚愧學戒法初夜後夜不睡不臥必見我罪不宜共住便語言我等不樂共住汝可更索餘房十七羣比丘言若不樂共住上座可在前房我等住於後屋六羣比丘言此亦不得復求在簷下庭中露住皆悉不聽彼既不聽此不肯去便强牽出十七羣比丘即大喚諸比丘出問汝何故大喚答言六羣比丘强牽我出諸比丘訶責六羣比丘汝云何强牽人出以是白佛佛以是事集比丘僧問六羣比丘汝實爾不答言實爾世尊佛種種訶責已告諸比丘今爲諸比丘結戒從今是戒應如是說若比丘於僧房中强牽比丘出波逸提六羣比丘既不得自牽便使守園人沙彌牽出諸比丘見問言佛不制牽比丘出

僧房耶答言我不自牽諸比丘言自牽使人有何等異以是白佛佛以是事集比丘僧問六羣比丘汝實爾不答言實爾世尊佛種種訶責已告諸比丘從今是戒應如是說若比丘於僧房中牽比丘出若自牽若使人牽波逸提有病比丘在房欲出庭中不能起居語諸比丘善哉長老牽我出房諸比丘言佛不聽我牽比丘出房復有比丘浴室中浴熱悶倒地諸比丘不敢牽出氣絕而死弃以白佛佛以是事集比丘僧告諸比丘若病人須牽出房牽出犯波逸提者無有是處從今是戒應如是說若比丘瞋不喜於僧房中自牽比丘出若使人牽作是語出去滅去莫此中住波逸提若於後屋牽至前屋若於前房牽出戸外若於戸外牽至庭中若於庭中牽出庭外皆波逸提若牽出其衣鉢突吉羅若將其所不喜人來共房住欲令自出若出若不出皆突吉羅比丘牽比丘尼出突吉羅比丘尼牽比丘比丘尼出波逸提比丘比丘尼牽式叉摩那沙彌沙彌尼出突吉羅式叉摩那沙彌沙彌尼牽五衆出突吉羅若牽無慙愧人若欲降伏弟子而牽出者不犯十六事竟

佛在拘薩羅國與大比丘僧千二百五十人俱爾時諸比丘分卧具或得房中或得樹下六羣比丘至時著衣持鉢入村乞食食後於四衢道中共諸居士外道沙門婆羅門論說王事鬬戰事利害事如是等種種俗事彼諸人等皆譏訶言我等俗人家事因緣故在此中有所論說沙門釋子亦復在此論說俗事與我何異投暮來還於所住處與守園人諸

沙彌輩復更語說乃至夜闇方覓房舍到一屋中問先住比丘汝等幾歲答言我若干歲六羣比丘言汝小出去上座應住諸比丘言長老何意闇來答言我隨佛後來諸比丘言我亦隨佛後來我若更索餘房復應惱諸比丘如今長老惱觸於我六羣比丘便敷臥具在其中住初夜後夜高聲經唄更相問難中夜鼾睡妨諸比丘坐禪行道諸長老比丘聞種種訶責六羣比丘汝作此惱諸比丘非惜佛法以是白佛佛以是事集比丘僧問六羣比丘汝實爾不答言實爾世尊佛種種訶責已告諸比丘今爲諸比丘結戒從今是戒應如是說若比丘諸比丘先敷臥具竟後來復敷波逸提有諸比丘先敷臥具竟暫出六羣比丘於後使白衣復敷臥具諸比丘見問言汝不聞佛制他敷臥具竟不得復敷耶答曰我使白衣不違此制諸比丘言自敷使人有何等異以是白佛佛以是事集比丘僧問六羣比丘汝實爾不答言實爾世尊佛種種訶責已告諸比丘從今是戒應如是說若比丘諸比丘先敷臥具竟後來若自敷若使人敷波逸提有諸比丘先敷臥具竟暫出後來比丘不知復敷臥具先敷臥具比丘還後敷臥具比丘便生疑我將不犯波逸提耶以是白佛佛以是事集比丘僧告諸比丘若不知比丘先敷臥具後來復敷犯波逸提者無有是處從今是戒應如是說若比丘知他先敷臥具後來若自敷若使人敷波逸提爾時大會多比丘集房舍雖大而間數少後來比丘無有住處先敷臥具比丘呼入共住彼恐犯墮

不敢入以是白佛佛以是事集比丘僧告諸比丘若不相觸惱犯墮無有是處從今是戒應如是說若比丘知他先敷卧具後來强自敷若使人敷作是念若不樂者自當出去波逸提比丘尼亦如是式叉摩那沙彌沙彌尼突吉羅十七事竟

佛在舍衛城時一住處有重閣屋有一比丘止住其上敷尖脚牀常繫其念坐卧上下初不卒暴時有客比丘來以上座故轉以與之此比丘身體重大不一其心頓身牀上牀脚下脱打下比丘頭頭破大喚閣上比丘即下辭謝閣下比丘訶責言先住比丘我初不聞坐起之聲汝云何適來便有是事汝豈不聞世尊讚歎繫念耶諸長老比丘聞即來問之答以上事諸比丘種種訶責以是白佛佛以是事集比丘僧問彼比丘汝實爾不答言實爾世尊佛種種訶責已告諸比丘令爲諸比丘結戒從今是戒應如是說若比丘僧重閣上尖脚繩牀木牀用力坐卧波逸提住閣屋不應以尖脚牀著上非尖脚者著上若無非尖脚應以大物支若無支應縛横若無横應覆著地若不爾而坐卧乃至坐卧一脚尖牀皆波逸提比丘尼亦如是式叉摩那沙彌沙彌尼突吉羅若板覆閣及木簀知必不下脱不犯十八事竟

佛在拘舍彌國爾時闡陀比丘常出入一家乃至見其慇懃難相違逆皆如上有主爲身作房中說闡陀於是求於屋地得一好處便起高基以墼薄壘作四壁極重覆之覆重壁圯一時崩倒填押傷殺婆羅門麥彼便瞋訶

言此沙門輩爲欲住壽一劫欲爲子孫計一兩重覆足以終身何爲過厚致此崩倒復言此輩所用不損父母自可極意作此惡業無沙門行破沙門法諸長老比丘聞種種訶責以是白佛佛以是事集比丘僧問闡陀汝實爾不答言實爾世尊佛種種訶責已告諸比丘令爲諸比丘結戒從今是戒應如是說若比丘作大房舍從平地壘留窻戶處極令堅牢再三重覆若過波逸提若至第四重若草若瓦若板覆一一草瓦板皆波逸提方便及燒斫時皆突吉羅覆竟波逸提沙彌突吉羅

十九事竟

佛在拘舍彌國爾時闡陀作大房舍用有蟲水澆於泥草亦使人澆優陀夷用有蟲水飲食洗浴諸居士見闡陀用有蟲水澆於泥草從優陀夷索飲以蟲水與之居士語言此水有蟲答言但飲水勿飲蟲諸居士言大德既飲水如何不飲蟲便不復答諸居士譏訶言此等沙門常說慈愍護念衆生而今以蟲水澆泥飲食洗浴無憐愍心無沙門行破沙門法諸長老比丘聞種種訶責以是事白佛佛以是事集比丘僧問闡陀優陀夷汝等實爾不答言實爾世尊佛種種訶責已告諸比丘令爲諸比丘結戒從今是戒應如是說若比丘知水有蟲若取澆泥若飲食諸用波逸提有蟲水者囊漉所得肉眼所見若澆泥若飲食蟲蟲波逸提若有蟲蟲想有蟲疑皆波逸提無蟲蟲想無蟲疑皆突吉羅用蟲水有內外用內用者飲食之屬外用者澆泥洗浴浣濯之屬比丘尼亦如是式叉摩那沙彌沙彌

尼突吉羅若諦視不見囊漉不得不犯二十事竟
佛在舍衛城爾時諸比丘不教誡比丘尼不爲說法由此故空無所得而反訶罵由汝輩故令佛正法滅五百歲使一切人不敬沙門輕賤比丘不加供養時波闍波提比丘尼與五百比丘尼來詣佛所頭面禮足却住一面佛問瞿曇彌頗有上座比丘教誡比丘尼爲說法有所得不答言無也世尊由諸比丘不教誡不說法故諸比丘尼空無所得而反訶罵由汝輩故令佛正法滅五百歲衆人不復恭敬供養沙門於是世尊爲比丘尼種種說法示教利喜已遣還所住佛以是事集比丘僧問諸比丘汝等上座實不教誡比丘尼不爲說法而反訶罵不答言實爾世尊佛種種訶責已告諸比丘不應如是訶罵犯者突吉羅從今諸比丘應教誡比丘尼應爲說法於是諸比丘便教誡比丘尼爲說法即有所得後六羣比丘亦往比丘尼住處語言諸姊妹集我當教誡說法諸比丘尼即集一處六羣比丘便爲說婬欲麤惡語諸比丘尼中有得諸禪解脫三昧正受者皆不聽受時六羣比丘尼咸讚歎言此諸比丘善能教誡無復過者於是波闍波提比丘尼復與五百比丘尼往到佛所佛問瞿曇彌諸比丘教誡比丘尼爲說法不答言有諸比丘教誡比丘尼爲說法多有所得復有六羣比丘來令比丘尼集云當教誡反說婬欲麤惡語六羣比丘尼讚以爲善無復過者佛爲諸比丘尼說法已遣還所住以是事集比丘僧問六羣比丘汝等實爾不答言實爾世尊佛種種訶責已告諸

比丘若僧不差敎誡比丘尼而敎誡者突吉羅時六羣比丘便出界場自共相差敎誡比丘尼便往比丘尼住處語言僧今差我來敎誡汝諸比丘尼如上集一處六羣比丘復爲說麤惡語乃至波闍波提比丘尼往到佛所遣還所住亦如上說佛以是事集比丘僧問六羣比丘汝等實出界場自共相差敎誡比丘尼不答言實爾世尊佛種種訶責已告諸比丘比丘成就十法僧應差敎誡比丘尼何等爲十一者戒成就威儀成就恒畏小罪二者多聞諦能了達知佛所說初中後善善義善味具足清白梵行之相三者善能誦解二部戒律四者善能言說暢理分明五者族姓出家諸根殊特六者於佛法中未曾穢濁七者舉止安庠身無傾邪被服法衣淨潔齊整八者爲比丘尼衆之所敬重九者能隨順說法示敎利喜十者滿二十歲若過二十有五法不應差若已差應捨一者所誦經戒而悉忘失二者諸根不具三者多欲四者現爲惡相五者敎比丘尼親近惡人令爲諸比丘結戒從今是戒應如是說若比丘僧不差敎誡比丘尼波逸提不差者不白二羯磨差敎誡者說八敬法若不差敎誡比丘尼語語波逸提敎誡式叉摩那沙彌尼突吉羅沙彌突吉羅事竟二十一

彌沙塞部五分律卷第六

音釋

捔 訖岳切校也 峻坂 峻私閏切高也坂甫遠切坡阪也 姝 昌朱切美也 輟 陟劣切止也 蚊虻 蚊無分切虻莫庚切 謦欬 謦苦定切欬苦蓋切謦欬逆氣也 埿 年題切塗也 鼾 呼于切卧氣激聲也 簀 側華切牀

椄也也 墼古歷切墼坏也 壘力軌切疊也 圮部鄙切傾覆也 漉盧谷切漉

彌沙塞部五分律卷第七

宋罽賓三藏佛陀什共竺道生譯

初分第五九十一單提法之二

佛在舍衛城爾時諸比丘次第教誡比丘尼語比丘尼言明日般陀比丘次教誡汝汝當就彼聽受法教作是語已還到所住語般陀汝明日應教誡比丘尼長老般陀明日食時著衣持鉢入城乞食食後還歸掃除內外取清淨水辦手脚巾露地敷座自取繩牀於邊坐禪時諸比丘尼到般陀所頭面禮足就座而坐於是般陀問諸比丘尼曾聞八敬法不答言曾聞復語姊妹更聽一者比丘尼眾半月應從比丘眾乞教誡人二者比丘尼眾安居時要當依比丘僧眾三者比丘自恣時應白二羯磨遣三比丘尼從比丘眾請見聞疑罪四者式叉摩那二歲學六法已應於二部眾求受具足戒五者比丘尼不得罵比丘不得於白衣家導說比丘若犯戒若犯威儀若邪見若邪命六者比丘尼不得舉比丘罪而比丘得訶責比丘尼七者比丘尼犯麤惡應在二部僧中求半月行摩那埵行摩那埵已次阿浮阿那應在二十比丘二十比丘尼眾中出罪八者比丘尼雖先受具戒百歲故應禮新受大戒比丘說此八敬法已即說偈言

欲得好心莫放逸　聖人善法當勤學
若有智慧一心人　乃能無復憂愁患

說此偈已閉目正坐時諸比丘尼竊相語言此比丘唯知此一偈云何當能教誡我等般陀聞已作是念此諸比丘尼輕賤於我於是涌出虛空現分一身作無量身還合爲一石

壁皆過履水如地入地如水或現半身或現全身或身上出煙身下火然或身上火然身下出煙或身上出水身下出火或身上出火身下出水或坐卧空中如鳥飛翔或手摸日月或身平立至梵自在天現神變已還坐本處說偈如前諸比丘尼見此神變心大歡喜白言大德願更以神足教化於是般陀東涌西没西涌東没餘方亦爾作如是種種神變然後還坐復說上偈乃至日没然後捨去時諸比丘尼暮至城門城門已閉扣門索入守門者問汝是誰答言是比丘尼守門者問夜何處來答言尊者般陀教誡我等是以還晚守門者言可還本來處正使王來亦不敢開諸比丘尼既不得入或在門下或在壍邊或依樹下夜爲蚊虻風塵所惱明日門開最在前入時諸居士自相問言此諸比丘尼開晨先入從何處來或有人言正當是求男子還耳諸不信樂佛法者種種訶責言我等白衣不修梵行汝比丘尼亦復如是空剃此頭著壞色衣諸長老比丘聞訶責般陀云何教誡比丘尼乃至日没以是白佛佛以是事集比丘僧問般陀言汝實爾不答言實爾世尊佛種種訶責已告諸比丘今爲諸比丘結戒從今是戒應如是說若比丘僧差教誡比丘尼至日没波逸提僧差者白二羯磨差若比丘僧已差應語比丘尼姊妹若非難時當教誡難時不得教誡若就比丘尼住處教誡應語汝等敷座我當往若不得往應在所住處掃灑如前應將大比丘爲伴良無然後獨往爲說八敬法已若日早能更說餘法亦善應籌

量日早晚要使及日得至所住若說法竟應前去者便去若有恐怖處比丘應送比丘尼至所在若比丘教誡比丘尼至日没語語波逸提沙彌突吉羅二十二事竟

佛在舍衛城爾時諸比丘次第教誡比丘尼比丘尼皆得諸禪解脫三昧正受時六羣比丘僧不差亦往教誡但說麤惡不急之語諸長老比丘尼默然不聽六羣比丘尼讃言善哉無過是者於是波闍波提比丘尼與五百比丘尼俱往到佛所以是白佛佛以是事集比丘僧問六羣比丘汝實爾不答言實爾世尊佛種種訶責已告諸比丘今爲諸比丘結戒從今是戒應如是說若比丘入比丘尼住處波逸提時諸比丘有因緣事塔事僧事私事應入比丘尼住處慙愧不敢不知云何以是白佛佛以是事集比丘僧告諸比丘若不爲教誡因緣不聽入從今是戒應如是說若比丘僧不差以教誡因緣入比丘尼住處波逸提有諸比丘僧雖差猶慙愧不敢入諸比丘尼無教誡故空無所得以是白佛佛以是事集比丘僧告諸比丘僧所差比丘聽入從今是戒應如是說若比丘僧不差爲教誡故入比丘尼住處波逸提爾時跋陀比丘尼病遣信白舍利弗願大德來爲我作最後說法舍利弗言佛不聽僧不差爲教誡故入比丘尼住處以是白佛佛以是事集比丘僧告諸比丘聽僧不差爲病比丘尼說法從今是戒應如是說若比丘僧不差爲教誡故入比丘尼住處除因緣波逸提因緣者比丘尼病是名因緣若僧不差爲教誡故入比丘尼住處

隨入多少步步波逸提若一脚入門突吉羅沙彌突吉羅 事竟二十三

佛在舍衛城爾時諸上座比丘次第敎誡比丘尼諸比丘尼或別請供養或以鉢囊或以腰繩或以燈油衣食湯藥而用布施時六羣比丘見已語諸比丘可差我等爲敎誡人諸比丘言如佛所說成就十法汝等無有云何求差六羣比丘便作是語諸比丘爲供養利故敎誡比丘尼諸比丘種種訶責以是白佛佛以是事集比丘僧問六羣比丘汝實爾不答言實爾世尊佛種種訶責已告諸比丘今爲諸比丘結戒從今是戒應如是說若比丘作是語諸比丘爲供養利故敎誡比丘尼波逸提若言爲供養利故敎誡比丘尼式叉摩那沙彌沙彌尼突吉羅若言比丘行十二頭陀坐禪誦經作諸功德皆爲供養利故語語突吉羅沙彌突吉羅 事竟二十四

佛在舍衛城爾時諸比丘與比丘尼獨屏處坐遂生染著不樂梵行或有反俗或作外道諸居士見皆譏訶言此等沙門與比丘尼獨屏處坐正似白衣對於婬女食人信施而爲此事無沙門行破沙門法諸長老比丘聞種種訶責以是白佛佛以是事集比丘僧問彼比丘汝實爾不答言實爾世尊佛種種訶責已告諸比丘今爲諸比丘結戒從今是戒應如是說若比丘與比丘尼獨屏處坐波逸提與式叉摩那沙彌尼獨屏處坐亦如是沙彌突吉羅若衆多比丘比丘尼共坐若諸難起須臾獨屏處坐皆不犯 事竟二十五

佛在舍衛城爾時有一阿練若比丘住阿練

若處初不親近一切道俗彼比丘晨朝著衣持鉢入村乞食道逢二比丘尼一比丘尼語一比丘尼言我今欲與此比丘相識汝能同不答言甚善比丘既至便爲作禮比丘默然不與共語二比丘尼復共議言今此比丘不欲道中與我相識當共至其住處禮拜問訊二比丘尼明朝早往至比丘所禮拜問訊一禮二禮皆不共語至第三禮乃言老壽二比丘尼禮竟而去彼比丘後復入村乞食二比丘尼於巷中見禮拜問訊乃共語言二比丘尼便以片衣段及染色線布施比丘比丘受之白言大德疲極至我住處小息然後乞食即便往息已臨欲乞食比丘尼復言此有菜醬若得食已可還此食比丘復受其語得食持還如是非一或比丘乞食前還待比丘尼或比丘尼乞食前還待比丘遂至他家更相讚歎彼比丘後得一好衣便生諂曲心作是念我今當以此衣與彼比丘尼彼必不受我幸可得惠施之厚作是念已先於諸比丘前讚彼比丘尼言某甲比丘尼族姓出家信心堅正少欲知足諸比丘言夫出家者應當如是讚已持衣與彼比丘尼比丘尼即便受之失本所圖心懷惱恨還語諸比丘某比丘尼信心淺薄多欲無猒諸比丘言汝向説某少欲知足今何以故復説如此具以上答諸比丘種種訶責云何心不捨物詐以施人量其不受虛望人感以是白佛佛以是事集比丘僧問彼比丘汝實爾不答言實爾世尊佛種種訶責汝豈不聞我讚歎捨物與人然後得大功德耶汝今云何心不捨物而詐與人

訶已告諸比丘今爲諸比丘結戒從今是戒應如是說若比丘與比丘尼衣波逸提時諸比丘有親里比丘尼衣服卧具悉皆麤弊疾病醫藥亦不能得諸比丘作是念若世尊聽我與親里比丘尼衣物者當無此苦以是白佛佛以是事集比丘僧告諸比丘今聽諸比丘與親里比丘尼衣物從今是戒應如是說若比丘與非親里比丘尼衣波逸提爾時舍衞城二部僧得已成衣即共分之或比丘得比丘尼所宜著或比丘尼得比丘所宜著欲共貿易而不敢以是白佛佛以是事集比丘僧告諸比丘今聽諸比丘與比丘尼貿衣從今是戒應如是說若比丘與非親里比丘尼衣除貿易波逸提若與破戒邪見親里比丘尼衣突吉羅若與非親里式叉摩那沙彌尼衣突吉羅沙彌突吉羅若爲料理功業事若爲善說經法或爲多誦經戒與衣皆不犯十二

六事竟

佛在舍衞城爾時有一少知識比丘尼得未成衣不知自作語諸比丘尼言我不知作衣願爲作之諸比丘尼言姊妹我多事不得作可往比丘衆中問有憐愍心者必爲汝作即往比丘衆中言我少知識得此未成衣不知自作願爲我成諸比丘答亦如上復語長老優陀夷白之如上優陀夷言我能作耳莫數數來催隨我意作當爲汝作答言隨長老意於是優陀夷取衣裁縫經時不得彼比丘尼來問大德衣已成未優陀夷言先已有要何故來催答言我來參問不敢相催即還所住優陀夷於後以種種色綖在中葉上作男女

交會時像成已呼比丘尼取即來取之優陀夷語言未可舒視亦莫示人波闍波提比丘尼往詣佛時於都路頭然後舒披彼比丘尼得衣持去竟不舒視亦不示人波闍波提比丘尼至佛所時乃於都路頭披路人見之無不撫掌大笑共相語言此比丘尼乃能如是巧繡作所欲像自著衣上彼比丘尼甚大羞恥即還所住波闍波提比丘尼卷疊此衣持到佛所舒以白佛唯願世尊視此所作佛爲瞿曇彌說種種法已遣還所住以此事集比丘僧問優陀夷汝實爾不答言實爾世尊佛種種訶責汝愚癡人云何作此汙辱人衣訶已告諸比丘今爲諸比丘結戒從今是戒應如是說若比丘爲比丘尼作衣波逸提有諸比丘有親里比丘衣服敗壞乞得衣段而不知作諸比丘作是念若世尊聽我與親里比丘尼作衣者當無此苦以是白佛佛以是事集比丘僧告諸比丘今聽諸比丘爲親里比丘尼作衣從今是戒應如是說若比丘與非親里比丘尼作衣波逸提比丘爲非親里比丘尼取衣時突吉羅割截時染時皆波逸提縫時鍼鍼波逸提餘如與衣中說二十七事竟

佛在舍衛城爾時諸比丘於摩竭提國與諸比丘尼人間遊行或一比丘與一比丘尼俱乃至衆多或渡深水或上高坂更相見形生染著心不復樂修梵行遂至反俗或作外道諸白衣見便譏訶言此輩沙門如人將婦及婬女行種種譏訶如上獨屏處坐中說諸長老比丘聞種種訶責以是白佛佛以是事集比丘僧問諸比丘汝實爾不答言實爾世尊

佛種種訶責已告諸比丘今爲諸比丘結戒從今是戒應如是說若比丘與比丘尼共道行波逸提有諸比丘與衆多伴共道行見諸比丘尼亦行此路便作是念我等將無犯波逸提以是白佛佛以是事集比丘僧告諸比丘若先不共期犯波逸提無有是處從今是戒應如是說若比丘與比丘尼先期共道行波逸提有諸比丘與比丘尼先期共道行後不敢去或兩相避以先期致疑以是白佛佛以是事集比丘僧告諸比丘若先與比丘尼期共道行若不去若兩相避犯波逸提無有是處從今是戒應如是說若比丘與比丘尼先期共道行從此聚落到彼聚落波逸提爾時有一比丘尼險路中見一比丘呼言大德速來共同道去彼比丘便往語言姊妹佛制不聽與比丘尼共道行比丘尼言此路險難而我女弱依怙大德乃爾得過答之如前比丘便去比丘尼於後爲賊剥脫裸形大喚言賊剥我賊剥我彼比丘遥聞到所住處向諸比丘說諸比丘將至佛所以是白佛佛以是事集比丘僧告諸比丘今聽諸比丘若險難處有疑畏處與比丘尼共道行從今是戒應如是說若比丘與比丘尼先期共道行從此聚落到彼聚落除因緣波逸提因緣者若多伴有疑畏處是名因緣若比丘與比丘尼先期共道行無聚落處半由旬波逸提若與式叉摩那沙彌尼先期共道行亦如是沙彌突吉羅事竟二十八

佛在舍衛城爾時諸比丘於摩竭提國與諸比丘尼共船遊行或一比丘與一比丘尼共

船乃至衆多上下船時相見形體白衣譏訶諸長老比丘聞乃至佛告諸比丘皆如上共道行中說今爲諸比丘結戒從今是戒應如是說若比丘與比丘尼先期共船行波逸提有一比丘尼在阿夷羅河邊待船欲渡後有一比丘來比丘尼語言大德此間險難可共俱渡比丘答言佛制不聽我等與比丘尼共載一船船師復言但俱上船各在一頭比丘不聽比丘尼言若不得者大德先渡比丘即在前渡船未到岸比丘尼被賊剥赤肉船師見之便譏訶言汝等同共出家不能相護況於餘人無沙門行破沙門法彼比丘還到僧坊向諸比丘說諸比丘將到佛所以是白佛佛以是事集比丘僧問彼比丘汝實爾不答言實爾世尊佛種種訶責汝愚癡人云何捨比丘尼使賊剥脫訶已告諸比丘從今是戒應如是說若比丘與比丘尼先期共船行若上水若下水除直渡波逸提餘如共道行中說二十九事竟

佛在王舍城爾時難陀跋難陀食比丘尼所讚歎食諸比丘見種種訶責時舍利弗目揵連遊行人間到王舍城有一居士聞二人來便出迎之頭面禮足却坐一面爲說妙法示教利喜居士即請明日作客比丘食默然受之居士即還其家辦種種飲食敷好坐具舍利弗目揵連至時著衣持鉢往到其舍舍利弗在前欲入偷羅難陀比丘尼先在此家聞其語聲即住不入彼比丘尼見辦種種飲食敷好坐具問言爲欲請王爲是婚姻答言今不請王亦非婚姻欲供養尊者舍利弗大目

揵連耳比丘尼言云何不請大龍而供養此小德比丘居士問言誰是大龍答言六羣比丘又言若欲請族姓出家行頭陀四念處乃至八聖道分須陀洹乃至阿羅漢比丘欲求好眼好貌生天解脫現世富貴當供養六羣比丘如是讚歎已默然而住舍利弗目揵連然後乃入彼比丘尼前問訊言善哉尊者可就此坐復語居士言善哉居士汝今大得富利請如是大龍比丘居士便訶言汝向言小德今言大龍作此反覆如何無耻從今已去莫入我家我亦不復供養於汝於是居士手自下食食竟行水取小牀於二比丘前坐爲說妙法已從座起去還向佛所佛遥見便語言善來舍利弗目揵連從何處食客比丘食答言世尊向到一居士家有一比丘尼或見名爲小德或見名爲大龍佛問所說何等具以事答佛以是事集比丘僧問六羣比丘汝等實食比丘尼讚歎食不答言實爾世尊佛種種訶責已告諸比丘今爲諸比丘結戒從今是戒應如是說若比丘食比丘尼讚歎食波逸提有諸比丘尼於屏處讚歎比丘食後乃知慙愧我將無犯波逸提耶以是白佛佛以是事集比丘僧告諸比丘若不知比丘尼讚歎得食食犯波逸提者無有是處從今是戒應如是說若比丘知比丘尼讚歎得食食波逸提爾時有一家請五百比丘食其家先所供養比丘尼作是言與諸比丘食莫使失時諸比丘聞便生慙愧不敢復食還以白佛佛以是事集比丘僧告諸比丘若比丘尼先不讚歎臨食時作是語好與諸比丘食比丘

食此食犯波逸提者無有是處從今是戒應如是說若比丘知比丘尼讚歎因緣得食食除檀越先發心作波逸提讚歎者讚歎得過人法若式叉摩那沙彌沙彌尼比丘讚歎因緣得食食突吉羅沙彌突吉羅三十事竟

佛在王舍城時一大臣常供養佛及比丘僧有一貧人見作是念今此大臣得大善利乃能如此供佛及僧若我有物亦當如是復作是念我今無物正當傭賃以用供養即便客作日食一食留一食分主人問言汝何以留一食分答言我且留之後當併取如是經時知所得已足語主人言可盡以作直爲我辦種種食具主人問言汝今貧窮云何盡以作直頓辦種種飲食之具答言我見王舍大臣常請佛及僧種種供養我作是願亦當如是是以客作欲遂此意今計作直足一供養所以於今頓辦食具主人聞之生希有心如是此貧人苦身傭賃得少財物向用供養況我財富發心之頃飲食已具而不能爲即顧數倍使其任意辦衆甘美於時作人即持財物來詣佛所供辦極世殊味飲食緣其意至鬼神來助倏忽之頃自然都辦正過節日多饒供養衆人競來請就家食諸比丘等共相語言今日貧人竭力作會人人皆當爲之稍食雖相誨語所食極少而請處多遂至飽滿時彼貧人食具已辦唱言時到於是諸比丘皆集就坐唯佛住房時彼貧人手自斟酌歡喜下食比丘雖受所食甚少貧人作是念諸比丘爲是愍我貧窮恐食不足爲是食惡不可進噉即以問之諸比丘中少慙愧者答言恐

汝食少故於餘家處處先食貧人恨言云何先受我請而餘家食我本肆力期盡供養今諸大德雖不能噉願隨意持去勿令有餘諸比丘聞已便復强食然猶不盡所供之半衆僧食訖貧人復作是念我强勸僧食故當不得罪耶以是白佛佛言善哉貧士汝能見人作福傭力募及雖受人身生天因緣皆已具足從汝發心欲供養佛及僧已來隨事皆得無量功德正使衆僧不食一粒於汝功德無不具足汝今當復得現世報貧人聞已歡喜踊躍便更爲說種種妙法即於坐上遠塵離垢得法眼淨彼見法已受三自歸奉持五戒即從坐起頭面禮足右遶而退爾時有五百賈客從優禪那國來道路迴絕絕糧三日前遣馬使慕求熟食遍語人言我等五百賈客從優禪那國來絕糧三日故先遣我求諸熟食若有有者不計價直城中人言此間無有唯一貧人於僧坊設會大有餘長汝往求之必得無疑於是彼使即便馳往具以情告貧人答言我今設食不爲財利但當速來莫論價直使人聞之出非本望歡喜還報須臾俱至咸言速與我食當厚相報答亦如初即便下食既飽滿已借問餘人此人有何事業乃能如此種種施設有人具以事答衆賈聞已價增希有即斂百千兩金以酬其施又復借問此城某甲今爲在不答言已死又問彼有子孫不答言向之施主即是其子諸賈客等聞之依然語貧人言汝父是我等師又與百千兩金以敦舊情王舍大臣及所賃主聞見此事益懷歡喜復各送百千兩金以結新好

即日瓶沙王復拜爲大臣一日之中蔚然富貴國人號爲忽起長者諸比丘以是白佛佛以是事集比丘僧問諸比丘汝等實受人請而先食他食不答言實爾世尊佛種種訶責汝愚癡人云何已受人請而先食他食訶已告諸比丘今爲諸比丘結戒從今是戒應如是說若比丘數數食波逸提爾時畢陵伽婆蹉等八十比丘皆得重病不能頓食以是白佛佛以是事集比丘僧告諸比丘今聽病比丘數數食從今是戒應如是說若比丘數數食除因緣波逸提因緣者病時是名因緣爾時世尊聽諸比丘受迦絺那衣不犯五事諸比丘作是念爲是衣時不犯數食衣竟亦不犯耶以是白佛佛以是事集比丘僧告諸比丘衣時不犯過衣時犯從今是戒應如是說

若比丘數數食除因緣波逸提因緣者病時衣時是名因緣有諸白衣知比丘不得數食作是念我當作方便爲諸比丘作衣比丘來受并得供養即便作衣請諸比丘諸比丘言我等不得食但與我衣諸白衣言大德若受我食乃當與衣諸比丘作是念世尊若聽我以施衣故數食者可不乏衣以是白佛佛以是事集比丘僧告諸比丘今聽諸比丘爲施衣數數食從今是戒應如是說若比丘數數食除因緣波逸提因緣者病時衣時施衣時是名因緣爾時阿難詣長者家長者家設諸飲食阿難忘先受請便受彼食垂食乃憶語主人言可還攝食我先受請不得復食長者恨言云何已受我食而忽中悔於是阿難馳還白佛佛言若有如是因緣應先心施作是

念我請分與某甲比丘然後可食若不念施人而食突吉羅爾時或有前請後設食或有後請前設食諸比丘不知云何以是白佛佛言請時應語言隨前設食者當食數數食者先受他請後於餘處食是名數數食比丘尼亦如是式叉摩那沙彌沙彌尼突吉羅若僧所差若別房食若白衣來受八戒設供養若常食不犯三十一事竟

佛在王舍城爾時調達爲求援助故教化諸居士或令一家請四僧或五或十諸長老比丘訶責受請比丘言云何爲援助調達故受別請衆食以是白佛佛以是事集比丘僧問諸比丘汝實受調達別請衆食不答言實爾世尊佛種種訶責已告諸比丘今爲諸比丘結戒從今是戒應如是說若比丘受別請衆食波逸提有病比丘牽病乞食其患增甚諸居士語言莫牽病乞可就我食答言世尊結戒不聽我等受別請衆食若以供養衆僧我等便自得分諸居士言我等家貧不能得廣正可力辦供養病者大德若須便可來取諸比丘不知云何以是白佛佛以是事集比丘僧告諸比丘今聽病比丘受別請衆食衣時施衣時如數數食中說從今是戒應如是說若比丘受別請衆食除因緣波逸提因緣者病時衣時施衣時是名因緣有諸比丘欲作衣爲乞食故衣不即成妨廢行道作是念若作衣時佛聽我受別請衆食者衣得速成不廢行道以是白佛佛以是事集比丘僧告諸比丘今聽諸比丘作衣時受別請衆食從今是戒應如是說若比丘受別請衆食除因緣

波逸提因緣者病時衣時施衣時作衣時是名因緣有諸比丘共伴行到一聚落語諸伴言我等入村乞食可小見待答言不須乞食我當相與比丘言世尊不聽我等受別請衆食遂入村乞諸伴伴捨去比丘乞食已不得及伴被賊剥赤肉諸比丘作是念世尊若聽我行路時受別請衆食者不遭此難有諸比丘寄載人船至時乞食船主捨去致諸苦難亦復如上皆以白佛佛以是事集比丘僧告諸比丘今聽諸比丘行路時船上行時受別請衆食從今是戒應如是說若比丘受別請衆食除因緣波逸提因緣者病時衣時施衣時作衣時行路時船上行時是名因緣諸佛常法歲二大會春夏末月諸方比丘皆來問訊以衆多故次請甚踈乞食難得諸比丘作是念若世尊聽我等大會時受別請衆食者不致此苦以是白佛佛以是事集比丘僧告諸比丘今聽諸比丘大會時受別請衆食除因緣波逸提如是說若比丘受別請衆食除因緣波逸提因緣者病時衣時施衣時作衣時行路時船上行時大會時是名因緣爾時瓶沙王弟名曰迦留事一種道而年年普請九十六種沙門作一大會聞釋子沙門不受別請衆食而力不得能廣及衆僧以闕無佛道沙門故愁憂不樂作是念我當云何致沙門釋子唯當委王然後可果便以白王王以是事即出詣佛具說弟之情願王去後佛以是事集比丘僧告諸比丘今聽諸比丘沙門會時受別請衆食從今是戒應如是說若比丘受別請衆食除因緣波逸提因緣者病時衣

時施衣時作衣時行路時船上行時大會時沙門會時是名因緣別請衆食者若於衆中別請四人已上是名別請衆食比丘尼亦如是式叉摩那沙彌沙彌尼突吉羅若始受別請衆食既往而分言受異請不復成衆不犯

三十二事竟

佛在王舍城爾時諸處饑饉乞食難得一切比丘盡集王舍城四遠人言我等先時朝暮見諸比丘今何以斷絕不復見之有人言此間乞食難得悉住王舍城是以不見諸人言我等寧可建立小屋日作一比丘一宿一食若無來食者便當聚集俟後來衆即便作之時有一家恒作美食六羣比丘遊行人間常住其家餘諸比丘都不復得語居士言汝爲僧故作一宿食如何使我不得一預居士答言我本爲僧作此處所而六羣比丘住不肯去使我不復得見餘僧此是彼過非是我咎諸長老比丘聞種種訶責六羣比丘以是白佛佛以是事集比丘僧問六羣比丘汝等實爾不答言實爾世尊佛種種訶責已告諸比丘今爲諸比丘結戒從今是戒應如是說若比丘施一食處過一食者波逸提時舍利弗得風病到一食處食一食已便欲餘行諸比丘言長老疾患不須餘行我等當以食分相供養答言世尊不聽一宿處過一食有諸居士聞舍利弗疾患亦共語住答亦如初於是舍利弗牽病而去諸比丘作是念若世尊聽病比丘於一食處過一食者便無此苦以是白佛佛以是事集比丘僧告諸比丘今聽諸病比丘於一食處過一食從今是戒應如是

說若比丘無病施一食處過一食波逸提施一食處衆多比丘暮同時至若檀越施非時漿若塗足油聽次第受明日隨次受食若無則止一食已應去若檀越留聽住若去已有緣事宜還當白主人主人聽住則住不聽應去若後來比丘應得一食食有餘應與主人所留比丘若比丘來而一食處多諸比丘應分張住若親里家過一食突吉羅比丘尼亦如是式叉摩那沙彌沙彌尼突吉羅若有諸難不得去不犯三十三事竟

佛在王舍城時有女人欲還夫家辦種種餅以爲道糧有一比丘次第乞食往到其舍女問言欲須何等答言須食復問能噉佉闍尼不答言能即取鉢盛種種餅與之彼比丘得已語餘比丘言其甲家多有美食汝可往乞諸比丘聞皆往從乞所有熟食施之都盡彼夫家遣人催之答言資糧未辦復作種種食如是至三比丘來乞皆盡與之夫家三催答皆如初便大瞋忿謂有異意遣使報言我已更求婚不復用汝聘女於是女家咸瞋恨言由沙門釋子使我女寡復種種罵詈醜言溢口隣人語言他薄汝女何預沙門即具以答不信樂佛法者咸皆言快由敬沙門致有此事若復親近劇當過是爾時復有賈客主語賈人言可辦資糧某日最吉當共發去即皆備辦種種飲食有一比丘次第乞食到一賈人家賈人問言欲須何等答言須食問能食餅麨不言能即取鉢盛滿與之比丘得已語諸比丘言其甲家多有美飲食汝可往乞諸比丘皆往悉得糧食遂盡賈客主言吉日今

到應共發去此賈人言糧食未辦賈客主言我先宣令備辦糧食何故於今方言未辦答言沙門來乞與之悉盡賈客主言今是吉日不得不發我便先去汝可後來於是便發後還安隱大得宜利彼一賈人後去遭賊失物蕩盡便啼哭言由沙門釋子遭此窮厄賊問言我奪汝物何以怨人具以事答諸賊聞已復語之言汝親近沙門正應打殺正應奪物若復有親近者亦當如是諸長老比丘聞種種訶責以是白佛佛以是事集比丘僧問諸比丘汝等實爾不答言實爾世尊佛種種訶責已告諸比丘今為諸比丘結戒從今是戒應如是說若比丘到白衣家自恣多與飲食若餅若麨若須二三鉢應受過是受者波逸提有諸病比丘入村乞食有一居士自恣多與過二三鉢不敢復受以是白佛佛以是事集比丘僧告諸比丘今聽病比丘過二三鉢受從今是戒應如是說若比丘到白衣家自恣多與飲食若餅若麨若須二三鉢應受若無病過是受者波逸提有諸比丘就請家食食已復從主人索食持去諸比丘以是白佛佛言若就請家食不得更索持去若不就請家食聽持去有諸比丘受二三鉢持去已不與諸比丘共食以是白佛佛以是事集比丘僧告諸比丘應與諸比丘共食從今是戒應如是說若比丘到白衣家自恣多與飲食若餅若麨若不住其家食須二三鉢應受出外與餘比丘共食若無病過是受及不與餘比丘共食波逸提自恣與食者求乞輒與若比丘第一鉢受還應語餘比丘我已某家受一

鉢餘二鉢在須者往取若第二鉢受應言我已某家受二鉢餘一鉢在須者往取若第三鉢受應言我已某家受三鉢食莫復往取若不宣語突吉羅比丘尼亦如是式叉摩那沙彌沙彌尼突吉羅（三十四事竟）

彌沙塞部五分律卷第七

音釋

貿（莫候切市易也）鍼（職深切與針同）傭賃（傭余封切賃汝鴆切傭賃雇倩也）倏（式竹切疾也）敦（都昆切厚也）援（于眷切救助也）瞎（許鎋切目盲也）

彌沙塞部五分律卷第八

宋罽賔三藏佛陀什共竺道生譯

初分第五九十一單提法之三

佛在王舍城爾時諸處饑饉乞求難得諸比丘盡還王舍城王舍城諸居士問諸比丘僧有幾人食有幾許答言僧有若干食有爾許時諸居士共作議言我等當爲諸比丘隨力作食於是或有一人作一比丘食乃至十比丘食或有二人乃至十人共作一比丘食乃至十比丘食辦食具已諸居士主復作是念我等雖復隨力作食食一人十人必不周普今當斂物普爲作食若不足者我當足之即便斂取其中有貧窮者雖心無惜而無好米隨家所有豆麥之屬以充此斂彼居士主即差次作之飲食麤惡老宿比丘皆不能食持與乞人或與外道更往知識家食諸居士知便譏訶言我等減割身口妻子之分種福田中云何比丘薄我此食用乞乞人及諸外道更求美味此輩本求解脫離老病死如何於今反求美好無沙門行破沙門法時跋難陀主人次至監食跋難陀衆中食巳復就其家索美好食彼人問言大德向不在衆中食耶答言在衆中食恐檀越失別施福是以更來彼人便譏訶言今世饑儉衆人罄竭共作衆食云何薄此更求美好諸比丘聞種種訶責以是白佛佛以是事集比丘僧問跋難陀汝實爾不答言實爾世尊佛種種訶責巳告諸比丘今爲諸比丘結戒從今是戒應如是說若比丘食竟更食波逸提爾時畢陵伽婆蹉等八十比丘得病諸比丘爲其請食食不盡

棄著房前諸居士見問言此是何等食答言是病比丘殘食諸居士言何不少取答言諸病比丘或有多食或有少食我等所以不得少取居士復言今世饑儉以一粒施乃至生天云何棄之而不惠施或復有言此輩沙門寧棄于地不以施人我等既已施僧一粒墮地便謂大罪如何比丘不惜此物諸長老比丘聞種種訶責以是白佛佛問阿難頗有人能食此食不答言看病比丘爲請此食而其自食初不充足欲噉此殘食而復不敢佛以是事集比丘僧告諸比丘今聽諸比丘食病比丘殘食爾時王舍城衆僧食竟有比丘於外得食持還諸比丘不知云何以是白佛佛言可以此食與病比丘即便與之病比丘言此食增病我等不須以是白佛佛言聽諸比丘於病人邊作殘食法食爾時王舍城衆僧食竟起去復有比丘於外得食持還病比丘已瘥不知云何復以白佛佛言應在食未竟比丘邊作殘食法食若無應在未食比丘邊作若衆中無未食比丘應近處覓若近處復不得者與應受具足戒沙彌疾與受戒然後於是人邊作殘食法食佛以是事集比丘僧告諸比丘從今是戒應如是說若比丘食竟不作殘食法食波逸提有比丘晨朝請諸比丘作小食與時飲佉陀尼食賒陀尼食諸比丘謂已是足食不敢復食以是白佛佛言此不名爲足食有五種食名爲足食飯乾飯餅麨魚肉於此五食一一食中有五事名爲足食一者有食二者授與三者受噉四者不復受益五者身離本處若離本處已更得時食

飯麨不作殘食法食口口波逸提諸比丘不知作殘食法白佛佛言持食著鉢中手擎偏袒右肩右膝著地作是言長老一心念我某甲食已足爲我作殘食法彼比丘爲取鉢問言是食與我耶答言與便爲食少許餘殘還之若都不食但取已還之語言此是我殘食與汝亦名殘食比丘尼亦如是式叉摩那沙彌沙彌尼突吉羅三十五事竟

佛在王舍城爾時有二比丘共爲親友一人聰明一人闇鈍其闇鈍者數數犯惡其聰明者恒語其罪教令悔過其闇鈍者心轉懷忿作是念我今亦當伺其過罪伺之不得便於彼食竟以不作殘食呼令食之彼比丘以親厚故都不懷疑即便爲食食已語言汝食非殘食犯罪應悔莫不修梵行長夜受苦時彼比丘訶責言我欲益汝故相教訶云何以此見恨陷我於罪諸長老比丘聞種種訶責以是白佛佛以是事集比丘僧問彼比丘汝實爾不答言實爾世尊佛種種訶責已告諸比丘今爲諸比丘結戒從今是戒應如是說若比丘不作殘食法强勸已食比丘食欲使他犯波逸提有比丘足食已諸比丘不知復呼令食彼比丘言我已食竟諸比丘便生疑我故當不犯波逸提耶以是白佛佛以是事集比丘僧告諸比丘若不知他食竟呼食犯波逸提無有是處從今是戒應如是說若比丘知他比丘食竟不作殘食法强勸令食欲使犯罪波逸提若勸已食比丘食不作殘食法食若彼食時口口波逸提比丘尼亦如是式叉摩那沙彌沙彌尼突吉羅三十六事竟

佛在王舍城爾時世尊未制比丘受食食諸比丘各於知識家不受食食諸白衣譏訶言我等不喜見此惡人著割截壞色衣不受食食不受食食是爲不與取爾時大迦葉著糞掃衣於街巷處處拾棄食而食諸居士見譏訶言此沙門正似狗趣得食食不淨可惡云何令彼入我等家諸長老比丘聞二事已以是白佛佛以是事集比丘僧先問諸比丘汝等實不受食食不答言實爾世尊佛種種訶責已又語迦葉汝雖少欲而爲人惡賤不應食棄去食若食突吉羅告諸比丘今爲諸比丘結戒從今是戒應如是說若比丘不受食著口中波逸提時諸比丘爲作人作食不敢甞或鹹或淡作人瞋恨不肯復作以是白佛佛以是事集比丘僧告諸比丘今聽爲作人甞食但不得咽從今是戒應如是說若比丘不受食著口中除甞食波逸提時諸比丘不受楊枝及水便不敢嚼及漱口口臭眼闇共人語時人聞其氣問言大德口何以臭諸比丘甚羞恥便乞受楊枝及水諸人言汝自嬾取誰爲汝惜楊枝及水諸比丘以是白佛佛以是事集比丘僧告諸比丘今聽不受楊枝及水從今是戒應如是說若比丘不受食著口中除甞食楊枝及水波逸提（三十七事竟）

爾時舍利弗得風病目連往問汝在家時曾有此病不答言有何方治瘥答言食藕於是目連到阿耨達池取藕與之舍利弗問何處得此答言阿耨達池又問從誰受答言從龍便不敢食以是白佛佛言聽從龍受食時大迦葉從貧家乞食釋提桓因作是念今大德

迦葉從貧家乞我今當作方便使受我食即於迦葉乞食之次作一貧窮織師在機上織復化作一女人爲其作緯迦葉從乞即取鉢盛百味飲食與之迦葉得已作是念此人貧窮何從得此即入定觀知是帝釋語言憍尸迦後莫復作遂不敢食以是白佛佛言今聽諸比丘從天受食爾時世尊行於迥路暮至曠野鬼村時彼鬼神見佛歡喜便請佛及僧設明日供佛默然受之鬼即竟夜作種種飲食晨朝敷座請佛及僧佛勑諸比丘共受彼請即皆就坐鬼神手自下食諸比丘不敢受以是白佛佛言今聽諸比丘從鬼受食爾時世尊遊娑羅樹林時有一獼猴從樹上下取佛鉢欲持去諸比丘捉不聽佛告比丘聽獼猴取鉢即持鉢到一樹上取滿鉢蜜上佛佛見有蟲不受獼猴諦視見蟲即便拾去復以上佛佛爲受之於是獼猴歡喜踊躍却行而退佛持此蜜與諸比丘諸比丘不敢食以是白佛佛言聽食獼猴授食爾時有販馬人請佛及僧行水已有人語言火燒馬屋彼以此不展授食語比丘言可自取食言已便去諸比丘疑不敢食以是白佛佛言若無淨人聽諸比丘以施主語食爲受食復有諸白衣遥擲食與比丘比丘以是白佛佛言不得受擲食食有諸老病比丘眼闇受食時觸淨人手數洒煩勞以是白佛佛言應受草葉敷之以手案邊令食著上此亦名受諸比丘便廣敷草葉以是白佛佛言不應廣敷敷齊手所及處有諸白衣惡賤比丘不肯親授以食著比丘前地語令自取諸比丘不知云何以是白

佛佛言若施主惡賤不肯授食亦聽以彼語取爲受食有四種受身授身受物授物受手授手受教取而受有鹹水比丘不受不敢飲以是白佛佛言若不著鹽性鹹聽不受飲比丘尼亦如是式叉摩那沙彌沙彌尼突吉羅

佛在王舍城爾時未爲比丘制非時食諸比丘於冥夜乞食或墮溝塹或觸女人或遇賊剥或爲蟲獸之所傷害食無時節廢修梵行時迦留陀夷著雜色衣面黑眼赤闇中乞食有一懷妊婦人電光中見便大驚喚言毗舍遮毗舍遮迦留陀夷言我是沙門乞食非毗舍遮便苦駡言汝何以不以刀決腹而於冥夜闇中乞食餘沙門婆羅門一食便足汝今云何食無晝夜諸長老比丘聞種種訶責以是白佛佛以是事集比丘僧問迦留陀夷汝實爾不答言實爾世尊佛種種訶責已告諸比丘今爲諸比丘結戒從今是戒應如是說若比丘非時食波逸提爾時有比丘服吐下藥不及時食腹中空悶諸比丘不知云何以是白佛佛言以酥塗身猶故不差佛言以麨塗身猶故不差佛言酥和麨塗身猶故不差佛言以煖湯澡洒猶故不差佛言與煖湯飲猶故不差佛言以羮盛肥肉汁坐著中以如此等足以至曉一切不得過時食非時者從正中以後至明相未出名爲非時若比丘非時非時想非時疑非時時想皆波逸提時非時想時疑突吉羅比丘尼亦如是式叉摩那沙彌沙彌尼突吉羅事竟　三十八

佛在王舍城爾時世尊未爲比丘制食殘宿食彼有神廟是遊戲處衆人競賷美食就中

觀看或經住宿餚饍豐多諸比丘於彼得食食不能盡房中般積無處不有來致蟲鼠穿壞屋壁諸居士見問言誰積此食有人言是沙門釋子即皆譏訶此禿頭輩惟知貪受不計損費無沙門行破沙門法復有一阿練若比丘住阿練若處作是念日日乞食妨廢行道便併乞種種食或直爾舉或曝令燥時諸比丘遊行見之語言世尊不說衣趣蔽形食趣支身耶何以多積飲食曝曬狼藉彼比丘言此去村遠日日乞食妨廢行道是以併乞用息煩惱諸比丘以是白佛佛以是事集比丘僧問彼比丘汝實爾不答言實爾世尊佛種種訶責已告諸比丘今爲諸比丘結戒從今是戒應如是說若比丘食殘宿食波逸提殘宿食者已受之食留之經宿名爲殘宿食若食此食口口波逸提比丘尼亦如是式叉摩那沙彌沙彌尼突吉羅三十九事竟

佛在王舍城爾時此國饑饉乞食難得二十八鬼神將軍來詣佛所頭面禮足白佛言世尊今世饑饉願佛遊行人間我等當化衆人使發善心世尊默然許之時四天王釋提桓因娑婆世界主梵天王亦來詣佛頭面禮足却住一面如上白佛佛亦默然許之於是世尊從王舍城與大比丘僧千二百五十人俱復有五百比丘尼五百優婆塞五百優婆夷共遊摩竭國復有外道男女千人五百乞兒皆隨佛後求乞殘食世尊所至之處無不傾竭供養四遠持供來者皆不得設飲食豐長極有所兼諸比丘各以所食之餘與外道男女及乞食人諸白衣見便譏訶言沙門釋子

得便盡受食之不盡與諸邪見不如穀乳之人知留犢子或復有言沙門釋子尚供養外道我等何爲而不奉事於是世尊進至安那頻頭邑時有大婆羅門名曰沙門以五百乘車重載飲食逐佛五月餘日求次設供竟未能得其家追言農時欲過可還附業時婆羅門到阿難所語阿難言我五百乘車載諸飲食欲供佛及僧逐佛已來五月餘日猶未得設家信見追不得復住欲以食具散布道中令佛及僧蹈上而過於我宿心便爲得遂阿難答言當白世尊即以白佛佛語阿難汝可將婆羅門看供食家若有所無教令作之阿難受教將婆羅門看供食家見無有粥及油蜜煎餅彼便作七種粥二種餅晨朝白佛餅粥已辦佛語阿難汝助下之阿難受教助下粥餅時有外道母人抱一小女阿難以其有兒偏與二餅諸外道言此比丘淤著母人偏與二餅復有言正當以其抱兒非偏之謂共諍紛紜遂亂坐席阿難見已心不自安便到佛所弁以前事白佛佛以是事集比丘僧問阿難汝實爾不答言實爾世尊佛種種訶責已告諸比丘今爲諸比丘結戒從今是戒應如是説若比丘與外道若男若女食波逸提復有諸比丘與裸形外道食彼裹一裹餅入王舍城諸人問言從何處來答言從禿頭居士間來復問裹中何物答言是蜜煎餅復問從誰得答言諸居士以沙門釋子爲福田沙門釋子復以我爲福田從彼受得諸人便譏訶言沙門釋子不知節量貪受無猒我等減割妻子身口之分以用供養乃持與此邪見

惡人若應供養我當供養何假沙門諸長老比丘聞種種訶責以此白佛佛以是事集比丘僧問諸比丘汝等實爾不答言實爾世尊佛種種訶責有衣無衣有何等異種種訶責已告諸比丘從今是戒應如是說若比丘與外道裸形若男若女食波逸提有諸外道食時來乞諸比丘不敢與便瞋罵言沙門釋子敎人布施而自慳惜何道之有而致信敬諸白衣聞亦譏訶言云何沙門恒就入乞而不乞人復有比丘外道親親來乞亦不敢與以是白佛佛以是事集比丘僧告諸比丘令聽諸比丘與外道食但莫自手與從今是戒應如是說若比丘自手與外道裸形若男若女食波逸提若外道來乞應以已分一摶別著一處使其自取不應持僧食與若乞乞兒乞狗乞烏應量已食多少取分然後減以乞之不得取分外爲施沙彌突吉羅若父母是外道自手與不犯四十事竟

佛在王舍城爾時有諸白衣來詣僧坊問諸比丘僧有幾人諸比丘言僧有若干人諸白衣言我等明日盡請衆僧顧臨薄食六羣比丘語言汝若與我乳酪酥油魚肉者當受汝請諸人答言當須假貸市買辦之語已各還其家或假貸不果或市買不得明日食具已辦唱言時到衆僧著衣持鉢往詣其家就座而坐行水下食六羣比丘言何以無有乳酪酥油魚肉答言假貸不果市買不得六羣比丘便倒鉢而去諸白衣咸作是言此等不得美食倒鉢而去爲是國王爲是大臣夫出家者爲求解脫乞食趣足而今云何反著美味

無沙門行破沙門法諸長老比丘聞種種訶責以是白佛佛以是事集比丘僧問六羣比丘汝實爾不答言實爾世尊佛種種訶責已告諸比丘今爲諸比丘結戒從今是戒應如是說若比丘到白衣家求乳酪酥油魚肉者波逸提後諸比丘得諸美食不敢噉或噉已出罪悔過以是白佛佛以是事集比丘僧告諸比丘若不索美食自得而噉犯波逸提者無有是處從今是戒應如是說若比丘到諸白衣家求如是美食乳酪酥油魚肉若得噉波逸提有諸病比丘醫敎食美食諸比丘言佛不聽我索云何可得作是念佛聽我索此食者病乃得瘥以是白佛佛以是事集比丘僧告諸比丘今聽病比丘索美食從今是戒應如是說若比丘諸家中有如是美食乳酪酥油魚肉若比丘無病爲已索得食者波逸提若爲病比丘索若從親里家若知識家索皆不犯沙彌突吉羅事竟四十一

佛在舍衛城爾時跋難陀常受一婆羅門供養後時著衣持鉢往到其家婆羅門不在便與其婦獨坐共語時婆羅門婬欲心發中道而還見跋難陀與婦共語作是念今此比丘說法非行欲時便還出外欲心轉盛須臾復入跋難陀猶故未去復如前念抑制而出須臾復入語其婦言速與比丘食發遣令去勿廢其行道婦知其意不欲令夫違道從欲答言令比丘徐徐食有何急事如是三反跋難陀猶不肯去婆羅門便語言我等白衣多諸緣事於空缺時宜近房室汝不知時坐不肯去誰知汝輩修於梵行諸長老比丘聞種種

訶責以是白佛佛以是事集比丘僧問跋難陀汝實爾不答言實爾世尊佛種種訶責已告諸比丘今爲諸比丘結戒從今是戒應如是說若比丘食家中與女人坐波逸提食者男女情共相食坐者知妨其事而故坐比丘尼亦如是式叉摩那沙彌沙彌尼突吉羅若多人共坐若有障隔若夫婦受八戒日不犯四十二事竟

佛在舍衛城爾時跋難陀常受一婆羅門供養後到其家婆羅門不在與其婦屏處坐婆羅門還語其婦言汝與比丘屏處坐我誠無疑人見必當謂汝作惡損毀沙門辱我門戶復語跋難陀我誠不疑大德大德不當慎此惡名其婦自倚好顏色力多兒女力巧致財力便訶夫言我與比丘坐要不累汝汝今不須作此過言婆羅門便大瞋恚責跋難陀言我等白衣尚不與人婦女獨屏處坐汝等沙門反便作此無沙門行破沙門法諸長老比丘聞種種訶責以是白佛佛以是事集比丘僧問跋難陀汝實爾不答言實爾世尊佛種種訶責已告諸比丘今爲諸比丘結戒從今是戒應如是說若比丘與女人獨屏處坐波逸提沙彌突吉羅四十三事竟

佛在舍衛城爾時跋難陀常受一婆羅門供養後到其家婆羅門不在與其婦露處共坐乃至佛所種種訶責皆如屏處坐中說告諸比丘今爲諸比丘結戒從今是戒應如是說若比丘與女人獨露處坐波逸提沙彌突吉羅四十四事竟

佛在舍衛城爾時邊境有事波斯匿王嚴四

種兵欲往討伐六羣比丘共相語言我聞灌頂王征伐之時軍儀嚴飾我等未見可共往觀便往路側前鋒軍見皆悉瞋言今日云何見不吉人我等在家猒見此等於今軍行復不得免若王不敬信當斷其頭時王遥見六羣比丘亦復不喜即遣人問諸大德何以在此答言我等聞灌頂王出軍之時軍容嚴飾未曾所見故來看耳王作是念誰能以此白佛復作是念若白不白佛自當知即以石蜜乾薑寄六羣比丘言大德為我持此奉上世尊致敬無量軍盡之後各還所住以王所寄奉上於佛白佛言王致敬無量佛問六羣汝何由見王具以事答佛以是事集比丘僧種種訶責六羣比丘言汝等愚癡所作非法軍發行時以見沙門為不吉此必衆軍瞋嫌王恨汝故持物與我訶已告諸比丘今為諸比丘結戒從今是戒應如是說若比丘觀軍發行波逸提若發心欲觀及作方便已行步步若見不聞若聞不見皆突吉羅若聞若見別軍容飾若前若却皆波逸提比丘尼亦如是式叉摩那沙彌沙彌尼突吉羅若行路若經行處遇見不住看不犯（四十五事竟）

佛在舍衛城爾時異道作是議今波斯匿王及信法大臣皆不在及今無能與我作礙我等當共併力於祇桓中鑿渠通水諸比丘聞之語諸優婆塞優婆夷言可往白王非是我等力所能制會王及大臣乙師達多富蘭那須達多等久不見比丘遣使來迎諸比丘議言若佛聽我往到軍中者必不使異道於祇洹中鑿渠通水以是白佛佛言今聽諸比丘

往軍中諸比丘奉教便受王請到已具以白王王即有令若有於祇洹中通渠者當族誅之然後爲諸比丘設種種供養諸比丘既得餚饍便不復欲還軍人譏訶言此非阿練若住處我等白衣不得免此沙門何爲復在其中或復有言此輩比丘不信樂佛法得美食處便住耳無沙門行破沙門法諸長老比丘聞種種訶責以是白佛佛以是事集諸比丘僧問諸比丘汝等實爾不答言實爾世尊佛種種訶責已告諸比丘今爲諸比丘結戒從今是戒應如是說若比丘有因緣到軍中乃至二三宿若過波逸提雖有因緣若遣書信得了應遣書信要須自往然後得往事訖便還不得經宿若不了應一宿一宿不了應再宿若復不了應三宿若了不了過三宿波逸提若事即了不應宿而宿突吉羅比丘尼亦如是式叉摩那沙彌沙彌尼突吉羅四十六事竟

佛在舍衞城爾時諸比丘到軍中再三宿觀軍著杖列陣乃至戰時戰士見之咸瞋言此不吉人已復來此王若不信樂佛法我當先斷其頭然後擊賊遂自亂戰射諸比丘多所傷害諸比丘共相負輦還歸所住路人見之亦大忿言如此沙門正應射殺何以無故觀戰陣爲無沙門行破沙門法諸長老比丘聞種種訶責以是白佛佛以是事集比丘僧問諸比丘汝等實爾不答言實爾世尊佛種種訶責已告諸比丘今爲諸比丘結戒從今是戒應如是說若比丘有因緣到軍中二三宿觀軍陣合戰波逸提若觀鳥獸鬪突吉羅比丘尼亦如是式叉摩那沙彌沙彌尼突吉羅

四十七事竟

佛在舍衛城爾時有比丘名阿梨吒生惡邪見言我解佛所說佛說障道法實不障道諸比丘問言汝實作是語我解佛所說佛說障道法實不障道不答言如是諸比丘復問汝云何作是解答言此間有質多須達多二長者及諸優婆塞皆在五欲爲欲所呑爲欲所燒今得須陀洹斯陀含阿那含道又諸外道不捨本見於正法出家亦得四沙門果以是故我作是解諸比丘欲令捨此惡邪見故諫言汝莫作是語莫謗佛莫誣佛佛不作是語應捨是惡邪見佛種種方便訶欲說欲如赤骨聚乃至如毒若受五欲爲欲所燒欲覺所迷及諸外道不捨本見得四沙門果皆無是處諸比丘如是諫更增邪見堅持不捨諸比丘便到舍利弗所白言大德阿梨吒作是邪見具說如上願哀愍故諫諭令捨舍利弗默然許之即到其所共相問訊却坐一面問言汝實作是語不答言實爾更廣說如前舍利弗諫言汝莫作是語汝之所說非法非律種種訶責彼比丘堅持不捨從座起去往到佛所廣以白佛唯願世尊憐愍故教此比丘捨惡邪見佛便勑一比丘汝呼阿梨吒來即受教往語大師呼汝阿梨吒即來頭面禮足在一面住佛問阿梨吒汝實作是語不答言實爾世尊佛又問汝作云何解我所說答亦如前佛言汝愚癡人莫謗如來莫誣如來何以故我說障道法實能障道若受五欲欲火所燒欲覺所迷及外道不捨本見得四沙門果無有是處世尊爲說彼猶不捨佛復語言我

已見汝作惡邪見是爲謗我是爲誣我汝還所住我自更問餘諸比丘阿梨吒去佛欲明彼比丘惡邪見故問諸比丘汝等解我所說如阿梨吒不諸比丘言我等不如是解又問云何答言佛說障道法實能障道廣說如上佛言善哉汝等善解我意告諸比丘應使一比丘與阿梨吒親善者於屏處輭語諫言汝莫作是語莫謗佛莫誣佛佛說障道法實能障道汝捨是惡邪見若捨者善若不捨應衆多比丘往諫如上若捨者善若不捨復應僧往諫亦如上若捨者善諸比丘受教如是三反堅持不捨諸比丘以是白佛佛以是事集比丘僧遥責阿梨吒已告諸比丘今爲諸比丘結戒從今是戒應如是說若比丘作是語如我解佛所說障道法不能障道諸比丘語是比丘汝莫作是語莫謗佛莫誣佛佛說障道法實能障道汝捨是惡邪見如是諫堅持不捨應第二第三諫第二第三諫捨是事善不捨者波逸提彼比丘不捨惡邪見諸比丘若見若聞遣一比丘屏處諫若捨者應作一突吉羅悔過若不捨應衆多比丘往諫若捨者應作二突吉羅悔過若不捨應僧往諫若捨者應作三突吉羅悔過若不捨應白四羯磨諫一比丘唱言大德僧聽某甲比丘生惡邪見作是語如我解佛所說障道法不能障道僧已諫莫作是語莫謗佛莫誣佛佛說障道法實能障道僧如是諫堅持不捨今僧羯磨諫若僧時到僧忍聽白如是白已應語言僧已白竟汝可捨是惡邪見若捨者應作四突吉羅悔過若不捨復應唱言大德僧聽此

某甲比丘作是語如我解佛所説障道法不能障道僧已諫莫作是語莫謗佛莫誣佛佛説障道法實能障道僧如是諫彼堅持不捨僧令羯磨諫誰諸長老忍默然不忍者説復應語言僧已一羯磨竟汝可捨是惡邪見若捨者應作五突吉羅悔過若不捨復第二唱如上第二唱竟復應語僧已二羯磨竟汝可捨是惡邪見若捨者應作六突吉羅悔過若不捨復應第三唱第三唱未竟捨亦應作六突吉羅悔過第三羯磨竟若捨若不捨波逸提比丘尼亦如是式叉摩那沙彌沙彌尼突吉羅 四十八事竟

佛在舍衛城爾時有比丘知阿梨吒不捨惡邪見共坐共語共宿共事餘比丘訶責言阿梨吒不捨惡邪見僧已羯磨竟汝等云何共坐共語共宿共事諸比丘聞不以爾意諸長老比丘種種訶責以是白佛佛以是事集比丘僧問諸比丘汝等實爾不答言實爾世尊佛種種訶責已告諸比丘今爲諸比丘結戒從今是戒應如是説若諸比丘知彼比丘不如法悔不捨惡邪見共坐共語共宿共事波逸提隨久近共語語語波逸提共坐坐坐波逸提共宿宿宿波逸提共事事事波逸提雖捨惡邪見僧未解羯磨亦波逸提若作惡邪見僧未羯磨突吉羅比丘尼亦如是式叉摩那沙彌沙彌尼突吉羅若不知及不如法羯磨不犯 四十九事竟

佛在舍衛城爾時跋難陀有二沙彌生惡邪見作是語如我解佛所説受五欲不能障道乃至舍利弗以是白佛如阿梨吒生惡邪見

中說佛便勑一比丘汝呼彼二沙彌來即受教往語大師呼汝二沙彌即隨教來頂禮佛足却住一面佛問二沙彌汝實作是語不答言實爾世尊又問沙彌汝云何解我所說法沙彌答亦如阿梨吒所說佛告諸比丘此沙彌應呼僧中教捨第二第三教若捨者善不捨者僧應白四羯磨滅擯一比丘唱言大德僧聽某甲沙彌不捨惡邪見今僧與作滅擯若僧時到僧忍聽白如是復唱大德僧聽某甲沙彌不捨惡邪見今僧與作滅擯誰諸長老忍默然不忍者說如是第二第三僧與某甲沙彌作滅擯竟僧忍默然故是事如是持彼二沙彌僧既滅擯已便遊行人間時跋難陀畜彼沙彌共語共宿諸比丘語言僧已羯磨滅擯此沙彌汝莫畜莫共語莫共宿跋難陀言此是我兄沙彌我若不看誰應視者能誰孤苦自致安樂諸長老比丘聞種種訶責以是白佛佛以是事集比丘僧問跋難陀汝實爾不答言實爾世尊佛種種訶責已告諸比丘今爲諸比丘結戒從今是戒應如是說若沙彌作是語如我解佛所說受五欲不能障道諸比丘語是沙彌汝莫作是語莫謗佛莫誣佛佛說五欲障道實能障道汝沙彌捨是惡邪見如是教堅持不捨應第二第三教第二第三教捨是事善若不捨諸比丘應語是沙彌汝出去從今莫言佛是我師莫在比丘後行如餘沙彌得共比丘二宿汝亦無是事癡人出去滅去莫此中住若比丘知如法擯沙彌畜使共住共語波逸提比丘尼亦如是式叉摩那沙彌沙彌尼突吉羅五十事竟

佛在舍衛城爾時長老迦留陀夷以不喜見惡比丘故亦不喜見烏諸白衣捉彈來看時有羣烏集于屋上語言此烏成就弊惡比丘十法一者慳惜二者貪餘三者强顏四者耐辱五者蛆弊六者無慈悲七者希望八者無猒九者藏積十者喜忘此烏有是十法汝等欲殺不有不信罪福者答言欲殺即取其彈語諸人言欲彈何處有言可彈左眼即著左眼而死又言可彈右眼即著右眼而死如是須臾乃至數十諸不信樂佛法者便譏訶言此輩沙門常說慈愍護念衆生而今殘害無道無沙門行破沙門法諸長老比丘聞種種訶責以是白佛佛以是事集比丘僧問迦留陀夷汝實爾不答言實爾世尊佛種種訶責已告諸比丘今爲諸比丘結戒從今是戒應如是說若比丘奪畜生命波逸提有諸比丘在道路行或牽材物或熏鉢時誤殺諸蟲皆生慚愧尔有悔過出罪者以是白佛佛以是事集比丘僧告諸比丘若誤殺衆生犯波逸提者無有是處從今是戒應如是說若比丘故奪畜生命波逸提畜生者除龍餘畜生是故奪命者先有殺心而斷其命若奪畜生命隨多少一一波逸提比丘尼亦如是式叉摩那沙彌沙彌尼突吉羅五十一事竟

佛在舍衛城爾時十七羣比丘至六羣比丘住處六羣比丘作是念此比丘有慚愧少欲知足今來在此必見我過我等當作方便令生疑悔生疑悔已必還師所念已語言汝等善受具足戒不受戒有界場不羯磨如法不不犯波羅夷僧伽婆尸沙波逸提波羅提提

舍尼突吉羅不好護身口不汝和尚阿闍梨先善受具足戒乃至好護身口不答言我等不自知亦不知和尚阿闍梨云何我今問大德大德語我我受具足戒時及和尚阿闍梨盡如法不答言我若實說汝會不信自可問汝所信之人時十七羣比丘便往師所問如此事師答汝事事如法我昔受戒亦復如是誰爲汝等作此疑悔答言六羣比丘諸長老比丘聞種種訶責以是白佛佛以是事集比丘僧問六羣比丘汝實爾不答言實爾世尊佛種種訶責已告諸比丘今爲諸比丘結戒從今是戒應如是說若比丘令他比丘生疑悔波逸提有諸比丘犯罪心生疑悔問諸比丘犯如是如是事得何等罪諸比丘作是念佛結戒不聽令他比丘生疑悔便答言不知以是白佛佛以是事集比丘僧告諸比丘若不欲令人生疑悔語其所犯犯波逸提者無有是處從今是戒應如是說若比丘故令比丘生疑悔作是念令是比丘乃至少時惱波逸提疑悔者生處疑受戒疑犯戒疑衣疑若令比丘尼式叉摩那沙彌沙彌尼疑悔突吉羅若比丘尼令比丘比丘尼疑悔波逸提令式叉摩那沙彌沙彌尼疑悔突吉羅式叉摩那沙彌沙彌尼令五衆疑悔皆突吉羅五十二事竟

佛在舍衛城爾時六羣比丘有勢力遮僧羯磨及解羯磨僧不從便起去至被擯比丘所語言汝莫愁憂我已助汝遮僧羯磨僧不從我我便起去是爲羯磨不成復至解羯磨比丘所語言汝莫謂僧解汝羯磨僧解羯磨時我已遮之僧不從我我便起去是不成解羯

磨汝今自可更求僧解諸長老比丘聞種種訶責以是白佛佛以是事集比丘僧問六羣比丘汝實爾不答言實爾世尊佛種種訶責已告諸比丘今爲諸比丘結戒從今是戒應如是說若比丘僧斷事時起去波逸提爾時諸比丘有事欲去而不敢以是白佛佛以是事集比丘僧告諸比丘今聽諸比丘有事與欲竟起去與欲者應語一人言長老一心念僧今斷事我某甲比丘如法僧事中與欲從今是戒應如是說若比丘僧斷事時不與欲起去波逸提僧斷事者白羯磨白二白四羯磨若屋下羯磨隨幾過出一一出皆波逸提若露地羯磨出去去僧面一尋波逸提若神通人去離地四指波逸提若僧不羯磨斷事出去突吉羅若私房斷事來而去突吉羅比丘尼亦如是若僧不羯磨斷事及私房斷事沙彌得在其中若起去突吉羅式叉摩那沙彌沙彌尼亦如是若僧不如法羯磨不與欲起去不犯五十三事竟

佛在舍衛城爾時十七羣比丘至六羣比丘住處共相擊攊有一比丘衆共擊攊不勝笑故氣絕而死十七羣比丘爲之悲哭諸長老比丘問何以悲哭答言有一比丘戲笑命終是以悲哭又問何由致此答言我等共擊攊笑不自勝遂便氣絕諸比丘種種訶責以是白佛佛以是事集比丘僧問十七羣比丘汝等實爾不答言實爾世尊佛種種訶責已告諸比丘今爲諸比丘結戒從今是戒應如是說若比丘擊攊比丘波逸提比丘擊攊沙彌乃至畜生突吉羅比丘尼亦如是式叉摩那

沙彌沙彌尼突吉羅五十四事竟

佛在舍衛城爾時十七羣比丘至阿夷羅河中取水即因洗浴洄戲沐没互相澆灒時波斯匿王共末利夫人登樓遥見語夫人言看汝福田夫人白王是佛未制戒年少出家未解法耳王莫見此生不信敬於餘比丘長夜受苦十七羣比丘種種戲已立水上著衣夫人白王言王試看我所事福田著衣已以瓶水擲空中飛而逐之從樓上過猶如鴈王夫人復白王更看我所事福田王大歡喜信敬轉增於是夫人告那憐伽婆羅門汝往佛所以是白佛即受教往佛爲說法示教利喜發遣令還以是事集比丘僧問十七羣比丘汝等實爾不答言實爾世尊佛種種訶責已告諸比丘今爲諸比丘結戒從今是戒應如是說若比丘水中戲波逸提若水中戲乃至器盛水共相澆灒皆波逸提若摶雪及弄草頭露戲皆突吉羅比丘尼亦如是式叉摩那沙彌沙彌尼突吉羅若不爲戲皆不犯五十五事竟

佛在舍衛城爾時世尊未制比丘與女人同室宿或一比丘一女人或多比丘少女人或少比丘多女人同室宿生染著心有反俗者作外道者諸居士見譏訶言此等沙門與女人同室宿與白衣何異無沙門行破沙門法時有一年少婦人夫喪作是念我今當於何許更求良對復作是念我今不能門到戶至當作一客舍令在家出家人任意宿止於中擇取即便作之宣令道路須宿者宿時阿那律暮至彼村借問宿處有人語言某甲家有即往求宿阿那律先好容貌既得道後顏色